KB238076

덩잉차오 평전 1

鄧穎超評傳

The Critical Biography of Deng Ying-Chao

덩잉차오 평전 1

鄧穎超評傳

The Critical Biography of Deng Ying-Chao

지은이 **진펑**(金鳳) 본명은 쟝리쥔(蔣勵君). 1928년 쟝쑤(江蘇) 성 이싱(宜興) 현에서 태어나 중화인민공화국 성립 이전 상하이(上海) 쟈오퉁(交通) 대학과 베이핑(北平) 칭화(淸華) 대학에서 수학하고 1947년 중국공산당에 입당한 후 해방구에서 활동하였으며, 『人民日報』의 유명 기자로서 '인민의 기자'로 평가받았다. 주요 작품으로는 『友誼的花朶』, 『時代的眼睛』, 『在中國大地上』, 『歷史的瞬間』, 『風起青萍末』, 『鄧穎超傳』, 『偉人之初』 등이 있다. 이 가운데 『鄧穎超傳』은 國家圖書獎을 획득하였다.

옮긴이 **손승회**(孫承會) 1961년 서울에서 태어나 서울대학교 동양사학과를 졸업하고 동대학원에서 석·박사학위를 받았다. 현재 영남대학교 문과대 사학과 교수로 재직 중이다. 주요 논저로는 『近代中國의 土匪世界』, 『1920年代的中國』(공저), 『한중관계사상의 교통로와 거점』(공저), 「萬寶山事件과 中國共産黨」, 「중화인민공화국의 건립과 학습, 비평의 조직화」 등이 있고, 역서로는 『민족으로부터 역사를 구출하기─근대중국의 새로운 해석』(공역), 『인물과 근대중국─위기, 이탈, 회귀』 등이 있다.

덩잉차오 평전 鄧穎超評傳 1

1판 1쇄 인쇄 2012년 2월 10일 **1판 1쇄 발행** 2012년 2월 20일

지은이 진펑 옮긴이 손승회 펴낸이 박성모 펴낸곳 소명출판
등록 제13-522호 주소 137-878 서울시 서초구 서초동 1621-18 (란빌딩 1층)
대표전화 (02) 585-7840 팩시밀리 (02) 585-7848
이메일 somyong@korea.com 홈페이지 www.somyong.co.kr

ISBN 978-89-5626-660-2 94820   값 38,000원, ⓒ 2012, 한국연구재단
ISBN 978-89-5626-659-6 (전 3권)

이 번역도서는 2008년도 정부재원(교육인적자원부 학술연구조성사업비)으로 한국연구재단의 지원에 의하여 연구되었음.

진평 지음 | 손승회 옮김

덩잉차오 평전 1

鄧穎超評傳

소명출판

◆ 일러두기

1. 인명이나 지명은 외래어 표기법에 준하여 표기했다.
2. 독자의 이해를 돕기 위해 역주로써 옮긴이의 설명을 달았다.
3. 각주의 서지사항 가운데 논문은 번역하되, 서명은 그대로 두었다.
4. 가급적 쉬운 말로 번역하여 한문을 노출하지 않았다.
5. 명확히 중국공산당의 입장에서 사용된 표현들은 객관적·중립적인 것으로 바꿨다.

덩잉차오 평전 전체 차례

서문

　1990년대, 생기 넘치는 사회주의 중국의 수도 베이징. 거대하게 우뚝 솟은 톈안먼(天安門)은 인간세상의 온갖 풍파를 겪으며 여전히 화려했고 역사의 과거와 현재를 굽어보며 광활한 광장을 내려다보고 있었다. 또한 톈안먼은 끊임없이 움직이는 차량들과 사람들을 굽어보며 서쪽 붉은 담장 안, 나무 그늘이 짙게 깔린 중난하이(中南海)를 내려다보고 있었다. 그곳은 중국의 정치가 고동치는 한 복판, 심장이었다.

　중난하이 가운데 녹음이 우거진 곳에 무성한 꽃과 나무와 어우러진 시화팅(西花廳)이 위치하고 있었다. 그곳에서 사람들은 그 집주인과 같이 전혀 때 묻지 않은 '불염정(不染亭)'이 우뚝 서 있고, 화려한 해당화와 정향(丁香)이 매년 비단결같이 곱게 피었으며, "주인을 웃으며 환영하는" 복숭아나무 꽃, 자두나무 꽃, 모란이 아침노을처럼 찬란하게 피어 있는 모습을 볼 수 있었다. 한편, 구불구불한 회랑과 꽃 사이의 작은 길은 깨끗하게 정리되어, 한 동안 치열한 생활로 비등했던 시화팅은 이제 매우 안정을 찾은 것처럼 보였다.

시화팅, 장엄한 시화팅, 사랑스런 시화팅. 여러 사람들이 이곳에서 자신의 일을 잊었고 반대로 거기에 심취하기도 하였다.

중국인민이 열렬히 사랑하는 저우언라이(周恩來) 총리는 시화팅에서 25년 동안 일했고 또 생활하였다. 그는 이곳에서 정부수뇌와 각국의 우호인사와 접견하였다. 총리사무실의 불빛은 밤새워 밝혀져 있었고 그의 쾌활한 웃음소리는 여전히 울려 퍼지고 있는 듯했다.

모두가 깊이 존경하고 사모하는 덩잉차오(鄧穎超)는 이곳에서 41년 동안 일하고 생활하였다. 그녀 역시 시화팅에서 많은 중국 내외인사들과 회견하였다.

1988년 봄, 덩잉차오는 전국정치협상회의 주석의 직무를 스스로 간절히 요청하여 사직하였다. 그 이전에 그녀는 이미 자발적으로 당중앙정치국위원와 중앙위원의 직무에서 물러났다. 한 저명한 작가는 깊은 존경의 마음을 담아 그녀에게 편지를 보냈다. "꽃은 철 따라 각기 독특한 아름다운 자태를 지니고 청춘은 언제나 머문다고 했는데, 다제(大姐)께서는 그에 손색이 없습니다."

인생 70세를 고희(古稀)라고 한다. 덩잉차오의 혁명적 생애는 이미 고희의 세월을 넘어 거의 75년에 이르렀다. 그녀는 프롤레타리아계급 혁명가이며 정치가의 넓은 가슴과 예민한 시각을 갖고 일관되게 중국 전체에 대해 관심을 기울였고 또 세계 전체를 바라보았다. 그녀는 중국사회주의 개혁·개방의 진전에 대해 깊은 관심을 기울였고 11억 중국인민의 생활과 희망에 관심을 지녔으며 긴박한 국제정세의 변화를 주시하고 자신이 평생 분투했던 당과 국가의 앞날에 관심을 가졌다. 그녀는 항상 중국과 세계의 여성, 아동의 처지에 대해 걱정했고 그녀의 많은 전우, 동지 그리고 친구들을 마음속 깊이 그리워하였다.

여러 동지들과 친구들은 그녀에게 거듭하여 자신의 일생을 기록하여 후대사람들에게 전하고 미래에까지 남겨두라고 건의하였다.

그때마다 그녀는 항상 웃으며 손을 저으며 말했다.

"내가 무슨 시간적 여유가 있어 과거를 회상할 수 있겠어요? 지금도 너무나 바쁜데요."

많은 혁명가와 정치가는 항상 현재에 집착하며 미래에 눈을 돌렸다. 그들은 그럴 시간도 없지만 또 과거를 회고하고 싶어 하지도 않았다. 왜냐하면 그들 생명의 가치는 현재를 창조하고 미래를 개척하는 데에 있었기 때문이었다!

덩잉차오는 저우언라이와 같이 스스로 사적을 비석에 새기거나 전기를 써 칭송하는 것을 원하지 않는 사람이었다. 그 둘은 단지 자신들의 족적으로써 역사의 궤적을 한 걸음씩 그려나갈 뿐이었다.

하지만 사람들은 너무도 그녀의 일생을 이해하고 싶어 했다. 그녀는 거의 20세기 전체와 함께 생활했고 20세기 중국의 여러 급변하는 정세와 변혁을 직접 경험하고 또 참여하였기 때문이었다.

그녀는 신해혁명(辛亥革命)의 흥기와 청 왕조의 멸망을 경험했고 위안스카이(袁世凱)의 정권 탈취와 각지 군벌의 할거·혼전을 겪었으며 시대의 획을 그은 위대한 오사애국운동에 직접 참가했다. 국민혁명의 승리와 실패를 경험했고 제2차국내혁명전쟁과 전 세계를 놀라게 한 25,000리 장정(長征)에 참가하였다. 항일전쟁시기 그녀는 저우언라이와 함께 국민당 통치구에서 전투를 벌였고 항일민족통일전선공작을 추진하였다. 국공내전시기 그녀는 농촌으로 깊이 파고 들어가 해방구의 토지개혁운동과 여성운동을 지도하였다. 신중국 성립 이후 그녀는 차이창(蔡暢)과 함께 전국의 여성운동을 지도하였고 건국 40여 년의 성공과 좌절을 직접 경험하였다. 만년에 정치적으로 최고의 위치에 올랐으며 사회주의 현대화건설과 개혁·개방의 새로운 시대를 맞이하였다.

그녀는 당대 중국역사의 창조와 개척 활동에 참여하였고 또 가혹한 시험도 겪었다. 승리의 즐거움을 만끽하기도 했으며 좌절의 고통을 삼킨 경우도 있었다. 그녀는 20세기의 모습을 변화시킨 중국혁명의 몇 안 되는 증인이며 중국신민주주의혁명, 사회주의 개조와 건설의 추동자였다.

1981년 봄, 77세의 덩잉차오는 그녀의 탁상용 달력 위에 고아하면서도 굳세고 시원스런 필체로 자신이 매우 좋아하는 시 가운데 몇 구절을 썼다.

"봄날이 간다고 가을이 되는 것이 아닌데, 어찌 나이 때문에 걱정할까? 너의 생명을 인민사업과 결합한다면 흰머리조차 비껴갈 것이거늘!"

이 몇 구절은 아마도 그녀의 정신세계와 강인한 품격을 잘 설명해줄 수 있을 것이다.

덩잉차오의 일생은 인민사업과 함께 결합된 일생이었다. 인민사업이 영원히 청춘을 유지하듯, 그녀의 일생 역시 항상 청춘이었다.

이제 우리는 역사의 창을 통해 덩잉차오가 중국인민과 여성의 해방사업을 위해 그리고 위대한 공산주의사업을 위해 열심히 투쟁하는 웅장하며 아름다운 일관된 인생을 살았음에 대해 자세히 살펴볼 것이다.

제1장 비바람 세차게 몰아치는 밤, 천천히 나아간 고난의 길

(1904-1918)

1. 어머니, 자신의 권리를 죽음으로 지키다

덩잉차오(鄧穎超)는 중국 역사상 가장 고통스럽고 굴욕스러운 시대에 태어났다.

20세기 초 제국주의 열강은 전 세계를 분할하였다. 노쇠한 중화제국은 제국주의국가인 영국, 미국, 프랑스, 독일, 일본 등의 군함과 상선이 자신의 양쯔(揚子)강, 주(珠)강, 황푸(黃浦)강은 물론 연해의 많은 항구들을 제 집 드나들듯 돌아다니는 것을 두 눈을 뻔히 뜬 채 바라만 볼 뿐이었다. 계속된 불평등조약으로 국권이 상실된 자리에 치욕은 쌓여만 갔다. 강제적으로 개항장이 만들어지고 일부 지역은 '나라 안에 나라'[國中國] 인 조계(租界)로 바뀔 수밖에 없었다. 게다가 열강에 지급해야 할 배상금 마저 제 때에 상환하지 못해 비틀거리던 청 왕조는 매우 동요하여 곧 쓰러질 지경이었다. 한편 일본의 메이지유신(明治維新)을 본떠 변법유신(變法維新)을 기도하다 처절한 실패를 맛본 젊은 황제[1]는 중난하이(中南海)의 잉타이(瀛台)에 구금되고 말았다. 40여 년간 막강한 전제의 칼날로 중국을 통치하면서 국가와 인민을 궁지로 몰아넣었던 연로한 서태후(西太后)는 악착같이 권력을 움켜쥐고선 끝까지 놓으려 하지 않았다. 하지만 8개국 연합군은 북중국 땅을 사정없이 유린하였으며, 모욕적인 『신축조약(辛丑條約)』[2]을 체결하여 다시 한 번 중국의 국권을 빼앗고 4억 5천만 량이라는 엄청난 배상금 지급을 요구하자, 중국인들은 숨조차 제대로 쉴 수 없을 만큼의 압박을 받게 되었다.

고래(古來)로 외국에 무릎을 꿇는 법이 없던 중국인은 앞 다투어 용맹스럽게 외세와의 투쟁을 전개하였다. 하지만 태평천국(太平天國)의 몽상은 서양의 총포에 무자비하게 유린당해 한낱 신기루에 지나지 않았고, 수십만 농민혁명군의 선혈은 대지를 가득 적셨다. 염군(捻軍)[3], 회군(回軍)[4], 의화단(義和團) 농민군 역시 여기저기 피 구덩이에 고꾸라져갔다. 용맹스런 중국농민군은 실패하였던 것이다. "서양에서 진리를 찾고자 했던" 쑨원(孫文), 황싱(黃興)[5] 등 일군의 혁명파는 분연히 떨쳐 일어나 혁명단체를

---

1   역주 : 1898년 103일의 유신(維新) 끝에 서태후(西太后)에 의해 구금된 광서제(光緒帝)를 가리킨다.

2   역주 : 중국이 1901년 9월 7일 의화단사건(義和團事件) 처리를 위해 영국, 미국, 일본 등 11개국과 체결한 조약. 배상금 지불 이외에 베이징(北京) 내의 공사관 구역 설정, 외국 군대 상주, 다구(大沽) 포대의 파괴 등 중국의 입장에서 볼 때 치욕적인 내용이 많았다.

3   역주 : 태평천국(太平天國)과 같은 시기인 1853년부터 시작하여 태평천국이 몰락한 뒤인 1868년까지 화북지역에서 봉기한 유구적(流寇的) 성격의 반청(反淸) 반란집단. 이 둘은 서로 연합하지 못하고 청조에 의해 각개격파 당했다.

4   역주 : 청말 서북변경지역에서 발생한 反淸 이슬람 반란집단. '回'는 回民 즉 이슬람을 신봉하는 집단을 가리킨다. 반란의 원인은 청조의 소수민족 압박에 대한 이슬람 교도의 반항인데, 청조에 의해 평정되었다.

5   역주 : 후난(湖南)성 창사(長沙) 출신의 혁명가(1894-1916). 일본에 망명하여 1905년 도쿄(東京)에서 쑨원 등과 중국동맹회를 조직하였고, 1912년 중화인민임시정부가 수립되자 육군총장에 취임하였다. 이 무렵부터 쑨원파와 사이가 멀어져 1913년 '제2혁

만들어 여러 차례 무장기의를 통해 황제체제를 타도하고 공화정치를 건립함으로써 중화의 웅대한 기상을 다시 일으키고자 하였다.

혁명의 불씨는 몇몇 지방에서 이미 불타오르기 시작하였다. 그러나 중화의 대지는 여전히 암흑 속에 갇혀 제국주의와 전제주의라는 두 가지의 고압적인 통치 하에 있었다.

1904년 설날 직후 대지에는 봄기운이 넘실대고 있었다. 중국 남방 변경의 광시(廣西) 난닝(南寧) 鎭台(진태)의 아문(衙門) 후원 본채에서 격하게 다투는 소리가 흘러나왔다.[6]

"당신! 딸을 남에게 보내려거든 저를 먼저 죽이세요!"

29세의 鎭台夫人(진태부인) 양전더(楊振德)는 한 손엔 태어난 지 막 한 달이 된 딸아이를 부여안고, 다른 한 손엔 부엌칼을 든 채 격분하여 남편에게 말했다.

40여 세의 鎭台大人(진태대인) 덩팅중(鄧庭忠)은 깜짝 놀라 몇 걸음 뒤로 물러나면서 기가 막혀 제대로 말도 하지 못했다. 그는 이제껏 정숙하고 얌전했던 부인이 칼을 들고 나와 이렇게까지 죽기 살기로 대들 줄은 상상도 못했다.

포악스런 성격의 무장(武將)인 그였지만 외유내강의 부인 앞에서 오히려 위축당하고 말았다.

덩팅중은 본적이 허난(河南) 광산(光山)현이고, 어려서부터 무술을 연마하여 무거(武擧)에 합격한 후 광시 난닝에 파견되어 진태의 지위에 올랐다. 그는 고집불통일 뿐만 아니라 남존여비라는 봉건사상에 깊이 빠져있는 인물이었다. 그는 전처가 죽자 4년 전 양전더와 재혼하였다. 본래 대갓집 규수였던 양전더는 결혼 후 사내아이를 낳은 적이 있다. 그러나 그

명' 때 난징(南京)에서 거병했으나 실패하고 미국에 망명, 쑨원의 중화혁명당에는 참가하지 않았다.

6 덩잉차오의 어린 시절에 관한 생활 자료는 어머니에 대한 그녀와의 대화에 근거한다. 또한 趙煒, 金瑞英, 『一位平凡而偉大的女性』 참조.

아이는 바로 요절하고 말았다. 그때 덩팅중은 큰 실망을 했지만 양전더가 다시 임신을 하자 또 사내아이일 것이라는 희망을 갖게 되었다.

1904년 2월 4일, 광서(光緒) 29년(癸卯年) 음력 12월 19일. 난닝 진태의 집안에서는 갓난아이의 커다란 울음소리가 흘러 나왔다.

"축하합니다. 축하합니다. 천금을 낳았군요!" 신생아를 안은 산파는 진태부인에게 축하인사를 건넸다.

양전더는 출산의 고통 속에서 힘들어하면서도 딸이라는 소리에 조금도 놀라지 않았다. 그녀는 쉬지 않고 울어대는 아이를 받아들고서 주체할 수 없는 애정으로 입을 맞추면서 가볍게 탄식하였다. 그녀의 마음속에 갑자기 처량한 생각이 밀려들어 왔던 것이다. "인생이란 고통스러운 것인가 보다. 아니라면 저 아이는 왜 저리 계속 우는 것일까?"

이른 아침 누군가 진태부인에게 덩팅중이 딸아이가 태어났다는 말을 듣고서는 새파랗게 질려 한 마디 말도 하지 않는다고 귀띔해 주었다. 이후 한 달 동안이나 그는 부인과 막 태어난 아이를 보러 내실로 건너오지도 않았다.

양전더는 남편의 남아선호 사상이 이렇게 뿌리 깊은 줄 미처 몰랐다. 지난 날 아들을 낳았을 때에는 아들을 위해 '삼조(三朝)'와 '만월(滿月)' 잔치[7]를 벌여주고 또 뭐라도 해주려고 하던 남편의 모습을 그녀는 아직 또렷이 기억하고 있다. 그런데 지금 여자아이를 낳으니 거들떠 볼 가치도 없다고 여기고 있는 것이다! 양전더는 내심 매우 마음이 아팠다. 이러한 고통은 이미 세상을 떠난 아버지가 지금의 남편보다 훨씬 개명적이었음을 기억해내자 더욱 심해졌다.

그녀는 원래 후난(湖南) 창사(長沙)의 부유한 상인 가문 출신이었다. 할아버지가 죽은 후 자식들은 제대로 사업을 운영하지 못했을 뿐만 아니라 오히려 돈을 물 쓰듯 하는 바람에 점차 가산은 탕진되어 갔다. 그녀

---

[7]　역주 : '三朝'와 '滿月'은 각각 아이가 태어난 지 3일과 1개월이 되는 날에 벌이는 축하잔치를 가리킨다.

의 아버지는 어려서부터 독서를 좋아했으며 사상 또한 개방적이었다. 그는 아들 없이 단지 딸 하나만 두었다. 그는 딸을 지극히 사랑하여 그녀에게 읽기와 쓰기를 가르쳤으며 의술도 공부하게 했다. 또한 자신의 몸을 지킬 수 있어야 남도 도울 수 있다고 가르쳤다. 그는 자기 딸이 조혼 풍습에 맞춰 일찍 결혼하는 것을 원치 않았다. 양전더가 고모 집에서 자라고 있을 때 고모가 그녀를 일찍 시집보내려 하자, 그는 100여 리 길을 밤을 새며 달려가 딸을 데리고 집으로 돌아와 버린 적이 있었다.

장사의 가업이 망하자 아버지는 부인과 딸만을 데리고 여기저기를 전전하다가 광시 난닝까지 흘러들어와 그곳에 정착하려 하였다. 하지만 불행하게도 그와 부인은 잇따라 세상을 뜨고 말았다. 14살에 홀로 된 양전더는 사고무친(四顧無親)으로 타향 땅에서 떠도는 신세가 되었다.

양전더는 어릴 때 부친이 의술을 배울 수 있도록 배려해준 것에 대해 매우 고마워했다. 본래 자신의 몸을 보호하기 위해 시작한 것이었지만 이제 양전더는 그것을 업으로 삼아 살아가야 했다. 그녀는 힘써 의학서적을 독파해 갔으며, 점차 다른 사람의 병을 고쳐주어 생계를 꾸려갈 수 있게 되었다. 위기에 봉착한 전통의 중국에서 연약한 일개 여인이 떠돌이 의사노릇을 하면서 살아간다는 것이 말처럼 쉬운 일은 아니었다. 하지만 이러한 적극적 생활을 통해 양전더는 여성도 스스로 자립할 수 있으며, 스스로 강해질 수 있다는 자신감과 용기를 얻을 수 있었다.

그러나 그녀는 19세기 중엽이라는 현실의 관습을 뛰어넘을 수는 없었다. 개인적으로 아무리 능력이 있다 하더라도 결혼을 피할 수는 없었던 것이다. 결국 25세가 되던 해 양전더는 중매로 홀아비 딩팅중과 결혼하였다.

그녀는 그동안 독립적으로 생활하는 데 익숙해져 있었기 때문에 진태부인이라는 자리에 만족하여 남편에게만 온전히 의지한 채 부유한 생활에 빠져드는 것을 경계했다. 그녀는 계속해서 의서를 탐독하면서 무료로 사람들의 병을 고쳐주었다. 적지 않은 관원부인, 친구, 가난한 사람들이 병에 걸리면 그녀에게서 치료 받기를 원했고, 치료 효과 역시 매우 좋아서 그녀는 지역에서 꽤 유명해졌다. 하지만 덩팅중은 그녀가 있는 복을 차버리고 쓸데없는 고생을 사서 한다고 여겼다. 그에게 필요한 것은 온유하며, 남편 말을 잘 듣는 현명한 내조자였으니, 집안일이나 잘 하고, 사내아이를 낳아 그 아들이 커서 조상을 빛내고 덩씨 가문을 번창시키면 그만이었다. 양전더가 두 번째 임신을 했을 때 덩팅중은 그녀가 무료 시술하는 것을 강하게 금지시켰다. 양전더는 서운했지만 장차 태어날 아이를 위해 참을 수밖에 없었다.

그러나 이번엔 공교롭게도 여자아이를 낳았다. 너무도 싫은 나머지 덩팅중은 아이를 내다 버리려 했지만 양전더는 막 태어난 여자아이가 그렇게도 사랑스러울 수가 없었다. 남자아이는 커서 옥 장식을 찬 관리가 될 수 있기 때문에 아들을 낳으면 "농장(弄璋)"[8]의 기쁨이라 한 과거 속담을 그녀는 잘 알고 있었다. 딸을 낳을 경우 "농와(弄瓦)"라 하였는데 여자아이는 커서 단지 실과 옷감을 짜는 가정주부가 될 뿐이었기 때문이다.[9] 하지만 양전더는 딸을 매우 소중한 옥 같은 보배로 여겨 끔찍이 사랑하였다. 이 때문에 그녀는 처음에 아이의 이름을 위아이(玉愛)라 지었으며, 모유를 먹였다.

아이가 태어난 지 1개월쯤 지나서 전더가 모유를 먹이고 있을 때였다. 덩팅중이 갑자기 방안으로 들어와 "계집애는 '밑지는 상품[賠錢貨]'[10]에 불과하니 잘 키워봤자 결국 남의 집 사람이 될 테니 차라리 아이를 남에게 줘버리겠다"고 했다.

---

[8] 역주 : 농장지희(弄璋之喜)의 준말. 옛날 중국(中國)에서 아들을 낳으면 구슬을 장난감으로 준 것에서 유래한 말이다. 『시경(詩經)』에 "乃生男子 載寢之狀 載衣之裳 載弄之璋(사내아이를 나으면, 침상에 누이고, 꼬까옷 입혀, 손에는 구슬을 쥐어 주었네"라는 대목이 나오는 것으로 보아 매우 오래된 전통이다.

[9] 璋은 아름다운 옥으로, 고대 남성이 관리가 될 때 종종 옥 장식을 찼다. 와(瓦)는 도기(陶器)로서, 고대에 방직할 때 도윤(陶輪)을 사용했기 때문에 "농와(弄瓦)"는 곧 방직의 의미를 지니게 되었다.

[10] 역주 : 과거 중국에서 여자는 밖에 나가 돈을 벌 수 없을 뿐만 아니라 출가 비용이 많이 들기 때문에 '밑지는 상품(賠錢貨)'이라 하였다. 즉 딸을 가리키는 말이다.

이 애기를 들은 양전더는 너무 화가 나서 곧장 주방으로 달려가 부엌칼을 들고나와서는 자신의 목숨을 걸고 남편에게 대들었다. 그녀는 자신의 목숨을 걸고 딸의 권리를 지켰던 것이다.

덩팅중은 매우 놀라기도 했고 또 격분도 하였지만 결국엔 양보할 수밖에 없었다. 그가 비록 딸을 버리려했지만 처자를 죽일 수는 없는 일이었다. 그는 단지 "어찌 이런 일이!"라고 투덜대면서 바로 나가 버렸다.

용감한 어머니 양전더는 목숨을 걸고 여자아이의 생존권과 생활권을 보호하였다. 이것은 2천년 동안 계속되어 온 '부권(夫權)'과 '부권(婦權)'의 충돌이었고, 여기서 그녀는 승리한 것이었다.

어머니의 품속에서 울고 있던 딸은 이 일이 그녀의 일생에 가장 결정적 영향을 끼친 중대한 사건이었음을 물론 몰랐다. 만약 독단적인 아버지가 그녀를 다른 사람에게 보내버렸다면 훗날의 덩잉차오가 존재할 수 있었을까?

양전더는 딸을 보면서 너무 슬퍼 눈물을 흘렸다. 딸에게 연신 입을 맞추며 그녀는 "딸아, 너의 인생은 정말로 험난하겠구나!"라며 중얼거렸다. 당시 양전더는 시사문제에 관심이 많았다. 이미 나라의 위세가 날로 기울고 인민의 생활이 피폐해지고 있는 상황에서 가정 또한 화목하지 못했기 때문에 앞으로 자신과 딸의 생활이 많은 난관에 봉착하게 될 것을 미루어 예상할 수 있었던 것이다. 이런 그녀의 불길한 예상은 이후 불행하게도 딱 들어맞았다.

2. 고사리 손으로 짜고 짜는 베

1911년 한 겨울 톈진(天津) 장로육영당(長蘆育嬰堂) 안의 낡은 장방형 방안에 10여 대의 오래된 직기가 어수선하게 널브러져 있었다. 10여 세에서 17,8세에 이르는 여자아이들이 그 방 안에서 수건과 털실을 힘겹게 짜고 있었다. 떨어진 물방울이 바로 얼어붙고 마는 한 겨울 추위에 끊임없이 연기를 토해내는 작은 쇠 난로만으로는 방안의 한기를 가실 수는 없었다. 뼈를 에이는 찬바람은 창문 사이로 쉬지 않고 밀려들어 왔다. 얇은 옷을 걸친 여자아이들은 모두 추워서 벌벌 떨며 얼어 있었다. 하루 10시간의 노동 때문에 그녀들은 극도로 지쳐서 그저 작업 종료 벨이 울리기만을 기다릴 뿐이었다.

이제 막 7 살이 된 덩위아이는 낡은 직기 앞에서 수건 짜는 법을 배우고 있었다. 그녀의 양손은 진홍빛으로 얼어 있었다. 그러나 조그만 얼굴의 표정은 매우 결연하였고, 꽉 다문 입에서는 강한 의지가 새어나왔다. 작은 손으로 옷감을 짜는 모습이 마치 어린 시절의 고통과 생활의 곤궁함을 날실과 씨실로 엮어내는 듯했고 스스로 어머니를 도와야 한다는 강한 의지와 소망을 드러내는 것 같았다.

하지만 불행하게도 어머니에 의해 이미 예견된 생활의 곤궁함은 그녀의 어린 시절을 맹렬한 기세로 수놓고 있었다.

3년 전 어린 위아이는 아무런 걱정 없이 어머니의 애정과 관심 속에서 교육을 받으며 큰 문제없이 성장하였다. 그녀는 옹알거리며 말을 배우고 뒤뚱거리며 뛰어다녔다. 비록 아버지의 애틋한 사랑을 받지는 못했지만 어머니의 사랑만으로도 그녀는 충분히 행복했고, 하루 종일 천진난만하게 웃고 다닐 수 있었다.

어머니는 그녀에게 글을 깨우쳐주었고 노래와 당시(唐詩)를 가르쳐주었다. 위아이는 매우 총명하였다. 동그랗고 맑은 두 눈을 크게 뜨고 어머니를 따라 한 구절씩 배우고 흥얼거렸다. "침상 머리 밝은 달빛, 땅 위에 내린 서리인가, 산 위의 달을 보다, 고향생각에 고개 떨구네!"[11] 그녀는

11　　역주: 이 시는 당 이백(李白 : 701-762)의 「달밤에 그리는 정(靜夜思)」라는 제목의 오언절구이다.

어머니의 눈이 왜 저토록 근심으로 가득 차있는지 알지 못했다. 어머니는 위아이가 읊은 시구 때문에 가슴 깊이 사무치는 향수에 빠진 것이었다. 총명하고 영리한 위아이는 경쾌한 곡조로 바꿔 재빠르게 다시 흥얼댔다. "봄날 새벽잠 아직 깊은데, 여기저기 지저귀는 새 소리 들리네, 간밤에 비바람 몰아치더니, 꽃잎은 얼마나 떨어졌을까?"[12] "어머니!" 청아한 소리가 어머니를 휘감았다. "우리 뒤뜰로 나가 꽃이 얼마나 떨어졌는지 봐요." 어머니는 이러한 아이의 애교에 이끌려 밝은 미소를 짓지 않을 수 없었다.

정말 아무런 근심 걱정 없는 것이 어린이의 마음인가! 위아이는 청천벽력과 같은 엄청난 재앙이 자신과 사랑하는 어머니에게 닥치게 될 줄은 상상도 못했다.

원래 성격이 거칠고 급한 덩팅중은 직속상관에게 죄를 짓게 되었다. 그는 고향 허난(河南)으로 성묘를 간다는 핑계를 대고 바로 윈난(雲南)의 친척집으로 도망가 다른 방책을 궁리하였다. 하지만 상관이 상부에 고발하였고, 그 결과 그를 신장(新疆)에 배치시킨다는 공문이 하달되었다. 이는 그의 가정을 붕괴시키고도 남을 만큼 충격적인 사건이었다.

그러나 위아이는 잘 몰랐다. 그녀는 집에 무슨 일이 일어났는지 알지 못했다.

양전더는 애써 비통함을 억누르면서 장신구와 의복 등을 판 은(銀) 200량을 신장으로 가는 남편의 여비로 마련해 주었다.

이어 그녀와 딸은 진태 아문에서 새로 빌린 작은 집으로 바로 이사하였다. 양전더는 가사 일을 하면서도 매일 아이에게 글을 가르쳤다.

그러나 그녀들의 생활을 지탱해줄 밥벌이가 막막했다. 양전더는 이전에 난닝에서 의사노릇을 한 적이 있었지만 관아에 죄를 지은 가족이어서 다시 떳떳하게 의료행위를 할 수는 없었다.

---

[12] 역주: 이 시는 당나라 시인 맹호연(孟浩然 : 689-740)의 「어느 봄날 아침(春曉)」이라는 제목의 오언절구이다.

그녀들은 어떻게 살아가야 했을까? 차라리 난닝을 떠나 개항장 부두로 가면 혹 살길을 찾을 수 있을지도 모른다고 권유하는 이가 있었다.

결국 양전더는 딸을 위해 또다시 험난한 길을 나서야만 했다!

비바람이 휘몰아치던 어느 늦은 밤, 양전더와 딸을 태운 조그만 배 한 척이 광저우(廣州)에 도착하였다.

젊은 부인 양전더에게는 광저우에 친척은 물론 친구도 없었기 때문에 어찌 살아가야 할지 막막하였다. 그때 또 다른 사람이 상하이(上海)가 광저우보다 더 발달했으니 그곳으로 가 앞날을 도모해 보는 게 좋을 것 같다고 권하였다.

강인한 양전더는 다시 딸을 데리고 먼 길을 돌고 돌아 외국인 거류지가 넓게 설치된 상하이에 도착하였다.

양전더는 상하이에서 동향인의 도움을 받아 의사노릇을 할 수 있었다. 그녀는 천성적으로 고결한 성격의 소유자여서 상하이 해안에 기숙하는 불량배들의 횡포에 굴복하지 않았다. 그러나 치료를 받는 병자들이 매우 적어 생활은 여전히 힘들었다.

이때, 쿤밍(昆明)에 사는 친척이 마침 상하이에 도착했다. 그는 양전더 모녀의 생활이 곤궁함을 보고서는 쿤밍으로 오면 생계를 도와주겠다고 제안하였다.

그는 덩팅중에게서 양전더의 성격이 강인하고 또 자존심이 매우 강하다는 사실을 들은 바 있었다. 따라서 그는 매우 공손히 양전더 앞에 무릎을 꿇고 제수의 동의를 간청하였다.

평범한 여인이었다면 이토록 도와주겠다는 호의를 기꺼이 받아들였을 것이었다. 그러나 강인한 성격과 자립심을 지닌 양전더는 과거 남편에게 의지한 호화로운 생활을 원하지 않았을 뿐만 아니라 비록 빈궁하여 힘들기는 하지만 여전히 다른 사람에게서 도움을 받지 않으려 하였다.

결국 그 친척은 존경과 유감의 마음을 오롯이 지닌 채 빈 발걸음을 돌려야 했다.

여섯 살이 된 위아이도 이제는 상황을 이해하기 시작하였다. 그녀는 어머니의 행동을 보면서 그 의미를 마음속에 담아 두었다. 자립심이 강한 어머니처럼 커서 남에게 의존하지 않겠다는 확고한 신념이 이미 그녀의 어린 마음속에서 싹트고 있었다.

당시 덩팅중의 전처 소생 아들이 톈진에서 살고 있었는데, 양전더에게 편지를 보내 일자리를 대신 마련해 두었으니 위아이를 데리고 오라고 하였다.

1910년 말 여섯 살 위아이는 어머니를 따라 상하이에서 화물선을 타고 황해(黃海)를 따라 보하이(渤海)만의 톈진에 도착하였다.

어린 위아이는 맑은 눈을 크게 뜬 채 거대한 파도가 솟구치고 출렁거리는 대해(大海)를 바라보았다. 큰 바다의 위엄과 힘은 그녀를 빨아들일 것만 같았다.

그녀들은 남부의 변경인 광시(廣西) 난닝에서 광동(廣東) 광저우로, 다시 광저우에서 중국 최대의 도시 상하이로, 그리고 또다시 상하이에서 북방 최대 항구도시인 톈진까지 흘러들어온 것이다. 여섯 살의 위아이는 어머니를 따라 중국의 거의 반을 돌아다닌 것이다. 80년 전[13] 중국에서 보통의 여자아이라면 대부분 규방 문을 걸어 잠그고 대문 밖을 나오지도 않았을 뿐만 아니라 중문도 나서지 않았을 것이다. 그러나 덩위아이는 곤궁한 생활로 어린 나이에도 불구하고 중국의 태반을 돌아다니며 시야를 넓혔고, 또 그 과정에서 많은 식견을 터득했다.

그녀들이 톈진 부두에 이르렀을 때 마침 하늘에선 거위 털 같은 큰 눈이 내리고 있었다. 남쪽 지방에서 태어났기 때문에 깨끗한 눈꽃을 처음 본 위아이는 흰 눈 아래 펼쳐진 은장식의 하얀 세계를 신기하게 바라보았다. 걱정이 많았지만 어머니는 이제 두 모녀가 살 수 있는 길을 찾은 셈이라 생각하였다.

---

[13] 역주: 본서의 집필이 1992년에 이루어졌으므로 현재부터 계산하면 100년 가까이 된다.

그러나 그녀들의 앞날에 또 다른 큰 시련이 다가올 것을 누가 알았으랴! 위아이의 배다른 오빠는 이미 실직한 상태였었다. 다만 계모 수중에 다소 재산이 남아있을 거라는 생각에 편지를 써서 일자리를 구했다고 거짓말을 한 것이었다. 양전더를 기다리는 일자리는 처음부터 없었다.

위아이는 이제껏 어머니의 얼굴이 그렇게까지 어그러진 것을 본 적이 없었다. 양전더는 거의 절망 상태에 빠졌다. 그러나 아마도 하늘은 스스로 돕는 자를 돕는가보다. 마침 덩팅중의 허난 동향인이 운영하는 톈진 장로염업국(長蘆鹽業局)의 육영당(育嬰堂)에서 의사를 한 명 구하고 있었다. 양전더는 이에 응모하여 취직을 할 수 있었다. 육영당은 그녀들에게 숙식을 제공해 주었을 뿐만 아니라 매월 잡비로 돈 10원까지 지급해 주었다. 이 정도의 돈이라면 두 모녀가 간신히 생활은 유지할 수 있었다. 그러나 마음씨 좋은 양전더는 전처의 아들이 절망적인 생활고에 시달리고 있는 모습을 차마 외면할 수 없어서, 쥐꼬리만한 월급에서 일부를 떼어 그를 도와주었다.

막 7세가 된 덩위아이는 공짜 밥을 먹지 않으려고 옷감 짜는 법을 배우려고 했으며, 아울러 어머니에게서는 일반교양 지식을 배웠다.

넉넉한 일반 가정의 일곱 살 여자아이라면 어머니에게 애교나 떨면서 성장할 터이었다. 그러나 같은 나이의 위아이는 무거운 직기에서 수건 짜는 법을 배웠다. 그녀는 작은 손으로 수건을 짜고 또 짜서 하루에 6,7개의 동전을 벌었다. 그녀가 처음 돈을 벌었을 때, 그 동전을 신이 나서 웃으면서 즐겁게 어머니에게 주었다. 어머니는 씁쓸하게 웃으면서 위아이의 머리를 쓰다듬고 온화한 목소리로 말을 했다.

"좋아! 좋아! 착한 나의 딸, 너도 혼자서 잘 살아갈 수 있겠구나!"

마침, 여성 아편중독자들을 전문적으로 치료해 주는 여성 아편중독 치료소가 톈진에 새로 설치되었다. 한 친구의 소개로 이 치료소에서 일을 하게 된 양전더는 매월 30원의 월급을 받게 되었다. 이후 위아이는 다시 옷감 짜는 일을 하지 않아도 되었다. 대신 어머니에게서 교육만 받으면 되었다.

어느 날 위아이는 모처럼 어머니의 안색이 환하게 밝아진 것을 알아차렸다. 어머니가 막 덩팅중의 편지를 받았는데 거기에는 3년간의 유배가 끝나 곧 복직될 것이라는 소식이 들어 있었기 때문이다. 하지만 편지에서 "발이 큰 여자는 사람들에게 비웃음거리가 될 터이니 어찌 사람을 섬길 수 있겠는가?"라고 하면서 독단적인 아버지는 양전더에게 딸의 전족(纏足)[14]을 강요하였다. 어머니는 아버지가 곧 집으로 돌아온다는 희소식을 딸에게 알렸다. 위아이는 비록 아버지를 좋아하지는 않았지만, 가족 모두가 함께 모여 살게 된다는 생각에 들떴다. 하지만 양전더는 남편의 전족 요구를 결코 받아들이려 하지 않았다. 그녀 역시 어린 시절 전족으로 인해 엄청난 고통을 받았기 때문에 자기 딸에게까지 똑같은 족쇄를 채우고 싶지 않았던 것이다. 그녀는 자기 딸이 건강한 발로 자신의 길을 당당하게 개척해 나가기를 바랐다.

모녀가 잔뜩 기대에 부풀어 있을 때 덩팅중이 신장에서 갑자기 병을 얻어 사망했다는 불행한 소식이 전해졌다. 청천벽력과 같은 소식에 전더는 정신을 잃고 말았다. 그때 위아이는 강인한 성격의 소유자였던 어머니가 통곡하는 것을 비로소 처음 보았다. 여성은 걸핏하면 우는데 이는 스스로 약자임을 나타내는 표시이므로 그래서는 안 된다고 평상시에 어머니가 강조하던 것을 위아이는 잘 알고 있었다. 사실 위아이는 어떤 환난 속에서도 어머니의 눈물을 본 적이 없었다. 그러나 어머니는 이때 단한 번 통곡하였었다.

아마도 그녀는 자신과 딸의 운명에 대해 통곡했을 것이다. 이제 그들의 가정은 영원히 깨진 셈이었다. 단지 두 모녀만이 세상에 남아서 서로 의지하며 살아갈 수밖에 없었다.

---

[14] 역주 : 여자아이의 발을 천으로 칭칭 묶어 자라지 못하게 하는 관습으로 11세기에 시작되었다. 작은 발을 관능적이라 여겼기 때문에 고통스러운 일이지만 명청시대에 이르러 중국 전역에 보편화되었다.

양전더는 여성 아편중독 치료소에서 근무하고 있었기 때문에 따로 빈소를 차려 제사를 지낼 수 없었다. 단지 딸에게 헝겊신을 신기고 흰 베옷을 입혀 애도를 표할 뿐이었다.

그녀는 비통함을 애써 참으면서 한 집안의 가정경제를 책임졌다. 덩팅중의 전처 소생인 아들 역시 실직한 이후 폐병으로 사망하고 말았다. 진정 선량하면서도 강건한 성격의 소유자인 양전더는 이런 일들을 모두 직접 처리했다.

충격이 한 번 가시면 다른 충격이 뒤를 이었다. 여성 치료소가 경비 부족으로 더 이상 운영될 수 없어서 양전더는 다시 실직했으며, 모녀의 생활은 극도의 고통 속으로 빠져들었다.

1911년 신해혁명(辛亥革命)이 발발하여 청나라 조정은 붕괴되고 공화정 체제가 수립되었다. 그러나 '나라를 훔친 큰 도둑' 위안스카이(袁世凱)[15]가 혁명 승리의 과실을 탈취하여 대총통(大總統)에 취임하였기 때문에, 중국은 여전히 암흑세계에서 헤어나지 못하고 있었다.

양전더는 여성 아편중독 치료소에 근무할 때 쑨원(孫文)이 지도하는 동맹회(同盟會)[16] 여성회원 장싱화(張星華)를 알게 되었다. 양전더는 1911년 건립된 중국사회당[17] 당원이었던 그녀와 서로 마음이 잘 맞아 친밀하게 지냈다.

1913년 초 양전더는 장싱화의 소개로 중국사회당 베이징(北京) 지부가

---

15   역주 : 청말민초(淸末民初)의 군인·정치가(1859-1916). 청일전쟁에 패한 후 서양식 군대를 훈련시켜 북양군벌의 기초를 마련하고 무술변법을 좌절시켰으며, 의화단운동을 진압하였다. 신해혁명 발발 때 조정의 실권을 잡고 임시총통에 취임해 독재체제를 확립했다.

16   역주 : 1905년 쑨원이 도쿄에서 조직한 반청(反淸) 비밀결사단체인 중국동맹회를 가리킨다. "오랑캐를 몰아낸다(驅除韃虜), 중화를 회복한다(恢復中華), 인민의 나라를 세운다(創立民國), 토지 소유를 균등하게 나눈다(平均地券)" 등 4대 강령을 채택하였고, 1912년 중국국민당으로 흡수·통합되었다.

17   역주 : 1911년 쟝캉후(江亢虎)가 중심이 되어 상하이에서 건립된 사회주의단체. 공화, 법률 개량, 재산 세습 반대, 평민교육 보급 등을 강령으로 내세웠다. 1913년 '2차혁명' 이후 쑨원에 호응하다, 1913년 위안스카이에 의해 해산 당했다.

개설한 평민학교 교사가 되었다.

비록 짧은 시간이지만 위아이에게는 매우 큰 의의를 갖는 생활이 시작된 셈이었다.

3. 열사의 붉은 피(鮮血), 그녀의 이상에 불을 당기다

1913년 초 베이징 난헝졔(南橫街) 위안통관(圓通觀) 근처 샹인(湘陰)회관 내에 개설된 평민학교는 사합원(四合院)[18]의 구조물 가운데 북쪽 정면에 위치하고 있으며, 아주 깔끔하게 정리되어 있었다. 9세의 덩원수(鄧文淑, 이것은 양전더가 딸에게 붙여준 학생 때의 이름으로서 딸이 재덕을 겸비하여 문재(文才)가 뛰어날 뿐만 아니라 현숙하기를 바라는 마음에서 지은 것이다)는 수십 명의 남녀 아이들과 함께 즐겁게 수업을 받았다.

평민학교 교장 천이룽(陳翼龍)은 중국사회당 베이징지부 책임자였다.[19] 그는 1886년 후베이(湖北)성 뤄톈(羅田)현에서 태어났다. 소년시절 청조의 부패에 크게 실망하여 후베이, 후난(湖南), 쟝시(江西) 등을 돌아다니며 국가와 인민을 구할 수 있는 길을 찾았다. 1909년 상하이에서 알게 된 혁명파 쏭쟈오런(宋敎仁)[20]의 소개로 일본으로 건너간 그는 쑨원과 황싱(黃興)을 만나 동맹회에 참가하고, 청조 타도를 위한 공화혁명에 적극 가담

---

18 역주: 화북지방의 전통 가옥 양식. 정방(正房), 사랑채, 동서 곁채가 사면을 둘러서 담으로 집과 집 사이를 연결하여 완전히 외지와 봉쇄된 'ㅁ'자 형태를 특징으로 하는 양식이다.
19 『全國政協文史資料』第75期 참조.
20 역주: 후난성 타오위안(桃源) 출생의 청말민초의 혁명가(1882-1913). 국민당의 사실상 당수로서 정강내각제를 만들어 대총통 위안스카이를 견제하려다 그가 보낸 자객에 의해 살해당했다.

하였다.

우창(武昌)봉기[21]에 이어 곧 남북화의(南北和議)[22]가 이루어졌다. 천이룽는 위안스카이의 정권 탈취와 그로 인해 인민의 고통이 극심해졌다는 사실에 매우 분개하였다. 그는 당시 국제적으로 유행하던 사회주의 사조에 세례를 받아 1911년 중국사회당에 가입하였고, 1912년 8월 베이징지부 책임자가 되었다.

중국사회당 베이징지부는 베이징에 평민학교를 개설하여 당시 처음 소개된 평민교육을 추진하였다. 주된 목적은 학교를 이용하여 사회당의 혁명 활동을 보호하기 위한 것이었다. 평민학교의 남녀 직원 20여 명은 대부분 사회당 당원이거나 동맹회 회원이었다. 그들은 자신들의 의무에 매진했고, 특별한 급료 없이 단지 학교에서 식사만을 제공받았을 뿐이었다. 남녀 분반 수업을 진행한 대부분의 신식학당과 달리, 평민학교는 남녀가 함께 수업을 받았는데, 이는 당시로서는 처음 있는 일이었다.

현재 우리는 평민학교 남녀학생과 직원이 함께 찍은 학부형회 기념사진을 통해 아홉 살의 덩원수와 양전더(당시 양바오펑(楊寶峰)이라 불렸다), 그리고 평민학교 설립자 천이룽의 모습을 확인할 수 있다. 이것은 정말로 소중한 사료이다.

천이룽은 사회당원을 조직하여 베이징에서 잡지 『생계(生計)』[23]와 『공론(公論)』[24] 등을 간행하여 위안스카이의 독재와 매국행위를 반대하고 사

---

21 역주: 1911년 10월 10일 후베이(湖北)성 우창(武昌)에서 일어난 봉기로 청조를 무너 뜨리고 중화민국을 건립한 신해혁명의 시발점이 된 봉기를 가리킨다. 가장 먼저 일 으켰다는 의미에서 무창수의(武昌首義)로도 불린다.

22 역주: 1911년 11월 위안스카이가 청조의 군정대권을 장악한 이후, 북방대표 탕샤오 이(唐紹儀)와 남방대표 우팅팡(伍廷芳) 사이에 이루어진 정전과 국체 결정에 관한 평화적 협의.

23 역주: 1912년 12월 베이징 법률서보사(法律書報社)가 출간한 순간(旬刊) 간행물. 정 론(政論), 생계(生計), 법령(法令), 세계대사(世界大事), 본국대사(本國大事), 사회주 의(社會主義) 등을 주로 다루었다.

24 역주: 1913년 6월 베이징에서 반(半)월간으로 창간. 편집인은 류사오윈(劉小雲), 발 행인은 류휘쥔(劉晦君)이었다.

회평등사상을 고취하였다. 또한 그는 베이징 쉬안우먼(宣武門) 밖에 세계어학회(世界語學會)를 개설하고 평민학교에 세계어과를 설치하였다. 총명한 덩원수는 공부를 시작한 지 얼마 되지 않아 세계어 교과서를 읽을 수 있었다.

아홉 살의 덩원수와 그녀의 어머니는 이제 새로운 세계를 맞이하게 되었다. 강한 어머니는 딸을 데리고 비바람이 몰아치는 막막한 상황에서 동분서주하며 억척스럽게 살아왔다. 이처럼 어머니의 분투하는 모습을 보면서 덩원수는 여성도 독립하여 스스로 강해져야만 한다고 생각하였다. 그러나 그녀는 어머니처럼 총명하고 이타적인 훌륭한 사람이 왜 거듭되는 절망적 상황에 빠져야만 하는지 도무지 알 수가 없었다. 그녀는 비록 나이는 어렸지만 어머니를 따라 전국을 돌아다니며 번잡한 속세를 보았고, 사람들이 당하는 수많은 고난과 불평의 소리를 보고 듣게 되었다. 이것들은 어린 그녀의 마음을 끊임없이 자극하였다.

그녀를 더욱 화나게 만든 것은 톈진에서 그녀 또래의 적지 않은 아이들이 집안이 부유하다는 이유만으로 학교에 마음껏 진학할 수 있다는 사실이었다. 톈진에는 이미 옌스(嚴氏)여숙(女塾), 종시(中西)여교(女校), 전수(貞淑)여교 등의 여학교가 있어 많은 여자아이들이 진학하고 있었다. 그녀는 어려서부터 똑똑하고 공부하기를 좋아했지만 때를 놓쳐 공부를 할 수 없었고, 어머니에게서 교양교육만을 받을 수 있을 뿐이었다. 그녀가 이와 같은 인간의 불평등에 대해 얼마나 통탄했을까! 하지만 다행히 평민학교에서는 가난한 가정의 아이들도 교육비를 모두 면제받거나 교재와 공책 등을 무료로 공급받을 수 있었다. 이것은 그녀에게 또 하나의 좋은 기회였다. 그녀는 9살에 3학년으로 편입할 수 있었다.

그동안 어머니는 늘 우울했었다. 그러나 편입 후부터 어머니는 다시 밝아졌다. 덩원수는 그런 어머니를 즐거운 마음으로 바라보았다. 지난날 양전더는 실직과 그에 따른 구직 때문에 늘 바빴으며, 오로지 딸 양육에만 진력할 뿐이었다. 하지만 이제 그녀는 새로운 이상과 목적을 갖고 불합리한 어둠의 세계를 변화시키려는 노력을 시작하였다.

원수는 이전에 어머니가 시간이 있을 때마다 늘 의학서를 보거나 문학, 역사, 지리, 주산 등을 공부하는 모습을 보았다. 그런 어머니가 이제는 진보서적을 탐독하며, 항상 동료들과 열띤 토론을 벌이고 있는 것을 보았다. 원수는 종종 어둠에 갇힌 구세계를 개혁해야 한다는 소리를 탁자에서 오고가는 주장을 통해 들었고, 자유, 평등의 신사회를 이루기 위한 여러 가지 아름다운 상상에 대해서도 들었다.

비록 그녀는 나이가 어려서 모두 이해하기는 여려웠지만 어머니와 함께한 몇 년간의 유랑과 계속된 고통의 역정 때문에 불평등한 암흑세계에 대한 강한 비판 의식을 지니게 되었다. 그녀는 천이롱이 말한 바와 같이 암흑사회를 타파하고 평등의 신사회를 건립하기 위해서는 그녀와 어머니, 그리고 많은 가난한 사람들이 용기 있게 일어나 당당하게 생활해야 한다는 사실을 분명히 깨달았다.

그러나 불행하게도 평민학교가 개교된 지 반년이 지난 즈음 위안스카이는 유명한 국민당 지도자 쏭쟈오런을 암살하고, 베이징 도처에서 혁명당원을 체포하는 등 잔혹하게 탄압하였다.

1913년 쑨원, 황싱은 남방에서 '2차혁명'[25]을 일으켜 위안스카이 토벌에 나섰다. 천이롱은 이에 적극 호응하여 베이징, 상하이, 톈진에서 비밀리에 무장기의를 모의하였다.

1913년 7월 23일 혁명 자금을 마련하기 위해 남방에서 베이징으로 돌아온 천이롱은 경찰에 체포되어 혹독한 조사를 받았다. 양전더와 평민학교 동료들은 다방면에 걸쳐 구명활동을 벌였지만 아무런 효과가 없었다.

8월 6일, 천이롱은 결국 위안스카이의 명령에 의해 쉰안우먼(宣武門) 밖 낡은 성벽 공터에서 총살당했다. 그때 그의 나이 겨우 27세였다! 양전

---

[25]　역주 : 1913년 쏭쟈오런 피살과 혁명파 도독(都督)의 면직 등을 계기로 일어난 혁명으로 신해혁명에 이어 다시 민주공화를 주장하였다. 그러나 쑨원, 황싱을 중심으로 한 단순한 위안스카이 토벌전쟁이라는 평가도 있다.

더는 자신의 안위를 돌보지 않고 동료들과 함께 이 중국혁명 선구자의 시신을 수습하여 안장하였다.

위안스카이는 모든 사회당지부를 조사하여 금지시키라고 각 성에 명령하였다. 이후 얼마 지나지 않아 평민학교 역시 수도경찰에 의해 강제로 해산당하고 말았다.

아홉 살의 덩원수는 처음으로 한 혁명가가 이상을 위해 장렬하게 희생되어 가는 과정을 보았다. 천이룽을 매우 존경했던 그녀는 그가 희생당했다는 소식에 한없이 통곡하였다.

꿋꿋한 어머니는 그녀의 눈물을 닦아주면서 낮은 목소리로 이야기하였다.

"원수야 울지 마라. 이미 죽은 사람은 울어도 살아 돌아오지 못한다. 우리는 영원히 선생님을 기리고 배우며 용감하게 생활해 나가자!"

원수는 어머니가 말하는 '선생님'이 당연히 이번에 희생당한 천이룽임을 익히 알고 있었다. 그녀는 알겠다고 고개를 끄덕이며 다시 울지 않으려고 억지로 참았다. 이번 일로 그녀는 더욱더 성숙해진 것 같았다.

원수와 어머니의 힘든 생활 속을 비추던 한 줄기 빛은 이제 돌연 사라져 버렸다. 그러나 한 선열 혁명가가 죽음으로 바꿔 뿌린 고귀한 씨앗은 이미 원수의 마음 깊숙이 굳게 자리 잡았다. 언젠가는 꽃을 피우고 결실을 맺을 것이었다.

4. "국가의 진보를 이루어 온 세계에 우뚝 서리라"

평민학교가 조사를 받고 폐쇄된 후 원수와 어머니는 베이징에서 거처할 만한 곳이 사라져 다시 텐진으로 돌아가야 했다.

원수는 어머니가 예전처럼 다시 말 수가 줄고, 얼굴 기색이 더욱 우울해졌음을 느꼈다. 천이롱의 희생이 그녀에게는 너무 큰 충격이었던 것이다. 암흑 가운데에서 찾아낸 별빛이 갑자기 사라진 것 같았다. 그녀는 혁명으로 가는 길이 얼마나 험난한가를 분명히 깨달았다. 그러나 그녀는 어떤 어려움이 있더라도 딸을 교육시키겠다고 굳게 결심했다. 그리하여 그녀는 4곳의 가정교사를 동시에 맡아, 매월 30여 원의 수입으로 원수를 교육시켰다.

1913년 가을, 9살의 원수는 즈리(直隷)제일여자사범 부속초등학교 4학년에 진학하였다. 원수와 초등학교 때 같은 반이었던 장광쉬(張廣煦)는 "덩원수는 나보다 3살 아래로, 깡마른 체격에, 회색 줄무늬가 있는 애국포(愛國布)로 만든 옷을 입고 있던 것을 아직도 선명히 기억한다. 그녀는 공부를 잘 했고, 친구와 나를 많이 도와주었다"고 회고하였다.

장광쉬는 산둥(山東) 지닝(濟寧) 사람으로 사숙(私塾)에서 수학하였다. 12살에 톈진에 와 4학년에 편입하였는데 학업 능력이 떨어져 친구들에게 늘 따돌림을 당했다. 성격 좋은 덩원수만 기꺼이 장광쉬의 짝이 되어 주었으며, 그 후 산수를 비롯해 여러 가지로 그녀를 도왔다.

한 번은 선생님이 흑판에 두 글자를 썼다. 친구들은 모두 "인생천지간(人生天地間)"에 어쩌고저쩌고 하면서 글쓰기에 몰두하기 시작하였다. 그러나 장광쉬는 영문을 몰랐다. 원수는 그녀에게 이것이 지난 작문수업 때의 주제임을 알려주고 그녀의 작문을 도와주었다.

장광쉬는 산둥 방언을 강하게 썼기 때문에 많은 친구들이 비웃으면서 그녀를 '콰즈(侉子)'[26]라 놀렸다. 하지만 원수는 인내심을 갖고 그녀에게 표준어(즉 보통어(普通話))를 가르쳤다. 원수는 매우 총명하여 언어학습 능력이 출중했기 때문에, 베이징에서 반년밖에 살지 않았지만 베이징 말을 정확하게 구사할 줄 알았다. 장광쉬가 부러워하였듯이 원수는 말재간도

---

26   역주: 특히 베이징 사람들이 산둥 사람을 가리켜 말하는 경우가 많은데 촌놈이라는
      의미이다.

좋고, 머리도 좋고, 공부도 잘하고, 작문도 항상 8,90점 이상이었다. 원수의 따뜻한 마음씨는 장광쉬를 더욱 감동시켰다.[27]

1906년에 설립된 즈리제일여자사범은 텐진에서 꽤 유명하였다. 학교는 본과와 예과로 나뉘어져 있었다. 본과는 4년 과정으로 학비, 식비, 숙박비가 모두 무료였지만, 예과 1년 과정에서는 학비와 숙박비가 필요했다. 입학 성적이 3등 이내인 학생들에게는 이마저 무료였다.

학교 규정에 따르면 고급소학교를 졸업해야 예과시험을 볼 자격이 있었다. 덩원수는 단지 고급소학교 1학년만을 다녔기 때문에 2년을 뛰어넘어 예과시험을 볼 수 없었다. 또한 여자사범 예과 응시 학생은 규정상 13세 이상이어야 하는데 덩원수는 당시 11세였다.

이 때문에 어머니는 걱정이 많았다. 그러나 당돌한 원수는 오히려 시도해보고 싶어 했다.

이 가난한 집안의 아이는 이미 성숙해 있었다. 그녀는 다 큰 어른처럼 어머니에게 이렇게 말했다.

"시험을 한 번 보게 해 주세요. 시험에 합격하면 더없이 좋겠지요. 그렇지만 떨어지더라도 저는 집에서 어머니를 도와 수건을 짜면서 공부를 계속해 내년에 다시 시험을 보면 되요."

어머니는 딸의 말에 지고 말았다. 그녀는 원수를 데리고 가 나이를 두 살 속이고, 또 두 학년을 월반시켜 즈리제일여사 예과시험에 응시토록 하였다. 원수는 연일 밤을 세워가며 열심히 시험을 준비하였다.

학교에서 합격자 명단을 발표하였다. 덩원수는 전체 3등으로 합격하였다. 당연히 학비와 숙박비는 모두 면제였다. 그녀는 공부를 계속할 수 있게 된 것이었다.

지금까지 어머니는 그녀를 데리고 모든 난관을 극복했다. 이제 11세

---

27   필자는 1987년 텐진에서 장광쉬를 만났다. 그녀와 덩잉차오(鄧穎超)는 초등학교, 중학교 동창이고 이후 다런(達仁)여교에서 같이 교사가 되었다. 덩원수에 대한 그녀의 인상은 매우 깊었다.

의 덩원수는 자신의 힘으로 여러 난관과 싸워나갔다. 그러다 너무 무리하여 피를 토하기도 하였다. 다행히 어머니가 한의사였기 때문에 약을 조제해 치료할 수 있었다.

1915년 가을 11세의 덩원수는 즈리제일여자사범 예과에 진학했다. 어머니 역시 가정교사직을 맡았다. 평상시 학교에서 생활하던 원수는 토요일마다 집으로 돌아와 어머니와 하루 밤을 보낸 후 다음 날 오후 학교로 돌아갔다. 짧은 시간의 만남이지만 이를 통해 그들은 다소 편안함과 즐거움을 맛볼 수 있었다.

그때 즈리제일여자사범 교장 지궈량(齊國梁)은 미국 콜럼비아대학으로 연수를 떠났다.[28] 즈리교육청은 톈진의 저명한 교육가이자 난카이(南開)학교 교장 장바이링(張伯苓)을 대리교장으로 초빙하였다. 그러나 장바이링은 너무 업무가 많았기 때문에 난카이학교 교사 마첸리(馬千里)가 실제 교무를 담당했다. 마첸리는 그의 매부(妹夫)이며 개방적인 사상의 소유자였다.

즈리제일여자사범의 예과 과정은 국문, 작문, 수학, 영문, 중국역사, 중국지리, 창가, 체조, 재봉, 조리 등 10여 개 분야였다. 똑똑하면서도 공부하기를 좋아하는 덩원수는 긴장 속에서 즐겁게 공부하였다.

1916년 가을, 12살의 덩원수는 즈리제일여자사범 본과에 무난하게 진학하였다. 본과의 과정은 더욱 복잡하여 국문, 작문, 습자(習字), 경서강독, 수신(修身), 교육학, 물리, 화학, 역사, 지리, 생리학, 교육학, 교육관리, 법제, 윤리학, 동물학, 식물학, 원예, 영문, 일문, 창가, 음악, 체조, 미술, 수공예, 재봉, 조리, 가정, 가사실습 등 30여 개 분야였다. 이 과정은 현재의 시각에서 보면 전문대학 수준의 것으로 대부분 부르주아계급 사범 교육의 내용이며 다수의 봉건적인 윤리 도덕도 뒤섞여 있었다. 그렇지만 덩원수가 매우 엄격한 사범 교육을 받았음은 분명한 사실이었다.

---

28 즈리제일여자사범의 자료는 허베이(河北)사범대학(즈리제일여자사범의 전신) 교사 자료에 따른다.

도서관, 피아노실, 오락실, 탁구실, 운동장, 실내체육관 등과 같은 학교 설비 또한 갈 갖추어져 있었다. 학교 후원에는 원예, 조리, 재봉, 가사 등의 과정을 위해 특별히 설치된 실습실이 마련되어 있었다. 학교 교사 대부분이 고등교육을 받았고 2명의 일본인 교사도 있었다.

즈리제일여자사범 학생은 자체적으로 학생악군회(學生樂群會)와 교우회를 조직하였다. 덩원수는 같은 반 학생들 가운데 가장 나이가 어렸지만 매우 총명하고 재능이 많았다. 본과로 진학한 지 얼마 되지 않아 그녀는 교우회 오락부 위원과 도서부 서기 간사를 맡았다.

1916년 말 여자사범 교우회 문예부는 '잡체문(雜體文)'대회를 개최하였다. 같은 해 11월 8일 위안스카이 토벌을 위한 호국운동(護國運動)[29]을 일으킨 차이어(蔡鍔) 장군[30]이 불행하게도 일본에서 병으로 죽고 말았다. 이때 작문대회의 제목은 「차이쏭포(蔡松坡) 선생 사망에 대한 감상」이었다. 교우회는 전교 300여 명 학생 작문 가운데 4편의 우수 작품을 선출하여 『회보(會報)』 제2기의 「과선(課選)」에 게재하였다. 그 가운데 12살 덩원수의 습작이 포함되어 있었다. 이것은 아마 훗날 혁명가가 된 덩잉차오가 남긴 가장 빠른 저작일 것이다.

12세의 소녀 덩원수가 문어체로 쓴 감상문은 비록 500여 자밖에 안되는 짧은 글이지만 "베이징이라는 호랑이 소굴을 힘들게 빠져나가 제일 먼저 제제(帝制)에 반대하는 통전(通電)을 하고", "일본으로 건너가 의사가 된 후 갑자기 병사하게 되는" 과정을 장군의 생애와 함께 개괄하였다. 이어 격정적인 필치로 자신의 감상을 적었다. 그녀는 차이어 장군의

---

29 역주: 1915년 위안스카이가 제정 부활을 선포하자 윈난도독 차이어와 국민당 장군 리레쥔(李烈鈞)이 주도한 제제(帝制) 반대 운동. 1916년 위안스카이가 죽고 리위안홍(黎元洪)이 대총통을 이어 『임시약법(臨時約法)』과 국회 회복을 선언하면서 운동은 마무리되었다.

30 역주: 청말민초(淸末民初) 군인·정치가(1882-1916). 일본 육군사관학교를 졸업하고 신해혁명에 참가하였다. 위안스카이의 제정부활 운동에 반대하여 윈난성 독립을 선언하였으며 위안스카이 사후 쓰촨(四川)성 군정장관을 지냈다.

위안스카이 반대투쟁 및 호국운동의 공적을 매우 긍정적으로 평가했다. "정의를 높이 알리고 민중의 독을 공벌하는 것"으로 여겼으며, 그 뜻이 "거대한 악의 세력을 타도하고 민국을 다시 만드는 데"에 있다고 보았다. 또한 그의 죽음은 "실제로 우리 민국(民國)의 큰 불행이며" 사람들이 "해가 뜨는 동쪽 바다를 바라보며[31] 온 세계와 더불어 슬퍼할 만할" 일이었다. 그리고 화제를 바꾸어 그녀는 다시 차이어 장군이 "우리에게 도덕을 지키고 애국하며, 공적인 것을 중시하고 사적인 것을 멀리 하라"는 유언을 남겼음을 강조하였다. 더 나아가 "우리 동포는 이로부터 한 마음으로 떨쳐 깨어 일어나 국가의 진보를 이룩해야 한다"고 주장하며, 강렬한 애국과 구국의 원망(願望)을 천명하였다. 마지막으로 발전적인 관점에서 "세상일이란 고정되어 있는 것이 아니니 어찌 일정하다 할 것이며, 우리나라가 장차 세계에서 으뜸이 될지 또 어찌 알겠는가?"라고 목소리 높여 외쳤다. 이러한 원망이 비록 순진하긴 하지만 당시 쇠약해질 대로 쇠약해진 중국의 상황에서 보면, 이렇게 자신감과 자립심으로 충만한 큰 울림은 오히려 나라를 걱정하고 사랑하는, 한 진보적인 청소년의 마음속 원망을 잘 드러내 보여주고 있어 지금도 귀담아 들을 만한 부분이 여전히 많다.

'국가의 진보'는 덩원수, 즉 훗날의 덩잉차오가 평생을 바쳐 이루고자 분투했던 목표였다.

덩원수는 여자사범학교에서 매우 뛰어난 성적을 거두었다. 그녀는 같은 반 친구 장쓰징(張嗣婧), 량쉬천(梁岫塵), 장뤄밍(張若名), 류윈친(劉韻琴) 등과 함께 상위 5등 이내를 차지함으로써 여자사범학교 10학급 가운데 '5괴수(魁首)'로 불리곤 했다.

---

31   역주: 원문에는 '부상(扶桑)'이라는 단어를 사용하고 있다. 이 단어는 일반적으로 해가 뜨는 동쪽 바다를 지칭한다. 부상(扶桑)은 중국 고대 신화에서 해가 뜨는 동쪽 바다에 있다고 하는 신목(神木)으로 상상의 나무를 지칭하거나 또는 그 나무가 있다는 곳을 의미함.

한 무리의 천진난만한 소녀들은 교사 양성을 위해 좋은 설비를 갖춘 여자사범학교에서 아무 걱정 없이 학습에 매진하였다. 하지만 학교 밖의 세계는 너무 혼란스러웠다.

위안스카이는 복벽제제(復辟帝制)가 실패로 끝나자 분을 삭이지 못하고 죽었다. 하지만 중국은 군벌이 할거하며 혼란이 여전히 지속되었고, 사람들은 살기 힘들었다. 위안스카이가 죽기 전 일본정부와 체결한 매국적인 『21조약(二十一條約)』[32]은 사람들의 강렬한 반대에 봉착하게 되었다.

1914년 제국주의국가 사이의 이해 충돌로 제1차 세계대전이 발발하여 4년 만에 끝이 났다. 그러나 제국주의 열강이 여전히 세계를 자신들의 세력 범위로 각각 분할하는 강권의 세계는 계속되었다.

어린 나이의 위아이, 소녀 원수는 온갖 시련을 다 겪었다. 어머니는 그녀에게 여성이 반드시 자립, 자강해야 한다고 가르쳤고, 평민학교는 이상적인 계몽교육을 시켰으며, 위기의 조국은 그녀에게 강렬한 애국의식을 고취시켰다. 그러나 여성이 어떻게 자립, 자강할 수 있을 것인가? 빈약한 중국이 어떻게 떨쳐 일어나 세계 각국들 사이에서 자립하여 우뚝 설 수 있을까? 이상적인 사회가 중국에서 어떻게 건립될 수 있을까? 이같이 중요한 문제는 당연히 10대 소녀 덩원수가 대답할 수 없는 물음들이었다.

시대가 영웅을 만드는 법, 고난의 시대는 항상 당당한 영웅을 만들어냈다. 걸출한 인물은 시대의 정세를 헤아려 상황을 유리하게 이끌고, 지혜를 발휘하여 널리 군중을 결집함으로써 시대를 앞으로 추동시켰다.

이와 같은 시대와 격렬하게 요동치는 시세가 곧 밀어닥칠 예정이었다. 덩원수는 매우 빠르게 이런 시대와 형세에서 두각을 나타내게 되었다.

---

[32] 역주: 1915년 1월 베이징 주재 일본공사 히오키마스(日置益)는 위안스카이에게 고문정치, 산둥과 남만주에서의 일본의 경제적 이권 등 21개항의 굴욕적 요구안을 제시하고 이를 수용토록 종용하였다. 제정 복귀를 노리던 위안스카이는 일본의 경제·군사적 지원을 얻기 위해 1915년 5월 9일 이를 대부분 수용하기에 이른다.

제2장 오사운동의 풍랑 속에서 앞 다투어 나선 애국의 길

(1918-1919)

5. 자오쟈루(趙家樓)의 타오르는 불, 애국자의 마음을 태우다

1918년 11월 제1차 세계대전이 마무리 되었다. 중국은 협약국에 참가하여 전승국의 일원이 되었다. 1919년 1월에 열린 파리회의에서 중국 대표는 열강에 의해 구획된 중국내 세력 범위의 폐기, 외국군대의 철수, 위안스카이와 일본정부가 체결한 『21개조 조약』[1]의 취소, 패전국 독일이 장악한 산동에 대한 권리 회수 등 정당한 요구를 제기하였다. 그러나 뜻밖에도 미국, 영국, 프랑스, 이탈리아, 일본 등 제국주의 열강이 주도한 파리회의는 정당한 이유도 없이 이 요구를 거부하고 산동의 특권을 일

---

[1] 역주: 1915년 5월 9일 중화민국 총통 위안스카이가 수락한 일본 측의 21개조 요구. 그 내용에는 산뚱에 대한 일본의 권리, 철로 부설, 남만주 및 동몽골 내의 토지 소유권 등 중국의 주권에 심대한 영향을 끼치는 것들이 포함되었다.

본에 넘겨버렸다. 이는 너무나 큰 국가의 수치였다. 그 보다 더 수치스러운 것은 부패한 북양(北洋)군벌정부가 주권을 상실하고 국가에 모욕을 안기게 될 이 조약에 서명하려 했다는 사실이었다.

1919년 5월 3일 파리로부터 중국의 외교가 실패했다는 소식이 전해졌다. 전 국민은 매우 흥분하여 모여들었고, 피는 끓어오르기 시작했다. 엄청난 기세와 대규모의 애국운동이 화산처럼 중국 대지에서 폭발하였다.

5월 4일 애국의 격정으로 가득 찬 베이징의 대학생 3천여 명이 톈안문(天安門) 앞에 모여 대규모로 행렬을 지은 후 동창안졔(東長安街)에서 『21개조조약』을 직접 체결한 북양정부 교통부장 차오루린(曹汝霖)이 거주하고 있던 자오쟈루로 곧장 몰려갔다. 차오루린이 후문으로 도주하자, 군중들은 주일공사 장쫑샹(章宗祥)에게로 몰려가 그를 두들겨 패고, 차오의 집을 불태워버렸다. 이때 다수의 군경이 출동하여 쉬더헝(許德珩)을 비롯한 애국학생 30여 명을 체포하였다.

자오쟈루(趙家樓)의 타오르는 불은 수많은 애국자의 마음에 불을 지폈다.

15세이던 덩원수의 열정은 불처럼 타올라 용감한 바다제비처럼 오사애국운동의 폭풍 속으로 적극 뛰어들었다. 그녀는 신문을 통해 소식을 접하고는 곧 바로 존경해오던 궈룽전(郭隆眞)과 상의하였다.[2]

궈룽전은 열렬한 애국사상의 소유자였을 뿐만 아니라 큰 언니처럼 주위 동료를 기꺼이 도와주었다. 그들은 함께 의논하여 바로 반 대표회의를 열기로 결정하였다. 10반 대표 덩원수, 장루밍(張若名)과 13반 대표 쉬광핑(許廣平) 등이 참가하였고, 학우 리이타오(李毅韜)와 류칭양(劉淸揚) 또한 서둘러 참가하였다.

회의에서 덩원수는 애국에 남녀 구분이 있을 수 없다고 목소리 높여 주장하였다. 학교 친구들은 톈진의 각 여자학교와 연락하여 공동행동을

---

2 덩잉차오와 궈룽전의 우의는 매우 깊었다. 1931년 궈룽전이 희생된 후 덩잉차오는 「우리의 여전사 궈린(郭林, 즉 궈룽전)동지를 기념하며」라는 글을 『新華日報』(1941.5.5)에 실었다.

취함으로써 베이징학생을 성원하기로 하였다. 회의에서는 또 즈리제일 여자사범이 발기하고, 여학생, 여교직원 및 각계 부녀자를 포함한 톈진 여성계와 연락을 취하여 톈진여성계애국동지회를 결성하기로 하였다.[3]

1919년 5월 25일 톈진여성계애국동지회는 톈진 동문 밖 장쑤(江蘇)회 관에서 창립대회를 열었다.[4] 수백 명의 여학생 및 여교사와 애국심 있는 가정주부들이 모두 참가하였다. 이는 톈진 부녀자들의 첫 번째 대규모 집회였다. 학교와 가정밖에 모르던 수백 명의 여성이 용감하게 교문과 대문을 박차고 사회로 달려 나가 오사애국운동의 위대한 행렬에 동참하 였다. 귀룽전, 류칭양, 덩원수 등은 이 여성 애국운동의 발기자이며, 조 직자이자 추동자였다. 그녀들 모두는 회의석상에서 열정적으로 연설을 하였고, 열렬한 성원을 받았다. 류칭양은 톈진여성계애국동지회 회장으 로 선출되었고, 귀룽전과 덩원수는 강연대 대장으로 선발되었다.

1919년 6월 18일 톈진의 신사(紳士), 학생, 교사, 언론인 등을 중심으로 한 연합회가 성립되었다. 등원수는 이 톈진각계연합회 간사로 추천되었다.[5]

6월 1일에서 6월 4일에 걸쳐 북양군벌은 가두행진과 강연 과정에서 수천 명의 학생을 무자비하게 체포하였다.

이 소식이 전해들은 등원수와 톈진의 학생들은 극도로 분노하였다.

6월 5일 톈진학생연합회의 남학생들은 난카이(南開)대학 운동장에 집 결하여 성 당국에 청원을 하려고 준비하다 군경의 저지로 막혔다.[6]

등원수와 즈리제일여자사범 학생들은 모두 출발하였다. 그녀들은 먼 저 교육청장을 찾아가 성장 차오뤼(曹銳)와의 면담을 주선해 달라고 요청 하고, 베이징에서 체포된 모든 학생 석방, 학생 강연 허가, 군경 간섭 중 지 등을 성장에게 통지해 달라고 요구했다. 아울러 성장에게 국산품 사

---

3   당시 즈리제일여자사범학교 학생 장광쉬(張廣煦), 량슈천(梁岫塵) 등의 소개에 따른 다.

4   天津 『益世報』, 1919.5.26.

5   天津 『益世報』, 1919.6.25.

6   天津 『益世報』, 1919.6.6 · 6.7.

용 제창을 요구토록 촉구했다.

교육청장은 여학생들의 말을 성의 없이 적당히 얼버무리며, 성장을 직접 만날 필요 없이 대신 그녀들의 요구사항을 자신이 성장에게 전해 주겠다고 하였다. 그리고는 속이거나 책임을 회피하려는 마음은 절대 없다고 하면서 만약 그러한 마음을 지녔다면 "스스로 인격이 없음을 인정한다"고 하였다. 그러나 다만 그는 그녀들을 빨리 돌려보내고 싶었을 뿐이었다.

여학생들은 그렇게 호락호락하지 않았다. 등원수는 당당하게 앞장서서 청장에게 성장과의 즉각적인 면담을 요구하면서 교육청장의 즉답을 원했다.

한 시간이 지난 후 청장이 돌아와서는, 성장에게 이미 보고했으니 좋은 결과가 있을 것이라고 말하였다. 그리고 제1조의 요구에 대해서는 남학생 대표와 함께 베이징에 통지하여 체포된 학생의 석방을 공동으로 청구하겠다고 하였고, 제2조의 요구에 대해서는 이후 학생의 강연 권리를 충분히 보장할 방법을 반드시 강구하겠다고 하였다. 제3조의 요구인 국산품 애용 주장에 대해서는 성장도 전적으로 찬성한다고 하였다.

교육청장의 보고가 끝나자 중시(中西)여고 학생들도 대오를 갖추어 도착하였다. 그녀들은 답변 내용이 완전한 목적 달성을 의미하는 것은 아니지만 다시 청원해도 별 소용이 없을 것이라 판단하였다. 게다가 이미 시간이 많이 지나 정오가 되어 배도 고팠기 때문에 우선 즈리여자사범으로 돌아가기로 결정하였다.

오후에 들면서 그녀들은 군경이 난카이대학 운동장에서 남학생들을 포위하고 있다는 소식을 접하고 다시 성장을 만나기로 결정하고 뙤약볕을 뚫고 앞장서 출발하였다. 1시 즈음 그녀들은 성정부에 도착해 성장의 면담을 요구하였다. 전해온 말에 따르면 성장은 마침 손님과 면담 중이기 때문에 서너 시나 되어야 만날 수 있다고 했다. 그녀들은 관공서 정문 밖에서 기다리기로 하였다. 문 밖에서 기마대와 위병대는 무기를 소지한 채 여학생들과 대치하였다.

1시, 2시, 3시가 지나고, 다시 4시, 5시가 되었다. 수백 명의 여학생들은 날카로운 창칼과 마주하며 뜨거운 햇빛 아래에서 5시간 동안이나 서 있었다. 땀은 그녀들의 등줄기를 타고 하염없이 흘렀고, 모두의 다리는 시큰거렸다.

5시간여나 기다린 끝에 귀롱전, 등원수 등 여자사범 대표와 중시여고 대표들은 정문을 통과하여 성장을 만날 수 있었다.

성장 차오뤠는 너무 오랫동안 기다리게 하여 많이 힘들었을 것이라고 위로하면서 학생들이 매우 불안한 심정일 것이라며 가식적인 호의를 보였다. 그리고 그녀들이 제안한 3가지의 요구조건에 대해 모두 동의를 표했다. 강연의 경우 그는 선전강연을 할 수 있는 적당한 지역을 선정하겠다고 했다.(그러나 이것은 사실 강연을 제한하는 것이었다.) 그는 또한 군경이 난카이대학 운동장의 남학생을 포위하지 않았다고 하면서, 단지 군경이 그들의 출발을 저지한 것은 "최근 무장 도적떼가 기회를 틈타 난을 일으킬 것"을 두려워한 조치일 뿐이라고 설명하였다. 만약 그러하다면 톈진의 치안이 매우 불안하다는 것인데 성장이 어떻게 군중들에게 이러한 사실을 고백할 수 있었을까? 그래서인지 성장은 말을 하면서도 얼굴 전체가 벌겋게 달아올랐다.

이때, 남학생들도 군경의 포위망을 뚫고 성정부로 밀려들어왔다. 남학생 대표인 난카이고등학교의 마쥔(馬駿)과 고등공업학교의 천즈두(諶志篤) 등도 성장을 만났다. 성장은 그들에게도 똑같은 말로 답변을 하였다.

등원수와 마쥔은 성장의 답변을 모든 학생들에게 알렸다. 학생들은 베이징정부에 대한 체포 학생 석방 요구, 학생 강연 자유 보장, 국산품 애용 제창 등에 대해 성장의 구두 동의를 얻은 것으로 판단하였다.

등원수와 학생들은 이제 줄을 맞춰 학교로 돌아왔다. 날은 이미 저물어 어두워졌다. 그녀들은 뜨거운 햇빛 아래에서 예닐곱 시간이나 서있었던 것이다. 이번 투쟁에서 그녀들은 작은 승리를 경험했다. 또한 투쟁을 통해 동료학생들은 폭력적 억압에 두려워하지 않았으며, 기만당하지도 않았으며, 강한 인내력을 통한 단결투쟁의 힘을 확인할 수도 있었다. 등원수 역시 동료 학생들 사이에서 두각을 나타내며 조직가와 지도자로서의 역할을 훌륭하게 수행하였다. 그녀는 이번 교육청장이나 성장과의 만남을 통해 이들 관료의 노회함과 교활함에 대해 확실하게 깨달았다. 그녀는 직접 민중을 향한 호소로 동포의 애국심을 일깨우고자 하였다. 4억 동포의 모든 마음이 하나로 되어 조국을 구하고자 떨쳐 일어난다면 중국은 비로소 희망을 갖게 되리라! 이제 그녀는 애국강연의 대오에 적극적으로 몸을 던졌다.

6. 15세의 강연대 대장

뜨거운 태양을 받으면서 흰색 저고리에 검은 치마를 입은 한 무리의 여학생들이 가두에 탁자를 내놓은 뒤, 15세의 덩원수는 그 위에 올라 주위 군중을 향해 강연을 시작하였다. 그녀는 격앙된 목소리로 조선[7] 망국의 침통함과 위안스카이가 체결한 매국적인 『21개조조약』에 대해, 그리고 중국이 직면하고 있는 망국의 위험에 대해 연설하였다. 그녀는 큰 소리로 4억 동포가 시급히 각성하고 단결해야 하며, 국치(國恥)를 잊어서는 안 된다고 호소하였다. 또한 일본상품을 사지 말고 국산품을 적극 사용해야 하며, 조약[8]에 대한 서명을 반드시 거부해야 한다고 강조하였다. 감

---

7   역주: 원문에는 고려(高麗)로 되어 있다. 여기서도 알 수 있듯이 민국 초기 중국에서는 조선을 여전히 고려로 칭하는 경우가 종종 있었다.

8   역주: 여기서의 조약이란 1919년 파리 강화조약을 의미하는 것 같다. 왜냐하면 이 조약에 따르면 독일이 갖고 있던 산동성 내의 권익이 일본에게 양도되어 있었기 때문이다.

정이 격해지자 그녀의 목소리는 잦아드는 대신 눈물이 흘러 내렸다. 듣는 이들은 깊은 감동에 빠져 오랫동안 그 자리를 뜰 수가 없었다. 한 인력거꾼은 그날 번 돈 3각(角) 전액을 강연대에 기부하면서 많은 전단지를 인쇄하여 사람들에게 이러한 진실을 알려달라고 당부하였다. 덩원수는 황망한 와중에도 그에게 감사의 뜻을 표했다.[9]

그녀들은 가정마다 직접 방문하여 강연을 하였다. 어떤 상인은 그들의 강연을 환영할 뿐만 아니라 적극적으로 나서서 이웃 부녀자들을 손수 모집하여 듣게도 하였다. 덩원수는 중국 침략에 대한 일본의 악랄함과 망국 국민의 고통에 대해 모두에게 설명하였다. 그녀는 부녀자들에게 절대 일본 상품을 쓰지 말라고 당부하는 한편 아이들에게 반드시 조국을 사랑하고 일본 물품을 사지 말도록 가르쳐야 한다고 호소하였다. 또한 부녀자들에게 전족을 하지 말고 학교교육을 통한 문맹 퇴치와 여성으로서의 자주자립을 쟁취해야 한다고 강조하였다.[10]

수십 명의 부녀자들과 아이들이 강연을 듣기 위해 그녀를 둘러쌌다. 50세쯤 되는 한 아주머니가 주위 여성들에게 이렇게 말했다. "과거에 무엇이 애국인지, 또 무엇이 일본 상품인지 잘 몰랐는데, 오늘 이 학생의 강연을 듣고 보니 이제 분명히 알겠네. 우리는 모두 한 마음, 한 뜻으로 일본 상품을 사용하지도 말며, 죽어서도 망국의 노예가 되어서는 안 될 일이지!" 또 다른 젊은 여인이 끼어들었다. "나라가 본래 빈궁하지만 그래도 일본 상품을 파는 동양인[11]에게 조금의 재화도 빼앗길 수는 없어."

덩원수와 그의 학우들은 이런 얘기들을 들으며 마음속으로 너무나 큰 위로를 느끼면서 온 종일 뜨거운 태양 아래에서 쌓였던 피로와 고통을 모두 잊어버렸다.

---

9   량슈천(梁岫塵)은 필자에게 1919년 덩원수가 여자사범학생들을 이끌고 전개한 강연, 선전활동에 대해 소개해 주었다.

10   天津 『益世報』, 1929.6.6.

11   역주: 청말민초(淸末民初) 중국에서 '동양(東洋)', '동양인(東洋人)'은 각각 일본, 일본인을 가리켰다.

그들이 대문을 나서는데 한 무리의 아이들이 따라오면서 강연에 감사하다며 이제 다시는 일본 상품은 싸구려조차도 사지 않겠다고 다짐하였다.

여성계애국동지회가 성립할 당시에는 원래 매월 한 차례씩 강연활동을 전개하기로 하였었다. 하지만 여름 방학이 시작되었고, 또 시민들의 반응이 좋게 나타나자 매주 3차례로 횟수를 늘렸다. 강연에 참가한 여학생, 여교사 또한 수십 명에서 1,2천 명으로 증가하였다. 일부 교회여자고등학교의 어머니들과 가정주부들도 참가하였다. 강연대는 강연단으로 확충되었고, 덩원수는 강연단 단장으로 선출되어 수십 개의 강연대를 조직하고 지도하였다. 그녀는 모두에게 강연 내용과 강연 노선 등을 안배하고 배치하였다. 강연 내용은 여성의 애국사상을 고취하는 데에서 여성의 교육 쟁취, 구직 그리고 여성의 독립 쟁취, 봉건적 혼인 반대, 전족 반대 등으로 증가하였다.

덩원수가 조직하고 지도한 수십 개의 여성 강연대는 톈진의 거리, 골목, 시가지, 가정 및 교외 등 장소를 가리지 않고 활약하였다. 수백 명의 농민이 달려와 강연을 들었고, 200여 명의 농촌 여성은 여성계애국동지회에 참가하였다.

7월 말, 덩원수는 여성계애국동지회 제1가정강연단 30여 명을 이끌고 톈진 난먼다졔(南門大街) 차오쟈후퉁(趙家胡同), 황쟈후퉁(黃家胡同) 등에서 강연활동을 전개하였다. 그들은 마을의 이 집 저 집을 돌아다니며 오후 1시부터 6시까지 강연을 하였다. 한 번은 연사들이 감정이 고조되어 열정적인 강연을 하고 또 청중은 완전히 몰입하여 모두 그 연설에 열중하고 있을 때, 갑자기 사방에서 먹구름이 몰려와 이내 장대비가 몰아칠 것만 같은 적이 있었다.[12]

강연단 단장 덩원수, 분단장 왕톈린(王天麟)은 황급히 강연대원을 소집하여 학교로 돌아가려 하였다. 그러나 강연원들은 연설이 아직 끝나지

---

[12]　天津 『益世報』, 1919.8.1.

않았기 때문에 떠날 수 없다고 버텼고, 청중 여성들 또한 강연이 중단되지 않기를 바랐다.

덩원수는 이리저리 분주히 뛰어다녔지만 대원들은 아직 반밖에 모이지 않았다. 천둥과 번개를 동반한 비가 억수같이 퍼붓기 시작하였다. 덩원수는 재빨리 대오를 정비하여 강연대원과 함께 비를 뚫고 전찻길을 향해 뛰었다. 폭우는 계속 쏟아지고 있었다. 수십 명의 여성 강연원들(대부분은 즈리제일여자사범학교와 부속소학교의 학생들이었다)은 머리끝에서 발끝까지 빗물에 흠뻑 젖었다. 거리에는 물이 발목까지 차올라 있었다. 그들은 미끄러지면서 달려 물이 줄줄 흐르는 젖은 옷을 입은 채 전차에 올라탔다. 비록 모두는 비에 몸이 다 젖었지만 매우 흥분되어 스스로 국가를 위해 무엇인가 작은 일을 하고 있다고 자각하였다.[13]

덩원수는 얌전한 대갓집 규수 량슈천에게 관심을 갖고 이렇게 물었다.

"슈천! 비에 흠뻑 젖었는데 힘들지 않니?"

장광쉬가 중간에 끼어들며 말했다. "이게 뭐 힘들다고?" 량슈천은 미소를 지으며 이렇게 대답하였다. "망국의 노예가 되어 받게 될 고초에 비한다면 아무 것도 아니지." 그녀는 또 말했다.

"저 여성들이 너무 열성적으로 듣는 것을 보고, 나까지도 대중 앞에서 연설하는 것이 무섭지 않았어! 그래 오늘도 무대에서 강연을 했지. 그러나 원수 너만큼 청중을 감동시킬 수는 없어!"

그러나 덩원수는 그녀를 배려하여 말하였다.

"내가 듣기에 오늘 너의 강연은 정말 좋았어. 아무도 태어나면서부터 강연을 잘 할 수는 없어. 여러 번 거듭할수록 더욱 유창해지고 또 청중을 감동시킬 수 있지."

그들은 전차에서 내렸다. 비는 더욱 세차게 내렸고 거리의 물은 거의

---

13 필자는 톈진에서 이전 즈리여자사범과 사범소학에서 수학했던 량슈천, 장광쉬, 천쉐롱(陳學榮), 왕페이와(汪培娴) 등을 방문했는데, 그녀들 모두는 당시 덩원수가 자신들을 이끌고 비를 무릅쓰고 했던 강연 상황을 기억하고 있었다.

무릎까지 차올랐다. 그저 물속에서 인력거를 기다릴 수밖에 없었다.

"에잇, 좋아!" 덩원수는 갑자기 외치며 물살을 헤치고 앞으로 나아갔다. 그들을 따라나선 여자사범부속소학교의 어린 학우인 왕페이와(汪培娟), 천쉐롱(陳學榮) 역시 물로 가득 찬 거리로 뛰어들었다. 덩원수는 서둘러 그녀들을 부축하였다.

비는 계속 내렸다. 몇 대의 인력거가 지나가자, 덩원수는 부속소학교 학생들을 먼저 태워 보냈다. 그녀와 여자사범학생들은 폭우를 무릅쓰고 어렵사리 학교로 돌아왔다. 덩원수, 궈룽전은 학교 취사장에 도착하자마자 바삐 생강차를 끓여 학생들에 나누어 주고 나서야 비로소 안심을 하고는 숙소로 돌아갔다. 감동을 받은 량슈천은 이렇게 직설적으로 말했다. "원수, 너는 나보다 나이도 어린데 큰 언니처럼 모두를 잘 돌보아주네. 우리가 볼 면목이 없구나." 원수는 웃으며 말했다. "비를 맞으면 감기에 걸리기 쉬워요. 생강차를 마시면 한기를 막을 수 있지요. 이것은 어머니께서 가르쳐주신 겁니다. 슈천 언니, 내일 강연에 안 나가실 거예요?" 공부벌레인 량슈천은 웃으며 말했다. "당연히 가야지. 네가 말한 것처럼 조국을 사랑하는 데에는 각자의 몫이 있으니 남에게 뒤져서는 안 되지!"

이튿날 덩원수는 강연대 대원 수십 명을 3조로 나눠 청황먀오다졔(城隍廟大街)에서 강연을 계속하였다. 이 지역 거주민의 상당수는 상류계층에 속하여 이전에는 문을 닫아걸고서 관심조차 보이지 않았었다. 그러나 이제는 대문을 열고 강연대원을 환영하였다. 제1조는 길 동쪽 리자이(李宅)와 한 의사의 집에 도착하였다. 주인은 열정적으로 나서서 몸소 청중을 불러 모았고, 두 명의 경찰이 대문 앞에서 질서를 유지하였다. 제2조는 디이후통산자(第一胡同三家)에서 강연하였다.[14]

덩원수는 제3조 강연단원을 이끌고 거쟈다위안(葛家大院) 윈자이(雲宅),

---

14   天津『大公報』, 1919.7.2・3. 장광쉬, 량슈천 또한 이러한 상황에 대해 소개하였다.

천자이(陳宅), 가오자이(高宅) 등지에서 강연활동을 벌였다. 그녀들이 쥔자이에서 강연을 할 때에는 일가족이 모두 덩원수의 연설에 감동한 나머지 통곡하며 차와 간식을 내오고, 뜨거운 햇빛 아래에서 강연하느라 고생으로 피로에 지친 강연대원들을 집안으로 초대하기도 했다.

가오 씨 집안의 한 며느리는 강연을 듣고 크게 감동을 받았다. 그녀는 덩원수의 강연이 끝난 후에 강연대원을 자신의 친정집에 보내 연설해달고 간절하게 부탁하였다. 그녀는 매우 부드럽고 예의 바르게 이렇게 말했다. "저의 어머니께서도 가르침을 몹시 듣고 싶어 하십니다. 단지 연로하시어 여기까지 당신이 오지 못하시니, 여러분들께서 찾아뵈면 고맙겠습니다."

등원수와 대원들은 그녀를 따라 그녀의 어머니 댁으로 갔다. 집 안에는 탁자와 의자, 그리고 차가 매우 깨끗하게 정리되어 있었다. 눈처럼 흰 백발과 자애로운 눈매를 지닌 한 노부인이 강연대원을 향해 환영의 뜻을 표했다.

덩원수는 분명하면서도 감동적인 어조로써 세계 각국에서는 남녀를 불문하고 모두 국민이며 또한 조국 사랑을 천직으로 삼고 있는 것에 대해 설명하였다. 또한 중국은 현재 멸망 직전에 있어 극도로 위험한 지경에 이르렀기 때문에 전국의 남녀 모두가 일제히 떨쳐 일어나지 않는다면, 조선과 같이 망국의 참화가 곧 다다르게 될 것이라 주장하였다. 또한 그녀는 가정주부가 문밖으로 나갈 수는 없지만 일본 상품을 사지 않고 국산품을 적극 사용함으로써 일본인[15]이 다시는 중국인의 피 같은 돈을 벌어가지 못하게 할 수 있다고 설명하였다. 그녀는 다시 친근한 용어를 사용하여 노부인에게 자녀 교육의 중요성에 대해 말하면서 어려서부터 아이들의 지능을 배양시킨다면 커서 모두 애국지사가 될 수 있다고 말하였다. 장차 그들이 국가 권력을 장악하게 된다면 국가와 민족을 위해

---

15   역주: 여기서도 원문엔 '동양인'으로 되어 있다.

힘쓸 것이고, 나라를 그르치거나 인민을 해치지 않을 것이라 역설하였
다.

딩원수의 연설을 듣고 노부인과 좌중의 많은 여성들은 모두 연신 고
개를 끄덕이며 동의를 표하였다. 그리고는 모두들 딩원수가 비록 나이는
그리 많지 않지만 말을 정말 잘하고 사람들의 생각을 확 트이게 만든다
고 칭찬하였다.

그녀들이 연설을 끝내고 작별을 고하고 나오자 연도의 많은 아이들이
박수를 치며 환영하며, 다시 자기 집으로 가 강연을 해 달라고 요청하였
다. 그러나 이미 시간이 많이 흘러 저녁이 되었기 때문에 등원수는 주소
만 적어주고 다음 번 강연 때를 대비하였다.

톈진여성계애국동지회는 선전의 영향력을 확대하기 위해 특별임시대
회를 개최하여 시위행진과 강연을 통해 더 많은 사람들의 관심을 끌어
일본 상품을 일제히 거부하기로 결정하였다.[16]

딩원수는 즈리여자사범 강연단의 선봉에 섰다. 그들은 "상업계는 각
성하여 일본 상품을 구매하지 말라!", "상업계 동포는 모두 떨쳐 일어나
애국운동에 동참하라!"는 등의 구호가 새겨진 흰색 기를 들고 시위를 전
개하였다. 시위대는 톈진 다징루(大經路), 구이루(估衣路), 전스졔(針市街), 시
마루(西馬路)를 따라 시먼(西門)으로 전진한 뒤, 구러우베이(鼓樓北)에서 베
이먼(北門)으로 돌아 동징베이마루(東經北馬路), 동마루(東馬路)로 가서, 다시
쉬거(水閣)에서 공난베이졔(宮南北街)로 들어갔다가 진화챠오(金華橋)에서
돌아왔다. 수천 명의 시위대는 톈진 시가지를 크게 한 바퀴 돌았다. 딩원
수와 여자사범 학우들은 길가에 「경종(警鐘)」, 「권면(勸勉)」 등의 전단지를
돌렸고, 일본 상품을 판매하는 번화한 상가에서는 시위 강연활동을 전개
하였다. 그들은 소리 높여 외쳤다. "상업계 동포는 구국운동을 속히 전
개하라!", "상업계 동포는 영원히 일본 상품을 판매하지 말라!"

---

16   天津『大公報』, 1919.7.17・21.

그들은 3열로 행렬을 형성했는데, 초등학생은 선두에 섰고, 중고등학생 이상과 교사, 직원, 가정주부 등은 그 좌우에 배치되었다. 10명이 한 조를 이뤘다. 어떤 조는 상점에 들어가 강연을 하였고, 어떤 조는 길을 따라 시위와 강연을 병행하였다. 그들이 지닌 애국과 구국의 열정은 사람을 크게 감동시켰다.

5월 4일에서 7월까지 2달이라는 짧은 기간에 다수의 가정주부를 포함한 텐진의 각계 여성들이 이미 각성하기 시작하였고, 애국구국운동의 행렬에 참가하였음을 덩원수는 흥분어린 눈길로 바라보았다. 6월 10일 북양(北洋)정부는 전국 인민의 압박을 받아 어쩔 수 없이 차오루린(曹汝霖)[17], 루쭝위(陸宗輿)[18], 장쭝샹(章宗祥)[19] 등 3인을 면직시켰다. 전국의 학생, 노동자, 상인들은 계속 투쟁하였고, 프랑스 거주 중국노동자, 화교, 유학생 등은 파리강화조약이 체결되기 전인 6월 27일 북양정부 총대표 루정샹(陸征祥)[20]이 머물던 병원을 포위하고서는 거듭 경고를 하면서 조약에 서명하지 못하도록 강하게 압박하였다. 이제 투쟁은 더욱 발전하여 조약 체결 반대와 산둥 주권 회복 요구에서 일본 상품 불매, 제국주의 침략 반대로까지 심화되었다. 이 위대한 애국운동은 더욱 발전하기에 이르렀

17　역주: 1877-1966. 청말 민초 정치가. 일본 와세다(早稻田) 대학 졸업. 1911년 청조 외무부 부대신, 1913년 위안스카이 정부의 외교차장을 역임. 1915년 21개조 조약에 조인했고, 1916년 북양정부의 교통총장과 재정총장을 역임했다. 오사운동의 과정에서 대표적 친일파 매국노로 지목되었다.

18　역주: 1876-1941. 와세대 대학 졸업. 1913년 중화민국 초대 일본 주재 공사가 되어 21개조 조약 수락, 1917년 니시하라(西原) 차관 도입 등 위안스카이 정권과 돤치뤼(段祺瑞) 정권의 친일정책을 적극적으로 추진하였다. 오사운동 당시 매국노로 지목되어 정계에서 퇴진했으나 친일 왕징웨이(汪精衛) 정권의 고문을 맡았다.

19　역주: 1879-1962. 일본 도쿄(東京)제국대학 졸업. 1912년 위안스카이 총통부 비서, 1914년 사법총장 역임. 1916년 주일공사를 역임할 당시 돤치루이의 지휘 아래 루쭝위 등과 함께 니시하라 차관 도입에 앞장을 섰다.

20　역주: 1871-1949. 1912년 위안스카이 정권 아래 외교총장을 역임하면서 중국 근대외교체제 건설에 노력하였고, 21개조 조약 서명에 참여했지만 주동자는 외교부차장 차오루린이었고, 루정샹은 중국에 불리한 조항을 없애기 위해 노력하였다. 1945년 "약소국에는 공의(公義)란 없고 약소국에는 외교도 없다"라는 유명한 말을 남겼다.

던 것이다.

덩원수 스스로도 이 짧은 2개월 여 동안 크게 성장하였다. 그녀는 한 명의 애국 여학생에서 선전활동가이자 군중을 애국활동에 참가시키는 조직가로서 톈진여성계애국운동 지도자 가운데 한 명으로 우뚝 섰다.

그녀는 인생의 길이 매우 길고 매우 멀다는 것을 잘 알고 있었다. 국가의 정세가 매우 어렵고 가정생활 또한 매우 어려웠다. 그러나 그녀는 용감하게 전진하였고 백절불굴의 정신으로 또 전진하였다!

7. 저우언라이(周恩來)와의 첫 만남－맑은 두 눈동자, 작고 순결한 마음씨

때는 한여름의 뜨거운 어느 하루였다. 나무 위에서 매미는 쉴 새 없이 계속 울어댔고, 사람들은 부채를 연신 흔들어댔지만 웃옷으로 흐르는 땀을 막지는 못했다.

톈진난카이대학 강당에서는 수백 명의 청년학생들이 미동도 하지 않은 채 한 여학생의 강연을 듣고 있었다.

그녀는 바로 덩원수였다. 흰 윗도리에 검은 치마를 입고, 머리카락은 S자형으로 쪽을 졌다. 까맣고 맑은 두 눈으로 그녀는 단상 아래의 학생들을 뚫어져라 바라보면서 톈진의 각계 인사들이 몇 차례에 걸쳐 베이징에 대표단을 보내 청원한 과정에 대해 격정적으로 설명했다. 대표단이 톈안먼(天安門) 앞에서 3일 동안이나 기다렸지만 총통은 접견을 거절했고, 대표들은 군경에 포위를 당해 그들에게 모질게 구타를 당하거나 체포되었다. 그녀는 목소리를 낮추어 이렇게 흐느꼈다. "여러분! 여러분들이 집에서 편안히 잠들어 있을 바로 그때에 우리들의 대표는 베이징에서 이렇듯 고난을 당하고 있었습니다.” 연설이 여기에 이르자 그녀는 통곡하기 시작하였다. 좌중의 많은 학생들도 소리 없이 따라 울먹였다.

이때 강연대 옆에는 출중한 외모의 한 청년학생이 서 있었다. 그는 중간키에 남색 장삼을 입고 있었다. 옷은 비록 오래되어 남루했지만 매우 깨끗하였다. 그는 흰색 가죽신을 신고 있었고, 검고 짙은 눈썹 아래에서 까맣고 맑은 눈망울이 초롱초롱 빛나고 있었다. 그는 강연에 매우 감동을 받아 필기구를 꺼내 연습장에 강연내용을 재빨리 써내려갔다.

그는 살며시 옆의 학생에게 강연자의 이름이 무엇인지 물었다.

옆의 학생은 작은 소리로 대답하였다.

“저 여성은 톈진여성계애국동지회 강연단 단장 덩원수이고, 즈리제일여자사범학교의 학생입니다.”

청년학생은 차분히 들으면서 약간 고개를 끄덕이며 연습장에 빠르게 적어 내려갔다. ‘덩원수, 즈리제일여자사범 학생, 톈진여성계애국동지회 강연단 단장.’ 그는 머리를 들어 덩원수의 크고 동그란 눈을 바라보았다. 격정을 머금은 그 눈은 기이하게 사람을 감동시키는 광채를 뿜어내고 있었다!

이 청년학생이 바로 저우언라이였다.

그는 덩원수보다 6살 위였고, 사상면에서도 보다 성숙되어 있었다. 1917년 6월 그는 난카이고등학교를 졸업하였다. ‘중화의 굴기(崛起)’를 위해 1917년 9월 그는 톈진에서 기선을 타고 일본으로 건너갔다. 일본에서 그는 열심히 수학하면서 유학생 애국활동에 참가하였고, 어떻게 국가와 민족을 구할 것인가라는 어려운 길을 모색하였다. 그가 사회주의학설을 초보적으로 접촉한 것도 이때였다. 1919년 4월 저우언라이는 일본에서 귀국하여, 난카이대학에서의 수학을 준비하고 있었다.

위대한 오사운동이 폭발했을 때 마침 그는 둥베이(東北) 지방의 큰 아버지를 찾아갔다가, 바로 톈진으로 돌아왔다. 6월에 그는 『톈진학생연합회보』 출판을 책임졌으며, 7월에는 이 『회보』가 정식 출판되었다. 정기 구독자가 근 5천명에 이르렀는데, 이는 당시 상황에 비춰볼 때 적지 않은 숫자였다.

덩원수의 강연이 있던 그날, 마침 그는 『회보』 책임자의 자격으로 난카이대학 강당에서 자료를 수집 중이었다.

집회는 마무리되었다. 덩원수와 여자사범 학우들이 막 회의장을 떠나려 할 때 저우언라이는 재빨리 앞으로 나아갔다.

그는 그녀들을 향해 매우 정중하게 인사를 하며 말했다.

"당신들의 강연은 정말로 감동적이었습니다."

덩원수가 머리를 들어보니 앞에 준수한 청년이 하나 서 있는데, 짙은 눈썹 아래 검고 맑으면서도 미소를 머금은 듯한 눈망울이 시야에 들어왔다. 그녀는 두 달 간의 대중운동을 통해 단련되어 여자사범학교 때의 수줍음과 어색함을 떨쳐버린 지 이미 오래였다. 그녀는 대범하게 웃으며 말했다.

"강연은 아직 부족합니다. 많은 가르침 부탁드립니다. 그런데 누구십니까?"

"나는 저우언라이라고 합니다. 난카이고등학교를 졸업했고요, 『텐진학생연합회보』 기자입니다."

저우언라이는 이렇듯 겸손했다. 왜냐하면 분명 그는 『회보』의 책임자였는데도 도리어 스스로를 기자로 소개했기 때문이었다.

"저우언라이, 난카이고등학생." 덩원수는 눈을 반짝거리며 짓궂게 미소를 지었다. "우리들은 이미 당신을 알고 있습니다."

저우언라이는 매우 의아해 하면서 짙은 눈썹을 약간 세우고는 가볍게 말했다.

"미안합니다. 전 하나도 기억이 나지 않습니다."

덩원수의 친한 친구인 뚱뚱이 왕전루(王貞儒)가 웃으며 말했다. "저우언라이, 저우언라이, 맞어! 우리는 진작부터 당신을 알고 있었어요."

몇몇의 여학생들이 일제히 웃음보를 터뜨렸다.

저우언라이는 짓궂게 장난을 치는 이 어린 소녀들에게 영문도 모른 채 조롱을 당했다. 그는 비록 재능과 경험이 풍부했지만 당시는 남녀 간의 자유로운 교제가 막 시작되던 때라 그 역시 어찌할 바를 모르고 쩔쩔 맬 수밖에 없었다.

세심한 덩원수는 당황해하는 그를 보고서는 서둘러 말했다.

"우리는 당신을 알지만 당신은 우리를 모를 수 있어요. 2,3년 전 우리는 난카이대학 강당에서 당신이 연기한 신극을 본 적이 있답니다."

난카이고등학교의 신극은 꽤 유명하였다. 덩원수와 친구들은 저우언라이가 주연한 『일원전(一元錢)』, 『화아전(華娥傳)』, 『구대랑(仇大娘)』 등을 이미 보았다. 난카이고등학교는 남자학교였고, 당시 남녀가 같은 무대에서 연극을 공연할 수 없었다. 따라서 여주인공 역할도 남성이 맡아야 했다. 저우언라이는 외모가 준수하여 『일원전』의 여주인공 쑨휘주안(孫慧娟), 『화아전』의 화어(華娥), 『구대랑』에서는 휘낭(慧娘) 역을 연기했다. 그때 분장은 수려했고 연기도 매우 좋았다. 그가 연기한 화어 때문에 많은 여성들이 눈물을 흘려야 했다. 그래서 그녀들은 저우언라이의 이름을 기억할 수 있었다.

덩원수 등이 자신이 연기한 신극을 보았다는 얘기를 듣고 저우언라이는 약간 놀라면서 자연스럽게 난처함에서 벗어날 수 있었다.

나이는 어리지만 생각이 깊고 주도면밀한 덩원수는 여성계애국동지회가 평민여학교를 개설하기 위한 경비를 마련하려고 연극회를 준비하고 있음을 문득 떠올렸다. 즈리제일여자사범 학생들은 신극 『안중근(安重根)』, 『화목란(花木蘭)』을 연습하고 있었다. 그녀는 주연 안중근과 화무란(花木蘭) 역을 맡았지만 자신이 제대로 할 수 있을지 걱정이었다. 그런데 신극을 잘 하는 저우언라이가 눈앞에 있었던 것이다. 이는 선생님이 이미 준비되어 있는 것과 다름없었다.

그녀는 저우언라이에게 허겁지겁 다가가 재빨리 말했다.

"우리는 당신의 도움이 필요합니다."

줄곧 모두를 위해 열심히 일해 온 저우언라이가 서 있었다.

덩원수는 미소를 띠면서 말했다.

"우리들 여성계애국동지회는 평민학교를 개설하여 가난한 집 여성들에게 무료로 교육을 시켜주려 합니다. 그 학교 경비를 마련하려고 우리는 연극회를 준비하여 이틀간 자선공연을 하기로 했습니다. 연극회에서 우리 여자사범학교 학생들이 맡은 프로그램이 있어요. 그것은 신극『안중근』과『화목란』공연입니다. 그러나 우리는 이전에 신극을 공연한 적이 없고 게다가 이번 것은 무대에서 하는 자선공연이라 매우 걱정입니다. 잠시 우리를 지도해 주시면 고맙겠는데……."

몇몇 다른 여학생들도 일제히 나서서 같은 부탁을 하였다.

"지도라니, 당치도 않습니다. 당연히 도와야죠. 언제 연습이 있습니까, 반드시 제가 가겠습니다."

원수는 말했다. "우리는 내일 오후 광동(廣東) 회관(會館)[21]에서 예비연습이 있는데 혹 시간이 되나요?"

"내일 오후라." 저우언라이는 가만히 생각해 보았다. 사실 그는 빨리 돌아가 원고를 쓰고, 조판도 해야 했다. 그리고 편집과『회보』에 실릴 모든 원고의 교정을 본 후 내일 새벽까지 서둘러 출판해야 했다. 그러나 그녀들의 요구를 받아들이기로 한 이상 어떻게 하든 시간을 짜내기로 하였다.

그는 흔쾌히 대답했다. "내일 오후 분명히 광동회관으로 가겠습니다."

1907년 건립된 톈진의 광동회관은 으리으리하였다. 회관 안에는 정교한 무대가 하나 설치되어 있었는데, 기둥과 대들보는 꽃그림으로 장식되

어 화려하고 장엄하였다.

약속 날 오후 저우언라이는 서둘러 광동회관 내의 극장에 도착하였다. 마침 그가 앉을 극장의 앞좌석은 물론 귀빈석도 마련되어 있지 않았다. 그저 조용히 2층 뒷줄에서 그녀들의 공연을 보았다.

무대에는 먼저 『화목란』이, 이어서 『안중근』이 공연되었다.

눈치 빠른 덩원수는 앞좌석을 한 번 훑어보고는 저우언라이가 없음을 알았다. 양 측면의 귀빈석에서도 발견할 수 없었다. 그녀는 화를 참지 못하면서 "저우언라이라는 사람은 어떻게 이렇게 신의가 없지?"라고 투덜 거렸다.

그녀가 무대 뒤에서 분장을 지울 때였다.

"당신들의 공연 매우 훌륭했어요!" 그녀는 쟝쑤(江蘇) 억양을 띤 구수한 남성의 목소리를 들었다.

머리를 돌리니 저우언라이가 깨끗한 남색 옷을 입고 자연스럽게 그녀 뒤에 서있었다.

그녀는 화급히 일어나 환하게 웃으며 말했다.

"어디에 숨어 있었어요? 왜 보지 못했을까?"

저우언라이는 조용히 미소를 지으며 말했다.

"나는 이층 뒷줄에 있었습니다. 들어보니 당신들의 대사가 아주 분명하여 제일 뒷줄까지 잘 전달되던데요."

덩원수는 빠르게 말했다.

"부족한 점이 많으니 잘 가르쳐 주세요. 특히 저는 이토 히로부미(伊藤博文)를 암살한 조선의 애국지사 안중근과 아버지를 대신해 종군한 화무란의 영웅기개를 제대로 표현하지 못할까봐서 걱정이 많습니다."

저우언라이는 진실 되게 말했다.

"당신들은 이번에 신극을 처음 공연하였는데 그만하면 훌륭합니다. 부족한 부분을 꼭 집어 말하라면 대사가 마치 강연할 때처럼 너무 격정적이어서 많이 자연스럽지 못하다는 것입니다. 안중근과 화무란은 일상

생활에서 늘 강연식으로 얘기하지는 않지요. 극의 상황과 극중 인물의 특성을 제대로 이해하기 위해서는 평상시의 발음을 자연스럽고 무난하게 하다가 결정적인 순간에 감정을 폭발시키면서 격정적으로 표출해야 합니다.”

덩원수와 친구들은 넋을 잃고 들으면서 모두 옳다고 여겨 고개를 끄덕였다.

“또 한 가지.” 저우언라이는 잠시 쉬었다 이어 말했다.

“여러분의 대사 발음은 아직 불명확합니다. 대사를 읽는 데는 노력이 필요합니다. 한 음절을 읽을 때라도 객석의 가장 뒤에 앉아 있는 관중의 귀에까지 분명히 들릴 수 있도록 해야 합니다.”

그는 덩원수에 대해 말했다.

“『안중근』의 연극대본을 나에게 줘 봐요. 내가 무대에서 시험 삼아 읽어 보지요. 여러분들은 이층 뒷좌석에서 한 번 들어보세요.”

덩원수는 대본을 저우언라이에게 주고 몇몇 친구들과 함께 이층 제일 뒷좌석으로 가서 저우언라이가 무대에서 대본 읽는 것을 듣기만 하였다. 그의 목소리는 리듬감 있게 울려 퍼졌고 한 음절 한 음절 모두 분명하게 그녀들의 귀에 들려 왔다.

그녀들은 무대 뒤로 돌아왔다. 덩원수는 흥분된 어조로 저우언라이에게 말했다.

“당신의 대사 발음은 정말 좋군요. 우리는 또렷하게 들을 수 있었습니다. 어떻게 하면 대사를 그렇게 발음할 수 있는지 우리에게도 가르쳐 주세요.”

저우언라이는 그녀들에게 발성과 호흡 조절 및 대사의 리듬 조절 방법에 대해서 알려주고, 또 음량의 크기와 높낮이 조절법에 대해서도 가르쳐 주었다. 덩원수는 천성적으로 총명하여 바로 저우언라이를 몇 번 따라하더니 과연 큰 진보를 보였다.

저우언라이는 이층 객석으로 다시 달려가 그녀들의 대사를 들어보았다.

그리고는 다시 빠르게 무대로 돌아와 흥분하며 말하였다.

"이번엔 정말 좋았어요. 다시 몇 차례 연습하면 더욱 좋은 효과가 있을 것입니다."

그는 무대의 원형 천장을 자세히 보고는 감탄하며 말했다.

"이 원형 구조물은 아주 교묘하게도 자연스럽게 음을 확산시키는 작용을 합니다." 그는 다시 덩원수에게 말했다. "대사를 읽는 데에는 지나치게 많은 힘이 필요 없습니다. 자연스럽게 말해도 충분합니다. 가장 중요한 것은 극중 인물의 감정을 체득하는 것인데 감정을 대사와 배우의 동작 속에 주입시켜야 합니다. 당신의 남자 배우 연기는 아직까지 조금 부족합니다. 당신은 마쥔(馬駿)과 천즈두(諶志篤)의 행동에 대해 좀 더 생각해야 합니다. 그들이 현재 중국의 안중근입니다!"

이 말 한 마디가 덩원수를 각성시켰다. 그녀는 조선의 애국지사 안중근의 원형을 찾으려 고심하면서 단지 자신의 상상력에 의지하여 거듭 사색하고 탐구하였다. 이제 저우언라이는 톈진학생연합회 정·부회장인 천즈두와 마쥔을 떠올리게 한 것이었다. 그녀는 이미 그들을 잘 알고 있었다. 천즈두는 한 강연에서 대중을 자극했고, 그때 항일의 의지를 보이기 위해 자신의 손가락 하나를 잘랐다. 마쥔은 베이징 톈안먼 앞에서 영웅적인 투쟁을 벌여 '마안먼'(馬安門)이라는 별명을 얻었다. 여기까지 생각이 미치자 그녀는 마음이 확 트이고 눈앞이 환해졌다.

1919년 8월 20일, 21일 톈진여성계애국동지회는 광동회관에서 두 차례의 연극회를 공연하였다.[22]

15살의 덩원수는 『화목란』과 『안중근』의 주연을 맡았다.[23]

그녀는 어려서부터 『목란사(木蘭辭)』[24]를 즐겨 읽으면서 그 주인공 화

----

22   天津 『益世報』, 1919.8.13.
23   필자는 즈리여자사범학교 학교 친구 천슈룽, 왕페이와를 방문했는데 그녀들은 모두 덩원수와 함께 이 연극에 참여하였다.
24   역주: 본래 중국 장편 서사시로 작자 미상. 북위(北魏) 때 지어졌으며 아버지를 대신해 남장을 하고 전장에 나가 모험을 하는 여장부에 대한 이야기이다.

무란이라는 전설 속의 여자영웅을 흠모하였다. 그녀의 생각과 감정은 화무란과 서로 통하여 정말 진짜 같이 연기함으로써 화무란의 영웅기개를 잘 표현해 냈다. 머릿속에 마쥔, 천즈두를 복사한 것 같은 형상을 떠올렸기 때문에 그녀가 연기한 안중근 역시 매우 생동감 있게 묘사되었다. 단지 체구가 너무 왜소하고 수척한 것이 흠이라면 흠이었다.

연극은 매우 성공적이었다. 그녀들의 입장 수입은 7,8백 원에 이르렀다. 평민여학교 경비 문제는 이제 해결되었다.

덩원수는 저우언라이가 자신들을 도와준 것에 대해 얼마나 감격했을까! 수십 년이 지난 후에까지 그녀는 예술계의 친구들에게 과거 저우언라이가 자신들의 신극 공연을 어떻게 도와주었는지에 대해 이야기할 정도였다.

8. 각오, 각오!

오사운동으로 촉발된 애국운동은 드높은 기세로 전국을 휩쓸었다.

비록 파리강화조약은 거부되었지만 산동 주권은 아직 회수되지 못했다. 산동인민은 분연히 일어나 투쟁하였다. 1919년 8월 초, 산동계엄사령관이자 지난진수사(濟南鎭守使) 마량(馬良)은 잔인하게 애국운동을 탄압하였을 뿐만 아니라 회교(回敎)구국후원회 회장 마윈팅(馬雲亭) 등 세 사람을 체포, 살해 하였다.

베이징, 톈진과 전국 학생대표 2천여 명은 톈진학생연합회 부회장 마쥔을 총대표로 추대하고, 베이징에서 총통부, 국회 그리고 국무원을 에워싸고 살인자 처벌을 요구하였다. 수천 명의 무장한 군경과 보안대, 그리고 기병이 청원 군중을 톈안먼 앞으로 쫓아냈다. 이 일로 학생 대표

100여 명이 부상을 당하였다. 탕산(唐山) 대표 궈유산(郭友三)은 심하게 맞아 죽었으며, 마쥔, 류칭양(劉淸揚) 등도 체포되었다.

톈진학생 5,6백 명이 다시 베이징으로 서둘러 떠났고, 저우언라이도 여기에 동참했다. 그들은 전국 각지의 대표들과 함께 연일 총통부 밖에서 노숙을 하며 체포된 대표를 석방하라고 청원하였다. 이들은 전국 각지의 열렬한 성원을 받았다. 8월 30일 마침내 체포된 대표들은 석방되었다.

9월 2일 저우언라이와 마쥔, 천즈두, 꿔룽전, 장뤄밍(張若名), 천샤오천(諶小岑) 등은 함께 기차를 이용하여 베이징에서 톈진으로 돌아왔다. 기차에서 그들은 활발하게 서로 교류하면서 지난 수개 월간의 애국운동 경험에 대해 정리하였다.[25]

이때 장뤄밍은 톈진학생연합회와 톈진여성계애국동지회를 하나의 단체로 통합하여 통일된 행동을 보다 쉽게 전개하자고 제안했다.

사려 깊은 저우언라이는 베이징학생들의 진보적 써클 조직 경험을 먼저 학습한 뒤, 두 단체 가운데 경험이 풍부한 핵심인사들이 중심이 되어 학생연합보다 엄밀한 조직을 결성하자고 주장했다. 이 조직을 통해 학생운동의 경험을 정리하고, 새로운 사조에 대해 연구하며 아울러 잡지를 발간하여 조직원의 각오를 새롭게 하도록 노력하자고 제안하였다.

이와 같은 저우언라이의 제안은 형식적인 면이나 내용적인 면에서 무엇 하나 나무랄 데가 없어서 모두 즉시 동의했다. 새롭게 만들 조직의 명칭은 무엇으로 할 것인가? 저우언라이는 각오사(覺悟社)라 하면 어떻겠냐고 제안을 했다. 이에 모두 찬성하였다.

꿔룽전은 인원이 너무 많으면 곤란하다며 상황에 맞게 정확한 수를 정해야 문제가 없을 것이라 하였다. 남녀평등의 원칙에 따라 남녀 조직원은 동수여야 했다. 여성 조직원으로 그녀가 가장 먼저 떠올린 사람은

---

25 필자가 베이징에서 각오사(覺悟社) 사원 관이원(管易文 즉 關錫斌), 천샤오천(둘 모두 국무원참의)을 방문했을 때, 그들은 각오사 성립 과정과 덩원수의 활동 상황에 대해 자세히 알려주었다.

용감하고 활발한 막내 여동생 덩원수였다.

귀룽전은 톈진으로 돌아가 덩원수와 이러한 사정을 상의하였고, 그녀의 전폭적인 찬성을 얻었다. 1919년 9월 16일 20여 명의 젊은 남녀가 톈진 차오창안(草廠庵) 학생연합 사무실에 도착했다. 톈진애국청년의 진보 단체 각오사는 여기서 조직되었다.

당시는 남녀 간의 자유교제가 막 시작됐을 때였다. 그들은 군중집회에서 여러 차례 만난 적이 있었지만 이렇게 가까이 만난 것은 처음이었다. 어떤 이는 어색해했고, 또 어떤 이들은 애써 외면했다.

성격이 호탕하며 머리를 남성처럼 짧게 자른 귀룽전은 웃으며 말했다.
"우리들의 막내 여동생을 여러분들에게 소개하겠습니다."

15살의 덩원수는 사원(社員) 가운데 가장 어렸고 또 가장 활달하다고 남녀 모두 인정하고 있었다.

귀룽전 큰언니의 부름을 듣고 덩원수는 당당히 서서 자신을 소개하기 시작했다. 그녀는 먼저 여성 사원을 소개하였다.

"유칭양, 즈리제일여자사범 졸업생이고 톈진여성계애국동지회 회장입니다. 귀룽전, 즈리제일여자사범 가정전문연수과 학생이며, 톈진여성계애국동지회 강연단 단장입니다. 장루밍, 즈리제일여자사범 학생이며, 톈진여성계애국동지회 평의원이고, 리이타오(李毅韜), 즈리제일여자사범 졸업생, 톈진여성계애국동지회 평의원입니다. 이시진(李錫錦), 즈리제일여자사범 학생, 저우즈리옌(周之濂), 즈리제일여자사범 학생, 장쓰징(張嗣婧), 즈리제일여자사범 학생, 정지칭(鄭季淸), 즈리제일여자사범 학생, 우뤼옌(吳瑞燕), 즈리제일여자사범학생 ……."

그녀가 아직 여성 사원을 다 소개하기도 전에 수염이 덥수룩한 마줜이 큰 소리로 외쳤다.

"야아! 모두 다가 즈리제일여자사범 학생이구나!"

덩원수는 장난스럽게 웃기 시작하였다.

"즈리제일여자사범이 톈진여성계애국운동의 구심체라는 사실은 누구나 다 압니다. 저에 대해서는 아직 소개도 하지 못했는데, 저도 역시 즈리제일여자사범 학생입니다. '마톈안' 좀 여쭙겠습니다. 당신에게 다른 고견이라도 있으십니까? 좋아요, 제가 남성사원을 소개하지요. 저우언라이, 난카이고등학교 졸업생이며, 『톈진학생연합회』 책임자……."

말이 채 끝나기 전에 저우언라이는 황급히 손을 흔들며 말했다.

"원수, 저를 먼저 소개하지 마세요. 당연히 천즈두와 마쥔을 먼저 소개해야 합니다."

짧은 만남이었지만 덩원수는 이미 저우언라이가 매우 겸손하다는 사실을 알고 있었다. 그의 말에 개의치 않고 빙긋 웃으면서 이내 소개를 이어 갔다.

"천즈두, 톈진고등공업전문학교 학생이며 톈진학생연합회 회장. 마쥔, 난카이고등학생, 톈진학생연합회 부회장. 지난 달 톈안문 앞에서 크게 난리쳤던 그 '마톈안'입니다." 이렇게 얘기하면서 그녀는 환하게 웃었다. 마쥔은 이 짓궂은 여동생을 어쩔 수 없이 바라보면서 그저 낭랑하며 감동적인 그녀의 목소리를 들을 뿐이었다. 소개는 계속되었다.

"천샤오천, 베이양(北洋)대학 학생. 관시빈(關錫斌), 즈리제일사범학생. 판스룬(潘世綸), 난카이고등학교 학생. 리시즈(李錫志), 난카이고등학교 학생. 리전잉(李震瀛), 난카이고등학교 학생. 자오광천(趙光宸), 난카이고등학교 학생. 셰한위에(薛憾岳), 난카이고등학교 학생……."

덩원수가 단숨에 소개를 마치자 다시 한 번 마쥔을 향하여 짓궂게 웃었다.

"당신네 난카이고등학교 학생들도 남성 사원 가운데에 적지 않은데요."

마쥔은 말재간이 좋은 덩원수를 말로 당해낼 재간이 없음을 눈치 채고서는 고개를 돌려 저우언라이에게 말했다.

"샹위(翔宇)[26]! 사장(社章)과 선언문에 대해 토론합시다."

덩원수는 오빠, 언니들과 함께 열정적으로 토론을 전개했다. 회의에서 확인된 공통의 인식에 근거하여 저우언라이가 『선언』을 기초하는 데에 모두 동의하였다.

각오사의 두 번째 집회 때에 저우언라이는 자신이 기초한 『각오사선언』을 공개하였다. 『선언』 가운데 일부는 다음과 같다. "각오의 외침 소리가 20세기의 새로운 조류 속에서 드높게 울려 퍼지고 있다. 일반 상식을 지닌 중국의 보통사람들 또한 드디어 자각하기 시작하였다. 무릇 현대의 진화에 어울리지 않는 군국주의, 부르주아계급, 당벌(黨閥), 관료, 남녀불평등, 완고사상, 구도덕, 구윤리 등은 마땅히 모두 제거되고 개혁되어야 한다. 이미 이러한 각오로 이번 전국적인 학생운동이 형성되었고, 전국의 학생계를 흥분시켰으니, 우리 모두는 각오의 방향으로 달려 나가고자 한다." 『선언』은 각오사의 목표가 '혁심(革心)', '혁신'의 정신에 바탕을 두고 모든 이의 '자각'과 '자결'을 추구함에 있음을 선포하였다. 또한 사원 "스스로가 각오하여 스스로 결정하고 사상과 세계를 혁신"할 것을 요구했다. "눈을 떠 세계가 어떠한지를 분명히 파악하고, 어떠한 인물이 될 것인지 주의 깊게 생각하며" "먼저 자신의 사상을 개조하고, 나아가 중국을 개조해야 했다."

덩원수는 저우언라이가 작성한 『선언』을 전폭적으로 지지하며, 『선언』이 선포한 바와 같이 새로운 각오를 통해 스스로 거듭 태어날 수 있도록 노력하겠다고 결심했다.

9월 21일 각오사는 청년들 사이에 성망이 높은 리다자오(李大釗)[27]를 초청해 강연을 들었다. 그는 각오사의 취지와 사원들의 용감한 투쟁에 대해 크게 칭찬하였고, 그들이 남녀 사이의 봉건적 간극을 타파하고 통

---

26   역주 : 샹위는 저우언라이의 자이다.
27   역주 : 1889-1927. 자 서우창(守常). 중국 초기 마르크스주의자로서 중국공산당 창당의 주요 인물. 오사운동시기 『신청년(新靑年)』 편집에 참여하고, 천두슈(陳獨秀)와 함께 『매주평론(每週評論)』을 창간하였다. 창당 이후에는 주로 북중국에서 활동하여 남방의 천두슈와 함께 "남진북이(南陳北)李"의 형세를 이뤘다. 국공합작의 성립에도 기여하였으나, 1927년 장줘린(張作霖)에 의해 처형되었다.

일된 조직을 구성한 것에 대해 특히 높이 평가하였다. 또한 각오사와 곧 출간될 잡지에 대해 적극적인 지지의사를 표했다. 그는 거듭 『신청년(新靑年)[28]』 등 간행물에서 소개된 마르크스주의 관련 글들을 꼼꼼하게 읽고 연구하기를 당부하는 한편 문제에 대해 분석하고, 연구하여 진리를 얻으면 실제의 행동 속에서 그것을 관철시켜야 한다고 강조하였다. 이후, 각오사는 류반농(劉半農)[29]에게서 백화시(白話詩), 첸쉬안통(錢玄同)[30]에게서 백화문학[31], 저우쭤런(周作人)[32]에게서 일본 신촌(新村)[33]의 정신, 쉬지룽(徐季龍), 빠오스졔(包世杰) 등에게는 구국문제 등을 각각 청해 들었다.

덩원수는 이 모든 강연을 열정적으로 청취함으로써, 새로운 지식을 습득하여 그녀의 사상을 더욱 심화, 발전시킬 수 있었다.

당시 명성이 자자했던 천두슈(陳獨秀)[34]가 톈진에 도착하였다. 덩원수

28　역주 : 1915년 9월에 천두슈 등에 의해 창간된 국민계몽지. 창간 초기에는 자기비판을 선행하고 외래사상 도입을 강조했으나, 3년 이후부터는 러시아의 사회주의, 공산주의, 노동문제, 무정부주의 등을 소개·선전하는 데 주력하였다.

29　역주 : 1891-1934. 오사 신문화운동의 선구자 가운데 한 사람. 『신청년』의 편집을 맡아 문학혁명에 적극적으로 참여하였다. 문언문(文言文)에 반대하고 백화문을 제창하였다.

30　역주 : 1887-1938. 일본 와세다대학 출신으로 베이징대학 교수를 역임했다. 『신청년』을 편집하고 문자개혁을 강력히 주장했다. 역사학자로서 그는 고문헌사료를 과학적, 비판적으로 검토하자고 강조함으로써 구제강(顧頡剛)과 함께 의고파(擬古派)로 불렸다.

31　역주 : 구어체 중국어를 글로 표기한 것. 주로 고전을 근거로 한 문언문에 비해 베이징어를 중심으로 형성된 민간의 언어가 반영되어 일반 대중이 쉽게 이해할 수 있었다. 오사운동 시기 후스(胡適), 천두슈, 루쉰(魯迅) 등에 의해 제창되었다.

32　역주 : 1885-1996. 루신의 동생. 언어 개혁과 구어 사용을 강조함과 동시에 서구 작가의 사회적 리얼리즘을 찬미하여 그들의 작품을 많이 번역하였다. 급진적 활동을 전개함과 동시에 선전문학론과도 거리를 두어 좌익으로부터도 공격을 받았다. 중일전쟁시기 친일 행동으로 인해 반역으로 몰려 사형을 선고받았으나 1949년 이후 사면되었다.

33　역주 : 지식인이 민중 속으로 들어가 자치조직을 조직, 운영함으로써 노동의 신성함과 상호부조의 정신을 제고시키려는 인도주의적 운동. 이러한 저우쭤런의 인도주의는 시라카바파(白樺派)의 영향으로 이해되기도 하고, 신촌운동에의 참여가 동시기 성 담론에 대한 관심과 연결 지어 우생학과 사회주의를 결합하고자 한 시도로 보기도 한다.

는 각오사를 대표하여 강연을 청했다. 하지만 급한 일로 천두슈는 베이징으로 돌아가서는 오지 않았다. 이 일로 당시 덩원수는 리다자오가 천두슈에 비해 더 친절하고 자상하다고 느끼게 되었다.

각오사는 사원들이 조를 나누어 가정개조, 공동생활, 공독주의(工讀主義)[35] 등 몇 가지 문제에 대해 연구하기로 결정하였다. 덩원수는 가정개조 문제 연구에 참가하였다.

각오사는 사원과 함께 사우(社友) 몇몇을 받아들였다.

1919년 12월 어느 날 저우웨이루(宙緯路) 산졔리(三戒里) 4호 사우 리위루(李愚如) 집에서 각오사 사원이 다시 모임을 갖게 되었다.[36]

당시의 상황은 매우 긴박하였다. 각오사의 '영혼'이며 회의 주재자인 저우언라이는 신선하면서도 흥미 있는 제안을 하였다.

"우리는 이미 중국 개혁 사업에 헌신할 것을 결정하였습니다. 그리고 우리 앞에는 크고 작은 위험과 고난이 있을 것입니다. 각자의 본명으로 글을 발표하고 서신 왕래를 한다면 경찰의 정보망을 피하기 어려울 것입니다. 그래서 저는 숫자로 각자의 성명을 대체했으면 하는데 각자는 제비를 뽑아 자신의 숫자를 결정해주시기 바랍니다."

덩원수, 궈룽전, 장루밍은 흰 종이쪽지에 50개의 숫자를 적은 후 작게 말아 구리쟁반 위에 올려놓았다.

모두들 웃고 떠들면서 종이쪽지를 골랐다.

---

34 역주 : 1879-1942. 중국공산당의 창시자이며 첫 번째 총서기. 코민테른의 지시에 따라 국공합작을 주도하였으나 국공분열 이후 '우경 투항주의자'로 비난을 받았다. 1929년 당적을 박탈당하자 「전당 동지에게 고하는 글」을 발표, 코민테른의 오류와 당 중앙의 오류를 규탄하여 트로츠키파로 지탄받았다. 만년에는 사상적 전환을 하여 영미식 민주주의를 찬성하고 공산주의를 반대하였다.

35 역주 : 오사운동시기 새로운 사상으로서의 아나키즘이 유행하자 그 영향으로 노동의 중요성을 인식하게 되었고, 이때 프랑스 유학생을 중심으로 노동과 학업을 결합해, 일하면서 공부한다는 의미를 지닌 공독주의가 확산되었다.

36 톈진 저우웨이루 산지에리 4호는 현재 각오사의 기념관이 자리하고 있다. 덩잉차오는 직접 이곳을 방문하여 당시 각오사의 활동 상황에 대해 이야기하였다.

"1호다, 1호!" 덩원수가 큰 소리로 외쳤다. "내가 고른 건 1호입니다."

저우언라이는 5호를 쥐었다. 그는 웃으며 말했다. "나는 우하오(伍豪)[37]로 대신하겠습니다."

총명한 덩원수는 바로 말했다. "나는 1호니까 이하오(逸豪)로 바꾸겠습니다."

궈룽전은 13호를 뽑고는 "스산(石珊)"으로 정했다. 마쥔은 29호를 "녠쥬(念九)[38]"로, 류칭양은 36호를 "산류(衫陸)"로, 장쓰징은 37호를 "산치(衫棄)"로, 리이타오는 43호를 "스산(峙山)"으로, 천샤오천은 41호를 "스이(施以)"로 각각 바꾸어 정했다.

한 때 방 안은 "이하오", "우하오", "스싼", "우스" 등 서로를 부르는 호칭으로 가득 찼다. 갑자기 모두는 이제 진정한 혁명 활동에 나서게 되면서 자신들의 본명까지 없애야 한다는 사실에 매우 흥분하였다.

단지 저우언라이만이 의연하고 침착하게 다음과 같이 말했다.

"이름이란 본래 부호에 불과한 것으로 그렇게 중시할 필요는 없습니다. 중요한 것은 우리들 모두가 이후 보여주게 될 실제의 행동입니다."

덩원수는 이 말을 들으면서 고개를 끄덕였다. 그리고는 "샹위!" 하고 말하려다 바로 멈추고는 "우하오의 말이 맞습니다. 중요한 것은 우리의 실제 행동입니다"라고 말했다.

회의에서는 잡지 『각오』를 빨리 출판하되 잡지에 발표될 글들에는 앞서 정한 별명을 모두 사용하기로 결정했다. 그리고 저우언라이는 잡지의 편집을 책임지기로 하였다.

일을 나눠 맡으면서 저우언라이는 덩원수에게 "이하오, 당신이 글을 한 편 써서 게재하도록 해요"라고 하였다.

---

37   역주: '五號'와 '伍豪'는 의미가 다르지만 둘 다 중국어 발음이 '우하오' 같기 때문에 대신한 것이다. 이하 숫자를 대신한 호칭도 모두 발음이 같거나 유사하여 선택되었다.

38   역주: 여기서의 "녠(念)"은 이십을 뜻하는 "녠(卄)"과 같은 자이다.

덩원수는 고개를 끄덕이며 동의하였다. 그녀는 이미 저우언라이를 존경하기 시작했다. 그의 말이라면 그녀는 대부분 받아들였던 것이다.

9. 「왜 ……?」

덩원수는 약속한 대로 글을 한 편 작성하여 저우언라이가 편집한 『각오』에 발표하였다. 그 글의 제목은 「왜 ……?」였다.[39]

각오사의 취지는 먼저 중국 학생의 사상 개조에 두었다. 반 년 가까이 학생운동을 실천하면서 덩원수는 당시 학생들 사이에 존재하는 사상과 생활 속의 여러 문제를 예리하게 간파하여, 자신의 글 속에서 다음과 같이 날카롭게 비판하였다.

"왜 다른 사람을 무시하는가? 인간은 평등하고 또 서로 도와야 한다. 이러한 신사상이 날로 유행하고 학생들의 이러한 외침이 날로 커져가고 있다……. 그러나 현재 대부분의 학생들은 자신들이 지닌 학식에 대해 마치 무슨 신기한 것으로 포장된 사회의 특권층이나 된 것처럼 이해하고 있다. 따라서 무지하고 빈궁한 농민이나 노동계의 곤궁한 동포들을 돌아보려 하지 않는다. 그저 집안에 앉아 하인을 노비 다루듯 하면서 욕을 하기도 하고, 길을 가다가도 '인력거꾼'이라 욕을 하지 않으면 '웃기는 얼간이'라 비웃는다……. 나는 이러한 학생들이 고등교육을 받았다고 해서 '평등', '박애', '호조(互助)' 등을 어떻게 주장할 수 있는지 스스로 물어봐야 한다고 생각한다. 왜 자신의 책임이나 인간으로서의 도리 같은 것을 모를까? 우리 모두는 도대체 왜 다른 인간을 무시하는지 생각

---

[39] 이 글은 1920년 1월 출판된 『각오』 제1기에 게재되었다.

해 봐야 한다."

덩원수는 또 이렇게 썼다.

"왜 나쁜 습관에 물드는 것일까? 아편, 도박과 같은 나쁜 습관은 백해 무익하고 시간과 돈을 낭비할 뿐만 아니라 건강에도 해가 된다……."

"왜 화려한 치장이 필요한가? 사람들이 꾸밀 필요는 있다. 하지만 가 지런하고 깨끗하면 충분하다. 그런데 지금 해괴망측하고 눈에 거슬리는 치장이 사람들을 질리게 하고 있다……. 인간의 정신은 한계가 있다. 만약 모든 정신을 이렇게 꾸미는 데에 몰두하게 된다면 학술을 연구할 수 있는 정신은 그 만큼 사라지게 될 것이다. 나는 실제로 우리 학생들이 이렇게 되어 버린 것이 너무 안타깝다. 왜 이렇게 되었을까?"

"왜 학생들은 극장, 찻집, 영화관 같은 데를 계속 출입할까?"

"왜 무익한 출판물을 볼까? 학생이 공부하는 가장 중요한 목적은 지 식을 쌓는 데 있다. 그러므로 정규 교과뿐만 아니라 다른 데에서도 지식 탐구의 길을 찾아야 한다. 출판물은 지식을 탐구하는 하나의 도구이다. 그러나 현재 거리에서 팔리는 소설은 읽어 봐야 정신과 시간을 낭비할 뿐이어서 몸과 마음 어디에도 별 도움이 되지 않는다. '원앙호접(鴛鴦胡蝶)'[40]이나 '풍화설월(風花雪月)'[41] 같은 것들은 대부분 정신 건강에 해악을 끼치는 문학에 불과하다. 애석하게도 학생들은 고귀한 시간을 희생하며 이런 해로운 서적들을 탐독하고 있으니 도무지 모를 일이다."

또한 덩원수는 실천을 중시하여 언행불일치를 반대하였다. 그녀는 다 음과 같이 쓰고 있다.

"학교에서 매일 강조하는 수신이란 '궁행실천(躬行實踐)'이며 '언행일

---

[40] 역주: 신문화운동 초기인 1910년대 초부터 등장하기 시작한 다양한 통속물을 일컫 는 용어로 연애소설을 비롯하여 탐정, 깡패, 무협, 근대판 유곽 안내 등 다양한 내용 을 포함하는 문학 장르이다.
[41] 역주: 원래 시 가운데 자연물을 묘사할 때 사용하는 표현. 후에 미사여구나 군더더 기 말을 많이 쓴 문장이나 내용이 공헌한 시문을 가리고 또 애정지사 혹은 음주 방 탕생활을 가리키기도 한다.

치’를 가리킨다. 그러나 일부 학생들은 무엇을 말하고 또 무슨 일을 하는가? 한가로이 ‘장 씨가 틀렸어’라고 하지 않으면 ‘이 씨가 틀렸어’라고 하면서 남을 헐뜯을 뿐이고 어떻게 사는 게 참되고 또 책임 있는 삶인지, 현재 국가의 대세가 어떠한지, 왜 당국은 인심을 얻지 못하는지 등에 대해서는 허무맹랑한 공론만 늘어놓는다. 거리에 나가서 강연을 할 때, 사회가 어떻게 잘못되었는지, 가정의 잘못이 무엇인지, 상인과 노동자들이 어떻게 해야 하는지 등에 대해서 말을 하면 그 말에 생동감이 넘쳐 듣는 이들로 하여금 감동하여 설복하지 않을 수 없게 만든다. 하지만 정작 실천에 옮겨야 할 때 그들은 자신의 말대로 실행하지 않는다. 왜 이렇게 실천에 이르지 못하는가?”

딩원수는 선량한 소녀였으며, 다른 사람을 질시하는 것을 무엇보다 반대하였다. 이에 대해 다음과 같이 서술하였다.

“왜 남을 질시할까? 내가 보기에 질시와 같은 감정은 단지 자신의 정신을 소모하며 헛되이 마음을 쓰게 할 뿐이다……. 질투심이 생기면 그 다음에 음모가 뒤따르기 마련이다. 남이 내 앞으로 달려 나가면 나의 기량을 발휘하지 못할까 걱정하기 때문에 이런저런 방법을 찾아내 남이 앞서 나가는 것을 막고 싶은 것이다. 만약 당신이 스스로 발전하기 위해서는 남도 같이 발전해야 한다는 생각을 하면 질투심이 왜 필요하겠는가? 질투심이 많은 사람은 다른 사람의 발전을 위한 생각을 하지 못한다. 뿐만 아니라 그것은 스스로의 인격을 위해도 바람직하지 못하다. 왜 질투를 하는지 나는 묻고 싶다. 왜 다른 사람들이 잘 하는 일을 당신은 파괴하려 하는가?”

딩원수는 단지 15살의 여학생에 불과하였다. 그러나 그녀는 학생의 사상과 행동 가운데 드러난 여러 폐단을 예리하게 간파하고 선명하게 제기함으로써 학생들이 주의를 기울이고 또 그것을 극복하기를 바랐다. 몇 개월 동안 지속된 폭풍과 같은 대중운동을 통해 단련되면서, 그녀의 사상은 빠르게 성숙되어 갔다. 학생운동의 성취로 그녀는 비록 무척 고

무되었지만, 학생운동 속에서 드러난 몇몇 단점과 부정적 측면에 대해서는 걱정을 하였다. 그녀는 극도의 흥분을 감추지 못하고 이렇게 썼다.

"우리 중국인들에게는 일하는 사람이 가장 부족하다. 사람들은 하루하루 많아지고 해야 할 일 또한 하루가 다르게 번잡해지는데 진정 일할 사람은 늘지 않는다. 학생운동이 시작된 이후 우리 학생들은 이번 일을 겪으면서 진정한 실천에 대해 점차 흥미를 갖고 현재 사회 방면에 복무하고 실천하고자 노력하고 있는 경향을 보이는데 정말로 다행스러운 일이다. 그러나 그 중에는 순수하지 않은 이들도 있다. 너희는 전진한다고 하지만 그 가운데에는 일종의 파괴분자가 섞여 있다. 네가 한 걸음 나아가면 그는 한 걸음 막아선다. 이러한 파괴분자는 정말 기괴하다. 너의 방식이 옳든 그르든, 그에게 유리하든 불리하든 상관없이 그는 항상 반대만 한다. 그러나 그에게 하라 하면 그는 하지 않는다. 만약 상대하지 않으면 그는 파괴를 일삼고 여러 음모를 꾸며내 방해하니 정말 대책을 세울 수 없게 만드는 자이다. 이러한 사람의 심리는 또한 예측하기 힘들다. 어떤 이는 그가 '다른 포부를 지녔다'고 말하지만 내가 보기에는 도무지 믿을 수 없다……. 그는 무의식적이고 맹목적이며, 감정에 따라 일을 처리하는, 사고력이 없는 부도덕한 사람이라 할 수 있다. 도대체 그가 무엇을 하려는지 모르겠다."

아직 어리고 유치한 기분이나 감정에서 완전히 벗어나지 못한 매우 젊은 덩원수는 당시 학생들 사이에 퍼져있던 병폐가 실제로는 사회적 병폐의 반영임을 속속들이 이해하지 못하였고, 학생운동 내부의 파괴 음모가 존재했는지에 대해서도 아직 확신을 갖고 있지 못했다. 단지 일련의 의문을 제기함으로써 학우들에게 경각심과 주의를 환기시키기를 희망했다. 그녀의 글은 현재의 청년학생들에게도 여전히 좋은 참고가 될 만하다.

당시 수많은 청년학생들이 오사운동에 참가했다. 학생운동의 정수, 그 가운데 저우언라이, 마쥔, 궈룽전, 덩원수 등은 운동의 과정에서 경험을 정리하고 예리하게 사회를 관찰했으며, 사회 진보와 국가 발전에 유용한 지식을 터득하려 노력했다. 그리고 자주 깊이 있게 사고하고 실천하면서 시대의 발전과 변화를 읽어냈고, 시대적 흐름의 선봉에 서서 대중을 이끌고 사회 진보를 추동하였다.

덩원수는 바로 이렇게 사고하고 공부하며 실천하고자 노력하였다.

10. 이부자리를 지고 감옥에 가다!

1919년 9월 저우언라이는 막 설립된 난카이대학 문과에 진학하였다. 덩원수는 즈리제일여자사범 4학년에 진학했다. 이때가 그녀가 여자사범에서 수학한 마지막 해였다. 그녀의 3학년 때 담임이며 국어교사였던 바이메이추(白眉初)는 경사국립고등사범에서 교편을 잡게 되었다. 덩원수는 특히 작문에 뛰어났고, 바이 선생은 그녀를 매우 좋아 했다. 헤어질 때 기념으로 바이 선생은 그녀에게 잉빈(穎斌)이라는 이름을 지어 주며 매우 총명하고 또 재기발랄하니 장차 문무를 겸비한 훌륭한 인재가 되어주기를 희망하였다. 이에 원수는 문무를 겸비한 인재는 감당하기 어려우며, 잉빈은 발음하기 어려우니 잉차오(穎超)가 좋겠다고 했다. 그런데 당시 이름을 바꾸려면 교육청에 보고해야 했다. 오사운동이 시작되고 덩원수는 너무 바쁜 나머지 개명 수속을 제대로 하지 못했다. 그러나 많은 학우들은 모두 그녀의 바뀐 이름인 잉차오를 알고 있었다. 잉차오라는 이름은 크고 우렁찬 모습을 떠올리게 할 뿐만 아니라 의미도 깊었으며, 총명하면서도 범속함을 뛰어 넘는 그녀의 인간됨을 잘 반영하고 있었다. 이때부터 사람들은 그녀를 덩잉차오라 부르게 되었다.[42]

덩잉차오는 각오사에 참가하였다. 저우언라이의 지도 아래 각오사 남녀 사원들은 일치단결하여 톈진시 전체 남녀학생과 시민의 공동 투쟁을 조직하였고 대규모 반제반봉건 투쟁을 전개하였다. 덩잉차오는 용맹스럽게 이들 투쟁에 참가하였다.

9월 22일 톈진 각계 인사 일만여 명은 난카이대학에서 추도대회를 거행하여 8월 청원 시위 과정에서 살해된 탕산(唐山) 학생대표 궈유산(郭又山) 열사를 추모하였다. 덩잉차오는 대회에서 열사의 유지를 계승하여 서로 사랑하고 단결하여 애국 구국의 결의를 다지고 정부의 불법행위에 대해 끝까지 투쟁하자고 호소하였다.[43]

학생들은 계속해서 산둥계엄사령관 마량(馬良)의 애국운동 진압을 범죄행위로 성토하면서, 제4차 베이징 청원을 준비하였다. 각오사는 밤새 회의를 열어 청원대표 인선과 후방 지원 활동을 조직하였다. 10월 1일 사원 류칭양, 궈룽전, 관시빈 등은 상하이, 산둥, 베이징 대표와 함께 총통부에 청원하였고, 저우언라이는 몇몇 사람들과 함께 베이징에 도착하여 선전, 연락작업을 수행하였다. 하지만 청원단은 무자비한 탄압을 받았고, 32명의 대표는 체포되고 말았다.

저우언라이, 덩잉초, 마쥔, 천즈두 등 각오사 사원은 구출활동을 벌이는 한편 각계 대표와 연락하여 쌍십절[44]에 공화정 건립을 축하하는 국민대회와 시위행진을 하기로 결정하였다.

10월 10일 오후 4만여 명에 달하는 학생, 시민 및 각계 인사는 난카이대학 운동장에 모여 톈진 역사상 처음으로 성대한 국민대회를 거행하였다. 대회가 열리기 전에 각오사 사원은 심혈을 기울여 대회를 준비하였

42　덩잉차오는 1984년 톈진으로 다시 돌아가 즈리여자사범학교 친구들과 만났을 때 자신의 이름이 바뀌게 된 경위에 대해 흥미롭게 이야기하였다.

43　天津『益世報』, 1919.9.23.

44　중화민국의 건국 기념일을 가리킨다. 쌍십절은 1911년 10월 10일에 발생한 우창(武昌)봉기를 기념한다. 이 우창봉기가 신해혁명의 발단이 되어 중국 각지에서 혁명운동이 발생하였고 청조가 붕괴되면서 중국 최초의 공화제 국가인 중화민국이 건립되었다.

다. 시민들은 주석단 주위에 자리하여 서고, 조직을 갖춘 대학생과 고등학생은 시민들 주위를 둘러쌌다. 덩잉차오, 장루밍 등 각오사 여사원은 여학생과 보이스카우트를 데리고 대오의 앞에 섰다. 그들은 무장군경이 회의장을 포위해도 여학생과 소년들과는 직접 충돌하지 않을 것이라 생각했다. 기민한 덩잉차오는 미리 즈리여자사범 학우들과 상의하여 단단한 대나무로 만든 작은 깃발을 손에 들었다. 만일 충돌이 일어날 경우 대나무 막대는 무기로 활용될 수 있었다.[45]

결연히 투쟁하기로 결심한 덩잉차오는 난카이대학 운동장에 서서 형형색색의 깃발에 쓰인 다음과 같은 글귀를 바라보았다. "중화만세", "맹세코 애국의 피를 흘리겠다", "함께 구국의 피를 흘리자", "노예가 되기를 바라지 않는다", "국치를 잊지 말자", " 열렬하게 애국하자", "분투하고 희생하자", "맹세코 매국노를 죽이자", "나쁜 정부를 타도하자", "동포여 속히 깨어나라", "남녀평등", "모두 노동하자", "자유평등", "균산주의(均産主義)가 출현했다" ……. 군중의 정서는 이렇듯 격앙되어 있었다.[46]

천즈두는 대회의 총지휘자로, 저우언라이와 덩잉차오는 대회주석단 단원으로 각각 선출되었다. 회의는 「쌍십절선언」을 발표하는 한편 애국군중을 진압한 북양정부의 만행을 통렬하게 비판하였으며, 체포된 32명의 학생대표에 대한 즉각적 석방을 요구하였다. 회의장은 끓어오르는 바다와 같았다. 4만의 군중은 천지를 뒤흔드는 "중국만세" 구호를 세 차례 연호한 후 처음부터 정해진 계획에 따라 거리시위에 나섰다.

덩잉차오와 여자사범 학우들은 시위대의 가장 앞쪽에 자리했다. 그녀들이 막 회의장을 벗어났을 때 수백 명의 무장경찰이 날카로운 칼을 꼽은 장총을 앞세우고 그녀들이 전진하는 것을 막았다. 그들은 총칼을 휘

---

45 량슈천(梁岫塵)은 필자에게 1919년 쌍십절 때 즈리여자사범 학우가 참가한 거리시위와 덩잉차오가 피를 토하는 상황에 대해 소개하였다.
46 톈진 저우언라이 기념관 가운데에는 당시 즈리성 경찰청 밀정의 보고서와 시위군중의 표어 및 구어 등이 진열되어 있다.

두르며 여학생들을 야만스럽게 구타하였다. 덩잉차오와 여성 학우들은
용감하게 밖으로 치고 나갔다. 그들은 한편으로는 "경찰도 애국하라",
"애국학생을 구타하지 말라"고 외치면서 다른 한편으로는 거세게 밖으
로 뛰쳐나갔다. 야만스런 경찰들은 여학생들의 정면을 향해 난폭하게 때
리고 찔렀으며, 덩잉차오는 손에 쥔 대나무 막대를 흔들면서 격렬하게
저항하였다. 그녀는 황급한 와중에도 꾀를 내어 대나무 막대로 경찰의
모자를 낚아채 떨어뜨렸다. 경찰이 허리를 굽혀 모자를 줍는 사이에 소
리 높여 외쳤다.

"학우 여러분! 뚫고 나갑시다!"

많은 여학우들이 덩잉차오를 따라 대나무 막대로 경찰의 모자를 낚아
챘다. 경찰모자가 여기저기 땅바닥으로 굴러 떨어졌다. 경찰이 모자를
줍느라 어찌할 바를 모르자, 여학생과 보이스카우트들은 그 기회를 틈타
포위망을 뚫고 나갔다.

무장경찰은 총칼을 휘두르며 막 뛰쳐나온 여학생과 초등학생들을 구
타하였다. 경황이 없던 덩잉차오의 입에서는 한 움큼 선혈이 쏟아져 나
왔다. 그러나 그녀는 흐르는 피에 개의치 않고 여전히 큰 소리로 외쳤다.
"학우 여러분! 뚫고 나갑시다!" 그녀의 절친한 친구 왕전루(王貞儒)는 총
으로 맞아 어깨에 부상을 입었고, 각오사 사원 리시진(李錫錦)은 칼에 찔
려 눈동자가 상했다. 다른 여자사범 학우 녜위칭(聶玉淸)은 개머리판으로
가슴을 얻어맞았고 여자사범 부속초등학교의 한 학생은 머리를 가격 당
했다.

남학생들은 여학생과 초등학생이 부상당하는 것을 보자 극도로 흥분
되어 경찰과 맞서 온힘을 다해 육박전을 벌여 매우 많은 부상자가 발생
하였다.

이러한 긴박한 상황에 저우언라이는 연합선전대를 이끌면서 큰 트럭
을 몰기 시작했다. 남녀 학생은 안팎에서 협공하며 무장경찰의 포위망을
뚫었다.

수만 명의 시위대는 세차고 거대한 흐름을 형성했다. 맨 앞에는 보이스카우트와 군악대, 여성계구국동지회가 자리하였고, 그 뒤를 이어 학생연합회, 공무원 및 교원 구국단이, 그 뒤편에 기독교구국기도회와 시민, 그리고 마지막으로 다시 보이스카우트가 뒤를 이었다. 군악대는 드높이 국가를 연주했고 각계인사들은 "중화만세!"를 외쳤다. 대오는 난카이대학의 징난마루(經南馬路), 동마루(東馬路)에서 베이마루(北馬路)로 이어졌다. 길가에서 구경하던 수많은 시민들은 박수를 치며 환영하였다.[47]

덩잉차오는 자신이 피를 토하고 있는 것도 개의치 않고 남녀 강연대원 5천여 명을 이끌면서, 한편으로 전단지를 뿌리며 다른 한편으로는 길가에서 강연을 하였다. 그녀의 수척한 몸과 창백한 얼굴 때문에 청중들은 더욱 감동을 받았다.

시위대는 군경이 남녀학생을 구타한 사실에 자극을 받아 전체가 경찰청으로 몰려가 항의하였다. 경찰청 문 앞에는 보안대, 무장경찰, 기병대 등 천여 명이 겹겹이 에워싸고 지키고 있었다. 시간은 이미 오후 6시가 되었다.

시위대는 저우언라이, 리이타오(李毅韜) 등을 대표로 뽑아 경찰청에 가 항의토록 하였다. 청장 양이더(楊以德)는 딩전즈(丁振芝)를 대신 보내 학생대표와 면담케 하였다. 저우언라이는 먼저 이렇게 질문했다. "왜 군중들의 국경절 거리행진을 막습니까? 왜 경찰이 학생을 구타하도록 종용합니까?" 그러자 딩전즈는 탁자를 치며 "그런 문제라면 너희는 법정에 호소하면 될 게 아닌가?"라고 말하였다

경찰청 밖에는 시위대 수만 명과 그들을 둘러싸고 구경하는 시민 2,3만 명이 모여 있었으며, 덩잉차오와 강연단원은 그들에게 강연을 하고 있었다.

저우언라이가 모두에게 교섭의 경과에 대해 보고하자 모든 군중은 극

47　　天津 『益世報』, 1919.10.11.

도로 흥분하였다. 다시 저우언라이, 마첸리(馬千里) 등 10명을 대표로 뽑아 성장을 면담토록 하였다. 그러나 성장은 몰래 빠져나가고, 참모 하나만 나와서 대표들에게 적당히 얼버무렸다. 교섭이 진행되는 동안 지역의 신사(紳士) 3명이 성 당국과 조정을 시도하였고, 다음 날 성장을 만나 처리 방법에 대해 협상할 테니 학생들에게 먼저 돌아갈 것을 권유했다.

때는 이미 밤 10시가 넘었다. 학생들은 그 자리에 앉아 농성 중이었고, 각 학교마다 마실 차를 보내왔다. 덩잉차오와 일부 강연대원은 여전히 모두에게 강연을 하며 투쟁 의지를 계속 북돋우고 있었다.

대표들은 성 당국과의 교섭 경과에 대해 보고하였다.

저우언라이, 마쥔, 덩잉차오, 마첸리 등은 함께 상의하였다. 시위대는 정오에 집결하여 이미 10시간 이상 시위를 계속한 상태여서 모두가 너무 피로한 상태였다. 일단 잠시 해산하고 다음 날 다시 양이더를 찾아 결판을 내기로 하였다. 그들은 시위대에게 각자 대열을 정돈하여 돌아갈 것을 권고했다. 저우언라이, 마쥔, 덩잉차오 등 각오사 사원들은 밤새 회의를 계속하며 대책을 논의하였다. 톈진중고등학교 이상 남녀학교는 1주일간 수업 거부에 돌입하였고, 국경일 집회 가두행진 금지, 학생운동 진압, 시민 폭행 등을 이유로 양이더의 파면을 강력하게 요구했다.[48]

한편 11월 16일 일본제국주의는 푸젠(福建)에서 일본상품 보이코트운동을 전개하던 중국학생을 총살했다. 덩잉차오는 1천여 명의 강연단을 조직하여 거리에서 이에 대해 시위·선전하면서, 전단을 뿌리며 푸젠인민을 지원하였다.

각오사의 주도 아래 톈진남녀학생은 공동으로 신톈진중고등이상학교 학생연합회(新天津中高等以上學校學生聯合會)를 조직하여, 12월 10일 베이마루(北馬路) 총상회에서 성립대회를 열었다. 저우언라이는 신학련 집행과장에 선출되었고, 덩잉차오는 신학련 강연위원회 위원장 겸 교육위원회

---

48   天津 『益世報』, 1919.10.13.

위원으로 선출되었다.

12월 20일 톈진시 남녀학생, 교사, 공무원, 상인, 시민 그리고 애국적인 기독교도 등 총 10만여 명은 난카이대학 운동장에 모여 국민대회를 개최하여, 일본제국주의가 저지른 푸저우(福州) 학살사건을 성토하였다. 대회에서 학생들은 상점에서 검사하여 몰수한 십여 개의 일본상품을 불태웠는데 그 화염이 하늘을 찔렀다. 군중들은 박수를 치며 환호했다. 회의에서 「국민대회선언문」이 낭독되었고, 이어 5곳으로 나눠 강연이 진행되었다. 덩잉차오는 회의에서 제국주의 만행에 대해 격정적으로 성토하는 한편, 동포들에게 밖으로는 강권에 항거하고 안으로는 매국노를 물리치자고 호소하였다.

회의 후 십만의 시위 대열이 큰 흐름을 이뤄 행진을 시작했다. 각자는 손에 작은 깃발을 들었는데 거기에는 다음과 같은 구호가 적혀 있었다. "동포여 속히 깨어나 위기의 국가를 구하자", "푸젠을 힘껏 구하고, 빨리 칭다오(青島)를 구하자", "나라 일에 열중하여 필부도 책임지자." 애국운동은 나날이 사람의 마음속 깊이 파고들었다. 이번의 시위에는 즈리성의회 의원은 물론 톈진총상회 회장, 부회장까지도 참가하였다. 덩잉차오는 수천 명의 강연대원을 이끌고 각자 일을 분담하여 거리에서 시위와 강연활동을 벌였다. 군중들은 열심히 들었고 상점에서는 폭죽을 터뜨리며 환영과 동정의 뜻을 나타냈다.

12월 27일 톈진각계의 군중 수만 명이 다시 난카이대학 운동장에 모여 제2차 국민대회를 개최하였고 회의 후 성대한 시위를 전개하였다.

이들 대규모 집회 시위는 사전에 저우언라이, 마쥔, 덩잉차오 등 각오사 사원과 난카이고등학교, 즈리여자사범의 진보적 교사 마첸리, 스쯔저우(時子周) 등이 공동으로 상의하였고, 상계, 교육계, 공업계인사들의 광범한 동정과 지지를 얻었다.

저우언라이와 덩잉차오는 이때부터 군중을 조직, 선전하는 방법을 습득했을 뿐만 아니라 널리 친구를 사귀어 각계인사들을 광범위하게 조직하여 애국구국 투쟁을 공동으로 진행할 수 있게 되었다. 특히 15세밖에 안 된 덩잉차오는 10만이 모인 군중집회에서 당당하고도 차분하게 연설을 하였으며, 수천 명에 달하는 강연대의 시위강연 활동을 어렵지 않게 조직하였을 뿐만 아니라 자신보다 열 살이나 스무 살 정도 많은 장년들과도 스스럼없이 사귀기도 하였다. 귀룽전은 이런 그녀를 높이 평가하며 거듭 "우리의 막내 여동생은 정말 능력이 대단하다"고 말하기도 했다.

'양방쯔(楊梆子)'[49]라는 별명을 지닌 즈리성경찰청장 양이더는 텐진애국운동을 더욱 잔혹하게 진압하기로 결정했다.

12월 25일 즈리성경찰청은 텐진학생연합회와 텐진각계연합회를 무자비하게 봉쇄하였으며, 집회 시위도 금지하는 명령을 내렸다. 저우언라이가 편집하는『텐진학생엽합회회보』또한 조사를 받은 뒤 압수당하고 말았다.

저우언라이, 덩잉차오 등 학생운동 지도자들은 공개적으로 활동을 할 수 없었다. 그래서 그들은 조계(租界)[50]에 있는 한 학우의 집에서 작은 방을 빌려 투쟁을 계속하였다.

그러나 이 방 역시 정탐에 노출되었기 때문에 그들은 한 교회 여학교의 지하실로 옮겨 활동을 계속 이어갔다.

1920년 1월 23일 텐진학생연합회 조사원들이 퀴파청(魁發成) 상점에서 일본 상품을 조사하던 중 점포에 난입한 3명의 일본 낭인들로부터 심하게 폭행당하는 사건이 일어났다. 각계대표가 성당국에 항의 청원하자, 군경은 다시 학생들을 두들겨 패면서, 마쥔, 마첸리, 스쯔저우 등 20명을 체포하였다.

상황이 살벌해지면 살벌해질수록 저우언라이는 더욱 냉정하고 침착

---

49 역주: 몽둥이[梆子]로 학생들을 구타했기 때문에 붙여진 별명일 것이다.

50 역주: 중국이 열강과 맺은 불평등조약의 결과 개항장 등에 설정되어 외국인의 자유로운 통상거주와 치외법권이 인정되던 구역으로 일반적으로 제국주의 침략의 전초기지인 '국중국(國中國)'이라 평가된다. 반면, 서구 문명의 자본과 문화의 유입 및 치안의 확보에 따른 자유로운 선진적 공간이라는 평가도 있다.

했다. 덩잉차오는 자기보다 6살 위인 이 큰 오빠에게는 어떤 위협과 무력도 두려워하지 않는 불굴의 정신이 있음을 깊이 느꼈다.

그들은 반동적인 금지령을 깨뜨리고, 톈진의 수많은 학우를 동원하여 성당국에 청원하여 체포된 학생을 석방하고, 톈진학련과 각계연합회의 봉쇄를 풀 것을 요구하기로 상의하여 결정했다.

이번 투쟁은 큰 모험을 무릅써야 했다. 이제까지 표면에 드러나지 않으려 했던 저우언라이가 전면에 나서기로 결정한 뒤 시위 청원단을 총지휘했다. 그는 덩잉차오에게 후방에서 호응하여 행동하도록 조치했다. 덩잉차오는 앞에 서서 싸우겠다는 주장을 양보하지 않았지만 이에 대해 저우언라이는 의연하게 이렇게 말했다.

"만일 우리가 체포된다면 반드시 바깥에서 대응해서 계속 싸울 사람이 필요합니다."

호탕하고 강인한 귀룽전은 옆에서 말했다. "동생, 말싸움할 필요 없어요. 나와 샹위가 일선에 나설 테니, 후방은 당신이 맡아 줘요."

이제 막 16세가 된 덩잉차오는 큰 오빠와 큰 언니의 주장을 꺾을 수 없어 그들의 말대로 뒤에 남기로 했다.

1920년 1월 29일 3천여 명의 용감한 남녀학생이 저우언라이, 귀룽전 등의 지도하에 동마루에서 출발하여 성장의 집무실까지 곧장 달려갔다. 군중들은 저우언라이, 귀룽전, 위팡저우(于方舟), 장루밍(張若名)을 대표로 추대하여 성장 차오뤼(曹銳)와의 면담을 요구하였다.[51]

성장이 근무하는 관공서의 대문은 굳게 닫혀 있었고, 수많은 군경이 실탄이 장전된 총을 들고서 마치 적군을 상대하듯 서서 대표의 진입을 막았다. 저우언라이는 군경의 저지에도 아랑곳하지 않고 귀룽전, 위팡저우, 장루밍과 함께 관공서 진입을 강행하였다. 그러나 그들이 앞으로 나서자마자 바로 무자비하게 구타한 뒤 그들을 체포해버렸다.

---

51   天津 『益世報』, 1920.1.30.

무장한 많은 군경들은 학생들의 대오 사이로 쳐들어와 남녀를 불문하고 칼로 찌르고 총으로 때리고, 주먹으로 치며, 발로 찼다. 50여 명의 학생들이 중상을 입었고, 경상자도 부지기수였다. 덩잉차오의 같은 반 학우 장쓰징, 저우즈롄(周之濂)도 부상을 입었다.

덩잉차오는 황급히 달려가 구조 활동을 벌였다. 그녀는 난카이고등학교, 여자사범 적십자 회원과 함께 부상당한 학우들을 학교로 옮겨 치료를 했다. 그녀는 또한 천즈두 등 학련 책임자와 함께 신상(紳商)[52] 등 각계에 연락하여 체포된 대표학생에 대한 구출활동을 적극적으로 전개하였다.

톈진학련은 북양정부에게 즈리성장 차오뤼를 파면하고, 경찰청장 양이더를 징벌하라고 요구하였다. 톈진중등 이상의 학교는 모두 동맹휴학에 돌입했다.[53]

저우언라이 등은 감옥에서 여러 방식으로 투쟁을 계속하였다.

4월 1일 저우언라이와 체포된 대표들은 비밀리에 연락하여 단식투쟁을 하기로 결정했다. 그들은 경찰청이 3일 내에 공개적인 재판을 진행하지 않을 경우 전체 단식투쟁을 하기로 하였다. 저우언라이, 마쥔, 궈룽전, 마첸리, 스쯔저우 등은 바로 그날부터 단식을 시작했다.

덩잉차오는 그들이 단식을 시작했다는 소식을 듣고 매우 초조해졌다. 그녀는 즉시 각오사 사원을 소집하여 회의를 개최하였다. 그녀는 말했다. "현재 저우 큰오빠, 마 큰오빠, 궈 큰언니 그리고 스쯔저우 선생님, 마첸리 선생님 등이 감옥에서 고초를 겪고 계십니다. 우리들은 조속히 방법을 강구해야 합니다." 또한 "24명과 연락하여 내일 이부자리를 등에 지고 경찰청으로 가 체포당한 24명의 대표자 석방을 요구하고 우리가 대신 감옥에 가려하는데 여러분은 어떻게 생각합니까?"라고 제안하였다.

---

[52] 역주: 명청시대 이후 사회지도층인 지식인 신사(紳士)와 상인을 함께 칭하기도 하고 상업 발달에 따라 상업을 겸하는 신사를 가리키기도 한다.
[53] 天津 『益世報』, 1920.2.5.

모두들 매우 좋은 생각이라고 동의하면서 여동생의 생각을 높이 평가하였다. 덩잉차오는 마치 어른처럼 심각하게 "우리는 진정 감옥에 갈 생각을 해야 한다"고 말했다. 천즈두는 큰 소리로 "우리가 이렇게 결심한이상 이부자리를 지고 감옥으로 가자!"고 외쳤다.

4월 5일 오후 덩잉차오, 천즈두, 정지칭(鄭季淸), 우뤼옌(吳瑞燕) 등 24명의 학련대표는 이부자리를 지고 경찰청 앞으로 가 구류 중인 대표 24명의 즉각적인 석방을 요구하였다. 덩잉차오는 큰 소리로 "우리들 24명은구류 중인 24명을 대신해 감옥에 가고자 한다"고 외쳤다.

주위를 둘러싼 군중은 점점 더 불어났다. 그들은 웅성거렸다. "이 학생들은 정말 용맹스럽고 또 진정 정의롭다! 천하에 누가 감옥살이를 두려워하지 않겠는가? 그러나 구류 중인 대표를 구출하기 위해 이부자리를 지고 스스로 감옥으로 가겠다고 한다." 그리고 시민들은 "'양방쯔'가정말 못 됐다. 그가 이 국면을 어떻게 수습하는지 지켜보겠다"며 큰 소리로 욕을 했다.

덩잉차오 등 학련대표가 보여준 이러한 자기희생적이고 용감한 행동은 '양방쯔'를 깜짝 놀라게 하였다. 그는 어쩔 수 없이 나와서 대표를 만났다. 그는 이번 일을 혼자 결정하고 책임질 수 없으니 성장에게 보고한후 답변을 듣고 처리할 것이라는 상투적인 답변만 늘어놓았다.

덩잉차오는 앞으로 나서서 말했다. "듣건대 대표들이 이미 단식을 시작했다고 합니다. 또한 상계 대표 상원린(尙文林)이 곤궁에 처한 친구 리취안(李權)의 병상 여부를 살펴보려고 왔다가 위병에 의해 나무장 속에갇혀버렸다고 합니다. 이는 너무나 처참할 뿐만 아니라 인륜적 도리를저버린 짓입니다. 만약 우리가 대신 감옥에 갈 수 없다면 적어도 구류중인 대표와의 면회라도 허락해 주기를 요구합니다."

양이더는 할 말이 없어 경찰청 내 정원에 구류 중인 대표와 덩잉차오와의 면회를 허락할 수밖에 없었다.

얼굴 가득 수염이 나고 초췌한 모습의 저우언라이를 덩잉차오는 가슴 아프게 바라보았다. 마쥔의 수염은 더부룩하게 자랐고, 궈룽전과 장루밍의 얼굴색도 매우 창백했다.

그녀는 참을 수가 없어 통곡하고 말았다. 그러나 "여자는 왜 항상 울기만 하는가? 우는 것은 약자의 표현이다"라는 이전 어머니의 말을 떠올리며 그녀는 애써 참았다. 저우언라이의 몸은 비록 수척했지만 뛰어난 기상은 여전히 강렬했다. 그는 면회의 틈을 이용하여 신속하게 덩잉차오 등과 상의하여 당시 유명한 변호사 류충유(劉崇佑)에게 대표 변론을 맡기기로 하였다.

덩잉차오는 변호사 선임에 바빴고 한편으로는 마지막 남은 한 학기 수업 때문에 분주했다. 그녀는 또한 즈리여자사범에서 힘든 애국권리 쟁취투쟁을 계속 지도하였다.

5월 7일은 위안스카이가 매국적인 『21개조조약』에 서명한 '국치기념일'이었다. 여자사범 학우들은 모두 '5·7' 국치기념대회에 참가하기로 결정하였다. 당시는 원래 교무를 담당하는 진보적 사상의 소유자 마첸리가 아직 구류 상태에 있었고, 미국으로 연수를 떠났던 교장 치비팅(齊璧亭)이 학교로 돌아와 있었다. 그는 보수적인 사상의 소유자로서 대회 당일을 휴일로 지정하지 않았기 때문에 학생들은 당연히 기념대회에 참가할 수 없었다.[54]

5월 6일 오후 덩잉차오는 전체 학우를 대표하여 교장 치비팅과 교섭을 벌여 5월 7일을 휴일로 정할 것을 요구하였다. 그녀는 오후부터 밤 9시경까지 계속 교섭하였지만 치비팅은 허락하지 않았다.

초조하게 소식을 기다리던 학우들은 교섭에 실패했다는 덩잉차오의 보고를 들었다. 모두들 매우 흥분하여 감정이 격앙되었다. 오사운동을 겪으며 단련된 여자사범학교의 학우들은 과거처럼 그렇게 호락호락하지 않았다. 그녀들은 엄숙하고 진지하게 다음 날 맹세코 수업에 들어가지

---

[54] 덩잉차오(鄧穎超), 「"오칠(五·七)"을 잊지 못하게 만든 두 가지」, 『女性』 제3기 (1923.5.15.)

않겠다고 서로 약속하였다.

다음날 이른 아침 400여 명의 여자사범학교 학우들은 시작종을 들었지만 아무도 교실로 향하지 않았다.

치비팅은 매우 노하여 곧바로 전교생을 운동장에 모아 놓고 훈화를 하였다. "만약 수업에 들어오지 않으면 모두 제적시켜 버리겠다!"

"제적시키면 제적당하지!" 덩잉차오의 낭랑한 소리가 제일 먼저 들려왔다. "우리는 반드시 국치기념대회에 참가해야 합니다." 학우들 또한 제각기 왁자지껄 떠들면서 외쳤다. "제적하려면 하라지! 오늘은 국치기념일이야. 결코 수업을 받을 수 없어." 말이 끝나자 모두 제 발로 학교를 뛰쳐나와 '5·7'기념대회에 참가하였다.

그날 오후 그녀들이 학교로 돌아왔을 때 학교 게시판에는 교육청 명령에 따라 전체 학생을 제적하니 당일까지 학교를 떠나라는 내용의 고시가 붙어 있었다.

톈진애국운동 가운데에서 계속 앞장서 달려왔던 여자사범 학생들은 이 무리한 포고문을 보고도 그다지 놀라지 않았다. 그들은 침착하고 의연하게 기숙사로 돌아가 짐을 싸고는 학교를 떠날 준비를 하였다.

덩잉차오를 비롯한 몇몇 톈진에 사는 학생들은 외지 학생들을 앞장서서 자신들의 집으로 데려갔다. 사실 시설이 형편없어서 기거할 수 없었지만, 덩잉차오와 적극적인 몇몇 학생들은 타지 학생들을 여인숙에 머물도록 조치하기도 하였다.

당시에 큰언니 귀룽전과 장루밍도 없었기 때문에 단지 덩잉차오 혼자서 이 어려운 일들을 맡아 처리했다. 그래도 장쓰칭, 우뤼엔, 저우즈롄 등 각오사 사원이 남아 있었다. 그들은 경찰의 감시를 피해 식물원에 모여 노천회의를 열고 대책을 강구했다. 그들은 먼저 사회 각계에 호소하기로 하였다. 덩잉차오는 이미 넓은 사회적 관계망을 지녔기 때문에 바로 행동을 개시하였다.

오사운동 이래 즈리제일여자사범은 톈진에서 매우 유명해졌다. 이 학교 교장이 애국운동을 할 수 있는 학생들의 권리를 빼앗고 전교생을 제적시켰다는 소문은 톈진교육계와 여론을 진동시켰다. 각계 명사와 학부모들은 적극적으로 나서 학교를 비난했고, 많은 동창들도 조정에 나섰다.

이러한 투쟁이 일주일 동안 지속되었다. 부모와 사회여론의 지지 아래 교육청과 학교당국은 어쩔 수 없이 전체 학생을 제적한다는 고시를 철회하였다. 사백여 명의 여자사범 학생들은 승리하여 학교로 복귀, 수업을 계속할 수 있게 되었다.

감옥 안팎에서 투쟁을 계속하던 7월 6일에 검찰은 저우언라이 등을 기소하였다. 7월 17일 오후에는 법원 심리가 열렸다. 법정은 방청객으로 가득 찼다. 덩잉차오와 학련 대표는 모두 방청석에 앉았다. 체포된 대표를 성원하는 남녀학생들과 각계 인사들이 소식을 초조히 기다리며 지방법원 밖을 가득 메웠다.

변호사 류충유는 대표변호인으로 출석해 반동적인 당국이 대표들에게 무리하게 가한 중상모략에 대해 하나하나 법리에 의거하여 비판하였다. 법원은 군중의 분노를 어찌할 수 없다고 판단하여 구금된 대표를 석방할 수밖에 없었다.

갑자기 법원 밖에서는 폭죽을 터뜨리면서 일제히 소리를 지르거나 징과 북을 치며 와자지껄했다. 덩잉차오 등 학련대표, 순즈(順直)의회의원, 상회대표, 각계연합회대표 등은 모두 앞으로 나와 저우언라이, 마쥔, 궈룽전, 마첸리, 스쯔저우 등 24명의 대표들 가슴 가슴마다 "나라를 위해 희생하다"라고 쓰인 기념휘장과 화환을 걸어주고는 법원 앞에서 모두 단체로 기념촬영을 하였다.

덩잉차오는 궈룽전의 손을 잡고 흥분을 감추지 못한 채 말했다. "모두 너무나 고생했습니다!"

저우언라이는 온화한 미소를 지으며 말했다. "여러분들이 이부자리까지 지고 와서 감옥살이를 하겠다고 하지 않았다면 우리가 어떻게 이렇게 빨리 나올 수 있었겠습니까? 여러분과 톈진 각계인사들에게 감사드립니다." 이어 그는 손을 뻗어 덩잉차오의 손을 꽉 쥐었다.

저우언라이는 자신의 공로와 고생을 앞세우지 않고 오히려 다른 사람의 행동을 늘 높이 평가했다. 그는 본래 엄숙했지만 이 소녀 앞에선 더욱 심했을 뿐만 아니라 심지어 부끄러워하기까지 하였다. 저우언라이의 칭찬을 들은 덩잉차오가 그의 억센 손을 잡고 있는데, 수염이 덥수룩한 마쥔이 그녀의 다른 한 손을 덥석 잡으며 말했다. "동생, 나도 당신에게 감사해요!"라고 말하면서 그는 우스꽝스럽게 덩잉차오를 향해 깊숙이 허리를 숙였다. 이를 본 주위의 사람들은 모두 하나같이 큰 소리로 웃었다.

이때 몇 명의 각오사 사원은 이미 톈진을 떠났었다. 저우언라이는 톈진에 남은 사원과 의논하여 연차 총회 개최를 준비하였다. 그는 리다차오의 편지를 받고 각오사와 다른 몇몇 진보단체를 초청해 베이징에서 회의를 열기로 하였다. 저우언라이는 덩잉차오의 말솜씨가 매우 뛰어나다고 생각하여 이번 회의에서 그녀가 각오사를 소개해 주기를 부탁하였고, 덩잉차오는 즉석에서 이를 기꺼이 수락하였다.

11. 잊을 수 없는 타오란팅(陶然亭) 회합

1920년 8월 16일 오전, 저우언라이가 지도하는 각오사와 리다차오가 지도하는 소년중국학회 및 서광사(曙光社), 인도사(人道社), 청년호조단(靑年互助團) 등 20여 단체의 대표가 베이징 타오란팅 공원의 츠베이(慈悲)암(庵) 준티(準提)전(殿)의 뒤편에 있는 시베이(西配)전에서 연석회의를 개최하였다. 덩잉차오는 흥분된 마음으로 회의에 참가하였다. 타오란팅은 베이징 성 남쪽에서 서쪽으로 치우친 곳에 자리하고 있는데 경관이 수려한 곳이었다. 츠베이암은 원나라 시대에 창간된 고찰로서 5,6백 년의 역사를 자랑한다. 절은 높은 언덕배기에 우뚝 솟아 있으며, 절의 서쪽으로는 청나라 캉시(康熙) 연간(年間)에 공부시랑(工部侍郎)을 지낸 쟝짜오(江藻)가 건립한, 3개의 기둥과 작은 처마를 가진 타오란팅이 자리하고 있었다. 타오란팅은 근처에 고찰도 있고, 주변에는 녹색 갈대와 부평초가 무성할 뿐만 아니라 높은 곳에 오르면 전망도 좋아 멀리 웅장한 시산(西山)을 볼 수 있었다. 번화한 도시 속에서 번잡함과 거리가 먼 청정구역이었다. 수많은 문인이나 묵객이 늘 이곳을 찾아와서는 돌아갈 생각을 하지 않는 그런 곳이었다. 린쩌쉬(林則徐)[55], 탄쓰통(譚嗣同)[56], 꽁쯔전(龔自珍)[57] 등 애국적인 진보인사들이 타오란팅을 유람하였고, 시를 적어 기념으로 남기기도 했다. 애국 여성 츄진(秋瑾)[58]은 1904년 일본으로 유학을 떠나기 전에 친구들과 타오란정을 유람하면서 "이별의 슬픔이 말 다리를 휘감고, 이별의 한이 쟝팅[59]을 슬프게 하네"라는 시를 남긴 바도 있다. 또한 리다차오는 훗날 츠베이암에 거주하면서 혁명 활동을 전개하였다.

츠베이암 시베이전은 남쪽으로 향한 4칸 가옥으로, 내부에 있던 보살

---

[55]　역주 : 1785-1850. 흠차대신(欽差大臣)으로 광저우의 영국 아편을 몰수해 없애고 아편
　　　상인을 국외로 추방하는 등 청말 아편에 대한 강경책을 주도한 정치가. 아편전쟁 발
　　　발 이후 영국군에 저항하였으나 타협파 관료들로부터 전쟁도발자로 몰려 이리(伊犁)
　　　로 유배되었다. 서구에 대한 쇄국주의에 반대하여 해외에 대한 방대한 자료를 수집
　　　하였으며, 이것들은 막료 웨이위안(魏源)의 『해국도지(海國圖志)』 출간에 활용되었
　　　다.
[56]　역주 : 1865-1898. 청일전쟁 뒤 신학에 공명하여 탕차이창(唐才常) 등과 함께 남학사
　　　(南學社)를 열고 『상보(湘報)』를 발행하였다. 이후 변법자강운동에서는 후난(湖南)
　　　성을 중심으로 활동하였고, 캉유웨이(康有爲)보다 한층 진보적인 변법론을 전개, 혁
　　　명주의에 접근했다. 1898년 무술변법(戊戌變法)의 와중에 청조에 의해 처형되었다.
[57]　역주 : 1792-1841. 청나라 말기 시인으로서 다난한 시대상과 자신의 울분을 정감 넘
　　　치는 시문으로 표현하였다. 시 가운데 보이는 개혁의 의지는 그 후에 개혁가에게 큰
　　　영향을 끼쳤다.
[58]　역주 : 1875-1907. 청말의 반청여성혁명가이며 여성해방운동가. 일본 유학 이후 1907
　　　년 샤오싱(紹興)에 학당을 개설하고 반청혁명단체인 광복회 간부를 훈련하기 위한
　　　혁명거점으로 삼았다. 반청봉기의 실패로 31살의 나이에 처형되었다. 여성혁명가의
　　　처형은 큰 반향을 일으켜 이후 그녀는 혁명운동의 정신적 지주가 되었다.
[59]　역주 : '쟝팅'은 쟝짜오가 건립한 타오란팅을 가리킨다.

은 다른 곳으로 옮긴 뒤 당시에는 찻집으로 바뀌어 있었는데, 그 안의 탁자들이 회의용으로 이용되었다.

8월의 날씨는 매우 무더웠다. 그러나 이곳은 높은 언덕에 위치하였고, 또 주변엔 갈대밭이었다. 북쪽을 향한 창문을 모두 여니 시원한 바람이 불어와 더위를 거의 느낄 수 없었다.

진보청년들의 존경을 한 몸에 받고 있던 리다차오는 흰색 부채를 들고 온화한 미소를 머금은 채 탁자의 한 끝자락에 앉아 있었다.

저우언라이와 리다차오는 겸손히 서로 회의의 좌장을 맡으려 하지 않았다. 결국 모두는 류칭양을 추천하여 회의를 주재케 하였다. 그녀는 탁자 옆에 앉아 우선 각자 서로 소개를 시켰다. 이어 웃으며 말했다.

"그럼 이제부터 우리 각오사의 가장 나이 어린 사원이며 톈진여성계와 학생계에서 가장 활동적인 덩잉차오, 본명 덩원수가 각오사의 조직 경위와 성립 이후 1년 동안의 활동 상황에 대해 소개하도록 하겠습니다."

덩잉차오는 늘 하던 대로 검은색 치마에 흰 윗도리를 입고, 머리는 S자 형으로 쪽을 졌다. 한 쌍의 반짝이는 눈동자는 열정적인 광채를 발하고 있었다. 그녀는 당당하게 서서 명쾌하고 유창한 말로 각오사의 성립 과정과 종지, 그리고 활동 정황에 대해 명료하게 소개하였다.

뒤이어 저우언라이가 일어서서 중요한 발언을 하였다. 그는 각지의 진보단체가 연합하여 공동행동을 취해야 비로소 투쟁을 힘차게 전개해 나갈 수 있을 것이라고 강조하였다. 그러면서 그는 먼저 모인 단체들이 연합하여 열강에 반대하고 봉건군벌에 반대하는 투쟁을 함께 전개하여 중국을 구하자고 제안하였다. 그의 발언은 전체 대표의 환영과 지지를 받았다.

리다차오는 사회주의가 사회 발전의 필연적 방향이기 때문에 각 단체는 반드시 사회주의를 투쟁 목표로 표명할 필요가 있음을 강조하였다. 그는 한 발 더 나아가 청년들이 반드시 노동자들이나 고통 받는 농민들 속으로 들어가서 그들과 함께 운명을 같이 하고 호흡하며, 그들을 이해

하여 그들을 발동시키고, 또 그들에 의거해야 한다고 주장하였다. "왜냐
하면 20세기의 혁명은 반드시 도도히 굽이치는 군중운동이어야 하기 때
문이었다."

타오란팅 회합은 덩잉차오에게 영원히 잊지 못할 깊은 인상을 심어
주었다.[60]

며칠 후 그들은 베이징대학 홍러우(紅樓)에서 회의를 열어 함께 의논
한 뒤 『개조연합선언(改造聯合宣言)』과 『개조연합약장(改造聯合約章)』을 발
표하였다.

11명의 각오사 사원은 또한 베이징 중앙(中央)공원 내에 있는 라이진
위쉬완(來今雨軒)에 모여 연례 회의를 개최, 그 동안의 활동을 정리하고
사상을 교류하였으며 공동 투쟁의 방향과 순서 등에 대해 심도 있게 논
의하였다.

당시 중국에서는 유법근공검학(留法勤工儉學)[61]운동이 크게 유행하였다.
저우언라이, 류칭양, 궈룽전, 장루밍 등은 모두 이 운동에 참가하기로 결
정하였다. 멀리 프랑스로 건너가 유학을 하려면 적지 않은 비용이 필요
했다. 난카이대학을 설립한 옌슈(嚴修)와 저우언라이를 변호했던 류충유
(劉崇佑) 등은 그의 재기를 매우 높이 평가하였다. 그들은 각자 저우언라
이에게 500위안을 유학 비용으로 마련해 주었다. 류칭양과 장류밍은 집
안이 부유하여 프랑스로 가는 경비는 문제가 되지 않았다.

덩잉차오도 각오사의 큰 오빠, 큰 언니와 함께 프랑스로 가 고학을 하
며 공부를 하고 싶었다. 그러나 가정 형편이 너무나 좋지 않아 경비를
마련할 수가 없었다. 그저 매우 섭섭한 마음을 지닌 채 저우언라이, 궈룽

60　당시 타오란팅회의를 담은 사진이 남아 있는데 그를 통해 리따차오, 저우언라이, 덩
　　잉차오 등의 형상을 확인할 수 있다. 티오란팅회의에 참가한 천샤오천 또한 이 회합
　　의 상황을 소개해 주었다.

61　역주 : '법국(法國)', 즉 당시 사회주의사상이 발달했던 프랑스로 유학을 떠나 노동하
　　면서 공부하자는 운동. 저우언라이 이외에도 중국공산주의 운동의 초기 지도자인
　　덩샤오핑(鄧小平), 차이허썬(蔡和森) 등은 모두 이 운동을 통해 성장하였다.

전, 장루밍 등을 멀리 떠나보낼 수밖에 없었다.

당시 그녀와 저우언라이와는 단지 순수한 우정을 나누는 관계였다. 오사운동 속에는 "남녀평등", "공개적 교제", "혼인자유", "대학에 대한 여성 금지 철폐", "각 기관의 여직원 채용 보장" 등등 여성의 권리를 쟁취하자는 주장도 들어 있었다. 덩잉차오, 귀룽전 등은 용감하게 학교 밖으로 나가 사회로 달려 나갔다. 그녀들은 분명히 새로운 길을 개척한 사람들로서 사회로부터 비웃음을 받지 않았다. 동시에 활동에 집중하기 위해 각오사의 20여 성원들은 학생운동에 종사하는 동안 서로 연애를 하지 않고, 결혼하지 않으며, 이후 학생운동을 하는 이들에게 좋지 않은 영향을 끼치지 않기로 각자 약속을 하였다. 모두들 한 마음 한 뜻으로 나라를 구하는 투쟁에 매진하고자 하였던 것이다.

젊은 남녀들이 함께 지내며, 특히 같이 고생을 하며 공동으로 투쟁하게 되면 자연히 전우 간의 두터운 정이 생기게 마련이다. 어떤 남성은 뛰어난 여성에 대해 어쩔 수 없이 흠모할 수도 있었고, 또 어떤 이는 덩잉차오를 좋아한다는 의사를 표시하기도 하였다.

성격이 괄괄한 귀룽전은 탁자를 치며 이렇게 말했다.

"누구든 우리 막내 여동생을 귀찮게 하면 내가 결코 내버려 두지 않을 겁니다!"[62]

덩잉차오는 천진난만하여 꽃가마를 탄 신부를 보면 이 여성과 저 남자가 맺어지게 되었다고 생각하면서 자신의 연애, 결혼 문제로 생각하지 않았다. 몇몇 남성들은 귀 다제(大姐)[63]의 말 때문에 놀라 물러났다.

저우언라이는 그 당시 독신주의를 표방하였다. 그는 구국과 혁명을 위해서는 독신이 가장 좋으며 아무 근심 걱정 없이 자신의 일생을 중국

---

[62] 덩잉차오는 1985년 다롄(大連)에서 지식인들에게 자신의 연예담을 이야기 할 때 귀룽전이 탁자를 치며 흥분했던 세세한 상황에 대해 생동감 있게 묘사하였다.

[63] 역주: 본래는 '큰 누나'로 번역해야 하지만 덩잉차오를 '덩 다제'로 호칭하는 것과 같이 일상화되었기 때문에 그대로 두었다.

에 완전히 바칠 수 있다고 말했다. 비록 의연하고 재기가 출중하여 많은 소녀들이 그를 흠모하였지만, 이런 독신주의를 방패막이로 자연스럽게 비켜갈 수 있었다.

덩잉차오는 그녀보다 6살 많은 저우언라이에 대해, 어린 여동생이 존경하는 선배에 대한 순진한 우정을 느낄 뿐이었다. 당시 저우언라이 역시 그녀를 총명하고 능력 있는 여동생으로 대했을 따름이다.

덩잉차오는 저우언라이와 헤어질 때 유럽의 날씨가 추울 것을 예상해 "당신에게 따뜻함을 드립니다. 잉차오"라고 목 부분에 수를 놓은 스웨터를 한 벌 짜서 그에게 특별히 주었다. 다른 이에게 자상하여 극진히 잘 보살피는 저우언라이는 이에 감사를 표했고 또 그녀가 실망에 빠져있는 것을 보고 바로 위로하며 말했다. "잉차오 당신은 아직 어리니 이후에 공부할 기회가 있을 겁니다. 내가 유럽에 도착한 후 반드시 편지를 보내겠어요. 당신은 즉시 맡은 바의 역할을 수행해야 합니다. 이것은 중요한 사회적 실천입니다. 활동의 과정에서 진보와 발전이 있기를 바랍니다."

저우언라이의 자상한 말 덕분에 덩잉차오의 우울한 마음은 다소 위안을 받았다.

1920년 여름방학, 덩잉차오는 즈리제일여자사범을 졸업하였다. 그녀는 비록 애국 활동에 빈번히 참가하였지만, 졸업성적도 우수했고, 실습성적 또한 매우 뛰어났다. 경사(京師)국립고등사범(후의 베이징사범대학) 부속 소학교는 파격적으로 그녀와 그녀의 절친한 친구인 왕전루(王貞儒)를 교사로 채용하였다. 당시 여교사는 단지 여학교에서만 가르칠 수 있었다. 그러나 출중한 재능의 소유자인 덩잉차오는 예외적으로 남자 학교에서 교편을 잡게 되었다. 이것은 정말로 그녀가 스스로 자랑할 만한 일이었다.

파란만장한 오사운동을 통해 덩잉차오는 부지런히 공부만 하던 여학생에서 이미 단련되어 상당한 조직 지도 역량을 지닌 탁월한 청년애국자로 변모되어 있었다. 그녀는 곧 베이징에서 활동을 하며 새로운 생활과 목표를 추구하기 시작하였다.

제3장 해외에서 소식을 전하니, 웅장하고
아름답게 헌신하자고

(1920-1925)

12. 새로 부임한 젊은 여교사[1]

1920년 9월 베이징의 하늘은 높고 날씨는 시원했다. 구름이 잔잔히 낀 하늘에서는 상쾌한 바람이 불었다. 막 고개를 내민 태양은 경사국립고등사범부속초등학교의 대운동장을 환하게 비췄다. 햇빛은 운동장에서 뛰노는 수백 명의 초등학생들에게도 비치었다. 높고 낭랑한 재잘거림이 여기저기에서 들려왔다. 아이들은 재빨리 모여 대열을 짓더니 아침체조 준비를 하였다.

가지런하던 대열이 갑자기 어수선해지기 시작하였다. 아이들이 놀라

---

1   1980년대 덩잉차오는 베이징제일실험소학교 교사와의 대화에서 1920년대 경사국립고등사범부속 소학교에서 교사 생활을 했을 때의 상황에 대해 소개하였다. 당시의 사진 또한 보존되어 있다.

바라보았다. 왜냐하면 자신들 앞에 늘 익숙한 남자 선생님이 아니라 검은 치마에 흰 윗도리를 입고 머리는 S자로 쪽진 젊디젊은 소녀가 서있었기 때문이었다.

학생들은 신기한 듯 탄성을 지르며 참새들 마냥 아주 시끄럽게 떠들어 댔다. 웃기도 하고 폴짝거리기도 하면서……

나이 어린 이 소녀는 이제 막 부속초등학교에 교사로 부임한 16살의 덩잉차오였다. 아마도 교장과 동료교사들은 그녀의 능력을 이미 잘 알고 있었기 때문에 학생들의 아침체조를 맡겼을 것이다.

이제 온 운동장은 혼란스러워졌다. 수백 명의 학생은 왁자지껄 떠들고 웃으면서 난리법석이었고, 심지어 괴상한 소리까지 질러냈다. 남자 교사들은 매우 흥미로운 시선으로 그저 옆에서 지켜볼 뿐이었다. 덩잉차오와 함께 새로 부임한 왕전루는 긴장하여 연신 땀을 흘리고 있었다.

왁자지껄 떠들고 난리를 치는 수백 명의 초등학생을 상대로 젊은 덩잉차오는 매우 침착하게 서 있었다. 아이들은 그녀를 과소평가한 것임에 틀림없었다. 그들이 어찌 지난 일 년 동안 그녀가 보여준 일련의 행동을 짐작이나 할 수 있었을까? 그녀는 이미 수만에서 십 수만에 달하는 군중 대회에 참가하였을 뿐만 아니라 무장한 군경의 총칼에 맞서 물러서지 않았으며, 수백, 수천 명으로 조직된 강연단을 이끌고 수많은 군중을 상대로 수백 차례의 강연을 진행한 바 있었다.

몇 분이 흘렀다. 그녀는 아이들의 난리법석에도 불구하고 침착하고 의연하게 서서 온화하게 미소를 지었다.

그녀가 말을 시작하자 예의 맑고 낭랑하여 청중을 감동시키던 그 목소리가 들려왔다.

"학생 여러분 안녕! 이제 할 말들은 다 끝냈나요? 그리고 또 다 웃었나요?"

이 평범한 몇 마디의 말에 혼란은 끝나고 운동장 전체가 조용해졌다.

덩잉차오는 서두르지 않고 천천히 말했다.

"이제 더 이상 말하지도 웃지도 않는군요. 좋아요, 그럼 우리 이제부터 아침체조를 시작할까요?"

"하나 둘 셋 넷, 하나 둘 셋 넷……." 그녀는 이미 즈리여자사범에서 엄격하게 체조교육을 받은 바 있었다. 이제 그녀는 한편으로 학생을 떠들지 못하게 하면서 다른 한편으로는 우아한 동작으로 전교생의 아침체조를 지도하였다.

전교생들은 따라했고 남자 선생들도 역시 그러했다. 과연 명불허전(名不虛傳)이라, 톈진여성계와 학생계의 유명인물이라 할 만하였다.

그녀는 1학년 담임교사가 되어 국어, 산수, 음악, 체조, 공작, 미술, 놀이 등 전과목을 담당하여 매우 훌륭하게 교사로서의 역할을 수행하였다.

아이들은 새로 온 덩잉차오를 매우 좋아했다. 그녀 역시 학생들을 진심으로 좋아하였다. 그녀는 아이들이 국가의 미래라고 굳게 믿었다. 그녀는 그들에게 지식을 전수할 뿐만 아니라 조국을 사랑하고 사회에 관심을 기울일 수 있는 고상한 정서를 함양시켰다.

그녀는 옛날이야기를 하는 방식으로 아이들에게 태평천국(太平天國)[2]의 투쟁, 열강에 의해 중국이 받는 수탈, 신해혁명(辛亥革命)의 흥기 등에 대해 가르쳤고, 그녀 자신이 직접 참가한 위대한 오사운동에 대해 설명하였다.

아이들은 무엇에 홀린 듯이 그녀의 이야기 속으로 빨려 들어갔다. 수업이 끝나고 방학이 되어도 아이들은 좀 더 많은 이야기를 더 해 달라고 졸랐다. 젊은 덩잉차오는 천이룽(陳翼龍)[3]을 예로 들면서 아이들의 어린 마음속에 지금은 비록 작지만 점점 크게 퍼져나갈 혁명사상의 불씨를 열정적으로 심고자 노력하였다.

---

2   역주: 청말(1851-1864) 홍쉬취안(洪秀全)이 세운 청조에 반대하는 기독교 신정국가이다. 종교적 이단성이나 내부의 단결력 결여, 이념과 실재의 괴리, 신사와 열강의 공격 등으로 인해 붕괴하지만 지주·신사 중심의 봉건적 질서를 농민 등이 주체가 되어 타도하려 했다는 점에서 좌파 지식인 혹은 공산당에 의해 높이 평가받고 있다.
3   역주: 천이룽에 대해서는 1장 3절에 소개되어 있다.

하지만 이 때문에 그녀는 학교 당국의 주의를 받아야 했다. 당시, 오 사운동은 이미 과거의 일이 되어 버렸고, 전국의 대중운동도 일시적 하 강국면에 접어들었다. 과거의 질서를 유지하려고 진력하고 있던 학교 당 국으로서는 일상적 학칙을 뛰어넘는 덩잉차오의 이러한 활동을 묵인할 수 없었다. 비록 그녀의 가르침이 뛰어났음에 불구하고 어쩔 수 없었다.

결국 1921년 12월에 그녀는 사직해야 했다.

1922년 1월 그녀는 경사공립제7여자고급초등학교에서 교편을 잡게 되었다.

4월에 학교는 봄방학에 들어갔다. 덩잉차오와 왕전루는 막 텐진에서 설립된 다런(達仁) 여학교를 참관하였다. 다런여학교 교장은 그녀들이 이 미 잘 알고 지내던 애국교육가 마첸리였다.

마첸리는 뛰어난 재능을 지녔을 뿐만 아니라 진보적 사상을 소유한 덩잉차오를 매우 높이 평가해오고 있었다. 그는 베이징에서 그녀들이 학 생을 가르치고 있다는 소문을 듣고서는 바로 둘 다 다런여학교에 근무 해 달라고 적극적으로 요청했다. 그는 즈리제일여자사범 졸업생 가운데 몇 사람이 이미 다런여학교에 근무하고 있으며, 당시 다런여학교는 새로 운 교육법을 널리 보급하고 있는 중이라고 소개하였다. 그는 적극적으로 덩잉차오에게 다런여학교 교사직을 권했고 덩잉차오도 이를 흔쾌히 받 아들였다.

1922년 9월, 덩잉차오, 리즈산(즉 리이타오), 쉬광핑, 왕전루, 장광쉬(張廣 煦), 펑메이셴(馬梅先) 등 즈리제일여자사범 졸업생 모두가 다런여학교 교 사가 되었다.

마첸리는 난카이고등학교에서의 업무를 같이 맡았고, 진보잡지 『민의 보(民意報)』도 발행하였다. 그의 부인 장관스(張冠時)는 장바이링(張伯苓)의 여동생으로 다런여학교에서 음악을 가르쳤다. 그들의 6살 된 딸 마춰관 (馬翠官)은 다런여자초등학교 1학년이었다. 덩잉차오는 그녀의 담임교사 였다.[4]

베이징에서와 마찬가지로 덩잉차오는 1학년의 국어, 산수, 음악, 미술, 공작, 놀이 등을 가르쳤다. 베이징에서처럼 그녀는 아이들과 둥그렇게 모여 앉아 글쓰기와 산수를 가르쳤다. 옛날이야기를 하는 방식으로 태평천국과 신해혁명에 대해 가르쳤고, 황화장(黃花崗) 72열사[5], 오사운동 등에 대해 이야기해 주었다. 아이들은 모두 초롱초롱한 눈망울을 반짝이며 넋을 잃고 그녀의 말에 귀를 기울였다.

이번에는 베이징에서와는 다르게 초등학생에게 애국주의 사상을 주입하는 방식을 포함한 덩잉차오의 교육방식이 무시당하지 않았을 뿐만 아니라 오히려 마첸리의 찬사와 격려를 받았다.

덩잉차오는 더욱 분발하였다. 그녀는 중요한 기념일의 역사와 의의에 대해 아이들에게 아주 분명하게 가르쳤다. 5월 1일 국제노동절이 다가오자, 그녀는 아이들에게 자본가의 수탈과 압박에 대항한 미국 노동자의 영웅적인 투쟁과 8시간 노동제의 권리 쟁취 과정에 대해 설명해 주었다. 오사애국 기념일이 되자, 그녀는 당시 직접 투쟁에 참가하게 된 여러 상황을 더욱 생동감 있게 들려주었다. 5월 7일 국치기념일에는, 위안스카이가 어떻게 일본정부와 『21개조조약』을 체결하여 국권을 팔아넘겼으며, 국가에 모욕을 주었는지에 대해 격정적으로 설명하였다. 그녀가 직접 참가하여 진행한 영웅적 투쟁에 대하여 이야기를 들은 아이들은 더욱더 감동을 받으며 고무되었다. 이제 그들은 빨리 성장하여 덩 선생님과 같이 나라를 사랑하고 구하며, 그동안 받아온 국가의 수치를 기필코 씻어버리겠다고 스스로 갈망하게 되었다.

덩잉차오는 16세에서 21세가 될 때까지 5년 동안 이 학교에서 교사직을 수행하였다. 그녀는 교사라는 직업을 평생 열렬히 사랑했고 또 존중

---

4   필자가 톈진에서 마춰관을 만났을 때 그녀는 다런여학교 교사 시절 덩잉차오의 상황을 소개해 주었다.
5   역주: 신해혁명의 도화선이 됐던 1911년 4월 광저우(廣州) 황화장봉기가 실패한 후 청조에 의해 희생된 평추판(彭楚藩), 류푸지(劉復基) 등 72명을 가리킨다.

했다. 그녀는 가장 숭고한 직업이 교사이며, 이는 인간의 영혼을 빚는 직업이라고 일관되게 생각하였다.

13. 톈진여권운동동맹을 조직하고 지도하다

덩잉차오가 톈진으로 돌아와 보니 다련여학교, 즈리제일여자사범 그리고 톈진의 여러 학교에 그녀의 동창과 친구가 많이 있었다. 오사운동의 중심이었던 몇몇이 다시 한 자리에 모이자 톈진여성운동은 이내 생기가 넘쳐 났다.

1922년 직계(直系) 군벌[6] 우페이푸(吳佩孚)는 베이징정부를 장악하였다. 리위안홍(黎元洪)은 대총통의 지위에 다시 올라 군벌의 본질을 숨기고 대중들을 현혹시키기 위해 국회를 회복한 뒤 헌법 제정에 나섰다.[7]

베이징, 상하이, 저장(浙江), 후난(湖南), 쓰촨(四川), 광동(廣東) 등지의 여학생과 도시의 여성지식인들은 여성의 참정권을 요구하는 조직을 활발하게 구성하여 여권운동의 붐을 일으켰다.

톈진의 여학생과 지식인여성들 역시 여성참정청원단을 조직하였다. 오사운동 시기에 톈진여성계애국동지회에서 이름을 떨친 덩잉차오도 조직 준비 모임에 참가하였다.[8]

6 　역주: 위안스카이 사후 분열된 북양군벌 가운데 하나. 안후이(安徽)파 및 펑티엔(奉天)파와 함께 1920년대 베이징정부 장악을 둘러싸고 각축을 벌였다. 차오쿤(曹錕), 우페이푸(吳佩孚) 등이 대표적 인물이다.

7 　역주: 군벌정부는 베이징정부를 장악한 이후 폐기된 구국회를 회복하고 명망 있는 인사를 중심으로 새로운 내각, 즉 '호인(好人)내각'을 구성하는 등 일시 여론에 부합하는 정책을 취했다.

8 　『天津益世報』, 1922.10.27.

대회 주석은 개회를 선언하고 조직의 취지에 대해 소개하였다. 이어 남녀 내빈들의 발언이 이어졌다. 어떤 이는 여성의 참정을 지지하였고, 다른 이는 보류의 태도를 보이기도 하였으며, 공개적으로 의문을 표시하거나 반대의 태도를 드러낸 경우도 있었다.

즈리제일여자사범 교장 펑츠항(馮慈航)은 다음과 같이 말했다. "여성이 참정권을 쟁취하려면 반드시 신지식을 쌓아야 합니다. 그러나 현재 우리나라 여성 1천 명 가운데 교육을 받은 자는 3,4명에 불과합니다. 교육이 제대로 보급되지 않을 경우 여성이 참정권을 획득하더라도 소용이 없습니다."

여기까지 듣고 있던 18세의 덩잉차오는 곧장 일어서서 말하였다.

"현재 여권을 쟁취하자는 목소리가 하루하루 높아지고 있습니다. 베이징, 상하이, 산동, 저장 등지에서 여권운동동맹회가 결성되었습니다. 우리 톈진의 여성들도 지금 떨쳐 일어나 우리 여성들의 인격과 권리를 쟁취해야 합니다. 펑 선생님께서 방금 말씀하신 대로 여성교육이 제대로 보급되지 않으면 참정권을 쟁취해도 소용이 없습니다. 그러나 우리가 지금 투쟁을 하지 않고, 나중에 우리 자매들도 역시 투쟁하지 않는다면 아무도 투쟁하려 들지 않을 것입니다. 그렇다면 다시 2천 년이 흘러가도 이 일은 실현될 수 없습니다."

덩잉차오는 청아하고 맑은 목소리로 다음과 같이 감동적인 연설을 이어 갔다.

"우리는 현재 우리 스스로를 위해 투쟁하는 것이 아니라 우리 다음에 올 수많은 자매들을 위해 여성평등의 권리를 쟁취하고자 하는 것입니다. 이것은 정말 어려운 일입니다. 그러나 이 어려움이야말로 성공의 어머니인 것을 명확히 알고 있습니다. 우리는 이 '어려움'의 상황에서 싸워 나가야만 우리의 목표에 쉽사리 도달할 수 있을 것입니다."

과연 오사 때의 강연단 단장이었다. 그녀의 말은 모교 교장의 말문을 막아버렸고, 청중으로부터는 열렬한 환호와 박수를 받았다.

10월, 덩잉차오는 즈리제일여자사범 학우이며 베이징여자사범대학 학생으로서 베이징여권운동동맹회 회장을 맡고 있던 저우민(周敏)에게서 편지를 받았다. 그 내용은 덩잉차오와 왕전루가 톈진에서 여권운동동맹회 즈리지부를 조직해 달라는 것이었다. 덩잉차오 등은 즉시 작업에 착수하였다.[9]

10월 28일 덩잉차오, 왕전루 등은 다런여학교에서 여권운동동맹회즈리지부 준비회를 소집하였다. 그녀들은 이 자리에서 간략한 규정을 발표하였는데, 주요 취지는 여성의 법적 권리와 지위를 확장하는 것이었다.[10]

그녀가 기초한 「여권운동선언서」가 톈진 『익세보(益世報)』에 발표되었다.[11] 이 선언서는 단순히 여성참정 요구라는 한계를 뛰어넘어 당시 중국의 형세와 임무에 대해 다음과 같이 명확히 규정하고 있다. 즉 "봉건군벌은 아직 타도되지 않았고, 민주주의는 아직 건립되지 않았다. 이제 우리 인민은 온 힘을 합쳐 공동혁명전선에 입각하여 군벌과 투쟁하는 데 진력하는 것 이외에 다른 길은 없다." 선언은 또한 그들의 입장을 이렇게 명확히 밝혀놓았다. "먼저 봉건군벌의 수중에서 정권을 찾아와 평민의 손에 넘겨주어야 하며, 동시에 평민계급 남성들에게 전체 인민 가운데 우리 여성이 포함되어 있음을 이해시켜야 한다. 우리의 방향은 제1단계로 혁명적 민주주의와 결합하여 봉건군벌에 대항하고, 제2단계로 혁명적 사회주의와 결합하여 제국주의와 대항하는 것이다." 이런 내용은 당시 매우 급진적인 강령으로, 덩잉차오의 철저한 반제반봉건사상과 명확한 사회주의사상을 반영한 것이었다.

11월 26일, 여권운동즈리지부는 톈진루(天津路) 즈리제일여자사범 대강당에서 창립대회를 개최하였다. 대회에 도착한 회원과 남녀지원자 및 내빈 4,5백여 명은 강당을 가득 메웠다.

9　天津市婦女聯編, 『鄧穎超與天津早期婦女運動』, 中國婦女出版社, 1989.
10　이 간략한 규정, 즉 『簡章』은 天津 『益世報』, 1922.10.30・31 참조.
11　「선언서」 전문은 天津 『益世報』, 1922.11.9・11에 게재되었다.

임시주석 왕전루가 개회사를 낭독한 후 덩잉차오는 전체 회원을 일으켜 세웠다. 그리고 자신이 직접 만든 회가(會歌)를 그들과 함께 목청껏 불렀다.

"자매들아 일어나라, 일어나 광명의 길로 달려가자. 4천여 년 받아온 압박과 소외, 말도 이보다 더하진 않으리. 밥 짓고, 옷 깁고, 집 지키며, 자식 가르치고, 남편에 내조하는 것이 여성의 의무란다. 권리는 없으니 조금도 없으니, 자매들의 마음이야 오직 아플까? 다행이야 다행! 베이징 동지들의 불평은 큰 소리 되어 일어났고, 여권운동은 전국에 동맹회를 조직하라 호소하네. 즈리지부도 그 뒤를 이었으니, 모든 현과 연합해 하나가 되리. 법률과 사회에 요구하자, 남성과 여성의 권리는 모두 같다고!"

덩잉차오는 지부의 성립 경과에 대해 보고하였다. 회의에서 그녀는 여권운동즈리지부 평의원에 선발되었다.

12월 덩잉차오와 왕전루는 베이징에 도착하여 지부에서 이루어진 폭넓은 토론을 통해 결정된 청원서를 국회에 제출하였다. 그 요구 사항은 다음과 같았다. 첫째, 전국의 모든 교육기관은 여성에게 개방한다. 둘째, 여성은 남성과 평등하게 헌법상 인민이 향유할 수 있는 모든 권리를 향유할 수 있다. 셋째, 사법상의 부부관계, 친자관계, 상속권, 행위권 등은 모두 남녀평등의 원칙에 의거해 대폭 개정한다. 넷째, 남녀평등의 혼인법을 제정한다. 다섯째, 형법상 결혼 최저연령을 규정하고 첩을 들인 자에 대해서는 형법상의 중혼죄(重婚罪)로 규정했다. 여섯째, 공창과 여성 매매, 여성의 전족 등을 금지한다. 일곱째, 동일 임금 및 여성 보호의 원칙에 근거하여 여성노동자 보호법을 제정한다.[12]

물론 북양군벌이 조정하는 국회는 이러한 청원에 대해 거들떠보지도 않았다.

오사운동을 거치면서 덩잉차오는 이미 반동당국에 청원해보았자 별

소용이 없다는 사실을 잘 알고 있었다. 따라서 그녀는 동맹회의 여성을 추동하여 인민의 각종 애국투쟁에 참가시키고, 노동자와 학생운동을 지원하게 하는 데 더욱 주의를 기울였다.

1923년 초, 톈진, 베이징과 전국의 많은 도시에서 일본에 의해 빼앗긴 뤼순(旅順), 다롄(大連) 회수를 위한 애국적 투쟁이 폭발하였다. 덩잉차오와 동맹의 많은 회원들은 시민의 집회와 시위현장에 직접 참가하였다. 그녀들은 가정강연대를 조직하여 각 가정을 방문하였다. 많은 여성을 상대로 일본상품 불매와 구국 활동에 적극 나서줄 것을 선전했다.[13]

그녀들은 교육총장 펑윤이(彭允彝)를 반대하고, 명망 높은 차이위안페이(蔡元培)의 사직을 반대하는 베이징대학 학생의 투쟁[14]을 지지하였다. 그녀들은 바오딩(保定)여자제2사범과 베이양대학의 학생운동도 적극적으로 성원하였다. 그녀들은 또한 서신을 보내 징한(京漢)철로총공회의 성립을 열정적으로 축하하였고, "이후 투쟁에서 총공회와 상호 지원이 있기를 바란다"는 희망을 표시하였다. '2·7'파업[15]이 발생하자 그녀들은 총공회를 적극 지원하였다.

그녀들은 여성보습학교를 개설하여 가난한 여성들을 교육시켰다. 또한 『특간(特刊)』을 출판하여 여성해방을 선전하고 전통 혼인제도로 고통받는 여성을 지원하였다. 덩잉차오는 이 『특간』에 실은 많은 글들을 통해 전통 혼인제도를 신랄하게 공격하며 혼인의 자유를 선전하였다.

1923년 초 국내외에 흩어진 각오사 사원들은 함께 『각우(覺郵)』를 출간하여 상호간에 연락을 취하고 지속적인 투쟁을 전개할 수 있는 진지를 구축하기로 하였다. 모든 사람의 추천을 받은 덩잉차오가 이 잡지의 편

---

13 『鄧穎超與天津早期婦女運動』 가운데 관련 부분 참조.
14 역주 : 즈리파 정부의 '호인정부(好人政府)' 붕괴에 따른 항의로 차이위안페이가 베이징대학 교장직에서 물러난 데에 대한 학생들의 반대 운동을 가리킨다.
15 역주 : 1923년 2월 7일 징한(京漢)철로총공회가 주도한 대규모의 동맹파업 투쟁을 가리킨다. 우페이푸에 의해 유혈 진압을 당하고 공산당이 주도하는 급진적 노동운동도 일시 퇴조기로 돌아선다.

집을 맡았으며, 그와 저우언라이는 『각우』에 적지 않은 글을 발표하였다.

14. 죽어 나간 것은 쓰징(嗣婧)만이 아니다

1923년 3월 24일 덩잉차오는 다런여학교에서 수업을 준비하다 돌연 비통한 소식을 접했다. 그것은 그녀의 즈리여자사범 같은 반 학우이며 각오사 사원이면서 여권운동동맹즈리지부 회원인 21살의 장쓰징(張嗣婧)이 사망했다는 소식이었다.[16]

덩잉차오는 서둘러 그녀의 집으로 갔다. 그러나 거기서 본 것은 컴컴한 침실의 침상 위에서 고통스럽게 죽은, 딱딱하게 굳어 있는 사체뿐이었다. 그녀의 배는 불룩 솟아 있었고, 검은 빛을 띤 수척한 얼굴에, 두 눈은 아직 제대로 감기지도 않은 채였으며, 혓바닥은 입 밖으로 밀려 나와 있었다. 마치 수많은 고통을 받아 억울하고 원통함을 호소라도 하는 듯 했다.

덩잉차오는 눈물을 쏟으며 멍하니 침상 앞에 서 있었다. 그때 지나간 옛일 하나가 불쑥 떠올랐다.

1915년 그녀와 즈리성 안쑤(安肅)현 출생의 장쓰징은 즈리여자사범 예과에 함께 합격하였다. 쓰징은 덩잉차오보다 2살 위였고, 특히 공부를 열심히 하고 성격이 온화하여 학우나 선생님들과의 관계가 좋았다. 그러나 어떤 때 그녀는 깊이 고민에 빠져 있곤 했는데 아마도 말 못할 압박

---

[16] 1923년 4월 6일 출판된 『각우』 제1기에는 덩잉차오의 글 「산치(衫棄)의 죽음에 대한 선언」이 실렸다. 『女權運動同盟直隷支部特刊』 제3기에도 덩잉차오의 「장쓰징전(傳)」이 게재되어 있다. 역주 : 위에서의 '산치'는 '37'의 동일발음을 딴 장쓰징의 암호이다. 이에 대해서는 2장 8절 참고.

감과 고통이 있는 듯 했다.

나이는 어리지만 매우 조숙했던 덩잉차오는 오래지 않아 쓰징의 괴로 워하는 이유를 알았다. 그녀가 9살 되던 해 초등학교에 입학하자 가족들 이 마음대로 류(劉) 씨 집안의 아들과 정혼을 해버렸던 것이었다.

오사운동이 발생하고 장쓰징은 덩잉차오와 함께 길거리로 나가 행진 하고, 시위하며, 선전활동을 벌였다. 언젠가는 시위 도중에 그녀는 군경 들로부터 무자비하게 얻어맞아 부상을 당하면서도 아주 용감한 모습을 보인 적도 있었다. 그녀도 각오사에 참여하였다. 덩잉차오, 궈롱전과 각 오사 사원들은 여러 번 그녀에게 혼약을 취소하라고 권했다. 그러나 봉 건적 예교를 중시하는 가정교육의 영향을 많이 받은 그녀는 결정을 차 일피일 미룰 뿐이었다. 1920년 봄 그녀는 마침내 봉건 예교의 속박에 굴 복하여 암흑의 가정으로 들어가야만 했다.

그녀는 여자사범을 졸업한 후 베이징에서 반년동안 교사생활을 하다 류 씨 집안사람들의 강요에 의해 톈진으로 돌아와야만 했다. 돌아온 후 그녀는 가정교사를 맡았다. 류 씨 집안사람들은 그녀를 매우 가혹하게 대했다. 그녀는 가정교사 일을 하면서도 두 아이를 돌봐야 했고, 요리와 집안 살림을 도맡아했으며, 시부모, 남편, 손위 시누이, 손아래 시누이 등을 모셔야 했다. 결국 그녀는 병이 걸려 쓰러지고 말았다.

류 씨 집안사람들은 그녀를 제대로 치료해주지 않은 채, 단지 한약만 대충 지어 먹였을 뿐이었다. 병이 심해져 죽기 며칠 전에는 한 모금의 물과 쌀도 제대로 넘기지 못하는 지경에 이르자, 그녀의 시아버지는 비 로소 양의를 부르게 하였다. 의사를 부르러 가는 하인이 막 정원으로 달 려 나갈 때 그녀의 시어머니는 방안에서 소리쳤다. "의사를 부르러 갈 필요 없다. 사람은 모두 죽게 마련이야, 됐다!"

그녀는 방안에서 시어머니의 이 말을 들으면서 멍한, 그리고 고통스 러운 표정으로 고향에서 급히 달려온 어머니를 바라보았다. 그러면서 그 녀는 이를 악물고 두 눈을 질끈 감더니 영원히 이 세상과 이별하였다!

덩잉차오는 어머니가 말해 주는 딸이 맞이한 처참한 임종에 대해 듣고서는 끓어오르는 분노를 주체할 수가 없었다. 그녀는 깨달았다. 죽어 나간 것은 쓰칭만이 아니다. 수많은 중국 여성은 모두 봉건적 혼인제도와 사람을 잡아먹는 봉건 예교 아래 고통 받고 발버둥 치다 죽음에 이르게 되는 것이! 그녀는 쓰징의 죽음을 통해 여성 자매들을 일깨워 용감하게 투쟁에 나서도록 해야 하겠다고 결심했다.

1923년 5월 6일 그가 이끄는 여권운동동맹즈리지부는 여자사범 대강당에서 장쓰징추도회를 성대하고 엄숙하게 개최하였다.

회의장은 경건하고 소박하게 꾸며졌다. 강연대로 쓸 긴 탁자 위에는 꽃들이 놓여 있었고, 벽 중앙에는 장쓰징의 반신 사진이 걸려 있었다. 그리고 그 사진 양쪽에는 여권운동동맹즈리지부가 보낸 만장이 걸렸다. 그 내용은 이러했다. "소극적인 쓰징은 너무 뜻밖에 희생을 당했으니, 그녀가 살아온 한 단락의 시간이 너무 헛되어 심금을 울리네. 우리들은 결단코 노력 분투하여 2억 자매들이 기쁨으로 다시 태어나도록 하리라." 각 오사가 보낸 만장은 이러했다. "가정제도를 타파하지 않으면 여성이 어떻게 해방될 수 있으랴? 사회계급이 반드시 타도되어야만 우리는 비로소 자유를 얻을 수 있을 것이다."

덩잉차오는 목소리를 낮춰 흐느끼면서 제문을 읽었고 장쓰징의 짧고 고통스런 일생에 대해 보고를 했다. 그녀가 이야기한 쓰징의 일생과 사망 원인 속에는 당대 사회가 급히 해결해야 할 산적한 문제가 포함되어 있었다. 당시 암흑과 같은 사회는 바로 여성의 함정이었으니 반드시 극악무도한 구제도를 무너뜨리기 위해 싸워야 했다.

여권운동동맹즈리지부『특간(特刊)』제3기는 장쓰징을 추도하는 특집호였다. 덩잉차오는 이 『특간』에 사람들을 진정으로 감동시키는 「장쓰징전」을 실었다. 그녀는 또한 「자매들이여 일어나라!」라는 글을 썼는데 그 가운데 다음과 같은 부분이 있다.

"과거 수천 년 동안 중국의 문화, 역사, 제도, 습관, 법률 등에서 여성은 한 '인간'으로 인정받지 못했다. 여성은 그저 노리개였고, 노예였다. 결혼하기 전에는 부모의 사유재산이었고, 결혼한 후에는 남편의 사적인 노리개였으며, 시부모의 소나 말 같은 존재였다." 그녀는 호소하였다. "여성들이여, 확실히 깨어나라! 그리고 혁신하라! 모든 질곡과 압박을 깨부수고 고통의 바다에서 벗어나 다시는 구예교에 굴복하지 말 것이며, 다시는 우롱당하지 말라!"

문장의 끝부분에서 그녀는 호기로운 기개로써 여성들에게 다음과 같이 호소하였다.

"새로운 인생, 새로운 사업, 새로운 천지, 새로운 광명, 이 모든 것이 사람의 역량과 사람의 노력, 용맹스러운 창조 정신에 의해 개척되고, 얻어지는 것이지 하늘로부터 저절로 부여되거나 운명에 따라 결정되는 것이 아니다. 친애하는 여성 여러분, 일어나라! 진정으로 독립적인 '인간'이 되어라!"

덩잉차오는 당연히 한 명의 진정한 독립적 인간이며, 수많은 여성들이 진정한 독립적 인간이 되게 하기 위해 영웅적인 투쟁을 전개했다.

1921년 성립된 중국공산당은 전국에 광범하게 마르크스주의를 전파하였다. 덩잉차오는 평소 『신청년』, 『향도(嚮導)』, 『중국청년(中國靑年)』 등 진보적인 잡지를 읽으면서 마르크스주의를 접했으며, 그것을 받아들였다. 그리고 같은 방식으로 역사유물론의 입장을 수용하였다. 그녀는 당대 사회에서 여성만이 압박받는 것이 아니라, 수많은 노동자, 농민, 도시 빈민 및 소부르주아 등 남녀 구분 없이 모두 통치계급의 압박을 받는다고 생각했다. 당연히 계급적 해방과 사회적 해방으로써 여성해방 문제를 해결해야 했다. 여성 해방과 여성 권리를 쟁취하기 위한 투쟁을 현존하는 경제, 사회제도의 변혁 투쟁으로 유도해야 했다. 그녀는 『특간』에 발표한 글을 통해 압박받는 수많은 여성들이 "빨리 일어나 경제혁명 투쟁에 참가하라"고 호소하였다.

덩잉차오가 참가하여 지도한 여권운동동맹즈리지부의 회원 대다수는 도시지식인 여성들이었으나 그들 각자의 의식수준은 차이가 있었다. 그녀들은 주로 남녀평등의 권리를 찾으려는 일반적 여권운동에 관여하였다. 이런 운동은 중국여성운동이 막 시작하는 시점에서 보면 봉건전제에 반대하고 여성을 동원, 각성시키는 데에 있어 긍정적으로 작용하고 있음은 틀림없다. 그러나 이런 여권운동은 분명한 한계를 지니고 있었다. 그것은 사회제도의 변혁에 대해 주목하지 못하고, 단지 법률상으로 남녀평등의 원칙만을 분명히 하면, 여성이 해방될 수 있다고 믿는 점에서 알 수 있다. 이것은 분명히 단편적인 생각이었다.

덩잉차오는 이미 이러한 한계를 극복하였다. 그녀는 여성해방이 계급사회 내에서 고립적인 여권의 해결만으로는 안 된다고 믿었다. 왜냐하면 압박 받는 남성 역시 권리를 제대로 누리지 못하고 있었기 때문이었다. 계급적 관점에서 볼 때, 여권의 해결은 반드시 피압박계급의 해방투쟁과 밀접히 관련을 맺어야 했다. 그녀는 또한 여권운동동맹조직이 지나치게 느슨하다고 판단하였다. 그녀는 보다 엄밀하고 진보적인 새로운 여성조직을 통해 톈진여성운동을 발전시키려고 노력하기 시작하였다.

바로 그때, 그녀의 일생을 좌우할 매우 중요한 일이 일어났다.

15. 저우언라이와 평생을 같이 하기로 맹세하다

1923년 봄. 덩잉차오는 다롄여학교의 작은 건물 기숙사에서 이제 막 상하이에서 온 톈진 각오사 사원 천샤오천(諶小岑), 리즈산(李峙山) 부부와 여성문제를 연구하는 조직 구성에 대해 상의하였다.[17]

----

17   필자는 천샤오천을 방문하였는데, 그때 그는 1923년 그와 부인 리즈산이 톈진에서 덩잉차오와 매우 밀접하게 교류하였다는 사실을 들려주었으며, 그녀와 저우언라이

"덩 선생님!" 문밖에서 아이의 맑은 목소리가 들려왔다. 마첸리의 6살 난 딸 마취관(馬翠官)이 달려왔는데 그녀의 손에는 편지 한 통이 들려 있었다. "선생님 편지예요. 수위아저씨가 방금 받은 건대, 외국에서 온 것이라 빨리 선생님께 전해주래요."

덩잉차오는 편지봉투 위의 필체만으로도 그것이 프랑스 파리에서 저우언라이가 보낸 것임을 알아챘다.

"샹위가 보낸 편지예요?" 리즈산, 천샤오천도 함께 편지를 보았다. 각오사 사원끼리는 해외에서 편지가 올 경우 함께 읽는 것이 일상이었다.

덩잉차오가 편지봉투를 찢자 그 안에는 유화가 인쇄된 그림엽서 한 장이 들어 있었다. 그녀에게는 너무 신기한 일이었다. 이전에 저우언라이는 프랑스, 영국, 독일 등지에서 수많은 엽서를 그냥 부쳤었는데 이번에는 무슨 이유로 봉함을 해서 보냈을까?

향기로운 꽃이 가득하고 신선한 꽃이 활짝 피어 있어서 단지 엽서만 보고 있어도 맑은 봄볕이 아름답게 다가오는 듯했다. 엽서의 뒷면에 이미 익숙한 저우언라이의 필적이 보였다.

"자유로이 봄날로 달려 나갑시다! 지금까지의 모든 속박을 벗어던지세요! 용감하게 달리고 또 달려 나갑시다!"

총명하고 눈치가 빠르며, 열정적이고 또 활달한 성격의 덩잉차오는 엽서를 보는 순간 무엇으로 한 대 맞은 것 같았다. 달콤하면서도 열정적인 감정이 맹렬하게 그녀를 사로잡아 마음을 흔들었다.

리즈산과 천샤오천은 그녀에게서 엽서를 빼앗았다. 보고 또 보더니만 리즈산은 피식 웃었다.

"이봐요 잉차오, 당신 정말 모르겠어요? 이것은 샹위가 당신에게 표현한 것인데."

"뭘 표시한 것인데요?" 다소 둔한 천샤오천이 물었다.

가 확실한 연인 관계였음을 알았다고 말하였다.

리즈산은 남편의 눈을 바라보며 말했다. "그건 잉차오에게 물어봐요"

지금까지 그렇게 말을 잘하던 덩잉차오는 매우 혼란스러워 말도 한 마디 제대로 하지 못했다.

덩잉차오에 비해 8살이나 많으며 이미 몇 년 전에 결혼한 리즈산은 큰 언니처럼 덩잉차오의 어깨를 가볍게 툭 치면서 웃으며 말했다.

"잉차오, 이것은 샹위가 당신에게 자기의 진지한 애정을 표시한 것이에요. 그는 당신이 모든 속박을 벗어 버리고 용감하게 자신과 사랑하자고 합니다. 그는 사람을 대할 때마다 항상 이렇게 함축적인 방식을 취한 것 같아요. 정말 부드럽고 세심하기 이를 데 없지요. 빨리 답장을 보내세요. 우리는 이제 먼저 갑니다."

이렇게 리즈산과 천샤오천은 가버렸다. 작고 깨끗한 방에서 덩잉차오는 묵묵히 평소와 다른 엽서를 바라보면서 그와 알고 지낸 지난 4년을 회상하였다.

그녀는 4년 전 더운 초여름 어느 날 저우언라이를 알게 된 상황을 상기하였다. 그는 재능이 출중했고 수려한 외모를 지녔다. 짙은 눈썹 아래에는 검고 크고도 맑은 두 눈동자가 빛났고, 미소를 지을 때면 사람을 끌어당겨 자신을 믿고 의지하게 만드는 묘한 힘을 그는 지녔다.

그녀는 그가 자신들을 도와 신극『안중근』과『목란종군(木蘭從軍)』을 공연할 때 보여주었던 진실하고 겸손한 모습도 떠올렸다.

그녀는 그가 앞장서서 각오사를 조직하던 일과 깊이 있고 논리적인 발언을 통해 진리를 추구하는 집요한 정신에 대해 떠올렸다. 그녀는 1919년 쌍십절 경축대회에서 군중들이 군경에 포위되어 구타를 당하고 그녀 또한 부상을 입어 피를 흘리고 있을 때, 운 좋게 선전대 트럭을 몰아 때마침 달려왔던 것도 기억하였다. 그녀는 1920년 1월 31일 그가 체포되자 그녀와 천즈두 등이 이불을 지고 감옥으로 달려가 그를 대신하려고 했을 때 경찰청 정원에서 만났던 그의 창백한 얼굴에서 밝게 광채를 뿜어내던 두 눈동자를 기억했다. 그녀는 베이징 타오란팅 회합에서 그가 중국을 연합시키고 개조해야 하며, 또 구조해야 한다고 주장하던 모습을 떠올렸다.

이후 그는 넓은 바다를 건너 프랑스, 영국, 독일로 갔다. 큰 파도를 넘으면서 그는 잊지 않고 늘 덩잉차오에게 편지를 보냈다. 편지에서 그는 상급학교에 진학해야 할 지 결정할 수 없다면서, 유럽에 머물고 있는 것은 그곳의 사회 상황과 노동 운동 및 여러 정치 파벌과 사조 등을 가까이에서 살펴보고 어떻게 해야 중국을 구조하고 사회를 개조할 수 있는지에 대해 진지하게 생각하기 위함이라고 말했다.

그리고 그녀는 독일에서 그가 보낸 중요한 편지를 받았었다. 그는 그녀에게 반복적인 학습, 관찰 그리고 사색을 통하여 마침내 자신이 중요한 최후 결정을 내렸음을 알려왔다. 그것은 공산주의 원리와 계급투쟁 및 프롤레타리아트 독재라는 두 가지 대원칙을 굳게 믿기로 결심했다는 것이었다.

이 편지는 그녀에게 사상적으로 매우 큰 충격을 주었다. 그녀는 답장을 보내 오사운동의 실천, 러시아 10월혁명의 영향, 그리고 진보적 출판물의 독서 등을 통해 자신도 똑같이 공산주의를 굳게 신봉하게 되었음을 알렸다. 그녀는 그의 신념과 이상에 완전히 동의했고, 그와 함께 공동투쟁을 할 수 있기를 기대했다.

두 사람의 마음은 공동의 이상과 신앙으로 인해 한층 가까워지게 되었다.

1922년 가을, 유법근공검학운동(留法勤工儉學運動)과 사회주의청년단에 참가한 리웨이한(李維漢)이 톈진의 그녀를 찾아와 저우언라이의 편지를 전해 주었다. 리웨이한은 저우언라이가 유럽에서 보여준 활동에 대해 많은 것을 전해 주었고 떠날 때 웃으며 이렇게 말했다.

"오사운동 동안 당신은 매우 용감하게 투쟁하였고 의지 또한 확고하여 전혀 동요함이 없었다고 하는 저우언라이의 말을 나는 늘 들어왔습니다. 당신에 대한 그의 인상은 정말 매우 깊습니다. 이번에 저는 편지를 전달하는 중매 역할을 한 것입니다."

이 이야기를 들은 그녀는 얼굴이 붉어졌다. 하지만 그가 그저 농담하는 것쯤으로 여겼다.

이제 평소와는 다른 그의 편지에는 그녀에 대한 저우언라이의 진지한 애정이 잘 드러나 있었다. 처음으로 받은 애정의 충격으로 그녀는 당황하여 정신이 아득해지기까지 하였다. 뿐만 아니라 그녀에게는 약간의 의구심마저 일었다. 왜냐하면 그는 이제껏 독신주의를 표방하여 왔었는데 어떻게 그 결심이 변하게 되었는지 궁금했기 때문이다. 또한 그의 주변에는 오사운동을 함께 했던 여성이 있음을 그녀는 알고 있었다. 그동안 그 둘이 잘 어울린다고 그녀는 생각했었다. 그런 저우언라이가 왜 지금 자신에게 이런 애정표현을 하는 것인지 이해가 잘 되지 않았다.

덩잉차오는 답장을 보냈다. 편지에서 우선 자신이 리즈산, 천샤오천 등과 함께 진보적인 여성조직을 건립하려는 것에 대한 의견을 구했다. 그리고는 편지의 마지막 부분에 비로소 편지를 잘 받았다고 하면서 함축적으로 이렇게 물었다. "당신은 이제껏 독신주의를 표방하지 않았나요? 그런데 이제 새로운 견해를 갖게 되었나요?"

저우언라이의 회답은 매우 빨랐다. 먼저 그녀들이 진보여성단체를 조직하는 것에 적극 찬성한다고 하였다. 이어 화제를 바꾸어 그녀의 의문에 답하면서 그녀에 대한 깊고 열렬한 감정을 솔직하게 토로하였다.

그는 유럽에 도착한 이후 혁명과 연애가 서로 대립하는 것이 아니라고 생각하여 독신주의를 포기하게 되었다고 그녀에게 말했다. 마르크스와 예니 그리고 레닌과 크룹스카야는 모두 혁명적 동반자였다. 프랑스에서 그의 좋은 친구 차이허썬(蔡和森)[18]과 샹징위(向警予)[19], 리푸춘(李富春)[20]

18　역주: 1895-1931. 중국 후난성 출신의 공산주의 초기 혁명가. 신민학회(新民學會)의 발기인이며 유법근공검학운동의 조직가이자 실천자. 중국공산당 제2-6기 중앙위원이며 오랜 기간 공산당 기관지인 『향도(嚮導)』를 발행하였다. 1931년 홍콩에서 비밀경찰 구순장(顧順章)에 체포되어 영국 당국을 거쳐 광동 군벌에 인도되어 총살당했다.

19　역주: 1895-1928. 후난성 출신의 공산주의 초기 혁명가. 신민학회와 프랑스근검공학

과 차이창(蔡暢)[21]은 모두 연애결혼을 하였다. 의기가 투합하고 지향하는 바가 같은 종신의 동반자를 저우언라이가 찾을 수 있기를 친구들 또한 바랐다. 그는 가까이에 비교적 친한 친구가 하나 있긴 하지만 그녀의 심성이 너무 여려 혁명의 험난함을 제대로 헤쳐 나가기 힘들 것 같다고 솔직하게 고백했다. 또한 그는, 이미 평생 혁명에 헌신하기로 결심하였을 뿐만 아니라 용감하고 결연한 의지를 지닌 잉차오야말로 그와 평생 어려움을 함께 하며 같이 투쟁해 나갈 수 있는 유일한 여성이라고 생각한다는 것이었다. 그러면서 그는 빠른 시간 내에 잉차오의 명확한 대답을 듣고 싶어 했다.

덩잉차오는 저우언라이의 이처럼 깊은 뜻과 애정이 넘치는 편지를 받고 감동을 받았다. 오랫동안 그에 대해 품고 있던 순결한 그녀의 우정은 이제 갑자기 미묘하면서도 열렬한 애정으로 승화되었다. 언라이는 분명 그녀의 이상적인 평생의 반려였다.

그녀는 서로 의지하며 사는 어머니와 상의하였다. 저우언라이는 그녀의 집에 온 적이 있었고 그때 양전더는 그를 보고 그의 재능, 사상, 인품 등에 대해 매우 높이 평가한 바가 있었다. 단지 자신의 결혼이 비극적으로 끝났기 때문에 사랑하는 딸의 혼인 같은 중요한 일에는 어쩔 수 없이 신중한 태도를 취할 수밖에 없었다.

그녀는 딸에게 언라이가 귀국한 후에 다시 이야기하여 결정하자고 말했다.

저우언라이는 다시 편지를 보내 결혼에 대한 그녀의 답변을 더욱 강하고 절박하게 기다리고 있음을 알려왔다. 덩잉차오는 웃지 않을 수 없

운동 참가. 1922년 중국공산당에 가입하고 제2-4기 중앙후보위원, 중앙위원, 당여성부장 등 역임. 한커우 프랑스조계에서 체포되어 32살에 처형당했다.
20 역주: 1900-1975. 후난성 출신. 프랑스근검공학운동 참가. 1922년 공산당 가입 이후 각종 요직 담당.
21 역주: 1900-1990. 후난성 출신. 오빠 차이허썬과 함께 1919년 유법근검공학운동 참가. 1922년 공산당 가입. 이후 공산당 활동에 매진하며 각종 요직 담당.

었다. 왜냐하면 평소 그렇게 침착하고 냉정하던 저우언라이가 연애 문제
에는 너무나 돌변하여 감정을 주체하지 못했기 때문이다.

그녀는 어머니의 말이 결혼을 반대하거나 간섭하려는 의도가 결코 아
니라고 생각했다. 또한 그를 깊이 사랑한다면 그를 이렇게 초조하게 기
다리게 할 필요가 없을 것이라 여겼다.

결국 덩잉차오는 저우언라이에게 다음과 같은 내용의 긍정적인 답변
을 보냈다. 우리의 사상은 서로 통하며 마음도 의기투합하니 서로 의지
하며 공산주의 이상을 위해 평생 함께 투쟁하고 싶습니다!

편지를 보낸 후 그녀는 어머니에게도 이에 대해 알렸다. 어머니는 묵
묵히 고개를 끄덕이며 자연스럽게 묵시적 동의를 나타내었다.

1923년 5월 덩잉차오는 『여성(女星)』에 다음과 같은 내용의 글을 발표
했다.

"이성 사이의 연애는 본래 광명정대한 일이지, 절대 혼탁하고 은밀한
것이 아닙니다. 그 시작은 순결한 우정에서 출발하여 아름다운 감정의
향기가 점차 짙어지고, 개성에 대한 상호간의 이해와 접근, 사상적 융합
등이 이루어지며 결국엔 인생관의 일치에까지 이르게 되는 것입니다. 그
외에 둘 사이에 공통으로 찾아낸 학문과 직업으로 자칫 변하기 쉬운 애
정을 묶어두어 영원히 지속될 수 있도록 해야 합니다. 이렇듯 진정 순수
하고 아름다운 연애는 인생의 꽃이며 정신의 고상한 산물로서 사회와
인류의 장래에 매우 좋은 영향을 줍니다."

이런 말들은 그녀와 저우언라이 사이의 사랑이 얼마나 진실 되고 순
수한 것인가를 잘 보여준다. 이때부터 그들은 평생의 반려로 맺어졌다.
이후 50여 년의 긴 세월 동안 그들은 수많은 난관과 격랑을 함께 헤쳐
나갔고, 수많은 아름다운 시절을 함께 했으며, 준엄한 시련을 차례차례
이겨 나갔다. 결국 그들은 죽을 때까지 서로 사랑하고 존중함으로써 영
원히 칭송할 만한 아름다운 이야기를 사람들에게 남겼다.

16. '여성(女星)' 찬란하게 빛나다

덩잉차오는 저우언라이에게 보낸 편지에서 언급한 진보적 여성조직을 적극적으로 준비하였다.

1923년 4월 2일 덩잉차오를 비롯한 리즈산, 왕전루, 펑우워(馮悟我), 왕난시(王南義) 등 다런여학교 몇몇 동료는 마첸리가 발행하는 『신민의보(新民意報)』 편집실에서 진보 여성단체를 조직하기 위해 준비하였다.[22] 흥미로운 것은 천샤오천, 자오징선(趙景深), 후칭바이(胡傾白), 구쥔샤오(顧埈宵) 등 진보청년들 또한 이 여성문제 연구단체 조직을 위한 준비모임에 참가하였다는 사실이다.

조직의 명칭을 어떻게 정해야 우리의 뜻을 분명하게 내세울 수 있을까? 모두는 제각기 자신의 입장을 제시했으나 어느 것 하나 만족스럽지 못했다. 그때 덩잉차오가 웃으며 말했다.

"여성(女星)이라 하면 어떻겠어요? 찬란히 빛나는 별처럼 우리 조직이 중국 여성운동의 발전을 위한 앞날을 환하게 비추기를 바란다는 의미에서 말입니다."

이 이름은 발음으로도 명확하게 들릴 뿐만 아니라 조직의 의의를 잘 나타낼 수 있기 때문에 모두가 동의했다.

이들 진보청년들은 그 당시 사상 면에서 모두 사회주의로 경사되고 있었다. 그들은 여성사의 목표를 다음과 같이 정했다. 압박받는 여성을 현장에서 구출하고, 여성이 혁명정신을 가져야 함을 선전하며, 의식 있는 여성들이 프롤레타리아 혁명운동에 참가할 수 있도록 적극 노력한다. 이 강령은 여권운동동맹에 비해 크게 진보된 것임은 틀림없었다.

그들은 조직에 가입할 수 있는 조건을 매우 엄격하게 규정하였다. 입

---

22   『天津大公報』, 1923.4.5.

사사원은 남녀 불문하고 반드시 여성운동에 대해 열정을 가지고 사규를 지켜야 했으며, 사원 2명의 소개와 전체의 동의를 거쳐 정식 사원이 될 수 있었다. 또한 여성을 모욕하거나 우롱하는 마음과 또 그러한 사실이 있을 경우, 기생을 데리고 놀거나 혹 조직의 명의를 빌어 외부에서 문제를 일으킬 경우, 매월 연속해 3차례 이상 대회에 참석하지 않는 경우, 사원 1인 이상의 문제 제기와 전체 대회 통과를 거쳐 사원의 자격을 취소할 수 있었다.[23]

그들은 또한 여성사의 목적에 동의하는 사람들을 사우로 조직하기로 결정하였다.

덩잉차오는 여성사 총무부 서기로 선출되었고, 이후 총무위원회 위원장을 맡음으로써 여성사의 주요 책임자가 되었다.

또한 그들은 『여성』지를 순간(旬刊)으로 출판하기로 결정하였으며, 리즈산에게 총편집을 맡겼다.

1924년 4월 6일 『천진대공보(天津大公報)』는 여성사의 창립 소식을 보도하면서, 여성사의 출현을 "이는 진정 톈진여성계의 서광이다"라고 평가하였다.

4월 25일 『여성』 창간호가 출판되었다. 창간호에는 여성사의 성립 목표가 다음과 같이 분명하게 밝혀져 있다. "먼저 여성운동에 대한 우리의 주장과 여성의 사회현상을 사회 전체에 공론화하며, 이를 통해 여성운동가 동지들과 연락하여 우리들의 노력을 더욱 발전시켜 나가기를 희망한다."

덩잉차오는 여성사를 조직하고 지도하면서 압박받는 여성들에 대해 관심을 기울였을 뿐만 아니라 모든 피압박계급에 대해서도 주목하였다. 5월 1일 국제노동절이 바로 다가왔다. 당시는 '2 · 7'파업이 베이징군벌의 잔혹한 탄압을 받아 실패로 돌아갔고, 톈진에서도 공개적인 집회가 불가능한 상황이었다.

---

23   여성사의 간명한 규칙은 1923년 5월 25일 출판된 『女星』 旬刊에 개제되어 있다.

1923년 5월 1일 덩잉차오는 리즈산, 천샤오천 등과 함께 다징루(大經路) 우창리(五昌里) 11호에 있는 한 방에서 톈진 역사상 최초의 노동절 기념 집회를 개최하였다.[24]

집회에 참가한 20여 명 가운데에는 소련에서 새로 귀국한 청년이 한 명 있었다. 덩잉차오가 회의를 주재하였다.

덩잉차오, 리즈산, 천샤오천 그리고 각오사 사원 왕줘우(王卓吾) 등은 간단하면서 힘이 넘치는 각오사 사가(社歌)를 불렀다.

"세계의 조류 용솟음치며 중화의 땅으로 밀려온다.

사회혁명, 계급전쟁을 위해 청년들은 모두 노력하라.

20여 동지들, 모두 손에 손을 맞잡고 선구자가 되리니,

분투 희생의 정신으로 악의 세력을 타도하자."

노래 소리가 그리 크지 않은 방에 울려 퍼졌다. 덩잉차오는 끓어오르는 열정으로 목소리 높여 노동절의 기원과 역사에 대해 소개하면서, 그 것이 노동운동을 기념하는 날이며 인류가 해방운동을 도모했던 날이었음을 역설하였다. 그녀는 이렇게 말했다.

"이번 우리의 집회가 지닌 목적은 첫째, 이 적막한 톈진사회에서도 세계적 조류의 새로운 흐름을 충분히 받아들일 수 있고, 노동자들이 노동절을 기념하기 위해 더 큰 용기를 갖고 노력을 기울일 수 있기를 바라는 것입니다. 둘째, 이후 이러한 집회나 다른 많은 집회를 통해 수많은 새로운 사업을 만들어낼 수 있기를 희망합니다. 우리는 오늘 모임에 참석한 여러분들이 견식이 풍부하고 사회개혁의 사상을 지닌 분들이라고 믿습니다. 따라서 우리는 여러분들이 활발하게 자신들의 의견을 개진하여 오늘 모임에서 시작된 새로운 파고가 톈진 전사회로 퍼져나갈 수 있기를 간절히 바랍니다."

9명의 내빈이 발언하였다. 어떤 이는 노동계급에 대한 동정을 표했고,

어떤 사람은 텐진의 현상을 분석하였으며, 또 다른 사람은 내년 노동절은 올해의 실내 다과회보다 더 발전하여 거리에서 노동자와 지식계급이 함께 하는 시위운동이 되기를 희망하였다.

소련에서 새로 귀국한 청년은 코민테른의 동방전략을 소개하면서, 프롤레타리아트계급이 피압박민족을 지원하여 공동으로 제국주의 침략자를 타도하는 투쟁에 나서게 될 것이라고 하였다. 그는 막 성립된 중국공산당이 국민당과 합작한 것은 정당한 정책이라고 평가하기도 했다.

열정적인 대화 속에서 회의는 계속되어 어느덧 오후 6시가 되었다. 모두는 다과를 먹으면서 한편으로 덩잉차오와 리즈산의 쌍황(雙簧) 공연[25]을 보았다. 대사는 덩잉차오가 맡았다.

리즈산은 앞에 앉아 얼굴로 다양한 표정연기를 보였다. 마른 덩잉차오는 그녀의 뒤에 숨어 맑고 분명한 소리로 이렇게 말했다.

"오늘은 국제노동절입니다. 우리 텐진 각오사의 세 사원은 모두를 이곳에 모이게 하여 이렇게 작은 다과회를 열었습니다. 그러나 오늘 방은 너무 작고, 부족한 점도 많아 접대에 많이 미흡합니다. 준비한 간식도 충분치 못하며 탁자 또한 판자를 붙여 만들었을 따름입니다. 이에 우리 대표 3인은 여러분께 사과드립니다. 한 번, 두 번, 세 번, 허리 굽혀 절합니다."

덩잉차오는 뒤에서 말하고 리즈산은 앞에서 머리를 끄덕이고 허리를 굽혀가며 각종 자세와 표정을 지어보였다.

평소 온화하고 품위 있는 두 여인이 쌍황 연기를 하면서 이렇듯 우아한 말과 동작을 취하자 내빈들은 모두 크게 웃었다.

"하하하!" 덩잉차오 또한 그들과 함께 밝게 웃으며 낭랑하게 말했다. "우리는 오늘 정말 유쾌합니다. 이렇게 좋은 친구들과 많은 대화를 나눌 수 있으며, 모두가 텐진의 우수한 남녀청년들이니 말입니다. 다시 한 번 만나도록 합시다. 그러나," 그녀의 목소리가 갑자기 무겁게 내려앉았다.

---

[25] 역주: 중국 민간 예술의 한 형식으로 한 사람은 무대에서 동작만을 보여주고 다른 사람은 뒤에 숨어 재담을 하거나 노래를 부르는 것을 가리킨다.

"파리, 런던, 함부르크, 베를린, 뉴욕, 워싱턴, 로마, 도쿄 그리고 중국 상하이에서 현재 수십, 수백, 수천, 수만, 수십만의 노동자가 거리에서 시위행진을 벌이다 자본가의 군경에 의해 구타를 당하거나 살해당하고, 또 감금당하고 있는지도 모릅니다. 그렇다면 그들은 얼마나 심한 고통을 당하고 있을까요? 우리는 여러분이 진실로 그들의 투쟁에 관심을 갖기를 희망합니다. 여러분, 그들에게 동정을 표해주시기 바랍니다. 여러분 그들에게 동정을 표해주시기 바랍니다."

내빈들은 덩잉차오, 리즈산의 뛰어난 표현력에 열렬하게 환호하였다. 덩잉차오가 열정적으로 주재한 톈진의 첫 번째 노동절 집회는 그들의 마음속에 매우 강한 인상을 남겼다.

덩잉차오는 여성사의 운영에 큰 노력을 기울였다. 순간으로 발행되던 『여성』은 독자로부터 큰 환영을 받았고 37기부터는 주간으로 교체되었다.

1923년 가을 각오사 사원이면서 당시 이미 중국공산당에 가입한 류칭양(劉淸揚)[26]이 프랑스에서 귀국하여 톈진에 도착하였다. 덩잉차오, 류칭양, 리즈산, 천샤오천 등은 여성문제를 집중적으로 다루는 신문을 다시 출판하기로 의견을 모았다.

1924년 1월 1일 『부녀일보(婦女日報)』가 정식으로 창간되었다. 이것은 당시 중국 유일의 여성신문이었다. 류칭양이 대표, 리즈산이 총편집, 덩잉차오는 편집을 각각 맡았다. 4월 류칭양은 톈진을 떠나 남하하였다. 이에 20세의 덩잉차오는 그녀를 대신하여 실제적으로 『부녀일보』를 책임졌다.[27]

『부녀일보』의 출간은 당시 중국여성계를 충격에 몰아넣은 큰 사건이었다. 프랑스에서 돌아와 중공중앙여성부장을 맡고 있던 샹징위(向警予)

---

26   역주: 1894-1977. 회족(회족). 청말 중국동맹회 참가, 오사운동과 프랑스근공검학에 참가하였고 장선푸(張申府)와 혁명적 동지로서 결혼하였다. 국민혁명 실패 이후 탈당하였으나 여성운동을 지속하였고 반장(反蔣)항일운동과 민주동맹운동에 참가하였다.

27   『鄧穎超和天津早期婦女運動』 관련 부분 참조.

같은 이는 곧장 매우 높은 평가를 하였다. 그녀는 신문 기고를 통해 "『부녀일보』의 출판은 어두운 중국여성계에 새벽을 알리는 제일성이다!"라고 하였다. 그러면서 그녀는 "『부녀일보』가 전국 여성 사상 개조의 양성소가 되기를 희망한다"고 하였다.

덩잉차오는 이때 이미 여성문제가 사회문제의 한 부분이며 국가의 운명과 사회변혁을 떠나서는 여성문제의 해결은 불가능하다는 사실을 분명하게 인식하고 있었다. 그녀가 편집 출판한 『부녀일보』와 『여성』 순간, 주간 등은 여성문제 토론 이외에도 사회와 국가의 대사에 대해 많은 여성이 관심을 기울일 수 있도록 주의를 기울였다. 『부녀일보』는 국내의 중요 시사 소식을 게재하였고, 각계 인민의 반제·반군벌투쟁에 대해 특별히 보도하였다. 그러면서 애국운동과 여성운동의 관계에 대해 설명하였고, 여성이 반제·반봉건투쟁과 당시 크게 유행하던 국민운동[28]에 적극 참가해 줄 것을 호소하였다.

덩잉차오는 『여성』주간에 글을 발표하여 수많은 여성이 경제적 압박을 받고 있다는 구체적 사실을 설명하고 여성들에게 강력히 호소하였다. "현재 프롤레타리아는 이미 자본주의를 향하여 진공을 개시하였습니다. 압박을 받고 있는 자매들이여, 왜 서둘러 경제혁명에 참가하지 않습니까?"

사실 보도를 중시하는 것은 『여성』과 『부녀일보』의 특징이었다. 그들은 수많은 여성이 봉건적 압박에 신음하고 있다는 여러 증거를 속속 발표함으로써 사회의 주의를 환기시켰다. 덩잉차오는 『여성』에 「경제적 압박을 받는 소녀」와 「시어머니에게 구박 받는 한 학우」라는 글을 통해 두 여학생의 불행한 상황을 기술함으로써, 봉건제도와 구예교의 죄악에 대해 맹렬하게 공격했다.

교육을 통해 여성을 새롭게 깨우치고 여성의 자립 능력을 키워주는

---

28 역주: 이것은 1923년 차오쿤(曹錕)의 부정 등으로 몰락한 베이징정부의 법통을 대신하기 위해 공산당과 쑨원(孫文) 등이 제기하여 유행한 국민회의운동(國民會議運動)을 가리킨다.

것이 덩잉차오가 조직하여 지도한 여성사가 여성을 위해 하는 중요한 활동이었다. 1923년 그녀들은 톈진여성(女星)제일보습학교를 개설하였다. 목표는 "실업여성을 도와 다소의 지식을 제공하고 간단한 기능을 가르쳐 스스로의 생계를 꾸려갈 수 있게 하는 것"이었다. 덩잉차오는 이 학교가 여성선봉대를 만들어 톈진여학계에 신사조를 불러일으키고, 나아가 피압박여성을 지원하려는 목표에 도달할 수 있기를 희망하였다.[29]

학교를 건립한 후 리즈산이 교장을, 덩잉차오가 교무과장을 각각 맡았다. 다수의 교사는 여성사 사원들이었다. 그녀들은 70여 명의 학생을 모집했다. 1년 반 동안 수학하게 될 학생들은 어느 정도 경제능력을 갖춘 실업여성들이었다.

여성보습학교 운영 경비를 마련하기 위해 여성사와 동지신극사(同志新劇社)는 톈진 베이마루(北馬路) 국산품판매소에서 신극을 공연하였다. 덩잉차오는 연극 『신문기자(新聞記者)』의 연출에 참가하였다. 그녀는 이전처럼 남장을 하여 장포에 마고자를 입고 극중 주연을 맡아 교활한 신문사 주필 역을 연기했다. 그녀의 연기는 너무도 완벽하여 관중들의 열렬한 성원을 받았다.[30]

여성보습학교 제1기 학생 졸업식에서 덩잉차오는 학교를 대표하여 졸업생에게 세 가지 바람을 제안했다. 사회를 이끄는 책임을 담당하고, 성인여성이 배움의 기회를 잃어버려 헤매고 있는 고통의 바다에서 벗어날 수 있도록 도와주며, 여성해방이라는 근본문제에 항상 관심을 기울여주기를 주문하였다. 덩잉차오는 여성사와 함께 졸업생이 톈진권업장(天津勸業場) 등 몇몇 상점에서 일을 할 수 있도록 도와주었다.

1924년 5월 그녀들은 중하층 가정주부를 대상으로 여성성기(女星星期)의무보습학교를 열었다. 교사들은 역시 여성사 사원들이었으며, 1년 과정으로 학비는 없었다.

29　『女星』旬刊 제8기(1923.7.5.)
30　天津『華北新聞』, 1923.11.1.

덩잉차오와 여성사 사원은 또한 톈진시를 포함한 전국적인 평민학교 활동에 참가하였다. 1924년 6월 여성사를 비롯한 여러 단체가 모여 즈리성평민교육촉진회를 발기·조직하였다. 덩잉차오는 이사로 선출되었다. 이 조직이 중심이 되어 톈진에는 수백 곳에 평민학교가 건립되었다. 또한 덩잉차오, 왕전루, 리즈산, 펑우워 등은 저명한 진보교육가 타오싱즈(陶行知)가 주관하는 전국 규모의 평민교육조직인 중화교육개진사(中華教育改進社)에 가입하였다. 1924년 7월, 덩잉차오, 리즈산은 톈진여사원 대표의 자격으로 난징에서 개최된 중화교육개진사 연례 회의에 참석하였다.

덩잉차오는 비록 나이가 스물밖에 되지 않았지만 탁월한 활동 능력으로 톈진교육계에서 이미 명성이 높아, 즈리성교육위원회 위원과 톈진현교육위원회 집행위원에 선발되었다. 그녀는 성과 현의 교육회 회의석상에서는 여성을 차별하고 여성교육을 배척하는 구세력과 결연히 투쟁하였고, 교육체제의 개혁을 촉구하였을 뿐만 아니라 그 계획에 참여하여 즈리성·현여성교육대강을 통과시키기도 하였다.[31]

덩잉차오와 여성사의 이러한 교육 활동은 여성교육의 개혁과 발전 및 여성의 지위와 각오를 제고하는 데 매우 긍정적인 작용을 하였다.

17. 「실천의 등」, 그녀의 앞길을 환히 비추다—입단(入團)과 입당(入黨)

공언만 일삼는 것을 싫어하여 여성대중의 이익을 위해 용감하면서도 착실하게 실천하는 것이 그녀가 지도하는 여성사의 품격이었으며, 동시

31　『婦女日報』, 1923.7.2.

에 덩잉차오 자신의 품격이기도 했다.

1924년 1월 1일 『부녀일보』 창간호에 덩잉차오는 자신의 시 「실천의 등」을 발표하였다.

> 우리는 실천의 등을 들고 있습니다.
> 그것은 우리의 앞길을 환히 밝힙니다.
> 한 걸음 한 걸음 앞을 향해 나아갑니다.
> ……
> 실천의 등을 잡은 우리들,
> 이제 저 붉디붉은 뜨거운 피로써
> 한 점, 한 점
> 우리가 전진하는 앞길을 채색할 것입니다.

이 시는 덩잉차오와 여성사가 실천을 중시하고, 군중을 중시하며, 대중의 이익을 위해서라면 피 흘리는 희생을 무릅쓰고 전진하겠다는 선명한 사상과 감정을 잘 표현해 주고 있다. 그녀들은 잡지, 신문 등을 창간하거나 보습학교를 개설하여 교육, 선전 활동을 전개하였다. 이를 통해 진보적 사회활동에 여성이 참가할 수 있도록 더욱 적극적으로 활동하였으며, 여성의 권리를 유지하도록 노력하고, 여성해방과 사회변혁을 결합시켜 나갔다.

1924년 1월 24일 프롤레타리아 계급의 유명한 지도자 레닌이 죽었다. 『부녀일보』는 국내외의 레닌 추도 활동에 대해 다수의 연속 기사를 게재하였다. 덩잉차오는 『부녀일보』에 「레닌을 추도하며」를 발표하여 레닌을 다음과 같이 높이 평가하였다. "(그는) 용맹스런 실천가이며 몸을 바쳐 고난의 투쟁을 하는, 진정 평민의 행복을 추구하는 자이다……. 그는 인류를 위해 신생명을 창조하고 신세계를 열었다! 비록 이제 그가 세상을 떠났지만 그의 정신과 위대한 사업은 영원히 사라지지 않을 것이

다!" 그녀는 스스로 "더욱 분발하여" 레닌의 '후계자'가 되겠다고 선언하였다.[32]

1924년 3월 24일 오후, 여성사는 톈진의 40여 개 진보단체 회원 500여 명과 연합하여 즈리성의회 강당에서 레닌 추도대회를 성대하고 엄숙하게 거행하였다. 덩잉차오는 여성사와 여권운동동맹회 회원을 이끌고 회의석상에서 인터내셔날가를 소리 높여 불렀다. 이로써 톈진 사람들이 비로소 공개적인 장소에서 웅장하고도 감동적인 인터내셔날가를 들을 수 있었다. "일어나라, 굶주림과 추위에 짓눌린 노예들이여! 일어나라, 전세계 고통 받는 인민들이여! 가슴 속에 가득 찬 뜨거운 피 이미 끓어올랐다. 최후의 투쟁을 해 나가자!" 추도회에 참가한 사람들은 덩잉차오와 그녀의 학우들에 대해서 경건한 경의를 표하지 않을 수 없었다. 어떤 남성들은 참지 못하여 그녀들과 함께 소리 높여 합창을 하기도 했다.[33]

1924년 3월 톈진의 영국, 프랑스, 일본 3국 영사는 자신들이 통제하는 하이광(海光)사(寺) 수문 개방을 거부하여 톈진 교외 일부 주민의 물 부족 사태를 야기하였으며, 심지어 생명까지 위협받는 상황에 빠지게 하였다. "인민을 곤궁함에서 소생시키고 국권을 회복하자." 덩잉차오가 지도하는 여성사와 여권운동동맹 즈리지부 등 20여 단체는 연합하여 외국 수문 설치 반대회를 조직하였다. 그들은 군중들을 동원하여 정부에게 영국, 프랑스, 일본영사와 교섭하도록 촉구하였고, 군중을 조직하여 영사관에 몰려가 강력한 항의를 하였으며, 신문에 선언을 발표하여 제국주의의 악행을 비판하였다. 어려운 투쟁의 결과 영국, 프랑스, 일본영사는 어쩔 수 없이 금수조치를 해제하여, 그 관리권을 중국정부에 넘겨야만 했다. 덩잉차오가 조직한 이 투쟁을 통해 수천 군중의 취수 곤란 문제가 해결되었고, 제국주의의 위세를 깰 수 있다는 중국인의 확신이 더욱 커지게 되었다.[34]

---

32   『婦女日報』, 1924.1.26.
33   『婦女日報』, 1924.3.25.

5월 4일 톈진학련은 난카이대학에서 오사운동 5주년 기념대회를 개최
하였다. 차이허썬, 마쉬룬(馬徐倫)[35]이 참가하여 강연을 하였고, 덩잉차오
는 여성사와 여권운동동맹즈리지부 회원을 이끌고 대회에 참석하였다.
그녀는 자신이 직접 경험한 것을 바탕으로 오사운동시기 수많은 청년들
의 애국투쟁을 소개함으로써 회의 참석자들로부터 열렬한 박수갈채를
받았다.[36]

5월 7일은 위안스카이가 『21개조조약』을 체결한 국치기념일이었다.
여성사와 시 전체 80여 단체 및 시민 2만여 명은 난카이대학 운동장에서
'5·7국치' 기념대회를 개최하였다. 회의에서는 덩잉차오가 제출한 "전
국에 전보를 보내 중국에 주둔하고 있는 외국의 세 함대[37]를 몰아내자"
는 결의안이 통과되었다. 오후에 덩잉차오는 여성사 사원과 함께 시 전
체 군중의 시위행렬에 참가하였다.[38]

이즈음 전국의 반제운동은 점차 고양되어 갔다.

5월에 여성사는 톈진의 16개 단체와 연합하여 구국연합회를 조직하였
다. 8월에는 다시 전국반제대연맹에 가입하여 톈진반제연맹분회를 조직
하였다.[39]

덩잉차오와 여성사는 절실한 여성의 권익을 유지하기 위해 노력하였
고, 여성을 해치는 극악한 세력과 결연하게 투쟁하였다.

여성사는 온 힘을 다해 장즈허(張致和) 부인 살해사건에 대해 공정히
심리하도록 주창하였다. 1924년 5월 24일 톈진의 부호 장즈허가 부인 자
오(趙)씨를 학대하여 죽음에 이르게 한 사건이 발생하였다. 장즈허는 관

---

34 殷子純, 「톈진여성사와 그 주요 활동」, 『鄧穎超和天津早期婦女運動』 참조.
35 역주: 1885-1970. 『국수학보(國粹學報)』, 『동방잡지(東方雜誌)』 편집. 1911년 일본 유
    학시 동맹회 가입, 1917년 베이징대학 철학과 교수직 역임. 오사운동 참가. 난징정
    부시기에는 주로 항일, 반장(反蔣)운동에 적극적으로 참여하였다.
36 殷子純, 「톈진여성사와 그 주요 활동」, 『鄧穎超和天津早期婦女運動』 참조.
37 역주: 당시 중국에 주둔하고 있던 영국, 프랑스, 일본 등 3개국 함대를 가리킨다.
38 殷子純, 「톈진여성사와 그 주요 활동」, 『鄧穎超和天津早期婦女運動』 참조.
39 상동.

리를 돈으로 매수하여 법률적 제재를 피하려 하였다. 여성사는 즉시 사람을 파견하여 『신민의보(新民意報)』 기자와 함께 현장을 조사토록 하였다. 그녀들은 또한 『부녀일보』에 잇따라 보도를 함으로써 진상을 낱낱이 폭로하고, 사회 각계 인사들에게 장즈허의 죄상을 성토하여 법정에서 공정하게 처리하도록 호소하였다. 6월에 여성사는 자오씨설욕(雪辱)위원회를 조직하고 베이징·톈진변호사회에 편지를 보내 변호사들이 "흉악범 장 씨 때문에 공리(公理)에 반하는 일이 없도록 하라"고 요구하였다. 여성사 등 여성단체의 적극적인 활동은 큰 사회적 압력으로 작용하여 베이징, 톈진 변호사들이 하나같이 흉악범 장즈허의 변론을 거부하도록 만들었다. 7월 중순에 법정은 어쩔 수 없이 장의 범죄가 극악하여 극형에 처한다고 판결하였다. 여성사는 이 투쟁으로 봉건제도의 죄악상에 대해 성토하였고, 피해여성을 위해 정의를 크게 신장시켰다.

덩잉차오가 조직하고 지도한 여성사는 반제·반봉건·반군벌의 기치 아래 투쟁하여 성과를 올린 진보적 여성단체였다. 이 단체는 오사운동의 혁명정신을 계승, 발전시켜 구제도, 구예교의 죄악을 강력히 공격하고, 여성해방사상을 열렬히 선전하며, 여성해방의 정확한 길을 제시하여 절박한 여성권익을 쟁취하고 보호하기 위해 노력하였다. 또한 진보적 대중운동의 발전을 적극적으로 추진하여 당시 전국여성해방운동에 폭넓게 영향을 끼쳤다. 덩잉차오가 기대했던 대로 여성사는 전국여성운동의 역사를 영원히 찬란하게 비추는 광채였다.

1919년 조직된 각오사에서 활동한 15세의 애국소녀 덩잉차오가 활달한 어린 소녀였다면, 1923년에서 1925년 사이에 공산주의의 신념을 확립한 청년 덩잉차오는 여성사라는 진보여성조직의 핵심이며 '영혼'이었다. 이는 마치 저우언라이가 당시 각오사의 '영혼'이었던 것과 같은 것이었다. 그녀는 이 시기 여성운동 속에 결연한 헌신의 정신을 보였고, 탁월한 조직 역량을 발휘했으며, 걸출한 영도적 재능을 드러내 보였다.

이즈음 덩잉차오는 오사시기의 애국주의자에서 마르크스주의를 굳게 신봉하는 공산주의자로 성장하였다. 1924년 1월 덩잉차오는 중국사회주의청년단에 가입하였다. 그녀는 톈진에서 가장 빨리 이 조직에 가입한 사람 가운데 한 명이었으며 특별지부선전위원에 임명되었다.

1924년 3월 9일 중국사회주의청년단 톈진지방집행위원회가 톈진고등공업학교에서 창립대회를 개최하였다. 회의에서 20세의 덩잉차오는 후보집행위원에 선출되었다. 6월에 그녀는 다런여자학교 청년단 지부 서기를 겸임하였다. 그녀는 단원을 조직하여 『마극사주의개요(馬克思主義槪要)』, 『공산주의이론천설(共産主義理論淺說)』, 『향도(嚮導)』, 『선구(先驅)』, 『중국청년』 등과 같은 진보서적을 공부하고, 매주 한차례 지부회의를 개최하여 독서를 통해 얻은 사상적 인식과 깨달음, 그리고 구체적 작업 등에 대해 토론을 하면서 여성운동에 대해 연구하였다.

1925년 3월, 덩잉차오는 중국공산당 당원으로 전환되었다.[40]

이날 그녀는 프랑스조계 푸아이리(普愛里)에 위치한 중공 톈진지방위원회 책임자 쟝주위안(江著元)의 집으로 가 자신의 공작에 대해 보고하였다. 쟝주위안은 웃으며 말했다.

"잉차오 동지, 축하합니다. 이제 '대학'에 들어왔군요."

덩잉차오는 이 말을 듣는 순간 한동안 정신을 차릴 수가 없었다. 쟝주위안은 중공 톈진지위(支委)의 신중한 검토를 거쳐 그녀를 이미 중공 정식당원으로 비준하였음을 정중하게 알렸다.

덩잉차오는 매우 감격해 하면서 쟝주위안의 손을 꽉 잡으며 엄숙하게 말했다.

"저는 당의 헌장을 반드시 준수하며, 당의 기율에 복종하고, 당의 비밀을 지키며, 피 흘리는 희생을 회피하지 않을 것이며, 공산주의를 위해 평생토록 분투할 것입니다."

---

[40] 1984년 7월 덩잉차오는 톈진공청단(共靑團) 대표자에게 자신의 입당 과정을 설명하였다. 당시 당 중앙은 우수한 사회주의청년단 단원을 당 조직의 비준을 거쳐 바로 공산당원으로 전환시킬 것을 결정하였다.

덩잉차오는 여성운동 과정에서 이미 탁월한 성과를 보였기 때문에 입당하자마자 바로 중공 톈진지위 여성부장을 맡았다. 1923년 6월 중국공산당은 광저우에서 제3차 전국대표대회에서 이미 국공합작의 방침과 그 구체적 방식에 대해 결정하였다. 국공합작의 분위기는 이미 형성되었다. 당 중앙의 지시를 존중하여 톈진의 전 공산당원은 개인 자격으로 국민당에 가입하였다. 덩잉차오는 국민당 즈리성당부 여성부장을 맡았다.

처음에 덩잉차오는 국민당에 가입하고 싶지 않았다. 1924년 7월 쑨원의 고문 보로딘[41]의 부인이 톈진에 와 류칭양의 집에서 덩잉차오, 리즈산, 천샤오천과 만났다. 그녀는 그들에게 국민당에 가입하여 국민혁명을 공동으로 전개할 것을 권했다. 천샤오천, 리즈산은 흔쾌히 동의하였다. 그러나 덩잉차오만은 별 말이 없었다. 그녀는 국민당이 '잡탕' 조직이라 무시하였던 것이다.

그러나 현재 그녀는 당중앙의 결정에 복종하였고, 국공합작의 공동추진과 국민혁명이 당시 혁명단계에 부합한다고 인식하였다.

당의 비밀을 지켜야 했기 때문에 덩잉차오는 자신의 입단, 입당과 같은 중요한 일을 저우언라이에게 알릴 수 없었다. 그러나 그녀는 그 또한 이미 입당했을 것이라 굳게 믿었다. 과연 그러했다. 저우언라이는 1921년에 입당함으로써 중국공산당에 가장 빨리 입당한 수십 명의 당원 가운데 한 명이었다. 덩잉차오는 그에 비해 3,4년 늦게 입당한 셈이었다. 그녀가 입당할 당시 중국에는 단지 900여 명의 공산당원만이 있었다. 그 둘은 모두 혁명의 선구자였던 것이다.

---

41 역주: 1884-1951. 러시아 출신 코민테른 요원. 1923년, 1927년 코민테른과 소비에트 연방 대표자격으로 국민당정부에 파견되어 쑨원의 정치고문을 담당했다. 국공합작을 추진하였으나 1927년 4·12사건과 장제스의 공산당 탄압으로 숙청이 노골화되자 소련을 귀국하였다.

18. 쑨원의 북상을 환영하고 쑨원의 죽음을 침통하게 애도하다

1924년 10월 유명한 애국장군 펑위샹(馮玉祥)[42]이 정변을 일으켜 차오쿤(曹錕)[43], 우페이푸(吳佩孚)[44]가 통제하던 베이징정부를 무너뜨렸다. 그는 쑨원이 북상하여 함께 국시(國是)를 논의하자고 요청하였다. 11월 중순 쑨원은 병에 걸렸음에도 불구하고 북상하였고 그 과정에서 국민회의를 소집하여 "중국의 통일과 건설을 도모하고 열강의 불평등조약을 폐지하자"고 요구하였다. 임시집정 돤치루이는 군벌과 정객이 참가하는 선후회의(善後會議)[45]를 소집하여 "시국의 혼란을 해결"하고자 시도하였다. 중국 공산당은 선후회의의 반인민적 본질을 지적하고, 전국인민에게 국민회의촉성회를 조직하자고 호소하였다. 이로써 전국은 국민회의를 촉진하는 대중운동이 아주 빠르게 퍼져나갔다. 덩잉차오는 당중앙의 호소에 적극적으로 호응하여 재빠르게 움직이기 시작하였다. 그녀는 열정적으로 톈진여성을 조직하여 국민회의촉성운동에 참가하도록 하였다.

그녀는 우선 쑨원의 북상을 환영하는 톈진시민대회 조직 준비 작업에

---

[42] 역주 : 1882-1948. 중국의 군인이자 정치가. 민주화를 지향했고 제1,2차 직봉전쟁에 참가했다. 중국국민당에 입당하고 서북국민연합군 총사령관으로 북벌에 협력했으며 반장(反蔣)운동을 펴다 실패했다. 항일전쟁 중 국공합작 이후 국방최고위원이 되었다.

[43] 역주 : 1862-1938. 즈리(直隷)파 군벌. 위안스카이에게 발탁되어 북양군의 각지 사령관을 역임. 위안스카이가 죽은 후 북양군이 분열되자 즈리파의 우두머리가 되었고 1923년 국회의원을 매수하여 대총통에 당선되었다.

[44] 역주 : 1873-1939. 후베이성을 기반으로 하는 영미계 군벌인 즈리파의 최고 거두. 오사운동시기 학생들의 편에 서 한 때 '애국장군'의 칭호를 받기도 했지만 중일전쟁 일본군이 베이징을 점령한 후 일본 괴뢰정부의 수정(綏靖)위원장이 되기도 하였다.

[45] 역주 : 1924년 임시집정으로 취임한 돤치루이는 초법적인 과도정부로 정국을 수습하기 위해 쑨원이 제안한 국민회의의 명분을 빼앗아 선후회의를 소집했다. 회의를 통해 헌법을 기초할 위원회를 뽑고 국민대표회의의 조직대강을 만들었지만 군벌 사이의 전쟁을 막을 조치를 취하지 못했다.

참가하였다. 마첸리 등 10명과 함께 쑨원 환영대표로 선발되었고 "쑨원
을 직접 만나게 되면 덩잉차오가 주요 발언을 하고 나머지 다른 사람들
이 보충하기"로 결정했다.[46]

1924년 12월 4일 오전, 톈진시 50여 개 단체의 노동자, 학생, 여성, 시
민 수만 명이 프랑스조계 메이창(美昌) 부두에서 쑨원의 톈진도착을 환영
하였다.[47]

쑨원이 탄 베이링완(北嶺丸)이 보이자 수만 군중은 열렬히 환호하였다.
"쑨원 선생 만세! 국민회의 만세! 국민혁명 만세!"

덩잉차오와 마첸리 등 10여 명의 대표는 배에 올라 쑨원을 환영하였
다. 모피 마고자를 입은 쑨원의 안색에는 병색이 완연했지만 확고한 의
지와 침착함을 드러낸 가운데 정중히 그들과 악수를 나누었다. 그들의
환영에 대해 감사를 표시하고, 환영하는 사람들에게 모자를 들어 열정적
으로 흔들며 인사하였다. 덩잉차오는 또한 쑨원의 오른쪽에 서 있던 늘
씬한 몸매의 쑹칭링(宋慶齡)[48]을 바라보았다. 그녀는 아주 어리고 아름다
웠으며, 단정하고 또 결의에 차 보였다. 이러한 모습은 덩잉차오에게 매
우 깊은 인상을 남겼다.

12월 6일, 덩잉차오, 마첸리 등 10명의 톈진 각계대표는 장위안(張園)
으로 가 쑨원을 위문하였다. 쑨원은 건강이 좋지 않아 왕징웨이(汪精衛)[49]
가 대신 그들을 만났다. 덩잉차오는 왕징위에게 톈진인민의 뜻을 쑨원에
게 전달해 달라고 부탁하면서 쑨원의 건강이 조속히 회복되어 어려운
난국을 풀고 국민혁명을 추진해 주기를 희망한다고 전했다.[50]

---

46 天津 『大公報』, 1924.11.26.

47 天津 『益世報』, 1924.12.5.

48 역주: 1892-1981. 쑨원의 두 번째 부인. 쑨원 사후 장제스의 국민당 우파에 반대하여
    좌파를 지지했다. 중일전쟁 이후 중국방위동맹을 조직해 활동하였고 1949년 중화인
    민공화국 성립 이후 본토에 남아 공산주의자들의 존경을 받았다.

49 역주: 1883-1944. 본명은 왕자오밍(汪兆銘). 국민당 혁명지도자 쑨원을 도와 함께 일
    했다. 1920년대말에서 1930년대초에 국민정부의 지배권을 놓고 장제스(蔣介石)와 경쟁
    했고, 1940년대에는 친일 괴뢰정권의 주석이 되어 이후 '한간(漢奸)'으로 지목되었다.

12월 21일 덩잉차오가 적극 준비한 톈진여성국민회의촉성회가 난카이여고 강당에서 창립대회를 열었다. 덩잉차오가 회의를 주재하였고, 대회 준비 경과에 대해 보고하였다.[51] 그리고 그녀는 다음과 같이 발언하였다. "중국 신해혁명 이후 비록 민주공화를 표방했지만 인민은 아직 결코 주인노릇을 하지 못하고 있으며, 여성은 정치, 경제에서 그 어떤 지위도 얻지 못했습니다. 군벌 독재, 열강 침략 등으로 인하여 13년 동안 국가의 질서는 완전히 문란해지고 인민의 생활은 매우 고통을 받고 있습니다. 비록 우리 여성들이 여러 활동에 참가하였지만 대부분 실패하였습니다. 이번 베이징정변에 의한 신정부의 선언은 민의에 따르겠다는 표시입니다. 쑨원 선생께서 소집하자고 주장한 국민회의는 완전히 민의에 근거하여 국시문제를 해결하고자 하는 것입니다. 우리 여성들은 이 기회를 이용하여 힘을 합쳐 대규모 군중운동을 거행하고, 정치·경제·사회 모든 부분에서 남성과 평등한 지위를 획득해야 합니다. 그런데 현재 정해진 국민회의 대표 가운데 여성 대표가 한 명도 없습니다. 우리는 반드시 이 점을 고려하여 여성의 대표권을 쟁취해야만 합니다." 회의에서 덩잉차오는 총무위원에 선출되었다. 그녀들은 바로 쑨원에게 다음과 같은 내용의 편지를 보냈다. "선생께서 제창하신 민중을 기초로 한 국민회의는 위급하고 어려운 시국을 바로 잡을 수 있는 훌륭한 정책이 될 것입니다. 그러나 아직 애석하게도 2억 여성이 참가할 여지는 없습니다. 선생께서 평소 주장하시는 바에 비추어 볼 때 미흡한 점이 많이 부각되지 않을까 걱정됩니다. 빠른 시기에 여성단체를 가입시키는 데에 힘을 써서 전인민의 뜻에 부합할 수 있도록 해주시기 바랍니다." 그녀들은 또한 돤치루이에게도 편지를 보내 선후회의를 강력하게 반대하였다.[52]

12월 30일 쑨원은 병든 몸을 이끌고 톈진에서 기차로 베이징으로 갔

50　　天津 『益世報』, 1924.12.7.
51　　天津 『益世報』, 1924.12.23.
52　　上海 『民國日報』(1925.1.17)에 위의 두 편지가 실려 있다.

다. 덩잉차오는 톈진 각계 대표 200여 명과 함께 정거장에서 쑨원을 환송하였다.[53]

덩잉차오는 또한 톈진국민회의촉성회 조직 준비에 적극적으로 참가하였다. 1925년 1월 3일 70여 단체가 참가한 톈진국민회의촉성회가 결성되었고 덩잉차오는 총무위원에 당선되었다.[54]

1월 말 그녀는 다런여자학교에서 예상치 못한 손님을 맞이했다. 그는 그리도 보고 싶어 하던 저우언라이의 편지와 소식을 그녀에게 전해 주었다.

1924년 9월 저우언라이는 유럽에서 중국 광저우로 돌아와 10월 중공 광동구위 위원장을 맡았다. 이어 11월에는 황푸(黃埔)군관학교 정치부 주임을 맡았다. 저우언라이와 덩잉차오는 1920년 가을에 헤어진 이후 4년이 지나도록 아직 만나지 못했다. 현재 그들은 남북으로 멀리 떨어져서 각자의 위치에서 투쟁을 계속하고 있었기 때문에 만난다는 것은 생각할 수도 없는 상황이었다.

1925년 1월 중국공산당은 상하이에서 제4차 전국대표대회를 개최하였다. 저우언라이는 이 회의에 참석하였고 회의에서 중공북방위원회 책임자 가오쥔위(高君宇)를 만났다. 둘은 비록 첫 만남이었지만 만나자마자 오랜 친구처럼 친해져 애정문제까지 서로 이야기할 정도가 되었다. 저우언라이는 오사시기에 그의 곁에서 싸웠던 용감하고, 굳세며, 능력 있고, 열정적인 덩잉차오에 대해 이야기하였고, 가오쥔위는 오래 전부터 흠모해오던 재능 있는 여류작가 스핑메이(石評梅)에 대해 이야기하였다. 가오쥔위가 베이징으로 돌아갈 때, 저우언라이는 특별히 그에게 톈진에 가서 그리운 덩잉차오를 찾아 그녀에게 보내는 편지를 직접 전해 달라고 부탁하였다.[55]

---

53 天津 『益世報』, 1924.12.31.
54 天津 『益世報』, 1925.1.5.
55 덩잉차오는 「『스핑메이작품집』 제명(題名) 후기」에서 가오쥔위가 저우언라이의 편지를 그녀에게 전달한 상황에 대해 서술하였다.

과연 가오쥔위는 톈진에서 내려 다런여자학교로 달려갔다. 그리고 곧장 덩잉차오를 찾아 흥분하며 안부를 전했다.

"안녕하세요, 잉차오 동지. 저는 가오쥔위라고 합니다. 상하이에서 저우언라이 동지를 만났었는데, 그가 특별히 당신을 찾아가 안부를 전하고 저에게 둘의 '중매쟁이'가 되어달라고 부탁했습니다. 이것은 그가 당신에게 보내는 편지입니다."

덩잉차오는 즉시 열정적이면서도 대범하게 가오쥔위와 악수를 나눈 뒤 몹시 들뜬 상태로 편지를 받아들고서는 감정을 억누르지 못한 채 물었다.

"언라이 동지는 건강하세요?"

"그의 건강은 매우 좋습니다. 매우 정력적으로 활동하는데도 저보다 더욱 건강하지요." 가오쥔위는 대답을 하면서 아주 심하게 기침을 하였다. 덩잉차오는 가오쥔위가 쇠약할 뿐만 아니라 안색조차 초췌함을 깨닫고는 재빨리 뜨거운 차를 그에게 건네었다. 그리고는 진심으로 그의 건강에 대해 걱정하면서 의사를 불러야 할 지 물어보았다. 가오쥔위는 온화하게 웃으며 침착하게 말했다.

"필요 없습니다. 제 몸은 튼튼합니다." 그는 이어 덩잉차오와 활발하게 전국에서 전개되고 있던 국민회의운동에 대해 이야기를 나누었으며, 이어 귀국 후의 저우언라이의 상황에 대해 이야기해 주었다.

"저와 저우언라이 동지는 만난 지는 비록 최근이지만 서로 보자마자 오래된 친구처럼 친해졌습니다. 저는 그의 걸출한 능력과 그의 강한 의지, 그리고 그의 고상한 절개에 탄복했습니다. 우리들은 서로 정서가 통하며 심지어 연애관까지 일치합니다. 저우언라이 동지는 정말 탁월한 안목을 지닌 것 같습니다. 당신이야말로 진정 그가 이상으로 생각하는 평생의 반려가 될 테니 말입니다."

덩잉차오는 쑥스러워 입에 엷은 미소를 머금으며 말했다.

"쥔위 동지, 당신의 안목이야말로 정말 대단하군요 핑메이 여사의 작품은 저도 일찍이 읽어 보았는데 필체가 우아하며 작품이 진솔하고 진지한 감정이 흘러넘쳐 정말 독자들을 끌어당기는 힘이 있습니다. 당신들 역시 좋은 짝이지요. 저는 언라이와 함께 당신들의 사랑을 정말 흠모합니다. 당신들은 언제 결혼할 예정입니까?"

가오쥔위는 머리를 세차게 흔들며 덩잉차오에게 자신이 이번에 베이징에 서둘러 가는 주요 목적은 쑨원이 국민회의를 원만히 개최할 수 있도록 지원하기 위함이어서 개인적인 일은 잠시도 돌아볼 틈이 없다고 말했다.

가오쥔위는 이내 가버렸다. 덩잉차오는 그와의 이번 만남이 처음이자 마지막이 될 줄은 상상도 하지 못했다.

2월 1일 덩잉차오는 위팡저우(于方舟), 쟝윈칭(江韻淸) 등과 함께 베이징에 도착하여 베이징국민회의촉성회가 개최한 연석회의에 참가하였다. 회의에서는 각성 각지의 촉성회에 다시 한 번 전보를 보내 베이징에 대표를 서둘러 파견하여 전체 성립대회에 참가할 수 있도록 하자고 결의하였다. 덩잉차오는 베이징에서 베이징여성대표 샤즈쉬(夏之栩)와 바오딩(保定)여성대표 장시뤼(張錫瑞) 등과 함께 중화여성촉진회를 발기·조직하였다.[56]

3월 1일 덩잉차오는 톈진대표 자격으로 베이징대학 산위안(三院)에서 개최된 국민회의촉성회 전국대표대회에 참석하였다.[57] 각성, 각지의 대표는 170여 명이었으며, 그 가운데 여성대표는 26명이었다. 이것은 민국이 성립된 이래 가장 큰 규모의, 대표적 정치집회였다. 내빈과 청중도 수백 명에 이르렀다. 리다차오, 왕징웨이, 린썬(林森)[58] 등이 회의에서 발언

---

56   北京 『晨報』, 1925.1.6.

57   北京 『晨報』, 1925.3.2.

58   역주: 1868-1943. 1905년 중국동맹회, 1914년 중화혁명당에 각각 가입하였고 국민정부임시참의원 원장을 역임하였다. 국공합작 이후 국민당 내에서 우파인 서산회의파(西山會議派)의 주요 성원이었다. 이후 난징국민정부 주석, 국민당중앙정치위원회 대리주석 등을 맡았다.

을 하였다. 회의가 끝날 즈음 전체 대표와 내빈은 "열강 타도와 군벌 제거"라는 제목의 국민혁명가를 소리 높여 불렀고, 이어서 모두 "군벌을 타도하자!", "제국주의를 타도하자!", "국민혁명 만세!", "국민회의 만세!" 등의 구호를 큰 소리로 외쳤다. 분위기는 매우 격앙되었다. 덩잉차오 역시 가슴이 매우 벅차올랐으며, 중국의 앞날이 이로써 희망을 갖게 되었다고 여겼다.

회의가 진행 중이던 3월 5일이었다. 덩잉차오는 가오쥔위가 지나친 과로로 불행히도 셰허(協和)병원에서 사망했다는 뜻밖의 소식을 들었다. 덩잉차오는 슬픔을 참을 수 없었다. 며칠 후 베이징대학 법정대학 강당에서 가오쥔위 추도회가 거행되었다. 추도회는 자오스옌(趙世炎)[59]이 주재하였고, 덩잉차오도 서둘러 참가하였다. 그녀는 침통한 심정과 절박한 원망(願望)으로 여류작가 스핑메이를 만나 그녀에게 심심한 동정과 위로의 마음을 표시하고자 하였다. 그러나 뜻밖에 핑메이는 추도회에 참석하지 않았다. 아마도 너무나 슬픈 나머지 참석할 수가 없었을 것이다. 덩잉차오는 추도회의장 정중앙에 걸려 있는 시를 보았다. 그 시는 가오쥔위가 쓴 것을 스핑메이가 직접 베낀 것으로 그녀의 추도사가 된 셈이었다.

나는 보검(寶劍)이며 나는 불꽃이라.
나는 살아서 번개처럼 빛나고 싶고
나는 혜성처럼 돌연 죽고 싶어.

덩잉차오는 이를 보면서 매우 감동을 받았다. 거기에는 영웅적인 가오쥔위의 짧지만 찬란했던 일생이 진실로 너무나 잘 묘사되어 있었기

---

[59] 역주: 1901-1927. 중국공산당의 초기 혁명가이자 저명한 노동운동 지도자. 오사운동에 적극 참가하여 소년중국학회에 참가하고 『소년』을 출판하였다. 1920년 유법근검공학(留法勤工儉學)운동에 참가하고 저우언라이와 함께 프랑스에서 공산주의소조를 건립하였다. 귀국 후 주로 북방지역의 혁명 활동에 주력하였다.

때문이었다.

3월 8일, 덩잉차오는 톈진으로 돌아와 톈진여성국민회의촉성회를 주도하여 난카이여고에서 국제여성노동절 기념회[60]를 개최하였다.[61]

2년 전 그녀는 톈진 제1회 국제노동절 기념회 개최를 준비한 바 있었다. 그러던 그녀가 오늘은 톈진 제1회 국제여성노동절 기념회를 주재하였던 것이다. 회의장은 난카이여고 내의 한 교실이었고 참석자는 여교사, 여학생, 여공, 가정주부 등 50여 명이었다. 다렌여자학교 학생들이 덩잉차오의 지휘에 맞춰 인터네셔날가를 합창하였다.

중공 톈진지방위원회 서기 위팡저우는 회의석상에서 「이후의 여성운동」이라는 보고를 하였다. 덩잉차오는 국제여성노동절의 기원에 대해 보고하였고, 여성공작에 대해 다음과 같은 몇 가지 바람을 이야기하였다. 첫째, 여성들은 공작을 진행할 때 더욱 이성적이어야 하며 감정적으로 처리해서는 안 된다. 감정적 처리는 현재와 같은 신·구 조류가 교체하는 과도기에는 운동의 실패를 가져올 수 있다. 둘째, 공작 중에 타협을 해서는 안 되며, 일반인이 감당하지 못할 비평을 해서도 안 된다. 단지 우리는 우리의 목표를 분명히 인식하고 우리의 주장이 올바르다는 사실을 믿고 추호의 타협과 의심도 하지 말아야 한다. 셋째, 우리의 공작이 일정한 성과를 내지 못하더라도 우리의 책임이 끝난 것이 아니니 계속 작업을 지속해나가야 한다. 넷째, 여성에게 선전하고 또 그들을 조직하여 수많은 여성과 연대하려면 우리의 적이 제국주의와 봉건군벌임을 명확히 하고, 국민혁명운동에 참가하여 근본적인 사회의 변혁과 여성의 해방을 추구해야 한다.

3월 10일, 덩잉차오는 또한 베이징으로 가서 국민회의촉성회 전국대표대회에 참석하였다. 그와 대표들은 국민혁명의 몇몇 기본문제에 대해

60　역주 : 1904년 3월 8일 미국에서 열린 여성 참정권 요구 선언과 관련해 만들어진 국제적인 기념일.

61　天津 『益世報』, 1925.3.12.

함께 토론하였다. 그녀는 여성대표와 연락하여 여성문제를 대회보고에 포함시켰으며, 남녀평등, 여성권리 보호 등 8개항을 제출하였다. 회의에서는 국민회의 성립을 결의하였다. 21세의 덩잉차오는 국민회의집행위원으로 선출되었다.

3월 12일 쑨원이 불행히도 사망하였다. 덩잉차오와 전체대표들은 매우 놀랐다. 국민회의촉성회전국대표대회는 3일 간 정회를 한 뒤, 장례위원회를 조직하였다. 덩잉차오는 홍보위원이 되어 문상객을 접대하면서 밤을 새워 관을 지켰다. 쑨원의 시신은 중앙(中央)공원으로 운구되었다. 3월 24일에서 월말까지 중앙공원에 분향을 온 인파가 746,800여 명에 달할 정도로 전례 없는 성황을 이루었다. 사람들은 일생 동안 혁명을 위해 분투하고, 공화를 건립하려 노력했던 위인의 죽음을 크게 애도하였다.

덩잉차오는 쑨원의 장례행렬에 참가하였다. 그의 부인 쏭칭링이 눈물을 보이지 않으면서도 더욱 강하게 내면의 의지력을 드러내는 것을 지켜보았다. 이 때문에 덩잉차오는 그녀에 대해 더욱 감탄하게 되었다.

덩잉차오가 톈진으로 돌아온 후 다시 톈진여성계와 각계인사들이 쑨원의 죽음을 추도하는 성대한 대회를 마련하였다. 그녀는 군중을 향해 쑨원의 유지를 받들어 국민혁명을 계속 추진해야 한다고 널리 선전하였다.

쑨원의 갑작스런 죽음 때문에 국민회의운동은 원만하게 진행되지 못했으며 베이징정부는 계속 반동군벌의 손아귀에 들어 있었다. 그러나 덩잉차오가 조직·지도하는 톈진여성국민회의촉성회는 여성들에게 널리 선전하고 또 그들을 조직하여 국민혁명에 참가시켰다. 또한 여성운동을 국가 독립과 민주정치를 쟁취하기 위한 투쟁과 긴밀하게 결합시켜 톈진여성운동을 새롭게 발전된 단계로 진전시켰다.

덩잉차오는 투쟁을 실천하면서 더욱 단련되었고, 또 더욱 성숙해져 갔다.

19. 톈진각계연합회 주석이 지명 수배되어 남하하다

전국의 열렬한 성원을 이끌어 낸 1925년 5월 30일의 반제애국투쟁은 덩잉차오를 더욱 넓은 대중의 정치무대로 끌어들였다. 당의 지도하에 그녀의 투쟁기술은 더욱 무르익어 갔다.

1925년 5월 15일 상하이 샤오사두(小沙渡)의 일본 외면칠창(外棉七廠) 노동자들은 일본자본가의 임의적인 해고에 항의해 파업을 단행하였다. 일본 측은 노동자의 지도자인 구정홍(顧正紅)을 총으로 쏴 죽였다.

5월 30일 상하이의 1만여 명 학생과 각계의 군중들은 시위를 전개하여 일본제국주주의의 폭행에 항의하였다. 영국경찰은 난징루(南京路)에서 시위 군중을 향해 총을 쐈다. 현장에서 13명이 즉사하고, 수십 명이 부상을 당했으며, 250여 명이 체포되었다. 이것이 바로 중국 내외를 진동시킨 '5·30참안'(慘案)이 발생하게 된 동기였다.

칭다오(靑島), 쥬장(九江), 한커우(漢口) 등지에서도 일본과 영국제국주의 군대에 의해 중국 민중이 살해되는 참극이 발생하였다.

중국공산당중앙은 전국 각지의 인민들에게 떨쳐 일어나 제국주의에 반대하고 재난을 당한 동포를 성원해 달라고 호소하였다.

덩잉차오는 매우 재빠르게 행동하기 시작하였다. 6월 7일 그녀는 톈진 각계 여성을 모아 톈진여성연합회를 조직하여 '5·30참안' 성토를 성원하였다.[62]

6월 10일 톈진의 80만 민중을 대표하는 톈진각계연합회가 톈진총상회에서 성립대회를 개최하였다.[63] 덩잉차오는 주석단 주석에 선출되었다. 그날 톈진각계연합회는 시 전체에 대해 '학생들의 동맹휴학', '상인들의 동맹휴업', '노동자의 동맹파업'을 호소하면서 "민중의 전체 역량을 톈진

---

62   天津 『益世報』, 1925.6.9.
63   天津 『益世報』, 1925.6.12.

각계연합회에 집중하여 반제국주의 투쟁을 전개하자"고 하였다.

6월 14일 오후, 톈진의 각 상점과 공장은 한나절 동안 업무를 중단하였다. 200여 단체와 십만 여 군중은 난카이운동장에 집결하였다. 톈진각계연합회 주석 덩잉차오는 대회를 주재하였고, 상하이 '5·30참안'에 대해 보고하면서, 한커우 영국해군이 시위 군중에 총격을 가하여 십여 명이 살해되고 수백 명이 부상을 당한 사실을 알렸다. 그러자 전체 군중은 교섭이 원만하게 해결되지 않을 경우 영국, 일본과는 결단코 공존할 수 없다고 소리 높여 외쳤다.[64]

대회주석 덩잉차오는 영국과 일본 조계 회수, 영사재판권 취소, 불평등조약 철폐, 영·일정부에 사건을 일으킨 영사 처벌 요구, 범인 처벌 및 위로금 지급 등을 제안하였다. 모두는 표결을 통해 한 목소리로 이를 통과시켰고, 덩잉차오, 장주위안(江著元), 안싱성(安幸生) 등 7인을 대표로 선출하여 성장과 독판(督辦)의 관공서에 청원토록 하였다.

덩잉차오는 10만 시위대의 전면에서 용감하게 달려 나갔다. 톈진 군경 당국은 마치 큰 적을 상대하듯 이들을 맞이하였다. 조계로 통하는 입구의 모든 길은 군경이 지켰다.

덩잉차오는 성청에 도착하였다. 성장 양이더는 오사운동 때 이미 대결한 바가 있던 덩잉차오가 온다는 소식을 듣고서는, 그녀의 재능을 익히 알고 있었기 때문에 하던 일을 바로 멈추고 피해버렸다. 그들은 어쩔 수 없이 독판 관공서로 향했다. 독판 리징린(李景林)은 그들의 요구에 동의하지 않을 수 없었다.

6월 23일, 광저우에서 '사지(沙基)참안'이 발생하였다. 광저우 인민들은 '5·30참안'에 항의하기 위해 성대한 거리시위를 거행하였다. 저우언라이는 황푸군관학교 학생을 이끌고 여기에 참가하였다. 영국군은 소총, 기관총으로 시위 군중을 향해 무차별 사격을 가해 52명이 사망하고, 중

---

64   天津『益世報』, 1925.6.16.

상자가 170여 명에 달했다. 창사(長沙)에서도 군중이 도살당하는 참혹한 사건이 발생하였다.

중국공산당은 영국제국주의의 폭행에 항의하는 시위를 하도록 전국에 호소하였다.

덩잉차오가 주도하는 톈진각계연합회는 연일 회의를 개최하여 이에 대해 상의하였다.

6월 29일, 연합회는 널리 통지하여 다음을 알렸다. 시의 모든 상점, 공장, 단체, 주민은 6월 30일 오후에 반기를 게양하여 애도를 표시하고, 학생들은 동맹휴학, 상인은 동맹휴업, 노동자는 동맹파업을 전개하며, 전 시민은 시위행진에 참가함으로써 상하이, 한커우, 후난, 광동 등지에서 희생당한 동포를 추모하기로 하였다.

톈진의 반동당국은 매우 놀라 한편으로는 고시를 발포하여 시위행진을 엄금하고, 다른 한편으로는 군경을 파견하여 조계를 보호토록 하였다. 영국영사는 전영국군에게 무장을 갖춰 출동에 대비하도록 명령하였다.

그러나 애국적 열정에 가득 찬 톈진의 인민들은 추호도 위축되지 않았다.

6월 30일 오전, 톈진 각계 200여 단체, 20여 만에 달하는 군중은 다시 한 번 난카이운동장에 집결하였다. 회의장 정중앙에 희생당한 열사의 위패가 놓였고, 그 양측에는 만장이 내걸렸다. "한커우의 물가와 상하이의 물길에서 참극은 꼬리에 꼬리를 물고 일어나 많은 지사와 어진 이가 필사적으로 생명을 희생해 가며 중화민족을 위해 해방을 힘껏 추구하였다. 광동의 바다와 호남의 강에서 함부로 휘두르는 권력의 남용이 또 발생하니, 터져 흐르는 피를 무릅쓰고 뜻을 모아 몸소 제국주의를 향해 맹렬히 진공하였다."[65]

대회주석 덩잉차오는 회의석상에서 다음과 같이 발언하였다. "오늘은

---

65   天津『大公報』(1925.7.1)는 「드높은 기백과 기세의 톈진시민 총시위운동」이라는 제목을 장편 기사를 게재하였다.

전국에서 영제국주의에 반대하는 총궐기가 있는 날입니다. 전국의 모든 동포는 영국 군경이 상하이, 한커우, 광동, 후난 등지에서 동포를 사살한 것에 통탄해 마지않습니다. 우리 전국의 국민은 하나로 힘을 합쳐 영국 제국주의에 저항하고 중화민족의 해방을 추구해야 합니다. 이번 시위는 전국에서 일치된 행동으로 우리 국민의 애국적 투쟁 열기를 보여줄 것입니다. 우리는 현재 비통하고 처참한 지경에 빠져 눈물이 가슴을 적시지만, 다만 우리의 애국운동이 계속 굳건히 유지될 수만 있다면 훗날 이 회의석상에서 우리 모두 승리의 노래를 힘차게 부를 수 있을 것이라 저는 굳게 믿습니다."

덩잉차오는 정중하게 하소연하면서 눈물을 흘렸다. 수많은 청중 가운데 일부는 대성통곡을 하였고, 일부는 현장에서 정신을 잃기도 하였다. 비장한 국치가(國恥歌)가 회의장에 높게 퍼졌다. "국민구국(國民救國)", "조계회수", "영국제국주의 타도" 등의 구호가 여기저기서 계속되었다. 회의 후 거행된 거대한 시위행렬은 중국인민의 무시하지 못할 거대한 역량을 과시하였다.

덩잉차오는 톈진인민의 반제애국투쟁을 지휘하는 핵심, 즉 톈진각계연합회의 주석단 주석이었으며, 또한 십 수만, 이십만이 결집한 시민대회를 두 차례 주재하기도 했다. 그의 애국 행동과 지도 능력은 톈진인민들에게 큰 영향을 끼쳤고, 톈진반동당국은 이러한 그녀를 두려워하면서도 동시에 눈엣가시로 여겼다.

7월 초 톈진반동당국은 덩잉차오를 지명수배한다는 무지막지한 명령을 내렸다.

덩잉차오는 톈진에서 계속 머물 수 없게 되었다. 당조직은 그녀에게 빨리 톈진을 떠나 광저우로 남하하도록 명령하였다.

어머니 양전더는 지속적으로 딸의 혁명 활동을 지원하였다. 이때 그녀는 딸이 매우 위험한 상황에 처해 있음을 알고 침착하게 집에서 딸과 작별하였다. 덩잉차오는 이러한 상황을 너무도 받아들이기 힘들어 했다.

그녀는 21살이 될 때까지 계속 어머니 곁에 있었기 때문에 이번이 둘 사이에는 첫 이별이었다.

덩잉차오는 회색 저고리와 바지를 입고 머리는 예의 S자 형으로 쪽을 졌으며 가정주부처럼 치장하고 기차에 올랐다. 중공북방구위조직부장 리귀쉬안(李國暄)과 즈리여자사범 체육교사 자오(趙) 선생이 그녀와 동행하였다. 다롄여자학교의 동료 장광쉬, 루즈란(魯自然), 후쉰슈(胡巽修), 천휘원(陳慧文) 등은 기차역에 달려와 그녀를 전송하였다.[66]

당시는 반동당국이 덩잉차오에 대해 수배령을 이미 내린 상태였다. 따라서 그녀의 신분이 드러나지 않도록 하기 위하여 장광쉬 등은 단지 열차 밖에서 조용히 덩잉차오를 바라볼 뿐이었다. 그들은 할 말이 너무나 많았지만 한 마디도 밖으로 드러낼 수 없었다.

덩잉차오 역시 열차 안에서 묵묵히 장광쉬 일행을 바라볼 뿐이었다. 마음속에는 할 말이 너무도 많았지만 그녀도 역시 한 마디도 할 수가 없었다.

기적소리가 길게 울려 퍼지자 기차는 천천히 움직이기 시작하였다. 차창 유리를 통하여 덩잉차오는 장광쉬 등이 하얀 손수건을 흔드는 모습을 바라보았다.

1910년에서 1925년에 걸쳐 베이징에서의 2년을 제외한 13년을 덩잉차오는 톈진에서 보냈다. 그녀는 그곳에서 초등학교와 사범학교를 다녔고, 오사운동에 참가하였으며, 톈진의 여성운동과 거대한 군중의 애국운동을 조직하고, 지도하였다. 그녀는 그곳에서 공산당에 가입했고, 그로써 애국청년 여교사에서 공산주의 전사로서 성장하였다. 또한 그곳에서 그녀는 출중한 재능의 소유자인 저우언라이를 알게 되었고, 결국 평생의 반려자가 되었다. 톈진을 떠나자니 너무나 오랫동안 거주한 곳이기에 차마 발길이 떨어지지 않았다.

---

66 필자가 톈진에서 장광쉬를 방문했을 때, 그녀는 1925년 덩잉차오가 화장을 하고 비밀리에 톈진을 떠나던 상황에 대해 이야기해 주었다.

덩잉차오는 상하이에 도착하였다. 그녀는 파업단체의 노동자들을 방문하여 톈진각계연합회를 대표하여 파업노동자들을 위로하였다.

7월 19일 그녀는 상하이여성연합회가 그녀를 환영하기 위하여 개최한 집회에서 연설을 통하여 이후 여성운동은 직업, 참정, 혼인 등에 편중된 국부적 운동을 포기하고 국민혁명에 참가해야 함을 강조하였다. 또한 노동자·농민여성과 지식인 여성의 단결을 선전하도록 노력해야 하며, 강력한 전국여성의 통일적 조직을 건립하기를 희망하였다. 이러한 주장은 여성운동에 대한 그녀의 발전된 지도사상을 반영하는 것이었다.[67]

---

67   上海『民國日報』, 1925.7.20.

제4장 혁명은 좌절당했고 단련은 더욱 준엄했다

(1925-1927)

20. 세상에서 유일무일한 결합, 저우언라이 술에 취하다[1]

1925년 8월 7일 오후 상하이에서 출발한 여객선 한 척이 광저우 부두
에 천천히 정박했다. 흰색 윗도리와 검정 치마를 입고 S자 형으로 머리
를 쪽진 여교사 차림의 덩잉차오가 희열과 흥분의 감정에 휩싸여서 광
저우 부두에 발을 디뎠다.

16,7년 전 그녀가 네댓 살 때 어머니를 따라 난닝(南寧)에서 광저우에
온 적이 있었다. 그때 모녀가 묵은 곳은 작은 여인숙이었는데, 상황이 너
무나 비참하고 힘들어서 어머니는 종일 수심에 가득 찬 얼굴로 생계 문

---

1   필자는 광저우에서 국민혁명시기 덩잉차오와 국민당광동성당부 여성부에서 함께
     공작한 장완화(張婉華)를 방문하였다. 그때 그녀는 덩잉차오가 광저우에 처음 와 저
     우언라이와 결혼한 상황에 대해 소개해 주었다.

제에 골머리를 앓았었다.

그런데 이제 광저우는 이미 중국국민혁명의 본거지가 되어 있었다. 저우언라이가 참여하여 지도하는 제1차 동정군(東征軍)이 광저우로 회군하여 양시민(楊希閔), 류전환(劉震寰)의 반란을 평정하였다. 이후 국민정부가 정식으로 만들어졌다. 6월 2일에는 홍콩노동자들이 '사지참안'에 항의하는 총파업을 거행하였다. 20만의 파업 노동자가 홍콩에서 광동으로 돌아왔다. 광저우에서는 혁명의 새로운 기운이 넘쳐흘렀다.

그녀 또한 분별력 없는 철없던 아이에서 확고한 신념을 지닌 공산주의자로, 사회운동가로 성장해 있었다. 그녀는 상하이를 떠날 때 저우언라이에게 여객선이 광저우에 도착하는 시간을 전보로 알렸다. 그녀는 당연히 그가 부두로 마중을 나올 것이라 믿었다.

하선하는 사람들과 그들을 맞이하는 사람들로 가득 찬 부두는 북새통이었다. 덩잉차오는 손가방을 들고 인파에 이리저리로 밀려다니며 초조하게 빼어난 외모의 낯익은 얼굴을 찾았다.

없었다. 사람들 속에 저우언라이는 보이지 않았다. 덩잉차오는 실망을 금할 수 없었다. 오히려 화마저 조금 치밀어 올랐다. 서로 떨어져 보낸 지 벌써 5년, 생각의 끈을 한 순간도 놓지 않고 만 리 먼 길을 달려온 그녀였다. 북양(北洋)군벌의 통치와 지명수배를 피해 서둘러 광저우로 와서 결혼을 준비하려던 덩잉차오였지만 부두의 인파 속에서 저우언라이를 찾을 수가 없었다. 평소에는 누구에게나 세심하며 주도면밀하던 저우언라이가 무엇 때문에 이번에는 이처럼 중요한 일에 소홀한 것일까?

그러나 다행히 그의 주소를 알고 있었기 때문에 덩잉차오는 인력거를 불러 그의 거처로 직접 찾아갔다.

한편 같은 시각, 부두의 복잡한 인파 속에서 한 청년군관이 얼굴에 땀을 비처럼 흘리면서 손에 든 젊은 여성의 사진을 대조하며 이리저리 사람을 찾아 헤매고 있었다. 그는 황푸(黃埔)군관학교[2] 제1기 졸업생이자 저우언라이의 부관인 천경(陳賡)이었다.

이날 저우언라이는 급히 그에게 덩잉차오의 사진을 건네주고서는 대신 부두에 가 덩잉차오를 마중하라고 부탁하였다. 그는 너무 바빠 직접 갈 수 없으니 덩잉차오를 꼭 찾아 사정을 잘 설명하고 자신의 거처로 데려가 휴식을 취하게 하라고 하였다.

하지만 천경이 군중 속에서 초초히 찾아 헤맸지만 부두의 그 많은 사람들이 제 길을 찾아 모두 사라질 때까지 덩잉차오를 만날 수 없었다. 그는 매우 실망하였다. 이로써 그는 처음으로 저우언라이가 부여한 임무를 수행하지 못한 셈이 되었다. 게다가 이것은 특수하면서도 중요한 임무였다. 평소 존경하던 저우 주임에게 돌아가서 이 사실을 어떻게 보고해야 할까?

그는 생각을 가다듬었다. 영민하다는 덩잉차오가 어쩌면 이미 저우언라이의 집으로 가 있을 지도 모를 일이었다. 생각이 여기에 닿자 그는 즉시 집으로 향했다.

과연, 그는 조그마한 수위실 방에서 흰 상의에 검은 치마를 입고 있는 단정하고 우아한 모습의 처녀를 보았는데 사진의 모습 그대로였다.

천경은 황망히 앞으로 나서며 말했다.

"저는 천경이라 합니다. 저우 주임의 부관입니다. 저우 주임이 너무 바빠 시간을 낼 수가 없어서 특별히 저에게 부두로 가 당신을 맞아 이곳으로 모시라고 했습니다. 제가 너무 경솔하고 세심하지 못해 당신을 제대로 맞이하지 못했습니다. 너무 죄송하여 사죄의 말씀을 드립니다."

천경은 단숨에 이 말을 마친 뒤 "빡" 하는 소리와 함께 두 다리를 꼿꼿하게 세우고 근엄하게 거수경례를 했다.

덩잉차오는 "하하" 소리 내어 웃으면서 뜨겁게 천경의 손을 잡았다.

---

2   역주: 1924년 제1차 국공합작의 한 성과로 당군(黨軍) 즉 국민혁명군을 조직하기 위해 설립한 간부 양성기관이다. 군관학교 및 그 밑에 조직된 교도단은 소련의 적군을 모방하여 당대표와 정치부원을 두고 국민당이 통제하도록 하였으며 또 군대의 정치교육을 담당시켰다.

"감사합니다, 천경 동지, 당신을 만나 반갑습니다. 저우 동지기 바빠서 저를 마중 나오지 못한 것은 아무래도 괜찮습니다. 오히려 당신만 번거로이 헛걸음하게 만들었군요."

천경과 저우언라이는 한 집에서 같이 생활했기 때문에 저우언라이의 방 열쇠를 그가 가지고 있었다. 급히 문을 열고 덩잉차오에게 들어가 쉬라고 하였다.

덩잉차오가 방을 보니 소박하고 단정하게 꾸며져 있었다. 가구는 하나 같이 옅은 빛이었는데, 2인용 나무침대, 책상, 유리문이 달린 옷장, 등나무 책꽂이, 몇 개의 등나무 의자, 옷걸이와 세면대. 보기에 저우언라이가 이미 신혼방을 간단하게 꾸며 놓은 것 같았다. 다시 그녀의 눈에는 꽃이 활짝 핀 창턱 위의 두 화분이 들어왔는데 이따금 그으한 향기가 밀려왔다. 그 꽃은 저우 주임이 오늘 아침 특별히 자기에게 사오라고 시킨 것인데 "잉차오가 가장 좋아하는 꽃이다"라 하였다고 천경은 서둘러 설명하였다. 덩잉차오는 그 이야기를 듣자 엷은 미소를 띠면서 "저우언라이는 역시 이처럼 세심하고 자상한 사람이지" 하고 마음속으로 생각하였다. 천경은 급히 세숫물을 떠오고 다시 시원한 광저우 차 한 잔을 가져와 더위를 식히고 갈증을 풀도록 하였다. 덩잉차오는 황급히 고맙다고 인사를 하였다.

천경은 장난기가 발동하여 웃으며 덩잉차오에게 물었다.

"잉차오 동지, 먼저 편히 쉬십시오. 바로 저우 주임을 모셔올까요?"

덩잉차오는 얼굴이 약간 붉어졌지만 곧바로 환히 웃으면서 말했다.

"저는 배 위에서 이미 충분히 쉬었습니다. 그리고 광저우에는 혁명 활동을 하려고 온 것입니다. 혹 시간이 되신다면 혁명의 광저우를 보여주세요."

천경은 이 말을 들으면서 조용히 미소를 지었다. "잉차오 동지가 빈틈없이 말하는 모습만 봐도 저우 주임과는 천생연분임을 알겠군!"

그들은 원밍루(文明路) 중공광동구위원회에 도착하였다. 공작원은 저우언라이가 방금 왔다가 구위원장 천옌녠(陳延年)[3]과 함께 홍콩파업위원회로 갔다고 하였다. 그들은 바로 그곳으로 갔다.

덩잉차오는 아직 저녁을 먹지 못하였다. 천경이 길가에서 빵 몇 조각을 사서 그녀에게 주며 미안한 마음으로 말했다.

"저녁시간이 이미 지났습니다. 먼저 허기를 좀 면하시지요. 저우 주임은 항상 너무 바빠 식사를 거를 때가 많습니다. 빵 두 조각을 그의 저녁으로 남겨 두지요."

덩잉차오는 그의 호의에 감사를 표했다. 하지만 사실 그녀는 조금이라도 빨리 저우언라이를 보고 싶은 마음에 빵을 먹을 생각은 조금도 없었다.

홍콩파업위원회는 광동성총공회(廣東省總工會)에 있었다. 그곳에는 많은 사람들이 오가서 활기가 넘쳐흘렀다. 천경은 홍콩파업위원회 노동자규찰대 교관이었다. 그는 덩잉차오를 데리고 바로 건물 안으로 들어갔다.

실내에는 담배 연기가 가득했다. 홍콩파업위원회 지도자 쑤자오정(蘇兆徵)[4], 덩중사(鄧中夏)[5] 등이 막 회의를 개최하고 있었고, 천옌녠 역시 그 속에 있었다. 천경은 조용히 덩잉차오에게 그들을 소개했다. 덩잉차오는 주의 깊게 들으면서 주변을 둘러보며 저우언라이가 어디 있을까 궁금해했다.

덩잉차오는 갑자기 눈앞이 환해지는 것을 느꼈다. 희뿌연 담배연기가

3 　역주 : 1898-1927. 천두슈의 장자. 유법근공검학운동 참가. 1924년 이후 광저우에서 주로 활동. 아버지 천두슈의 우경화 정책에 결연히 반대하였다. 1927년 중공저장(浙江)구위서기 역임. 1927년 국민당 군경에 체포되어 살해당하였다.

4 　역주 : 1883-1929. 중국공산당 초기 노동운동 지도자. 국공합작 뒤에는 개인 자격으로 국민당에 입당하여 좌파의 중진이 되었다. 1926년 우한(武漢)국민정부 위원, 국민당 농공부장이 되었다. 국공 분열 후 광동 폭동에 참가하여 광저우 소비에트 주석에 추대되었다.

5 　역주 : 1894-1933. 중국공산당 초기 노동운동 지도자. 오사운동과 초기 공산주의운동에 적극적으로 참가하였고, 노동조합서기부 주임을 맡아 노동운동을 지도하였다. 『중국공인(中國工人)』과 『중국청년(中國青年)』 등에 천두슈의 입장을 '우경기회주의'로 비판하면서 국민혁명 내의 노동계급의 독자성과 지도성을 강조하였다.

가득한 방 한 구석에서 그녀는 군복 차림의 저우언라이가 고개를 숙이고 무엇인가를 열심히 쓰고 있는 모습을 발견하였다. 헤어져 있던 오 년 동안 그는 톈진에서보다 수척해 있었다. 그러나 여전히 준수하고, 엄숙하며, 신중하면서, 재기가 넘쳐 보였다.

천경은 재빨리 저우언라이에게 다가가 그의 귀에 대고 속삭였다.

저우언라이는 고개를 들어 오년 동안 보지 못했던, 한없이 사랑하며 그리워했던 잉차오를 바라보았다. 잉차오는 예전 그대로 하얀 윗도리에 검은 치마, S자로 쪽진 머리였다. 단지 이전과는 달리 더욱 단아하고 재능이 넘치며 성숙해 보였다.

저우언라이는 덩잉차오에게 고개를 끄덕이며 미소를 지었다. 그 미소는 덩잉차오가 이미 너무도 잘 알고 있는 열정적인 미소였으며, 이제 거기에는 압축된 깊은 정과 온유함까지 스며 있었다. 덩잉차오는 그가 자기에게 달려와 몇 마디 말이라도 건네주리라 믿었다.

그녀는 기다렸다. 그녀는 그곳이 매우 낯설고 어색하였지만 그렇다고 그에게 다가갈 수도 없었다. 하지만 그는 일어나지 않았다. 천옌녠, 쑤자오정, 덩중샤 등과의 대화에 열중하였다.

덩잉차오는 그들이 필시 중요한 사업을 논의하고 있기 때문에 그것이 끝나야 그가 자기에게 올 것이라 생각하였다.

그녀는 또 기다렸다. 그러나 뜻밖에도 저우언라이는 벌떡 일어나더니 천옌녠과 함께 나가버렸다.

덩잉차오는 너무도 서운하여 거의 울 뻔하였다. 저우언라이라는 이 인간! 사람이 만리 길을 마다하지 않고 찾아왔는데 아무리 바빠도 그렇지 어찌 자기에게 말 한마디 건네지 않는단 말인가? 조용히 귀에 몇 마디 건네는 것이 뭐가 그리 두려운 일일까? 어째서 안부 인사도 한 마디 안하고 저리 훌쩍 나가버린담?[6]

---

[6] 덩잉차오가 광저우에 도착한 날 저우언라이와 만나던 상황에 대해서 그녀는 진총지(金沖及)에게 이야기 하였고 그는 다시 필자에게 이 사실을 소개하였다.

눈치가 빠른 천경은 다시 그녀에게 다가와, 저우 주임과 천 위원장은 서둘러 광동구위로 돌아가 회의를 해야 하기 때문에 자신에게 잉차오를 집으로 돌려보내 휴식을 취하도록 조치했다고 하면서 죄송하다고 하였다. 천경은 정말 얼굴 가득 미안한 표정이 역력했다. 그 역시 저우언라이의 태도가 너무 지나쳤다고 느낀 것이다. 아직 미혼인 상대 여성에게 어떻게 이리 무례하게 대할 수 있을까? 거듭 그는 덩잉차오에게 사과하였다.

덩잉차오는 어려워하는 천경의 모습을 보고 밝게 웃으며 말했다.

"저우 동지, 그가 바쁘다는 사실은 제가 충분히 이해합니다. 이전에도 그랬으니까요. 그는 저를 신경 쓰지 않아도 됩니다. 오히려 저는 전국이 주목하고 있는 홍콩파업의 상황에 대해 좀 더 많이 알고 싶습니다. 여기 남아 다시 그를 기다리는 편이 좋을 것 같네요. 당신도 빨리 가서 저우언라이 동지를 돕도록 하세요. 기다리다 인력거를 타고 저 혼자 돌아갈 수 있습니다."

이 말을 들은 천경은 "잉차오 동지야말로 정말 강인한 성격의 소유자로서 혁명 활동을 앞장서서 추진할 분이며 진정 저우언라이의 혁명적 반려자라 할 만한 분이구나"라고 생각하였다. 그리고는 웃으며 말했다.

"잉차오 동지, 저는 이곳에 대해서는 당신보다 더 잘 압니다. 당신이 더 기다리겠다고 하니 좋습니다. 기다리다 제가 당신을 모시고 가겠습니다."

10여 분이 지나 회의가 끝났다. 천경은 덩잉차오를 데리고 숙소로 돌아가려 하였다. 그러나 본래 12시이던 통금시간이 갑자기 2시간 앞당겨졌다. 그들은 숙소로 돌아갈 수가 없었다. 다행히 천경은 그곳 사정에 밝아 방을 하나 얻어 덩잉차오를 쉬게 할 수 있었다. 그는 거듭 미안하다는 말만 할 뿐이었다.

그러나 덩잉차오는 오히려 그를 위안하였다.

"천경 동지, 당신은 크게 신경 쓰지 않아도 됩니다. 제가 이전에 톈진에서 저우언라이와 학생운동을 할 때는 급박한 상황으로 학교나 집에 돌아가지 못한 경우가 다반사였습니다. 그래도 이렇게 쉴 곳을 찾아 잠시 눈을 붙일 수 있으니 충분합니다. 오늘 당신에게 너무 수고를 끼쳐 당신의 일이나 휴식에 영향을 준 것 같아 오히려 제가 미안합니다.”

“천만에요, 그렇지 않습니다.” 천경은 황급히 말했다. “오늘 제가 해야 하는 공작은 바로 저우 주임을 대신해 당신을 만나 충분히 쉬도록 돕는 일입니다. 너무 죄송하게도 그 임무를 완수하지 못했습니다.” 그는 경례를 한 후 몸을 돌려 밖으로 나갔다.

덩잉차오는 쉽게 잠을 이룰 수가 없어 이리저리 뒤척였다. 광저우의 활기찬 생활이 그녀를 끌어당겼다. “이 얼마나 신기한 하루인가!” 그녀는 저우언라이가 서둘러 보여준, 깊은 정으로 가득 찬 눈길을 잊을 수가 없었다. 비록 그가 자신에게 달려와 아무런 말도 하지 안하고 가버렸지만, “거기에는 비록 무언이지만 무한히 두터운 정이 모두 녹아있었다!”

그녀는 너무 피곤했기 때문에 깊은 잠에 빠져들었다. 깨어나 보니 이미 날은 환히 밝아 있었다. 파업위원회는 벌써 시끌벅적 어수선하였다.

천경은 다시 그녀에게 찾아와 웃으며 저우 주임이 어젯밤 통금으로 광저우구구위원회로 갔다가 오늘 새벽 강을 건너 황푸군관학교로 갔는데 오늘 밤 업무가 끝나는 대로 숙소로 꼭 돌아가 있겠다고 했다며 말을 전해 주었다.

덩잉차오는 웃으며 천경에게 서둘러 황푸군관학교로 가도록 하였다.

그녀는 저우언라이의 숙소로 돌아와 방을 청소한 뒤 밖으로 나가 거리에서 아침 식사를 한 후 원밍제(文明街)의 광둥구위원회에 가서 도착 보고를 하였다.

중공광둥구위 위원장 천옌녠은 천두슈의 아들이었지만 아버지와는 사상적 차이를 보여 아버지의 사상이 우경화되었다고 생각하였다. 그는 저우언라이와 관점이 일치하여 국민당 우파에 대해 결연한 투쟁과 반격을 해야 한다고 여겼다. 그는 덩잉차오를 열정적으로 환영하면서 당이 그녀를 광둥에 파견하여 여성공작을 담당하게 한 것은 그녀와 저우언라이와의 결혼까지 고려한 결정이었음을 그녀에게 설명하였다. 조직의 결정에 따라 그녀는 중공광동구위 위원 겸 여성부장을 맡았다. 당시는 국공합작의 시기였기 때문에 그녀는 동시에 국민당 광동성당부 여성부 부장 허샹닝(何香凝)[7]과 협력하여 광동의 여성운동을 추진하였다.

천옌녠은 그녀에게 광동의 현재 정세에 대해 개괄적으로 소개하였다. 7월 1일 대원수(大元帥)제 군정부가 정식으로 국민정부로 개조되어 왕징웨이가 주석을, 견실한 국민당좌파 랴오중카이(廖仲愷)[8]가 재정을 맡았다. 랴오중카이는 연아(聯俄)·연공(聯共)·부조농공(扶助農工)의 혁명정책[9]을 견지하였고, 유효하면서도 적절한 방법을 채택하여 광동 각지의 재정, 세무, 민정을 국민정부의 관리 하에 하나로 귀속시켰다. 이는 광동 각지에서 할거하며 세수를 장악하고, 인민을 착취하던 군벌, 관료 및 국민당 우파에 대한 엄청난 타격이었다. 국민당 우파는 국민정부를 전복하려는 음모를 획책하였다. 중공광동구위는 이미 그들의 음모를 간파하고 8월 11일 홍콩파업노동자를 주축으로 광저우의 노동자, 학생, 혁명군인, 시민들로 구성된 연합 시위행진을 주도하여, 내부의 적을 숙청하고 국민당 좌파는 우파와 진일보한 투쟁을 결행하라고 요구하였다. 전날 밤 저우언라이가 사람들과 상의하던 문제가 바로 이러한 것들이었다. 저우언라이는 본래 광동구위 위원장을 맡았지만 후에 황푸군관학교 정치부 주임을 맡아 주로 군사공작을 담당하였으며, 다시 광동구위 위원 겸 군사부장의 직을 수행하였다.

천옌녠의 소개를 듣고 덩잉차오는 광동의 복잡한 상황에 대해 알게

---

7   역주: 1878-1972. 국민당 좌파 영수 랴오중카이(廖仲愷)의 부인. 일본 유학중에 중국동맹회에 가입. 쑨원 사후 그의 삼대정책을 계승하여 국민혁명운동을 유지하려 노력하였다. 1926년 국민당 중앙집행위원에 임명되고 대리여성부장으로 북벌전쟁을 적극 지원하였다. 이후 반장운동과 항일투쟁에 적극 참여하였다.

8   역주: 1877-1925. 쑨원의 광동군정부에서 국공합작을 추진하였고, 광동성장, 국민당 중앙집행위원, 당노동부장 등을 역임하였다. 쑨원 사망 후 국민당좌파의 중심인물로 국민정부의 재정부장이 되었지만 우판에 의해 암살당했다.

9   역주: 소위 삼대정책으로 소련과 공산당과 연합하고 노동자, 농민운동을 지원한다는 정책이다. 국민당 좌파와 우파를 가르는 기준으로도 작용하였다.

되었다. 그녀는 어제 보여준 저우언라이의 태도를 이제 더 잘 이해할 수 있게 되었다.

그날 밤 그녀가 숙소로 막 돌아오자, 저우언라이의 매우 호소력 짙은 낭랑한 목소리가 들려왔다. 그는 마치 천경과 담소를 하는 듯하였다.

"당신 가만히 보니 나보다도 훨씬 더 적극적이네요 어제 오후 막 광저우에 도착한 사람이 그리 급하게 오늘 공작을 시작하여 나를 이렇게 기다리게 하는군요."

"누가 당신을 기다리게 해요?" 덩잉차오는 방문을 들어서면서 웃으며 말했다.

"사람들이 당신을 만나려면 하루 밤이나 하루 밤낮을 혹시 기다려야 하지 않나요?"

저우언라이는 하하 웃으며 한 손으로 천경을, 다른 한 손으로는 덩잉차오를 가리키며 말했다.

"두 사람은 이미 서로 알고 있을 것이니 내가 따로 소개할 필요는 없겠지요. 다행히도 천경이 나를 대신해 당신을 잘 돌보아 주었어요. 자! 이리로 오세요. 날씨가 너무 덥습니다. 보아하니 뛰어온 듯 온몸이 땀에 흠뻑 젖었으니, 빨리 세수라도 하세요."

이렇게 말하면서 그는 직접 수건을 들어 잉차오의 손에 부드럽게 건네주었다. 이제 덩잉차오는 그를 완전히 이해한 것은 물론 약간 남아 있던 서운함마저 웃음으로 모두 날려 보냈다.

천경이 짓궂게 웃으며 큰 소리로 말했다.

"저우 주임께 보고 드립니다. 저의 임무는 이제 끝났습니다. 안녕히 계십시오!"

그는 경례를 하고는 황급히 가버렸다.

저우언라이는 웃으며 덩잉차오에게 저녁을 먹었는지 물었다. 그는 숙소에서 멀지 않은 곳에 타이핑관(太平館)이라는 1885년에 문을 연 오래된 서양식 식당이 하나 있는데 비둘기 구이와 소꼬리탕이 매우 유명하다고 하였다. 그는 그녀에게 함께 타이핑관에 가서 식사를 하자고 청했다. 그것은 우선 그녀의 광동 공작을 환영하기 위함이었고 다른 하나는 물론 둘의 상봉과 결합을 축하하기 위함이었다.

이날 둘은 결혼하였다. 아무런 형식도 없고 또 어떤 축하손님도 청하지 않았다. 부드러운 등불 아래서 서로 잘 알고 사랑해 온 저우언라이와 덩잉차오는 마주 바라보며 마음 깊이 미래를 약속하였다. 이보다 더 아름다운 결혼이 또 있을까?

덩잉차오는 웃으며 저우언라이에게 물었다. "당신은 이미 입당했나요?"

"입당한 지 4년이 됐어요." 저우언라이가 간단하게 답하면서 "당신은?" 하고 되물었다.

"금년 3월에 했습니다"라고 말하면서 덩잉차오는 "당신보다는 4년 늦네요!"라며 약간의 한숨을 내쉬었다.

저우언라이는 가볍게 덩잉차오의 손을 치면서 너무도 사랑스럽게 말했다. "정말 강인한 여동생이군요. 잊지 말아요, 내가 당신보다는 6살이나 많다는 것을!"

덩잉차오는 "하하!" 웃기 시작하였다.

이튿날 이른 아침부터 그들은 일을 분담하고 업무에 종사하기 위해 집을 나섰다.

나중에 둘이 결혼한 사실을 알게 된 황푸군관학교의 많은 동료들이 신부를 봐야겠다면서 피로연을 한 번 열라고 성화를 부렸다.

저우언라이는 어찌할 수가 없었다. 음식점의 두 탁자 가득 손님이 초대되었다. 그 가운데에는 덩옌다(鄧演達)[10], 허잉친(何應欽)[11], 치엔다쥔(錢大

10　역주: 1895-1931. 북벌 때 국민혁명군 총정치부 주임으로 군사, 노농공작에 종사하였다. 국공합작 후 공산당과의 제휴를 주장해 국민당에서 제명되자 탄핑산(譚平山)과 함께 중화혁명당을 결성하였다. 1931년 국민당정부에 의해 체포되어 총살당했다.

11　역주: 1889-1987. 일본 육군사관학교 졸업. 만주사변 후 일본과의 타협노선을 추구하고 시안(西安)사변 시 무력 해결을 주장하기도 했다. '완공반공파'로 지목되어 공격의 대상이 되었다.

釣)[12], 장즈중(張治中)[13], 천옌녠, 덩중샤, 윈다이잉(惲代英)[14], 가오위한(高語罕)[15], 황지옌슝(洪劍雄)[16], 천겅, 장완화(張婉華) 등이 포함되어 있었다. 막 광저우에 도착한 리푸춘(李富春)[17]과 차이창(蔡暢)도 서둘러 참가하였다.

하객들은 덩잉차오가 오사운동시기 15살의 어린 나이에 강연대장을 맡아 활약하였다는 것을 일찍이 들어 알고 있었다. 이에 열렬한 박수를 그녀에게 보내며, 긴 걸상 위에 서서 연애 과정에 대해 이야기해 달라고 요구하였다. 저우언라이는 그녀가 이 상황을 제대로 대처할 수 있을지 약간은 걱정이 되었다. 하지만 덩잉차오는 거침없이 대범하게 걸상 위로 올라가 목소리를 가다듬고서는 자기와 저우언라이가 만나 서로 사랑하게 된 과정을 이야기하였는데, 특히 저우언라이가 보낸 엽서의 시를 외우자 열렬한 박수가 터져 나왔다. 장즈중은 저우 부인이 과연 명불허전

---

12 역주: 1893-1982. 국민당 군인. 국공분열 이후 공산당 토벌에 앞장섬. 신중국 건립 이후 타이완(臺灣)으로 건너가 국민당중앙기율위원회 위원, 중앙평의위원 등을 역임.
13 역주: 1890-1969. 국민당 정치가. 국민당중앙집행위원, 후난성 주석 역임. 1946년 1월 국민정부 대표자격으로 국공정군협정을 체결. 1949년 국민정부 측 수석대표로 국공화평회의에 참석하였으나 회의 결렬 후 베이징에 남아 공산당의 신장성 평정에 협력하였다.
14 역주: 1895-1931. 우한의 오사운동 지도자. 1921년 공산당 가입. 1923년 상하이대학 교수. 같은 해 8월 중국사회주의청년단 중앙위원, 선전부부장에 임명되고 『중국청년(中國靑年)』을 창간하여 청년들에게 큰 영향을 끼쳤다. 국공합작 시기 우파에 대한 공격과 당의 군대 건설 등을 주장하였고, 1931년 국민당에 의해 체포·살해되었다.
15 역주: 1888-1948. 일본 와세다 대학 졸업. 1920년 베이징공산주의소조 가입. 1922년 독일 유학. 1928년부터 천두슈를 추종하고 그를 대변했다는 이유로 1929년 11월 공산당에서 제명당했다. 이후 소위 트로츠키파로 활동하며 1942년 5월 천두슈 사망 이후 『신민보(新民報)』를 편집하였다. 저서로는 회고록 『구사일생기(九死一生記)』가 있다.
16 역주: 1899-1926. 1924년 공산당 가입. 황푸군관학교 개설 후 제1기 입학생. 졸업 후 『사병지우(士兵之友)』 편집을 맡아 '국민혁명군 가운데 편집 벽보의 제일인자'라는 평판을 얻었다. 북벌 도중 병사하였다.
17 역주: 1900-1975. 유법근검공학운동 참가. 1922년 중국공산당 가입. 북벌전쟁에 참가하고 1927년 쟝쑤성위 선전부장, 대리성위서기 등을 역임. 1934년 장정(長征)에도 참가하여 홍군정치부 부주임에 임명되었다. 차이창(蔡暢)은 그 부인이다.

이며 저우 주임과 마찬가지로 매우 특출한 연설가라고 계속 추켜세웠다. 덩잉차오는 왜 자기가 저우 부인이냐며 항의를 한 뒤 자신의 이름은 덩 잉차오임을 분명히 하였다.

하객들은 신랑과 신부에게 축하의 잔을 한 잔씩 건넸다. 덩잉차오는 술을 마실 줄 몰랐다. 자상한 저우언라이는 신부에게 주는 축하의 술을 모두 대신 마셨다. 본래 덩잉차오는 그의 주량을 알지 못했다. 그런데 그가 한 잔씩 계속 받아 마신 브랜디가 3병이나 되었다. 그녀는 마음이 조급해졌다. 그리고 또 가슴이 아팠으나 하객들의 축하주를 거부할 수도 없었다.

저우언라이는 취해 버렸다. 그러나 그는 매우 강한 자제력으로 실수하는 모습을 보이지 않았으나 단지 중얼거리며 리푸춘과 차이창 부부를 가지 못하게 막았다. 그들은 함께 집으로 갔다.

저우언라이와 덩잉차오는 2층에 살았고, 리푸춘과 차이창은 그 맞은 편 집에서 살았다.

덩잉차오와 차이창은 저우언라이를 베란다로 데려가 바람을 쐬게 하였다. 덩잉차오가 식초 한 사발을 갖고 와 저우언라이에게 먹여 술을 깨게 하였다. 그녀는 다음 날 아침 일찍 그가 광둥대학에 가서 황푸군관학교 신입생의 입학시험을 관리해야 한다는 사실을 알고 있었다. 인정 많고 성실한 리푸춘은 "언라이! 당신 괜찮은가요?" 하고 묻고는, 장즈중과 천겅 등이 너무 심했다고 원망을 쏟아내기도 했다. 차이창은 덩잉차오에게 찬물을 가져와 수건으로 저우언라이의 얼굴을 닦도록 하였다.

찬바람이 매섭게 불었고 때는 이미 한밤중을 지났다. 저우언라이는 점차 술에서 깨어났다. 그는 서둘러 리푸춘과 차이창에게 사과를 하고 빨리 집으로 돌아가 쉬라고 재촉했다. 그는 덩잉차오와 다시 베란다에서 잠시 시간을 보냈다. 밤의 찬 기운이 서늘하여 덩잉차오는 그를 부축해 침대에 뉘었다.

새벽 햇살이 희미하게 비추기 시작하였다. 저우언라이는 갑자기 침대에서 일어나 냉수로 얼굴을 닦고 천경과 함께 광동대학으로 갔다.

수십 년 후 덩잉차오는 애틋한 마음으로 이날 저우언라이가 만취했던 사건에 대해 말했다. "저는 언라이의 주량이 그렇게 센 줄은 상상도 하지 못했어요. 3병이나 되는 브랜디를 모두 마셔 버리다니! 그 사건 이후 저는 다시는 그가 그렇게 많은 술을 마시도록 그냥 두지 않았습니다."

세상 사람들은 모두 저우언라이와 덩잉차오와의 결혼을 두 공산주의 혁명가들이 죽을 때까지 동행할 완벽한 결합이라고 인정하였다. 이들은 중국혁명과 그에 대한 엄격한 요구 및 검사와 동시에 결혼한 것이기도 했다.

덩잉차오는 혁명사업과 가정생활을 동시에 조화롭고 빈틈없이, 그리고 적절하게 꾸려나갈 수 있었다. 그녀는 의지가 강한 혁명가이자 온화하고 자상한 부인이기도 했다. 그들이 살았던 광저우의 집을 방문한 당 지도자와 황푸군관학교의 직원들은, 방은 비록 소박했지만 살림살이가 적절하게 갖추어져 있었고 매우 깔끔하게 정리되어 있음을 확인할 수 있었다. 덩잉차오는 저우언라이와 사상이 동일할 뿐만 아니라 성향도 같았고, 긴장된 공작 속에서도 침착하며 서두르지 않았다. 비록 덩잉차오는 공작활동에 매우 분주하였지만 집에 돌아와서 방문하는 손님들을 맞이할 때는 자신이 바쁘거나 피곤하다는 사실이 표 나지 않도록 주의하였다. 그녀는 항상 열정적으로, 그리고 진실 되게 사람들을 맞이하였고, 손님들은 마치 자신의 집에 온양 편하게 느꼈다. 그녀는 직접 음식을 장만하였으며 장식 같은 것도 직접 골랐다. 동지들은 그녀가 혁명가의 역할과 현명한 부인의 내조를 동시에 할 수 있다는 사실에 매우 탄복하였다. 또한 저우언라이가 덩잉차오와 같은 여인을 평생의 반려자로 삼았다는 사실을 매우 부러워하였다.

21. 랴오중카이가 암살당하자, 허샹닝을 위문하다

덩잉차오가 광저우에 도착한 지 3일째 되는 날 그녀는 평소 매우 존경해오던 두 혁명 선배 랴오중카이와 허샹닝을 찾았다.

그녀는 그들이 1905년 일본에서 쑨원이 조직한 동맹회의 첫 번째 조직원이며 이후 오랫동안 그를 추종했고 그의 가장 충실한 신도이자 조수라는 사실을 알고 있었다. 랴오중카이는 일찍이 쑨원을 대신해 일본에 가서 소련 대표 요페[18]와 회담을 했으며 쑨원의 연소·연공·부조농공의 혁명정책을 적극적으로 지지하였다. 쑨원은 중병에 걸려 사망하기 전 특별히 허샹닝에게 쑹칭링을 잘 돌봐 달라고 부탁하기도 하였다. 쑨원이 죽은 뒤 랴오중카이는 난국을 바로잡기 위해 온 힘을 다했고, 공산당과 참된 합작을 유지함으로써 광동에서 국민혁명의 신국면을 열기 위해 노력하였다. 덩잉차오는 또한 언라이로부터 1924년 가을 유럽에서 귀국했을 때 랴오중카이가 그를 직접 황푸군관학교 정치부 주임으로 임명하였다고 들었다. 허샹닝은 현재 국민당여성부장 겸 광동성당부여성부장을 맡아 광동의 여성운동을 이끌면서 많은 활동을 하고 있었다.

그녀는 랴오중카이의 모습이 수척하고 안색도 좋지 않아 그가 너무 과로하고 있다고 생각했다. 그는 덩잉차오가 광동에서 활동하게 된 것에 대하여 매우 환영하였다. 그는 이미 그녀가 톈진에서 여성운동을 매우 훌륭하게 이끌었다는 사실을 알고 있었으며, 이후 광동 은 물론 전국의 여성운동을 더욱 더 발전시켜 국민혁명을 추진해 나가리라는 것을 잘 알고 있었다.

---

18   역주: 1883-1927. 소련의 혁명가이자 외교가. 1922년 소련대표로 중국 북양정부와 회담하고 이후 상하이에서 쑨원과 회담하였다. 이후 국민당이 소련 및 공산당과 합작 관계를 맺는 데에 중요한 역할을 담당하였다. 1927년 트로츠키가 소련공산당에서 제명된 데에 충격을 받아 모스크바 병원에서 자살하였다.

랴오중카이는 말이 많지 않았지만 말을 할 경우에는 매우 진지하고 또 실제적이었다. 덩잉차오는 그의 말을 들으면서 깊은 인상을 받았다. 그는 다른 약속이 있어 가야한다며 미안해하면서 허샹닝과 더 많은 대화를 나누라고 하였다. 덩잉차오는 이것이 그와의 첫 번째이자 마지막 만남이 될 줄은 전혀 예상치 못했다.

허샹닝은 덩잉차오에 비해 26살이나 많았다. 그녀가 혁명에 참가한 시간이 거의 덩잉차오의 나이와 맞먹었다. 그러나 그녀는 덩잉차오를 보자마자 오래된 친구처럼 손을 잡고 친절하게 웃으며 말했다.

"중카이와 저는 특별히 저우언라이 선생의 재능을 높이 평가하고 있습니다. 국민당 내의 많은 사람들도 그가 중국혁명에 꼭 필요한 보기 드문 인재라는 사실을 인정합니다. 저는 또한 그가 당신과 오사운동 동안 함께 투쟁하였으며, 당신들이 의기투합하여 지향하는 바가 같고, 진실로 이상적인 혁명적 부부가 되었다는 이야기를 들었습니다."

허샹닝은 덩잉차오에게 광동여성운동의 상황에 대해 소개하였다. 1920년대 광동성에도 여성참정회, 여권동맹 등과 같은 여성조직이 있었지만, 대부분의 참여 여성이 상류여성과 지식여성들이었다. 1925년 5월 10일 여학생, 여성노동자, 여성농민이 중심이 되어 광동여성해방협회가 결성되었다. 홍콩파업 이후 국민당중앙여성부는 광저우에서 여성노동자강습소를 개설하여 홍콩에서 돌아온 여성노동자를 결집하여 낮에는 일을 시키고 밤에는 공부를 시켰다. 몇몇 여성단체도 여성보습학교를 개설하였다.

허샹닝은 덩잉차오를 극히 중시하여 국민당광동성당부 여성부에서 활동하게 된 것을 열렬히 환영하였다. 그녀는 자신이 겸직하는 업무가 너무 많으니 일상적인 활동은 덩잉차오가 맡아 처리해 달라고 부탁하였다. 덩잉차오는 흔쾌히 이를 받아들였다.

덩잉차오는 매일 국민당광동성당부 여성부로 출근하였다. 그녀는 허샹닝을 도와 광동여성운동의 계획을 수립하였으며, 각종 보고, 원고 및 전문 등의 초안을 작성하거나 전문을 열람하였으며, 내방객을 접대하거나 여성부의 회의를 주재하면서 항상 허샹닝을 대신하여 각종회의에 출석하였다. 허샹닝은 그녀를 매우 신임하였다.

8월 20일 오전, 덩잉차오가 막 출근하였는데, 갑자기 침통한 부고가 들려왔다. 랴오중카이가 중앙당부 정문에서 암살당했다는 소식이었다. 그녀는 그 순간 천옌녠이 자신에게 들려준 시국에 대한 동향을 떠올렸다. 국민당 우파가 과연 일을 저질렀구나!

덩잉차오는 급히 병원으로 달려갔다. 허샹닝의 얼굴은 온통 눈물바다였다. 그녀는 격분하여 반동파의 음모에 대해 통렬하게 규탄하였다. 덩잉차오는 그녀의 손을 꼭 쥐었다. 하지만 너무도 비통한 마음에 그녀를 위로할 적당한 방법을 찾을 수 없었다. 그녀는 지금보다 더 열심히 활동함으로써 랴오중카이의 불행한 죽음이 가져올 손실을 조금이나마 보충할 수 있기를 바랐다.[19]

그날 오후 덩잉차오는 비통함 마음으로 홍콩파업노동자회의에 출석하였다. 그녀는 톈진각계연합회와 여성연합회를 대표해 파업노동자를 위로하면서 베이징, 톈진, 상하이 등지에서 군중이 펼치고 있는 반제국주의운동 상황에 대해 알려주었다. 그녀는 노동자들이 더욱 단결하여 조금의 주저함도 없이 앞을 향해 싸워 나가 모든 제국주의와 그들과 결탁한 군벌 및 그 주구를 타도하기를 희망하였다. 그녀는 랴오중카이의 불행한 희생에 대해 이야기하면서 모두가 비통함을 투쟁력으로 승화시켜 랴오중카이의 핏자국을 따라 전진해야 한다고 강조하였다. 그녀는 또한 노동자들이 "민족해방의 책임을 지고 국민혁명의 선봉에 서야 한다"고 주장하였다.[20]

파업노동자의 뜨거운 피가 끓어올랐다. 그들은 "반동파에게 사람들을

---

19   덩잉차오, 「중국혁명의 선구자이며 결출한 여성혁명가 허샹닝」, 『人民日報』, 1982.8.23.

20   『工人之路特號』, 1925.8.21.

잔인하게 죽인 죄 값을 반드시 치르게 하겠다!”고 소리 높여 외쳤다.

랴오중카이가 칼에 찔린 후 저우언라이는 이틀이나 집에 돌아오지 않았다. 그는 범인을 체포하기에 바빴다.

8월 21일 저녁 전국총공회가 야저우(亞洲)호텔에서 제2차 전국노동자대회에 참석하기 위해 광저우에 도착한 적색연맹국제대표 환영 만찬을 개최하였다. 덩잉차오는 초청을 받아 연회에 참가하였다.

연회가 시작되기 전 덩잉차오는 저우언라이가 옆으로 지나는 것을 보았다. 엄숙한 표정의 저우언라이는 조용히 덩중샤에게 이미 장제스(蔣介石)와 협의하여 당일 밤 11시 계엄령을 선포해 범인 체포에 착수하기로 되어 있으니 그 시간을 감안해 10시 전에 연회를 끝내달라고 요청하였다. 저우언라이는 연회에 참석하지 않은 채 서둘러 떠났다.

연회는 9시 반에 마무리되었다. 하지만 뜻밖에 장제스는 예정 시간을 2시간 앞당겨 9시에 계엄을 선포했다. 덩잉차오는 호텔을 나와 길로 나섰다가 거리를 가득 메운 초병들을 만났다. 암호를 대라 했지만 그녀는 대답할 수 없었다. 할 수 없이 그녀는 다른 길로 접어들었지만 거기도 역시 초소가 있어 암호를 요구했다. 그녀는 할 수 없이 야저우호텔로 발길을 되돌릴 수밖에 없었다. 덩중샤가 임시로 방 몇 개를 빌려 그들을 쉬게 하였다.

덩잉차오는 저우언라이의 안전이 몹시 걱정되었다. 그가 계엄시간이 앞당겨진 것을 알고 있을까? 그가 위험한 상황에 처한 것은 아닐까?

그녀는 밤새 뒤척이며 한잠도 못 자고 날이 밝자마자 집으로 돌아갔다. 막 자리를 잡고 앉으려니까 저우언라이가 문을 열고 들어왔다. 안색은 창백하고 두 눈엔 온통 핏발이 서있었다. 그의 회색빛 양복은 도처에 핏자국이었다. 덩잉차오는 너무 놀라 재빨리 따뜻한 물을 갖고 와 얼굴을 씻기고 깨끗한 옷으로 갈아입혔다.

저우언라이는 분통을 터뜨리며 지난 밤 겪은 위험한 상황에 대해 말해 주었다.

저우언라이도 계엄이 앞당겨진다는 사실을 전혀 알지 못했다. 그는 호텔을 떠나 중공광동구위로 가 공작에 대해 의논을 하였다. 9시 경 그는 차를 타고 위수사령부로 쟝졔스를 만나러 갔다. 사령부 정문의 경비는 갑자기 암호를 물었으나 운전기사는 알아듣지 못하고 계속 차를 몰았다. 그러자 경비가 총을 발사하였다. 기사는 머리에 총상을 입고 그 자리에서 즉사하였으며, 그의 피가 저우언라이의 온몸을 적셨다. 저우언라이는 총소리를 듣자 재빨리 차 의자 밑으로 엎드려 총을 피할 수 있었다. 차가 멈추자 그는 곧장 차 밖으로 뛰어나가 자신이 황푸군관학교 정치부 주임임을 큰 소리로 밝히자 경비는 그제야 더 이상 총을 쏘지 않았다.

덩잉차오는 여기까지 듣더니 안색이 창백해졌다. 얼마나 위험천만한 상황이었던가! 교활한 쟝졔스는 당시 입으로는 '좌파'니 혹은 '중도파'니 떠들었지만 이러한 일을 저지르는 것을 보면 도대체 무슨 목적일까?

그의 목적은 이내 분명히 드러났다. 당시 국민정부 주석은 왕징웨이이고, 그를 포함하여 후한민(胡漢民)[21], 쉬충즈(許崇智)[22], 탄옌카이(譚延闓)[23], 린썬(林森)[24] 등 5인이 상무위원이었다. 랴오중카이 암살 사건이 발생한 후 쟝졔스는 그 기회를 이용해 후한민과 국민정부군사부장 겸 광동군총사령 쉬충즈 등을 몰아냈다. 쟝졔스는 광저우위수사령관을 맡았다. 광동

---

[21] 역주: 1879-1936. 도쿄에서 동맹회 조직 참가. 1925년 쑨원 북상 이후 대원수의 직권을 대행하였다. 1927년 쟝졔스와 함께 공산당 탄압의 4·12쿠데타를 발동, 그와 쌍벽을 이루던 국민당의 중진이었으나 '약법지쟁(約法之爭)'으로 인한 의견 충돌로 난징에 감금당했다.

[22] 역주: 1886-1965. 광저우 출신. 1911년 푸저우(福州)봉기에 참가. 주로 군사요직을 담당하며 쑨원을 군사적으로 지원. 1925년 국민정부 성립 시에는 군사부장 겸 광동성 정부 주석에 임명되었다.

[23] 역주: 1880-1930. 청말 입헌운동가로서 후난헌정공회(湖南憲政公會)를 조직. 후난 군벌에 의해 쫓겨난 후 1922년 국민당 가입. 이후 국민당 내의 요직을 역임. 특히 1928년 난징국민정부 주석과 행정원원장 등을 역임했다.

[24] 역주: 1868-1943. 푸젠(福建) 출신. 동맹회에 가입. 미국 유학 이후 토쿄에서 중화혁명당에 가입. 국민당 가입 이후에는 우파 특히 시산(西山)회의파의 중심인물로 활동하였다. 하지만 항일전쟁시기에는 적극적인 항일을 주장하여 왕징웨이 등에 반대했으며 1941년에는 국가주석의 이름으로 독일, 이탈리아, 일본에 선전포고를 하였다.

국민정부의 주도권은 점차 그의 수중으로 넘어갔다.

쟝졔스의 연기력은 매우 빼어났다. 저우언라이, 덩잉차오가 허샹닝과 함께 랴오중카이의 시신을 광저우 주즈신(朱執信)[25] 묘지 왼편에 안장할 때 쟝졔스는 주먹으로 가슴을 치고 발로 땅을 구르며 비통함을 노골적으로 드러냈다. 그는 또한 계엄이 앞당겨진 사실을 제 때 알려주지 않아 저우 주임이 크게 놀라고 큰 피해를 입은 데에 대해 형식적으로 사과를 하였다. 저우언라이는 차가운 표정으로 "쟝 선생의 관심에 깊이 감사드립니다. 이후 일이 있으면 쟝 선생께서는 정보를 제대로 알려주시기 바랍니다"라고 답하였다.

쟝졔스는 웃으며 "그것에 관한 한 내가 반드시 주의하겠습니다. 이후 군사와 관련된 문제는 당신이 많이 도와주기 바랍니다."

쟝졔스는 그 당시 아직 우군 세력이 많지 않았다. 그는 공산당의 힘을 빌려 군사상의 승리를 얻어야만 했다. 또한 그는 저우언라이라는 걸출한 인재를 매우 중시하였다.

국민혁명군의 제2차 동정(東征)[26]에는 쟝졔스가 총지휘를 맡고 저우언라이를 동정군 총정부 주임에 특별히 임명하였다.

10월 6일 저우언라이는 동정군을 이끌고 출발하였다. 덩잉차오는 광저우에 남아, 허샹닝을 도우며 광동여성운동을 전개하였다. 그러나 그녀는 수시로 헛구역질을 하며 온몸에 힘이 빠지고 무기력해졌다. 그녀는 은밀히 병원에 가 진찰을 받았다. 의사는 그녀의 임신을 축하하였다.

덩잉차오는 그 말을 듣고 매우 당황하였다. 그녀의 나이는 이제 21살

25 　역주 : 1886-1912. 동맹회 발기 회원. 동맹회 기관지 『민보(民報)』에 많은 논문을 발표함. 쑨원과 함께 그의 『손문학설(孫文學說)』, 『건국방략(建國方略)』 저술을 도왔고 『민국일보(民國日報)』와 『건설(建設)』 잡지의 편집에도 참여하였다. 桂系 군벌에 의해 암살당함.
26 　역주 : 1925년 9월 광동군벌 천중밍(陳炯明)에 대한 군사적 토벌작전을 가리킨다. 북벌에 반대하고 "월인치월(粤人治粤)"의 연성자치(聯省自治)를 주장하는 천중밍이 토벌됨으로써 국민정부는 튼튼한 혁명근거지를 마련하게 되었다.

이었고, 막 광저우에서 혁명활동을 시작한 때였다. 광저우의 혁명운동은 당시 발전 단계에 접어들었고, 광동성의 여성운동도 그녀의 전면적 참여를 통해 활동 국면을 넓혀 가야할 상황이었다. 그런데 공교롭게 임신이라니! 그녀가 언제 어린아이를 돌보고, 또 그 아이를 데리고 다닐 수 있겠는가! 언라이는 동정을 떠나고 어머니는 곁에 없었다. 허샹닝이 비록 그녀에게 매우 친절했지만 최근 남편을 잃어 어려움에 빠진 그녀를 어떻게 개인적인 일로 더욱 불편하게 만들 수 있겠는가?

이런저런 생각 끝에 그녀는 혁명과 혁명사업이 우선이라는 판단에 애를 낳지 않기로 결심했다. 광저우 시내에는 낙태용 약이 매우 많았다. 그녀는 몰래 그 약을 사 복용하였다. 약의 부작용 때문에 그녀는 침상에서 데굴데굴 구르며 아파했다. 그녀는 1주일간의 병가를 낼 수밖에 없었다.[27]

허샹닝은 그녀의 얼굴이 누렇게 뜬 것을 보고 무슨 병에 걸렸는지 근심스럽게 물었다. 그녀는 그저 웃으며 부인병에 불과하다고 하면서 며칠 쉬면 괜찮을 것이라고 대답하였다.

어머니 양전더는 톈진에서 급히 와 딸이 이 지경에 이른 것을 보고 깜짝 놀랐다. 그녀가 혼자 낙태를 시켰다는 말을 듣고는 이제까지 딸을 책망하지 않던 양전더는 그녀의 철없는 행동에 대해 가만있을 수가 없었다.

1925년 11월 4일 저우언라이는 동정군 정치부 인원을 이끌고 산터우(汕頭)에 진입하였다. 국민정부는 저우언라이에게 동장각속행정위원회(東江各屬行政委員會) 운영을 겸임시켜 휘저우(惠州), 차오저우(潮州), 산터우, 메이셴(梅縣), 하이루펑(海陸豊) 등 25현의 지방행정공작 책임을 맡겼다.

국민당 광동성당부는 덩잉차오를 차오메이(潮梅) 특파원에 임명하여 차오저우, 산터우, 메이셴 일대의 당무를 정리하고 여성운동을 전개하도록 하였다.

11월 20일 덩잉차오는 산터우에 도착하였다. 잠시 이별했다 다시 만

---

27   덩잉차오는 랴오쓰광(廖似光)과 위안셰펀(袁雪芬)에게 첫 번째 임신과 인공유산에 대해 이야기하였고, 그녀들은 다시 필자에게 이 사실을 알려주었다.

나서인지 저우언라이는 매우 들떠있었다. 하지만 잉차오의 안색이 너무 안 좋은 것을 보고 큰 병에 걸린 것이나 아닌지 관심을 보이며 물었다.

"잉차오, 당신 무슨 일이 있어요? 병이라도 난 건가요? 왜 편지로 내게 알리지 않았어요?"

덩잉차오는 저우언라이에게 자신이 임신했다가 몰래 낙태를 시킨 경위에 대해 말하지 않을 수 없었다.

쉽게 노여워하지 않던 저우언라이가 발끈하며 화를 냈다. 그는 덩잉차오를 나무랐다.

"당신은 애를 낳아 키우는 것과 혁명공작을 수행하는 것이 완전히 대립한다고 생각합니까? 형이상학적인 사고에 빠진 겁니다. 아이는 개인의 사유재산이 아닙니다. 그는 국가와 사회에 속한 존재입니다. 당신이 무슨 권리로 그 생명을 마음대로 빼앗을 수 있습니까? 이는 완전히 무책임한 태도입니다. 신체는 혁명의 자본입니다. 개인에게만 소속되어 개인이 어떻게 처리하면 다 해결될 그런 것이 아닙니다. 또한 필요할 경우 우리는 수시로 혁명을 위해 피 흘리는 희생을 감수해야 합니다. 하지만 함부로 자신의 신체를 망치는 것은 결코 허락할 수 없어요. 당신이 어떻게 처리하든 그 전에 먼저 나에게 편지를 보내 반드시 상의했어야 했습니다. 어떻게 혼자 그렇게 경솔하게 결정할 수 있습니까?"

덩잉차오는 이제까지 저우언라이가 이렇게 불같이 화를 내는 경우를 본 적이 없었다. 그녀도 스스로 잘못을 알고 있었기에 참으며 그의 책망을 다 들을 수밖에 없었다. 그리고는 그녀는 부드럽게 말했다.

"저도 제 잘못을 알고 있습니다. 유치하고 경솔했습니다. 됐지요? 이제 주의하여 꼭 고치도록 할게요."

저우언라이는 "하하!" 하며 크게 웃기 시작하였다.

22. 차오산지구 여성운동의 기초를 닦은 사람

덩잉차오는 광동에 온 지 몇 개월이 지나지 않아 중국공산당의 지도 아래 진행된 노동운동과 농민운동이 보여준 발전적 기세와 그 힘을 깊이 느낄 수 있었다. 그녀는 과거 자신이 지도하고 조직했던 텐진여성운동에 대해 전체적으로 정리하면서 그것이 아직도 도시의 지식여성에 국한되었음을 확인할 수 있었다. 비록 여성운동도 반제애국운동이라는 큰 물줄기 속으로 수렴되었지만, 여러 가지 제한된 조건 때문에 여성 노동자·농민운동은 어쨌든 제대로 발전하지 못했다. 하지만 광동에는 유리한 조건이 갖춰져 있었다.

그녀는 산터우에 도착하자마자 바로 차오메이특파원이라는 신분으로 회의를 소집하여 국민당산터우시당부 여성운동위원회를 결성하였다.

11월 22일 산터우에 온 지 사흘 되던 날 그녀는 저우언라이와 함께 산터우시 여성연합회에 참가하여 「향후 여성운동과 산터우 여성계에 거는 희망」이라는 제목의 중요한 연설을 하였다.[28]

그녀는 연설을 통해 중국여성운동이 발전해 온 경위에 대해 대략 설명하고, 여성운동의 경험 및 교훈에 대해 정리한 후 여성운동의 발전 방향을 제시하였다. 그녀는 소수의 여성이 비록 교육·경제·직업에서 우월적 지위를 획득하였지만, 만약 가장 힘 있는 노동자·농민계급과 노동자·농민여성에 관심을 쏟지 않고 단지 지식인 여성의 활동에만 의지한다면 큰 힘을 발휘할 수 없을 것임을 알아야 한다고 강조하였다. 따라서 이후 여성운동의 토대는 수많은 노동자·농민여성들에게서 찾아야 하며, 이 곳 뿐만 아니라 광동, 나아가 광범위하게 전국 여성들을 일으켜 세워 조직을 결성해야 한다고 하였다. 이전에 국회에 청원을 한 것과 같

---

28   『婦女之聲』, 1925.11.22.

은 구애방식의 활동은 잘못된 것임을 그리고 여성 문제는 중국국민혁명운동의 일부분이며 국민혁명 가운데 중요한 위치를 차지하고 있음을 알아야 한다고 했다. 또한 모든 압박을 물리치고 싶으면 국민혁명의 길로 나가야만 하며, 모든 여성을 국민혁명의 대오로 인도하여야한다고 강조하였다. 그녀는 산터우시의 여성자매들이 가능한 빨리 조직을 만들어 노동자·농민 대중과 함께 연합하여 국민혁명에 참가하기를 희망하였다.

덩잉차오의 웅변적인 연설은 밝은 등불처럼 산터우 여성의 눈을 환하게 비췄다. 회의에 참석한 수백 명의 각계 여성들은 하나 같이 흥분하여 모두 산터우시여성해방협회를 조직하는데 동의하였으며, 그 자리에서 참가 신청을 한 산터우여자고등학교 학생도 있었다.

11월 25일 덩잉차오는 서둘러 차오안(潮安)으로 가, 차오안현 1만 노동자, 농민, 상인, 학생 군중이 거행한 동정승리경축대회에 참석하였다.

덩잉차오는 이 대회에서도 열정적으로 연설을 했다. 그녀는 각계 동포가 여기에 모여 환호할 수 있는 것은 모두 혁명군이 반혁명세력을 타도한 덕분이라고 하였다. 혁명군의 노력이 이미 성공을 거두었기 때문에 우리는 혁명군을 힘껏 도와 모든 악의 세력을 타도할 수 있다고 하였다. 또한 그녀는 동정의 승리는 혁명군 발전의 시작에 불과하며 우리는 혁명군의 세력이 전국으로 뻗어나가기를 더욱 희망한다고 말하였다. 그리고 차오저우의 동포들이 국민혁명군과 결연히 연합하여 군벌을 타도하고, 나아가 전세계 제국주의를 타도하여 해방을 얻고, 전인민이 승리하기를 희망하였다.[29]

국민당광동성당부 여성부 대표가 이처럼 성대한 집회에서 연설하는 것은 차오안의 역사 이래 처음 있는 일이었다. 여성들은 덩잉차오의 연설을 듣고 신선하다고 느끼면서 감탄해마지 않았다. 또한 "국가의 흥망은 여성의 책임에 달려 있다"라는 이치를 깨닫기 시작하였고, 국민혁명

의 전진이 여성해방의 선결조건임을 인식하였다.

11월 중순 덩잉차오는 차오안의 진산(金山)고등학교와 한산(韓山)사범의 학생 대표와 만났다. 그녀는 국제로터리클럽에서 여성운동가를 모아 좌담회를 열었다. 거기에서 그녀는 여성해방운동의 방침을 명확히 하고 여성들의 조직화를 호소하였다.

1926년 1월 차오안현여성해방협회가 결성되었다. 덩잉차오는 협회에 가서 축하를 해 주었으며 회기(會旗)도 수여했다. 차오안현여성해방협회가 결성된 후 상푸(上莆), 동푸(東莆), 룽진(隆津), 귀런(歸仁) 등 수개 구와 10개 향촌에서도 연이어 여성해방협회가 건립되어 수천 명이 회원으로 참가하였다.

1월 하순 덩잉차오는 공산당원인 우원란(吳文蘭)과 함께 청하이(澄海)현에 도착하여 현농민협회와 청하이고등학교에서 연설을 하였다. 그녀는 또한 청하이현 링팅(嶺亭)향에서 새로 입당한 청하이고등학교 여학생 차이추인(蔡楚吟) 집을 살펴보고, 농민·노동자·청년 여성 핵심분자회의를 열어 여성운동이 이제 막 흥기하는 농민운동과 결합해야 한다고 지적하였다.

덩잉차오의 확실한 지도와 격려 아래 산터우, 차오안, 성하이 등지에서 일기 시작한 여성해방운동은 들불처럼 빠르게 차오산지구의 각 현으로 퍼져 나갔다. 졔양(揭陽), 차오양(潮陽), 푸닝(普寧), 휘라이(惠來), 라오핑(饒平) 등의 현에서도 여성해방협회가 조직되어 점차 농촌으로 확대되어 갔다. 각 현의 여성해방협회 회원은 수백 명에서 수천 명에 달했고 그 가운데 2/3는 여성노동자와 농민이었다.

1926년 2월 1일, 저우언라이는 동쟝각속행정위원회에 취임한 뒤 정식으로 행정위원 관공서를 설립하였다. 이것은 중국공산당이 지도하는 첫 번째 지방정권이었고 여성대표가 지방정권에 참여한 첫 사례였다.

덩잉차오는 이 기회를 놓치지 않고 행정, 입법 수단을 통해 여성과 아동의 권리를 확보하는 데에 힘썼다. 그녀는 대중 속으로 깊숙이 들어가 여성의 생활, 직업, 취학 상황 등에 대해 폭넓게 조사하였다.

2월 19일 그녀는 국민당 산터우시당부 여성운동위원회 제9차 회의를 개최하여 동쟝각속행정회의에 제출하려고 준비 중이던 여성과 아동권익 보장을 위한 제안을 제정·통과시켰다.

2월 22일에 동쟝각속행정회의가 개막되었다. 우원란 등 여성대표와 동강 각 현에서 온 현장, 교육국장, 노동자·농민·상인·학생 대표 등 은 함께 모여 공동으로 『동쟝진흥정강』을 제정하였다.[30]

저우언라이는 여성운동을 한 번도 소홀히 하지 않았다. 그가 주재하는 동쟝행정회의에서는 산터우시여성위원회가 제출한 다음과 같은 5개 항의 제안을 통과시켰다. ① 각 현은 일률적으로 여성직업학교를 설립한다. ② 동쟝 소속기관은 될 수 있는 대로 많은 여성을 채용한다. ③ 여성 노동자·농민을 교육시키고 아울러 노동자·농민 단체의 가입을 유도한다. ④ 각 현은 가능한 한 많은 아동교육소를 설립한다. ⑤ 혼인의 자유를 제창하고 인신매매를 엄격히 금한다. 만약 국민혁명이 실패하지 않았다면 이들 제안은 모두 차례로 실시될 수 있었을 것이다.

1926년 3월 8일 차오산의 각계 여성은 산터우시 밍싱(明星)극장에 모여 예전에 없었던 '3·8국제노동여성절' 기념대회를 거행하였다. 대회에는 차오선 지구 17개 현의 여성 대표 1천여 명이 참석하였다. 덩잉차오와 저우언라이는 함께 이 회의에 출석하였다.[31]

덩잉차오는 대회에서 '3·8절'의 유래와 의의, 그리고 국내·외의 '3·8절' 기념 상황에 대해 소개하면서, 차오선 지구의 각계 여성이 나서서 국민혁명을 적극 지지해줄 것을 요청하였다. 그녀는 또한 여성해방운동이 국제적인 대중운동임을 강조하면서, 세계의 모든 피압박 여성 및 피압박계급과 공동으로 투쟁해야만 비로소 여성의 확실한 해방을 획득

---

30   廣州『民國日報』, 1926.3.2.
31   필자는 위치옌화(余倩華)를 방문했다. 그녀는 1926년 선터우 고등학교에 입학하여 위의 '3·8절'집회에 참석하였다. 汕頭『大嶺東日報』(1926.3.9)도 참조.

할 수 있음을 주장하였다.

저우언라이는 연설을 통해 여성운동이 "여성을 연합하여 남성을 향해 진공하는 것"이라는 주장은 잘못된 것이라 비판하였다. 그는 다음과 같이 말했다. "여성운동이라는 네 글자를 가끔 사람들이 오해하여 여성이 연합하여 남성을 공격함으로써 '남성의 여성 억압'을 반대하는 것으로 생각합니다. 이것은 여성의 억압 원인이 결코 남성의 야만스런 마음에 있는 것이 아니라 실제로는 구예교, 구사상, 구역사의 속박 때문에 비롯되었다는 사실을 제대로 이해하지 못한 것입니다." 이어서 그는 말했다. "여성운동의 해방 대상은 제도이지 개인과 성별이 아닙니다. 따라서 여성운동은 제도혁명인 것입니다." 그는 여성이 피압박의 남성과 일치단결하여 함께 불합리한 사회제도를 타도하자고 호소하였다. 그는 여성해방 운동을 가로막는 구제도를 타파해야 여성은 비로소 압박과 착취에서 벗어날 수 있다고 강조하였다.[32]

저우언라이, 덩잉차오의 연설은 우뢰와 같은 박수를 받았다.

회의 후 1천여 명의 여성들은 가두 행진을 벌였고, '3·8절' 특별 호외와 각종 전단지를 돌려 막 결성된 차오산 여성해방협회의 힘을 과시하였다.

3월 10일 덩잉차오는 메이현에 도착하여 국민당의 당무를 정리하였다. 그녀가 도착하기 전에 국민당광동성당부 여성부에서 그녀와 함께 일했던 장완화가 먼저 도착해 메이현 여자사범에서 활동을 전개하고 있었다. 덩잉차오의 어머니와 장완화는 함께 메이현 여자사범에서 고문과 시를 가르쳤다. 양전더는 강인한 성격의 소유자로서 비록 사위의 지위가 높았지만 그에게 의지하려 하지 않았으며 여전히 홀로 생계를 독립적으로 꾸려나가려 하였다.[33]

---

32 「마오쩌둥, 저우언라이, 류샤오치(劉少奇), 주더(朱德) 등이 논하는 여성해방」, 69쪽.

33 필자는 장완화를 방문하였다. 그녀는 덩잉차오가 메이현에서 보여준 활동 상황에 대해 소개하였다. 필자는 메이현에 갔는데 메이현당사판공처와 여성연합동지회 등

덩잉차오는 메이현에 도착하자마자 장완화와 진보적 사상을 지닌 메이현 현장 쟝둥친(江董琴)을 찾아 그곳의 상황에 대해 알아보았다. 그리고 각계 인사들을 불러 모아 좌담회를 가졌으며, 메이현의 공산당원과 공산주의청년단단원[34]들을 모아 회의를 개최하고, 진보적 인사와 학생 대표를 광범하게 접촉함으로써 각 방면의 상황을 두루 이해할 수 있었다.

많은 정보를 수집한 덩잉차오는 국민당 메이현 현당부의 여성부를 개조하기로 결정했다. 원래 여성부 부장은 성립(省立) 5중 교장 허우창링(侯昌齡)이 겸임하도록 되어 있었다. 그러나 그는 극심한 봉건사상의 소유자로서 남녀평등과 여성해방에 반대하였기 때문에 메이현 여성운동의 발전에 커다란 걸림돌이었다. 하지만 그는 메이현에서 상당히 큰 세력을 소유하고 있었기 때문에 덩잉차오는 세밀하고 신중하게 작업을 진행해 나갔다. 먼저 쟝둥친과 상의하여 허우창링을 여성부 부장에서 해직시키고 대신 다른 진보적 인사를 임명하였다. 동시에 덩잉차오는 현당부 가운데 완고한 반동사상을 지닌 인물들을 해직시키고 공산당원, 공청단원 및 진보인사로 교체함으로써 메이현 현당부의 면모를 일신시켰다.

덩잉차오는 메이현 여자사범 교장이 반문맹의 50여세 여성임을 알았다. 그녀는 시댁의 지위와 권세를 이용하여 여자사범 교장의 직무를 강탈한 것이었다. 봉건사상으로 온통 무장된 그녀는 교사와 학생의 진보적 활동에 반대하였을 뿐만 아니라 교육이 뭔지 전혀 이해하지 못했기 때문에 학생들의 커다란 불만을 야기하였다. 덩잉차오와 현장 쟝둥친, 교육국장 리진안(李進安)은 함께 의논하며, 또 각계인사들의 의견을 구해 그녀를 교장직에서 파면한 뒤, 상하이 지난(暨南)대학을 졸업하고 메이현에 친척을 찾아 온 황위성(黃玉笙)을 교장으로, 장완화를 훈련주임으로 각각

도 그녀의 활동 자료를 제공해 주었다.
34 역주: 본래 이름은 중국사회주의청년단으로 1920년 8월 상하이에서 발족했다. 한동안 공청단과 공산당의 관계가 모호했으나 1925년 공청단대회를 통해 "공청단은 공산당의 지도에 복종한다", "공청단의 정치활동은 당의 감독과 지도를 받는다"로 정리되고 이름 역시 이해에 사회주의청년단에서 공산주의청년단으로 바뀌었다.

새로 임명하였다.

덩잉차오가 전개한 국민당 메이현 현당부의 개조와 메이현 여자사범의 개조 활동은 메이현의 완고한 보수세력에게는 타격을, 진보세력에게는 발전을 가져 왔을 뿐만 아니라 메이현의 국민혁명운동을 추진시켰다. 그녀가 신중하고 세밀하면서도 과단성 있고 박력 있게 일을 처리하자 메이현 각계 인사들은 그녀를 찬양하였으며, 정말 대단하다고 칭찬하였다.

덩잉차오는 또한 메이현 현립여자사범, 동산(東山)고등, 쉐이(學藝)고등, 메이저우(梅州)고등, 쟈잉(嘉應)대학 등에서 보고를 통해 청년학생이 국민혁명의 큰 줄기로 뛰어들어야 한다고 강조하였다.

덩잉차오는 여성간부 양성을 매우 중시하였다. 그녀는 「광동여성운동보고」 가운데 "여성운동의 발전 여부는 우리 당 여성 인재의 규모에 달려 있다"고 지적하였다. 그녀는 각종회의에서 실제 경험을 결합함으로써 여성간부들에게 나아갈 정확한 방향에 대해 분명하게 설명해 주는 데 능숙했다. 그녀는 산터우여성해방연합 환영회 회의석상에서 여성운동은 여성 노동자·농민이 마땅히 주체가 되어야 하며, 산터우 공청단지방위원회 여성위원회 서기 위저전(余哲貞)은 더 많이 고민하고 더 많이 교육받아야 한다고 분명하게 지적하였다. 위저전은 덩 언니의 이 말이 자신들의 운동 속에 내재한 문제에 대한 지적임을 알았다. 과거 그녀들은 사실 여학생, 여성 지식인 속에서만 활동을 전개하였다. 덩 언니의 말을 들으면서 그녀들은 자신들의 공작 가운데 여성 노동자·농민을 경시한 경향이 있음을 발견하였다. 따라서 그녀들은 바로 여학생들을 이끌고 교문 밖으로 나가 공장의 여성노동자를 상대로 여성해방과 국민혁명에 참가하는 의의에 대해 선전하였다. 또한 공장 측에 여성노동자들의 이익을 보호해 달라고 요구하여 새로운 여성운동의 길을 개척하였다.

덩잉차오는 일상의 대화와 개별적인 접촉을 통해서 효과적으로 핵심 여성들의 사상과 각오를 계발하고 또 제고하였다.

1926년 초 설립된 산터우시 여성해방협회 회장 위저전과 위치옌화 등

4명의 여학생은 저우언라이와 덩잉차오가 임시로 거주하는 산터우 워롱(臥龍)여관으로 덩잉차오를 찾아갔다. 덩잉차오는 큰 언니처럼 그녀들이 찾아온 이유에 대해 물었다. 위치옌화는 얼마 전 가정이라는 울타리를 벗어던지고 단신으로 청하이(澄海) 시골에서 산터우 여자고등학교로 진학한 학생이었다. 그러나 집안에서 이에 동의하지 않아 학업을 그만둬야 할 위기에 처해 있었다. 그녀는 덩 언니에게 이러한 자신의 고충을 하소연하였다.[35]

덩잉차오는 그녀에게 다가가 어깨를 끌어안으며 천천히 말했다.

"가정의 속박은 여성의 지위를 하락시키는 한 원인입니다. 하지만 보다 근본적인 것은 사회제도의 문제에 있습니다. 오직 국민혁명을 추진하여 불합리한 사회제도를 개혁해야 비로소 여성을 억누르는 큰 산을 전복시킬 수 있습니다."

짧은 몇 마디지만 덩잉차오는 여성 억압의 근본 원인과 여성 해방의 정확한 방향에 대해 지적하였다. 위저전, 위치옌화와 다른 두 명의 여학생은 모두 큰 감화를 받았다. 위치옌화는 이후 심기일전하여 당면한 여러 난관을 극복하였으며, 고등학교를 졸업한 후 고향으로 돌아가 청하이현 여성해방협회의 핵심 회원이 되었다.

덩잉차오는 산터우, 차오안, 메이현, 청하이에서 위저전, 우원란, 차추인, 리우셴(李霧仙), 난바이장(藍柏章), 황위화(黃玉華), 위치옌화 등 일군의 여성운동가를 길러냈다. 위저전과 우원란은 국민혁명 실패 후 혁명투쟁을 계속하다 영웅적인 희생을 당하였다. 당시 우원란은 24살이었고, 위저전은 겨우 20살에 지나지 않았다. 수십 년이 지난 후 덩잉차오는 광동의 혁명 활동에 대해 이야기하면서 우원란, 위저전의 이름을 기억하고 그들의 영웅적인 희생에 대해 매우 안타까워하며, 슬픔을 금치 못했다.

1926년 3월 17일 저우언라이는 광저우로 돌아갔다. 오래지 않아 장졔

---

[35] 위치옌화는 필자에게 이러한 만남의 상황에 대해 소개하였다.

스가 주도한 중산함사건(中山艦事件)[36]이 발생하였다. 저우언라이는 국민혁명군 제1군을 떠나 중공광동구위 군사위원회 공작을 주재하는 데에 역량을 집중하였다.

3월 말 덩잉차오도 광저우로 돌아왔다.

덩잉차오는 광저우 산터우에서 단지 반 년 정도 활동을 전개하였지만 고양된 국민혁명의 분위기 속에서 비범한 재주와 긴장된 공작, 그리고 명확한 지도사상으로 많은 여성운동가를 길러냈다. 이들을 통해 수많은 여성을 조직, 선전, 동원하여 국민혁명을 지지하고 또 참가하도록 하였다. 또한 차오산지구 각 현에 여성해방협회를 건립하여 수많은 회원을 조직, 가입시켰다.

많은 사람들은 그녀가 차오산지구 여성운동의 기초를 닦은 인물이라고 칭송한다. 그녀는 겸손하여 이를 인정하려 하지 않았지만 사실 그러한 평가는 당연한 것이다.

23. 광동여성운동의 통일과 북벌전쟁 지원

덩잉차오는 차오산지구에서 여성운동을 추동, 지도하면서 수시로 광저우로 돌아와 이런저런 주요 활동에도 참가하였다.

1925년 12월 5일 그녀는 광주로 돌아와 광동여성해방협회 제2차 재선거대회에 참석하였다. 그녀는 회의에서 정치 보고를 하였으며 국민혁명군의 동정, 광동의 통일, 직봉전쟁(直奉戰爭)[37], 홍콩파업 등의 문제에 대

---

36 역주: 1926년 3월 20일 중국 국민당 우파가 꾸민 공산당 탄압 사건. 중산함이 황푸항에 입항하자 공산당이 정부 전복을 꾀하고 있다는 유언비어를 퍼뜨려 쟝졔스가 함장 리즈룽(李之龍) 등 오십여 명의 공산당을 체포하였다.

해 발언했다. 또한 국민당 내부의 좌·우파투쟁에 대해 언급하여 위원들의 깊은 관심을 이끌어냈다. 회의에서 그녀는 광동여성해방협회 출판위원회 위원에 당선되었다.

12월 5일 그녀는 군인가족여성구조원강습소에서 중국의 여성운동에 대해 강연하였다.

12월 24일 그녀는 국민당중앙여성부와 광동성당부가 함께 발행하는 잡지 『부녀지성(婦女之聲)』에 자신의 「1925년의 광동여성운동」을 발표하여 1년간의 광동여성운동의 경험을 종합, 정리하였다. 여기서 그녀는 "광동의 여성운동은 이미 정연한 대오를 갖추어 통일적인 조직을 수립하였으며 핵심 조직원의 훈련을 진행하였다"고 규정했다 .

1926년 1월 덩잉차오는 광저우에서 국민당 제2차전국대표대회에 참가하였다. 그녀는 다시 평소 흠모하던 쑨원의 부인 쑹칭링(宋慶齡)을 만났다. 그녀는 여전히 단아하고 아름다웠으며 온화하면서도 엄숙한 모습으로 혁명적 열정에 충만해 쑨원의 이상과 주장, 그리고 중국공산당과의 진정한 합작을 견지하였다. 덩잉차오는 비록 젊었지만 예리한 정치적 감각과 탁월한 재능 때문에 쑹칭링의 신임을 얻을 수 있었다. 쑹칭링, 허샹닝, 덩잉차오 등은 여성운동보고심사위원회를 구성하여 여성문제와 관련된 의안을 심사하였다. 그녀들이 대회에서 통과시킨 여성운동 결의안은 전국에 광범위한 영향을 끼쳤다. 덩잉차오는 회의에서 국민당중앙후보집행위원에 선출되었다.

덩잉차오는 3월말 산터우에서 광저우로 돌아와 바로 광동성 여성운동과 여성조직 업무에 착수하였다.

광동은 국민혁명의 발원지로서 비교적 다른 성에 비해 여성운동과 여성단체 모두 성숙되어 있었다. 그러나 서로 연락체계가 미비하여 이제까

---

37 역주: 북양군벌 내의 즈리(直隷)파와 펑텐(奉天)파 사이의 베이징정부 장악을 둘러싸고 진행된 전쟁. 1922년 제1차 직봉전쟁이, 1924년에 제2차 직봉전쟁이 발발하였다.

지 여성운동이 분산적으로 진행되었다. 그리고 여성운동을 하면서도 서로 다른 파벌과 다투는 일도 있었다. 광동여성해방협회는 여성의 해방을 적극적으로 선전하는 반면, 여권운동대동맹은 여성의 참정권만을 단편적으로 고취시키고 있었다. 덩잉차오는 여성운동이 단결하여 하나가 되지 못하였고, 이것이 국민혁명 역량에 걸림돌이 될 것이라고 판단하였다.

허상닝, 차이창 또한 이 문제에 대해 심각하게 우려하였다.[38] 그리하여 1926년 광저우시에서 거행된 '3·8절' 대중대회에서는 그녀들이 중심이 되어 「광동여성운동결의안」을 통과시켰다.

덩잉차오는 국민당중앙여성부, 광동성당부여성부와 회동하여 광저우시 여성단체, 여학생 및 여성노동자 대표를 소집하여 대회를 열고, 광동성여성연합회준비회를 결성하였다. 8월 6일 광동성여성연합회가 창립되었다. 50여 개의 여성단체와 노동자·농민·상인 각계 여성이 참가하여 광동성 여성운동의 통일을 기도하였다.

덩잉차오는 진보여성단체인 광동여성해방협회를 발전시키는 데 특별히 깊은 관심을 가지고 활동하였다. 반 년 동안 협회는 20여 개의 분회를 만들었으며, 회원 수는 5천여 명에 이르렀다. 그 가운데 대부분은 여성 노동자와 농민이었다.

그녀는 여성 노동자 및 농민운동에 더욱 관심을 기울여 항상 노동조합이 여성노동자들을 지도하도록 조치하였다. 광저우 여성운전복노동조합원 2,300여 명은 이전부터 고용주로부터 가혹한 수탈과 압박을 받아 왔다. 임금은 6,7개월씩 밀리기 일쑤여서 여성노동자의 곤궁함은 참기 힘들 정도였다. 덩잉차오는 랴오펀시(廖奮犧)를 파견해 운전복노동조합을 개조하고 여성노동자의 시위를 지도하며, 고용주에게 밀린 임금 청산을 요구하기도 하였다. 또한 운전복노동조합을 대표하여 덩잉차오는 국민당광동성당부 여성부를 통해 국민정부농공청에 요청하여 해당 고용주에

---

38 차이창은 당시 국민당중앙당부 여성부 비서로서 허샹닝의 활동을 도왔다.

게 일주일 기한 내에 임금 체불을 청산하도록 하였다. 결국 승리하였고, 이 승리로 여성노동자는 매우 기뻐하며 연합경축대회를 거행하였다.

덩잉차오는 항상 노동자 복장으로 노동현장에서 활동하였다. 그녀는 이미 광저우 방언을 자연스럽게 구사할 수 있었고 여성노동자들은 특히 그녀의 강연 듣기를 좋아했다.

광동과 광시(廣西)의 통일이 이루어지고 국민혁명군은 북벌(北伐)을 개시하였다. 덩잉차오는 각계 여성을 소집하여 북벌환송군사위원회를 조직하고 또 여성구조대를 조직하여 북벌군을 따르게 하였다.

6월 14일 덩잉차오는 허샹닝과 함께 황사(黃沙)역에서 북벌군 선봉대와 국민혁명군 제4군 제12사단을 환송하였다. 허샹닝은 여성계를 대표하여 북벌군에게 기념기를 수여했고 사단장 장파쿠이(張發奎)는 답례 연설을 하였다. 역 위에는 홍기가 펄럭거렸고 징과 북 그리고 군악이 일제히 울려 퍼져 나가니, 그 모습이 사람들을 크게 감동시켰다.[39]

덩잉차오는 지속적으로 여성운동간부를 양성하는 일에 깊은 관심을 쏟았다. 1926년 9월 국민당중앙여성부는 여성운동강습소를 개설하였다. 허샹닝이 소장, 차이창이 교무주임을 맡았다. 덩잉차오는 여러 차례 강습소에서 강의를 하였다. 그녀가 차오산지구에서 양성한 여성 핵심인물인 리우셴, 황위란, 란바이장, 주롱어(朱榮娥) 등이 모두 강습소에서 학습하였다. 10월 국민당광동성당부 여성부는 중산(中山)대학 특별당부와 함께 여성운동인원훈련소를 개설하였다. 참가한 학생은 57명이었다. 이들은 훈련을 받은 후 광동여성운동의 핵심인물이 되었다. 덩잉차오는 이 훈련 양성 작업의 실제 책임을 맡았다.

1926년 12월 국민당광동성 제2차 당원대표대회에서 덩잉차오는 허샹닝을 대신하여 「광동성여성운동보고」를 하였다. 그녀는 2년간의 광동성 여성운동의 경험을 총결산하면서 여성운동이 각계 여성을 일치 단결시

---

39   廣州 『民國日報』, 1926.6.15.

켜 역량을 집중, 통일하고 국민혁명에 참가시키거나 지원하는데 힘써야 함을 지적하였다. 동시에 당연히 여성 자신의 해방에 주의를 기울이고 적의 분열음모를 막아내야 했음을 강조하였다. 정치적 안목이 깊은 덩잉차오는 그 당시 국민혁명의 대열 내에서 감지되던 분열이 어쩌면 불가피할지도 모른다고 예감하였다. 그러나 그녀는 그 순간이 그렇게 빨리 그리고 그렇게 갑자기 닥쳐오리라고는 예상하지 못했다.

국민혁명이 고조되었을 때 광동에 도착한 덩잉차오는 탁월한 재능과 풍부한 여성운동 경험 및 근면한 활동을 통해 허샹닝, 차이창 등과 함께 광동의 여성운동을 추동하고 발전시켰으며, 수많은 여성을 움직여 그들을 조직화하고 국민혁명에 참가시키는 데에 거대한 공헌을 하였다. 이로써 그녀는 중국 여성운동사에 빛나는 업적을 남겼다.

24. 상황은 돌변하여 가혹한 시련이 닥쳐왔다

국민혁명시기의 상황은 매우 좋았다.

1926년 7월 1일 국민정부는 「북벌선언」을 발표했다.

7월에 대군이 "열강 타도, 군벌 제거!"의 웅장한 노래와 함께 북벌에 나서, 연승 행진을 하고 있었다. 국민혁명군은 후난, 후베이에서 즈리파 군벌 우페이푸의 주력군을 격파했고, 장시(江西), 푸젠에서 쑨촨팡(孫傳芳)[40]의 군대를 패퇴시켰다. 국민혁명군 주력군이 바로 장쑤, 저장으로

---

[40]　역주: 1885-1935. 즈리파 군벌. 후베이독군 왕잔위안(王占元)의 부하에서 우페이푸로 옮겨 장쑤 독판 양서우팅(楊守霆)을 몰아내고 펑톈(奉天)파를 중국 남동부에서 일소한 뒤 자립화를 꾀했다. 남동 5성 자치를 표방하며 혁명운동을 탄압하였으나 북벌군에 패해 안국군(安國軍)에 참가했다.

향하자 서남부의 많은 성들은 앞을 다투어 항복하였다. 이로써 국민정부가 관할하는 지역은 순식간에 중국의 절반이나 되었다.

그러나 국민정부와 국민혁명군 내부에 처음부터 존재하던 모순은 점점 더 첨예하게 표면화되었다. 국민당 우파 세력은 한층 더 활발하게 국공합작과 노동운동 및 농민운동을 반대하는 역류 활동을 전개하였다. 국민혁명군총사령 쟝제스는 이미 중국공산당을 암암리에 주요 적으로 간주하였다. 그리하여 정치적 형세는 점점 더 험악해졌다.

이렇게 살벌한 때인 1926년 12월 저우언라이는 광동에서 상하이 당중앙으로 파견되어 군사위원회와 조직부 활동을 맡았다.

이때 덩잉차오는 두 번째 임신을 하였다. 그는 이전의 유산 경험을 교훈삼아 한편으로는 활동을 계속하면서 다른 한편으로는 몸 관리에 각별히 신경을 썼다. 모친 양전더는 그해 여름에 메이현에서 돌아와 그녀 곁에 머물면서 생활을 돌봐 주고 있었다. 저우언라이는 상하이로 가고, 그녀는 계속 광동에서 활동하면서 출산 준비를 하였다.

1927년 4월 초 덩잉차오가 막 분만을 앞두고 있었다. 그녀는 광저우시 시관(西關) 창서우시루(長壽西路)에 위치한, 독일교회가 운영하는 산부인과 병원으로 갔다. 그녀는 22살의 젊은 나이인 데다가, 어머니의 보살핌이 좋아서인지 태아가 표준체중을 초과하였다.[41]

덩잉차오는 난산의 고통을 겪어야 했다. 3일 밤낮 동안 태아를 분만할 수 없었다. 당시의 산부인과 병원에서는 제왕절개 수술을 할 수 없어 단지 겸자로 태아를 꺼낼 수밖에 없었다. 이 과정에서 태아는 결국 머리에 큰 상처를 입고 불행하게도 분만 후 죽고 말았다. 게다가 태아는 남자아이였다.

덩잉차오는 너무도 큰 고통에 몸서리치면서 흐르는 눈물을 주체할 수 없었다.

---

[41] 덩잉차오는 랴오쓰광(廖似光)에게 이 난산의 과정과 위험에서 벗어나게 된 경위에 대해 상세하게 설명하였다.

주치의 왕더신(王德馨)은 침상 앞에 서서 조용히 말했다.

"저우 부인, 너무 죄송합니다. 아이를 살려내지 못했습니다. 당신에게 현재 가장 필요한 것은 요양과 휴식입니다. 당신은 아직 젊으니 몸을 잘 보양하면 다음에 반드시 둘째, 셋째 아이를 갖게 될 것입니다."

양전더는 가만히 딸의 얼굴에 흐르는 눈물을 닦으며 침착하게 말했다.

"잉차오야! 의사 선생님 말씀을 잘 들어. 푸른 산이 남아 있는데 땔감 걱정을 할 필요가 없잖아?[42] 너는 앞으로 반드시 아이를 다시 가질 수 있을 거야. 나도 첫째 아이가 요절했잖아. 하지만 너는 이렇게 태어나지 않았느냐? 단지 너에게 지나치게 많은 영양식을 만들어줘 오히려 태아를 너무 크게 자라게 한 내가 잘못이구나."

모친의 자책을 들은 덩잉차오는 재빨리 말했다.

"어머니, 이것은 모두 제 잘못입니다. 지난번에는 마음대로 낙태를 시키더니, 이번에는 태아를 과잉보호하고 말았습니다." 그녀는 더 이상 말을 이을 수 없었다. 의사 왕더신이 미안해하는 모습을 보고는 자신의 감정을 억누르고 조용히 미소를 지으며 말했다.

"의사 선생님, 감사합니다. 아이가 죽은 것에 대해 저는 절대 당신을 원망하지 않습니다. 지난 며칠 동안 선생님은 항상 곁에서 저를 돌봐 주었습니다. 어서 가서 다른 환자들을 보살펴주세요."

의사가 나간 후 덩잉차오는 작은 소리로 어머니에게 말했다.

"아이 일은 이제 됐습니다. 오히려 제가 가장 걱정하는 것은 언라이입니다. 그가 현재 어떻게 지내는지 모르겠습니다." 어머니는 묵묵히 아무 말도 하지 않았다. 과연 그녀가 무슨 말로 사랑하는 딸을 위로할 수 있었겠는가? 몸이 극도로 허약해진 덩잉차오는 비틀거리며 침상 아래로 쓰러졌다.

저우언라이는 당시 어떠한 상황에 처해 있었던가? 덩잉차오는 신문을

---

42 역주: 원문은 "留得靑山在, 不怕沒柴燒"인데 "푸른 산만 남겨 놓으면 땔감 걱정을 하지 않아도 된다"라는 뜻의 중국 속담이다.

통해, 3월 21일 저우언라이가 상하이에서 노동자를 지도하여 제3차 무장 봉기[43]에 성공했음을 알았다. 국민혁명군은 이미 상하이에 진입하였고 그 후 그의 소식을 접할 수가 없었다.

쟝시에서 상하이로 온 쟝제스가 3월 26일 "반공을 위한 당내 숙청", 즉 "청당반공"(淸黨反共)의 음모를 진행시키고 있음을 덩잉차오는 알지 못했다. 하지만 중공중앙총서기 천두슈는 국민당과의 타협 노선에 빠져 외국에서 귀국한 왕징웨이와 연합선언을 발표하는 등 상하이 노동자계 급의 무장을 정신적으로 해제시켰다.

'4·12 반공쿠데타'가 발생하였다. 쟝제스의 피비린내 나는 도살 명령 에 따라 수천 명의 공산당원과 노동자가 살해당했다.

쟝제스는 저우언라이를 체포하거나 살해하는 데에 20만원의 현상금 을 걸었다. 저우언라이는 다행히 위험에서 벗어나 몰래 상하이 우쑹(吳 淞) 부근 한 노동자 집에 있는 작은 다락방으로 거처를 옮겨 투쟁을 계속 하였다.

저우언라이는 극도로 분노하였고 또 괴로워하였다. 그는 일찍이 천두 슈에게 국민당 우파의 반공음모에 경각심을 가져야 하며, 쟝제스의 야심 에도 경계해야 한다는 의견을 여러 번 개진한 바 있었다. 하지만 이제 백색공포가 상하이를 뒤덮었다. 중공중앙의 많은 동지들이 이미 우한(武 漢)으로 줄지어 떠났다. 하지만 그는 여전히 상하이에 남아 비상사태에 대처하고 있었다.

긴장 속의 전투와 밤낮으로 계속되는 공작 가운데 그는 광저우에 남 아 있는 잉차오를 몹시 걱정하였다. 애를 곧 출산할 텐데 순산할 수 있 을까? 몸은 건강한지? 그는 상하이 '4·12쿠데타'는 절대 단독으로 발생

---

43 역주: 1926년 겨울에서 1927년 봄까지 상하이 노동자들이 북벌군 진군에 호응하여
    일으킨 3차례의 반군벌 무장봉기 가운데 마지막을 가리킨다. 특히 제3차 봉기는 중
    공저쟝(浙江)구위와 상하이총공회가 지도한 무장투쟁으로 중국노동운동사에서 높
    이 평가를 받고 있다.

하지 않을 것이기 때문에 광저우도 안전하지 않을 것으로 판단하였다. 그 바쁜 와중에도 저우언라이는 광저우군사위원회에 비밀전보를 보내 잉차오가 조속히 광저우를 떠나 상하이로 올 수 있도록 요청하였다.

예상대로 4월 15일 광동군벌 역시 대규모로 공산당원을 체포하여 살해 하였다. 대규모의 군경이 저우언라이, 덩잉차오가 거주하던 난화(南華) 은행 2층 중공 광동구위군사위원회를 조사하였다. 그곳에 남아 있던 3명의 동지가 체포되었다. 그 가운데 한 명은 이튿날 총살당했고, 두 명은 옥사하였다. 불행 중 다행으로 한 명의 동지는 매우 기민하여 수색을 받기 전에 덩잉차오에게 보내는 저우언라이의 전보를 덩잉차오에게 전해 줄 것을 다른 동지에게 부탁하였다.

새벽녘 많은 군경이 중산대학을 포위하였다. 중공 중산대학 당지부위원이며 중공 광동구위 여성위원회 위원인 천톄쥔(陳鐵軍)은 담을 타넘어 포위망에서 벗어났다. 당은 그녀에게 산부인과병원에 입원 중인 중공 광동구위여성부장 덩잉차오에게 이 상황을 빨리 알려주도록 조치하였다.

덩잉차오는 큰 길에서 울려 퍼지는 경찰차의 사이렌 소리를 듣고서는 상황이 심상치 않음을 눈치 채고 불안한 마음에 어머니에게 밖에 나가 살펴보라고 하였다. 양전더가 문을 나서는데 마침 마음씨 좋은 노동자가 양전더에게 저우언라이의 전보를 전해 주었다.

덩잉차오는 병실에서 초조하게 기다리고 있었다. 방문 소리가 나자 그때 유행하던 옷으로 치장한 '아가씨'가 뒤에 계집종을 데리고 들어섰다. 덩잉차오가 당신들은 방을 잘못 찾았다고 말을 하려는 순간, 그 '아가씨'는 손가락을 덩잉차오의 입에 대고는 말문을 막았다.

덩잉차오가 가만히 보니 천톄쥔(陳鐵軍)이었다. 다시 보니 계집종은 선쥐칭(沈卓淸)이었다. 그녀들은 덩잉차오와 함께 중공광동구위 여성부와 국민당광동성당부 여성부에서 활동하였었다. 덩잉차오는 큰 일이 발생했음을 직감하였다. 그녀는 큰 소리로 천톄쥔과 인사하는 한편 선쥐칭에게 문밖에 서서 간호원은 물론 아무도 들어오지 못하게 하였다. 천톄쥔은 침상에 다가와 낮은 목소리로 광저우에서 반혁명사건이 발생했음을 설명한 뒤 덩잉차오에게 서둘러 광저우를 떠나라고 하였다. 천톄쥔과 선쥐칭은 더 이상 머물지 못하고 바쁘게 떠나갔다.

모친 양전더가 들어와서 저우언라이의 전보를 전해 주었다.

덩잉차오는 전보를 보고 마음을 가라 앉혔다.

위험의 순간이 눈앞에 닥쳐왔다. 덩잉차오는 광동에서 이미 2년 동안 활동을 하여, 국민당 당정요인 모두 그녀를 알고 있었다. 그녀는 필시 체포되어야 할 주요 인물이었다.

그녀와 어머니는 어떡하면 신속히 광주를 빠져나갈 수 있을까? 덩잉차오는 긴장 속에 이리저리 궁리를 해보았다. 이미 광저우의 당조직은 분명히 심한 파괴를 당했을 것이다. 이처럼 긴박한 순간에 천톄쥔을 변장까지 시켜가면서 자신에게 보내 상황을 귀띔해 준 것은 당조직이 할 수 있는 최대의 배려였다. 광저우를 떠나는 것은 자신이 스스로 강구해야 할 일이었다. 군경이 곧 병원으로 들이닥쳐 수색을 할지도 모를 일이다. 그녀는 어찌 해야 좋단 말인가?

이런 비상시국에서 덩잉차오는 뛰어난 지혜와 임기응변의 재능을 보였다. 그녀는 대중에게 의지해야만 비로소 이 위험한 상황에서 벗어날 수 있을 것이라 판단하였다.

덩잉차오가 푸산병원에 입원한 지는 벌써 며칠이 지났다. 언제 어디서나 대중 활동을 하여 폭넓게 각 방면의 사람들과 교제하는 것은 이미 그녀의 생활습관이 되었다. 그녀는 항상 의사, 간호사와 이런 저런 이야기를 하면서 사귀었다. 주치의 왕더신은 경건한 크리스챤이었다. 덩잉차오는 그녀의 종교적 신앙을 존중하였고 그녀의 의술과 의사로서의 도덕적 품성을 존중하였다. 덩잉차오는 여러 가지로 고민하다 현재 그녀의 도움에 의지할 수밖에 없다고 판단하였다.

왕더신은 정직한 사람으로 기독교의 인도주의사상을 지니고 있었다. 덩잉차오의 원만한 분만을 위해 그녀는 최대한의 노력을 다했다. 아이가 바로 죽었기 때문에 왕더신은 매우 괴로워하며 의사로의 책무를 자신이 다하지 못했다고 느끼고 있었다. 덩잉차오는 그녀를 원망하는 단 한 마디의 말도 하지 않았고, 오히려 그녀를 위로함으로써 큰 감동을 주었다. 왕더신은 덩잉차오가 광동여성운동의 지도자이며 황푸군관학교 정치부 주임 저우언라이의 부인임을 알고 있었다. 덩잉차오는 일반 고관대작의 귀부인과는 전혀 달랐다. 그들 귀부인들은 병원에 들어서서 거만한 태도로 다른 사람들을 능멸하였다. 만약 난산이었거나 아이가 죽었다면 심한 난리 소동을 일으켰음에 틀림없었다. 그러나 덩잉차오는 매우 겸손하고 온화하며 의사와 간호사를 진정으로 존중하였다. 난산의 고통 속에서 다른 사람을 배려하였고, 아이가 죽었을 때에도 결코 의사를 원망하지 않았다. 아마도 이러한 것이 공산당원의 특수한 품성일지도 몰랐다. 따라서 왕더신은 덩잉차오를 무척 존중하고 또 탄복하였다.

곧 덩잉차오는 왕더신을 병상 앞으로 불러 그녀가 직면한 위험상황에 대해 솔직하게 고백하였다.

왕더신은 경악하였다. 그녀는 정치를 잘 몰랐다. 하지만 한 명의 의사로서, 그리고 기독교도로서 그녀는 막 난산을 겪어 극도로 허약해진 병자가 야만적인 군경에 의해 병상에서 붙들려 총살을 당하거나 혹은 감옥에 들어가는 것을 두 눈을 뜬 채 바라만 보고 있을 수는 없었다. 그것도 자신이 매우 존경하며 좋아하는 덩잉차오의 경우는 더욱 그러했다. 그러나 어떻게 덩잉차오를 구출해낼 수 있을까?

왕더신은 양 미간을 찌푸린 채 입술을 꽉 다물고 긴장 속에 이런저런 궁리에 몰두하였다. 덩잉차오는 눈도 깜박이지 않고 뚫어져라 그녀를 바라보며 조용히 기다렸다. 덩잉차오는 그녀가 매우 난처해한다는 사실을 알아채고 한숨을 내쉬며 조용히 말했다.

"왕 부인, 저는 이 일이 당신을 매우 곤란하게 만들 수 있다는 사실을 잘 알고 있습니다. 이렇게 합시다. 저는 어머니와 함께 먼저 자리를 옮기도록 하겠습니다."

"안 됩니다." 왕더신은 바로 덩잉차오의 말을 잘랐다.

"저우 부인, 당신과 어머니는 지금 절대 병원을 떠날 수 없습니다. 밖에는 지금 당신을 체포하려고 수색하고 있습니다. 이곳은 독일교회의 병원이니, 아마도 저들은 함부로 쳐들어와 수색하지는 못할 것입니다. 그러나 분명히 이곳에서도 오래 머물러 있을 수는 없을 것입니다. 당신들은 가능한 한 빨리 광저우를 떠나야만 합니다. 이렇게 합시다. 우리 병원은 정기적으로 사람들을 보내어 독일영사관의 작은 배로 홍콩에 가 약품을 구입합니다. 당신은 우리 병원의 간호사로, 당신 어머니는 잡부로 변장하도록 하세요. 한르슈(韓日修) 간호사에게 말하여 당신들이 배를 탈 수 있도록 하겠습니다. 이렇게 하면 야만적인 군경의 검문을 피할 수 있을 겁니다. 우선 당신들은 병원 뒤에 있는 작은 방으로 가세요. 만일 군경이 수색을 하면 제가 당신이 이미 퇴원하여 어디로 갔는지 모른다고 하겠습니다."

"감사합니다. 왕 선생님." 덩잉차오는 허약한 몸을 간신히 버티며 왕더신의 두 손을 꽉 쥐며 떨리는 목소리로 말했다.

"이렇게 하시면 당신이 위험에 빠질 수도 있습니다!"

왕더신은 낮은 목소리로 말했다.

"저우 부인, 당신은 크게 걱정할 필요가 없습니다. 나는 인자하신 하나님께서 우리를 도와줄 것으로 믿습니다. 제가 걱정하는 것은 당신이 지금 침상에서 내려와 걸을 수 있느냐는 것입니다."

갑자기 어디에서 생긴 용기와 힘인지 모르지만 덩잉차오는 백색 침대보를 걷어차고 단숨에 바닥에 내려서서는 뒤뚱거리며 몇 걸음을 걸은 뒤, 웃으며 말했다.

"왕 선생님, 당신이 보기에도 내가 정말 좋아진 것 같지 않나요?"

왕더신은 화들짝 놀라며 급히 말했다.

"저우 부인, 우선 좋은 옷으로 갈아입어요. 제가 가서 방을 치울 테니 뒤이어 따라 오도록 하세요."

얼마 후 왕더신이 다시 돌아와, 덩잉차오를 부축해 밖으로 나가면서
일부러 큰 소리로 다른 환자들이 듣도록 말했다.

"저우 부인, 안녕히 가세요. 그리고 몸조심하세요!" 양전더는 물건들
을 챙겨 뒤를 따랐다.

그녀들은 아래층으로 내려가 모퉁이를 돌아 병원 뒤로 갔다. 덩잉차
오는 어머니와 함께 작은 방으로 들어갔고, 문은 밖에서 잠겼다. 하루 세
끼의 식사는 모두 간호사 한르슈가 날라다 주었다.

덩잉차오가 막 병실을 나서고 나서, 한 명의 군관이 수십 명의 사병을
이끌고 기세등등하게 산부인과 병원을 밀고 들어와 덩잉차오의 행방에
대해 추궁하였다. 왕더신은 교묘하게 대답하였다. "덩씨 성을 가진 한
임산부가 아들을 낳고 3일전에 퇴원하였습니다." 그들은 믿지 않고 병원
을 수색하였다. 병원의 독일원장은 시끄럽게 떠드는 소리를 듣고 밖으로
나왔다. 그는 이곳이 독일교회가 운영하는 병원이고 결코 중국 군인의
불법적인 수색을 받을 수 없다고 성난 목소리로 소리쳤다. 서양인이 나
타나자 국민당 군관은 풀이 죽어 사병들을 이끌고 나갔다.

두 명이 광저우에서 홍콩으로, 홍콩에서 다시 상해로 가는 데에는 적
지 않은 비용이 들 것이다. 덩잉차오는 걱정이 되었다. 저우언라이는 300
원의 월급을 받았지만 다만 50원만 남기고 나머지는 모두 당비로 냈다.
덩잉차오 또한 단지 수십 원의 월급을 받을 뿐이었다. 저우언라이는 12
월 광저우를 떠날 때, 병원비로 쓰라며 약간의 돈만 덩잉차오에게 주었
을 뿐이었다. 그리고 혹 부족하면 중공광동구위원회를 찾으라고 하였다.
그 돈은 이미 거의 다 써버린 상태였다. 그렇다면 어디서 그 많은 여행
경비를 마련할 것인가?

하늘이 무너져도 솟아날 구멍이 있다고 했던가? 이 힘든 때 도와주는
사람이 있었다.

'4·12쿠데타' 이후 장즈중은 덩잉차오가 광저우에서 곤란을 겪고 있
다는 사실을 알았다. 그는 천경에게 500원을 주면서 덩잉차오에게 전해

줄 방법을 생각해보라고 하였다. 천경은 덩잉차오가 아직 병원에 있다는 사실을 확인하고는 사람을 통해 500원을 보내왔다.

며칠 후 어느 새벽. 덩잉차오는 백색 간호사 복장으로, 양전더는 여성 노동자 복장으로 변복하였다. 그녀들은 간호사 한르슈와 함께 사몐(沙面) 항구로 갔다. 거기에는 독일영사관의 작은 기선이 정박하고 있었는데 홍콩으로 직행하려고 출항 대기 중이었다.

아직 새벽인데도 부두에는 군경이 여전히 순찰을 돌고 있었다. 막 교대시간이 되어서 약간 혼란스러워졌다. 그들은 한 간호사가 다른 간호사를 독일영사관 기선에 전송하는 모습을 보고는 다시 검문하지 않았다. 흰 간호사 모자에, 흰 간호복을 입은 '간호사 아가씨'가 그들이 그렇게 온힘을 기울여 수색하여 체포하려는 중요한 공산당원 덩잉차오라는 사실을 어떻게 상상이나 할 수 있었겠는가?

덩잉차오는 매우 감격스런 마음으로 한르슈의 손을 꼭 쥐고 낮은 소리로 말했다.

"르슈 간호사님, 당신과 왕더신 의사선생님께 감사드립니다. 결국엔 우린 다시 만날 수 있을 것입니다."

한르슈는 덩잉차오의 손을 잡고는 빨리 배에 오르라고 재촉하였다. 그리고는 큰 소리로 말했다. "당신들 빨리 돌아와야 해요. 지금 병원에는 약품이 매우 필요합니다." 이렇게 하니 부두를 순찰하고 있던 군경들은 그들을 특별히 의심하지 않았다.

덩잉차오는 어머니와 함께 기선에 올라 선실에 앉았다. 기선은 항구를 떠나 바로 홍콩으로 향했다. 그녀는 이제 다소 안심을 하였다.

덩잉차오와 어머니는 홍콩에 도착한 지 며칠 후 상하이로 가는 배표를 사서 상하이호에 올랐다. 바다의 풍랑이 심하여 배는 아주 심하게 요동쳤다. 덩잉차오 마음속의 풍랑은 더 거셌다.

그녀는 구토를 심하게 하여 뱃속 똥물까지 게워냈다. 그러면서도 마음속으로는 저우언라이의 안전을 걱정하였다. 그녀는 속으로 저우언라이가 자신에게 보낸 전보(그녀는 이 전보를 보고난 후 바로 없애버렸다)를 조용히 기억해 냈다. 거기에는 상하이로 와 곧장 어머니의 이름으로 신문에 광고를 내라고 되어 있었다 .

그녀는 과연 그를 찾을 수 있을까?

25. 생이별인가 아니면 사별인가?

덩잉차오는 어머니와 함께 상하이에 도착하였다. 그날은 마침 5월 1일이었다. 거리에는 곳곳에 경찰이 순찰을 하고 있어서 아주 긴장된 분위기가 연출되고 있었다. 그녀들은 여관을 찾아 여장을 풀었다. 양전더는 즉시 상하이의 최대 신문사인 『신보(申報)』를 찾아 구인 광고를 냈다. 그 내용은 대강 이러했다. "우하오(伍豪)는 보시오. 자네는 이미 오랫동안 자네 부인을 찾지 않았네. 현재 내가 딸을 데리고 상하이에 와서 자네를 찾고 있으니, 이 광고를 보는 즉시 ××로(路) ××여관으로 오시게. 장모 전더."[44]

'우하오'는 저우언라이가 각오사 시절 사용하던 별명이었는데, 후에 그는 이것을 당내에서 필명으로 사용하였다. 국민당은 당시 우하오가 저우언라이라는 사실을 몰랐다.

노동자의 집 다락에 숨어 있던 저우언라이는 긴장된 활동 가운데에서도 매일 매일 상하이의 각종 신문과 신문에 게재된 광고를 주의 깊게 읽고 있었다.

하루는 그의 눈이 밝게 빛났다. 과연 『신보』에 그가 오랫동안 기다려

44　덩잉차오는 어머니에 대해 이야기하던 중간에 이 상황에 대해 설명하였다.

왔던 구인 광고가 실려 있었다. "잉차오가 위험에서 탈출했구나!" 그는 깊이 안도의 숨을 내쉬고는 자세하게 여관의 이름을 확인하였다. 이름을 확인한 순간 그는 깜짝 놀랐다. 왜냐하면 상하이에 도착한 몇몇 당 중앙의 간부가 전날 바로 그 여관에서 체포되었기 때문이었다. 그는 즉시 통신원을 그 여관에 파견하여 덩잉차오를 일본인이 운영하는 푸민(福民)의원으로 옮기도록 하였다. 그리고 양전더는 믿을 만한 동지의 집에 거주하도록 조치하였다. 허약해진 덩잉차오는 푸민의원에서 2주 동안 요양을 하였다. 일본인 의사는 진찰을 한 후 그녀에게 불행한 소식을 전했다. 출산 이후 과도한 긴장과 피로 때문에 자궁이 수축되지 않아 이제 다시 임신은 어려울 것이라는 소식이었다. 덩잉차오는 당시 혁명운동 발전에만 모든 주의를 집중시키고 있었기 때문에 아이 문제는 그리 큰 신경을 쓰지 않았다. 하지만 그녀는 혁명을 위해 그녀와 저우언라이의 아이를 영원히 희생한 꼴이 되었다.

얼마 후 저우언라이는 은밀한 방을 하나 얻어 통신원을 통해 덩잉차오를 퇴원시켰다. 마침내 그들은 서로 만나게 되었다.

헤어져 있던 5개월여 동안 그들은 엄청난 위험에 처해 있었으며, 때론 생사를 넘나들기도 하였다. 저우언라이의 얼굴에는 수염이 가득 자랐고, 짙은 눈썹 아래서 밝고 그윽하던 두 눈동자는 빛을 잃어 어두웠다. 그의 모습은 국민혁명 실패로 그가 얼마나 큰 고통을 감내하고 있는지 잘 보여주고 있었다. 덩잉차오도 몸과 마음이 병들기는 마찬가지였다. 혁명사업의 엄청난 좌절과 아이를 잃은 이중의 고통으로 얼굴에 핏기가 하나도 보이지 않았다. 비틀거리며 길을 걸어오는데 수척하여 피골이 상접해 보였다.

"언라이, 언라이!" 그녀는 저우언라이의 품에 와락 달려들었다. 고통스러워 아무런 말도 하지 못했다.

"잉차오!" 저우언라이는 힘껏 그녀를 위로하였다. "혁명은 지금 위기의 순간을 맞아 많은 동지들이 희생을 당했소. 당신이 현재 해야 할 가장 중요한 일은 건강을 회복하는 일이오. 며칠 있으면 나는 우한으로 가야할 것 같소. 당신도 몸이 좋아지면 우한으로 갑시다.”

국민정부는 이미 우한으로 천도하였다. 원래 상하이에 있던 중공 중앙기관도 우한으로 옮겼다.

4월 27일부터 5월 9일까지 중국공산당은 제5차전국대표대회를 개최하였다. 저우언라이는 중앙위원에 선출되었고, 5계(屆) 1중전회(中全會)[45]에서는 정치국위원 겸 비서장에 선출되었으며, 이후 다시 군사부장을 겸임하여 중앙정치국상위회의에 참가하였다.

덩잉차오도 한커우(漢口)[46]로 옮겨갔다. 그녀의 몸은 여전히 회복되지 않아 우선 리푸춘과 차이창의 집으로 가 요양부터 하였다.

덩잉차오는 쑹칭링과 허샹닝을 만났다.

‘좌파’로 가장한 왕징웨이는 이 당시 쟝졔스와 몰래 결탁하여 “닝한합류(寧漢合流)”[47]를 취함으로써 우한의 형세가 급속히 악화되었다. 중공당 내의 절대다수 동지들은 천두슈의 우경화에 반대하였다. 저우언라이는 임시 중앙상무위원회 위원으로 매우 바빴기 때문에 늘 며칠씩 계속 볼 수 없었다.

7월 14일 덩잉차오는 신문을 통해 쑹칭링이 발표한 성명을 보았다. 그 것은 우한국민당중앙이 쑨원의 혁명원칙과 혁명정책을 위반하고 반혁명적 ‘신정책’을 추진하고 있다고 단호하게 항의하는 것이었다. 쑹칭링은 성명 가운데 자신이 결코 이러한 ‘신정책’에 동조하지 않을 것이라고 엄숙히 선포하였다. 또한 “쑨원의 정책은 명백하다. 만약 당내 지도자가 그의 정책을 관철시킬 수 없다면 그들은 다시는 쑨원의 충실한 신도가 될 수 없으며, 당 또한 더 이상 혁명적 당이 아니라 이런 저런 군벌의 도

45　역주 : 제5차전국대회와 제6차전국대회 사이의 첫 번째 중요회의를 가리킨다.
46　역주 : 우한은 본래 우창(武昌), 한커우(漢口), 한양(漢陽) 등 3 도시로 이루어진 ‘우한 삼진(三鎭)’을 일컫는 말이다.
47　역주 : 여기서 ‘닝(寧)’은 난징(南京) 쟝졔스의 우파 국민당정부를 ‘한(漢)’은 우한의 좌파 국민당정부를 각각 가리키는데, 둘이 서로 합작했음을 나타낸다.

구에 지나지 않는다"고 천명하였다.

쑹칭링의 성명은 모두 옳았다. 덩잉차오는 이것을 보고 쑹칭링이 역사의 반동시기에 보여준 올곧고 늠름한 풍격을 존경하고 또 감탄하였다. 그러나 쑹칭링, 허샹닝, 덩옌다(鄧演達)[48] 등 국민당좌파는 이미 국민당 내부에서 주류를 차지한 반동 추세를 되돌리기에는 역부족이었다.

7월 15일 왕징웨이는 주저하지 않고 '분공회의(分共會議)'[49]를 개최하였다. 우한은 백색공포 속으로 빠져들었고, 도처에서 공산당원을 체포하여 도살하였다. 저우언라이와 덩잉차오는 신속하게 한 공장의 노동자 가정으로 몸을 숨겼다.

7월 하순 어느 날 밤. 저우언라이는 바삐 숙소로 돌아와 덩잉차오에게 자신은 곧장 쟝시 쥬쟝(九江)으로 갈 것이라고 했다. 왜 가느냐고 물었지만 그는 오랫동안 대답해주지 않았다. 비밀을 엄격히 준수하는 덩잉차오 역시 꼬치꼬치 묻지 않는 것에 익숙해져 있었다.[50] 당시 혁명 정세는 매우 험악하였다. 상하이, 광저우, 우한에서는 모두 반혁명 학살이 진행되고 있었고 수많은 중국의 우수한 아들, 딸들이 이미 국민당반동파에 의해 살해당했다. 덩잉차오는 가슴 가득히 원한을 품은 채 어떻게 하면 국민혁명의 실패를 만회할 수 있는지에 대해서만 생각하였다.

그들은 두 눈을 바라보며 아무 말 없이 손을 꽉 쥐고는 이별하였다. 하지만 아무 말이 없어도 서로에 대한 무한한 정은 한없이 넘쳐 났다. 그녀는 백색공포가 횡행하는 날들 속에서 만날 때마다 생이별을 반복하

---

48 역주: 1895-1931. 북벌 시기 국민혁명군 총정부 주임으로 군사, 노농공작에 종사하였다. 군사위원회 위원이 되어 공산당과의 제휴를 주장하였으며 국공합작 붕괴 후 국민당에서 제명당하자 중국공산당 혁명운동에도 가담할 수가 없어 중화혁명당을 결성하여 소위 '제3노선'을 추구하였다.

49 역주: 토지 국유화 실현, 7만의 공산군대 조직 등 급진적인 내용을 담은 코민테른 통지를 계기로 국공합작을 깨기 위해 왕징웨이가 소집한 회의.

50 1980년대 덩잉차오는 문예계 인사에게 역사 창작의 진실성에 대해 말하면서 저우언라이가 쥬쟝을 거쳐 난창(南昌)으로 가 폭동을 지도했음에 대해 전혀 몰랐다고 했다.

게 되니 이는 곧 사별을 의미할 수도 있음을 잘 알고 있었다.

그녀는 저우언라이와 이별할 때마다 한 번도 울지 않았다. 그녀는 먼저 혁명가였고 이제 저우언라이의 아내였다. 혁명이 극도의 위기에 봉착했는데, 어떻게 울 수 있겠는가? 당시 당중앙기관에서 활동하던 그녀는 공개되어 있던 당조직을 신속히 비밀조직으로 전환하는데 많은 작업을 해야 했다.

7월 말 덩잉차오는 상하이로 돌아갔다.

8월 초 그녀는 신문을 통해 난창(南昌)폭동 소식을 접했다. 이때 그녀는 비로소 언라이가 쥬장을 거쳐 난창으로 가 '8·1난창봉기'를 주도했음을 알았다.

덩잉차오는 더욱 주의 깊게 신문을 보았다. 그녀는 난창봉기가 성공을 하였으며, 저우언라이가 지휘했음을 알았다. 이는 중국공산당이 국민혁명 실패 후 국민당에 반격을 가한 첫 번째 거사였다. 그녀는 봉기군이 난창에서 물러나 광동으로 남하하였고, 그 과정에서 봉기군의 몇 배에 달하는 국민당군대에 의해 추격당하였음을 신문을 보고 알았다. 국민당계 신문은 사실을 왜곡하여 마치 자신들이 봉기군대를 완전히 박멸한 것처럼 보도하였다. 예컨대, "공비의 중요 수령 저우언라이, 예팅(葉挺)[51]이 황급히 도주하였고 조만간 체포되어 사건이 종결될 것"이라 보도하였다.

여기까지 읽은 덩잉차오는 초조하던 마음에 다소 안심이 되었다. 이 보도에 따르면 봉기군이 비록 심한 타격을 받았지만, 언라이와 예팅은 아직 모두 안전하다는 것을 의미하였다. 단지 그가 어디에 있는지, 적의 포위망을 뚫고 진정 탈출했는지 등을 모를 뿐이었다.

저우언라이는 도대체 어디에 있단 말인가? 다행스럽게도 그는 다시

---

[51]   역주: 1896-1946. 중국인민해방군의 창시자 가운데 한 명. 1924년 소련동방노동대학과 군사학교에서 수학. 귀국 후 국민혁명군 간부 역임. 1927년 난창봉기와 광저우봉기에 참가하였고 항일전시기에는 신사군(新四軍) 군장을 역임하였다.

한 번 위기에서 벗어날 수 있을까?

난창봉기군은 산터우를 점령했으나 제대로 지키지 못해 어쩔 수 없이 그곳을 포기해야 했다. 저우언라이는 이때 악성학질에 걸렸다. 부대는 류사(流沙)로 퇴각하여 주요 문제를 결정하는 회의를 개최, 무장대원을 하이루펑(海陸豐)으로 퇴각시키고, 비무장대원을 해변으로 후퇴시켜 개별적으로 홍콩이나 상하이에 집결시키기로 하였다.

저우언라이는 40도에 이르는 고열에 시달리며 들 것에 실려 이동했다. 부대원은 또한 국민당군대의 맹렬한 습격을 받았다.

부대는 모두 뿔뿔이 흩어져버렸고 들것을 든 사람들도 도주해버렸다. 저우언라이의 주위를 지킨 사람은 단지 예팅, 녜룽전(聶榮臻)[52] 등 몇 명뿐이었다. 그들은 길을 잘 몰랐고, 사투리를 제대로 알아듣지 못했다. 단지 몇 명이 총 하나만 휴대하고 있는 매우 위험한 상황이었다. 다행히도 차오산지구 당조직 책임자인 양스훈(楊石魂)을 만나 들것을 찾아 저우언라이를 하루펑의 쟈즈(甲子)항으로 이동시켰다. 거기서 작은 선박을 구해 저우언라이, 예팅, 녜룽전, 양스훈 등은 노를 저어 바다로 나갔다.[53]

1박 2일 동안 그들은 망망대해에서 풍랑과 싸우며 겨우겨우 홍콩에 도착하였다. 양스훈은 홍콩에 거주하는 광동성위 동지와 연락을 하여 유마디(油麻地) 광동다오(廣東道)에 방 두 칸을 구한 뒤 여성공산당원 판귀샤(范桂霞)에게 중병에 걸린 저우언라이의 간호를 부탁했다.[54]

양스훈은 저우언라이를 등에 지고 세를 얻은 작은 방으로 들어갔다. 그는 혼절한 후 3일이 지나서야 비로소 깨어났다. 판귀샤는 침상 곁에서 쉬지도 않고 극진히 간호를 하였다.

저우언라이가 깨어나 보니 침상에 한 젊은 여인이 있었다. 곧장 "누구

---

52   역주 : 1899-1992. 중국인민해방군의 창시자 가운데 한 명. 중화인민공화국 원수.
53   聶榮臻, 『聶榮臻回憶錄』上卷, 解放軍出版社, 1983.12(第2版), 72-74쪽.
54   필자가 광저우의 판귀샤를 방문했을 때 그녀는 홍콩에서 저우언라이를 간병한 상황에 대해 설명해 주었다.

십니까?” 하고 물었다.

“저는 판귀샤라고 합니다. 당이 당신을 간호하라고 파견하였습니다.” 판귀샤는 작은 목소리로 대답했다.

저우언라이는 깜짝 놀라 다시 물었다.

“누가 당신을 파견했다고요?”

“선바오통(沈寶同)”, 판귀샤는 조용히 말했다.

선바오통은 저우언라이도 알고 있는 중공광동성위공작원이었다. 그는 비로소 안심하였다. 판귀샤는 또한 저우언라이가 예팅, 녜롱첸, 양스훈 등과 함께 작은 배로 홍콩에 왔다고 알려주었다.

저우언라이는 머리를 끄덕이며 판귀샤를 보고, 다시 미소를 띤 얼굴로 물었다.

“당신은 덩잉차오를 아십니까?”

“저는 당연히 덩 언니를 알고 있습니다.” 판귀샤는 재빨리 대답하였다.

“저는 중산대학 학생 때 신학생사(新學生社)에 참가하여 여성해방협회 집행위원을 맡은 적이 있습니다. 중산대학 옆이 바로 광동구위여서 저는 거기서 항상 덩 언니를 만났습니다.”

“당신은 덩잉차오가 지금 어디에 있는지 아십니까?” 저우언라이가 관심 있게 물었다.

“제가 듣기에 그녀는 이미 상하이에 도착했다고 합니다.”

“당신 저를 속이시는 것입니까?” 저우언라이는 진지하게 판귀샤에게 물었다.

“제가 어떻게 당신을 속이겠습니까?” 판귀샤는 머리를 흔들며 진지하게 대답하였다.

저우언라이는 이 이야기를 듣고는 안심하면서 유쾌하게 웃었다.

판귀샤는 한 달여 동안 저우언라이를 간호하였다. 저우언라이는 상하이 상인으로 변장하고 있었다. 판귀샤는 공개적으로는 그를 ‘이 선생’이라 불렀고 개인적으로는 저우 주임이라 불렀다. 병에서 회복되자 저우언라이는 늘 판귀샤와 농담을 하였다. 그는 관심을 갖고 판귀샤에게 물었다.

"남자 친구가 있나요?"

"예. 판야오팡(潘耀芳)이라 하는데 황푸군관학교 제4기 학생입니다. 당신의 학생이지요" 판귀샤는 시원스럽게 대답하였다.

"판야팡, 아, 알겠군요. 그는 지금 어디에 있죠?"

"그는 푸닝(普寧)에서 농민군 훈련을 담당하고 있습니다."

"당신은 그를 매우 사랑하나요? 그 역시 당신을 매우 사랑합니까?" 저우언라이는 농담조로 물었다.

얼굴이 붉어진 판귀샤는 낮은 소리로 말했다. "저는 그렇게 생각합니다. 단지 현재 혁명 형세가 너무도 긴박해서 ……."

저우언라이는 크게 웃기 시작하였다.

"당신은 걱정할 필요가 없어요. 당신을 장래에 결국 만나게 될 것입니다. 당신의 사랑이 영원하기를 축원합니다."

판귀샤는 감격하며 웃었다. 저우언라이의 낙관적 정서가 그녀까지 감염시켜 그녀는 혁명의 전도에 대해 확실한 믿음으로 충만하게 되었다.

저우언라이는 몸이 다소 회복되자 긴장된 활동을 다시 시작하였다. 그는 광저우봉기를 연구하는 회의에 참가하였다. 후에 광저우봉기는 적과 아군의 역량 차이 때문에 실패하였지만 중국혁명사에 있어 찬란한 한 획을 남겼다.

11월 상순 중공중앙은 상하이에서 임시정치국확대회의를 개최하기로 결정하고 저우언라이에게 반드시 참가하라고 통지하였다.

저우언라이는 홍콩을 떠나 배로 상하이에 도착했다. 양스훈, 판귀샤는 그를 배웅하였다. 그는 그들의 손을 꼭 잡고 낮은 소리로 판귀샤에게 말했다. "믿음을 갖는다면 승리는 결국 우리에게 돌아올 것입니다. 우리 승리한 후에 다시 봅시다!"

이 한 마디는 계속 판귀샤의 귓가에 울려 퍼졌고, 수없이 많은 고난의 세월을 그녀가 극복해 갈 수 있도록 그녀를 지탱해 주는 힘이 되었다.

저우언라이는 상하이에 돌아와 덩잉차오와 재회하였다. 지난 몇 개월 동안 덩잉차오는 마음을 졸여 왔는데 이제야 안심할 수 있었다. 저우언라이는 그녀에게 자신의 발병과 판귀샤가 간호하게 된 경위 등을 이야기하며 그녀를 기억하냐고 물었다.

"당연히 기억하지요." 덩잉차오는 바로 대답하였다. "그녀는 천톄쥔(陳鐵軍)과 동기이며 항상 저를 찾아 왔었습니다. 이번에 천만다행으로 그녀가 당신을 돌봐주었군요. 다음에 다시 보게 된다면 반드시 그녀에게 감사 인사를 해야겠습니다."

덩잉차오는 저우언라이와 바로 긴박한 공작에 투입되었고, 상하이에서 5년 동안이나 지속된 비밀 전투공작을 개시하였다.

제5장 지하활동의 기세는 맹렬한 불길처럼 타오르고 장정(長征)의 의지는 굳건했다

(1927-1937)

26. 중앙여성위원회의 '8자매'

1925-1927년 사이에 국민혁명은 활발하게 전개되었지만 결국 실패하고 말았다. 제국주의와 봉건세력은 결탁하였고, 그 역량은 혁명진영에 비해 강하였다. 국민당은 배신하여 대의를 저버리고 중국공산당과 그들이 지도하는 노동자·농민대중운동을 느닷없이 습격하였다. 천두슈로 대표되는 중공중앙은 우경화하여 기회주의의 착오를 범하고 말았다. 이런 주·객관적 요인 때문에 국민혁명은 실패를 하였던 것이다. 중국공산당원은 5만에서 1만여 명으로 그 수가 급격하게 줄었다. 열사의 피는 중국 대지 여기저기에 뿌려졌다. 정확한 통계는 아니지만 1927년 3월에서 1928년 상반기까지 살해당한 공산당원과 혁명대중은 대략 30여만 명에 이른다는 주장도 있다.

하지만 굳은 의지의 혁명가는 동지의 시체를 묻고, 온몸의 핏자국을 씻어낸 뒤 다시 일어나 전투를 계속하였다.

주더는 난창봉기군을 이끌고 마오쩌동과 함께 징강(井崗)산으로 올라갔다.

저우언라이, 덩잉차오는 상하이 중앙에서 용감하게 지하투쟁을 계속하였다. 저우언라이는 중공중앙정치국상임위원 겸 중앙군사위원회서기, 조직부장으로 당중앙 보위라는 특수임무를 책임맡았다.

덩잉차오는 양즈화(楊之華)를 이어 중공중앙여성위원회서기를 맡았고, 차이창, 양즈화, 리원이(李文宜), 좡동샤오(庄東曉) 등 8명은 여성위원회위원이 되었다.[1]

덩잉차오는 그녀의 집에서 제1차 중앙여성회의 개최를 준비하였다.

그때는 초겨울 무렵으로 추위 때문에 대지는 꽁꽁 얼어붙었다. 한 밤중에 서북풍이 세차게 불어오자 길 양쪽의 프랑스오동나무 잎이 떨어져 거리를 가득 메웠고, 앙상한 가지만이 매서운 바람 속에 움츠려 떨고 있었다. 공공조계[2]의 '홍터우아싼'(紅頭阿三)[3]이라는 조계경찰이 곤봉을 손에 쥐고 우쭐대며 대로를 순찰하고 있었다. 그들은 중국공산당이 이미 국민당에 의해 거의 소멸되었으며 그 잔당이 상하이 조계 어디인가에 숨어 있다고 들었다. 그러나 공산당원은 어디에 있단 말인가?

이때, 한껏 유행을 따라 멋을 부린 한 아가씨가 인력거를 타고 공공조계의 롱탕(弄堂) 입구에 내렸다. 그녀는 인력거에서 내려 석고문(石庫門)[4]

---

1   필자가 리원이, 좡동샤오를 방문했을 때 그녀들은 상하이에서 덩잉차오가 중앙여성위원회를 주재했던 상황에 대해 상세하게 소개하였다.

2   역주: 상하이의 영국, 프랑스, 미국 등이 연합기구인 상하이공부국(工部局)을 설치하여 공동운영한 조계를 가리킨다.

3   역주: 상하이공공조계 내의 인도 시크교도 순포(巡捕)에 대한 속칭. 왜냐하면 그들은 통상 홍색 두건을 두르고 다녔기 때문이다.

4   역주: 석고문이란 상하이 특색의 전통 거주 양식을 가리킨다. 19세기 중반 태평천국(太平天國) 운동 시기 상해로 몰려들어온 상인, 지주, 신사(紳士) 등의 거주 수요를 충당하기 위해 외국 업자들이 쟝난(江南) 거주양식을 융합하여 만든 건축양식이다.

양식의 한 집으로 들어갔다. 이 여인은 '홍터우아싼'과 국민당 밀정들이 그렇게 힘들여 찾고자 했던 '중공의 잔당'이었다. 그녀는 막 모스크바 중산대학에서 돌아와 중공중앙국제연락처에서 일하고 있는 공산당원 겸 중공중앙여성위원 좡동샤오(庄東曉)였다. 그녀는 석고문 집 앞에서 정해진 암호에 따라 문을 두드렸다.

문을 연 사람은 50세쯤의 수척한 늙은 아주머니였다. 그녀는 덩잉차오의 어머니 양전더였다. 그녀는 조용히 좡동샤오에게 말했다. "이층에서 당신을 기다리고 있습니다."

좡동샤오가 이층으로 올라가 보니 덩잉차오, 차이창, 양즈화, 리원이 등이 담소를 나누고 있었다. 덩잉차오는 짙은 녹색의 치파오[5]를 입었고, 머리를 둥글게 말아 올려 가정주부와 같았다. 동그란 얼굴에 온화하면서도 열정이 넘치는 모습으로 웃고 있었다. 하지만 맑은 두 눈동자에는 지하비밀공작원의 경계심과 함께 총명함이 잘 드러나 있었다. 그녀는 좡동샤오를 보자 웃으며 그녀의 손을 끌어당긴 뒤 차이창, 양즈화, 리원이를 불렀다.

"새방을 좀 봐요." 그녀는 그들을 데리고 이층과 일층을 오르내리며 안내했다.

"방을 구하기가 너무 힘들었어요. 이 방을 구하려고 거리를 얼마나 뛰어다녔는지 몰라요. 은밀하면서도 너무 외진 곳이면 안 되었기 때문이죠. 이 부근에는 적들이 거주하기도 힘들지만 우리 동지나 친구들이 살 수 없습니다. 이미 어떤 조직기관이 자리했었지만 오래 버티지 못했습니다. 여기저기 거리를 헤매다 겨우 이 방을 빌릴 수 있었습니다."

그녀는 다시 그녀들에게 후문과 베란다를 보여주었다. 베란다로 나서자 집안의 모습이 한 눈에 들어왔다. 베란다엔 월계화 화분이 하나 놓여

돌로 문틀을, 새까만 나무로 문짝을 만들었기 때문에 석고문이라는 이름이 유래되었다.

5   역주: 중국 여성들이 입는 긴 원피스 형태의 전통 의복.

있었다. 덩잉차오는 말했다.

"이제부터 여기 와서 이 월계화 화분이 보이지 않는다면 절대 방 안으로 들어와서는 안 됩니다."

그녀들은 2층으로 다시 올라와 탁자에 둘러앉았다. 탁자 위에는 마작이 놓여 있었다. 덩잉차오는 웃으며 말했다.

"만일 누군가 불시에 쳐들어오면 우리는 마작하는 것으로 위장해야 할 것입니다."

덩잉차오는 이어 말했다.

"오늘은 중앙여성위원회가 상하이에 돌아온 후의 첫 번째 회의입니다. 중앙여성위원회 위원 8명 가운데 오늘 5명이 참석했습니다. 다른 3명은 일 때문에 오지 못했습니다. 우리의 비밀공작을 원만하게 추진하기 위해 저는 상하이 여성노동자와 시민들이 자매를 맺는 방식에 따라 우리도 자매를 맺자고 제안합니다. 만일 불미스러운 일이 발생해 적의 조사를 받게 되면, 자매들끼리 모여 마작을 한 것으로 말하면 됩니다."

모두가 동의하면서 잉차오의 주도면밀함을 칭찬하였다. 그녀들은 나이를 따져 보았다. 차이양과 양즈화는 모두 1900년생이었다. 태어난 달을 따져 양즈화가 큰 언니, 차이양이 둘째 언니가 되었다. 1903년생인 리원이가 셋째가 되었다. 일찍이 그녀는 중공후베이성여성위원회 서기 겸 국민당후베이성 당부여성부장을 맡았다.

허쟈싱(何家興)과 결혼을 한, 소련에서 귀국한 허즈화(賀治華)가 넷째가 되었다.[6] 23세의 덩잉차오는 다섯째가 되었다. 두 명의 여성노동자 주위루(朱玉如)와 왕건잉(王根英)이 각각 여섯째, 일곱째가 되었고 20살의 좡동샤오가 자연스럽게 여덟째가 되었다. 이후 만남부터는 그녀들은 자매처럼 서로 부르기로 하였다. 또한 덩잉차오는 다섯째 언니(五妹)와 발음이 같은 '우메이(伍妹)'를 필명으로 삼아 많은 문장을 썼다.

---

6   허쟈싱의 본명은 허쟈싱(賀家興)이며, 허즈화의 본명은 허즈화(賀稚華)이다. 둘은 모두 소련에서 유학하고 귀국하였다.

자매의 호칭이 정해지자 그녀들은 앉아 작전을 상의하기 시작했다. 당시 중앙여성위원회는 상하이의 여성운동을 지도하면서 여성노동자공작과 선전공작 등에만 관심을 가질 뿐이었다.

그녀들은 열정적으로 토의하였다. 도중에 수염을 길게 기르고 장포에 마고자를 갖춰 입어 평소 상하이탄[7]에서 흔히 볼 수 있는 상인 차림의 저우언라이가 돌아왔다. 여덟째인 쩡둥샤오가 서서 웃으며 "다섯째 형부!" 하고 불렀다.

저우언라이는 짙은 눈썹을 치켜 올려 덩잉차오를 바라보면서 웃으며 물었다.

"잉차오, 어찌된 일이예요?"

덩잉차오는 웃으며 '8자매'를 결성하게 된 과정을 소개하였다. 저우언라이는 칭찬하며 말하였다.

"당신들 여성동지들은 여러 방법을 강구하여 매우 빠르게 상하이의 특수한 환경에 적응하고 있군요. 공작을 보호할 수 있는 좋은 방법이라 판단됩니다."

우아하면서도 단정한 차이창이 웃으며 말했다.

"이것은 잉차오가 생각해낸 것입니다. 언라이 동지, 저도 예의를 차리지 않고 당신을 다섯째 제부로 부르겠습니다."

아름답고 부드러운 양즈화 또한 웃으며 말했다.

"그러고 보니 당신들 부부는 호흡이 서로 잘 맞는 것 같습니다. 당신은 우리의 다섯째 형부가 된 것이 좀 억울하지요?"

저우언라이는 흥미진진해 하며 그녀들에게 말했다.

"이미 때가 늦었지만 좀 더 기다려 점심을 드시고 가도록 해요. 제가 주방에서 솜씨를 발휘하여 당신들이 자매가 된 것을 기념하고 또 축하하도록 하겠습니다."

---

7   역주: 서구열강 조계지의 중심지로 각국의 건축 양식에 맞춰 다양한 형태의 고건물이 현재 남아 있어 관광의 명소로 알려져 있다.

덩잉차오, 차이창을 비롯한 모두는 저우언라이의 말이 중앙여성위원회가 다시 회복되어 공작을 전개할 수 있게 된 것을 축하한다는 의미라는 것을 잘 알고 있었다.

차이창 등은 사양하였지만 이미 저우언라이는 재빨리 아래층 주방으로 내려가 장모와 함께 식사를 준비하였다. 차이창은 당의 재정이 매우 어렵다는 사실을 잘 알고 있었다. 저우언라이의 매달 생활비는 단지 12원, 덩잉차오는 8원(그녀가 초등학교 교사였을 때보다 훨씬 적었다), 그밖에 별도의 교통비 5원과 3원이 전부였다. 이 28원으로 3명의 생활을 유지하고 있었다. 그녀들은 사실 덩잉차오 부부에게 폐를 끼치고 싶지 않았다.

덩잉차오는 오히려 이렇게 말했다.

"그를 내버려 둡시다. 그가 오늘처럼 이렇게 기뻐하는 것은 좀처럼 보기 힘듭니다. 우리는 즐겁게 그가 준비한 식사를 먹도록 해요."

식사 때 저우언라이는 앞치마를 두르고, 향기가 넘쳐나는 뜨거운 훙사오스쯔터우(紅燒獅子頭)[8]를 받쳐 들고 웃으며 말했다.

"제가 직접 만든 스쯔터우를 맛보시기 바랍니다. 이것은 제가 가장 자신 있는 요리인 만큼 모두들 편하게 마음껏 드시기 바랍니다. 다 드시면 더욱 좋겠습니다!"

모두는 '다섯째 제부', '다섯째 형부'의 솜씨를 연이어 칭찬하였다.

이날의 모임이 끝난 후 차이창과 양즈화는 공장으로 가 여성노동자 공작을 지도하였다. 리원이, 쫭동샤오는 기관에서 공작하였다. 덩잉차오는 중앙여성위원회 기관공작을 주재하면서 글을 통해 여성노동자운동을 지도하였다. 간혹 그녀는 편한 복장으로 갈아입고 구위원회 여성부장과 접촉하기도 했다. 또한 빼놓을 수 없는 중요한 임무는 가정주부로서의 역할을 충실히 하면서 저우언라이의 공작을 보호하는 것이었다.

1928년 설날 리원이는 중공중앙정치국위원 뤄이농(羅亦農)과 결혼하였

---

8   역주 : 붉은 기름으로 볶아낸 커다란 고기 완자 요리.

다.[9]

그날 세배를 핑계로 저우언라이와 덩잉차오, 취츄바이(瞿秋白)와 양즈화, 리푸춘과 차이창, 허쟈싱과 허즈화, 당중앙비서처의 황졔란(黃玠然)과 양칭란(楊慶蘭), 그리고 천두슈 등이 둘의 혼례에 참석하였다. 덩잉차오는 그날 특별히 자홍빛 치파오를 입었고 생화를 선물하여 결혼을 축하였다. 천두슈는 그날 산타로 변장하여 모두에게 큰 웃음을 선사하였다. 이것은 백색공포 아래에서 극히 얻기 어려운 즐거운 모임이었다. 그들은 칼 날 위에 모여 즐거운 한 때를 보낸 셈이었다.

불행한 사건은 바로 발생하였다. 1928년 4월 21일 새벽, 뤄이농은 허더(赫德)로 일대에서 사람을 만나다 갑자기 체포되어, 영국조계로부터 신속하게 국민당의 롱화(龍華)경비사령부로 이관되었다. 저우언라이가 전력으로 구명 활동을 벌였다. 그러나 한 배신자 때문에 적들은 그의 신분을 알아냈고, 매우 신속하게 그리고 비밀리에 그를 살해 하였다.

덩잉차오가 양즈화의 집에 서둘러 가보니 리원이가 대성통곡을 하고 있었다. 덩잉차오는 매우 비통해 하며 리원이의 어깨를 두드리면서 조용히 말했다.

"셋째 언니, 셋째 언니, 실컷 우세요! 언라이가 이미 비밀요원을 파견하여 배신자를 찾아냈습니다. 그 배신자에 대한 조사가 이루어졌는데 그가 누군지 알겠어요?"

리원이는 갑자기 울음을 멈추고선 두 눈을 크게 뜨고 덩잉차오를 바로 보았다. 양즈화 역시 긴장하며 덩잉차오를 주시하였다.

흥분한 덩잉차오의 얼굴도 온통 붉어졌다. 그녀는 격분하여 리원이에게 말하였다.

"셋째 언니, 즈화 언니, 상상이나 할 수 있겠어요? 배신자는 바로 산졔러우(三姐樓) 아래에 거주하는 허쟈싱, 허즈화랍니다."

---

[9]　리원이는 필자에게 뤄이농과의 결혼과 그가 희생하게 된 상황에 대해 이야기해 주었다.

"설마!" 리윈이, 양즈화는 약속이나 한 듯 똑같이 소리를 질렀다.

덩잉차오는 화를 내며 말했다.

"그들은 타락한 변질분자일 뿐만 아니라 비밀공작의 기율을 준수하지 못했으며 그동안 자신들의 공작도 제대로 처리하지 못했습니다. 지난 번 우리 중앙여성위원회 회합 때에도 허즈화는 분명히 통지를 받았음에도 참석하지 않았습니다. 그들은 항상 무도장이나 커피점을 다니는 등 불건전한 생활을 하였고 또 그로 인해 뤄이농 동지로부터 여러 차례 비판을 받았습니다. 그리고 이 때문에 그들은 마음속 깊이 뤄이농 동지에 대해 원한을 품은 것입니다. 매월 수십여 원의 생활비로 그들의 타락한 향락의 수요를 어떻게 만족시킬 수 있겠어요? 이 배신자들은 10만 원을 받는 대가로 뤄이농 동지를 팔았으며, 상하이의 십여 개 조직기관에 대해 자백하였습니다. 다행히 순포(巡捕)[10] 내에 우리 측 사람이 있어 언라이가 제때에 조직기관을 이전시켰고, 저희 집도 이사를 했습니다. 애석하게도 그날 뤄이농 동지는 다른 사람과 접촉하기 위해 아침 일찍 집을 나섰기 때문에 통지를 받지 못하고 이번 일을 당하게 된 것입니다. 이 배신자들을 결코 그대로 내버려 두어서는 안 될 것입니다. 언라이가 반드시 그들을 엄격히 처벌할 것입니다."

양즈화와 리윈이는 멍하니 듣고만 있었다. 그녀들은 일찍이 소련에서 유학까지 한 허쟈싱, 허즈화가 10만 원 때문에 악랄하게 동지를 팔고 혁명을 팔 것이라고는 추호도 생각하지 못했다.

덩잉차오는 리윈이에게 말했다.

"셋째 언니, 당중앙은 이미 언니의 소련 유학을 승인했어요. 즈화 언니도 딸 두이(獨伊)를 데리고 소련으로 가 '6대'[11]에 참석하게 될 것입니다. 당신은 건강을 잘 챙기시고 즈화 언니와 어떻게 안전하게 모스크바에 갈 것인지에 대해 상의하세요. 언라이와 나 역시 갈 것이니, 우리 모

스크바에서 다시 만나도록 해요.”

며칠 지나지 않아 양즈화는 조용히 리원이에게 말했다.

“셋째 동생, 당신에게 좋은 소식 하나를 전해줄게요. 다섯째 동생이 이미 그 배신자들을 모스크바로 파견했는데 거기에서 그들을 처벌한답니다.[12] 이것은 그들에 대한 당의 징벌입니다! 잉차오가 전하는 말에 따르면 이제 당신은 안심하고 나와 함께 출발하고 가는 길에 혹 있을 문제에 대해서는 자기들이 대신 알아서 잘 처리할 것이라 합니다.”

며칠 후 리원이, 양즈화 그리고 양즈화의 딸 두이 등이 함께 소련의 한 화물선에 몸을 실었다. 동행자로는 또한 장진바오(張金保), 저우슈주(周秀珠) 등이 있었는데 이 둘은 모두 20세 전후의 여성노동자였다.

그녀들이 출발한 지 며칠이 지나 저우언라이와 덩잉차오도 출발하였다. 그들은 가는 도중에 매우 심각한 위험에 봉착하였다.

27. 위험한 여정[13]

1928년 5월 초 저우언라이가 덩잉차오와 막 여정에 오르려 할 때 비밀공작원이 와 현 거주지가 위험하니 즉시 주거지를 옮기라고 했다.

저우언라이, 덩잉차오는 즉시 모든 문건을 없애고 주거지를 옮겼다. 덩잉차오의 어머니 양전더는 다행스럽게 하루 전 이미 샤즈쉬(夏之栩)의 어머니 샤냥냥(夏娘娘)과 함께 당조직기관으로 거처를 옮긴 뒤였다.

---

12 후에 알려진 바에 따르면 특수임무를 띤 동지는 당시 허쟈싱만을 죽였고, 허즈화는 침대 밑으로 숨어 죽지 않았으며 쓰촨(四川)으로 도주하여 다른 사람과 결혼하여 살다가 신중국 건립 이전 병사하였다고 한다.

13 덩잉차오, 「위험에 빠지고 또 거기에서 탈출한 과정」, 『人民日報』, 1985.8.14.

그들은 바삐 서둘러 간편한 옷으로 바꿔 입고 작은 손가방 하나만 휴대했다.

그들은 상하이에서 다롄(大連)으로 가는 일본 기선에 올랐다. 저우언라이는 긴 수염에 창파오(長袍)[14]을 입어 골동품 상인처럼 분장했다. 낡은 치파오를 입은 덩잉차오는 완전히 가정주부처럼 보였다.

그들의 안전을 확보하기 위해 당조직은 그들에게 일등석을 준비했다. 그러나 너무 황급히 떠나오는 바람에 쫭동샤오가 특별히 연락원에게 부탁하여 덩잉차오에게 전해주라고 한 예쁜 치파오를 포함하여 미리 준비한 옷을 전부 가져오지 못했다. 결국 평상복을 입고 있던 저우언라이와 덩잉차오는 일등석의 여느 부자들과는 차림새가 서로 어울리지 않았다.

1928년 5월 3일 일본제국주의는 산동 지난(濟南)에서 중국 외교관원과 중국민중 다수를 살해하는 유명한 '5·3참안'을 일으켰다. 저우언라이, 덩잉차오는 자연스럽게 '5·3참안'의 발전에 대한 깊은 관심을 보였다. 그들은 배에 오르던 날 상하이에서 판매되는 모든 신문을 한 부씩 사 선상에서 꼼꼼하게 읽고자 하였다.

일등석에 앉은 사람들은 하나같이 매일 옷을 갈아입었다. 하지만 저우언라이와 덩잉차오는 갈아입을 옷이 없어 배에 탈 때와 똑같은 평상복을 계속 입고 있었다. 이 때문에 다른 사람들의 주목을 받지 않을 수 없었다. 그들은 객실 내에 숨어 밖으로 나가지 않았다. 일등석 승객들은 식사 때마다 식당에서 식사를 해야 했다. 어떤 두 승객이 식사 시간에 그들을 주시하였다. 두 승객의 발음을 들어보니 톈진사람들이고 신분은 대상인이었다. 기민하고 침착한 저우언라이와 덩잉차오도 그들이 주목하고 있다는 것을 알고 의연하고 태연스럽게 식사하면서 담소를 나누며 웃기도 하였다. 마치 여행을 떠나는 상인부부 같았다.

선실로 돌아온 후 덩잉차오는 걱정이 되어 조용히 저우언라이에게 물

14　역주: 중국 남자들이 입는 전통 의복.

었다.

"당신이 보기에 식사 때의 두 톈진 발음의 상인들이 혹 우리를 알아보지 않았을까요?"

저우언라이는 침착하게 말했다.

"침착해요. 내가 톈진을 떠난 지 이미 8년이 되었고 당신도 3년이 지났어요. 지금 우리는 변장을 했기 때문에 예전과는 매우 달라 보여 그들은 필시 알아보지 못할 겁니다."

덩잉차오는 가볍게 한숨을 내쉬었다.

"상하이에서 저는 이제껏 당신과 같이 나서지 않았지요. 그것은 우리가 함께 다니면 사람들에게 신분이 들통 날까 두려웠기 때문입니다. 그런데 이번엔 함께 나섰는데 공교롭게도 너무 서두르다 보니 여덟째 동생이 입으라고 일부러 빌려준 옷도 못 갖고 왔어요. 지금 우리들의 모습은 일등석 승객의 신분과 너무 어울리지 않아요."

저우언라이는 크게 개의치 않았고 웃으며 말했다.

"상황이 이렇게 된 이상, 침착하게 대응할 수밖에 없어요. 당신과 나 모두 연극을 해봤으니 연극을 해보기로 합시다. 나는 골동품상인처럼 행동하여 신분이 드러나지 않도록 조심할 테니 당신도 부인 역을 제대로 하도록 해요."

덩잉차오는 알았다는 뜻으로 머리를 끄덕였다.

배가 칭다오(靑島)를 지날 때 잠시 머물렀는데 이때 승객들은 상륙할 수 있었다. 저우언라이와 덩잉차오는 배에서 내려 시내로 들어가 점심을 먹고 옷들을 사고 칭다오의 각종 신문을 모두 사 가지고 배로 돌아왔다.

이러한 행동은 배에 배치된 일본 밀정의 주의를 끌 수 있었다. 그들은 이들 상인 부부가 왜 저렇게 많은 신문을 살까 의심할 수 있었다.

기선이 다롄에 도착하여 부두에 정박한 뒤 저우언라이와 덩잉차오가 막 상륙하려 할 때였다. 다롄 주둔 일본 수상경찰청이 몇몇의 경찰을 파견하여 그들을 심문했다.

"당신은 무슨 일을 합니까?"

저우언라이가 침착하게 대답하였다.

"골동품을 판매합니다."

"장사하는 데 신문이 왜 그렇게 많이 필요하죠?" 일본인 특유의 콧수염을 기른 놈 하나가 탁자 위의 한 뭉치 신문을 가리키며 살벌하게 물었다.

저우언라이는 조용하게 대답했다.

"배 안에서는 특별히 할 일이 없어 그저 신문을 보며 시간을 보냈지요."

덩잉차오는 재치 있게 나서서 끼어들었다.

"우리 남편은 주식에도 투자한답니다. 신문에는 매일 매일의 주식 상황이 나오니 우리가 관심을 기울일 수밖에 없지 않나요?"

덩잉차오의 요령 넘치는 이 말은 일본 경찰의 말문을 막아 버렸다.

"그렇다면 당신들은 어디로 갑니까?" 일본경찰은 바로 이어 추궁하였다.

"지린(吉林)으로 갑니다." 저우언라이가 차분히 대답하였다.

"지린에 뭣 때문에 갑니까?"

"외숙을 뵈러 갑니다." 저우언라이가 조용히 대답하였다.

"당신, 우리와 함께 갑시다." 일본 수상경찰들은 일어서서 다짜고짜로 저우언라이에게 가자고 하였다.

덩잉차오는 긴장하며 일어섰다.

"저도 함께 가겠어요."

저우언라이는 덩잉차오를 보며 말했다.

"당신은 갈 필요 없어요, 당신이 왜 갑니까? 뭔가 오해가 있는 것 같으니, 내가 조금 있다 곧 돌아올게요." 그는 수상경찰청 관원에게 말했다.

"수고스럽겠지만 당신들, 아내에게 여관을 마련해 주기 바랍니다. 아울러 아내를 그 여관으로 먼저 안내해 주세요." 그는 마치 큰 사업을 벌이는 대상인마냥 한 마디 덧붙였다.

"다롄에서 가장 좋은 여관이어야 합니다. 아내는 위생을 매우 중시하니까요."

저우언라이가 보여준 아주 거만한 돈 많은 상인의 기색은 한순간 저들 일본수상경찰을 주눅 들게 하였다. 그들은 급히 굽실거리며 말했다.

"안심하십시오, 우리는 부인을 다허(大和)호텔로 모시겠습니다. 그곳은 다롄에서 가장 좋은 여관으로 우리 일본인이 개설하였습니다. 아주 깨끗하여 부인께서 틀림없이 만족하실 것입니다."

덩잉차오는 어쩔 수 없이 초조하고 불안한 마음으로 저우언라이가 일본 경찰들과 함께 배에서 내리는 것을 보고는 작은 차를 타고 떠나야 했다. 그녀의 마음도 저우언라이를 따라 함께 갔다. 그러나 그녀는 까닭 없이 수모를 당하면서도 태연하게 연기를 해야 했기 때문에 한 수상경찰과 함께 배에서 내렸다. 경찰이 부른 택시를 타고 그녀는 다롄의 다화호텔로 가서 저우언라이를 기다렸다.

그녀는 호화로운 객실의 부드러운 소파에 앉아 있었지만 바늘방석에 앉은 것 같았다. 그녀에게 하루 아니 분초가 일 년처럼 느껴졌다.

시간이 일 분, 또 일 분 지나갔다. 덩잉차오의 마음은 벽에 걸려 있는 괘종시계 추같이 왔다 갔다 천천히 흔들렸다. 그들이 저우언라이의 정체를 알아챌 수 있을까? 알게 되면 틀림없이 변을 당할 텐데. 다롄에는 아는 사람이 한 명도 없는데 어떻게 그를 구할 수 있을까?

덩잉차오는 초조해 좌불안석이었지만 그렇다고 그 마음을 드러낼 수도 없었다.

그녀는 화장실에서 세면을 하고 나서 방안의 라디오를 틀었다. 일본 여가수의 부드러운 노랫소리가 들려왔다. 그녀는 열심히 감상하는 척하였지만 사실 한 음도 제대로 들을 수 없었다.

고통스런 2시간이 지나갔다. 방문소리가 들리더니 저우언라이가 무사히 문을 열고 들어왔다. 덩잉차오가 너무 기뻐 소파에서 튀어 오르려하자 저우언라이는 손가락으로 그녀의 입술을 누르며 소리치지 말라는 뜻을 표시했다. 덩잉차오는 다허호텔에도 반드시 일본인 밀정이 있어 그들이 아직 감시를 받고 있을 것이라 생각하였다. 그녀는 저우언라이가 큰 소리로 하는 말을 들을 뿐이었다.

"난 오늘 정말 피곤하군요. 우선 빨리 씻고 싶어요. 당신 목욕탕에 물을 좀 받아줘요" 이후 그는 낮은 목소리로 덩잉차오에게 말했다.

"즉시 접선증명서를 없애도록 해요"

덩잉차오는 즉시 증명서를 찾아 화장실에서 찢어 수세식 변기에 넣은 뒤 물로 씻어 내려 보냈다. 그녀는 다시 목욕물을 받고 큰 소리로 저우언라이를 불렀다.

"목욕물을 다 받았으니 빨리 와 씻도록 하세요"

저우언라이는 목욕탕으로 갔다. 덩잉차오는 수세식 변기를 가리켰다.

저우언라이는 상황을 깨달았고, 두 사람은 서로 보며 살짝 웃었다.

저우언라이는 목욕을 마치고 덩잉차오와 아래층의 식당에서 말하다가 웃다가 하면서 식사를 하였다. 그들은 특별히 일본요리를 주문하였다.

방으로 돌아와 저우언라이는 비로소 작은 목소리로 덩잉차오에게 수상경찰청에서의 심문 과정에 대해 설명하였다.

거기에서 경찰들은 저우언라이의 생년월일, 학력, 직업 등에 대해 상세하게 물었다. 저우언라이는 미리 준비한 위조 이력에 따라 진술하였다.

"당신은 동북 지방에서 도대체 뭘 하려는 겁니까?" 일본경찰은 실눈을 뜨고 물었다.

"외숙을 보러 갑니다." 저우언라이는 침착하게 대답하였다.

"당신 외숙의 성은 무엇이고 또 이름은 뭡니까? 무슨 일을 합니까?"

"성은 저우(周)이고 이름은 만칭(曼靑)입니다. 지린성정부 재정청과원입니다."

"당신 외숙이 저우라면 당신은 어떻게 성이 왕(王)일 수 있나?" 그 일본경찰은 마치 큰 단서를 잡은 것처럼 매섭게 몰아 세웠다.

저우언라이는 태연자약하게 비웃으며 말했다.

"중국에서는 외숙과 숙부를 부르는 명칭에 구분이 있습니다. 성씨가 서로 다르지요. 그러나 구미에서는 둘 모두 아저씨(uncle)로 동일합니다.

이 때문에 나는 성이 왕 씨이고 외숙은 저우 씨가 됩니다. 경찰 선생 당신은 일본인이고 또 중국에서 근무하는데 이 정도는 알아야 되지 않습니까?"

일본경찰은 저우언라이의 말에 얼굴과 귀까지 빨개졌고 난감해 하면서 말했다.

"내가 보기에 당신은 왕 씨가 아니라 저우 씨야! 또한 당신은 골동품 상인이 아니라 총대를 멘 전사야!"

저우언라이는 음색과 얼굴 표정에 전혀 변화 없이 그에게 부드럽고 가늘며 긴 자신의 손을 뻗었다.

"경찰 선생, 보시오, 당신이 보기에 이 손이 총대를 잡은 손 같나요?"

그 경찰관은 갑자기 일어나 저우언라이의 두 손을 자세히 살폈다. 총을 잡은 흔적이 없었다. 그는 서랍을 열고 몇 장의 사진을 꺼내 반복해서 보았다. 그는 살기가 등등한 세모꼴 눈으로 똑바로 저우언라이를 뚫어져라 쳐다보더니 크게 외쳤다.

"당신이 바로 저우언라이야!"

저우언라이는 태연자약하게 그의 따가운 시선을 받아들였다. 편안한 눈빛으로 바로 그 경관을 주시하면서 차분하게 말했다.

"당신들은 도대체 뭘 근거로 나를 저우언라이라 합니까? 난 성이 왕이고 저우언라이라는 사람과는 아무 상관이 없어요. 단지 내 외숙이 저우 씨일 뿐이라고요." 일본경찰은 실제로 아무런 증거도 없이 이 골동품 상인을 저우언라이로 몰아세우고 있었다. 그가 지닌 사진 속의 저우언라이는 국민당황포군관학교 정치부주임 시절 군복을 갖춰 입은 영준한 청년의 모습이었다. 그러나 눈앞의 상인은 얼굴 전체에 수염이 있고 서양 양복을 입었으며 기세가 등등하여 확실히 대상인 같았기 때문에 임의로 구금할 수 없었다.

결국 그는 손을 좌우로 흔들면서 피곤한 듯 말했다.

"정말 미안하게 됐습니다. 당신을 귀찮게 해드렸군요. 당신은 여관으로 돌아가도 좋습니다. 당신의 부인이 다허호텔에서 당신을 기다리고 있습니다.”

저우언라이는 조용히 미소를 지으며 말했다.

“미안하지만 내일 오후 창춘(長春)으로 가는 기차표 2장을 사주시기 바랍니다. 그러고 여관까지의 전송도 부탁드립니다.” 그는 가죽가방에서 돈을 꺼내 그 경관에게 주었다. 경관은 굽실거리며 돈을 받고 미안해했다.

저우언라이가 수상경찰성에서의 심문과정에 대해 이야기를 마치자 덩잉차오는 무의식중에 웃기 시작하였다.

“아주 위험했군요. 다행히도 당신이 침착하게 대응했네요. 그들이 갖고 있던 것은 어떤 사진이죠? 어떻게 당신을 저우언라이로 단정하고 물러서지 않았죠?”

“아마도 황포군관학교 때의 근무 자료였을 가능성이 커요.” 저우언라이는 말했다. “그때 나는 공개 활동을 하였기 때문에 나와 관련된 자료를 찾기란 그리 어렵지 않았을 거예요.”

일본 수상경찰은 과연 사람을 보내 2장의 기차표를 보내왔다. 덩잉차오는 조용히 웃었다.

“봐요, 당신이 얼마나 재주가 많은지. 기차표조차 우리가 직접 가 살 필요가 없잖아요.”

그들은 기차역에 도착해 다롄에서 창춘으로 가는 기차에 올랐다. 그들은 변함없이 일등석에 앉았다.

기차에 오른 후 그들은 일등석 객차 가운데 한 명의 일본인이 있음을 발견했는데 그는 능수능란하게 중국어를 구사하고 있었다. 그들은 조용히 미소 지으며 이 사람이 자신들을 미행하는 밀정임을 이미 간파하였다. 저우언라이는 전혀 아랑곳하지 않고 그와 농담을 하면서 중국에 온 지 얼마나 되고, 무슨 일을 하느냐고 물었다. 또한 중국에는 문물이 풍부하니 중국에서 골동품을 취급해도 괜찮을 것이라 얘기하는데 진짜 골동품상인 같았다. 공교롭게도 지하당조직이 상하이에서 골동품상점을 운

영하였는데, 저우언라이는 항상 그곳에 가 접선하면서 골동품들을 훑어
볼 기회가 있었다. 그 때문에 지금 말하는데 거침이 없고 또 사리에 딱
딱 들어맞아 그 일본 밀정이 정말 헷갈려 했다

그러나 그는 결코 인정하려 하지 않았다. 기차는 바로 창춘에 도착하
였다. 그는 갑자기 주머니에서 명함을 꺼내 공손하게 저우언라이에게 주
었다.

일본에서는 명함을 교환하는 습속이 있었다. 저우언라이는 응당 자신
의 명함을 주어야 했다. 그러나 그들은 상하이에서 급히 출발하느라 가
짜 명함을 인쇄할 틈이 없었다.

기지가 넘치는 저우언라이는 정중하게 일본인의 명함을 받으면서 한
편으로는 양복 상의 작은 주머니에서 명함을 찾는 시늉을 하였다.

"어! 내 명함이 주머니에 없네, 가방 안에 있나? 미안합니다." 그는 다
시 손가방을 꺼내는 척하였다.

그 일본인은 급히 말했다. "필요 없습니다. 필요 없어요" 기적이 길게
울리며 기차는 창춘역에 도착하였다. 저우언라이, 덩잉차오는 예의를 갖
춰 그들을 미행하던 밀정에게 작별을 고했다.

그들은 역을 나서서 마차를 탔다. 마차 안에서 덩잉차오는 머리를 돌
려 보고는 조용히 말했다. "뒤에 미행하는 사람은 없는 것 같아요" 저우
언라이는 고개를 끄덕이며 아무 말도 하지 않았다.

그들은 여관에 묵었다. 저우언라이는 즉시 양복을 벗고 창파오와 마
고자로 갈아입고는 수염을 모두 깎았다. 그들은 다시 기차를 갈아타고
지린으로 갔다.

그들은 지린에 도착한 후 바로 큰아버지 저우이겅(周貽賡)의 집으로 가
지 않았다. 그들은 먼저 여관에 머물며 큰아버지에게 편지를 보냈다. 공
교롭게도 저우언라이의 셋째 동생 저우언서우(周恩壽)가 마침 지린에 와
있었다. 편지를 보고 그는 한편 놀라기도 하고 또 기뻐하면서 바로 여관
으로 달려와 그들을 큰아버지집으로 데려갔다.

저우언라이, 덩잉차오는 본래 하얼빈(哈爾濱)으로 직접 가려 했는데 왜 지린으로 돌아갔을까? 그들은 일본경찰청이 지린재정청의 큰아버지에 대해 왕 씨 성을 지닌 외조카가 있는지 조사했을까봐 걱정했다. 큰아버지가 제대로 대답하지 못할 경우 문제가 생겨 큰아버지가 봉변을 당할 수도 있었다. 저우언라이는 12살부터 동북의 큰아버지 집에서 공부하였다. 이후 톈진 난카이학교에서도 큰아버지의 도움으로 학업을 계속할 수 있었다. 저우언라이는 큰아버지를 매우 공경하며 효심을 다해 섬겼다. 그는 큰아버지가 제대로 대처하지 못할 경우 체포될 수도 있다고 여겼기 때문에 빨리 그의 안부를 확인할 필요가 있었던 것이었다.

그들은 큰아버지의 집에서 이틀간 머물렀다. 둘은 상의하여 저우언라이가 먼저 떠나 하얼빈(哈爾濱) 셋째 동생 집에 머물기로 하였다. 그리고 그 다음날 셋째 동생 저우언서우(周恩壽)가 덩잉차오를 데리고 하얼빈에서 만나기로 하였다. 덩잉차오는 말했다.

"저는 저우 씨 집안의 첫 번째 며느리이니 응당 큰아버님과 큰어머님을 하루 이틀 더 모셔야겠어요."

덩잉차오의 자상하면서도 주도면밀한 마음을 저우언라이는 충분히 이해할 수 있었다. 그는 감격하여 잉사오의 눈을 보고는 큰아버지와 큰어머니에게 말했다.

"잉차오는 저우 씨 집안의 첫 번째 며느리이니 그녀와 함께 두 분은 좀 더 많은 이야기를 나누도록 하세요 저는 먼저 하얼빈으로 가겠습니다."

큰아버지와 큰어머니는 저우언라이를 무척이나 깊이 사랑하여 그를 며칠이라도 더 머물게 하고 싶었지만, 그의 앞에 큰일이 있어 강제로 붙잡아 둘 수 없다는 사실도 잘 알고 있었다. 노인들은 덩잉차오가 하루 이틀 더 머물게 됐다는 사실에 매우 기뻐했다.

덩잉차오는 굳센 혁명가이면서 또한 인정미가 넘치는 사람이었다. 그녀는 큰아버지와 큰어머니가 아들이 없어 어린 언라이를 친아들처럼 대했음을 잘 알고 있었다. 그래서 그녀는 언라이를 대신해 미력하나마 노인을 봉양하는 자식 된 도리를 다하려 했던 것이다.

저우언라이는 하얼빈에 도착하여 철로국의 직원인 셋째 동생 집에 머물렀다. 이틀 후 덩잉차오도 하얼빈에 도착하였다. 그러나 그들은 이미 하얼빈에서 접선을 가능케 해줄 문건을 모두 없애버렸기 때문에 접선할 방법이 없었다. 덩잉차오는 매우 초조해져 저우언라이에게 말했다.

"모스크바에서 개최되는 '6대'에 참석하는 대표는 개별적으로 출발합니다. 우리 뒤에는 리리싼(李立三) 동지가 있습니다. 그가 기차역으로 올 테니 기다리지요. 리리싼 동지나 다른 동지를 만난다면 우리는 갈 수 있을 거예요."

덩잉차오는 매일 기차역으로 갔다. 이렇게 며칠을 기다렸지만 리리싼은 오지 않았다. 그녀는 정말 조급해졌다. 그러나 인내심을 갖고 기다렸다.

그러던 어느 날 기차역 출구에서 그녀는 마침내 리리싼을 만났다. 그녀는 급히 그를 불러 세웠다. 리리싼이 고개를 돌려 보니 덩잉차오가 있었다. 그는 조금 이상하다고 여기면서 낮은 소리로 말했다.

"나는 당신들이 벌써 도착했을 것으로 알았는데 뭐 때문에 아직까지 하얼빈에 남아 있나요?"

덩잉차오는 리리싼을 데리고 저우언서우의 집으로 와 그에게 그 동안 봉착했던 위험과 거기에서 벗어나게 된 경위에 대해 설명하였다. 리리싼은 쭉 듣더니 안색을 크게 바꾸며 연거푸 말했다.

"정말 위험했군요, 정말 위험했어요 언라이! 이번 경우 당신의 긴 수염이 위기를 벗어나는 데에 큰 도움이 됐군요 하지만 당신의 침착함과 지혜로움, 거기에다 잉차오의 기지가 잘 배합된 것이 보다 중요했겠지요 난 당신들 모두 연기력이 매우 뛰어나다는 사실을 잘 알겠습니다."

모두는 크게 웃으며 저우언라이와 덩잉차오가 이번 위기에서 벗어나게 된 것을 축하해 주었다. 그들은 혁명의 생애 가운데 생사가 달린 여러 위험한 상황을 맞이하였지만 모두 이렇게 침착하게 대응하며 넘겼다.

리리싼이 있었기에 그들은 하얼빈의 동지와 연락을 취할 수 있었다.

저우언라이, 덩잉차오, 리리싼 등은 함께 하얼빈을 떠나 모스크바로
향했다.

28. 모스크바에서 '6대'[15]에 참석하다

국내 형세가 너무 안 좋았기 때문에 중국공산당 제6차전국대표대회는
불가피하게 모스크바에서 개최되었다.

저우언라이와 덩잉차오는 모스크바에 도착하였다. 그들은 모스크바
근교 쯔웨이니궈뤄터의 그윽하고 고요한 한 별장에 머물렀다. 덩잉차오
는 주변 환경이 아름답고 고상하며, 짙푸른 초원 위에 웅장한 건물이 우
뚝 솟아 있음을 보았다. 건물 앞에는 신선한 꽃이 만개하였고 뒤편에는
큰 자작나무와 작은 시내, 그리고 작은 동산이 있었다. 그녀는 아무 생각
없이 아름다운 경관을 감상하다 이내 긴장감이 흐르는 작업에 투입되었다.

'6대'에 출석한 정식대표와 열석(列席)대표[16] 100여 명과 업무담당자는
모두 그 별장에 묵었다. 덩잉차오는 열석대표였다. 거기에서 그녀는 여
성위원회의 '8자매' 가운데 '큰언니' 차이창, '둘째 언니' 양즈화, '셋째
언니' 리원이, 그리고 '여덟째 동생' 쾅둥샤오를 즐겁게 만났다. 섬유공
장 여성노동자 저우슈주(周秀珠)가 정식대표로서 대회주석단에 선발되었
다. 그녀는 중앙여성위원회를 대표하여 대회에서 중국여성운동에 대해

---

15 리원이, 쾅둥샤오는 필자에게 덩잉차오가 중공 '6대'에 참석한 상황에 대해 소개하였
다. 동시에 필자는 당사 자료를 조사·열람하고 『中國共産黨的七十年』, 中共黨史出
版社, 1991년, 第1版을 참조하였다.
16 역주: 회의 참가자를 가리키나 보통 발언권을 가지지만 표결권을 가지고 있지 않은
경우에 사용한다.

보고하였다. 이 보고는 덩잉차오, 차이창, 양즈화 등이 함께 토론하고 덩잉차오가 집필한 것이었다.

1928년 6월 18일 중국공산당 제6차대표대회가 이 조용하고 아름다운 별장에서 개최되었다. 덩잉차오는 당대표대회에 처음 참가하는 것이라 매우 흥분되어 있었고 또 강렬한 사명감을 느꼈다. 중국혁명은 당시 중대한 좌절을 경험하였고, 수십만의 열사가 대지에 선혈을 뿌려야 했다. 혁명은 이제 긴박한 기로에 서 있었다. 그녀는 대표들과 함께 국민혁명의 경험과 교훈을 종합하고 더 나아가 중국혁명의 성질, 임무 그리고 당면한 형세에 대해 명확히 정리하였다. 그리고 새로운 시기에 당이 취할 노선, 방침, 결정을 제정하였다.

그녀는 당내의 전달을 통해 6월 9일 스탈린이 크레믈린궁에서 중국공산당 지도자 취츄바이(瞿秋白), 저우언라이, 리리싼, 덩중샤, 쑤자오정(蘇兆徵)[17] 등 동지들을 접견했음을 알았다. 스탈린은 현재의 중국혁명이 부르주아계급의 민주혁명단계라고 규정하였다.

덩잉차오는 흥분된 마음으로 '6대'의 개막식에 참석하였다. 과거 제정 러시아 귀족 장원의 넓은 홀에는 현재 중국에서 온 100여 명의 우수한 공산당원과 각국 공산당의 대표가 앉아 있었다. 취츄바이는 개막사를 하였고, 코민테른과 다른 국가의 공산당 대표가 축사를 하였다. 덩잉차오에게 깊은 인상을 준 사람은 마르크스의 고향에서 온 독일공산당 대표 탈만[18]이었다. 그는 정력이 넘쳤고 축사에도 열정과 힘이 가득했다.

6월 19일 덩잉차오는 코민테른대표 부하린[19]의 보고 「중국혁명과 중

---

[17]　역주 : 1883-1929. 중국공산당 초기 노동운동 지도자. 국공합작 뒤에는 개인자격으로 국민당에 입당하여 국민당좌파의 중진이 되었다. 1926년 우한정부위원, 국민당 농공부장이 되었다. 국공분열 후에는 광동폭동에 참가하여 광저우 소비에트정부의 주석에 추대되었다.

[18]　역주 : Ernst Thalmann(1886-1944). 독일과 코민테른 노동운동가. 독일공산당 중앙위원회 주석 역임. 반파시스트 통일전선을 주장하다 1933년 체포되어 1944년 파시스트에 의해 살해당했다.

[19]　역주 : Nikolay Ivanovich Bukharin(1888-1938). 러시아 공산주의자. 마르크주의 경제이

국공산당의 임무」를 들었다. 6월 20일 그녀는 취츄바이의 정치보고 「중국혁명과 공산당」을 청취했다.

덩잉차오는 매우 진지하게 대표들과 함께 이 두 가지 중요 보고에 대해 토론하였다. 논쟁은 매우 치열했다. 어떤 대표는 국민당이 이미 혁명을 배반했고 중국혁명은 부르주아민주혁명에서 사회주의혁명으로 끊임없이 전진하여 나아가야 하며, 중국공산당은 단독으로 노동자·농민대중을 지도하여 사회주의혁명을 진행하고 소비에트와 노동자·농민의 홍군을 성립시켜야 한다고 하였다. 또한 중국혁명은 아직 고조기에 있기 때문에 반드시 합법투쟁을 결연히 포기하고 주로 무장폭동에 의지해야 한다고 하였다. 어떤 대표는 중국혁명은 아직 부르주아민주혁명의 단계에 있으며 혁명은 퇴조기에 있기 때문에 합법투쟁을 진행해야 한다고 강조하면서 무장혁명은 '맹목적 행동'이라 비판하였다.

덩잉차오는 심각하게 고민하고 또 차이창, 양즈화의 의견을 구하기도 하였다. 6월 26일 그녀는 대회에서 발언하였다. 그녀는 변증법적 유물론의 관점에 근거하여 공산당원의 혁명 성질, 임무 및 형세 등에 대한 분석은 반드시 중국혁명이 도달한 현 단계의 실제 상황에서 출발해야지 주관적이고 임의적인 판단과 바람직하다고 여기는 희망에 의지해서는 안 된다고 하였다. 그녀는 스탈린의 의견과 부하린, 취츄바이의 보고에 동의하였다. 그녀는 비록 국민당이 이미 혁명을 배반하였고 중국사회의 실제 모순이 결코 해결되지 않았지만, 중국의 현 단계 혁명은 여전히 부르주아민주혁명, 즉 반제국주의·반봉건주의 혁명으로서 결코 바로 사회주의혁명 단계로 넘어갈 수 없다고 하였다. 그녀는 중국혁명의 형세는 현재 잠시 퇴조기에 있기는 하지만 혹자가 지적하듯 두 고조기 사이에 위치해 있기 때문에 고조 혹은 고조 방향으로 진행하는 형세에 있다고 하였다. 그러면서 그녀는 중국공산당이 수행할 당장의 임무가 군중을 쟁

론에 정통했으며 코민테른의 중심인물이었다. 이후 스탈린과의 권력투쟁에서 패해 트로츠키주의자로 낙인찍혔다.

취하고 군중을 발동하며 조건이 갖춰진 지방에서 무장투쟁을 진행하는 것인데, 그렇다고 일체의 합법투쟁을 배척하는 것은 결코 아니라고 하였다. 덩잉차오의 지적은 날카롭고 논리가 분명했다. 그녀의 발언은 많은 대표의 동의를 얻게 됨으로써 그녀가 지닌 직업혁명가의 노련함과 성숙함을 충분하게 드러내었다.[20]

저우언라이는 대회주석단의 성원 겸 대회비서장으로서 회의 전체와 일상공작을 주재하였다. 대회에는 10개의 위원회가 구성되었는데 그는 그 가운데 7개에 참가하였다. 그는 대회에서 군사공작과 조직공작에 대해 보고하였다.

덩잉차오는 조직, 노동운동, 여성, 농민 등 4개 위원회에서 토론을 하였고 업무 또한 매우 바빴다. 회의는 매우 긴장된 분위기에서 열렸다. 매일 오전 9시에서 12시까지, 오후 1시에서 4시까지 대회가 개최되었고, 밤 7시에서 새벽 2시까지 각종 위원회가 열렸다. 덩잉차오는 밤늦게까지 하루 종일 계속되는 회의에 모두 참석하였고, 회의 발언을 준비하였으며, 여성운동 결의 초안의 기초 작업에 참가하였다.

그녀는 그 바쁜 와중에서도 동지들에 대해 많은 관심을 기울였다. 셋째 언니 리원이는 최근에 남편을 잃는 고통을 맛보았다. 그녀는 결혼한 지 얼마 되지 않아 장렬하게 희생당한 뤄이농을 그리워하며 하루 종일 눈물로 지새웠고 대회의 문건조차 제대로 읽을 수 없었다. 덩잉차오는 특별히 그녀와 함께 학습하면서 어떤 때에는 일부러 소리쳤다. "셋째 언니, 셋째 언니 여기 좀 봐요. 문건의 이 부분은 무슨 의미죠?" 리원이는 그녀가 고통 속에서 벗어나 학습에 정신을 집중시키려고 일부러 그러는 것임을 잘 알고 있었다. 덩잉차오는 또한 식사 전후 1시간여 동안은 리원이를 이끌고 건물 뒤 숲속을 산보하며 그녀를 힘닿는 데까지 위로하였다.

---

[20] 1928년 6월 26일 덩잉차오의 '6대' 발언기록 참조.

덩잉차오는 리원이에게 1925년 자기가 톈진에서 광저우로 남하할 때 중공북방국이 베이징대학 경제학과 졸업생 리궈쉬안(李國暄) 동지를 파견해 에스코트했다고 말했다. 리궈쉬안은 경극을 연기할 수 있어, 덩잉차오는 가는 길 내내 그로부터 경극 가운데 노래 몇 곡을 배울 수 있었다. 덩잉차오는 웃으며 말했다.

"셋째 언니, 언니도 알듯이 톈진에 있을 때 언라이와 저는 신극을 공연했지요. 그때에는 남성과 여성이 한 무대에서 공연할 수 없었어요. 언라이는 아주 아름다워 항상 연극에서 여자 주인공 역을 맡았지요. 저는 담력이 커서인지 남자 주인공 역을 맡았습니다. 경극을 배울 때도 청의(靑衣)[21], 화단(花旦)[22] 등의 역할이 아니라 노생(老生)[23]역만을 배웠답니다. 저는 『무가파(武家坡)』와 『대등전(大登殿)』 가운데 쉐핑귀(薛平貴)의 노래 몇 부분을 부를 수 있지요. 셋째 언니, 제가 한 번 들려드릴게요"

덩잉차오는 조용히 흥얼거리기 시작하였다. 러시아의 초여름 날, 모스크바의 교외에서 짙은 녹색의 자작나무 숲이 바스락 바스락 소리를 내며 호응하는 것이 마치 덩잉차오의 경극 곡조에 맞춰 함께 노래하는 듯했다. 리원이는 자신의 고통스런 마음을 이겨내기를 덩잉차오가 바란다는 것을 깨닫고는 눈물을 거두고 웃음을 지어 보였다.

덩잉차오는 다시 조용히 매우 감동적인 노래를 불렀다. 리원이는 무슨 노래냐고 물었다. 덩잉차오는 웃으며 말했다.

"이것은 제가 상하이에 있을 때 라디오를 통해 배운 『홍루몽(紅樓夢)』 가운데 쟈바오위(賈寶玉)가 부른 노래 중 한 대목으로 '내 시경(西埂)의 봉우리에 사네'라는 제목의 노래입니다. 제가 가르쳐 드릴께요." 리원이는 덩잉창오를 따라 한 구절 한 구절 함께 불렀다.

60년의 세월이 흐른 지금, 86세의 리원이는 아직 당시 덩잉차오가 그

---

21   역주: 푸른색 윗옷을 입고 중년 또는 젊은 여자를 연기하는 경극 배역 중의 하나.
22   역주: 경극에서 성격이 활발하고 젊은 말괄량이 여자 역.
23   역주: 경극에서 수염을 단 중년 이상의 남자 역.

녀에게 가르쳐 준 노래 가운데 일부 가사를 기억하고 있다. "인생은 부질없는 것, 고통은 잠시 뿐인 걸. 눈을 크게 뜨고 큰 우주를 바라 봐, 태고의 세계." 그녀가 더욱 잊기 어려운 것은 다섯 째 동생이 그녀에게 보여준 두터운 정이었다.

7월 11일 중국공산당 제6차전국대표대회가 폐막되었다. 폐막식에서는 개정된 『당장(黨章)』과 각종 결의안이 통과되었다. 대회의 결의에 따르면 중국은 여전히 반봉건반식민지국가이며, 중국혁명 현단계의 성격은 부르주아계급의 민주주의혁명이며, 당의 총노선은 군중을 쟁취하는 것이었다. 대회에서 새로운 중앙위원회가 선출된 후 저우언라이는 대회의 성공적인 폐막을 선포하였다. 이번 대회에서는 격렬한 논쟁이 있었고, 분위기 또한 심각했다. 이러한 회의의 분위기를 조절하기 위해 저우언라이는 대회 폐막을 선언한 후 '6대'의 성공적 폐막을 경축하기 위해 준비된 연회가 이미 시작되었다고 큰 소리로 선포하였다.

1백여 명의 대표와 수십 명의 공작원들은 1개월에 걸친 예비회의와 대회를 긴장과 분주함 속에서 보냈다. 모두 격론을 벌이면서 정신적으로 매우 피곤하고 또 체력 역시 고갈되었다. 이때 연회가 시작됐다는 저우언라이의 외침이 들리자, 대강당에서는 즉시 일치된, 열렬한 박수소리가 울려 퍼졌다.

중공대표대회가 외국에서 비밀리에 거행되었기 때문에 전문 연극배우가 와 연극을 공연할 수는 없었다. 연회에서는 단지 대회에 참가한 대표와 공작원이 무대에 오를 수 있었다. 그러나 그들 대부분은 엄숙한 혁명가이며 전투용사였기에 예술적 재능이 거의 없었다. 누가 나서서 예능 솜씨를 보여줄 것인가?

열광적인 박수 소리가 끝난 후 강당에는 침묵이 흘렀다.

저우언라이는 잉차오에게 도움을 청할 수밖에 없었다. 그는 큰 소리로 말했다.

"잉차오, 잉차오, 당신이 앞장서서 한 번 솜씨를 보여줘요"

덩잉차오는 호응하여 일어나며 낭랑하게 이야기 하였다.

"제가 쾅동샤오 동지와 함께 경극『대등전』을 공연해 보겠습니다. 저는 쉐핑귀 역을 하고 그녀는 왕바오추안(王寶釧) 역을 하겠습니다."

저우언라이는 매우 신이 나 바로 큰 소리로 선포했다.

"모두가 환영합시다. 잉차오와 동샤오의『대등전』을 환영합니다."

대표들은 바로 열렬히 박수를 쳤지만, 많은 동지들은 매우 의아하게 생각하였다. 왜냐하면 모두는 덩잉차오가 연설이나 신극에 능한 줄은 알고 있었지만 그녀가 경극까지 잘 할 수 있으리라고는 생각도 하지 못했기 때문이었다. 많은 대표들은 경극 관람을 좋아하였다.

덩잉차오와 쾅동샤오는 당당하게 강단 위로 올라왔다. 해금 반주도 없이 그저 노래만하였다. 쾅동샤오는 목을 가다듬고 노래했다.

"금패가 매달려 있고 은패도 매달려 있는 후원에 왕바오추안이 오네. 눈을 들어 핑귀(平貴)를 보니 머리엔 용을 수놓은 모자를 쓰고 몸엔 망포(蟒袍)[24]를 둘렀으며 다리엔 조화(朝靴)[25]를 신고 단정하고 또 단정하게 금란전(金鑾殿)에 앉는구나."

덩잉차오는 쉐핑귀의 노래를 이어 불렀다. 그녀의 목소리는 크고 낭랑하고 발음이 분명해 그 노랫소리가 연극계의 대가 탄라오반(譚老板)[26] 탄신페이(譚鑫培)[27]의 느낌이 났다.

한 곡이 끝나자 만장의 박수가 터져나왔다. 모두는 일제히 소리를 지르며 "한 번 더!", "한 번 더!"를 외쳤다.

덩잉차오는 쾅동샤오와 함께 다시『무가파(武家坡)』를 공연했다.

---

24   역주 : 명청시대 대신들이 입던 황금색으로 큰 뱀을 수놓은 예복.
25   역주 : 청대 황제의 복식. 청대 황제의 복식에는 조복(朝服), 길복(吉服), 상복(常服), 행복(行服) 등이 있는데 황제가 조복을 착용할 때에는 조화를 신었다.
26   역주 : 여기서 라오반(老板)은 과거 유명한 전통극 배우 혹은 극단을 조직한 전통극 배우에 대한 존칭이다.
27   역주 : 1847-1917. 유명배우. 왕귀펀(汪桂芬), 쑨쥐셴(孫菊仙)과 함께 '신삼정갑(新三鼎甲)'으로 칭해졌다.

"말 한 마리 시량(西涼) 땅을 떠나네." 덩잉차오가 목을 빼고 소리 높여 부르니 그 노래 소리가 사방으로 울려 퍼졌다. 이 서피도판(西皮倒板)[28]을 마치자 서로 호응하며 노래 부르기 시작하였다.

"8월 보름 밝은 달 아래, 쉐(薛) 형이 글을 쓴다네."

"내 묻거늘 그는 잘 있는가요?" "그는 오히려 잘 있다네."

"다시 묻거늘 그는 안녕하신가요?" "오히려 잘 있다네."

"세 끼 식사는요?" "샤오쥔(小軍)이 해주지." "의복이 해어졌네요." "누군가 꿰매주겠지."

멀리 이국땅에서 대표들은 이 순수한 베이징 어투의 경조(京調)[29]를 관람하니 마음 깊이 격한 감정이 밀려왔다.『무가파』가운데 왕바오취안이 보여준 쉐핑귀에 대한 가슴 가득한 애틋한 감정은 자기 가족들에 대한 그리움을 몰고 왔다. 혁명가 또한 인간이라 고향과 가족을 그리는 나약한 감정이 있게 마련이다. 1개월여 계속된 치열한 정치논쟁 때문에 모두 기력이 다한 차에 바로 정감 어린 노래 곡조를 듣게 되니, 여가 시간의 오락이지만 오랜 갈증 끝에 시원한 청량제를 먹는 것과 같았다. 사람들의 감정은 크게 이완되었다. 이것은 또한 저우언라이가 덩잉차오로 하여금 여흥 프로그램을 맡아 하도록 고심한 이유였다.

사람들은 폭풍우와 같은 박수소리로 덩잉차오와 쫭동샤오의 뛰어난 공연에 감사를 표했다.

차이창도 무대에 올라 그녀와 독일공산당 지도자 탈만이 서로 축하주를 마시는 상황을 연출하였다. 그녀는 먼저 탈만을 흉내 내어 거짓으로 상상의 잔을 들어 올리고는 러시아말로 말했다. "동지, 안녕하십니까! 중국혁명 승리를 축원합니다!" 그녀는 다시 자신으로 돌아와 상상의 술잔을 들어 중국어로 말했다. "안녕하십니까, 탈만 동지, 독일혁명 승리를

---

28   역주 : 서피는 전통극 곡조의 하나로서 호금(胡琴)으로 반주하고 이황(二黃)과 함쳐 '피황(皮黃)'이 하며, 도판은 중국 전통극 특히 경극 박자의 일종.
29   역주 : 베이징에서 행해지는 전통적인 희극.

축원합니다!” 그녀는 다시 열정적으로 외국에서 망명 활동을 전개하는 탈만을 향해 덧붙여 말했다. “우리의 집이 당신의 집입니다. 당신이 중국에 와 주시기를 바랍니다!”

차이창의 뛰어난 즉흥 연기 역시 열렬한 환호를 받았다. 여성동지들이 앞장서고 나니 남성동지들도 무대에 올라 시가를 낭송하고 혁명가곡과 민요 등을 불렀다.

회의장의 분위기는 뜨겁게 달아올랐고 긴장된 분위기 또한 상당히 누그러졌다. 동지이기 때문에 정서적으로도 서로 화합하고 단결하였다. 저우언라이의 목적은 달성되었다. 그는 짙은 눈썹을 활짝 펴고는 편한 마음으로 웃을 수 있었다. 그는 잉차오가 그의 마음을 제대로 파악하고 지원을 해주어 무척이나 감격하였다.

그러나 대회선거에서는 지나치게 노동자의 비중을 강조하는 경향성이 나타났다. 새롭게 당선된 36명의 중앙위원과 후보중앙위원 가운데 21명이 노동자였다. 거의 60%를 점하였다. 그들 중 상당수가 혁명투쟁을 통해 단련되지 않았고 지도 경험도 없었다. 당중앙정치국 주석 샹종파(向忠發)와 정치국후보위원 구순장(顧順章)은 훗날 치욕스럽게 혁명의 반역자가 되었다. 여성 동지 가운데 여성노동자 장진바오(張金保)가 중앙위원에 선출되었고, 다른 여성노동자 저우슈주(周秀珠)는 후보중앙위원 겸 여성노동자운동에 종사하는 장진바오에 의해 중앙여성위원회 서기에 지명되었다. 일관되게 회의 전체에 두루 관여한 덩잉차오는 조직의 결정에 복종하여 중앙여성위원회 공작을 그만두었지만 조금도 이를 원망하지 않았다.

국민혁명 실패 후 당의 공작 중심은 점차 무장투쟁 방향으로 전환되었다. 전당은 모두 군사 활동을 중시하고 그에 대해 학습하였다. 이 때문에 ‘6대’ 후 조직대표들은 1개월의 군사훈련을 진행하였다. 이제껏 총을 잡아보지 않았던 덩잉차오는 신이 나서 차이창, 양즈화, 리원이 등과 함께 군사훈련에 참가하였다. 프룬쯔 군관학교[30]에서 교육을 받은 류바이

 덩잉차오 평전(鄧穎超評傳)

청(劉伯承)과 몇몇 소련 동지들이 교관으로 선발되어 대표들에게 행군, 사격, 시가전 등을 가르쳤다.

덩잉차오는 즈리제일여자사범에서 체육을 좋아했고, 초등학교 교사 때에도 체육을 가르친 바 있었다. 그녀는 행군 훈련을 빠르고도 훌륭하게 소화하였다. 대표들은 모두 총기 전반에 대해 공부하였으며, 총기 분해 훈련도 받았다. 검은 수건으로 눈을 가리고 총기 분해를 누가 먼저 하는가 시합을 하기도 하였다.

덩잉차오은 손가락이 가늘고 길며 재빨랐다. 그녀는 또한 매우 총명하고 손재주가 뛰어났다. 총기 분해 시합 때 그녀는 일등을 하였다. 엄격함을 요구하는 류바이청 교관 역시 그녀를 칭찬하였다. 덩잉차오는 흥분하여 리원이에게 말하였다.

"셋째 언니, 봐요! 우리 여성 동지들도 총을 사용하여 남성 동지와 함께 전투할 수 있어요!" 리원이가 웃으며 말했다.

"누가 아니래요! 당신은 화무란(花木蘭)을 연기한 적이 있지 않나요?"

그들은 물병을 이용하여 수류탄 투척 기술을 연마하였다. 여성 동지들은 팔 힘이 남성 동지들에게 미치지 못해, 승부욕이 강한 덩잉차오도 패배를 인정할 수밖에 없었다.

그들은 시가전을 연습하였는데 항상 여성 동지가 '포로'로 잡히는 역할을 담당하였다. 덩잉차오는 먼저 나서서 반대하였다. 그녀는 말했다.

"전투를 하는 데에는 전략과 전술에 의지해야 하지 단지 힘에만 의지할 수는 없습니다. 여성 동지들은 지혜와 기교가 풍부하기 때문에 충분히 승리할 수 있습니다. 믿지 못하시겠다면 한 번 보세요!"

야간전투 연습 훈련 중에 덩잉차오는 여성 동지들의 작전을 민첩하게 지휘하여, 과연 안경을 쓴 취츄바이와 문약한 차이어썬을 '포로'로 잡았다. 그들은 즐겁게 패배를 인정하였다.

30　역주 : 소련의 걸출한 홍군장군이자 군사이론가인 M. V. Frunze(1885-1925)를 기념하여 만든 모스크바 소재 군사학교.

덩잉차오를 가장 즐겁게 만든 것은 이번 모스크바 대회에서 국제프롤
레타리아계급의 저명한 여성지도자 체트킨[31]을 만날 기회를 가졌다는
것이었다. 체트킨은 당시 70살의 고령인데다 병까지 걸려 모스크바의 교
외에서 휴식을 취하고 있었다. 어느 맑은 여름 새벽 덩잉차오는 영국노
동자 참관단 여성노동자와 함께 체트킨이 머무는 곳으로 출발하였다.[32]

체트킨이 머물고 있던 곳은 그리 크지 않은 정원 안에 작고 정교하게
지은 목조건물이었다. 덩잉차오 등이 도착하자 한 사람이 그들을 거실로
안내했다.

거실에서 대략 5분 정도 기다리니 위대한 체트킨이 드디어 모습을 드
러내었다. 덩잉차오와 모두는 열렬한 박수로 그녀에게 경의를 표했고,
모두 함께 줄지어 그녀에게 다가가 그녀와 악수를 하였다. 체트킨은 자
상하게 덩잉차오와 영국 여성노동자의 볼에 키스를 하였다.

체트킨은 그녀들에게 말하였다. 덩잉차오가 들어보니 그녀의 말 한
마디 한 마디가 모두 명확하고 힘이 있었으며, 소리가 큰 종소리같이 쩌
렁쩌렁 울렸고, 어조가 드높아 고도의 강연기술을 체득하고 있음을 알았
다. 영국노동자들이 영국자본가의 심한 억압 아래서 받은 고통스럽고 비
참한 생활에 대해 그녀가 말을 했을 때, 모두는 그녀의 말에 감동을 받
아 말없이 고개를 떨구었다. 그 중 어떤 이는 조용히 탄식을 하였고 또
어떤 이는 뜨거운 눈물을 흘렸으며, 심지어 대성통곡하는 이도 있었다.
체트킨 자신도 목소리를 낮추고 눈물을 흘리며 영국 및 전세계노동자에
대한 동정과 관심을 표현하였다. 그녀가 프롤레타리아계급 및 피압박자,
특히 여성해방의 길에 대해 언급했을 때, 그녀가 지닌 필승의 신념과 진
리를 밝히는 힘으로 인하여 모두는 바로 눈앞이 밝고 환해짐을 깨닫게
되었다. 앞서 억제되었던 분위기는 일변하여 활달하고 희망적인 심정으

---

31   역주 : Clara Zdtkin(1857-1933). 국제사회주의여성운동 지도자 가운데 한 명. 독일의
        저명한 연설가. 1892-1917년 독일사회민주당 여성기관지 『평등보』 주편을 맡았다.

32   덩잉차오, 「영원히 잊을 수 없는 만남-위대한 체트킨을 기억하며」, 『新華日報』, 1940.6.13.

로 변했다. 덩잉차오는 체트킨이 진실로 군중을 장악하고, 군중을 지도하여 인류해방을 위한 투쟁으로 나아가게 할 수 있는 조직가이며 지도자임을 깊이 깨달았다. 체트킨과의 만남을 통해 덩잉차오는 평생 프롤레타리아계급과 수많은 여성을 위해 투쟁할 용기와 자신감을 더욱 고조시킬 수 있었다.

아주 좋은 인상을 갖고, 흥분과 기대 그리고 믿음과 희망을 갖고 덩잉차오는 '6대' 참석 후 순조로이 상하이로 돌아와 새로운 전투에 참가하였다.

29. 예리한 칼로 적의 심장을 찌르듯이

1928년 추석. 추석달은 여느 때보다 유달리 밝아진다. 교교한 달빛이 옥쟁반같이 은빛의 광채를 뿜어내며 중국의 대지를 널리 비추었다. 사치스럽고 번화한 상하이에서는 국민당의 새로운 권세가들이 술집과 무도장에서 향락을 즐기고 있었다. 일반시민 역시 월병(月餅)과 과일을 먹고 추석을 즐겁게 보내고 있었다. 하지만 빈민가의 수십 만 노동자는 여전히 기아선상에서 발버둥치고 있었다. 밝은 달은 중국 대지를 밝히는데 몇몇의 집은 환락을 즐기고 또 몇몇은 근심에 사로잡혀 있었다.

장제스가 지도하는 국민정부는 베이핑(北平)[33]을 점령하였다. 펑톈(奉天)계군벌 장쮜린(張作霖)은 기차를 타고가다 황구툰(皇姑屯)에서 일본 관동군에 의해 폭사 당했다.[34] 동북지방은 장쉐량(張學良)의 지도 아래 청천백일

---

[33] 역주: 본래 베이징(北京)이었으나 국민정부가 북벌 완성 후 수도를 난징으로 옮기고 베이징을 베이핑으로 바꿨다. 1949년 중화인민공화국이 수립되자 다시 베이징이 수도가 되어 명칭을 되찾게 되었다.

기(靑天白日旗)를 게양하였다.[35] 쟝졔스는 공산당을 진압하고 도살하는 행위를 여전히 계속하였다. 그러나 혁명의 불씨는 결코 꺼지지 않았다. 마오쩌동, 주더 등이 지도하는 노동자·농민 홍군은 이미 징강산(井岡山)에 근거지[36]를 건설하였다. 후난, 후베이, 장시, 산시(陝西) 등지에도 모두 노동자·농민 홍군이 활동을 전개하였다. 중공중앙은 여전히 상하이에 위치하여 마치 예리한 칼로 적의 심장을 찌르고 있는 듯 했다.

저우언라이는 모스크바의 '6대'에 참석하기 전 이미 중공중앙의 비밀기관을 신속하게 조직하였다. 거기에는 조직부, 선전부, 군사부, 총공회, 단중앙(團中央), 중앙여성위원회, 비서처, 특별행동위원회 등이 있었고 공작원은 200여 명에 달했다. 중공중앙은 직속 당지부를 건립하였다. 모스크바에서 돌아온 덩잉차오는 조직의 결정에 따라 중앙여성위원회 서기직을 다시 맡지 않고 중공중앙 직속기관인 지부서기를 맡았다.

추석날 밤, 그녀는 분홍색 치파오를 입고 젊은 귀부인처럼 분장한 후 번화한 난징루(南京路)로 나갔다. 그녀는 꽃집에서 장미를 사고 쓰마루(四馬路)로 꺾어 들어가 매우 더럽고 어두컴컴한 작은 거리를 지나 톈찬(天蟾) 극장 부근에 이르렀다. 그녀는 분명하게 기억했다. 주소는 447호이고 2층집이며 1층은 성리(生黎) 병원이었다.

과연 그녀는 2층 건물과 병원을 찾았고 문을 지나 계단으로 올라가 보니 '푸싱쯔하오(福興字號)'라는 간판이 눈에 들어왔다. 그녀는 정해진 암호로써 문을 두드렸다. 문이 열리고 20세 정도의 아름다운 여인이 미소를 지으며 방 안으로 안내했다. 41,2세의 중년남성이 그녀를 맞이하였다.

---

34   역주 : 본래 친일군벌이었던 장쭤린이었지만 일본 관동군의 반대를 무릅쓰고 베이징을 떠나 동베이지방으로 귀환하다 1928년 3월 일본에 의해 폭사 당했다.

35   역주 : 이른바 장쉐량의 '역치(易幟)'이다. 즉 이전 국민당에 반대하던 입장을 버리고 국민당 당기인 청천백일기를 게양함으로써 국민당 통치를 수용한 사건이다.

36   역주 : 1927년 마오쩌동 등이 주도하여 건립한, 장시성에 위치한 중국 최초의 소비에트를 가리킨다.

덩잉차오는 웃으며 장미꽃을 그들에게 주었다.

"슝(熊) 사장님, 오늘 저는 저의 부부를 대표하여 당신들의 결혼을 축하드립니다. 사모님께서는 정말 아름답군요. 마치 우아하고 매력적인 이 장미꽃 같아요."

원래 이곳은 중공중앙의 비밀기관이었다.

'슝 사장'의 이름은 진딩(瑾玎)으로 1924년 입당한 당원이었다. 그는 원래 중공후베이성위에서 활동하였다. 후베이성위가 치명적인 파괴를 당하였기 때문에 그는 상하이로 와 리웨이한(李維漢)과 접촉하였다. 당중앙은 그에게 중공중앙기관의 회계를 맡기고 비밀기관을 건립하여 중앙정치국 회의 장소로 삼게 하였다. 그는 상인 신분을 이용하여 이 방을 얻었고 스스로 후난에서 상하이로 와 면포 사업을 위해 '푸싱(福興)공사'를 설립했다고 주변에 알렸다. 사람들은 모두 그를 '슝 사장'이라 불렀다.

1926년 입당한 젊은 여성공산당원 주돤서우(朱端綬)는 그와 함께 활동하였다. 오늘은 그들이 결혼한 날이고 그렇기 때문에 덩잉차오는 그녀를 '사모님'이라 불러도 별로 어색하지 않았다.

덩잉차오는 '슝 사장'의 결혼을 축하하기 위해 왔지만, 더 중요한 것은 이곳이 안전한지 여부를 확인하기 위함이었다. 그녀는 이곳이 시끌벅적하게 경극을 공연하는 톈찬극장 옆에 위치하고 있으며, 작은 골목길로 드나들 수 있는 곳임을 알았다. 만일 의외의 사태가 발생할 경우 몰래 빠져나가기에 편리하였다. 2층엔 방 3칸이 있었는데 하나는 '슝 사장' 부부가 거주하고 다른 둘은 서로 통해 있었다. 거기에는 면포가 쌓여 있고 탁자가 놓여 있었다. 겉으로는 '푸싱상행(商行)' 같았지만 실제로는 정치국 회의실로 사용되었다.

그녀는 주변을 살피고는 밝게 슝진딩에게 말했다.

"슝 사장님, 이곳을 구하느라 고생 많았습니다. 일반인들은 상하이의 번화한 시가 중심지 적의 바로 눈앞에서 공산당정치국 회의가 개최될 것이라고는 상상도 못할 것입니다."

‘슝 사장’ 역시 유쾌하게 웃으며 말했다.

“이것은 상대방의 의표를 찌른 행동이라 할 만합니다. 번화한 곳일수록 안전은 더 보장될 수 있으니까요. 적들은 빈민지역을 집중적으로 조사하지요. 그들은 메이란팡(梅蘭芳), 탄신페이(譚鑫培), 양샤오러우(楊小樓) 같은 유명배우가 늘 공연을 하고 돈 많은 부자들이 매일 와 구경하는 톈찬극장 옆에서 공산당 두목들이 회의를 열고 공작을 전개하리라고는 상상도 하지 못 할 겁니다. 톈찬극장은 상해 청방(靑幫)[37] 두목의 것으로, 국민당 군경특무와 조계 순포방(巡捕房)도 감히 함부로 수색할 수 없기 때문에 은연중에 우리에게 안전을 담보해 줄 수 있습니다.”

덩잉차오도 웃으면서 동의를 표하며 말했다.

“그런 유리함에 대해서는 저는 생각해보지 못했습니다. 당신네 아래층 이방동(二房東)[38]은 믿을 만합니까?”

‘슝 사장’은 웃으며 말했다.

“그는 유명한 서양의입니다. 이름은 저우성라이(周生賚)라 하는데, 일도 잘 하고 사람 됨됨이도 착실합니다. 제가 이층을 세를 얻고는 면직물 장사를 한다고 했습니다. 후에 며칠이 지나 제가 하루 종일 이층에서 장부를 계산하고 있었습니다. 사실 그것은 당중앙의 장부였습니다. 그는 이층에 한 번 올라와 제가 계산 때문에 매우 분주한 것을 보더니 별 말 없이 내려갔습니다. 그는 아마도 저를 장사하는 사장으로 정말 믿는 것 같습니다. 그의 병원을 찾는 사람들 가운데 상당수가 부자들인데, 이 점은 우리들의 안정성을 그만큼 높여 줄 것입니다. 누가 유명한 의원 위층에 공산당정치국위원이 모여 회의를 열 것이라고 생각하겠습니까?”

덩잉차오는 깊이 생각하더니 조용히 말했다.

---

[37] 역주: 20세기 초 중국 상하이를 중심으로 조직되어 운영되어 오던 범죄조직이다. 유명한 두목으로 두웨성(杜月笙)이 있다. 아편, 도박, 매춘을 관장했고 노동운동을 탄압하는 데에 고용되기도 하였으며 국민당에 협조하여 백색테러에 가담하기도 하였다.

[38] 역주: 세를 얻은 집을 다시 다른 사람에게 세를 주어 이익을 얻는 사람.

"이곳은 매우 좋지만 추호도 경계심을 늦춰 소홀히 해서는 안 됩니다. 정치국이 이곳에서 회의를 개최하고 공작을 수행하는 데에는 100%의 안전이 보장되어야 가능합니다. 비밀유지에 더욱 주의해야 합니다."

'슝 사장'은 고개를 끄덕이며 말했다.

"잉차오 동지의 말이 맞습니다. 저와 돤서우는 반드시 조심하여 당중앙정치국의 안전을 보증하겠습니다."

덩잉차오는 주돤서우에게 다가가 말했다.

"당중앙은 직속기관지부를 건립했습니다. 당신은 '사장'과 함께 지부 내의 당소조에 편제되어 있기 때문에 저와 조직적으로 관계가 있습니다. 당신의 주요 공작은 정치국회의를 지원하고 안전하게 지키는 것이며, '사장'을 도와 중앙기관의 회계 관리를 잘 하는 것입니다."

덩잉차오는 일어나 주돤서우의 손을 꼭 쥐었다.

"사모님, 당신과 사장님의 백년해로와 행복을 축원합니다."

덩잉차오는 조용히 그곳을 떠났다. 그녀는 유명한 '라오다팡(老大房)' 빵집을 지나다 월병 2개를 사 어머니에게 드렸다. 그런 행동은 웃어른을 섬기고 공경하는 예의를 갖춘 모습이었다. 그녀는 노인들이 여전히 전통적 예법을 중시하고 있음을 잘 알고 있었던 것이다. 이 당시 저우언라이는 여전히 모스크바에 머물고 있었다.

오래지 않아 저우언라이는 모스크바에서 귀국하였다. 그는 향중파, 리리싼 등 정치국위원과 함께 '슝 사장'이 개설한 '푸싱공사'에서 회의를 개최하고 공작을 진행하였다. 저우언라이는 거의 매일 그곳에 와, 이른 새벽부터 늦은 밤까지 머물렀다. 어떤 때는 양복을 입고 왔고 어떤 때는 장포에 마고자 차림이었다. 주돤서우는 그들에게 차를 대접했고 문 앞에서 적의 동향을 감시하였다. 덩잉차오는 보름 혹은 1개월에 한 번 씩 슝진딩, 주돤서우와 함께 회의를 열고 조직 활동을 같이 했다. 이 비밀기관은 1928년에서 1931년까지 계속 안전했고 아무런 문제가 없었다.

'슝 사장' 부부는 덩잉차오만이 직접 연결된 하나의 소조였다.

중공중앙직속지부 내에서 그녀는 윈다이잉(惲代英), 장차이전(張采眞), 장궈쉬(張國盧), 우지엔(吳季嚴) 등 동지와 함께 간사회를 조직하였다. 그 아래 분지부(分支部)가 있었고, 분지부 아래 당소조가 있었다. 직속지부는 덩잉차오의 편집 아래 『지부생활(支部生活)』을 출판하였다. 32쪽 분량으로 당지(唐紙)[39]에 선장본(線裝本)으로 만들어져 낡고 구식인데다 옛 서명을 사용하였기 때문에 적들의 주의를 피할 수 있었다.

덩잉차오는 극도의 어려움과 비밀공작이란 여건 속에서도 직속지부 공작을 훌륭하게 수행하여 당원의 조직생활을 건실하게 만들었으며, 당원의 정치훈련과 마르크스주의 교육을 강화하여 당원 공작을 독촉하고 또 그 활동을 검토함으로써 그들이 효과적으로 당의 각종 임무를 완성할 수 있도록 노력하였다.[40]

그녀는 엄격한 공작제도를 제정하였다. 간사회는 보름마다 한 차례 회의를 개최하였고, 간사상임위원회는 1주일에 1회, 지부와 소조는 매월 적어도 1회 이상 회의를 개최하도록 규정하였다. 간사는 나뉘어 소조회에 참가하여 1인당 둘에서 네 개의 소조회에 참가해야 했다. 또한 시간에 맞춰 회의에 출석해야 하며 특별한 이유 없이 빠질 수 없었다. 매월 말, 덩잉차오는 직속지부공작에 대한 서면보고를 당중앙에 했다.

덩잉차오는 간사상임위원회와 간사회에 참가해야 했고 분지부회와 그녀가 관계하는 몇몇 당소조회에 참가해야 했다. 또한 『지부생활』 편집을 맡아 출판하였으며, 그밖에 저우언라이의 안전에 더욱 주의를 기울여야 했다. 적들로부터의 주목을 피하기 위해 회의가 열리는 장소를 늘 달리 했다.

상하이 셰챠오칭하이루(斜橋靑海路) 19롱산칭방(弄善慶坊) 21호에 있는 2

---

[39] 역주: 닥나무 껍질과 어린 대나무 섬유에 수산화나트륨을 섞어서 만듦. 표면은 황색이며 거칠고 잘 찢어지나 먹물이 잘 흡수되었기 때문에 묵객이 많이 사용하였다.
[40] 필자가 당시 상하이에서 지하공작을 한 장지언(張紀恩), 류아슝(劉亞雄), 뤄샤오훙(羅曉紅) 등의 동지를 방문했을 때, 그들은 덩잉차오가 직속지부서기 공작을 맡았던 상황에 대해 들려주었다. 동시에 필자는 『上海黨史資料通訊』을 참고하였다.

층 석고문(石庫門) 양식의 집이 당중앙비서처기관이었다. 덩잉차오는 이 곳에서 두 차례의 직속지부간사회의를 개최하였다. 그녀는 동지들과 약속하여 누구는 앞문으로, 또 누구는 뒷문으로 들어오기로 하였다. 어떤 동지는 손에 '선물'을 들고 와 마치 친척이나 친구를 방문하는 것처럼 위장했다. 꽃을 좋아하는 덩잉차오는 꽃을 사와 주인에게 예물로 주는 척하였다. 윈대잉은 비단 장삼을 입고 두꺼운 근시안경을 써서 마치 학교선생 같았다. 그들은 한 명 한 명 몰래 방에 도착하였고, 덩잉차오는 직속지부의 공작 계획에 대한 토론을 주재하였다.

웨하이웨이루(威海衛路) 파오마팅(跑馬廳) 부근 석고문 양식의 사랑채에서 덩잉차오는 선전부 분지부회의에 참석하였다. 회의에 참석한 사람은 쉬빙(徐氷), 뤄샤오훙(羅曉紅) 등 10여 명이었다. 지하공작의 조건은 매우 안 좋았다. 방안은 텅 비었고, 단지 긴 탁자가 하나 있었으며 의자조차 없었다. 회의에 참석한 사람들은 큰 탁자 옆에 걸터 앉았다. 그날 덩잉차오는 하늘색의, 화훼 무늬가 오밀조밀한 비단 치파오를 입어 완연한 '젊은 귀부인' 모습이었다. 쉬빙은 고동색 둥근 자수 무늬의 비단 웃옷과 흑색 마고자를 입어 마치 비단집 '사장 아들' 같았다. 초라한 방과 그들이 챙겨 입은 화려한 옷이 전혀 어울리지 않는 것을 보고 젊은 뤄샤오훙은 웃음을 참지 못했다. 그러나 그들의 토론 내용은 매우 심각했다. 즉 확고한 입장을 지니지 못한 동지들의 비관적이고 소극적인 정서를 어떻게 극복하여 취소파(取消派)에 반대하는 투쟁을 전개할 것인가, 어떻게 군중 속으로 들어가 군중을 선동하고 군중에 선전할 것인가, 어떻게 역량을 축적하여 당의 조직을 발전시킬 것인가 등등이었다.

1928년 11월 저우언라이는 상하이로 돌아와 당중앙의 일상 공작을 주재하였다. '6대'의 정확한 노선 지도 아래, 엄중한 타격을 받았던 당의 공작은 점차 회복되어 발전하기 시작하였다. 당시, 당의 공작 중심은 농촌의 무장투쟁으로 완전하게 전환되지 못했고 여전히 도시의 노동운동에 편향되어 있었다.

1929년 '5·1노동절'에 당중앙과 중공장수성위는 상하이노동자와 각계의 군중 수천 명을 이끌고 난징루에서 시위행진을 거행하였다. 조직을 엄밀하게 하였기 때문에 군중은 피해를 입지 않았다. 이 성공적인 시위는 또한 '4·12쿠데타' 이후 상하이 노동자계급이 전개한 첫 번째의 공개적인 조직행동이었다.

덩잉차오는 매우 흥분하였다. 당시 당내에 존재하였던 우경적 비관정서와 좌경맹동사상을 효과적으로 극복하기 위해 그녀는 하난루(河南路) 난징 길목의 과일상점에서 직속지부대회를 개최하여 노동절 시위행진의 의의에 대해 토론하였다. 회의에 참석한 사람은 저우언라이, 덩잉차오, 위다이잉, 위쩌훙(余澤鴻), 선바오잉(沈葆英), 장런아(張人亞), 구지옌예(顧建業) 등 30여 명이었다. 과일상점에는 과일을 사기 위해 드나드는 사람이 매우 많았다. 어떤 사람은 후문으로 통해 몰래 2층으로 바로 올라왔고, 어떤 사람은 과일을 사는 척하다 다른 사람들의 눈을 피해 후원으로 돌아 2층으로 올라왔다.

원래 겸손한 덩잉차오는 위다이잉에게 회의 주재를 청했다. 토론은 매우 격렬하였다. 어떤 동지는 매우 기뻐하며 제국주의가 감히 진압하지 못한 이번 시위는 우리들의 역량이 강대하다는 사실을 표출한 것으로 우리의 역량이 강하면 강할수록 제국주의는 더더욱 어쩌지 못할 것이라고 했다. 어떤 동지는 이러한 맹목적 낙관정서에 동의하지 않았다. 그는 만약 우리들의 역량이 제국주의가 경거망동하지 못하게 만들었다고 생각한다면, 우리들 역량이 좀 더 커질 경우 제국주의가 자동적으로 물러나느냐고 반문하였다.

두 가지의 의견을 둘러싸고 의견은 계속 대립되었다. 덩잉차오는 조용히 들으면서 아무 말도 하지 않았다. 그녀는 저우언라이를 바라보며 그가 의견을 정리해 주기를 바랬다.

창파오를 입고 긴 수염을 기른 저우언라이가 조용히 웃었다. 그는 물론 잉차오의 뜻을 모르는 바 아니었으나 스스로 지부대회에 나서 직접 동지들에게 혁명적 형세와 책략에 대해 설명하기는 어렵다고 느끼고 있었다. 많은 동지들이 기대에 찬 눈으로 그를 바라보았다. 회의를 주재하던 위다이잉이 말했다.

"후공(胡公), 당신이 말씀해 보시죠"

저우언라이는 조용히 말했다. "제국주의는 중국혁명에 대한 무력진압과 정치적 기만이라는 두 가지의 술책을 사용하였다. 무력진압을 사용한다고 해서 그것이 자신들의 역량이 강대함을 표현하는 것은 아니었다. 정치적 기만술을 사용한다고 그것이 혁명에 대한 그들의 인자함을 나타내는 것도 아니었다. 따라서 우리는 그들을 상대하는 데에 두 가지의 방식을 취해야 한다. 그들의 기만술에 속지 말아야 하고, 그들의 진압을 두려워해서도 안 된다. 제국주의는 중국혁명이 그들의 이익에 그다지 큰 영향을 끼치지 않거나 정치적 기만술이 자신들에게 유리한 상황에서는 종종 정치적 기만술을 사용하였다. 중국혁명이 그들의 이익에 엄중한 위협이 되거나 진압책이 자신들에게 유리한 상황에서는, 우리의 역량 정도와 무관하게 혁명을 진압하였다. 국민혁명의 상황이 바로 이러했다. 따라서 우리는 반드시 무장투쟁을 준비하여 제국주의와 국내반동파를 타도해야 한다."

저우언라이는 또 말했다. "시위행진은 단지 우리의 역량을 점검하고 군중의 투지를 단련시키며 군중의 투쟁기술을 훈련시키는 일종의 방식이다. 이번 노동절 시위행진의 승리는 당의 '6대'노선이 정확했음을 입증하며, 우리 당이 국민혁명의 실패를 경험하고 그 경험적 교훈을 총결함으로써 군중속으로 깊이 들어가 그들을 선동하는 공작에 있어 어느 정도의 성과가 있었으며 군중의 역량이 회복되어 발전하고 있음을 설명해 준다. 그러나 전체적으로 보면 아직 혁명의 고조기에 이른 것은 아니며 동지들의 고통스런 공작이 지속되어야만 한다."

동지들은 예리한 분석과 엄밀한 근거를 지닌 저우언라이의 이 의견을 듣고는 많은 깨달음을 얻었다. 덩잉차오도 만족스럽게 웃었다.

국민혁명 실패 후 각지의 당조직은 연이어 파괴되었다. 많은 성위기관이 적들에 의해 파괴되었고, 심지어 몇 차례 지속적으로 파괴당하기도 하였다. 많은 동지들이 영웅적인 희생을 당했다. 스스로 자수하는 경우도 발생하였다. 당조직을 이러한 백색공포 아래에서 어떻게 생존, 발전시켜 나가며 비밀공작을 제대로 수행할 것인가 하는 문제는 매우 중요했다. 많은 당원에게는 비밀공작의 경험과 기술이 부족하였기 때문이다.

덩잉차오는 『당적생활(黨的生活)』에서 「새로운 혁명적 물결 속에서 당을 어떻게 보호할 것인가?」, 「비밀공작의 몇 가지 교훈」 등의 글을 발표하여 당시 국민당통치구의 지하공작에 대해 시의적절한 지도방침을 제시하였다.

덩잉차오는 글 가운데에서 "비밀공작은 당을 보호하는 중요한 조건이고, 비밀공작의 집행과 독촉, 그리고 검사는 전당 동지의 책임이다"라고 주장하였다.[41] 그녀는 비밀공작 중에 일어날 여러 착오와 결점을 열거하면서 어떻게 비밀공작을 수행해야 하는지에 대해 명확하게 지적하였다. 그녀는 다음과 같이 말했다. "비밀공작을 일상생활 가운데 수행하려면 일 년 내내 인내심을 갖고 끊임없이 수행해야 하며, 생활 속의 습관처럼 익숙하게 만들어 조금의 소홀함도 없어야 하고, 일 처리를 함에 있어서도 철저해야 하며, 한 순간도 비밀공작을 수행함에 있어 게을러서는 안 된다.", "비밀조직은 공개적 활동과 정확하게 관련을 맺고 운용되어야 한다." "비밀공작의 비결은 사회화이다. 일체의 모든 의식주는 현지의 상황과 밀접히 부합되어야 하며 다른 사람의 눈에 이상하게 보여서는 안 된다." 그녀는 엄밀한 당조직은 반드시 당원의 행동을 고찰하여 적들이 기회를 엿보지 못하게 하고 투기적인 인물이나 스파이가 당내에 스며들지 못하게 해야 한다고 했다. 또한 "당의 정치교육을 강화하고 당원의 정치적 수준을 제고하며 당내의 일치단결과 당원사상의 견고함을 추

---

41   덩잉차오, 「새로운 혁명적 물결 속에서 당을 어떻게 보호할 것인가?」, 『黨的生活』
      第11期(1930.5.15.)

구해야 한다. 당원이 체포된 이후 적들의 가혹한 고문과 유혹, 위협이 있더라도 당의 조직과 당의 기밀을 노출시켜서는 안 되고 동지와 계급을 팔아서는 안 된다"고 하였다.

덩잉차오는 글에서 자세하게 말하였다. "동지들이 서로 만날 때, 공작에 필요한 경우가 아니라면 '어디에 삽니까?', '현재 어떤 공작을 맡아 수행합니까?', '중앙에는 현재 누가 있습니까?', '성위는 누가 담당합니까?', '누구는 어디로 갑니까?', '왜 누가 요사이 통 보이지 않습니까?' 등 등과 같은 질문을 해서는 안 된다. 길에서 만날 때 절대 서로 아는 척을 해서는 안 된다."[42]

덩잉차오는 비밀공작이 비록 순수한 기술적 작업은 아니지만, 확실히 기계적으로 하지 않으면 안 된다고 지적하였다. 비밀공작을 하는 동안 모든 기술과 방법은 반드시 엄격하게 기계적으로 준수되어야 하고 의식적으로 기계적으로 집행되어야 하며 일생생활 속의 습관으로 길러져야 한다. 절대 추호의 낭만과 추호의 소홀함이 있어서는 안 된다. 그녀는 지하당의 모든 당원이 기민한 능력을 배양하고 침착한 태도를 유지해야 한다고 했다.

문제가 발생했을 경우 제대로 그에 대처해야 되고 허둥대지 말아야 하며 …… 고생스럽지만 치밀하게 당의 비밀공작을 제대로 수행하여 당의 안전을 보장하고 당의 조직을 공고히 하며 혁명의 승리를 쟁취해야 한다.[43]

이 글들을 통해 덩잉차오는 당의 비밀공작 경험을 종합하였고, 스스로 비밀공작의 모범을 보이기도 하였다. 그녀와 저우언라이는 비밀공작을 수행하는 모범적 사례였다.

그들은 상하이에서 부단히 거주지와 이름을 교체하였다. 덩잉차오는 많은 정력과 시간을 써가며 믿을 만한 주거지를 찾았다. 집은 짧으면 몇

---

42   상동.
43   상동.

개월 길어도 1년이면 바로 이사했고, 한 번 옮길 때마다 이름을 바꾸었다. 그 결과 그들의 주소지를 아는 사람은 단지 2,3명에 불과했다. 그녀는 또한 보통의 가정주부로 위장하여 보통 장바구니를 들고 시장에 가는 것처럼 보였지만 사실은 분지 혹은 소조회에 참가하는 것이었다. 당연히 그녀는 돌아올 때 필요한 채소를 사 오는 것을 잊지 않았다. 그녀는 집 주인 아주머니, '다락방 아주머니' 등 모두와 좋은 관계를 유지하고 다정하게 대화하며 남들에게 관심을 기울였다. 그녀들은 온화한 이 '부인'이 국민당이 지명수배한 '중요 범죄인'인 덩잉차오일 줄은 상상도 하지 못했다. 저우언라이는 보통 상인으로 위장하였고 긴 수염을 길렀으며 아침 일찍 나가 밤에 돌아왔다. 상하이에서의 4년을 넘어 근 5년 동안 그 둘은 영화나 연극을 한 번도 본 적이 없었다. 비록 그들은 둘 다 문예연극을 좋아했지만, 당의 비밀공작을 위해 엄숙하고 무미건조한 생활을 기꺼이 받아 들였다. 그녀의 어머니 양전더는 한의에 대해 조예가 있어 이웃 주민 가운데 병이 난 노인들과 아이들을 치료해 주었기 때문에 주변 사람들의 호감을 널리 얻었다. 그들이 갑자기 이사를 떠날 때면 사람들은 매우 서운해 하였다.

저우언라이와 덩잉차오는 당과 공산주의 사업에 대한 지극한 충성과 그리고 숙련된 비밀공작에서 오는 극도의 기민함으로, 몇 년을 한결 같이 신중하고 조심스럽게, 조금의 소홀함도 없이 제대로 일을 처리했기 때문에, 장제스가 그들에게 비록 30십만 원이라는 고가의 현상금을 내걸었음에도 불구하고, 그들은 근 5년 동안 상하이에서 안전하게 공작을 진행할 수 있었다. 이것은 하나의 기적이라 하지 않을 수 없었다. 이것은 그들이 날카로운 칼을 적의 심장에 내리꽂은 것과 같으며 심한 풍랑이 몰아쳐도 굴하지 않고 변함없이 꿋꿋하게 우뚝 서있는 것과 같았다.

1930년 봄, 덩잉차오는 뜻밖에 오사시기의 옛 전우 궈롱전을 만났다. 궈롱전은 프랑스에서 입당하여 귀국 후 베이핑에서 공작하다 불행하게 체포되었었다. 하지만 그녀의 가족은 사회적 연줄을 이용하여 그녀를 감

옥에서 구해냈다. 그녀는 먼저 동북지방으로 갔다가 이후 상하이에 도착하여 당조직을 찾았다.[44]

덩잉차오는 큰 길거리를 걷다 갑자기 인력거에 앉아 있던 궈룽전을 보았다. 궈룽전 역시 그녀를 보자 바로 인력거에서 내렸다. 그녀들이 헤어진 지 벌써 10년이 흘렀다. 이제 다시 만나게 되니 둘은 형용할 수 없는 흥분과 희열에 휩싸였다.

덩잉차오는 궈룽전을 데리고 집으로 왔다. 저우언라이도 이 강인한 큰 언니를 매우 반갑게 맞이하였다. 궈룽전은 상하이에서 몇 개월 동안 공작을 진행한 후 산동 칭다오(靑島)로 가 여성노동자 공작에 참여하였다.

반년 후 덩잉차오는 궈룽전이 칭다오에서 체포되어 공안국 구치소에 수감되었다는 소식을 접했다. 그녀는 구치소에서도 종전과 다름없이 선전활동을 계속하자 수갑이 채워진 상태로 지난(濟南)으로 압송되었다. 군벌 한푸쥐(韓復集)[45]는 거침없이 총살을 명령하였다. 궈룽전은 형장으로 끌려갈 때 최후의 생명과 열정을 다하여 죄수 수레에서 구호를 외치고, 강연을 하였으며, 소리 높여 인터네셔날가를 불렀다. 그 비장한 분위기 속에서 의를 위해 희생하는 그녀의 모습이 너무도 감동적이었기 때문에 압송하는 사병들조차 모두 눈물을 흘렸다.

덩잉차오는 신문을 통해 궈룽전의 죽음을 접하고는 이루 다 말할 수 없는 마음의 고통을 느꼈다. 그녀는 또한 1928년 체포되어 희생당한 베이핑시위서기 마쥔을 떠올렸다. 각오사의 두 맹장이 사라져버린 것이었다. 덩잉차오는 지하공작자의 길이 가시와 선혈로 덮여있음을 깊이 깨달았다.

---

44   덩잉차오, 「우리들의 여전사 궈린(郭林, 즉 궈룽전) 동지」, 重慶 『新華日報』, 1941.5.5.
45   역주: 1890-1938. 허베이성 출신 군벌. 펑위상(馮玉祥), 장졔스 등을 추종하다 최후에는 일본군과 결탁하여 산동성을 기반으로 반독립의 입장을 취했기 때문에 1938년 체포되어 총살당하였다.

30. 좌경노선의 곤혹스러움과 고통

덩잉차오는 중앙여성위원회 서기직을 다시 맡지는 않았지만 여성공작에 대해 계속해서 깊은 관심을 기울였다.

1930년 그녀는 당 간행물 『홍기(紅旗)』에 연속하여 「금년 '3·8절'에 대한 합당한 인식」, 「국민당은 또한 여성노동자를 기만하였다」, 「신기록을 세운 상하이 '3·8절' 시위」 등을 발표하였다. 그녀는 이 글을 통해 "현재 매우 중요한 문제는 바로 여성운동에 대한 당내의 무시이고, 여성노동자 공작이 여성동지들만의 전문공작이라는 관점을 어떤 동지들은 아직 완전하게 교정하고 있지 않다는 점이다"라고 지적하였다. 그녀는 다음을 희망하였다. "이번 '3·8절' 기념 활동에서는 여성노동자 공작에 특히 관심을 기울여야 하고, 이 공작이 모든 당원과 당의 공작임을 인식해야 하며 …… 이후 상하이 공작에서는 특히 여성노동자 운동에 주의하지 않으면 안 된다. '3·8절'이 준 교훈을 잘 깨달아 여성운동의 영향을 확대하는 데에 확실한 주의를 기울여야 한다."[46]

덩잉차오는 중공쟝쑤성위위원이며 청년여성노동자인 쉬다메이(徐大妹)와 직접 연결되어 상하이 노동운동을 지도하였다.[47]

쉬다메이는 푸동(浦東) 르화(日華) 방직공장에 13살이라는 어린 나이에 노동자로 취직하였다. 일찍이 양즈화가 르화 방직공장에서 푸동노동자학교를 운영한 적이 있었다. 쉬다메이는 이 야학에 다녔고, '5·30운동'에 참가하였으며, 1925년 입당하였다. 당조직은 그녀와 저우위에린(周月林), 저우취취안(周趣泉) 등 20여 명의 노동자 간부를 추천하여 블라디보스톡으로 보내 공부를 시켰다. 1928년 2월 쉬다메이는 상하이로 돌아와

46　덩잉차오, 「금년 '3·8절'에 대한 합당한 인식」, 『紅旗』 第80期(1930.3.1.)
47　필자가 쉬다메이를 방문했을 때 그녀는 덩잉차오가 상하이에서 노동운동을 지도하던 정황에 대해 소개해 주었다.

다시 양수푸(楊樹浦) 공장지대에서 공작을 수행하였다. 그녀는 저쟝루(浙江路)에 있는 한 세탁소 3층의 작은 다락방 하나를 빌려 거주하였다.

위 아래 다 무명옷을 입고 여성노동자로 위장한 덩잉차오가 한 달 사이에 쉬다메이를 두 차례나 찾아 왔다. 그녀는 올 때마다 항상 친밀하게 쉬다메이를 앉히고 침착하게 물었다.

"다메이, 공작 상황은 어떤가요?"

쉬다메이는 그녀에게 상황을 종합해 보고하면서, 어떤 공장에서 어떤 여성들과 교류하여 몇 개의 문맹퇴치반, 독서회를 조직했으며, 그 가운데 몇 명을 적극분자로 발전시켰는지 등에 대해 설명하였다.

덩잉차오는 쉬다메이의 말을 중간에서 끊지 않고 아주 흥미롭게 그녀의 말을 다 들은 후 그녀가 다음 달의 공작계획을 세우도록 유도하였다. 어떤 공장으로 갈 것인지, 어디에서 어떤 노동자들을 찾을 것인지, 노동자의 어떤 상황을 이해할지, 얼마나 적극분자를 다시 양성할 것인지 등등에 대해 미리 준비하였다.

차이양도 가끔 찾아 왔다. 덩잉차오는 그녀와 작은 목소리로 상의하였다. 덩잉차오는 항상 웃으며 말했다.

"나는 다메이 동지의 계획에 동의하니 그렇게 합시다."

1930년 여름, 리리싼노선[48]의 영향 아래 상하이 당조직은 공장노동자의 정치동맹파업을 조직하여 상하이 총폭동을 일으키려고 준비하였다. 그러나 당시 혁명정세는 퇴조기에 있었기 때문에 정치파업을 일으키는 것은 쉽지 않았다.

쉬다메이는 난감해 하면서 덩잉차오에게 있는 그대로 보고하였다.

일관되게 실제 상황에 근거하여 활동해 왔던 덩잉차오는 당시 지도자들과는 다르게 쉬다메이의 소극적이고 불안해하는 정서를 비판하지 않

---

48   역주: 소비에트 노선을 채택한 '6대'의 영향은 구체적으로 리리싼노선으로 나타났다. 그것은 도시 노동자의 총파업과 홍군의 대도시에 대한 집중 공격의 결합에 기초하여 전국적인 혁명 승리를 얻으려는 방침이었다.

았다. 그녀는 한 번 깊이 생각하고는 쉬다메이에게 말했다.

"다메이, 당신은 지난 번 자베이(閘北)의 몇몇 제사공장이 시설과 노동조건이 모두 좋지 않다고 얘기했던 것으로 기억하는데요, 그 상황을 좀 더 자세히 설명해보세요."

쉬다메이는 깊이 한숨을 몰아쉰 뒤 말했다.

"잉차오 동지, 그들 제사공장에는 기본적으로 갖춰져 있어야 할 통풍시설이나 냉방시설이 없습니다. 현재 상하이의 여름 온도는 거의 40도에 육박하는데, 여공들은 끓는 물에서 맨손으로 누에고치 실을 꺼내야 합니다. 또한 등 뒤에는 뜨거운 물이 흐르는 관이 지나고 있어 많은 여공들이 기절을 하기도 합니다. 모두 제사공장의 '고치실 언니'가 가장 힘들다는 것을 알고 있습니다. 특히 12살의 어린 노동자는 화상 때문에 손에 항상 물집이 잡혀 있습니다. '넘버원'(공두[49])은 노동자의 생활을 돌보지 않고 대나무 막대기로 여공들을 구타하거나 욕을 합니다. 잉차오 동지, 제사 공장의 여공들은 정말 고통스러워 죽을 지경입니다!"

덩잉차오의 맑고 큰 눈이 갑자기 반짝 빛나더니 낮은 목소리로 물었다.

"다메이, 제사공장 노동자의 경제파업을 일으켜 노동조건 개선과 공두의 노동자 구타 금지를 요구해야 합니다. 당신이 보기에 가능할 것 같은가요?"

쉬다메이는 한 번 생각해보더니 고개를 끄덕였다. 덩잉차오는 말했다.

"돌아가 사람들과 좀 더 상의해 볼 테니 당신은 통지를 기다리세요."

며칠 후 아이둬야루(愛多亞路)의 좁은 골목에 위치한 한 석고문식 가옥 안의 곁채에서 제사공장 파업을 위한 비밀회의가 개최되었다. 쉬다메이는 통지를 받자마자 바로 달려왔다. 그녀는 덩잉차오가 앉아 있는 곳을

---

[49] 역주: 공두(工頭)는 공장에서 노동자를 관리하고 이끄는 감독을 가리킨다. 통상 이 시기 공두들은 회사를 대신해 지역별·직종별로 조직된 노동자들의 임금, 거주, 취직 등 노동생활 전반을 통제하고 관리하였다.

향해 웃으며 인사한 후 자리에 앉았다. 그녀가 보니 당시 중공중앙정치국 주석을 맡고 있던 샹종파 이외에도 샹잉(項英), 리푸춘, 차이창, 리웨이한, 쉬시건(徐錫根) 등이 와 있었다.

덩잉차오는 쉬다메이에게 제사 공장의 상황에 대해 보고하라고 하였다. 회의에서는 제사공장 노동자의 즉각적인 총파업 실시를 결정하였다. 파업을 통해 노동조건 개선을 요구하여 임금 인상과 공두의 노동자 구타 엄금 및 회사 측의 임의적인 노동자 해고 금지 등을 요구키로 하였다.

덩잉차오의 발언은 항상 생동감이 넘쳤다. 그녀는 웃으며 말했다.

"우리들은 선풍기와 같이 억압 받는 군중들을 선동하여 자본가와 투쟁을 전개해야 합니다!"

1930년 7월 어느 날 오후 기적 소리가 길게 울려 퍼졌다. 자베이 제사 공장 내 만여 명의 노동자-그 절대 다수는 여성노동자였다-들이 너도나도 기계를 세운 뒤 공장에서 뛰쳐나와 쟝닝루, 창서우루(長壽路) 입구에 있는 큰 시계탑으로 모여들었다.

상하이 제사공장 대파업은 이렇게 시작되었다. 거덩루(戈登路) 광장에서 군중대회가 개최되었다. 쉬다메이는 긴 나무 걸상을 빌려 그 위로 뛰어올라가 연설을 하였다. 제사공장 노동자의 열악한 대우에 대해 거론하면서 파업 노동자의 요구를 제출하였다. 덩잉차오, 차이창 등은 운집한 사람들 사이에서 조용히 동정을 살폈다. 지하당 문화지부의 샤옌(夏衍), 티엔한(田漢) 등의 동지들도 왔다.

'훙터우아싼'(紅頭阿三)들이 노동자를 재빠르게 포위하였다. 쉬다메이는 몇 분의 연설을 마친 뒤 바로 전차에 올랐다. 그들은 우선 남성 중심의 규찰대를 조직하여 '훙터우아싼'과 용맹스럽게 육박전을 전개하였다.

이번 제사공장 파업은 승리를 거두었다. 파업기간 동안의 임금까지 부분적으로 추가 지급을 받았고 공장의 노동조건에도 개선이 이루어졌다.

덩잉차오와 쉬다메이는 모두 신이 나서 웃었다. 그러나 덩잉차오는 이번의 국부적 승리로 인하여 전면적인 좌경모험주의가 교정되지는 않을 것이라 걱정하였다.

덩잉차오는 다수의 어려운 공작을 겪으면서 국민혁명 실패 후의 당조직이 이미 상당한 정도 회복과 발전을 이룩했음을 깨달았다. 1927년 혁명정세가 최저점에 달했을 당시 전국의 당원은 단지 1만여 명에 불과하였다. 그러나 1930년에는 이미 10만여 명으로 발전하였다. 노동자·농민홍군 역시 끊임없이 발전을 거듭하여 이미 64,000여 명에 이르렀고, 후난·쟝시, 쟝시 남, 푸젠 서, 후남·후베이·쟝시, 푸젠·저쟝·쟝시, 홍후(洪湖), 후난·후베이 서, 후베이·허난(河南)·안휘(安徽), 줘유쟝(左右江)[50] 등 15곳에 농촌혁명근거지가 건립되었다. 당이 지도하는 혁명전쟁은 12개 성, 100여 개 현으로 파급되었다.

1930년 4월 쟝졔스와 옌시싼(閻錫山), 펑위샹(馮玉祥) 사이에서 중원대전(中原大戰)이 발발하였다. 투입된 병력이 100만 명 이상에 달했다. 혁명 역량의 발전, 급격한 국내정치 형세의 변화 때문에 중국공산당의 일부 지도자들은 정상적인 판단력을 상실하였다.

1930년 1월 저우언라이는 비밀리에 상하이를 떠나 모스크바로 가, 소련공산당 제16차 대표대회에 참석하였다. 그는 거기에서 중국혁명 형세를 소개하고 스탈린을 만났다. 저우언라이는 형세에 대해 분명한 인식을 가지고 있었지만 당시 국내에 없었다.

6월 리리싼이 주재하는 중공중앙정치국회의는 그가 기초한 「새로운 혁명 고조와 한 개의 성 혹은 수개 성의 우선적 승리」 결의를 통과시키고, 우한(武漢)을 중심으로 한 전국 중심도시폭동을 일으키고, 전국 홍군을 집중시켜 중심도시를 공격한다는 좌경모험계획을 제정하였다. 8월 당중앙, 단중앙, 총공회는 중공중앙행동위원회로 통합되어 전국적인 행동 지휘를 준비하였다.

수많은 동지들이 리리싼의 좌경모험계획을 반대하였다. 동맹파업과

50 　역주: 공산당 혁명 근거지 가운데 하나. 광시(廣西) 서부 줘쟝(左江), 유쟝(右江) 유역을 중심으로 형성되었다. 1929년 12월에서 1932년 겨울까지 지속되었다.

무장봉기는 근본적으로 발동시킬 수 없었다. 예컨대 리리싼이 강조하는 우한과 같은 중심도시에는 단지 200여 명의 당원과 150명의 적색노동조합원이 존재할 뿐이었는데 어떻게 동맹파업을 일으킬 수 있겠는가? 대도시와 중간도시에 대한 노동자·농민 홍군의 공격 역시 커다란 손실을 입고 실패하였다.

덩잉차오는 많이 고민하였고, 그녀 역시 리리싼의 견해와 방식에 동의하지 않았다. 그러나 리리싼의 견해는 당중앙정치국의 명의로 표현되었다. 그녀는 조직상 반드시 복종해야만 했다. 이것은 국민혁명시기 천두슈의 우경기회주의 주장에 반드시 복종해야만 했던 것과 동일한 상황이었다. 덩잉차오는 다시 한 번 심각한 고민에 빠졌다.

코민테른과 저우언라이는 리리싼의 모험적 주장에 명백히 반대하였다.

1930년 8월 중순, 저우언라이는 홀연히 상하이로 돌아왔다. 덩잉차오는 그를 보자 약간 마음이 놓였다. 그녀는 언라이가 국면을 전환시킬 수 있을 것으로 믿었다. 저우언라이는 바로 리리싼, 샹종파를 찾아 인내심을 갖고 그들을 설득하였다. 그 결과 정치국은 회의를 개최하여 이전 내렸던 잘못된 지시를 정지시켰다.

1930년 9월 24일에서 28일까지 중공 제6차 3중전회(中全會) 확대회의가 상하이 머드허스트 로드(麥特赫斯脫路)[51]에 위치한 서양식 건물을 빌려 비밀리에 개최되었다. 덩잉차오도 회의에 참석하였다.[52]

덩잉차오는 저우언라이가 전달한 코민테른의 지시에 대해 정신을 집중하여 들었다. 그 보고 가운데 저우언라이는 리리싼이 공작 과정에서 범한 좌경모험주의 경향이 지닌 착오에 대해 비평하였다. 리리싼은 책략의 잘못을 인정하고 자기비판을 하였으며 지도자의 지위에서 물러나 소

---

[51] 역주: 상하이 공공조계 서쪽에 위치한 지명으로 영국 주상하이영사 Sir Walter Henry Medhurst의 이름을 딴 거리명.

[52] 필자가 상하이에서 장지언(張紀恩)과 상하이당사 사무실 동지를 방문했을 때, 그들은 중공제6차 3중전회와 4중전회의 상황에 대해 소개해 주었다. 또한 필자는 『중공당사자료(中共黨史資料)』를 참조하였다.

련으로 학습을 떠났다.

제6차 3중전회의 처리는 정확하였다. 덩잉차오는 안심하면서 당의 사업이 이제 정상적인 궤도로 회복될 수 있을 것이라고 판단하였다.

하지만 상황은 갑자기 변했다.

모스크바에서 돌아와 코민테른 동방부 부부장 미프[53]의 신임을 받고 있었던 왕밍(王明), 보구(博古)[54]가 연명으로 당중앙에 편지를 보내 6차 3중전회가 "조화주의의 잘못을 저질렀다"고 지적하였다. 전국총공회를 장악한 뤄장룽(羅章龍), 쉬시건(徐錫根)은 왕밍과 함께 연명으로 당중앙에 긴급회의 개최와 중앙의 개조를 요구했는데, 그 창끝은 저우언라이와 취츄바이를 향하고 있었다. 코민테른동방부 부부장 미프는 비밀리에 상하이로 와 직접 당 문제에 간여하였다. 그는 중국공산당 제6차 3중전회가 조화주의의 착오를 범했다고 엄중하게 비판하면서 제6차 4중전회 개최를 제의하였다.

당시 십 수만의 당원을 소유한 중국공산당이었지만 코민테른의 일개 지부에 불과하였기 때문에 코민테른의 명령에 복종하지 않을 수 없었다.

1931년 1월 7일 6차 4중전회가 상하이에서 비밀리에 개최되었다. 회의는 단 하루 동안 10여 시간에 걸쳐 개최되었다. 대국적 견지에서 치욕을 참아가며 중대한 임무를 맡았던 저우언라이는 발언을 통해 6차 3중전회의 착오에 대한 책임을 인정하면서 당의 단결을 유지해야 함을 재차 강조하였다. 미프는 결론을 내렸다. 회의는 명의적으로 원동국(遠東局)이지만 실제적으로 미프 자신이 제출한 중국공산당중앙위원회와 정치국원 명단을 통과시켰다. 취츄바이, 리리싼, 리웨이한 등이 정치국에서 물

---

53   역주 : 1901-1938. 왕밍을 지지하여 그를 중공중앙정치국 위원으로 선출, 당중앙을 장악하기도 하였다. 1936년 소련으로 귀국한 후 동방대학교장을 역임하며 중국문제를 연구하였다.

54   역주 : 1907-1946. 1925년 중국공산당 가입, 국민당상하이시당부 선전간사 역임. 1926년 모스크바 중산대학에서 학습하고 30년 5월 귀국하여 전국총공회선전부 공작을 담당하며 『노동보(勞動報)』, 『공인소보(工人小報)』 등을 편집하였다.

러났다. 소련에서 귀국한 지 몇 달밖에 되지 않은 26살의 왕밍이 단번에 당중앙위원과 정치국위원으로 선출되었다. 회의에서 또한 저우언라이의 정치국 퇴출이 누군가에 의해 제의되었다. 하지만 표결 결과 6명은 이에 동의했지만 18명이 반대하였기 때문에 저우언라이는 정치국위원직을 유지할 수 있었다. 그러나 정치국은 실질적으로 왕밍 일파에 의해 장악되었다. 그들은 좌경모험주의 노선을 추진하였고 이때부터 중국공산당은 4년 동안이나 중국혁명에 매우 엄청난 손실을 가져 왔다.

31. "사랑하는 어머니!" 그리고 "사랑하는 딸!"

백색공포라는 극단적으로 어려운 환경에서 덩잉차오는 동지에게 관심을 기울이며 곤경에 처한 전우를 지원하고 또 위로했다.

1931년 1월 17일 허멍슝(何孟雄), 린위난(林育南), 리츄스(李求實), 러우스(柔石), 후예핀(胡也頻), 펑겅(馮鏗) 등 20여 명의 동지가 동팡(東方)여관에서 회의를 개최하였으나 배신자의 밀고로 모두 체포되고 말았다.

리츄스의 부인 친이쥔(秦怡君)은 당시 임신을 하여 출산을 준비하고 있었는데, 상하이 푸민(福民) 병원 부근 좁은 골목길에 있는 집에 방 하나를 얻어 거주하고 있었다.[55]

그녀는 전에 한커우 잉메이(英美) 담배공장 노동자였다. 1923년 린위난, 쉬바이하오(許白昊)가 소개하여 입당한 후 블라디보스톡으로 가 공부하였다. 1926년에 그녀는 중공후베이성위 부녀부장, 국민당특별시당부여성부장, 후베이성총공회 여공부장 등을 맡았다. 1927년 여름 그녀는 우

한에서 덩잉차오, 차이창, 샹징위 등을 만났다. 그녀는 원래 장쑤성 총공회 당단(黨團) 서기 쉬바이하오의 부인으로 둘 사이에 아들이 하나 있었다. 쉬바이하오는 체포되어 죽고 말았다. 1928년에 그녀는 공청단중앙서기 리츄스와 재혼하였다. 그녀는 본래 항저우(杭州)에서 출산할 예정이었으나 10여 일 넘게 리츄스의 소식을 접하지 못하게 되자 상하이로 달려왔다. 이제 그녀는 두 살이 된 아이를 데리고 초조한 마음으로 방에서 불안하게 남편을 기다렸다.

방문을 조용히 두드리는 소리가 들렸다. 친이쥔이 문을 열고 보니 우한에서 봤던 덩잉차오가 있었다. 덩잉차오는 퉁퉁 부은 친이쥔의 손을 잡고 그녀를 침상 옆으로 데려가 앉혔다. 그런 다음 그녀는 친이쥔의 손에서 그녀의 아이를 끌어안고 사탕을 주며 달랬다.

"얘가 쉬바이하오 동지의 아이군요." 덩잉차오는 조용히 물었다.

친이쥔은 고개를 끄덕였다. 흐르는 눈물을 주체하지 못하며 초조하게 물었다.

"츄스, 츄스는 어떻게 됐나요?"

덩잉차오는 차마 눈앞의 친이쥔으로 하여금 또 한번 강한 충격에 빠지게 할 수는 없었다. 하지만 그녀는 알릴 수밖에 없었다.

"이쥔, 당신은 제 얘기를 듣고 너무 상심하지 마세요. 츄스, 위난, 멍슝 그리고 청년작가 러우스, 후예핀 등 20여 명의 동지가 1월 17일 동팡여관에서 회의를 개최하였습니다. 그때 죽일 놈의 배반자가 밀고하여 불행히도 그들 모두 체포되고 말았습니다. 당이 현재 모든 수단을 동원하여 그들을 구출하기 위해 노력하고 있습니다."

친이쥔은 이 말을 듣고 정신없이 울부짖으며 거의 혼절할 지경에 빠졌다. 덩잉차오는 재빨리 아이를 침상에 내려놓고 뜨거운 물을 잔에 따라 친이쥔을 부축하여 마시게 하였다. 이때 아이가 크게 울기 시작하였다. 덩잉차오는 다시 급하게 아이를 껴안고 온갖 방법으로 달랬다.

이제 아이는 울음을 멈췄다. 친이쥔도 점차 안정을 찾았다. 그녀도 결국엔 혁명가였다. 충격을 받아들이고 이겨낼 수 있었다. 덩잉차오는 그녀의 경제적 곤란에 대해 알았기 때문에 그와 저우언라이의 보잘 것 없는 생활비에서 몇 원을 빼 그녀에게 쥐어 주면서 반드시 몸을 잘 챙기라고 하였다. 친이쥔은 덩잉차오의 손을 잡아당기며 계속 말했다.

"차오 언니, 저에게 이렇게 관심을 보여주셔서 정말 감사합니다. 그러나 츄스와 동지들은……" 그녀는 더 이상 말을 계속할 수 없었다. 덩잉차오는 서둘러 그녀를 위로하면서 관련 소식이 있으면 바로 연락해 주겠다고 했다.

며칠 후 지하당원 저우원(周文)이 급히 친이쥔을 찾아와 리츄스, 린위난 등이 순포방에서 국민당 롱화(龍華) 경비사령부로 이송되었음을 알렸다. 이 소식은 불길한 것이었다. 저우원은 루쉰(魯迅)이 러우스, 후야핀, 풍경 등 청년작가들에 매우 깊은 관심과 사랑을 지녔기 때문에 적극적으로 구명 활동을 전개하고 있음에 대해 말했다. 저우원은 친이쥔에게 부부관계이니까 롱화 경비사령부로 직접 가 상황을 살펴봐도 무방할 것이라고 하였다.

2월 13일 친이쥔은 롱화로 서둘러 갔다. 거기서 그녀는 2월 7일 한밤중에 적들이 이미 리츄스, 린위난, 러우스, 후예핀 등을 몰래 집단 살해했다는 이야기를 들었다.

친이쥔은 무거운 몸을 이끌고 방으로 돌아와 대성통곡하였다. 그날 밤, 저우언라이와 덩잉차오가 그녀를 만나러 왔다. 그들은 그녀를 진심으로 위로했고 몸을 잘 보존하라고 했다. 저우언라이는 출산 후 그녀에게 공작을 다시 안배할 것이며, 두 아이는 열사의 자손으로 당이 반드시 그 부양을 책임질 것이라고 하였다.

3월 13일, 친이쥔은 푸민병원에서 여자 아이를 출산하였다. 덩잉차오는 다시 그녀를 찾아가, 당조직이 두 아이에게 매월 15원의 생활비를 지급하기로 결정했음을 알렸다.(당시 저우언라이의 생활비는 매월 12원, 덩잉차오는 8원이었으니, 열사의 아이들이 받는 월 15원의 생활비는 상당히 많은 편이었다.)

덩잉차오는 두 아이를 리츄스 동지의 집으로 보내 키우게 하고 친이쥔은 공작을 계속하는 것이 가장 좋을 것 같다는 의견을 내었다.

친이쥔은 덩잉차오의 두 손을 꽉 쥐고 목이 메어 제대로 통곡 소리도 내지 못한 채 말했다.

"차오 언니, 저에 대한 관심에 깊이 감사드립니다. 그리고 아이들에 대한 당의 배려에 감사드립니다. 반드시 저는 두 아이를 잘 키울 것이고 저 역시 공작을 제대로 수행할 것입니다. 당신과 언라이 동지 또한 안전에 주의하기 바랍니다. 이후 생활이 잘 정돈될 테니 당신은 별일도 아닌데 이렇게 자주 저를 찾아올 필요 없습니다."

가장 절실히 도움과 위로가 필요한 동지들 앞에는 항상 열정 넘치는 덩잉차오가 있었다.

1931년 봄, 즈리지부에서 덩잉차오와 함께 공작한 바 있는 장차이전(張采眞)이 우한에서 공작을 벌이다 체포되어 희생되었다. 덩잉차오는 그의 부인 쑤차이(蘇才)를 만났다. 그녀는 어머니와 함께 쑤차이를 찾아가 당시 병에 걸린, 그녀의 딸 밍밍(明明)의 간호를 하고, 밍밍을 잘 키울 수 있을 것이라고 그녀를 위로하였다.

덩잉차오는 혁명사업과 당, 그리고 동지를 깊이 사랑하였다. 그리고 그녀와 저우언라이는 아이를 무척 좋아하였다. 항상 동지들의 아이를 자신의 아이와 같이 진심으로 사랑하였다.

1928년 리푸춘과 차이창이 파리에서 태어난 4살짜리 외동딸 터터(特特)와 차이창의 어머니 거젠하오(葛健豪)와 거주하면서 상하이에서 공작을 전개했다.

덩잉차오는 특히 터터를 좋아하였다. 1925-1926년, 그녀가 차이창과 광저우에서 공작을 할 때 항상 터터를 보았다. 이제 상하이에서 터터를 보자마자 품안에 안고 "사랑하는 나의 딸!"이라 하였다. 사랑스런 터터는 바로 덩잉차오를 보고 "사랑하는 어머니", 저우언라이에게는 "사랑하는 아버지", 양전더에게는 "사랑하는 외할머니"라고 불렀다. 터터가 "사랑하는 어머니", "사랑하는 아버지", "사랑하는 할머니"라고 부르는 소리를 듣고, 저우언라이는 큰 소리로 웃었다.[56]

차이창의 어머니 거젠하오는 양전더와 같이 진보적이고 혁명적인 어머니였다. 일찍이 1912년 그녀는 아들 차이허싼과 딸 차이창을 모두 중학교에 진학시켰고, 후에 스스로 여자학교를 운영하기도 하였다. 1920년 50여 세의 거젠하오는 다시 차이허싼, 차이창 및 미래의 며느리 샹징위 등과 함께 프랑스로 근공검학운동을 떠났다. 그녀는 힘껏 아들과 딸의 혁명사업을 지지하였다.

1928년 중국여성운동의 걸출한 지도자 샹징위가 불행하게 우한에서 체포되었고, 곧 영웅적인 희생을 맞이하였다. 거젠하오는 매우 비통해했다. 그러나 그녀는 매우 강인하여 딸 차이창과 사위 리푸춘의 혁명공작을 적극 지원하였다.

거젠하오와 덩잉차오의 어머니 양전더는 서로 비슷한 나이였고 모두 교양이 있었으며 혁명사상도 공유했다. 두 노인은 상하이에서 만나 서로 마음이 통하는 사이가 되었다.

일찍이 저우언라이와 함께 광동성위 군사위원회에서 공작을 하였고 이후 그들과 난화(南華)은행건물에서 거주했던 녜롱전(聶榮臻) 역시 상하이에 도착하여 저우언라이가 주도한 스파이공작에 참여하였다. 그의 부인 장뤼화(張瑞華) 역시 상하이에서 공작하였다.[57]

1930년 장뤼화는 딸을 낳았고 녜리(聶力)라고 이름을 지었다.

1931년 설날, 류바이청(劉伯承), 덩잉차오 등은 녜롱전의 집에 모였다. 덩잉차오는 이제 만 5개월이 된 리리(力力)가 뽀얀 피부에 통통하게 자란 것을 보고 매우 기뻐하였다. 그녀는 리리의 작은 장난감 차를 밀며 방

---

56 필자가 리터터(李特特)를 방문했을 때, 그녀는 덩잉차오가 당시 상하이에서 자신의 가족과 친밀하게 왕래한 것에 대해 들려주었다.
57 필자가 녜롱전과 장뤼화를 방문했을 때 그들은 당시 상하이에서 덩잉차오, 저우언라이와 함께 공작하고 교제했던 상황에 대해 들려주었다.

안을 왔다 갔다 하면서 가볍게 노래를 흥얼거렸다.

그런데 방이 너무 작았다. 덩잉차오가 차를 밀며 몇 걸음 움직이다 부주의해 방 구석에 있는 변기를 뒤집어 버렸다. 덩잉차오는 재빨리 걸레를 찾아서 닦았다.

그러나 변기 내의 오물이 이미 바닥의 틈새를 따라 아래층으로 흘러내려갔다.

"리 선생, 리 부인, 당신들 이층에서 변기를 쏟았나요? 정말 미치겠네, 오물이 흘러내리잖아요!" 아래층에 집주인 아주머니가 고래고래 소리를 질러댔다.

녜룽전의 공개적 신분은 석간신문 기자이고 가짜 성은 리 씨였다. 아래층에서 외치는 소리를 듣고 그와 장뤼화는 서둘러 내려갔다. 상황을 보니 정말 난감했다. 변기 속의 오물이 아래층 거실에서 봉향 중인 감실(龕室) 내의 관음보살상 머리로 흘러내리고 있었다.

녜룽전은 웃음을 참을 수 없었지만 주인집 부인에게 연신 죄송하다고 사과하면서, 자기가 부주의해 딸의 장난감 차를 밀다 잘못해 변기를 쏟았다고 변명하였다. 그 부인은 크게 흥분하여 소리치며 관음보살에 반드시 붉은 비단을 내걸고, 분향을 하며 머리를 조아려 사죄하여야 한다고 하였다. 녜룽전과 장뤼화는 이층으로 올라와 부인의 요구를 전하였다. 덩잉차오는 매우 미안해하면서 말했다.

"모두 내가 부주의해서 일으킨 소동입니다. 붉은 비단을 내걸고 분향을 하는 것은 봉건미신행위지만 제가 가서 사과하도록 하겠습니다."

나이가 몇 살 더 많은 류바이청이 손사래를 치며 말했다.

"잉차오, 절대 나서면 안 됩니다. 녜룽전과 장뤼화가 알아서 처리토록 내버려 두세요. 연말연시에 상하이 사람들은 운수의 길흉을 따지는 것을 매우 중시합니다. 제가 보건대, 그들에게 초와 폭죽을 사주고, 다시 감실 앞에서 3번 절하여 사과하는 편이 좋을 듯합니다. 제가 당신들을 데리고 가 이야기하겠습니다."

류바이청은 이치에 맞게 설득하였다. 그는 주인집 부인에게 리 선생은 신식사람이기 때문에 고두(叩頭)[58]하는 데에 익숙하지 않으니 대신 초와 폭죽을 사주고 3번 절을 올릴 테니 사과의 의미로 받아 주기 바란다고 얘기하였다. 집주인도 동의하였다.

덩잉차오가 초와 폭죽을 사러 나가자 녜룽전, 장뤼화가 적극적으로 막았다. 장뤼화는 웃으며 말했다.

"차오 언니가 우리 리리를 좋아해서 일어난 일이잖아요? 리리는 커서 당신에게 사죄토록 했다고 기억할 것입니다."

덩잉차오가 집으로 돌아가 이 일에 대해 저우언라이에게 알려 주었다. 저우언라이는 눈물을 흘릴 정도로 웃으며 말했다.

"하하, 잉차오, 당신은 정말 대담하군요. 감히 부처의 머리 위에 오물을 뒤집어씌우다니. 하하, 하하!"

덩잉차오는 웃음을 참으면서 일부로 정색을 하며 이야기하였다.

"당신, 지금 이렇게 웃지만, 그때 저는 너무 당황해 정신이 없었습니다. 한 번 생각해 봐요. 신년 벽두에 이렇게 난리를 쳤으니 녜룽전과 장뤼화 부부에게 얼마나 큰 실례를 했겠어요. 다행히 류바이청 동지가 있어 원만하게 해결됐기에 망정이지, 그렇지 않았다면 녜룽전 동지가 관음보살상에 고두를 하고 분향하여 우리들 공산당의 체면을 크게 상실할 뻔 했답니다."

저우언라이는 일어서서 이층 집 천장에서 오물이 주인집 감실 보살상 머리 위로 바로 흘러 떨어지는 것을 상상하고는 다시 한 번 웃음을 참을 수가 없었다.

덩잉차오도 그가 이렇게 유쾌하게 웃는 모습을 보고 같이 즐겁게 웃기 시작하였다.

극히 무미건조하고 단조로우며, 극도의 긴장 속에서 진행되는 그들의

---

58   역주: 옛날 예절로 무릎을 꿇고 두 손을 바닥에 짚은 채 머리를 닿을 듯 조아리는 것을 가리킨다.

지하 비밀생활 속에서 이 사건은 하나의 재미있는 삽입곡인 셈이었다.

32. 비상사건에 대응하다

덩잉차오가 상하이에서 보낸 5년 가까운 지하생활 동안 "사방에 위기가 가득하고 위험한 상황이 연이어 발생하였다." 가장 긴장되고 가장 위협적인 순간은 구순장(顧順章) 배반 사건이었다.

구순장은 상하이의 노동자로서 '6대' 이후 중공중앙정치국후보위원이 되었다. 1931년 3월 당중앙은 구순장에게 장궈타오(張國燾), 천창하오(陳昌浩)를 허베이·허난·안휘(鄂豫皖)소비에트로 호송하라고 파견하였다. 동행한 인물로는 특수요원 천롄성(陳蓮生)이 있었다. 구순장은 이미 부패 타락하였다. 그는 한커우에서의 공작을 수행한 후 상하이로 서둘러 귀환하지 않고 황당하게도 '화광치(化廣奇)라는 가명으로 극장에서 마술 공연을 하였다. 4월 24일 그는 거리에서 배반자인 유총신(尤崇新)에게 발각되었다. 유총신은 특수요원의 미행이 있음을 알고는 몰래 한커우 이위안(怡園)의 스졔(世界)여관까지 따라가 구순장과 천롄성을 체포하였다.

구순장은 오랫동안 당의 보위공작을 책임지고 있었기 때문에 당중앙의 중요기밀을 잘 알고 있었으며 중공중앙 각기관과 중앙지도자의 거주지를 많이 알고 있었다. 그의 형, 형수, 장인, 장모, 처제, 사촌누이 등은 중앙기관에서 잡일을 담당했기 때문에 그들 또한 당의 비밀공작에 대해 잘 알고 있었다. 그는 체포된 이후 즉시 배반하였다.

4월 25일 새벽, 국민당우한 치안본부 주임 허청쥔(河成浚)은 직접 구순장을 심문하였다. 구순장은 우한의 비밀교통기관, 즉 허베이·허난·안휘 소비에트정부와 홍2군의 무한 주재 사무실에 대해 자백하였다. 사무실은 바로 수색을 당했고 10여 명의 동지가 참혹하게 살해당했다. 구순장은 장제스 면담을 요청하면서 그의 면전에서 상하이 중공중앙기관과 주요 지도자의 주소지를 자백하여 일망타진할 수 있도록 하겠다고 했다.

그 날, 우한의 국민당 특수공작원은 연이어 6차례나 난징의 중통(中統) 특무[59]대장 쉬언쩡(徐恩曾)에게 비밀전보를 보냈다. 전보가 전달될 당시는 마침 토요일 밤이어서, 쉬언쩡은 향락을 즐기려고 외부에 나가 있었다. 전보는 저우언라이가 파견한, 중통 내에서 쉬언쩡의 기밀비서를 담당하고 있던 지하당원 첸쫭페이(錢壯飛) 손에 들어갔다. 첸쫭페이는 전문을 해독하여 구순장이 배신한 것을 알고는 매우 놀라 곧바로 사위 류건푸(劉根夫)를 야간기차로 상하이에 보내 리커눙(李克農), 천경에게 위급함을 알리도록 하였다. 그들은 즉시 저우언라이에게 보고하였다.

저우언라이 역시 놀라고 또 분노하면서 천윈(陳雲)의 협조를 받아 즉시 긴급조치를 취했다. 중공중앙각기관과 모든 책임자가 이사를 하고 연락 암호와 활동 방식을 교체하도록 하였다. 저우언라이는 너무 바빠 이틀 밤낮이나 집에도 들어가지 않고 당중앙이 위기에서 벗어날 수 있도록 조치하였다.

당시 구순장의 부인과 아이는 덩잉차오와 함께 거주하고 있었다. 구순장은 3월에 우한으로 갔으나 4월이 되도 돌아오지 않았다. 저우언라이는 상황이 심상치 않게 돌아가고 있음을 느꼈다. 그는 구순장의 처자식을 이사하도록 하였다. 그는 구순장이 상하이에 돌아올 경우 반드시 먼저 처자식을 찾을 것이라 생각하였다.

저우언라이는 집으로 돌아갈 엄두도 내지 못하는 상황이었고, 스파이 공작을 맡고 있던 녜룽전이 급히 집으로 달려가 조용히 덩잉차오에게 구순장의 배신 사실을 알리고 빨리 이사하도록 하였다.

---

[59] 역주: 국민당 CC계 두목 천리푸(陳立夫)가 창립한 정보조직. 그 안에 조사과, 조사처, 특공총부(特工總部), 중앙조사통계국, 중앙당원통신국, 내정부조사국 등의 부서가 설치되어 있었다.

덩잉차오도 크게 놀랐다. 그러나 그녀는 겉으로 드러내지 않고 먼저 어머니에게 녜롱전을 따라가게 하고 녜롱전에게는 어머니에게 거처할 곳을 마련해주라고 부탁하였다.

그녀는 환한 얼굴로 구순장의 처에게 말했다.

"언니, 상황 변화가 생겨서 우리는 이사를 해야 해요."

구순장의 처는 일반 가정주부였지만 다년간 구순장과 함께 생활했기 때문에 지하공작을 할 때 수시로 이사할 준비를 해야 한다는 상황에 대해 잘 이해하고 있었다. 그녀는 두 아이를 데리고 덩잉차오와 외국인이 경영하는 여관으로 갔다. 이때가 4월 26일 일요일이었으니, 구순장이 체포되고 단 이틀밖에 지나지 않았다.

4월 27일 월요일, 우한국민당특수공작대는 구순장을 급히 군함에 태워 상하이로 보내, 중공중앙기관과 모든 책임자를 일망타진하도록 조치하였다. 하지만 저우언라이가 이미 거처를 옮기게 한 뒤여서, 특수공작대의 수색은 무위로 끝났다. 장졔스의 기도는 실패하였다.

중공중앙기관이 비록 자리를 옮겼지만 배반자 구순장과 국민당특수공작대는 상하이 도처에서 공산당을 체포하고 미행하였다. 상황은 여전히 매우 험악했다. 저우언라이, 취츄바이, 샹종파 등이 체포의 주요 목표물이었다.

샹종파는 중공중앙정치국 주석이었다. 그는 우한 항만노동자 출신으로 국민혁명시기 허베이총공회위원장을 역임하였고 중국공산당 제6차 전국대표대회에서 중공중앙정치국 주석에 선임되었다. 샹종파는 사상과 공작의 수준이 그다지 높지 않았기 때문에 문제가 발생하면 먼저 저우언라이와 리리싼에 의지하였다. 하지만 당시 왕밍 일파가 당의 권력을 독차지 하고 있었기 때문에 샹종파는 명목상의 정치국 주석이었지 실제로는 공작에 특별히 관여하지 않았다. 또한 그의 생활도 이미 타락하여 그는 돈을 헤프게 썼다. 부인을 두고도 기녀 양슈전(樣秀貞)와 동거하였다. 구순장은 일찍이 한 여인을 양슈전에게 소개하여 하녀로 삼았다. 구순장의 배신 후 저우언라이는 즉시 샹종파에게 한 이층집으로 이사하도록 하였다. 샹종파와 양슈전은 1층에 거주하고, 이미 중앙소비에트로 간 런비스(任弼時)의 부인 천총잉(陳琮英)이 딸 위안즈(遠志)와 함께 이층에 거주하였다.

당중앙은 샹종파가 즉시 쟝시중앙소비에트로 출발할 것을 결정하였다. 하지만 샹종파는 가기를 원하지 않았고 또 당 결정을 공개적으로 반대하는 잘못을 범했다. 저우언라이는 샹종파에게 쟝시로 가는 노선을 마련해 주면서 그에게 마음을 놓지 말라고 하였다. 또한 샹종파를 자신의 거주지로 옮겨 오게 하고는 함부로 외출하지 말라고 재삼 간곡히 당부했다.

저우언라이는 샹종파에게 중앙소비에트로 가는 교통로와 호송 인원 등에 대해 꼼꼼히 챙긴 뒤 그에게 즉시 출발하라고 하였다. 그러나 그는 떠나기 전에 양슈전을 한 번 꼭 봐야겠다고 했다.

저우언라이는 결연하게 반대하였다. 왜냐하면 구순장이 양슈전에게 소개한 하녀가 이미 해고되었고, 구순장은 다시 그녀에게 샹종파와 양슈전을 미행하라고 지시했기 때문이었다. 당시 양장점에서 맞춘 양슈전의 옷이 아직 완성되지 않았다. 이 하녀는 양슈전이 옷을 찾으러 올 것이라 생각해 매일 양장점 앞에서 지키고 서 있었다. 양슈전은 샹종파의 실제 신분이 무엇인지 전혀 알지 못했으며, 단지 그를 '통큰 상인' 정도로 여겼다. 그녀는 평소대로 양장점에서 의복을 찾았다. 그 하인은 바로 그녀와 샹종파의 신혼집, 즉 그들과 천총잉이 함께 사는 건물까지 미행하였다. 다행히 샹종파는 이미 저우언라이, 덩잉차오의 집으로 이사한 뒤였다. 이번 미행은 당 공작원에 의해 발각되어 즉시 저우언라이에게 보고되었다.

저우언라이는 즉시 비서처 공작원 황졔란(黃玠然)에게 시켜 천총잉과 양슈전을 징안(靜安)사(寺) 부근 여관으로 거주지를 옮기도록 하였다.

그런 다음 그는 샹종파에게 엄중하게 말했다.

"양슈전이 이미 적들의 미행을 받았습니다. 그런데도 당신이 계속 그녀를 보고자 한다면 너무 위험한 것 아닙니까?"

샹종파는 도리어 뻔뻔하게도 그녀를 보지 않으면 안 된다고 하였다. 만나지 않으면 안 가겠다고 하였다.

덩잉차오는 정말로 그를 무시하면서 말했다.

"저와 언라이는 얼마나 많이 이별했는지 모릅니다. 그는 항상 간다고 하면 곧 갔습니다. 막중한 책임을 지닌 동지 가운데 조직이 이미 상하이를 떠나라고 결정했음에도 당신처럼 이렇게 쓸데없는 말로 이러쿵저러쿵하는 모습을 본 적이 없습니다."

샹종파는 얼굴이 붉어지며 다시 말을 계속할 수 없었다.

샹종파는 저우언라이의 거처에서 3,4일 더 머물렀다.

6월 21일 밤, 저우언라이, 덩잉차오는 일 때문에 외출하면서 샹종파에게 밖에 나가지 말라고 재삼 당부하였다. 그러나 그는 그들이 나간 틈을 이용해 몰래 양슈전과 천총잉이 거주하는 여관으로 찾아 갔다. 그는 천총잉에게 잠시만 머물 것이라 했다. 그러나 밤 12시에 천총잉이 문을 두들겨 그를 쫓았지만, 그는 생떼를 쓰며 다음 날 아침에 가겠다고 하였다. 결국 그는 6월 22일 아침이 되어서야 떠났다.

저우언라이, 덩잉차오가 집에 돌아와 보니 샹종파는 사라지고 없고, 단지 양슈전을 만나러 가니 잠시 후에 돌아오겠다는 그의 글만 남아 있었다. 밤까지 그가 돌아오지 않자 저우언라이는 무슨 일이 발생할 것으로 예상했는데 과연 사건이 터지고 말았다.

샹종파는 징안사 영국상인 탄러 자동차회사에서 차를 이용했다. 회사 회계 예룽성(葉榮生)은 일찍이 상하이 상조회에서 공작을 했기 때문에 샹종파를 알고 있었다. 그는 자형과 함께 국민당 쏭후(淞滬) 경비부사령관 양후(楊虎)의 특수조직 두목 쩌우리옌허(鄒練和)를 찾아가 샹종파를 잡을 수 있다고 말했다. 양후는 그에게 큰 상금을 주겠다고 응답했다.

6월 22일 새벽, 샹종파는 다시 탄러 자동차회사에 택시를 요청했다.

샹종파의 오른손은 손가락 절반이 잘려 나가고 없었다. 예룽성은 이를 보고 단박에 그임을 눈치 챘다. 그가 호각을 부르자 이미 주변을 지키고 있던 특수조직원들이 몰려와 샹종파를 끌어다가 차에 집어넣어 산종루(善鍾路)의 순포방으로 압송했다. 그는 즉시 조직을 배반하였다. 천총잉, 양슈전이 거주하는 여관을 자백했고, 그들은 바로 체포되었다. 그는 또한 거덩루(戈登路) 헝지리(恒吉里) 1141호 당중앙비서처기관 위치를 자백하여 공작원 장지언(張紀恩), 장웨슈(張越秀), 쑤차이두(蘇才都) 등도 모두 체포당했다.

샹종파가 체포된 이후 비밀공작원은 매우 빠르게 적 내부에서 그에 대한 확실한 소식을 알아냈다. 오후에 비밀공작원은 서둘러 저우언라이의 거처로 와 보고하였다. 저우언라이는 집에 있지 않았다. 덩잉차오는 즉시 관계 요로를 통해 소식을 전했다.

이날 오전 덩잉차오는 거덩루 헌지리 당중앙비서처기관에서 열사 장차이전(張采眞)의 부인 쑤차이(蘇才)를 만나 저녁에 그녀의 집에서 식사를 같이 하기로 약속하였다. 덩잉차오는 샹종파가 체포된 사실을 알았지만 그가 그렇게 빨리 배반하여 특수조직원들을 당기관에까지 끌고 올 것이라고는 생각하지 못했다. 오후 4시 경 그녀는 원래 약속대로 그녀의 집으로 갔다. 후문 부근에 도착해 보니 쑤차이의 집 다락방 창문에 놓여 있던 화분이 보이지 않았다. 그녀는 사고가 났음을 알아채고 바로 다른 동지의 집으로 발길을 돌렸다.

그녀는 저우언라이가 안심이 되지 않아 원래 살던 곳으로 위험을 무릅쓰고 돌아왔다. 원래 약속한 경보표시가 그대로 있어 집안으로 들어갔다.

저우언라이는 샹종파의 체포 사실을 듣고 바로 구출작전에 들어가 동지들을 막 출발시켰으나 그의 배반 소식을 접하고는 바로 철수시켰다.

그는 집으로 돌아와 덩잉차오를 보았다. 둘은 모든 문서를 파쇄하고 이후 다시 만날 곳을 약속한 후 서둘러 헤어졌다. 때는 6월 22일 심야였다. 덩잉차오는 어머니에게 같이 사는 샤냥냥(夏娘娘)과 함께 가도록 권했다. 두 노인은 상황이 긴박하니 덩잉차오에게 먼저 가라고 하였다. 자신들 두 노인네는 가족에 불과하니 적도 어쩌지 못할 것이라 하였다.

6월 23일, 샹종파는 국민당 쑹후(淞滬)경비사령부로 인도되었다. 그는 즉시 저우언라이의 주소를 불고, 특무대를 이끌고 체포에 나섰다. 그러나 두 늙은이들밖에 없었다. 샤냥냥은 이미 감옥살이 경험이 있었다. 특무대는 보자마자 "또 만나게 되었군" 하고 말했다. 양전더와 샤냥냥은 계속 아무런 말도 없이 침묵으로 일관했다. 적들은 잔인하게 그녀들을 때렸으나 잡아 가두지는 않고 집에 사람을 파견해 감시하였다.

저우언라이는 샹종파의 갑작스런 배신을 믿을 수가 없었다. 이 정보를 확인하기 위해 6월 23일 밤 그는 직접 샤오사터우(小沙頭)의 높은 제방에 올라갔다. 그곳에서는 자기 집 뒷 창문을 볼 수 있었다. 그는 뒷 창문의 커튼이 젖혀 있는 것을 보았다. 이것은 양전더와 샤냥냥이 표시한 암호였다. 저우언라이는 이제 집안에 무슨 일이 생겼다는 것을 분명히 알아채고는 가슴 아프게 말했다. "샹종파가 정말로 배신하였구나!"

당시 루산(廬山)에서 피서를 보내고 있던 쟝제스는 공산당중앙정치국주석 샹종파를 체포했다는 쑹후경비사령관 슝스휘(熊式輝)의 비밀전보를 받았다. 그는 뜻밖의 횡재에 매우 기뻐하며 혹 예상치 못한 일이 발생할 것을 염려하여 즉시 현장에서 사형에 처하라고 명령하였다.

1931년 9월 국민당은 저우언라이에게 30만원의 현상금을 내걸었다. 11월 배반자 구순장은 다시 상하이 신문에 저우언라이 체포 현상금과 관련된 긴급 공고를 냈다. 상하이에서의 저우언라이의 처지는 점점 더 위험해졌다. 당중앙은 그의 공작을 잠시 정지시키고 대기하고 있다가 쟝시중앙소비에트로 옮기도록 결정하였다.

'9·18사변'을 일으킨 일본제국주의는 거침없이 동북삼성을 무력으로 점령하였다. 저우언라이와 덩잉차오는 국가가 존망의 위기에 처해 있음을 매우 심각하게 걱정하였다. 저우언라이는 중국혁명의 중심이 노동자·농민 홍군과 혁명근거지에 있음을 알고, 일찍부터 소비에트공작을 하기 원했다. 당중앙 역시 이미 그를 소비에트지구중앙국 서기에 임명하였다. 다만 구순장, 상종파의 배반처럼 당중앙의 안전을 직접 위협하는 비상사건이 발생했기 때문에 그는 상하이에서 이 긴급한 문제를 처리할 수밖에 없었다.

12월 상순 저우언라는 중앙소비에트로 가려고 준비하였다.

어느 날 저녁 그는 덩잉차오와 쓰촨루(四川路) 일본 조계 내 좁은 길에 위치한 한 방에서 녜룽전 부부와 작별 모임을 같이 하였다.[60]

녜룽전은 저우언라이가 비록 남쪽 사람이지만 12살 때부터 북방에서 거주하여 북쪽 면요리를 좋아하는 것을 알고 있었다. 그날 그는 특별히 부인 장돤화에게 부탁하여 만두를 준비시켰다.

저우언라이는 만두를 먹으며 흥겹게 말했다.

"오늘 만두는 정말 맛이 좋습니다."

최근 반년 여 동안 저우언라이가 밤낮으로 바빴을 뿐만 아니라 깊은 고민에 사로잡혀 매우 수척해져 있었는데 오늘처럼 이렇게 즐거워하는 것을 덩잉차오는 본 적이 없었다. 그녀 역시 흥겹게 장돤화의 솜씨를 추켜세웠고 또 웃으며 말했다.

"언라이, 소비에트에 가면 북방 만두는 먹을 수 없을 겁니다. 제가 주인은 아니지만 마음껏 드세요."

오래된 전우들끼리 이런저런 수다를 떨다보니 만둣국까지 모두 다 비웠다.

며칠 후 저녁. 하이닝루(海寧路) 산시베이루(山西北路) 모퉁이에 위치한 잡화점에서 저우언라이는 감청색 맞섶[61] 상의와 남색 바지를 사 입어 숙련된 노동자로 위장하였다.

그에 맞춰 얼굴 가득 수염을 길렀기 때문에 겉으로 보기에는 실제보다 10살이나 많은 40여 살로 보였다. 그는 이제 4년 동안 긴장된 전투를

---

60   장돤화는 이 상황에 대해 필자에게 소개해 주었다.
61   역주: 남자 양복 저고리형의 하나. 깃을 목에서 잠그게 되어 있다.

전개했던 상하이와 또 그의 곁에서 함께 투쟁하던 사랑하는 잉차오를 떠나 중앙소비에트로 갈 예정이었다. 덩잉차오는 묵묵히 그리고 다정스럽게 그를 바라보았다. 그들은 다시 헤어질 것이고 상하이에서 쟝시로 가는 길에는 많은 위험이 도사리고 있을 것이었다. 덩잉차오는 걱정과 근심을 가슴 속 깊이 감추고 겉으로는 아무 일도 없는 것처럼 시원스럽게 말했다.

"당신, 안심하세요. 저는 어머니와 이미 잘 상의해 두었습니다. 어머니를 항저우의 비구니 암자로 잠시 피신시킬 겁니다. 거기에는 친구가 한 분 계십니다. 그리고 보구(博古)는 저에게 내년 소련에 가서 학습하게 될 것이라고 이미 알려왔습니다. 그러니 우리는 훗날 반드시 다시 만날 거예요."

저우언라이는 잉차오를 깊이 이해 하였다. 그녀는 사랑하는 부인일 뿐만 아니라 가장 가까이서 생사를 같이 한 전우였다. 그와 모든 위험을 나눴고 모든 고난과 고통을 함께 했으며, 이미 있었던 여러 차례의 이별의 순간에도 늘 냉정하고 침착하였다. 이 때문에 저우언라이는 뒷일에 대한 걱정을 덜고 큰 동요 없이 이별에 임할 수 있었다. 그는 깊은 애정으로 충만하여 덩잉차오를 바라보았다.

"현재 적의 수색과 체포가 매우 살벌하게 진행되고 있으니 당신은 절대 조심하기 바랍니다. 조직상의 안배가 잘 되기를 기다려 떠나도록 해요. 그리고 공부할 기회를 갖는 것은 늘 좋은 일입니다. 학습이 끝나 돌아오면 우리는 쟝시에서 다시 보도록 합시다. 이제 갈 테니 일부러 내려와 배웅할 필요 없어요. 괜히 다른 사람의 주의만 끌 뿐입니다."

저우언라이는 장모에게도 건강하시라며 작별 인사를 고했다. 또한 우선 비구니암자에 잠시 피해 있으면 그가 쟝시에 도착한 후 반드시 사람을 보내 그녀를 소비에트로 모실 것이라고 하였다. 강인한 성격의 소유자인 양전더는 묵묵히 고개를 끄덕였다.

저우언라이는 작은 손가방을 들고 아래층으로 내려갔다.

덩잉차오는 묵묵히 그가 내려가는 모습을 바라보았다. 창문을 통해 그가 인력거를 타고 곧바로 항구로 가는 것을 보았다.

저우언라이가 탄 인력거는 달음박질을 하여 점점 더 멀어져 갔고 덩잉차오는 계속 멍하니 창가에 서 있었다. 아주 오랫동안……

덩잉차오는 본래 소련으로 유학을 떠날 예정이었지만 후에 상황 변화가 생겼다. 보구는 다시 그녀에게 중앙소비에트로 가기로 결정되었음을 통지하였다.

33. 중앙소비에트로!

1932년 4월, 동그랗게 머리를 틀어 올리고 남색 긴 소매 가죽옷 상의에 검은색 긴 바지의 가정주부 차림을 한 덩잉차오는 샹잉(項英)의 여동생 샹더펀(項德芬)과 그의 남편 위장성(余長生)과 함께 영국 이허(怡和)양행(洋行) 기선을 타고 상하이를 떠나 비밀리에 산터우에 도착했다.

덩잉차오는 7년 전 초겨울 국민당 광동성당부 차오메이특파원 신분으로 산터우에 왔었던 사실을 기억했다. 그때 산터우 큰 길 도처에서 학생 선전대원들이 "열강타도, 열강타도, 군벌제거……"의 국민혁명가를 소리 높여 부르며 동정(東征)[62]을 떠났던 국민혁명군을 환영하고 있었다. 그때 반년 동안 덩잉차오는 산터우, 차오안, 메이현, 청하이 등지를 돌아다니며 많은 여성들을 결집하여 선동하였으며, 그들을 여성해방협회에 참가시켜 다수의 여성간부를 배출해냈다.

이제 덩잉차오가 선터우 시가를 보니 썰렁할 뿐만 아니라 항구에는

---

[62] 역주: 1925년 광동국민정부가 동쪽 하이펑(海豐), 루펑(陸豐)에 머물던 군벌 천중밍(陳炯明)을 공격한 것을 가리킨다.

기세등등한 국민당 군경이 지나는 사람들을 검문하고 있었다.

덩잉차오가 막 육지에 도착할 즈음 24,5세의 청년 한 명이 손에 신문을 쥔 채 광저우 말로 그녀에게 말을 걸어왔다.

"사촌 누나, 사촌 누나. 오셨군요. 저는 샤오리(小李)[63]입니다."

덩잉차오가 보니 6,7년 전 광저우에서 활동할 때 만난 홍콩파업노동자 야학교 주임 리페이췬(李沛群)이었다.[64]

길을 떠나기 전 당중앙교통국 책임자 우더펑(吳德峰)은 그녀에게 산터우에 도착하면 푸젠서부연락소 책임자 리페이췬이 항구로 마중 나올 것이라 귀띔해 주었었다. 또한 그는 리페이췬이 기계공장 노동자이며, 1925년 입당하여 광저우봉기에 참가한, 성실하고 능력 있는 동지라고 말했었다. 리페이췬은 광저우에서 덩잉차오의 강연을 들은 바 있어 그녀에 대해 이미 알고 있었다. 그녀는 홍콩파업노동자가 야학교에서 강연을 할 때, 이 씨 성을 가진 16,7세쯤의 깡마른 광동 젊은이를 기억하고 있었다. 리페이췬은 당시 야학교 주임으로 있으면서 매우 열정적으로 그녀를 환영하였고, 그녀의 강연도 열심히 들었다. 그러나 시간이 이미 6,7년이 흘렀고, 그녀의 기억도 약간은 희미해졌다. 우더펑은 접선 암호가 신문지를 들고 광저우 말로 "사촌 누나, 사촌 누나. 오셨군요. 저는 샤오리(小李)입니다"라고 말을 거는 것이라고 알려 주면서, 광저우 말을 아직 할 수 있냐고 물었다. 그녀는 고개를 끄덕여 그렇다고 답했다.

이제 리페이췬이 과연 그녀 앞에 서 있었다. 6,7년 동안 보지 못한 사이, 그는 아직 어린티를 벗지 못하고 있던 16,7세의 소년에서 야무진 청년으로 성장해 있었다. 덩잉차오는 빠르게 광저우 말로 대답하였다.

"시라오(細佬 : 광저우 말로 동생), 정말 잘 왔어요. 우리는 오는 내내 평안했답니다. 여기에 왔으니 당신이 좀 잘 보살펴 줘요."

---

63 역주 : 중국에서는 성 앞에 이렇게 '샤오(小)'를 붙여 친숙한 관계임을 표시한다.
64 필자가 광저에서 리페이췬을 방문했을 때 그는 덩잉차오를 소비에트로 호송하는 상황에 대해 상세하게 말해 주었다.

리페이췬은 웃으며 그들을 도와 가방을 대신 들고, 항구 부근 진링(金陵) 여관에 투숙시켰다. 이 여관 사장은 다푸(大埔) 연락소 공작원 황화(黃華)였다. 평소 여관 영업을 하지만 몰래 동지의 왕래를 안배하는 등 실제 비밀 연락을 책임지고 있었다.

이튿날 오후 리페이췬은 덩잉차오 일행과 산터우에서 기차로 차오안(潮安)으로 갔다. 오후 2시, 그들은 차오안에서 작은 기선을 타고 한(韓)강을 거슬러 올라갔다. 다음날 오전 다푸(大埔)현에 도착했다.

다푸는 덩잉차오가 1926년 초에 우원란과 함께 온 적이 있는 곳이었다. 우원란은 이미 영웅적인 희생을 당하였으나 덩잉차오는 그를 애도할 겨를조차 없었다. 이곳은 여전히 국민당 통치지구이기 때문에 잠시라도 경계를 늦출 수가 없었다.

다푸에는 지하 비밀연락소가 있었다. 3척의 작은 나무배가 준비되었다. 책임자 양셴린(楊現鄰)은 직접 나무배를 저어 선창에서 그들을 기다렸다. 덩잉차오가 탄 기선이 부두에 도착하자 작은 나무배가 바로 다가 왔다. 덩잉차오, 리페이췬 그리고 샹더펀 부부는 나무배에 올랐다. 국민당 다푸현 경찰이 배에 올라 조사하였다. 리페이췬, 양셴린은 모두 객가[65](客家)어를 할 줄 알아 덩잉차오 등이 친척이라고 둘러댔다.

그 날 거센 풍랑이 일어 작은 배로는 물을 거슬러 올라갈 수 없어 어쩔 수 없이 강가에 정박하였다. 덩잉차오는 샹더펀과 함께 배 안에 있었고 남성동지 몇몇은 강기슭으로 올라갔다. 다음 날 배는 30리를 거슬러 올라 다푸현 칭시(青溪)향(鄉)에 도착하였다.

리페이췬은 덩잉차오에게 그곳이 홍군이 통제하는 유격구에서 가까운 국민당의 소탕 중점지역임을 알려 주었다. 그곳에서 소비에트로 들어가는 길목에는 국민당군대와 민단(民團)[66]의 삼엄한 봉쇄선이 펼쳐져 있

---

[65] 역주: 중국 남송 때 화남 특히 광동성이나 푸젠성으로 이주해온 화북 출신의 사람들. 자신들만의 언어와 습관, 혼인망을 유지하며 본지인들과 대립적 관계를 유지하였다.

었을 뿐만 아니라 길가에는 토치카와 포대가 구축되어 있었고, 그밖에도 관공서과 검문소가 자리하고 있었다. 따라서 대로로 가는 것은 거의 불가능하여, 단지 인적이 드문 산길을 따라 갈 수밖에 없었다. 그것 또한 낮에는 불가능했고 야간에만 전진할 수 있었다.

푸젠서부 노동자·농민 홍군이 파견한 10명의 반장(班長), 배장(排長)으로 구성된 권총부대가 농민으로 위장하여 지하당이 칭시에 개설한 잡화점 건물에 머물며 덩잉차오 등을 호송하려고 기다리고 있었다.

덩잉차오는 마음속으로 매우 미안한 마음이 들었다. 리페이췬은 그녀의 속마음을 알고서는 조용히 말했다.

"다계(大姐)[67]! 이 일대에서 적들이 일상적으로 우리를 습격하기 때문에 무장인원이 호송하지 않으면 안 됩니다. 우리는 상하이에서 온 동지들을 모두 이렇게 호송했습니다. 여기서부터는 산길을 따라 밤에 이동해야 합니다. 당신은 더펀 동지와 함께 우리를 바짝 따라 붙어 낙오되지 않도록 하세요."

그들은 잡화점에서 저녁을 먹고 어둠을 틈타 출발하였다.

칠흑같이 어두운 밤, 달빛도 없고 별빛도 어두웠다. 산길은 걷기 힘들었다. 샹더펀은 전족을 푼 '해방각(解放脚)'이었기 때문에 산길을 걸을 수 없어 휘청거렸다. 덩잉차오는 전족을 하지 않은 건강한 발을 지녔지만 어려서부터 도시에서 생활했기 때문에 산길을 걸어본 적이 없었다. 그러나 그녀는 용감하게 샹더펀의 손을 잡아끌고 리페이췬의 뒤에 바짝 붙어 따라 걸었다.

두 명의 권총부대 대원이 앞서 가서 길을 정찰하였다. 덩잉차오 등은 중간에서 따라가고 8명의 대원이 후방에서 그들을 보호하였다.

66 　역주: 일반적으로 향촌의 자위집단을 가리키는데 여기서는 토비(土匪)나 농민협회에 대항하기 위한 지주계급의 무장집단을 의미한다.

67 　역주: 본래는 '큰누나'로 번역해야 맞지만 남녀 구별 없이 덩잉차오를 친근하게 부를 때 '다계'라 하여 고유명사처럼 쓰였기 때문에 이후로는 번역하지 않고 모두 '다계'로 표기한다.

험한 산길의 한쪽은 큰 강이었고 다른 한쪽은 높은 산이었다. 덩잉차오는 온힘을 다해 걷고 또 걸어 하루 밤에 20여 리나 걸어 다푸현 북부 산악지대 뒤바오컹(多寶坑)에 도착했다. 그곳은 100여 호로 이루어진 작은 마을이었다. 홍군이 이곳에서 폭동을 일으켰을 때 대중적인 기초가 마련되어 작은 연락소가 형성되어 있었다. 리페이췬은 덩잉차오 등을 그곳 지하당원의 집에 머물게 배려하였다. 다음날 밤 그들은 저녁을 먹고 다시 출발하였다.

막 길을 나서자 바이공아오(伯公坳)라는 높은 산이 그들을 가로 막았다. 덩잉차오는 오른쪽에 있는 리페이췬의 어깨를 꽉 붙잡고 온힘을 다해 산을 올랐다. 한 권총부대 대원이 샹더펀을 끌고 올라갔다. 그들은 산길을 20리나 걸어 한밤중에 톄컹(鐵坑)에 도착하였다. 그곳은 단지 2,30호에 지나지 않는 작은 산골이었으나 거기에도 연락소는 있었다. 리페이췬은 덩잉차오, 샹더펀 부부를 한 지하당원의 창고에 머물도록 조치하였다. 낮에도 그들은 곡식창고에 숨어 있으면서 전달된 음식을 그 안에서 먹었다. 그곳은 명실상부한 유격구로서 지하당 활동이 감지되면 국민당군대가 언제라도 습격해올 수 있었다. 권총부대는 집 뒤 숲에 숨어 그들을 보호하였다.

그들은 톄컹에서 하루 밤낮을 기다렸다. 다음 날 밤 저녁을 먹은 뒤 톄컹을 출발했다.

구불구불한 산길은 높았고 또 가파랐다. 덩잉차오는 리페이췬의 손을 꽉 잡고 한 걸음 한 걸음 온힘을 다해 산을 올랐다. 땀이 흘러 그녀의 옷은 완전히 젖었고 얼굴에서도 계속 땀이 흘러내렸다. 두 다리가 시큰거려 걸을 때마다 아주 고통스러웠다. 그녀는 끊임없이 스스로에게 "빨리 가자, 빨리 가, 유격구를 벗어나야 '쟈리(家里)'에 도착할 수 있다"고 격려했다. 상하이 공작의 지하당원에게는 중앙소비에트를 '쟈리'로 부르는 것이 습관으로 되어 있었다.

그들은 힘껏 20리의 산길을 내달려, 바이공아오라는 산간 평지에 도달했다. 그곳은 광동, 푸젠의 경계지역으로 산의 동쪽은 푸젠성이고, 산의 서쪽은 광동성이었다. 바이공아오에는 3,40호의 민가가 있었으나 국민당 소탕부대에 의해 모두 불타버리고 말았다. 덩잉차오는 캄캄한 어둠속에서 어렴풋이 끊어지고 부서진 담장을 보았다. 그것은 마치 국민당에 의한 잔혹한 도살 현장의 비통함과 비참함을 말해 주는 듯했다.

그들이 바이공아오를 내려왔을 때 길가의 띳집에서 갑자기 한 사람이 튀어나오는 것을 보았다. 덩잉차오는 깜짝 놀랐다. 리페이췬은 아주 기뻐하며 앞으로 나가 그를 덩잉차오에게 데려왔다. 리페이췬은 그가 저우칭런(周慶仁)이라는 바이공아오의 노동자·농민 적위대 대원이고 식구 모두가 국민당소탕부대에 의해 살해당했다고 소개하였다. 그는 테컹 내의 연락소를 책임지고 있었는데 그날 특별히 그들을 인도해주러 온 것이었다.

컴컴해서 덩잉차오는 이 젊은 농민의 얼굴을 제대로 볼 수 없었다. 리페이췬의 소개를 듣고 그녀는 매우 미안해하면서 재빨리 두 손을 뻗어 그의 투박한 큰 손을 꽉 쥐고는 이어 말했다.

"감사합니다. 동지, 도움을 주어 정말 감사합니다."

집안 식구 모두가 국민당군대에 의해 살해당한 적위대원 저우칭런은 아무 말도 하지 않았다. 풀이 잔뜩 묻은 그의 손은, 따뜻하고 연약한 덩잉차오의 손에서 열정과 활력을 느끼자 순간 약간 떨렸다. 그는 손을 뻗어 대나무 삿갓을 덩잉차오에게 주고는 묵묵히 그들 일행을 이끌고 컴컴한 길을 나아갔다.

하늘엔 마침 비가 내렸다. 3,4월의 봄비가 부슬부슬 그치지 않고 내렸다. 산길은 더욱 미끄러웠다. 우산으로 비를 피할 수도 없었다. 덩잉차오는 저우칭런이 준 삿갓을 썼고 리페이췬이 준 '쟈경세(嘉庚鞋)'[68]를 신고 묵묵히 비 오는 밤길을 재촉했다. 그녀는 미끌어져 엎어지면 바로 기어 일어났다. 얼굴을 때리는 빗물과 흘러내리는 땀에도 아랑곳하지 않고 계

---

68   역주: 고무장화, 저명한 애국적 화교 천쟈경(陳嘉庚)이 남양(南洋)에서 설립한 고무
      공장의 생산품이다.

속 걸었다. 그들은 단숨에 10여 리의 산길을 달려 타오컹(桃坑)에 도착하였다. 그곳은 푸젠성 용딩(永定)현 구역이었다. 그들은 이미 광동을 벗어나 푸젠에 들어섰으나 여전히 유격지대여서 위험하기는 마찬가지였다. 국민당 보안대와 민단이 항상 습격해 올 수 있는 그런 곳이었다. 저우칭런은 타오컹(桃坑)으로 몸을 돌려 칠흑 같은 어둠 속으로 사라졌다. 덩잉차오는 그에게 감사의 말조차 할 기회가 없었다.

리페이췬은 훗날 덩잉차오에게 1932년 가을 국민당이 타오컹 부근에서 공산당 연락소의 어떤 동지 목을 베었다고 알려 주었다. 덩잉차오는 깊은 관심을 보이며 그가 혹시 이전에 자신들의 길을 안내하였던 저우칭런 동지인지 물어보았다. 리페이췬은 분명치 않다고 대답하였다. 당시 희생당한 동지가 너무 많아 수많은 열사의 이름조차 제대로 알려지지 않았다고 했다.

덩잉차오 등은 타오컹에서 잠시 휴식을 취하면서 물을 마시고 약간의 건빵을 먹은 뒤 바로 다시 출발하였다.

다시 2,30리의 산길을 걸어 비로소 노동자·농민 홍군이 통제하고 있던 푸젠성 용딩(永定)현에 도착했다. 산길은 길고 까마득하여 끝없이 계속될 것 같았다. 덩잉차오는 발에 물집이 잡혔지만 며칠간의 단련을 거치면서 마음에서는 무한한 용기와 힘이 용솟음쳤다. "끝까지 투쟁을 견지하면 승리할 것이다." 그녀는 자신을 격려하고 또 상더펀 부부를 격려했다.

빠르게 새벽이 다가왔다. 동쪽에서 아침 햇살이 보이기 시작했다. 잠깐 사이에 붉은 해가 지평선 위로 천천히 떠올라 찬란하게 온 대지를 비추었다. 드디어 용딩현에 도착한 것이다. 덩잉차오는 매우 흥분하였다. 마침내 '집'에 도착한 것이었다.

중공용딩현위원회는 열정적으로 그들을 환영하였고 초대소에 거처를 마련해 주었다. 덩잉차오는 뜨거운 물로 발을 씻고 물집을 따고 나무침대에 누워 바로 잠이 들었다. 아주 달콤한 잠이었다!

그녀는 용딩현에서 이틀간을 쉬었다. 현위는 그녀를 팅저우(汀州)로 보냈다. 용딩에서 팅저우까지는 480리, 걸어서 7,8일이 소요되는 거리였다.

1932년 5월 1일 덩잉차오는 팅저우에 도착하였다. 팅저우는 중공푸젠·광동·쟝시성위와 성소비에트의 소재지였으며, 상업이 번창하여 '소비에트 내의 상하이'라고 불리는 곳이었다. 덩잉차오를 팅저우로 안내함으로써 임무를 완수한 리페이췬은 그녀에게 이별을 고했다. 덩잉차오는 너무도 그에게 감사했고, 다시 한 번 그와 권총부대 동지들에게 감사의 마음을 표했다.

팅저우는 푸젠과 쟝시의 경계지역에 위치하였다. 동은 푸젠, 서는 쟝시였다. 팅저우는 중앙소비에트 수도 뤼진(瑞金)에서 120리 떨어져 있었다.

4월 20일 홍군이 장저우(漳州)를 점령하였다. 팅저우 일대에는 희색이 가득했다. 저우언라이는 팅저우에서 병력을 조직하거나 탄약을 준비하여 필요한 전선에 보급하였다. 덩잉차오는 팅저우에 도착하였다. 그들이 헤어진 지 채 반년도 되지 않았지만 마치 10년이나 헤어져 있었던 것 같아, 재회할 때에는 마음속에 무한한 희열이 넘쳐흘렀다.

이별 후의 그리움이나 험난한 역정에 대해 말할 틈도 없이, 덩잉차오는 바로 저우언라이에게 국민당특무조직이 비열하게 날조한 소위 '우하오(伍豪)광고'에 대해 상하이 임시중앙이 반격한 소식을 자세히 전해 주었다.[69]

국민당이 저우언라이를 여러 방면에서 추적했을 뿐만 아니라 심지어 30만원의 현상금까지 내걸었지만 그는 이미 안전하게 중앙소비에트에 도착하였다. 국민당특무조직은 악랄한 계략을 세워, 1932년 2월 16일에서 21일에 걸쳐 상하이 신문에 "우하오 등 243명이 공산당에서 이탈했다"는 날조된 광고를 게재, 대중을 혼란시키고 지하당원의 투지를 동요시키며 저우언라이를 음해하려 하였다. 덩잉차오는 저우언라이에게 임시중앙은 타오싱즈(陶行知)[70]를 통해 『신보(申報)』 책임자 스량차이(史量才)

---

69   『中共黨史資料』 내의 「伍豪啓事」 참조.
70   역주: 1891-1946. 중국의 교육가. 1914년 미국으로 건너가 실용주의 철학자 존 듀이

에게 『신보』에 작은 광고를 싣게 하였다. 그것은 우하오 선생에 대해 신문사가 답변하는 방식으로, 우하오가 국민당의 날조된 성명을 부인하지만 그를 보호하기 위해 공개적으로 표현할 수 없음을 간접적으로 설명하는 내용이었다. 천윈(陳雲)[71] 동지 또한 조치를 취하여 당조직이 거금을 들여 저명한 프랑스 변호사 바허를 고용, 3월 4일 『신보』에 "바허 변호사가 저우샤오산(周少山)을 대표하여 보내는 긴급 공지"를 다음과 같이 내게 하였다.[72]

"저우샤오산의 공언에 따르면 취(渠)가 글을 쓸 때 우하오라는 가명을 쓴다. 근일 우하오 등 243명이 공산당을 이탈했다는 공지가 있어 국내외 친척, 친지가 안부를 묻는 등 혼란스럽다. 취우하오라는 이름은 문장을 쓸 때 이외에는 대외활동에 전혀 사용하지 않는다. 공지에서 말하는 우하오는 결코 다른 사람이다. 소위 243명이 동시에 공산당을 이탈했다는 것은 반드시 취와는 무관한 일이다."

덩잉차오는 단숨에 바허 변호사의 공지를 한 자도 빼지 않고 외워서 저우언라이에게 들려주었다. 그녀는 이것이 저우언라이의 정치적 명예와 관련된 큰일이고 매우 중요한 일이라고 여겨 예민하게 받아들였던 것이다.

저우언라이는 이야기를 다 듣고 난 뒤 박수를 치며 크게 웃었다.

"잉차오, 천윈 동지가 바허 변호사에게 청해 이러한 공지를 발표한 것은 정말 잘 한 일입니다. 국민당특무조직의 비열한 음모를 폭로하고 당

에게 수학했다. 귀국 후 교사생활을 하였으나 바로 그만두고 농민과 전쟁고아들을 구제하고 재야에서 활동하다 항일민족통일전선에 참가했고 중국민주동맹의 일원으로 활동하였다. 본래 자가 즈싱(知行)이었으나 1932년 실천을 중시한다는 의미에서 싱즈(行知)로 바꿨다.

71　역주: 1905-1995. 빈농가정 출신으로 1919년 상하이상무인서관(商務印書館) 학도(學徒)이자 견습생이었고 1925년 '5·30'운동에 차마고 같은 해 중국공산당에 입당하였다. 중국공산당과 중화인민공화국 지도자의 한명으로 '공화국홍색사장'이란 별칭을 얻는 데에서 알 수 있듯이 경제관리자로 활발하게 활동하였다.

72　저우샤오산은 저우언라이가 상하이에서 사용한 이름이었다.

내외에 사실관계를 분명히 할 수 있었겠지요. 천윈 동지 및 상하이의 많은 동지들에게 감사해야 하겠군요.” 그는 덩잉차오에게 중앙소비에트에서 마오쩌둥 역시 2월 하순 중화소비에트임시중앙정부 주석의 이름으로 정중하게 이렇게 선포했음을 알려주었다. “우하오 동지는 소비에트중앙정부에서 군사위원회의 직무를 실제로 담당하고 있기 때문에 공산당을 이탈했다는 것은 절대 사실이 아닐 뿐만 아니라 광고에서와 같은 황당한 반동적 언사를 발표할 수 없다. 이것은 노동자·농민·병사를 학살하고 중국을 제국주의에 팔아먹은 국민당 무리가 날조한 중상모략이다.”

덩잉차오는 이 이야기를 듣고 더욱 마음이 놓여, 저우언라이와 함께 유쾌하게 웃기 시작하였다. 그들은 이것이 국민당의 치졸한 술책으로 저우언라이의 명성에 아무런 피해도 끼치지 못할 것임을 알고 있었다.

저우언라이와 덩잉차오가 즐겁게 웃고 이야기하고 있을 때, 문밖에서 스무 살 남짓의 여성동지 한 명이 뛰어 들어왔다. 회색빛 홍군 복장에 다리에는 각반을 매고, 허리에는 권총을 차고 있었다. 붉게 상기된 얼굴에 매우 총명해 보였다.[73] 저우언라이는 웃으며 잉차오에게 소개하였다.

“잉차오, 이 사람은 팅저우현 서기 리졘전(李堅眞) 동지로, 우리 소비에트의 첫 번째 여성 현위원회 서기입니다. 매우 능력이 있으며 산가(山歌)[74]의 명수랍니다.”

덩잉차오는 열정적으로 그녀의 손을 잡고 무슨 일을 하느냐고 물었다. 그녀는 팅저우가 함락되어 일반대중이 매우 흥분되어 있어 자신은 그들을 조직하고 또 홍군을 위로하느라 바쁘다고 대답하였다. 그녀는 또한 팅저우성에서 멀지 않은 곳에 한 토호의 보루가 아직 건재하여 홍군과 유격대가 현재 공격중이라고 하였다.

73　필자가 광저우로 리졘전(李堅眞)을 찾아 갔을 때 그녀는 덩잉차오와의 교류 상황에 대해 소개해 주었다.

74　역주: 형식이 짧고 곡조가 명랑하면서 소박하며, 리듬이 자유로운 민요로 농촌이나 산촌에서 일할 때 주로 부르는 노래.

덩잉차오는 이 말을 듣고 즉시 같이 가보자고 재촉했다. 그녀는 빨리 소비에트의 치열한 전투생활을 경험하고 싶었다. 저우언라이는 그녀의 끝없는 열망을 충분히 이해 하였다. 그는 그녀의 눈을 웃는 빛으로 바라보며 부드럽게 말했다.

"나는 회의 때문에 가봐야 하니 당신이 알아서 조심하기 바랍니다."

"안심하세요. 제가 있으니까요." 리젠전이 큰 소리로 대답했다.

덩잉차오는 리젠전을 따라 팅저우성 밖으로 나가 산언덕에 도착했다. 보루의 지세가 험준하여 홍군이 쉽게 함락할 수 없을 것이라고 그녀는 판단했다. 또한 토호가 매우 완강하게 버티고 있었다. 홍군과 유격대원 가운데 이미 몇몇은 죽거나 다쳤다.

덩잉차오는 자세하게 관찰한 후 리젠전에게 말했다.

"무리하게 공격하는 것은 좋은 방법이 아닐 것 같습니다. 현재 주위 지역은 모두 해방되었으니 저 토호는 독 안에 든 쥐 꼴입니다. 단지 귀퉁이에 의지하여 완강하게 저항할 뿐입니다. 그 수하의 사람들은 대부분 잡혀온 인민들이니 죽기로 싸우지 않을 겁니다. 젠전 동지, 당신은 노동요를 부를 수 있지 않습니까? 당신이 노래를 부르며 우리의 정책을 선전한다면 저들의 사기를 꺾을 수 있을 것입니다."

리젠전은 노동요의 고수였기 때문에 바로 노래를 지어 불렀다. 그 내용은, 팅저우는 이미 함락되었고, 주변은 모두 해방되었으며, 당신들은 독안에 든 쥐와 같으니, 무기를 버리고 항복하면 죽이지 않고 홍군이 포로로서 우대할 것이니 토호와 함께 죽음의 길로 가지 말라는 것이다. 홍군과 유격대가 함께 이 노래를 부르고 구호를 외치니 천지가 진동하였다.

보루 가운데 총소리가 미약해졌다. 홍군 일부가 기세를 올려 공격을 개시했고 보루는 이내 함락되었다. 토호는 부상을 입었으며, 기가 푹 죽은 포로들은 무기를 내려놓고 줄줄이 나왔다.

리젠전은 매우 흥분하면서 존경하는 마음을 담아 덩잉차오에게 말했다.

"잉차오 동지, 우리가 산가를 부르고 구호를 외쳐 적의 사기를 떨어뜨

리는 방법을 당신이 알려주어 홍군과 유격대원의 생명을 많이 구하게
되어 천만 다행입니다. 당신은 정말 대단하군요. 이후 다시 전투가 있을
것을 대비하여 저도 적 앞에서의 심리전 공작을 배워야겠습니다."
덩잉차오는 겸손하게 말했다.
"저는 막 이곳에 도착하여 상황을 잘 모릅니다. 이제부터 당신이나 소
비에트의 다른 동지들과 군중들에게 많은 것을 묻고 배워야 할 것입니다."

34. 단풍, 혁명과 사랑의 상징

덩잉차오는 팅저우에 며칠 동안 머물면서 기쁜 마음으로 홍군과 중앙
혁명 근거지의 커다란 발전을 목격했다. 1931년 8,9월 사이에 홍군 제1
군은 국민당 군대의 제3차 포위공격[75]을 분쇄하여 3만여 명에 달하는 적
을 섬멸시켰다. 12월에 국민당 제26로군 1만 7천여 명이 닝두(寧都)에서
반란을 일으켰다. 중앙소비에트는 쟝시 남부 18개 현과 푸졘 일부로까지
확대되어 21개 현성에, 면적 5만 제곱킬로미터, 거주민 250여만 명의 혁
명근거지로 확대되었다. 주력군인 홍군은 6만 명에 달했다. 근거지 내에
서는 토지 분배가 활발하게 진행되었다. 농민들도 깨어 일어나 적극적으
로 홍군에 참여함으로써 혁명전쟁을 지원하였다.
덩잉차오는 틀어 올렸던 머리를 짧게 잘랐다. 그녀는 가지런한 귀밑
단발에 빨간색 오각별을 단 군모(軍帽)를 쓰고 회색 군복을 입었다. 허리
에 가죽 혁대를 찬 모습이 매우 출중해보였다. 그녀는 군마에 올라 쟝시

---

[75] 역주: 이것은 소비에트에 대한 국민당정부의 대대적인 포위 공격인 위초(圍剿)를 가
리킨다. 1930년 12월 1차에서 1933년 10월 5차까지 계속되었고 결국 홍군은 근거를
포기하고 장정(長征)에 오르게 된다.

뤼진으로 달렸다.

뤼진은 중앙소비에트의 '홍색수도'였다. 소비에트 중앙국, 중앙혁명군사위원회와 중화소비에트임시중앙정부 등이 뤼진의 사저우바(沙洲壩), 예핑(葉坪), 우스룽(烏石壟) 등에 산재되어 있었다.

덩잉차오는 먼저 소비에트중앙국조직부, 선전부 간사에 임명되었다. 곧 다시 소비에트중앙국비서장 겸 사법부 비서를 맡았다. 그녀는 불같은 열정으로 공작에 몰두했으며 늘 뤼진의 각 구역을 순시하고 공작하였다.

1932년 가을, 덩잉차오는 뤼진 두터우(渡頭)지역에서 뤼린(瑞林)의 채(寨)로 갔다. 그녀는 산 사이에 난 오솔길을 걸으며 온 산천을 뒤덮은, 불같이 타오르는 단풍을 보았다. 그녀는 예전부터 꽃과 단풍을 좋아했었다. 산을 가득 메운, 서리 맞은 단풍은 2월의 꽃보다도 붉었다. 그녀는 손길 닿는 대로 단풍을 따서 거처로 가져온 뒤 책 속에 꽂아두었다.

1932년 7월 장제스는 50만에 이르는 대군을 집결시켜 허베이·허난·안휘 소비에트, 후난·허베이·쟝시 소비에트와 홍군을 향해 제4차 포위공격을 개시하였다. 1933년 2월부터 국민당군대는 30여 사단의 병력을 파견하여 3방향으로 중앙소비에트를 향해 포위공격을 하였다. 소비에트정부는 긴급하게 군중을 동원하여 다시 한 번 잔혹한 공격에 대항했다. 저우언라이는 전방에서 제4차 포위공격에 대항하는 전쟁을 지휘하였다. 덩잉차오 또한 혁명전쟁을 지원하는 긴박한 공작에 투입되었다.

어느 깊은 밤 덩잉차오는 책을 넘기다 단풍을 발견하였다. 여전히 붉은 빛이었고 아름다웠다. 그녀는 단풍을 바라보며 격한 감정을 주체하기 힘들었다. 제4차 포위공격에 대항하여 치열하게 전쟁을 하고 있다는 사실을 떠올렸고, 그 전선에서 밤낮으로 혁명전쟁을 지휘하는 언라이를 떠올렸다. 그녀는 펜을 들어 등잔불 아래에서 격정에 충만한 시구를 써 내려갔다.

    "붉디 붉은 이 단풍,

전쟁에 나서려고 찬란하게 타오르는 열정을,

극렬한 전선의 투쟁의 불길을,

남녀 혁명 전사의 정과 사랑을,

혁명과 사랑 사이에서 서로 긴장하여 흐르는 혈류를 상징한다네.

선홍빛의 깃발은 중국 노동자 농민의 해방을 바라는 단 하나의 전쟁 깃발이며

선홍빛의 긴장된 혈류는 신속히 전쟁을 끝낼 승리의 원천이라네.

흘러라! 선홍빛 피, 온 중국을 붉게 물들일지니!

싸워라! 용감한 홍색 전사여!

적의 무지막지한 진공을 분쇄하라!

전쟁의 완전한 승리를 쟁취하라!

보라!

혁명의 승리와 사랑의 꽃이 찬란하게 피는 것을!

혁명의 승리와 사랑의 열매가 저리도 확고하게 맺히는 것을!"

덩잉차오가 그렇게 간절히 기대하던 혁명전쟁의 승리는 눈앞에 현실로 다가왔다. 1933년 3월 저우언라이와 주더가 지휘하는 노동자·농민 홍군이 제4차 포위공격에 대항하여 큰 승리를 거둔 것이다. 황피(黃陂)와 차오타이강(草台崗)의 중요한 두 전투에서 국민당군대 2만 8천명을 섬멸한 것이다. 이 전투의 승리로 중앙 노동자·농민 홍군은 8만으로 늘어났으며 다량의 신식무기를 노획했다. 이제 중앙혁명 근거지는 푸젠·저장·장시 소비에트까지 연결되었다. 덩잉차오는 매우 기뻤다.

그러나 한편으로 사태가 전개되면서 그녀는 매우 빨리 걱정과 우려에 빠져들었다.

왕밍은 이미 소련으로 갔고, 보구를 수반으로 하는 중공임시중앙이 추진하던 좌경노선은 국민당 점령지구에서 행하던 공작에 심대한 손실을 끼쳤다. 상하이의 임시중앙과 장쑤성 성위원회 기관은 계속 파괴를

당했다. 1933년 1월 중공임시중앙을 중앙소비에트로 옮겨 소비에트중앙과 통합, 중공중앙국을 설립할 수밖에 없었다. 중공중앙국은 당, 정, 군대권 모두를 장악하고 중앙소비에트에서 전면적인 좌경기회주의 노선을 추진하였다. 중앙혁명 근거지의 형세는 가파르게 역전되면서 곤란한 지경으로 빠져들었다.

이때 덩잉차오는 중공중앙국 비서장직에 올랐기 때문에 원래 맡았던 소비에트중앙국 비서장직은 사임하였다. 강한 당성을 지닌 덩잉차오는 직무나 지위의 고하를 가리지 않았다. 지도자가 될 수 있지만 또한 일반 대중도 될 수 있다고 일관되게 생각하고 있었다. 이제 중앙정치국 비서가 되어 중요한 공작을 책임지게 되었다.

덩잉차오는 당의 조직공작에 뿌리내리고 있는 관료주의와 형식주의적 경향에 대해 예리하게 간파했다.

1932년이 되기 전에 마오쩌동과 주더의 정확한 지도에 힘입어 중앙홍군은 3차례에 걸친 적의 포위공격을 방어하는 전쟁에서 잇달아 큰 승리를 거두어 중앙소비에트 혁명근거지를 건립하고 또 확대·발전시킬 수 있었다. 그 당시 근거지 당원과 군중은 적극적으로 홍군에 참가하였다.

1931년 9월 일본제국주의는 중국의 동북삼성을 점령하였다. 1932년 1월 28일 상하이에서는 19로군[76]의 항일 투쟁이 전개되었다. 이제 국내외 정세에 근본적인 변화가 생겼다. 민족 모순이 국내의 주요 모순으로 등장한 것이었다. 그러나 상하이 중공임시중앙과 소비에트중앙국은 끝끝내 좌경모험주의에 입각하여 중앙홍군에게 끊임없는 대도시 공격을 명령하였다. 마오쩌동이나 저우언라이는 모두 이런 방식에 반대하였다. 1932년 10월에 개최된 닝두(寧都)회의에서는 결국 마오쩌동에게 군대를

---

76   역주: 북벌 후 천밍수(陳明樞), 장광나이(張光鼐), 차이팅졔(蔡廷鍇) 등을 주축으로 광동 출신 장료들에 의해 편성되었다. 1932년 제1차 상하이사변 때 충돌을 회피하려던 쟝졔스의 의도에 반하여 일본군과 충돌, 분전하여 유명해졌다. 이후 푸졘인민혁명정부에 참가했으나 쟝졔스군에 패배했고 1934년 칠로군(七路軍)으로 개편되었다.

떠나라는 잘못된 결정을 내렸다. 저우언라이는 반대했으나 오히려 조화주의의 착오를 범했다고 비판을 받아야 했다.

덩잉차오는 닝두회의에 참석하지 않았다. 1933년 6월 제2차 닝두회의가 열렸을 때 그녀는 저우언라이를 만날 수 있었다. 1932년부터 저우언라이는 전선에 있었기 때문에 거의 1년 동안 그를 만날 수 없었다. 소비에트 생활은 극히 힘들어 덩잉차오의 체중은 15킬로나 줄었다. 그녀의 회색 군복은 너무 커 그녀의 몸에 걸려 있는 것 같았다. 저우언라이는 사랑하는 잉차오가 수척해진 것을 보고 깜짝 놀랐다. 덩잉차오도 저우언라이가 많이 마르고 수염 또한 더욱 무성해진 것을 알았다. 저우언라이는 애정 어린 말로 그녀에게 물었다.

"잉차오, 왜 이렇게 말라 나를 놀라게 하는 거요. 당신 몸을 잘 돌보세요."

덩잉차오는 저우언라이에게 말했다.

"저는 후방에 있어 그나마 당신보다는 안전하게 생활하고 있어요. 전방에 있는 당신이나 적당히 휴식도 취하고 밤도 새지 않도록 주의하세요."

이 회의에서 저우언라이는 홍군의 포위공격의 방어 투쟁에서 승리한 경과에 대해 보고하였다. 회의가 끝난 후 그는 다시 덩잉차오와 헤어진 뒤 주더와 함께 전방으로 돌아갔다.

덩잉차오도 즉시 뤼진으로 돌아왔다.

35. 62그램의 양식을 절약한 사랑스런 '만구(滿姑)'[77]

덩잉차오는 소비에트에서 적극적으로 공작하였다. 그녀는 잡지 『투쟁

---

[77] 푸젠서부의 방언으로 작은 고모를 의미한다.

(鬪爭)』에 「철의 백만 홍군을 창조하기 위한 투쟁」을 발표하여, 홍군을 확대, 발전시켜 반혁명 포위공격을 분쇄하자고 선전하였다.

그녀는 홍군대오 확대공작조에 참가하여 뤼진 샤오강(小崗)구(區) 말단 부서에서 실무를 맡아 홍군 가족 우대 공작을 효율적으로 수행하였으며, 수백 명의 청년 농민을 홍군에 가입시켰다.

그녀는 뤼진에서 열린 8개 현 빈농단 사전운동(査田運動)[78] 대표대회에 출석하였다.

그녀는 『홍색중화(紅色中華)』에 「어떻게 각성 제1차 노동자·농민·여성 대표대회를 지도할 것인가?」라는 글을 발표하여 소비에트 여성공작을 지도했다.

그녀는 중화소비에트 제2차 대표대회에 참가하여 중화소비에트중앙정부 제2기 집행위원회 위원으로 선출되었다.

이때 중앙근거지의 정세는 매우 악화되어 가고 있었다.

1933년 9월에 장졔스는 직접 50만의 군대를 지휘하여 중앙소비에트를 공격하였다. 10월에는 코민테른이 파견한 군사고문 리더(李德)[79]가 상하이에서 중앙소비에트로 왔다. 중앙의 주요 책임자인 보구는 군사작전에는 문외한이었기 때문에 홍군의 지휘권을 그에게 넘겼다. 리더는 중국의 상황을 제대로 파악하지 못한 채 단지 교과서의 지침과 제1차세계대전 때 경험했던 대규모 진지전 전투만을 중앙소비에트에 무리하게 적용시킬 뿐이었다.

---

[78] 역주: 중화소비에트공화국 임시정부가 소비에트 내의 토지 분배 상황을 조사하고 계급을 심사하기 위해 1933년 6월부터 1934년 6월까지 시행한 대중운동을 가리킨다. 이 운동을 통해 공산당은 새로이 계급성분을 조사, 결정하고 지주의 토지를 몰수하여 고농·빈농·중농에게 분배했다. 또한 공산당은 이 과정을 통해 대중을 동원하여 홍군 확대와 경제 건설 등 각종 사업을 함께 추진하였다.

[79] 역주: 1900-1974. 본명은 오토 브라운. 독일공산당 출신으로 코민테른에 의해 중국에 군사고문 자격으로 파견되었다. 소비에트 내에서 좌경모험주의적 전략 전술을 주도하면서 유격전에 반대함으로써 공산당이 '포위공격' 반대 전쟁에서 실패하는 데에 한 원인을 제공했다.

1933년 11월 20일 국민당 제19로 장군 차이팅졔(蔡廷鍇), 천밍수(陳銘樞), 쟝광나이(蔣光鼐)는 리지천(李濟琛) 등 반쟝(反蔣)세력과 함께 푸졘사변[80]을 일으켜 공개적으로 반쟝항일(反蔣抗日)을 선포하였다. 마오쩌동과 저우언라이는 그들과 연합할 것을 건의하였다. 그러나 중공중앙국은, 좌경노선에서 출발하긴 했지만 푸졘사변을 반동통치의 새로운 속임수로 간주하여 쟝졔스의 푸졘사변 진압을 그대로 좌시하였다. 이후 쟝졔스는 중앙소비에트 공격에 역량을 집중할 수 있었다.

1934년 1월 저우언라이는 전방에서 뤼진으로 돌아왔으나 군사지휘권을 박탈당했다.

그는 덩잉차오와 함께 중앙군사위원회가 소재한 우스룽(吳石壟)에 거주하였다.

당시 홍군에서는 레닌이 주장한 '토요일 의무노동제도'를 실시하고 있었다. 그에 따라 토요일마다 중앙국의 간부와 전사들은 조직적으로 홍군의 가족을 위문하고, 그들의 땔감을 마련해 주거나 물도 길어다 주고, 편지쓰기를 도와주는 한편 사상교육을 통해 대중이 위기와 어려움을 극복할 수 있도록 격려하였다.

덩잉차오 또한 토요일 의무 노동에 참가하였다. 그녀는 산에 올라가 홍군 가족을 위해 땔감을 마련하려고 아침 일찍부터 짚신을 신고 채비를 하였다. 그녀가 어려서부터 도시에서 자라 나무를 베어 본 적이 없음을 알고 있는 홍군 전사 마총싱(馬從行)은 그녀가 너무 힘들 것이라 여겨 걱정스레 말하였다. "당신은 공작하기도 바쁜데 산에 오르려면 몇 리를 걸어야 하니 가지 않는 게 좋겠습니다." 덩잉차오는 대답했다. "정해진 제도는 누구나 준수해야 합니다. 저라고 예외는 없습니다. 나무를 벨 수

---

[80]　역주: 상하이에서 철수한 제19로군이 중심이 되어 리지선(李濟深) 등의 反蔣派(반쟝파) 및 사회민주당이 합류하여 1933년 11월 반쟝반일(反蔣反日)의 푸졘사변을 일으키고 중화공화국 인민정부를 수립하였다. 중국공산당과 제휴하려 하였지만 공산당의 소극적인 태도와 쟝졔스의 중앙군에 의해 진압되었다.

없다면 배워야겠지요." 그녀는 홍군전사와 함께 산에 올라가, 벤 나무를 짊어지고 돌아와 군 가족의 집에 갖다 주었다.[81]

그녀는 또한 우스롱 촌의 홍군 가족 구(顧) 씨 아주머니 집을 늘 찾아 일을 도왔다. 그녀에게는 15살의 아들 춘성(春生)이 있었다. 그녀는 항상 구 씨 아주머니와 춘성과 함께 밭에서 노동을 하였다. 한편 그들과 집안의 일상사에 대해 이야기하면서 간단한 혁명이론을 설명해 주고 구씨 아주머니에게 열심히 생산에 노력하여 전선을 지원하라고 격려하였다.[82]

구씨 아주머니의 남편은 불행하게도 전선에서 전사하였다. 덩잉차오는 저우언라이와 함께 그녀의 집으로 가 지극한 정성으로 그녀를 위로하였다. 구씨 아주머니는 결연히 아들 춘성마저 홍군에 참가시켰다.

어느 날 오전, 덩잉차오는 마을 어귀에서 몇 명의 농촌 여성과 이야기를 나누고 있었다. 뤼진 샤오샤오(下霄)구 군사부장 양옌츄(楊衍秋)를 보자 바로 그를 집안으로 불렀다.[83]

양옌츄는 덩잉차오를 따라 중앙군사위원회 기관에 들어왔다. 문을 들어서자 우측에 저우언라이, 덩잉차오의 방이 있었다. 방안은 깨끗하게 정돈되어 있었으며, 회의용 탁자 하나, 나무 등받이 의자 하나, 걸상 두 개가 놓여있었다. 벽을 따라 긴 나무 걸상 두 개로 만든 침상이 놓여 있었다. 위에는 흰색 침상보와 옅은 회색의 솜이불이 깔려 있었다.

저우언라이는 열정적으로 양옌츄와 대화를 나누었다. 양옌츄가 머리를 들어 보니 벽에는 '샤오쯔판(梢子飯)'을 찌는 작은 대나무 소쿠리가 걸려 있었다. 참을 수 없어 물었다.

"저우 부주석, 당신과 잉차오 동지도 '샤오쯔판'을 드십니까?"

저우언라이는 웃으며 머리를 끄덕였다. '샤오쯔판'은 무엇인가? 근거

81　마총싱의 회고록 참조.

82　난신저우(南新宙), 「우스롱(吳石壟)의 생활」, 『周恩來一生』, 中國靑年出版社, 1987, 116-122쪽 참조.

83　상동.

지에 대한 국민당의 통제가 너무 심해 물자가 많이 부족했다. 심지어 생활필수품인 식량, 기름, 소금마저도 매우 부족했다. 당중앙은 홍군간부와 전사들에게 일종의 야채 씨앗인 '샤오쯔'로 양식의 일부를 대체하라고 호소하였다. 물로 샤오쯔를 씻어 현미와 함께 소쿠리에 넣어 쪄서 먹는데 이를 '샤오쯔판'이라 하였다. 양옌츄는 중앙군사위원회 부주석인 저우언라이조차 홍군전사와 똑같이 샤오쯔판을 먹고 있으리라고는 상상도 하지 못했다.

덩잉차오가 점심을 준비해 왔는데 상 위엔 채소 3가지와 국이 하나 놓여 있었다. 야채 볶음, 무 볶음, 미나리 고추 볶음에 두부국이 전부였다.

덩잉차오는 양옌츄에게 밥 한 그릇을 가득 담아 주었다. 그는 미나리 고추 볶음을 한 입 먹어 보았는데 맵고 또 썼다. 덩잉차오는 그가 힘들게 먹는 모습을 보고는 미안해하면서 말했다. "요리가 제대로 되지 못해쓰죠?"

그는 급히 대답했다. "괜찮아요 잘 볶아졌는데요"

저우언라이는 신이 나 덩잉차오에게 말했다. "손님께서도 당신 요리가 잘 볶아졌다고 하고, 나 또한 이 점을 인정합니다. 그러나 맛은 없지요"

덩잉차오와 양옌츄는 모두 웃었다. 저우언라이는 일어나서 벽 위에 있는 작은 대나무 통을 꺼냈다. 마개를 열고 작은 주발에 소금물을 부어 양옌츄에게 주며 말했다.

"잉차오의 볶음 요리는 조금 부족한 부분이 있는데 바로 소금이지요 이것은 기관에서 우리에게 준 소금인데 물로 녹인 것입니다. 음식에 넣어 드세요 이거면 요리가 쓰지 않을 겁니다."

양옌츄는 빨리 이 소금물을 다시 저우언라이와 덩잉차오 앞으로 내밀면서 목이 메여 말하였다.

"저우 부주석 그리고 잉차오 동지, 당신들께서 드세요! 당신들은 몸을 더욱 소중히 여겨야 합니다."

덩잉차오는 미소를 지으며 소금물을 다시 양옌츄에게 되돌려 주며 말했다.

"언라이 동지의 성격을 제가 잘 알지요, 만약 당신이 드시지 않는다면 그 역시 먹지 않을 겁니다." 양옌츄는 미나리를 소금물에 적셔 먹을 수밖에 없었다.

덩잉차오는 다시 양옌츄에게 밥 한 그릇을 더 주었다. 그는 미안해하면서 "잉차오 동지. 이미 배가 부릅니다"라고 대답하였다.

저우언라이도 재미있게 이야기하였다.

"반찬이 없는데도 배부르게 드시고, 소금을 넣지 않은 요리도 배부르게 드시는 군요. '소금이 있으면 맛이 좋은 것이고 없다면 맹탕과 같다.'는 말이 있습니다. 오늘 우리가 당신을 불러 식사를 권하는데 요리도, 탕도 모두 '소금이 없어 맹탕과 같았습니다.' 훗날 반동파를 모두 소멸시킨 뒤 우리가 다시 당신을 초대하여 '소금이 든 맛있는 요리'를 대접하도록 하겠습니다."

이렇게 "소금이 없어 맹탕 같은" 날들을 덩잉차오와 저우언라이는 함께 겪었다. 어느 날 그녀는 일을 하고 있었다. 갑자기 밖에 한 젊은 여성이 들어오며 소리쳤다. "다섯째 언니, 다섯째 언니." 그녀가 보니 상하이 중앙여성위원회에서 같이 활동을 하던 '여덟째 동생' 좡동샤오였다.[84] 덩잉차오는 바삐 달려 나가 기쁜 마음을 소리쳤다.

"여덟째 동생, 여덟째 동생, 당신도 중앙소비에트로 왔군요."

좡동샤오는 울면서 다섯째 언니에게 그녀가 겪었던 불행한 일들에 대해 이야기하였다.

그녀의 남편 판쟈천(潘家晨)은 1930년 소련에서 귀국하였다. 당중앙은 그들을 홍후(洪湖)소비에트로 파견하여 공작을 전개하도록 하였다. 1932년 당중앙 특파원 샤시(夏曦)는 홍후에서 왕밍의 좌경노선을 추진하며 반혁명분자 숙청을 확대하는 과정에서 판쟈천을 살해 하였다. 좡동샤오 또

한 적위대의 큰 칼에 목이 날아갈 위급한 상황에 처했지만 마침 국민당 기마대와의 교전이 발생하였다. 그녀는 그 기회를 틈타 탈출하여 먼저 베이핑으로, 다시 상하이로 가 판한녠(潘漢年)을 찾았다. 그는 그녀를 데리고 장시 뤼진으로 와 당중앙책임자 보구를 만났다. 하지만 보구는 차갑게 그녀에게 말했다.

"샤시가 없으니 말을 증명할 사람이 없군요. 당신의 당적만은 유지시켜 주겠습니다."

덩잉차오는 묵묵히 여덟째 동생의 호소를 듣고 매우 심란해졌다. 그녀는 판쟈천과 쾅동샤오가 무고함을 믿었다. 그러나 권력은 보구가 장악하고 있었다. 그녀가 비록 여덟째 동생을 마음 깊이 동정한다고 해도 뭐라 해줄 말이 없고 단지 그녀를 위로할 수밖에 없었다.

"여덟째 동생, 너무 힘들어 하지 말고 참아 내도록 해요. 당조직이 조만간 당신과 판쟈천 동지의 문제를 조사해 정확한 결론을 낼 것입니다."

그녀는 쾅동샤오의 옷이 너무 얇은 것을 보고는 루딩이(陸定一)에게 모피 외투를 빌려 그녀에게 주고, 그녀를 임시중앙정부 교육부로 보내 공작하도록 조치하였다.

교육부 부장 취츄바이 또한 왕밍의 좌경노선의 타격 대상이었다. 그는 본래 폐병을 앓고 있었다. 소비에트 생활이 너무 힘들어 그의 몸은 더욱 쇠약해졌고 늘 기침과 각혈에 시달렸다.

덩잉차오는 걱정스럽게 쾅동샤오에게 말했다.

"즈화 언니가 없어 츄바이 동지를 돌봐줄 사람이 없으니 그의 생활이 더욱 힘듭니다."

하루는 덩잉차오가 계란 몇 개와 약간의 밀가루를 사러 나갔다가 신이 나 쾅동샤오를 찾았다.

"여덟째 동생, 갑시다. 나와 우선 언라이를, 그리고 취츄바이 동지를 만나러 갑시다."

그녀들은 우스롱에 도착했다. 저우언라이는 쾅동샤오를 보자 몸을 일으켜 자리를 권하면서 그녀에게 당내에서 받았던 서운함이 있어도 마음에 담아 두지 말고 넓게 생각하라고 하였다. 그는 두 손을 내저으며 낮은 목소리로 말했다.

"심지어 마오 주석께서도 억울함을 당하신 적이 있지 않습니까? 우리들은 대국적으로 봐야 합니다."

이 말 한 마디는 쾅동샤오를 크게 감동시켰다. 그녀는 저우언라이도 역시 홍군을 지휘하는 중요한 위치에 있다 후방으로 좌천되었지만 자신의 억울함에 대해 말하지 않았음을 알고 있었다.

덩잉차오는 곁에서 웃으며 말했다.

"언라이, 여덟째 동생이 달걀 몇 개를 당신에게 주려고 사왔어요. 어서 받도록 해요."

저우언라이는 조용히 웃으며 말했다.

"잉차오, 나는 누가 그것을 샀는지 압니다."

쾅동샤오가 급히 말했다.

"다섯째 언니가 사신 겁니다. 형부, 제가 보기엔 이 달걀을 곧 드셔야 할 것 같은데요."

저우언라이는 크게 웃기 시작하였다.

"잉차오, 당신이 삶도록 해요. 여덟째 동생과 함께 먹도록 합시다."

쾅동샤오는 일어나 급하게 말했다.

"저는 다섯째 언니와 츄바이 동지에게 가봐야 합니다. 이 달걀들은 다섯째 언니가 특별히 당신을 위해 산 것입니다. 형부는 언니의 마음을 헤아려 꼭 드시기 바랍니다."

저우언라이는 6,7개의 달걀 가운데 2개를 남기고 나머지는 덩잉차오에게 주었다.

"츄바이의 몸이 좋지 않으니 그에게 가져다 줘요."

덩잉차오는 조용히 그 달걀을 받아 쾅동샤오와 함께 몇 리 길을 걸어 교육부로 갔다. 그녀들은 솥을 찾아 달걀과 밀가루를 섞어 만든 빵을 취츄바이에게 주었다. 그는 몸은 비록 힘들었지만 매우 쾌활하였다. 그는 덩잉차오가 건네준 빵을 받고 느긋하게 말했다.

"잉차오 동지, 감사합니다. 빵을 먹는 것은 좋은 일이죠. 우리 같이 먹읍시다."

덩잉차오는 급히 쫭동샤오를 끌고 떠났다.

당시, 홍군은 간부와 전사를 불문하고 1인당 하루 375그램의 양식이 지급되었다. 덩잉차오와 리웨이한, 류췬셴(劉群先), 아진(阿金) 등은 매일 절약한 62그램의 양식을 제출했고, 여름옷을 받으려 하지 않았다. 그녀는 매일 3식에서 2식으로 식사 횟수를 줄여 머리가 늘 어질어질하고 눈이 가물거렸다. 점심때는 배가 너무 고파 참을 수가 없으면 들판을 이리저리 내달려 허기를 잊으려 노력할 뿐이었다.

그녀는 항상 기침을 하였고, 밤에는 식은땀을 흘렸으며, 몸은 더욱 허약해져 갔다. 중앙홍군병원 원장 푸롄장(傳連璋)은 덩잉차오에게 자기 집에 가 며칠 쉬라고 권했다. 푸롄장은 본래 팅저우 교회에서 개설한 병원의 원장이었으나 자발적으로 홍군에 참가하였다. 고급 전문기술직을 맡아 생활 조건이 비교적 좋았다. 그는 부인 류츠푸(劉賜福)에게 일러 덩잉차오에게 닭국을 끓여주라 하였고, 다시 돼지 간과 위를 간장에 절여서 영양식으로 먹게 하였다.[85]

덩잉차오는 열정적이고 활달하여 푸롄장 집안 식구들과 관계가 매우 좋았다. 푸롄장의 어머니 역시 그녀를 매우 좋아해 웃으며 말했다.

"당신은 내 막내딸보다 5살이나 어려요. 그러니 나를 꺼려하지 말고 내 수양딸이 되어 줘요."

덩잉차오는 바로 다정스럽게 "수양어머니"라고 불렀다. 푸의 어머니는 너무 기쁜 나머지 입을 다물지 못하고 곧장 손자, 손녀를 불러 덩잉차오를 '만구(滿姑)'라고 부르게 했다. 푸롄장의 아이들은 공손하게 덩잉

---

[85] 필자가 상하이로 류츠푸를 방문했을 때, 그녀는 덩잉차오와의 교류 관계에 대해 소개해 주었다.

차오를 '만구'라고 불렀다. 덩잉차오는 흥분하여 그들을 가슴에 품으며 말했다. "만구는 너희에게 줄 아무런 선물이 없구나." 류쓰푸는 아이들을 따라 덩잉차오에게 말했다. "만구, 그런 말 하지 말아요. 그들에게 혁명과 관련된 이야기를 들려주는 것이 그 어떤 선물보다 좋을 겁니다." 덩잉차오는 본래 연설을 잘했기 때문에 혁명과 관련된 이야기를 실감나게 들려주자 아이들이 모두 그녀에게 빨려 들어갔다.

중앙소비에트 제5차 포위공격 반대 전쟁은 왕밍의 잘못된 노선과 리더의 잘못된 지휘로 점점 패배로 귀결되었고 중앙홍군은 전략을 변화하지 않으면 안 될 상황으로 내몰렸다.

덩잉차오는 푸롄장의 집에서 보름 정도 휴식을 취한 뒤 집으로 돌아왔다. 어머니 양전더는 이즈음 당조직이 장시 뤼진에 개설한 홍군병원에서 의사 업무를 보면서 집에서는 딸을 간호하였다.

1934년 8월 덩잉차오는 계속해서 피를 토했다. 어머니가 그의 가래를 병원으로 가져와 실험한 결과 가래 속에서 결핵균을 발견하였다. 이로써 그녀는 폐결핵 확진 판정을 받았다. 당시 폐결핵은 매우 무서운 병으로 "환자 10명 중 9명이 죽는" 일종의 암 같은 병이었다. 덩잉차오는 본래 병원에 입원하여 치료를 받아야 했지만 홍군이 이동을 준비하고 있었기 때문에 상황이 여의치 않았다.

덩잉차오는 어머니가 지어준 한약을 먹은 후 각혈이 멈추고 고열도 사라졌지만 몸은 이미 극도로 쇠약해져 있었다. 이때 홍군은 전략적 이동을 해야 했다. 그녀는 조직에 제안하였다.

"저는 몸이 좋지 않아 군대를 따라 행동할 수 없으니 여기에 남아 조직에 부담을 주지 않도록 해 주기 바랍니다." 그녀의 뜻은 분명하였다. 전세가 불리하여 만약 언라이와 헤어진다면 생이별 아니면 사별할지도 몰랐다. 그러나 마음속의 비통함을 억지로 누르며 조직에 폐를 끼치고 싶어 하지 않았다. 그러나 조직은 최종적으로 그녀에게 군을 따라 이동할 것을 결정했다.

덩잉차오는 허약한 몸을 부여잡고 침상에서 내려가 십여 보를 걸어보았지만 버틸 수가 없었다. 어머니는 그녀를 부축해 침상에 뉘였다. 그녀는 어머니가 장차 있을 이별을 받아들이지 못할 것을 걱정하여 억지로 웃으며 말했다.

"어머니, 어머니가 쟝시에 온 지 일 년 정도밖에 되지 않았는데 우리는 또 이별하게 되었습니다. 정말 죄송합니다. 어머니를 항상 흠칫흠칫 놀라게 하는 이 딸이 이제는 이상하지도 않죠. 저는 언라이와 함께 떠나고 어머니만 남겨 놓으려니, 저 역시 마음이 몹시 아픕니다."

양전더는 가볍게 머리를 흔들며 결연한 모습으로 말했다.

"잉차오, 이제껏 많은 풍랑을 이 어미는 헤쳐 왔다. 너는 안심하고 언라이와 함께 가도록 해라. 내가 걱정하는 것은 너의 건강이다. 군을 따라 이동할 때 치료하는 것이나 약을 복용하는 것이 아주 불편할 것이니 네 스스로 더욱 조심해야 한다. 또한 언라이는 밤낮으로 공작에만 매달리니 네가 잘 타일러야 한다. 혁명을 하기 위해서는 최소한의 신체적 조건을 갖추어야 끝까지 활동을 유지할 수 있는 법이야."

너무도 자상하신 어머니는 이 험난한 이별의 순간에도 자신의 안위는 추호도 돌보지 않고 오로지 사랑하는 딸과 사위만을 걱정하였다. 그녀는 세심하게 딸과 사위의 의복을 깁고 딸의 옷에 한약을 매달면서 침착하게 말했다.

"푸 원장의 가족들도 가지 않는단다. 나는 잠시 그 집에 가 있을 것이다. 들자하니 마오 주석의 아들 샤오마오마오(小毛毛)도 그 집에 있을 거란다. 나는 츠푸(賜福)와 함께 그를 돌볼 것이니 걱정하지 마라."

1934년 10월 10일 중공중앙과 홍군총본부는 뤼진을 출발하여 홍군과 기관간부 총 8만 6천명을 이끌고 전략적 이동을 시작하였다. 덩잉차오는 중앙 종대(縱隊)[86] 간부요양연대에 편입되었다.

---

[86]　역주 : 중국인민해방군 편제의 하나로 군단에 상응한다.

이별의 순간이 왔다. 홍군이 들 것을 보내 왔다. 덩잉차오는 헤어짐을 아쉬워하며 들 것에 누워 어머니에게 말했다.

"어머니, 몸을 잘 보전하세요. 우리가 이동한 지역이 안정되면 바로 어머니를 꼭 찾겠습니다."

의지가 강한 양전더는 마음속의 비통함을 끝내 참으며 눈물을 보이지 않았다. 위대한 어머니의 마음이었다. 그녀는 자신이 울면 딸이 더욱 힘들어 할 것을 알고 있었다. 그녀는 하나뿐인 딸이 들것에 누워 자신에게 계속 손을 흔들고 있는 것을 냉정하게 바라 볼 뿐이었다. 어머니는 깡마른 몸을 문에 의지하고 서서 천천히 한 손을 들어 보였다. 이는 마치 문설주 위에 서있는 조각상과 같았다. 이것은 사심이란 조금도 없는 어머니의 사랑을 보여주는 신성한 조각상이었다.

어머니의 강인함은 덩잉차오에게 더욱 큰 용기를 심어 주었고, 그에 힘입어 그녀는 이별의 고통을 참아낼 수 있었다. 그녀는 손을 흔들어 어머니에게 작별을 고했고, 함께 3년간의 전투를 같이한 근거지 인민에게 이별을 고했다. 이제 험난한 장정(長征)의 길로 나섰다.

36. 홍군은 원정의 어려움을 두려워하지 않는다[87]

1934년 10월 중국 노동자·농민 홍군은 중국역사상 아니 인류역사상 찾아보기 힘든 장장 25,000리에 이르는 대장정을 시작하였다.

폐병이 걸린 덩잉차오는 미열에다 가래에는 여전히 핏빛이 비쳐 힘없이 들것에 실려 군을 따라 출발했다. 홍군 제1군에서 장정에 참가한 여

---

87   덩잉차오, 「홍군은 원정의 어려움을 두려워하지 않는다」, 『中國靑年報』, 1965.10.23; 궈천(郭晨), 『特殊連隊』 참조. 랴오쓰광(廖似光)역시 참고 자료를 제공해 주었다.

성 간부는 단지 차이창, 덩잉차오, 캉커칭(康克淸), 랴오쓰광(廖似光), 허쯔 전(賀子珍), 리바이차오(李伯釗) 등 30명 동지뿐이었다. 차이창, 캉커칭은 건강이 비교적 양호하여 군복에 짚신을 신고 허리에는 권총을 차고 총 본부와 함께 이동했다. 병에 걸린 덩이차오와 임신한 허쯔전, 랴오쓰광 은 모두 간부요양연대에 편재되었다. 이 연대에는 300여 명의 대원이 있 었다. 요양연대 대장 허우정(侯政)은 20세의 청년 간부였다. 지도원 리젠 전(李堅眞)은 덩잉차오가 막 중앙소비에트에 도착했을 때 만났던 팅저우 현위 서기였는데, 후에 덩잉차오에 의해 중앙여성위원회 서기를 맡게 되 었다. 간부요양연대에는 이미 쉰이 넘은 동비우(董必武), 쉬터리(徐特立), 세줴짜이(謝覺哉) 등도 있었다. 동비우는 이 특수연대의 당총지부 서기였 고, 덩잉차오는 당총지부 위원이었다. 그녀는 들것에 누워 지내는 병약 한 몸이면서도 있는 힘을 다해 약간의 공작을 진행하였다. 행렬은 쟝시 를 출발하여 때로는 높고 험준한 산과 고개를 넘었으며, 때로는 세차게 내리는 큰비를 맞으며 진흙탕 좁은 길을 헤쳐 갔다. 앞뒤에서는 수십만 에 달하는 국민당군대의 차단과 추격이 잇달았고, 머리 위에서는 비행기 의 맹렬한 폭격이 계속됐다. 공습을 피하기 위해 부대는 야간행진을 했 다. 어느 날 밤, 덩잉차오의 들것이 대오에서 뒤쳐졌다. 일행은 멀리 떠 나갔고 먼 곳에서는 때때로 총소리가 들려왔다. 미열에 각혈까지 하는 폐결핵 환자 덩잉차오와 들것을 담당한 대원 둘, 그리고 경비대원 한 명 만이 남아 캄캄한 밤을 헤매게 되었다.

낙오는 매우 위험하다. 국민당군대의 습격을 손쉽게 받을 수 있기 때 문이다. 경비대원과 들것을 담당한 대원들은 매우 놀랐다. 위급한 상황 에서도 덩잉차오는 강인한 정신력과 침착함을 유지하였다. 그녀는 작은 목소리로 나머지 대원들을 진정시키며 말했다.

"침착하시고, 두려워하지 마세요. 부대가 그리 멀리는 못 갔을 테니 충분히 따라잡을 수 있을 겁니다. 어떻게 하든 우리의 대오를 확실하게 따라잡아야 합니다."

덩잉차오의 침착한 말에 대원들은 큰 용기를 얻었다. 그들은 발걸음을 더욱 빨리 재촉했다. 저 멀리서 불빛이 보였다. 덩잉차오는 들것 위에서 기뻐 소리쳤다. "저것이 우리의 숙영지입니다."

그들은 마침내 숙영지에 도착하였다. 부대는 이미 휴식을 취하고 있었다. 동비우는 걱정이 되어 손에 석유등을 들고 마을 입구에서 그들을 기다리고 있었다. 동비우는 다급하게 물었다.

"잉차오, 마침내 도착하였군요. 몸은 어때요? 빨리 마을로 들어가 쉬도록 하세요."

"동비우 동지, 저는 괜찮습니다. 다른 동지들은 모두 도착했나요? 또 낙오된 이는 없나요?" 덩잉차오는 조용히 대답하였다. 위험에서 막 벗어난 그녀의 관심은 온통 간부요양연대 소속 동지들의 안위에 있었다.

위급한 상황에서도 그녀는 항상 다른 사람을 걱정하면서 자신이 병에 걸렸다는 사실은 까맣게 잊고 동지들을 살폈다. 간부요양연대에 속한 5명의 임신한 동지는 상황이 특히 좋지 않았다. 대열은 귀저우(貴州) 소수민족지구에 도착하여 적의 봉쇄선을 통과하였다. 임신 7개월의 랴오쓰광은 하루에 100여 리나 되는 길을 걸어서 허리가 시큰거리고 다리도 아팠으며 배마저 큰 통증으로 시달렸다. 그녀는 사실 거의 걸을 수 없는 형편이었다. 연대장 허우정은 바삐 그녀를 자신의 말에 태워 길을 재촉하도록 조치하였다. 그러나 랴오쓰광은 배가 아파 채찍이나 고삐를 제대로 잡을 수가 없었다. 숙영지는 아직 멀었고 어떻게 해야 할지 난감했다. 랴오쓰광의 얼굴빛은 하얗게 변했고 땀이 흘러 옷은 흠뻑 젖었다. 말 위에서 흔들거리며 거의 고꾸라질 것 같았다. 허우정도 초조하여 얼굴이 온통 땀으로 범벅이 되었다. 들것 위에 누워 있던 덩잉차오는 이 사실을 듣고서는 곧바로 자신의 들것을 그녀에게 양보한 뒤 자신은 경호원의 부축을 받으며 기침을 하면서 힘겹게 한 걸음씩 나아갔다. 땅으로 떨어지는 랴오쓰광의 눈물은 멈출 줄 몰랐다. 그녀는 감격에 목이 메어 외쳤다. "잉차오 언니, 잉차오 언니 ……."

숙영지에 도착하고 얼마 지나지 않아 랴오쓰광은 임신 7개월 만에 아이를 출산하였다. 곁에서 그녀를 계속 간호하던 덩잉차오는 갓난아이를 보고는 흥분하여 말했다. "아이는 미래의 작은 홍군입니다. 방법을 찾아 들것에 실어 데리고 가, 민간인에게 맡겨 키우게 합시다." 그러나 부대가 매일 행군을 하며 전투를 벌이는데, 갓난아이를 메고 가는 것은 매우 힘든 일이었다. 덩잉차오가 없는 틈을 타 랴오쓰광은 모질게도 수건으로 아이를 싸서, 생년월일과 모자가 헤어진 사연, 그리고 마음씨 좋은 사람이 잘 키워주기 바란다는 내용의 글을 적은 후에 아이를 풀더미 위에 버리고 아침 일찍 일행과 함께 출발했다.

랴오쓰광의 몸은 극도로 허약하여 여전히 출혈을 하였고, 얼굴은 창백하여 비틀거리며 걸었다. 그날은 애를 낳은 바로 다음 날이었다! 그러나 이를 악물고 걸었다. 이 위급한 상황에서 덩잉차오는 다시 그녀에게 자신의 들것을 양보하였다. 그녀는 병약한 몸을 이끌고 힘들게 말을 타고 갔다. 랴오쓰광은 다시 눈물을 흘리지 않았고 감격에 겨워 말을 제대로 하지 못했다. 다만 묵묵히 들것 위에 누워 마음속으로 속삭였다. "잉차오 큰언니가 두 차례나 저에게 들것을 양보했습니다. 이것은 바로 자신의 생명을 희생하여 저의 생명을 구한 것입니다!" 생명을 구하는 이렇게 감격스런 정을 어떻게 말로 다 표현할 수 있었겠는가?

랴오쓰광은 행군 도중 출산한 지 얼마 되지 않은 사내아이를 매몰차게 버렸다. 또한 그녀는 상하이에서 공작하다 소비에트로 들어와야 했기 때문에 태어난 지 얼마 되지 않은 딸아이도 냉정하게 국제적십자 병원에 보내 다른 사람에게 입양시킨 사실을 떠올렸다. 즉 자기가 나은 두 아이를 혁명을 위해 고통을 참아가며 버려야 했고, 생사조차 알 수가 없었다. 생각이 여기에 미치자 그녀의 마음은 몹시 비통해졌다.

숙영할 때, 덩잉차오는 랴오쓰광이 걱정하는 것을 보고 일부러 그녀를 찾아가 말을 건넸다. 랴오쓰광은 본래 잉차오 다졔가 아이가 없는 게 불임 때문인 줄로 알았다. 그러나 덩잉차오는 단도직입적으로 자신이 두 아이를 임신했었다고 말했다. 랴오쓰광은 이 말은 듣고 급히 추궁해 물었다. "그 아이들은 지금 어디에 있나요?" 덩잉차오는 한숨을 내쉬고는 아무도 지켜내지 못하여 모두 죽었다고 했다. 그녀는 랴오쓰광에게 자신의 두 아이를 잃게 된 사연에 대해 자세하게 설명하였다. 마지막으로 그녀는 말했다. "혁명은 항상 그 대가를 요구하지요." 덩잉차오는 침착하게 말하였지만 랴오쓰광은 매우 큰 감동을 받았다. 잉차오 다졔의 혁명을 위한 희생은 자신에 비하면 너무 컸던 것이다! 그녀의 두 아이는 그래도 생존할 가능성이 있지만, 잉차오 큰언니는 영원히 두 아이를 잃어버렸고 이후 다시는 아이를 가질 수 없었다. 혁명은 항상 그 대가를 요구하였던 것이다. 잉차오 큰언니가 지불한 대가는 자신에 비해 너무 컸다. 이제 그녀의 궁금증은 모두 풀렸다.

1935년 1월 홍군은 준이(遵義)를 공격해 함락시키고 거기에서 정치국 확대회의를 개최하였다. 덩잉차오는 거처에 도착한 저우언라이와 함께 며칠 동안이지만 같이 지낼 수 있었다. 전해 주는 말을 통해 덩잉차오는 회의에서 초보적이나마 좌경군사노선의 착오가 청산되었고, 홍군의 지휘권이 이미 마오쩌동과 저우언라이 수중으로 넘어왔다는 사실을 알았다. 그녀는 너무 기뻤다. 그녀는 홍군이 승리하고 중국혁명이 승리를 거둘 것이라며 기뻐했다.

홍군은 준이를 공략하여 많은 국민당 병사들을 포로로 잡았다. 승리환영대회에서 덩잉차오는 적극적으로 나서 강연을 하였다. 그녀의 웅변적인 강연은 포로들에게 큰 감동을 주었으며, 반동파의 죄악을 낱낱이 들춤으로써 그들이 홍군에 가입할 것을 희망하였다.

저우언라이는 덩잉차오의 원래 경호원이 미덥지 못하다고 여겨 안심할 수 없었다. 그래서 그는 직접 쟝시에서 데려온 경호원 구위핑(顧玉平)을 덩잉차오에게 보냈다. 구위핑은 여성 동지의 신변보호 임무를 맡기는 처음이어서 덩잉차오를 보자 매우 어색해 했다. 덩잉차오는 웃으며 몇살인지, 언제 참전했는지 등에 대해 물었다. 그는 고개를 숙인 채 22살이

며, 1933년에 홍군에 참가했다고 대답하였다. 덩잉차오는 그가 매우 난
처해하는 것을 보고는 웃음을 참지 못하고 이렇게 말했다. "구위핑 동지,
내가 보기에 당신은 조금 긴장한 것 같네요. 맞지요? 상관없어요. 바로
익숙해질 것입니다. 이곳의 공작은 복잡하지 않아요. 우리들의 임무는
본대를 따라 붙기만 하면 됩니다. 낙오하면 안 되지요. 그밖에 여기에는
들것을 든 동지, 물건을 짊어진 동지, 가축을 사육하는 동지 등이 있으니
당신이 그들을 돕도록 하세요. 또한 나는 병에 걸렸으니 당신이 밥 짓는
것을 도와주고, 위생부에서 발급하는 약품과 돈을 당신이 맡아서 보관하
도록 하세요. 문제가 있으면 함께 상의하면 됩니다. 아시겠죠?"

덩잉차오의 상냥스러운 얼굴과 말에 구위핑은 그녀가 오래전에 헤어
진 친 누이같이 자상하고 너그럽다고 느꼈으며, 처음 볼 때의 낯설음과
어색함은 모두 사라졌다.[88]

러우산관(婁山關) 전투 중에 중상을 당한 홍군 청년당 정치위원 종츠빙
(鐘赤兵)이 다리를 절단해야 했다. 그는 남아서 다른 사람의 도움을 받으
며 요양해야 하는 것이 두려워 결코 절단하려 하지 않았다. 의사는 매우
초조해졌다. 만약 빨리 절단하지 않으면 부상이 악화되어 생명이 위독하
였기 때문이었다.

중요한 순간에 덩잉차오는 서둘러 마오쩌둥과 저우언라이에게 가서
반드시 그의 다리를 절단해야 한다는 의견을 전하고, 그를 목적지까지
꼭 데려가 그의 경호원과 취사병을 곁에 두겠다는 보증을 하도록 하였
다. 그리고는 끈질기게 종츠빙을 설득하였다.

"종 동지, 당신은 어찌 이해를 못합니까? 다리 하나를 잃는 대신 소중
한 생명을 지켜, 혁명을 성공시킬 수 있습니다. 안심하세요. 다리를 절단
한 뒤 당신은 요양연대에 소속될 것이고, 우리가 반드시 승리하여 목적
지에 도달할 수 있을 것입니다."

---

[88] 필자는 쟝시 뤼진의 구위핑을 방문했을 때 그는 장정 중에 그가 덩잉차오 경호원을
      담당했던 상황에 대해 상세하게 말해 주었다.

이 용맹스런 장군은 평소 그가 존경하던 잉차오 다졔의 말을 듣고 고 개를 끄덕이며 동의하였다. 그는 강인한 의지로써 마취약도 없이 절단 수술을 참아냈다. 그리고 들것에 실려 덩잉차오와 함께 군대를 따라 출 발하였다.

국민당의 비행기는 늘 홍군이 지나가는 행렬 상공에 출몰하였다. 마 치 상서롭지 않은 검은 까마귀처럼 날개를 펼치고 수시로 홍군전사를 공포와 죽음으로 내몰았다.

1935년 3월의 저녁 무렵, 간부요양연대는 마침 귀저우 판(盤)현 우리파 이(五里牌)를 지나고 있었다. 한 오솔길이 산비탈을 따라 꾸불꾸불 정상으 로 나 있었다. 길의 한쪽은 계단식 밭으로 이어졌고 다른 한쪽은 가파른 산봉우리였다. 부대원들은 비스듬한 산비탈을 따라 산을 넘은 뒤, 산 뒤 편에 도착하자 숙영을 준비하였다. 산 정상에 빨리 오른 요양부대의 간 부, 전사들은 온 종일 길을 재촉하였기 때문에 사실 매우 피곤했다. 연대 장 허우정은 모두들 휴식을 취하라고 명령하였다.

붉은 태양이 뉘엿뉘엿 서쪽으로 숨어들었다. 숲이 무성한 산비탈에는 까마귀들이 시끄럽게 재잘거리며 몰려들었다. 지난 경험에 비춰 볼 때 그것은 혐오스런 '검은 까마귀', 즉 적의 비행기가 자기네 집으로 돌아갔 음을 뜻했다. 요양연대의 간부와 전사의 마음은 이제 편안해졌다. 전투 마와 들것에 둘렀던 위장막도 벗겨냈으며, 각 개인의 머리 위에 치장했 던 위장용 나뭇가지도 걷어냈다. 모두는 앉거나 누워 농담을 하였다. 계 속 긴장하고 있던 덩잉차오도 들것에서 내려 구위펑의 부축을 받아 작 은 나무숲으로 들어가 휴식을 취했다.

그런데 갑자기 큰 굉음이 산 뒤에서부터 들려왔다. 덩잉차오가 고개 를 들어 보니 비행기 한 대가 산봉우리에서 들이닥쳤다. 매우 낮게 날고 있던 비행기는 나뭇가지를 스치고 계단식 밭을 훑고 지나갔다. 덩잉차오 는 동지들에게 빨리 숨으라고 말한 뒤 자신도 재빨리 나무 사이에 몸을 숨겼다. 동지들도 바삐 위장용 나뭇가지를 다시 머리에 꼽고 산길 아래로, 계단식 밭고랑으로 기어갔다. 그러나 이미 늦었다! 적기는 요양연대 대원이 포복하는 곳으로 기관총을 발사하였고, 곧 이어 3발의 포탄을 떨어뜨렸다.

폭탄 연기가 흩어진 뒤 덩잉차오가 힘겹게 땅바닥에서 기어올라 보니 요양연대의 손실피해는 너무 참혹했다. 10여 명의 동지가 죽거나 다쳤다. 덩잉차오, 동비우, 연대장 허우징, 지도원 리젠전 등은 의무병을 도와 부상자를 구조하고, 치료하였으며 전사들을 지휘하여 열사의 시체를 매장하였다. 종츠빙은 다행히 이번에는 부상을 당하지 않았지만, 그의 경호원과 운반원 각각 한 명씩 목숨을 잃었다. 운반병을 잃었기 때문에 그가 반드시 남으려 할 것 같았다. 종츠빙은 초조하여 땀을 비 오듯 흘렸다. 그때 동지들을 가장 자상하게 돌보고 관심을 기울이는 덩잉차오가 곁을 지나갔다. 그녀는 너무 조급해하지 말라고 위로하면서 자신의 운반병 한 명을 그에게 보냈다. 종츠빙은 감동하면서도 난처해하며 말했다.

"잉차오 동지, 당신은 어떻게 하시려고?"

"저는 부축을 받아 걸을 만합니다." 덩잉차오는 온화하게 웃으며 말했다.

폭탄을 맞아 많은 말들이 죽었고, 임시로 고용한 운반부들도 놀라 도망을 가버렸다. 덩잉차오와 동지들은 무거운 발걸음을 내딛어 어렵사리 숙영지로 향했다. 전방 산꼭대기에서 갑자기 깜박거리는 램프와 환한 불빛이 보이더니 큰 소리가 들려왔다.

"동지들! 마오 주석께서 당신들을 맞으러 사람을 보냈습니다."

마오쩌둥과 저우언라이는 숙영지에 도착한 후 요양연대가 폭격을 당하여 큰 손실을 입었다는 사실을 알고 서둘러 들것과 말을 보내 그들을 호송시켰던 것이다.

마오쩌둥과 저우언라이는 바로 요양연대의 동지들과 부상병을 위문했다. 저우언라이는 덩잉차오 곁으로 와 그녀의 손을 꼭 잡으며 말했다.

"잉차오, 많이 놀랐지요?"

덩잉차오는 머리를 흔들며 깊이 한숨을 내쉬었다.

"이번 손실이 너무도 큽니다. 모두 제가 부주의해서 일어난 일이예요. 휴식하는 데 동의하지 말았어야 했는데."

허우정이 곁에서 괴로워하며 말했다.

"저우 부주석, 제가 휴식을 취하도록 명령했습니다. 동지들에게 정말 죄송합니다." 그는 너무 고통스러워 말을 계속할 수가 없었다.

저우언라이는 아무도 예상치 못한 일이 발생한 것이기 때문에 누구도 책망할 수 없음을 알고, 바로 그를 격려하였다.

"허우정 동지, 괴로워하지 말아요. 이제 더욱 조심하면 됩니다. 하루 종일 힘들었는데 빨리 휴식을 취하도록 해요." 그는 다정하게 부인을 바라보았다. "잉차오, 당신도 빨리 쉬도록 해요." 이렇게 말하고 그는 돌아갔다. 그에게는 아직 더욱 신속히 처리해야 할 군사업무가 많이 있었다.

다음 날, 일행이 막 출발하려 할 때였다. 구위펑이 포대를 더듬어 보니 안에 보관해 둔 약간의 돈이 보이지 않았다. 아마도 어제 숲속에 숨을 때 잃어버린 것 같았다. 이 돈은 위생부가 덩잉차오에게 발급해준 것으로 위급한 상황이 발생하면 약품이나 음식물을 구매하기 위한 것이었다. 구위펑은 급히 보고했다.

"잉차오 동지, 잉차오 동지, 돈이 보이지 않습니다. 제가 다시 가 찾아야 할 것 같습니다."

덩잉차오는 그가 땀을 뻘뻘 흘리는 것을 보고 바로 말했다.

"구위펑 동지, 됐어요. 돈을 잃어버렸다면 잃은 것이지요. 돌아가 찾는 것은 너무 위험합니다. 우리들에게 사람이 있으면 모든 것을 지닌 겁니다. 빨리 앞으로 가도록 합시다."

이렇게 대오는 출발했다. 홍군은 귀저우 군벌 왕쟈례(王家烈)의 차단을 뚫고 츠슈이(赤水)하로 전진했다. 화먀오톈(花苗田)에 도달했을 때는 이미 홍군 간부단은 더욱 멀리 전진해 있었다. 간부요양연대 후방의 경호부대는 아직 따라오지 못했다. 하늘에서는 보슬비가 추적추적 내렸다. 요양연대가 둥근 모양의 산 정상을 막 지나고 있을 때였다. 갑자기 적군이 산 정상에서 밀려와 단번에 간부요양연대의 전면을 뚫고 들어왔다. 모두들 뿔뿔이 흩어져 막아낼 수가 없었다. 총소리가 나자 운반부들은 모두 이리저리 흩어졌고, 어떤 사람들은 들것을 버리고 도주하였다.

형세가 매우 급박하자, 동비우는 명령을 내렸다.

"우리는 모두 당원이다. 누구를 막론하고 명령에 따라 적에 대항하라!"

말을 타고 있고 덩잉차오가 먼저 호응하여 과감하게 건의했다.

"모두가 경호원을 연대장에게 보내고, 집중적으로 적을 저격합시다."

그녀는 우선 자기의 경호원 구위핑을 연대장 허우정에게 보내 그의 통일적 지휘를 받게 하였다. 그녀는 말에서 내려와 맨발에 병든 몸을 이끌고 앞으로 질주하였다. 다른 간부와 부상병들도 모두 경호원을 남겨놓고 리젠전이 이끄는 몇 명의 경호원과 함께 산 위에서 철수하였다.

허우정이 지휘하는 수십 명의 경호원과 적군은 격렬한 전투를 벌였다. 전투는 30분 동안 진행되었고, 그 사이 후방의 경비부대가 도착하여 적에게 화력을 집중시켰다. 리젠전은 즉시 부상병을 산골짜기로 호송하여 전장에서 안전하게 빠져나가게 하였다. 이번에 또 적의 급습을 받았지만 요양부대 전원은 무사했다.

연대장 허우정은 덩잉차오의 손을 꼭 잡고 감격해 하며 말했다.

"잉차오 다제, 천만 다행으로 당신의 과단성 있는 건의로 경호원을 한 곳에 집중시켜 적을 막아낼 수 있었습니다. 그렇지 않았다면 그 결과는 참혹했을 것입니다."

덩잉차오는 조용히 웃으며 말했다.

"저 역시 홍군의 전사입니다. 긴급한 상황에서는 전투를 승리로 이끌어야죠."

1935년 5월 중앙홍군은 다두(大渡)하(河) 판안순창(畔安順場)에 도착했다. 중앙군사위원회는, 일부 군대는 다두하 도하를 강행하고 홍군 본대는 루딩(瀘定)교로 우회하기로 결정하였다.

홍군본대를 따라 행군한 간부요양연대는 30여 리를 걸었다. 이때, 강 건너편에서 적의 사격이 시작되었다. 총알이 덩잉차오의 머리 위를 지나 그녀 뒤에 있던 웨이슈잉(危秀英)의 군모를 날려버렸다. 그럼에도 불구하고 덩잉차오는 침착함을 유지하여, 이동을 중지시키거나 행군의 빠른 속도를 바꾸지 않았다. 큰 비가 내려 산길은 험했지만 그녀는 말 위에서 하루 1백 수십 리의 길을 재촉해 숙영지에 도착했다. 하지만 그녀의 다리는 움직일 수 없을 정도가 되었다.

다음 날, 그녀는 행군을 계속했고 앞선 홍군은 이미 루딩 현수교를 이미 확보하였다. 다리 바닥은 이미 적들에 의해 파괴되어 홍군은 빠르게 목판을 깔았다. 덩잉차오는 급류가 소용돌이치는 모습과 검은 케이블이 빗속에서 섬뜩한 빛을 내뿜고 있는 것을 보았다. 운반병이 그녀를 들어 다리를 건너려 하였지만, 그녀는 결연히 못하게 막았다. 동비우, 셰줴차이, 쉬터리 동지 등과 함께 서로 격려하며 용감하게 다리를 건넜다. 이제 막 덮은 목판이 불안스럽게 흔들리자 덩잉차오의 몸과 마음도 함께 흔들렸다. 그녀의 두 눈은 뚫어져라 전방을 주시하며 다리 아래 포효하는 강물을 보지 않으려 애썼다. 강 건너편이 조금씩 가까워졌다. 다리 바닥이 매우 심하게 요동쳐 거의 그네처럼 흔들렸기 때문에 그녀는 제대로 서 있을 수도 없었다. 그녀는 다리 바닥에 무릎을 꿇고 앉아 엉금엉금 기어서 앞으로 갔다. 놀랄 만한 의지를 보이며 다두하를 건넜다.

덩잉차오는 장정대오를 따라 장(藏), 먀오(苗), 이(彝) 등 소수민족 지역으로 들어갔다. 적과의 전투는 그렇게 빈번히 발생하지 않았지만 식량 부족이 매우 중대한 위협으로 다가왔다. 이들 지구는 산악지역이었기 때문에 본래 식량이 충분치 않았다. 국민당과 지방군벌은 오랫동안 소수민족을 수탈해 왔다. 이 때문에 그들은 한족, 특히 한족 군인에 대해 깊은 원한을 갖고 있었다. 뿐만 아니라 국민당과 토착 지도자들은 홍군을 모함하는 유언비어를 퍼뜨렸다. 따라서 홍군이 도착하기도 전에 거의 모든 집들이 불에 타 없어졌으며, 심지어 밥 짓는 솥이나 쌀 찧는 절구통마저 가져가 버렸다. 요양연대가 숙영지에 도착한 뒤 리젠전은 일부 간부와 병사를 데리고 사방으로 식량을 찾아 돌아다녔지만 보이는 것은 단지 빈 집뿐이었고, 다만 약간의 산토란과 곡식을 찾았을 뿐이었다. 병약한 덩잉차오는 연일 계속된 행군으로 극히 피로했다. 리젠전 등이 힘들게 찾아 온 얼마 안 되는 기장을 보고 매우 아쉬웠다. 그녀는 허약한 몸을 이끌고 다른 사람들과 함께 벽돌로 기장을 빻아 죽을 만들었다. 비록 배는 부르지 않았지만 유달리 향기롭고 달았다.

부대가 마올가이(毛兒蓋)에 도착했을 때도 먹을 것은 아무 것도 찾을 수 없었다. 홍군은 밭에서 아직 여물지 않은 쌀보리를 베어가면서 간단한 글을 남겨 용서를 빌었다. 쌀보리는 그 껍질을 벗길 도구가 없었기 때문에 그저 불로 그을린 다음 두 손으로 껍질을 깠다. 덩잉차오 또한 다른 이들처럼 손으로 보리껍질을 까다가 손바닥이 껍질에 찔려 피가 흘렀다. 리젠전은 재빨리 그녀를 말렸지만, 그녀는 웃으며 말했다.

"걱정하지 말아요. 이 정도의 고통은 아무 것도 아닙니다." 그녀는 많은 동지의 손바닥에서 피가 흐르는 것을 보며 흥겹게 동비우에게 말했다.

"동 동지, '소반 위의 음식, 하나하나 고통의 산물인줄 누가 알까'라는 옛 시구를 기억하나요. 우리는 이렇게 바꿔야 할 것 같아요. '소반 위의 음식, 하나하나 선혈이 더해졌음을 누가 알까.'"

동비우는 웃으며 말했다.

"잉차오, 그렇게 시구를 바꾸니 좋군요. 이렇게 오늘 우리가 겪은 수많은 고생은 모두 뒷사람들이 고생도 하지 않고 억압과 수탈도 받지 않는 신세계를 건립하기 위함입니다."

웃는 사이에도 덩잉차오는 동비우와 함께 동지들에게 쉽고도 생동감 넘치는 정치교육을 시킨 셈이 되었다. 모두 보리껍질을 까느라고 손이 아프고 피도 흘렸지만 신명나게 그 일을 했다. 까맣게 탄 쌀보리를 먹고 모두 입 주위가 까맣게 변해 마치 수염을 기른 듯했다. 서로를 처다보며 웃었다. 쌀보리는 소화에 좋지 않아 덩잉차오는 바로 설사를 하였는데 배설물에는 쌀보리 알이 그대로 남아 있었다.

1935년 6월 덩잉차오는 간부요양연대 동지들과 함께 중앙홍군총본부를 따라 유명한 설산 쟈진(夾金)산 아래에 당도하였다. 이 산은 해발 4천여 미터로 정상까지는 70리 길을 올라가야 했다. 그들은 산기슭에서 하룻밤을 보냈다. 당시는 6월의 뜨거운 여름이었다. 덩잉차오와 홍군 전사는 모두 홑옷만 입고 있었다. 그녀는 설산 꼭대기를 덮고 있는 하얀 눈을 바라봤지만 단지 고추물만으로 추위에 대비할 수밖에 없었다.

다음날 덩잉차오는 노새를 타고 산에 올랐다. 구위핑이 그녀를 바짝 붙어 따라왔다. 처음엔 산세가 그다지 가파르지 않아 산을 오르는 데에 큰 힘이 들지 않았다. 오히려 덩잉차오는 쟈진산의 기이한 풍광을 감상하기까지 하였다. 그녀는 산기슭 아래로 이글거리는 한여름의 햇살과 빽빽하게 펼쳐져 있는 푸른 나무를 보았다. 산허리의 중간쯤 도달했을 때는 기이한 화초가 가득하여 백화가 만개한 봄 같았다. 다시 올라가니 갑자기 소슬 바람이 불더니 나뭇잎이 노랗게 변해 있어 느닷없이 만추 속으로 들어온 듯 했다. 다시 오르니 짙은 회색빛 하늘에 찬 구름이 가득하고 갑자기 세찬 바람과 큰 눈이 휘몰아쳐 마치 엄동설한이 닥친 것 같았다. 기온은 점점 더 떨어졌고, 산소는 매우 희박해져 갔다. 노새의 발굽은 눈 위에서 계속 미끄러졌고 덩잉차오는 호흡마저 곤란해짐을 느꼈다. 그녀는 몸을 돌려 소리쳤다.

"구위핑 동지, 빨리 따라와요. 낙오하면 안 됩니다. 힘들면 노새의 꼬리를 잡고 이를 악물고 따라 붙어요."

구위핑은 과연 노새의 꼬리를 잡고 한 걸음 한 걸음 산을 올랐다. 바람과 눈이 세차게 몰아쳐 눈을 뜰 수 없을 정도였으며 노새를 잡을 힘조차 없었다. 그는 눈 위에 엉거주춤 주저앉았다.

덩잉차오는 고삐를 힘껏 잡고 고개를 돌려 급히 소리쳤다.

"구위핑, 구위핑, 어찌 된 일이예요?"

"잉차오 동지, 저는 안 될 것 같습니다." 구위핑은 앉아 헐떡거렸다.

덩잉차오는 재빨리 노새에서 내려 구위핑 곁으로 달려갔다.

"겁먹지 말아요. 당신 배낭 안에 약이 있잖아요? 몇 알 먹으면 좋아질 것입니다."

구위핑이 짊어진 배낭을 뒤져보니 그 안에는 덩잉차오가 준비한 약이 있었다. 그는 머리를 흔들며 힘들게 말했다.

"잉차오 동지, 이것은 의사가 당신을 위해 준비한 약이 아닙니까?"

덩잉차오는 기침을 하며 말했다.

"구위핑, 빨리 먹어요 왜 주저합니까? 이 설산에서는 결코 멈춰서는 안 됩니다. 설산만 넘으면 바로 승리입니다. 빨리 약을 먹도록 해요."

구위핑은 덩잉차오의 이처럼 친절하고 또 힘 있는 말에 혼신의 힘을 다해 약 두 알을 꺼내 먹었다. 덩잉차오는 가지고 온 고추물을 그에게 먹였다. 구위핑은 비틀거리며 몸을 일으켜 세웠다. 덩잉차오는 또한 그에게 노새의 꼬리를 잡게 하고 한 걸음씩 힘들지만 산을 오르게 하였다. 구위핑은 길에서 몇몇 전사와 짐꾼들이 앉아 쉬다 다시는 일어나지 못하고 영원히 눈 속에 몸이 파묻혀 죽는 것을 보고는 흐르는 눈물을 주체할 수 없었다.

그들은 산을 내려와 숙영지에 도착했다. 구위핑은 울면서 말했다.

"잉차오 동지. 오늘 당신 덕분에 목숨을 구할 수 있었습니다!"

덩잉차오는 온화하게 웃으며 말했다.

"구위핑 동지, 무슨 말씀을요! 여기까지 오는 동안 당신은 늘 나를 돌봐주지 않았나요?"

홍군이 마을가이에 도착했을 때 저우언라이는 병에 걸리고 말았다.

준이회의 후 그는 군사상 최후 결정자였기 때문에 특별히 긴장되고 분주한 하루하루를 보내야 했다. 그는 낮에는 부대와 함께 행군을 했다. 밤에는 다른 사람들이 잘 때, 통신부대에서 수합한 각 군단의 전보를 바탕으로 지도 위에 행군노선을 표시하고 행동 방안을 마련하여 마오쩌둥과 함께 연구하고 방법과 정책을 결정해야 했다. 그런 다음 그는 곧장 명령 사항을 작성하였는데 다 마치고 나면 이미 한밤이 지나 있었다. 또한 돌발 상황이 발생하면 언제나 바로 일어나야 했다. 생활 또한 매우 힘들었다. 마올가이에 도착한 후에는 식량이 모자라 그는 다른 사람들처럼 쌀보리와 야채만을 먹어야 했다. 중앙홍군이 홍4군 방면군(方面軍)[89]과 합류한 이후 장궈타오(張國燾)[90]와 투쟁을 하였는데 매우 힘들었다. 그의 몸은 마침내 지탱할 수 없는 지경에 이르게 되었다.

저우언라이의 병세는 매우 심각했다. 며칠 동안 계속 고열에 시달렸고 식사도 할 수 없었으며 간은 부어올랐다. 덩잉차오는 급히 그를 찾았다. 그는 혼수상태인 채로 피부는 누렇게 떠서 나무 침상 위에 누워 있었다. 아무리 강인한 성격의 소유자인 덩잉차오라도 슬퍼서 울지 않을 수 없었다. 그녀는 억지로 참으면서 냉정하게 왕빈(王斌), 리즈(李治) 등 두 의사의 진단 결과를 들었다.

의사의 확진은 병균 때문에 곪아 생긴 아메바성 간농양(肝膿瘍, amebic liver abscess)으로 속히 고름을 빼내야 된다고 했다. 그러나 당시 조건에서는 소독을 할 수 없었기 때문에 칼로 수술을 하거나 찔러서 농을 빼낼 수가 없었다. 의사는 단지 병사에게 60리 밖에 있는 설산에서 얼음을 가져 오게 하여 간 부위를 차갑게 찜질을 하여 염증이 더 이상 발전하지 못하게 막는 한편 고름이 몸 밖으로 배출되기만을 기다릴 뿐이었다.

3일 밤낮을 저우언라이는 혼수상태에 빠졌고 덩잉차오는 계속 그 옆을 지켰다.

한 밤중에도 덩잉차오는 땅바닥에 짚단을 깔고 옷을 입은 채 쉴 뿐이었다. 그녀가 어떻게 편히 잘 수 있겠는가? 그녀는 저우언라이가 벗어 놓은 회색 털조끼를 들고 등잔불 밑에서 보니 그 속에 이가 가득했다.

---

[89] 역주: 어느 한 방면의 작전 임무를 맡은 군대의 최고 높은 편성 조직으로 연대 이상의 부대와 군을 관할함.

[90] 역주: 1897-1979. 1920년대말과 1930년대의 중국공산당 지도자 가운데 한 사람. 1935년 공산당 지도권을 놓고 마오쩌둥과 잠시 경쟁한 뒤 실각했고, 1938년 중국국민당으로 전향했다.

그녀는 한 마리씩 찾아 눌러 죽이고 죽였는데 모두 173마리나 되었다. 이에서 나온 피가 그녀의 두 손톱을 빨갛게 물들였다. 이 피는 모두 언라이의 선혈이었다!

날이 밝았다. 마오쩌둥이 찾아와 덩잉차오에게 저우언라이의 상태에 대해 물었다.

"언라이 동지의 상태가 어떻습니까?"

덩잉차오는 조용히 대답했다.

"의사는 얼음찜질이 유일한 방법이라고 합니다. 언라이의 간 부위에 이미 얼음찜질을 했습니다."

마오쩌둥은 덩잉차오의 퀭한 눈을 보며 관심 있게 말했다.

"잉차오 동지, 당신도 몸을 잘 돌보도록 하세요."

"주석 동지의 관심에 감사드립니다. 저는 감당할 수 있습니다." 덩잉차오는 감격해 하며 말했다.

국부 얼음찜질에 의지하여 저우언라이는 점차 정신을 차렸지만 복통 때문에 신음을 계속하였다. 덩잉차오와 의사는 그를 부축하여 반 그릇이나 되는 누런 고름을 뽑아냈다. 고열도 천천히 가라 않았다. 그는 마침내 완전히 깨어나, 눈을 떠보니 덩잉차오가 앞에 있었다. 그는 놀라 묻지 않을 수 없었다.

"잉차오, 어쩐 일로 여기에 있어요?"

덩잉차오는 그가 깨어난 것을 보고 기분이 좋아 입을 삐죽거리며 웃었다.

"제가 당신 곁에 온 지 벌써 삼일이 지났습니다. 당신은 3일 밤낮 혼수상태였고 간농양에 걸렸었습니다. 다행히 두 분의 의사가 세심하게 치료도 하고 얼음찜질을 하며 고름을 빼내 깨어날 수 있었던 겁니다."

말이 끝나자 마오쩌둥이 마침 안으로 들어왔다. 그는 저우언라이가 깨어난 것을 보고 기뻐서 그의 손을 잡고 크게 웃었다.

"언라이 동지, 당신이 병들어 누워 있는 동안 잉차오 동지가 곁에서 정성껏 간호했습니다. 그녀에게 감사해야 합니다.”

저우언라이는 애정 어린 눈으로 잉차오를 바라보았다. 3일 밤낮을 자지 못했기 때문에 원래 창백한 얼굴이 더욱 수척해졌고, 눈은 쑥 들어가 있었다. 그는 그녀를 불쌍히 여기며 한숨을 내쉬었다. 덩잉차오는 빨리 말했다.

“제게 무슨 공이 있나요. 모두 이 두 분의 의사께서 치료를 잘한 결과입니다.”

덩잉차오는 후에 의학서적을 보니 간농양의 사망률이 매우 높다고 나와 있었다. 단지 극소수의 환자만이 간화농(肝化膿) 부위와 종기가 접촉한 부분에 구멍을 뚫어 고름을 양도(瘍道)를 따라 체외로 배출시킴으로써 비로소 치료될 수 있었다. 저우언라이는 살 가능성이 매우 희박한 병에 걸렸던 것이었다. 얼마나 다행이었는지 덩잉차오는 돌이켜 생각하면 겁이 났다.

홍군은 초원지대를 지나갔다. 저우언라이는 처음엔 들것에 실려 이동하지 않았지만 이제 병에 걸려 혼자 걸을 수 없게 되었다. 천경과 양리싼(楊立三)이 들것으로 그를 실어 날랐다. 덩잉차오는 말을 타고 그 뒤를 따랐다. 초원은 늪지대 곳곳에 널려 있었으며 인적은 끊어지고 새나 짐승도 자취를 감춰 보이지 않았다. 도처에 무성한 들풀과 늪이 널려 있었고 썩은 악취를 내뿜는 검고 탁한 물이 가득했다. 날씨는 변화무쌍해서 사방에서 광풍이 불다가도 폭우가 쏟아졌고, 눈보라가 휘몰아치는가 하면 우박이 머리와 얼굴을 때렸다. 사람과 말은 조금이라도 부주의하면 늪에 빠져 그 속에서 발을 빼기가 힘들었고 심지어 빠져 죽기도 했다.

초지에 들어온 그 날, 하늘엔 큰 비가 내렸고 천둥과 번개가 번갈아 내리쳤다. 덩잉차오가 탄 말이 놀라 대오에서 이탈했고 바로 늪에 빠져버렸다. 그녀는 말 위에서 내동댕이쳐져 두 다리가 늪 속에 빠지고 말았다. 그녀는 옴짝달싹할 수가 없었다. 움직일수록 더 깊이 빠져들었다. 앞에 있던 일행은 이미 멀어져가 불러도 아무런 반응이 없었다. 뒤의 행렬

도 아직 도착하지 않았다. 이때 다년간의 혁명투쟁에서 터득한, 위급 상
황에도 동요하지 않고 놀라지 않는 침착함과 냉정함 덕분에 어렵사리
그녀는 몸을 지탱할 수 있었다. 그녀는 이렇게 조심스럽게 늪 가운데 우
뚝 서 있었다. 한참을 지나, 뒤에 따라오던 동지들이 도착하였다. 그들은
덩잉차오를 보자 서둘러 그녀를 조심스럽게 그리고 천천히 끌어냈다. 그
녀가 탔던 말은 이미 늪에 빠져 죽었다. 하늘에선 여전히 비가 내리고
있었다. 덩잉차오의 온몸은 빗물과 진흙으로 뒤범벅이었다. 다음날 그녀
는 고열과 설사에 시달렸다. 저우언라이 역시 고열이 났다. 의사에게는
해열제가 한 명분만 남아 있을 뿐이었다. 그는 그것을 저우언라이에게
주사했다. 덩잉차오는 강인한 의지로써 극복해 나갔다.

초지로 들어온 지 3일 째 되는 날, 홍군은 넓이 40여 미터, 깊이 1 미
터가 넘는 허우(後)하를 만났다. 막 퍼붓기 시작한 폭우로 허우하는 갑자
기 불어나 포효하며 소용돌이치면서 급류를 이루었다. 고열에서 막 회복
한 덩잉차오 역시 강가에 도착하였다. 그녀는 숨을 몰아쉬며 "강이 얼마
나 깊은가요?" 하고 물었다.

동지들은 대답했다. "긴장하지 마세요. 건널 수 있습니다."

덩잉차오는 관심 있게 당부했다.

"모두들 손을 서로 잡아당기고, 바짓가랑이를 높이 걸어 올리세요 반
드시 조심해야 합니다."

물살은 매우 세차게 흘렀고 강바닥에 쌓인 진흙에 다리가 빠졌다. 앞
서 강물에 들어간 동지가 물살에 휘청거렸다. 쟝시에서 출발할 때부터
계속 덩잉차오를 들고 왔던 운반병이 물속으로 뛰어들자마자 바로 물에
휩쓸려 사라져 버렸다. 덩잉차오는 상심하여 눈물을 흘렸다.

마오쩌둥, 저우언라이도 강가에 도착하였다. 그들은 모두에게 대님을
풀어 서로 연결시키게 하고, 먼저 사람을 보내 그것을 끌고 강을 건너가
강 건너의 나무와 돌에 묶도록 하였다. 이후 모든 사람은 밧줄에 의지해
강을 건널 수 있었다.

마오쩌동, 저우언라이는 홍군지휘부 대원들과 함께 강을 건넜다. 간부 요양연대의 동지들은 신체가 허약하여 밧줄을 붙잡아도 흐르는 물의 충격에 버티기 힘들었다. 경호부대의 젊은 동지들이 물속으로 뛰어 들어가 격류 가운데 서서 엄청난 기세의 물을 몸으로 막아 부상대원과 늙은 동지들이 안전하게 강을 건널 수 있도록 도왔다.

고열에서 막 벗어난 덩잉차오와 부상 정도가 매우 심한 허쯔전은 어떻게 강을 건널 수 있을까? 전사들은 들것에 그녀들을 눕게 하고 양쪽에서 그것을 들고 강을 건너려 하였다. 그러나 두 다제는 전사에게 부담을 주기 싫어 의연하게 들것에서 내려와 뼈에 사무칠 정도로 차가운 강물 속으로 뛰어 들었다. 그녀들은 이를 악물고 전사의 어깨를 부여잡고 비틀거리며 강을 건넜다.

초지를 건너는 데 꼬박 7일 밤낮이 걸렸다. 그동안 덩잉차오는 쌀 한 톨도 먹지 못했다. 마지막 날, 그녀는 마침내 장(藏)족 사람들이 방목할 때 소나 양의 배설물을 모아 두는 작은 집을 발견했다. 그녀는 정말 들어가 휴식을 취하고 싶었으나 대오에서 낙오할 것이 걱정되었다. 그녀는 가까스로 잠깐 말을 몰다, 다시 잠시 쉬고는 이내 다시 말을 타고 갔다. 하지만 여전히 대대의 후방에 뒤처져 있었다.

그녀는 마침내 초지를 벗어났다. 초지의 마지막 지점이 바시(巴西)였다. 거기에는 주민과 가옥이 있었다. 덩잉차오는 집을 보자 정말 흥분되었다. 그곳의 가옥은 이층으로 되어 있었는데, 이층엔 사람이 거주하고 아래층은 가축우리로 사용하고 있었다. 그녀는 극도로 피로해진 몸을 힘겹게 이끌고 집으로 들어가 가축의 배설물이 가득한 바닥에 엎어져 버렸다. 이층으로 올라갈 기력도 없었다. 그녀는 땅바닥에 누운 채 두 시간여를 지나서야 겨우 이층으로 올라갈 힘이 생겼다. 이때 줄곧 홍군총정치부에서 활동을 해온 차이창이 서둘러 그녀를 찾아왔다가 그녀의 이런 모습을 보고는 울음을 참을 수 없었다. 그녀는 덩잉차오가 평소 30% 정도의 기력만 보였기 때문에 아마 살기 힘들 것이라고 여겼다.

그러나 덩잉차오는 강인한 의지와 혁명적 낙관주의 정신에 의지하여
2만 5천리의 장정에서 맞이한 각종 어려움과 곤란을 이겨냈고, 병마를
물리치며 홍군의 승리와 함께 산시(陝西) 북쪽에 도착했다. 중앙홍군 30
명의 여전사들도 기적적으로 산시 북부에 안전하게 도착하였다.

여성홍군 30명은 함께 둘러 앉아 하나하나 기억을 더듬어 보았다. 그
녀들은 1934년 10월 출발하여 쟝시, 푸젠, 광동, 후난, 광시, 귀저우, 쓰
촨, 윈난, 시캉(西康), 간쑤(甘肅), 산시 등 11개 성을 지나, 1935년 10월 산
시 북부에 도착하였다. 일 년이 걸린 행군이었고, 거리는 장장 2만 5천리
에 달하였다. 덩잉차오는 웃으며 말하였다. "동지들 우리 노동자·농민
홍군은 인류의 역사에 남을 기적을 창조했습니다. 후대 사람들은 우리를
자랑스럽게 여기며 마음속에 영원히 기억할 것입니다."

37. 반성원(反省院)에서 이루어진 어머니의 투쟁

1935년 11월 중앙홍군은 승리하여 와야오바오(瓦窯堡)에 도착했다. 덩
잉차오의 몸은 매우 허약한 상태였지만, 그녀는 열정적으로 공작에 투신
하여 중앙 주요부서의 과장, 중앙백구(白區)공작부 비서, 소비에트정부
서북사무소 사법내정부(司法內政部) 비서 등을 맡았다.

1936년 여름, 그녀는 당중앙을 따라 바오안(保安)현에 도착하였다. 오
래지 않아 그녀의 기침은 재발했고 발열 증상도 나타났다. 쏭칭링이 소
개하여 산시 북부에서 온 의사 마하이더(馬海德)[91]는 그녀의 검진 결과 폐

---

91 역주: 원명은 George Hatem(1910-1988). 미국 뉴욕 태생. 1933년 상하이에서 개업하
  였고 1936년 쏭칭링의 소개로 에드가 스노우와 함께 산시 소비에트로 들어왔고 1937
  년 중국공산당에 가입하였다. 1938년 쏭칭링이 홍콩에서 창립한 중국보위동맹에 옌

병이 재발했다고 확진하였다. 마하이더는 공작을 중단하고 하루 종일 쉴 것을 권하였다. 소비에트에는 의약품이 부족했다. 마하이더는 그녀에게 매일 집 밖 침대에서 두 시간씩 자연의 맑은 공기와 햇빛을 이용하여 치료하도록 권했다.

덩잉차오는 흔쾌히 동의하였다. 다만 가난한 바오안 주민은 모두 동굴 속의 온돌에서 거주하였기 때문에 나무침대는커녕 누울 만한 긴 의자조차도 구할 수 없었다. 덩잉차오는 한 방법을 생각해냈다. 그녀는 경호원에게 동굴의 문짝을 뜯어 한 쪽에는 긴 의자를, 다른 쪽에는 낮은 의자를 고정하여 경사진 '나무 침상'을 만들게 하였다. 그녀는 이렇게 만든 아주 단단한 '나무 침상'에 누워 요양하였다.

덩잉차오는 매일 집밖에서 2시간 동안 누워 있었다. 황토고원의 풍광은 단조로웠지만, 건조한 공기는 그녀의 폐병 치료에 많은 도움을 주었다. 그녀는 '나무 침상'에서 하늘의 구름이 변하는 것을 감상하면서 자신의 마음을 안정시키려고 애썼다. 1개월이 채 지나지 않아 그녀의 체온은 정상으로 돌아왔고, 다시 활동할 수 있게 되었다.

비록 홍군의 생활은 매우 힘들었지만, 문화 오락 활동은 매우 활발하여 간부와 전사들은 항상 함께 친목회를 개최하였다. 회의에서, 마오쩌둥과 저우언라이는 항상 잉차오의 이름을 불러 앞에 나가 노래를 부르게 하였다. 그때 녜얼(聶耳)이 작곡한 「졸업가」, 「대로가(大路歌)」, 「의용군행진곡」, 「신여성」과 런광(任光)이 작곡한 「어광곡(漁光曲)」 등 진보적인 노래가 이미 산시 북부로 전파되었는데, 덩잉차오는 매우 빨리 그 노래들을 배웠다. 그녀는 대범하게 일어나 박력 있는 「의용군행진곡」을 불렀다. 홍군전사는 열렬히 박수로 환호하며 "한 곡 더!"를 요청하였다. 그녀 또한 신이 나 모두의 요구에 응하였다. 다시 애절한 「어광곡」을 부른 뒤 격정적인 「졸업가」를 연이어 불렀다.[92]

안대표로 참가하였다.
[92] 필자가 퉁샤오펑(童小鵬)을 방문했을 때, 그는 덩잉차오가 산시 북부에 도착한 이후

1936년 9월 30일은 홍군이 장정을 떠나 산시 북부에 도착한 이후 첫 번째 맞는 중추절이었다. "매번 명절을 맞이할 때 일가친척을 더욱 그리게 되는 법이었다." 홍군전사들은 거의 2년 동안이나 떨어져 남방 혁명 근거지에 남아 투쟁을 계속하고 있는 홍군유격대와 인민대중, 그리고 몇 년 동안 보지 못한 부모 형제자매를 몹시 그리워하였다. 중앙기밀부서에서 임무를 수행하고 있던 젊은 퉁샤오펑(童小鵬)과 예쯔룽(葉子龍)도 예외는 아니었다.

그들은 밝은 달을 바라보며 마음속 깊이 고향에 대한 그리움에 사로잡혀 있었다. 그러다 갑자기 덩잉차오가 보내 준 두 개의 월병을 받아들었다. 거기에는 매우 재미있는 다음과 같은 구절의 쪽지가 붙어 있었다. "두 개의 월병을 하나는 동생에게(예쯔룽을 가리킨다), 다른 하나는 '여동생'(퉁샤오펑)에게 보냅니다." 퉁샤오펑은 항상 연극에 출연했는데, 홍군 가운데에는 여성 배우가 적어 그가 늘 처녀 역을 담당했다. 그래서 덩잉차오는 쪽지에서 우스갯소리로 그를 '여동생'이라 불렀던 것이다. 월병은 사실 취사반원이 지휘관을 위해 밀가루를 구워 만든 것으로 속에 설탕도 들어 있지 않았다. 당시 매일 잡곡을 먹는 상황에서 밀가루로 만든 월병을 먹을 수 있다는 것은 사치였다. 두 개의 월병은 덩잉차오가 저우언라이의 배식 가운데서 '절약'하여 마련한 것이었다. 퉁샤오펑과 예쯔룽은 중추절 밤에 잉차오 다졔가 특별히 보내 준, 정이 듬뿍 담긴 두개의 '월병'을 먹으며 그녀가 보여준 관심과 사랑에 대해 매우 감격했다.

1936년 12월 12일, 애국장군 장쉐량(張學良)과 양후청(楊虎城)은 세계를 놀라게 한 시안(西安)사변을 일으켜 쟝졔스를 체포하였다. 그 소식이 바오안으로 전해지자 홍군지휘부는 미친 듯이 좋아했다.

덩잉차오도 다른 사람들과 똑같이 신이 나 뜰 안을 뛰어다니며 동지들과 함께 노래하고 춤을 추었다. 그녀는 많은 동지들과 마찬가지로, 당

상황에 대해 소개하였다.

중앙이 틀림없이 그를 죽여 수많은 희생 열사들을 대신해 복수하고 중국혁명의 최대 걸림돌을 제거하자고 주장하리라 믿었다. 그녀는 기밀부서에서 장쉐량의 비밀전문을 받았다. "귀하들은 어떠한 의견을 갖고 있습니까? 속히 답신 바랍니다." 그날 바로 마오쩌둥과 저우언라이는 장쉐량에게 답장했다. "언라이가 귀하 쪽으로 가 전반에 대해 협상할 것입니다. 답신 바랍니다."

당시 당중앙총책임을 맡고 있던 장원톈(張聞天)이 거주하는 동굴에서 3일 연속 당중앙정치국 회의가 긴장 속에서 개최되었다. 저우언라이는 입을 굳게 다물었고, 덩잉차오도 당의 기율을 엄수하여 그에게 논의 결과에 대해 묻지 않았다. 저우언라이의 얼굴에서도 그녀는 당중앙의 결정을 짐작할 수 없었다. 도대체 장제스를 죽일 것인가 살릴 것인가? 덩잉차오는 당연히 죽여야 한다고 생각했다!

3일 후 저우언라이는 총총히 동굴로 돌아와 경호원에게 여장을 준비하라고 시켰다. 덩잉차오는 단 한 마디 질문만 했을 뿐이었다.

"언라이, 출장을 떠나세요?"

저우언라이는 간단하게 대답했다.

"중앙은 나에게 시안으로 가라고 결정했습니다."

그런 뒤 저우언라이는 재빨리 사라졌다. 며칠 후 덩잉차오는 정식으로 전달된 소식을 접했다. 저우언라이가 시안에 도착하여 장쉐량, 양후청과 회담한 후 중앙에 전보를 보내 왔는데, 그에 따르면 중앙은 시안사변을 평화적으로 해결하기를 원해 장제스를 죽이지 않고 대신 그에게 내전을 종식시켜 함께 일본에 저항하도록 종용하기로 결정했다는 것이었다.

덩잉차오는 그 내용을 듣고 놀랐다. 왜 그를 놔줘야 하는가?

"호랑이를 잡기는 쉬워도 놓아 주기는 어려운 법이거늘" 만약 그를 풀어준다면 중국혁명에는 어떤 결과를 초래할까?

마오쩌둥의 설명을 듣고 덩잉차오는 조금씩 이해할 수 있게 되었다.

당중앙의 결정은 국가와 민족이라는 대국적 견지에서 출발한 것이었다. 당시 일본제국주의는 동북지방을 침탈한 후 다시 점점 화북으로 전진하고 있었다. 시안사변으로 만약 쟝졔스가 죽는다면 국민당 친일파 우두머리인 군정부장 허잉침(何應欽)이 군대의 지휘권을 장악한 뒤 대군을 이동시켜 시안으로 진공할 것이고, 그렇게 되면 대규모의 내전이 일어날 것이다. 이는 곧 일본제국주의에게 중국을 침략할 크나큰 기회를 주게 될 것이다. 당시 민족 모순이 주요 모순으로 등장하였기 때문에 당중앙은 저우언라이를 시안에 파견해 장쉐량, 양후청과 회담한 후 쟝졔스를 석방하고 그에게 내전 종식과 더불어 일치단결하여 일본에 대항하자는 주장을 받아들이도록 종용하였던 것이다. 대국적 견지에서 볼 때 항일을 위한 전국적 일치단결이 유리하였다.

그 며칠 동안 덩잉차오는 초조하게 저우언라이의 소식을 기다렸다. 장쉐량, 양후청이 비록 홍군에 대해 우호적이었지만, 시안은 틀림없이 국민당의 통제구역이었기 때문에 주변 환경은 위험했고 정치적으로도 격변의 시기였다. 그러면서도 그녀는 저우언라이가 당중앙이 그에게 맡긴 중차대한 정치사명을 확실하게 완성할 수 있을 것으로 믿었다.

시안사변은 마침내 평화적으로 해결됐다. 덩잉차오는 안심을 하였지만 또 다른 걱정이 그녀의 마음속을 매우 아프게 파고들었다. 국민당의 신문 지상을 통해 어머니가 체포되었다는 사실을 그녀는 알게 된 것이다. 그녀는 너무 놀랐고 너무도 슬펐다. 그녀가 어머니와 쟝시에서 헤어진 지 이미 2년이 지났다. 그녀가 헤어질 무렵 들것 위에서 바라 봤던, 문에 기대어 선 어머니의 수척한 모습과 애정과 걱정이 가득했던 그녀의 눈동자를 잊을 수가 없었다. 그녀는 이미 어머니와 여러 차례 헤어진 적이 있었지만, 이번의 상황은 특히 위험했고 어쩌면 영원히 이별할 지도 몰랐다. 홍군의 주력이 철수하면서 남겨진 동지들은 체포되거나 희생될 가능성이 매우 높았다. 그녀는 이미 신문을 통해 취츄바이 동지가 푸젠 팅저우(汀州)에서 살해당했다는 소식을 접했다. 그녀와 저우언라이는 이 소식을 접하고 매우 고통스러워했고 또 분노했다. 이제 어머니마저 체포된 것이다. 그녀는 어디에 잡혀 있을까? 국민당 반동파는 어머니에게 위해를 가할 것인가? 그녀는 더 이상 생각하고 싶지 않았다.

시안사변 후 국민당 통치구의 일부 동지들이 옌안(延安)으로 왔다. 그들을 통해 덩잉차오는 어머니가 동지들과 함께 쟝시 쥬쟝(九江)의 반성원에 갇혀 있다는 소식을 들었다. 덩잉차오는 옌안의 바오타(寶塔)산에 올라가 먼 남쪽 하늘을 바라보며 사랑하는 어머니를 너무도 고통스런 마음으로 애타게 그리워하였다. 어머니 양전더 역시 쟝시 쥬쟝 반성원에서 사랑하는 딸과 사위를 너무도 고통스럽게 그리고 있었다.[93]

1934년 10월 그녀는 딸과 헤어진 후 홍군 병원 원장 푸롄쟝의 부인 류쓰푸의 집에 도착했다. 류쓰푸는 그녀에게 아주 친절하게 대해 주었다. 그러나 상황은 하루하루가 다르게 더욱 긴장되어 갔다. 그녀가 류쓰푸의 집에 머문 지 10여 일이 지나서 홍군유격대는 그녀를 쓰두(四都)로 데려가기로 하였다. 하지만 그녀는 유격대를 따라 이동하다 체포되고 말았다. 당시 쟝시 포위공격사령관 구주퉁(顧祝同)은 포로 가운데 저우언라의 장모가 있다며 사령부로 압송하라고 명령하였다.

양전더는 체포된 후 난창(南昌)으로 보내졌고 이윽고 정치범 전용 수용소인 쟝시 반성원으로 압송되었다. 반성원의 책임자가 물었다.

"당신은 그 유명한 저우언라이의 장모이며 덩잉차오의 어머니입니까?"

양전더는 태연하게 대답했다.

"맞습니다. 당신은 잘 알고 있으면서 왜 묻습니까?"

"당신은 공산당원입니까?" 적은 교활하게 물었다.

"나는 딸과 사위의 공작을 지지합니다. 하지만 애석하게도 나이가 너무 많아 사상 인식과 각오에 있어 공산당원이 되기에 부족합니다."

---

93   어머니에 대한 덩잉차오의 이야기는 차오웨이(趙煒)·진뤼잉(金瑞英), 『一位平凡而偉大的女性』 참조.

"홍군에 가입했나요?" 적은 다시 흉악하게 물었다.

양전더는 더욱 태연하게 대답했다.

"나는 소비에트 홍군 병원의 의사였습니다. 그 때문에 당신이 내가 홍군이라 한다면 맞겠지요."

"당신은 알고 있습니까? 쟝시에서 출발한 10만 홍군이 모두 쟝 위원장이 지휘하는 국민당군대에 전멸 당했고, 당신의 사위와 딸도 이미 이세상 사람이 아니라는 사실을. 그러니 빨리 반성문을 쓰면 바로 풀어 주겠소."

언라이와 잉차오가 죽었다는 얘기를 듣고 양전더는 머리가 멍해지면서 거의 기절할 뻔 했다. 그러나 강인한 어머니는 바로 진정하였다. 적이 습관적으로 유언비어를 만들어내기 때문에 절대 속임수에 빠져서는 안 된다고 생각하면서 침착하게 말했다.

"나는 그 어떤 것도 반성할 게 없으니 반성문을 쓰지 않겠습니다. 내가 한 일은 모두 내가 응당 해야 한다고 생각한 것인데, 뭐 때문에 반성을 해야 합니까?" 양전더는 매우 침착하게 대답하며 혁명가로서의 지조를 지켰다.

적들은 다시 교묘한 수법 하나를 생각해냈다. "그렇다면 당신의 딸과 사위에게 편지를 쓰도록 하세요. 그들에게 다시는 공산당 활동을 하지 말라고 권고하세요."

양전더는 이 말을 듣고 웃을 뻔하였다. 그러면서 그녀는 속으로 '과연 적들은 방금 유언비어를 만들었던 것이야, 언라이와 잉차오에게는 아무 문제가 없어' 하고 생각했다. 그래서 그녀는 "당신은 방금 그들이 죽었다고 하지 않았나요?"라고 쏘아붙이고 싶은 것이 본마음이었지만, 한편으로 그렇게 말해 무슨 소용이 있을까 생각하면서 담담하게 이렇게 말했다.

"요즘 세상에 부모라고 자식의 일에 어떻게 다 간섭할 수 있겠어요? 쟝 위원장의 아들은 일찍 소련에 갔었다지요. 듣건대, 그가 소련에서 글로 아버지를 욕했다지요? 쟝 위원장도 아들 하나를 어쩌지 못한 것 아닌 가요?"

양전더의 이 말에 심문하던 사람들은 말문이 막혀 버렸다. 면전의 수척한 노파가 이리 날카롭게 지적을 하여 자신들을 궁지로 몰아넣을 것이라고 그들이 어떻게 상상이나 할 수 있었겠는가?

반성원의 생활 상태는 매우 열악했다. 먹을 것이라고는 곰팡이가 핀 현미와 문드러진 채소뿐이었고 잠마저 습기가 찬 땅바닥에서 자야했다. 60세의 양전더는 고난을 당하는 젊은 벗들과 함께 참아냈다. 그녀는 매일 밤, 딸과 사위 그리고 홍군의 운명에 대해 걱정했다. 그녀는 참지 못하고 마음속으로 이렇게 불렀다. "잉차오, 언라이. 너희는 지금 어디에 있느냐? 안전하게 목적지에 도달했느냐?"

얼마 있지 않아 반성원에는 장티푸스가 빠르게 번져갔다. 원장의 조카딸도 전염이 되었지만 서양 의술로는 아무런 효과가 없었다. 원장은 양전더가 한의사임을 알고 그녀에게 병 든 죄인부터 먼저 치료하게 했는데, 과연 효과가 있었다. 원장은 이에 자신의 조카딸에게도 약을 처방해 달라고 부탁하였는데, 역시 치료가 잘 되었다. 결국 양전더는 반성원의 의무 한의사가 되어 죄인, 간수 그리고 그들 가족의 병을 치료하였다. 대우가 다소 개선이 되어 이제 땅바닥 대신 그들이 준 나무 침상에서 잘 수 있었다.

양전더는 의사라는 조건을 이용하여 간수와 그들 가족에게 소비에트에 대한 정보를 제공해주거나 홍군전사의 혁명정신과 용맹스런 기개에 대해 찬미하면서, 아울러 국민당의 반공 유언비어에 대해 반박하기도 했다. 그녀는 감금을 당해 고난을 함께 하는 벗들을 힘껏 위로하고 격려하여 혁명적 절개를 고수하도록 도와주었다.

양전더는 반성원에서 고통스럽게 2년여의 세월을 보냈다.

1937년 봄, 원상이 갑자기 선포하였다.

"현재는 다시 국공합작의 시기입니다. 당신들은 빨리 보증할 사람을 찾아보세요. 즉시 가석방 조치를 취하도록 하겠습니다.”

정말 듣던 중 반가운 소식이었다. 거의 3년간의 감금으로 세상과 단절되어 살다 마침내 자유를 얻게 된 것이었다. 많은 사람들은 외부의 친척과 연락을 취해 보증을 세움으로써 과연 석방되어 나갔다.

양전더의 마음에서는 회의가 일었다. 혹 적들이 함정을 파 석방이라는 미끼로 더 많은 사람들을 잡아들이려는 것은 아닐까? 그녀는 원장에게 말했다.

“저는 친척도 연고자도 없어 보증을 세울 수가 없습니다. 석방하려면 하고 아니면 그만 두세요.”

그러고는 반성원으로 가서 문을 닫아 버렸다. 결국 그녀는 마지막으로 반성원을 나올 수 있었다. 어떤 마음씨 좋은 사람이 그녀를 쥬장 비구니 암자에 머물게 하였다. 그녀는 인내심을 갖고 딸과 사위의 소식을 기다렸다. 그녀는 언젠가 언라이와 잉차오가 마침내 그녀를 맞이할 수 있을 것이라 굳게 믿었다.

어느 날 저녁 무렵 서쪽으로 비낀 석양이 옌허(延河)를 금빛으로 물들였다. 덩잉차오는 옌허 주변을 산책하다 마오쩌둥을 우연히 만났다.

마오쩌둥은 친절하게 인사했다.

“잉차오 동지, 요즘 몸은 어때요?”

“주석께 보고 드립니다. 아주 좋습니다. 이제 공작을 거뜬히 수행할 수 있습니다.” 덩잉차오는 즐겁게 말했다.

마오쩌둥이 덩잉차오를 자세히 보니 비록 장정 때보다는 살이 약간 올랐지만 안색은 여전히 매우 창백하였다. 마오쩌둥은 조용히 말했다.

“잉차오 동지, 우리당은 국민당과의 제2차합작을 결정했습니다. 언라이 동지가 이미 시안에 가서 구주통(顧祝同)[94]과 담판을 지었고 장차 상하

---

94   역주: 1893-1987. 1911년 난징 육군소학교에서 학습하고 동맹회에 가입하였다. 이후
      국민당군대의 요직을 거치고 두 차례 장쑤성정부 주석을 역임하였으며 국민당중앙
      집행위원회 위원에 임명되었다.

이, 난징으로 가 쟝제스와 직접 접촉하여 양당이 공동 합작으로 일본에 대항하는 새로운 국면이 아주 빠르게 전개될 것입니다. 화북의 형세는 날이 갈수록 긴장이 더욱 고조되어 가고, 전쟁의 불안한 정세는 이미 눈앞에 다가와 있습니다. 우리는 하루 빨리 수많은 핵심 동지들로 하여금 항일 투쟁의 신국면을 개척해나가야 합니다. 당신은 언라이 동지와 함께 지금보다 더 분주하게 더욱 중요한 공작을 감당해야 할 것입니다. 그래서 우리는 당신을 외부로 보내 치료를 받게 하려는데 어떻습니까?”

덩잉차오는 감격하여 말하였다.

“주석의 관심에 감사드립니다. 하지만 지금 우리의 경제적 사정도 매우 어려운데 소비에트 바깥으로 나가 치료를 하려면 많은 비용이 들 테니 좋지 않을 겁니다. 저는 이곳에 남아 요양하면서 계속 공작을 하겠습니다.”

마오쩌동은 손사래를 치며 단호하게 말했다.

“아닙니다. 떠날 준비를 하세요. 임무 교대를 잘 하고 며칠 후 시안으로 가도록 하세요. 언라이와 녜지옌잉(葉劍英)도 지금 거기에 있습니다. 당신은 그들과 상의하여 적당한 병원을 찾아보도록 하세요. 비록 우리가 경제적으로 어렵다하더라도 이러한 일에는 써야죠. 몇 년 전 쟝시 중앙 소비에트에서 천겅(陳賡)이 부상을 당했을 때 우리는 몰래 그를 상하이로 보내 치료받게 한 적도 있지 않았습니까? 조건으로 따진다면 지금이 그때보다 훨씬 좋습니다. 당신은 풍부한 백구 공작 경험이 있으니 별 문제가 없을 것으로 믿습니다.”

덩잉차오는 여전히 사양하고 싶었지만 마오쩌동은 정중하게 말했다.

“잉차오 동지, 다시 말할 필요 없습니다. 이것은 개인의 의견이 아니라, 쟝원텐(張聞天) 동지와 상의한 조직의 결정입니다.”

조직에서 이미 결정한 이상 덩잉차오는 흔쾌히 복종했다.

1937년 3월 그녀는 옌안에서 차를 타고 시안에 도착해, 치시옌좡(七賢莊) 노동자·농민 홍군시안사무소에 머물렀다. 시안사변 전에 저우언라이는 지하당원 류딩(劉鼎)을 시켜, 원래 상하이에 있던 독일공산당원 펑하이보(馮海伯)를 시안에 오게 하여 쟝쉐량의 이를 치료하게 하고, 치시엔쫭서 진료소를 설치하도록 하였는데, 그것은 사실상 비밀연락소였다. 시안사변 때 펑하이보는 총소리를 듣고 바깥으로 나왔다가 불행히 유탄을 맞아 죽고 말았다. 시안사변 이후 그곳에는 노동자·농민 홍군시안사무소가 설치되었는데, 문 밖에는 통신훈련반이라는 문패가 걸려 있었다.

거기에는 정원이 딸린, 몇 동의 건물이 있었다. 덩잉차오는 저우언라이와 함께 제2동의 작은 방에 거처를 정했다. 그녀는 어디에서 치료를 받는 것이 좋을지 저우언라이, 예지옌잉과 함께 상의했다. 덩잉차오는 상하이의 의료 환경이 가장 좋긴 하지만 습도가 너무 높아 폐병 치료에는 적합하지 않을 것이라 생각했다. 그녀는 상하이에서 4,5년 동안 공작을 한 적이 있기 때문에 신분이 노출될 수도 있었다. 베이핑은 건조할 뿐만 아니라 북방을 떠나온 지도 벌써 여러 해가 되었기 때문에 비교적 안전하여 믿을 만했다.

"베이핑이 어떤가요?" 덩잉차오는 웃으며 말했다.

저우언라이는 이런 저런 생각을 하고나서 이렇게 말했다.

"베이핑, 좋을 것 같네요. 베이핑 지하당조직은 상당히 크고 강력합니다. 잉차오가 간다면 쉬빙(徐氷) 동지에게 부탁하여 돌봐 달라고 하면 됩니다. 쉬빙 동지와 그의 부인 장샤오메이(張燒梅) 동지는 1928년에서 1932년에 걸쳐 상하이에서 공작했었어요. 잉차오, 당신도 본 적이 있지요?"

덩잉차오는 고개를 끄덕이며 웃으며 말했다.

"저는 쉬빙 동지와 함께 회의를 개최한 적도 있고 장샤오메이 동지 또한 본 적이 있습니다."

저우언라이는 신이 나서 말했다.

"잉차오, 베이핑에 도착하면 먼저 쉬빙의 집에서 머물도록 하세요. 그의 본래 성은 싱(邢)인데, 그의 집안은 베이핑의 세력가입니다. 당신은 이름을 바꾸어야 하는데, 내가 홍콩에서 리(李) 선생이라는 가명을 썼으니

리 부인으로 하면 되겠어요"

덩잉차오는 웃으며 말했다.

"리 선생, 리 부인이라 해도 모두 이름이 필요하지요. 제 생각으로는 당신은 리즈판(李知凡)이란 가명에 고등학교 교사 신분으로 위장하면 좋겠어요. 저는 어머니의 성을 따라 양이(楊逸)라고 하지요. 어떤가요?"

"역시 잉차오의 머리가 좋군요." 예지옌잉이 곁에서 추켜세웠다.

"두 이름 모두 기억하기에 좋고 평범하면서도 천박하지 않아 고등학교 교사 신분에 잘 어울리네요. 좋습니다. 앞으로 당신을 리즈판 부인으로 부르겠습니다."

웃으면서 상황은 이렇게 정리되었다.

우연하게도 4월에 쉬빙이 베이핑에서 시안으로 왔다. 덩잉차오는 그를 보자 베이핑에서의 치료 문제를 상의하였다.

연락원이 덩잉차오를 베이핑까지 호송하였다. 저우언라이는 상하이로 가게 되어 있었다. 헤어질 때 덩잉차오는 저우언라이에게 부탁하였다.

"언라이, 상하이, 난징에 가게 되면 반드시 어머니 소식을 알아봐 줘요"

저우언라이는 고개를 끄덕였다.

"당연하지요. 나도 어머니를 매우 염려하고 있습니다. 요 몇 년 동안 그 노인이 어떻게 참고 견디어냈는지 정말 모르겠군요. 쟝시 반성원으로 갔다는 소식만 알 뿐인데. 내가 난징으로 가는 임무 중 하나가 국민당과 담판을 지어 감옥과 반성원에 수감 중인 모든 정치범을 석방시키는 것입니다. 내가 반드시 그녀를 찾아낼 테니, 안심하고 베이핑으로 가 치료를 받으세요"

혁명의 길에서 운명과 역경을 함께 하던 혁명부부는 이렇게 다시 한 번 헤어지게 되었다.

38. 신비한 '리즈판 부인'[95]

1937년 5월 베이핑의 초여름. 기차가 역 안으로 들어서며 긴 기적소리를 울렸다. 쉬빙과 장샤오메이는 플랫폼에서 초조하게 덩잉차오를 기다리고 있었다. 베이핑은 하루가 다르게 긴장이 고조되어 가고 있었다. 역내를 오가는 사람들 가운데 중절모를 비스듬히 쓰고 까만 안경을 쓴 사람들이 있었다. 쉬빙은 한 눈에 그들이 국민당 헌병대의 밀정임을 알아챘다.

쉬빙은 옅은 회색빛 양복을, 장샤오메이는 자잘한 꽃무늬의 푸른 색 치파오를 입고 있었다. 얼핏 보면 부유한 집안의 큰 도련님과 작은 마님 같았다. 사실 그들은 이미 10년 전에 입당한 오랜 동지였다. 1928년에서 1932년에 걸쳐 쉬빙은 상하이중앙직공부에서 활동하였고, 그는 1932년 가을 산동에 직공운동 시찰을 갔다가 배신을 당해 체포된 바 있었다. 당중앙은 장샤오메이를 베이핑에 파견하여 쉬빙 집안의 가족관계를 이용하여 그를 감옥에서 구출했다. 그들은 그 이후 베이핑의 지하공작을 담당하였다. 그들은 조금이라도 빨리 잉차오 다졔를 만나고 싶어 매우 조바심이 났다. 플랫폼은 사람들 소리로 시끄러웠다. 사람들의 눈길을 피해가며 쉬빙은 장샤오메이에게 귓속말로 이야기하였다.

"잊지 말아요. 그녀는 이제 리즈판 부인입니다."

열차가 천천히 플랫폼에 멈춰 섰다. 주름진 짙은 녹색의 비단 치파오를 입은 덩잉차오는 손에 작은 가방을 든 채 객차에서 내렸다. 그녀는 자신의 신분을 명심하여 시안을 떠날 때부터 이미 '리즈판 부인'으로 위장하고 있었다.

---

95 胡杏芬, 「리즈판 부인」 참조. 필자는 후싱펀의 조카딸 홍지쥔(洪濟郡)을 방문했었다. 덩잉차오는 그녀를 본 적이 있었고 그녀에게 당시 후싱펀과 함께 요양했던 상황에 대해 말해 주었다.

"리 부인 안녕하세요! 오시는 길은 편안했나요. 베이핑에 오신 것을 환영합니다." 장샤오메이가 그녀 앞으로 가 만면에 웃음을 띠고 인사를 했다.

'리즈판 부인'은 우아하게 웃으며 말했다.

"싱 부인(쉬빙의 원래 이름은 싱시핑(邢西萍)이었다), 안녕하세요. 몇 년 동안 뵙지 못했습니다. 당신과 싱 선생 모두 잘 지내셨죠?"

싱시핑이 깍듯이 예를 갖춰 '리즈판 부인'에게 허리를 굽혀 인사했다.

"리 부인 안녕하십니까? 저와 아내는 북경에 오신 것을 열렬하게 환영합니다." 이렇게 말하면서 그는 '리즈판 부인'의 가방을 받아 들었다. 두 부인은 손을 마주 잡고 천천히 플랫폼을 빠져 나왔다.

장샤오메이는 덩잉차오보다 7살이 어렸다. 그녀의 아버지는 '2・7대파업'[96]에 참가했던 노동자였다. 그녀는 14살 되던 해에 공산주의청년단에 가입한 뒤, 17살에 입당하였다. 당에 가입한 지 벌써 9년이 흘렀으며, 지금은 '셋째 며느리'의 신분으로 싱 씨 집안에 거주하면서 당조직이 부여한 임무를 수행하고 있었다.

덩잉차오는 걸으면서 이야기하였다.

"샤오메이, 내가 당신보다 몇 살 위니 나를 '다섯째 언니'라고 부르는 것이 좋겠어요. 그때를 아직 기억하고 있나요? 상하이에서 모두 나를 '다섯째 언니'라고 불렀지요."

쟝샤오메이는 금방 기억해냈다. 그녀가 상하이에서 공작할 때, 중앙여성위원회의 덩잉차오, 차이창, 양즈화 등 8명이 8자매를 맺었고 덩잉차오가 다섯째였다는 것을 들은 바 있었다. 그녀는 바로 말투를 바꾸어 말했다.

96 　역주: 1923년 2월 7일 베이징과 한커우를 연결하는 징한(京漢)철로의 노동자들이 벌인 파업을 가리킨다. 중국공산당이 적극적으로 조직, 선동작업을 진행했으나 차오쿤(曹錕), 우페이푸(吳佩孚) 등 즈리(直隷)파 군벌의 무자비한 탄압을 받아 실패했고 노동운동은 급격히 후퇴하게 된다.

"다섯째 언니, 그렇다면 저도 격식을 차리지 않을게요. 집에 도착하면 시어머니께도 저희들은 상하이 때부터 결의자매였다고 소개하겠어요. 그러면 우리 관계가 더욱 편해질 것입니다."

덩잉차오는 싱시핑, 장샤오메이를 따라 싱 씨 집으로 가서, 매우 공손하게 장샤오메이의 시어머니와 두 명의 손위 동서에게 인사했다. 장샤오메이는 바로 '다섯째 언니'라 부르며 그녀가 병 치료를 위해 일부러 베이핑에 왔다고 소개하였다. 싱 씨 집에서는 윗사람 아랫사람 할 것 없이 모두 덩잉차오를 셋째 며느리의 '다섯째 언니'로 극진하게 환대하였다. 그녀가 당시 유명한 중국공산당 지도자 저우언라이의 부인이며, 중국여성운동의 탁월한 지도자이자 조직가인 덩잉차오라고는 아무도 예상하지 못했다.

다음 날, 장샤오메이는 덩잉차오를 데리고 베이핑에서 가장 유명한 셰허(協和)병원으로 가 X선 촬영을 하였다. 덩잉차오가 막 계단을 내려오는데 갑자기 톈진 즈리제1여자사범 동창 한 명이 계단에서 올라오는 것을 보았다. 그녀는 얼른 몸을 돌려 병원을 재빠르게 빠져 나왔다.

싱 씨 집에 돌아와 그녀는 장샤오메이에게 말했다.

"셰허 병원은 이제 다시 갈 수 없을 것 같아요. 오늘 계단을 내려오다 여자사범 동창을 봤습니다. 다행히 그녀는 나를 알아보지는 못했어요. 시핑과 상의하여 다른 병원을 알아봐 줘요."

싱시핑은 서둘러 수소문하여 시청(西城)에서 폐병을 전문적으로 치료하는 의사 루용춘(蘆永春)을 찾았다. 장샤오메이는 덩잉차오를 데리고 루용춘의 병원을 찾았다. 의사 루용춘은 셰허 병원에서 찍은 그녀의 엑스레이를 살펴보았다.

"리 부인, 당신의 폐에는 원래 몇 개의 천공이 있었지만, 지금은 칼슘화하여 이미 굳었습니다. 어떻게 치료하신 겁니까?

덩잉차오는 담담하게 웃으며 말했다.

"어떤 외국 의사선생님께서 말하기를 매일 집밖에 나가 두 시간 동안 있으면 소위 '자연치료법'이 있다고 해서 그대로 따라 했습니다. 또한 저는 천성이 낙천적이고 활달하여 폐병에 걸렸다고 실망하지 않고 마음의 평정을 유지하려고 혼자 무던히 노력했습니다."

의사 루용춘이 듣고서 여전히 의혹을 지닌 채 말했다.

"'자연치료법'이라, 저는 아직 그에 대해 들은 바가 없습니다. 제가 알기로는 폐병에 걸린 사람은 심리적으로 부담이 매우 커서 종종 병을 더욱 악화시킨다고 합니다. 리 부인 당신의 그 낙관적인 성격이 병을 치료하는 데에 큰 도움이 된 듯합니다. 이것은 일종의 '정신치료법'이라 할 수 있겠지요. 그러나 당신의 몸은 아직도 비교적 약하니 요양을 하는 편이 좋겠습니다. 제가 시산(西山)에 평민요양원을 하나 운영하는데 그곳의 환경이 조용하며 공기도 좋고 비용도 비싸지 않습니다. 1인당 하루에 1원 정도입니다. 가서 요양을 취하시렵니까?"

덩잉차오가 아직 뭐라 대답하지 않고 있는데 장샤오메이가 끼어들며 말했다.

"다섯째 언니, 내가 평민요양원을 알고 있어요. 내 친구의 딸이 거기에서 요양을 취하고 있답니다. 뭘 망설이세요."

이틀 후 장샤오메이는 덩잉차오를 데리고 시사 푸서우링(福壽嶺) 평민요양원에 도착했다. 덩잉차오가 보니 요양원은 산비탈에 자리하고 있었으며, 산비탈은 끊임없이 이어지는 옌산(燕山)산맥 자락에 접해 있었다. 산비탈 아래는 울창한 솔숲이었다. 남성 병동은 산비탈 아래에 남향으로 자리 잡은 기와 건물이었다. 여성 병동은 산비탈 위쪽에 역시 남향 기와 건물이었다. 그곳의 환경은 정말 그윽하고 고요하여 요양하기에 알맞은 곳이었다.

덩잉차오의 입원 수속이 끝나자 장샤오메이는 작별 인사를 하고 돌아갔다.

그녀는 수간호사를 따라 병실로 갔다. 뚱뚱한 수간호사는 웃으며 그녀에게 말했다.

"당신과 함께 병실을 쓸 사람은 칭화(淸華)대학 여학생으로 이름은 후싱펀(胡杏芬)이라 합니다. 그녀의 성격이 좀 까다롭습니다. 당신이 좀 양해를 해 주기 바랍니다."

덩잉차오는 웃음을 머금고 말했다.

"병이 든 사람들의 마음은 대부분 좋지 않지요. 저는 크게 신경 쓰지 않겠습니다."

낮잠 잘 시간이었다. 수간호사는 소리쳤다.

"미스 후, 당신 방 파트너가 왔어요."

덩잉차오는 병실로 들어섰다. 벽에 붙어 있는 흰색 철 침대 위에는 23,4세의 여학생이 누워 있었다. 그녀의 얼굴은 수척했고 얼굴색은 창백했으나, 검은 두 눈동자만은 바닥을 훤히 볼 수 있는 깊은 가을 물처럼 맑고 깨끗했다. 창가의 침대가 비어 있어 덩잉차오는 그것이 자신의 것임을 알았다. 수간호사는 그녀를 도와 침대 아래에 물건을 내려놓고 조용히 가버렸다.

그녀는 성격이 괴팍하다는 이 아가씨를 놀라게 하고 싶지 않아 조용히 옷을 벗었다. 그러다 냉담한 인사말을 들었다.

"성함이 어떻게 되세요?"

"리 씨라고 해요." 덩잉차오는 만면에 웃음을 띤 채 대답했다.

"미쓰 혹은 미세스 어느 쪽이세요?"

"미세스 리입니다. 당신은?"

"미쓰 후예요. 고월(古月)[97] 후입니다."

덩잉차오는 이 간단한 대화 속에서 후라는 이 아가씨의 목소리가 차갑다는 것을 알 수 있었다. 하지만 그녀는 결코 내색하지 않고 짙은 남색 치파오를 벗은 뒤 보랏빛 주름진 블라우스로 갈아입고 이불 속으로 들어갔다.

---

[97]　역주 : '胡'를 '古'와 '月'로 나누어 읽은 것이다.

후싱펀은 당시 '불치병'으로 간주되던 폐결핵에 걸려 있어 심기가 분명히 좋지 않았다. 그러나 리 부인의 진지한 밝은 모습과 낭랑한 음성에 그녀는 이내 호감을 가졌다.

덩잉차오는 후싱펀과 좋은 관계를 맺기로 결심했다. 낮잠을 잔 뒤 그녀는 후싱펀에게 말했다.

"이제 일어났어요? 잘 쉬었나요? 내가 당신과 한 방을 쓰기로 했지만 나에게 특별히 신경 쓸 것 없어요. 둘이 쓰는 방이지만 혼자 쓰는 방처럼 마음대로 사용해도 좋아요. 아무 때나 창문을 열고 닫아도 되고, 커튼도 당신 마음 내키는 대로 하세요. 난 아무래도 괜찮으니까요. 당신만 좋다면 나와 담소를 나눠도 되고 기분이 언짢으면 말없이 조용히 있어도 됩니다. 모든 것을 당신 좋을 대로 하세요. 마음을 비뚤게 가져 병 치료를 어렵게 하지 않았으면 좋겠어요."

이렇듯 너무나 자상한 말과 관대한 마음으로 다른 사람에게 호의를 베푸는 사람을 후싱펀은 이제껏 만나본 적이 없었다. 그녀의 마음에는 '리 부인'에 대해 호감이 일기 시작하였다.

사실 덩잉차오의 입장에서 본다면 이런 행동은 타인을 대하는 그녀의 일상적인 생활 태도에 지나지 않았다.

하루하루 지나갈수록 그녀들의 관계는 더욱 친밀해졌다.

후싱펀은 '리 부인'에게 다음과 같이 자신을 소개하였다. 저장성 위야오(余姚)현 사람이며 어려서부터 문학을 좋아했다. 1932년 칭화대학 외국문학과에 합격했으나 1년 만에 폐병에 걸렸다. 고향으로 돌아가 3년 동안 요양한 후 다시 베이핑에 돌아와 평민요양원에 입원한 지 이미 1년여가 지났다. 그녀는 '리 부인'의 과거에 대해서 매우 궁금해 하였다.

'리 부인'은 단지 간단하게 자기 남편이 시안의 한 고등학교 선생이며, 이번에 시안에서 왔다고만 간단하게 소개하였다. 후싱펀은 별 생각 없이 한 마디 하였다.

"시안이라면 작년 12월 쟝 위원장이 화를 입은 데가 아닌가요?"

덩잉차오는 이 말을 듣고 너무 놀라 다시 아무 말도 하지 않았다.

이틀이 흘렀다. 덩잉차오는 장샤오메이에게 부탁하여 『시안반월기(西安半月記)』와 『시안사변회고록(西安事變回顧錄)』을 구입하였다. 그녀와 후싱펀 두 사람은 서로 질세라 그 책들을 완독하였다. 덩잉차오는 아주 자세하게 읽었고 또 매우 흥분되었지만 조용히 입을 다물고 마음속의 격동을 억지로 내리눌렀다. 후싱펀은 시안사변의 매우 중요한 인물이, 눈앞에 있는 '리 부인'이 가장 사랑하는 남편일 줄은 꿈에도 생각하지 못했을 것이었다.

덩잉차오는 후싱펀의 호감을 매우 빠르게 얻었을 뿐만 아니라 30여 명의 남녀 환자들로부터도 좋은 대우를 받았다. 노동자들도 하루 종일 '리 부인', '리 부인' 하며 따랐다. 덩잉차오의 눈에는 노동자들이 같은 계급의 형제들이었기 때문에 그녀는 그들에게 자연스럽게 많은 친절을 베풀 수 있었다. 후싱펀은 이런 '리 부인'을 보고 매우 관대하다고 느꼈다.

덩잉차오는 본래 노래를 좋아했다. 베이핑 대학생 사이에서 유행하는 「졸업가」, 「신여성」, 「대로가(大路歌)」 등도 모두 부를 수 있었다. 그녀는 노동인민의 고통이 반영되어 있는 「어광곡(漁光曲)」 부르기를 특히 좋아하여 그 가사를 후싱펀에게 써주고 둘이 같이 부르기도 했다.

"바다 위 구름은 하늘에서 나부끼고, 고기는 물속으로 숨어드네. 새벽 햇살에 그물을 말리며 불어오는 바닷바람을 맞네."

병실 가득히 노래 소리가 흐르니 후싱펀은 기분이 점점 더 밝아지며 어려서 가장 즐겨 부르던 노래를 흥얼거렸다.

"고양이 야옹, 고양이 야옹, 나는 너를 사랑해, 나는 너를 사랑해. 야옹거리며 달려오는 고양이, 내가 가서 안아줄 테야."

덩잉차오는 노래가 끝나자마자 말했다.

"미쓰 후, 당신은 정말 고양이를 좋아하는군요. 앞으론 '고양이'라 부르지요."

"좋아요, 부인." 후싱펀은 흥겹게 대답했다.

영감이 딱 떠올랐는지 그녀는 다시 흥얼거렸다.

"부인의 성은 본디 양 씨 인데, 즈판 선생에게 시집을 와서 이제 즈판 부인이라 불린다네."

덩잉차오는 듣고 큰소리로 웃었다. 그녀는 후싱펀을 무척 좋아했다. 그녀가 짓궂게 어리광부리는 모습을 보면 기분이 아주 좋았다.

덩잉차오는 후싱펀의 심성이 본래부터 우울하다고 판단했다. 병 때문만이 아니라 틀림없이 다른 정신적 상처가 있을 것이라 생각했다. 하지만 총명한 그녀는 아는 척하지 않았다. 후싱펀이 독신주의자라는 이야기를 듣고 덩잉차오는 드러내놓고 그것을 반대하지는 않았다. 단지 독신주의자가 불쌍하다고만 말했다. 그녀는 결혼하지 않은 사람들은 세상에서 가장 큰 행복과 쾌락을 향유할 수 없다고 말했다. 후싱펀은 '리 부인'이 결혼 생활을 정말 행복해하고 만족스러워 한다고 여기면서 물었다.

"부인, 당신 남편은 어떤 사람인가요?"

덩잉차오는 가슴속 깊은 곳에서 달콤한 감정이 용솟음쳤고, 얼굴에도 달콤한 미소가 환하게 피어났다. 그는 부드러운 목소리로 말했다.

"그는 짙은 눈썹, 큰 눈동자, 큰 키, 넓은 어깨를 지닌 총명하며 능력 있는 사람이에요. 문학적 재능도 매우 뛰어나고, 기백도 있으며, 열렬한 애국사상도 함께 지니고 있답니다." 이것은 과연 저우언라이에 대한 적절한 묘사였다.

매우 부러워하는 후싱펀의 모습을 보고 덩잉차오는 여세를 몰아 그녀에게 서로 마음이 맞는 사람을 찾아 결혼하라고 권했다. 후싱펀은 묵묵히 고개를 떨어뜨렸다.

어느 날 덩잉차오는 저우언라이가 가명으로 보낸 편지를 받았다. 거기에는 그가 이미 어머니를 찾아 그녀의 집에 다녀왔다는 소식이 들어 있었다. 어머니는 비록 고통을 많이 받았었지만 건강하시며, 정신적으로도 이전보다 더 강인해지셨다면서, 그곳 당조직에 일러 그녀를 잘 돌봐 달라고 부탁해놓았다는 내용도 있었다.

덩잉차오는 편지를 읽고 난 후, 어머니가 지난 몇 년 동안 너무 힘들게 살아오셨다는 것을 생각하고는, 바로 그 곁으로 날아가 뵙고 위로하지 못하는 것을 매우 한탄하였다. 단지 환경이 이를 허락하지 않았던 것이다. 국공합작의 국면이 이미 조성되었으니, 그녀가 어머니를 만날 날도 멀지 않았을 것이다.

덩잉차오는 이곳 요양원에서 철저하게 비밀을 지켰다. 그녀를 만나러 오는 사람은 극히 소수여서 단지 '싱 부인', 즉 장샤오메이 한 명뿐이었다.

어느 날 점심을 먹은 후 장샤오메이가 찾아 왔다. '다섯째 언니' 하고 부르며 들어와서는 덩잉차오의 손을 잡고 놓지 않았다. 덩잉차오의 동그랗고 맑은 눈동자 역시 장샤오메이만을 주시하였다. 비밀스런 환경에서 전우가 상봉하는 것은 친척을 만나는 것보다 더욱 친밀한 법이었다. 덩잉차오는 장샤오메이와 손을 잡고 요양원 밖으로 나가 산비탈을 산책하며 그녀에게서 시국 상황에 대해 들었다.

화북의 정세는 날로 악화되어 일촉즉발의 전쟁 상황으로 내몰릴 만큼 위급하다고 했다.

"하루라도 빨리 퇴원해야겠어요." 덩잉차오는 어쩔 수 없는 우려에서 이렇게 말했다.

"다섯째 언니, 기색이 많이 좋아 보여요. 며칠 더 있다가 상황이 좀 더 무르익으면 우리가 언니를 베이핑에서 떠나도록 조치할게요." 장샤오메이는 힘껏 그녀를 위로하였다.

덩잉차오는 편안히 요양하면서 한편으로는 특별히 눈에 띄지 않게 친구를 사귀었고, 표 나지 않게 대중공작을 진행하였다.

몇 개월 동안 같이 생활하면서 후싱펀은 이미 덩잉차오를 의지하고 좋아하게 되었다. 잠시만 못 봐도 '부인'을 외치며 여기저기 찾아다녔다. 그녀는 '리즈판 부인'을 안 뒤부터 생긴 특별한 감정이 어떻게 이런 큰 변화를 가져올 수 있는지 스스로도 이해하지 못했다.

그녀의 마음속에는 확실히 커다란 상처가 있었다. 그녀는 저장 위야오의 몰락한 지주가정 출신이었다. 어려서 아버지를 여위고 과부인 어머니와 함께 생활했다. 그녀는 시나 회화에 능했고, 문학을 정말로 좋아하였다. 고등학교 때 량밍(梁鳴)이라는 매우 좋아하던 남학생 친구가 있었는데 그는 공산당 지하당원이었다. 그녀는 그의 정치적 성향에 대해 잘 몰랐고 단지 그의 재능과 인격 때문에 묵묵히 그를 애모하였다. 량밍은 후에 펑위샹, 지훙창(吉鴻昌)이 주도한 민중항일동맹군에서 공작을 벌이다 불행하게 희생당했다. 후싱펀은 매우 비통해 했다. 그녀는 칭화대학 외국문학과에 합격한 후 습작하듯이 자신의 문학적 재능을 발휘하여 학교 잡지에 다수의 시문을 발표하였다. 결핵이 다시 발병하고 몇 년 간 요양생활을 하면서 좌절의 감정이 더해졌고 급기야 그녀의 마음은 찬물을 끼얹은 숯덩이처럼 변해버렸다. 그녀는 항상 침상에 혼자 누워 항저우 거링(葛嶺)에서 요양할 때 지은 시를 괴롭게 읊곤 했었다.

"사람은 본래 외로운 법, 고독은 당연하다고 여겨야지. 이제 고독의 맛도 다 봤으니 편안히 외롭게 죽으리라!"

그녀는 진정 자기가 고독하게 죽으리라고 생각했다. 그런데 뜻밖에 열정적이고 활달하면서도 자상한 '리 부인'과 같이 생활하게 되면서, 그녀의 꺼져버린 재 같던 마음이 '리 부인'의 뜨거운 마음에 모두 녹아버렸다. 신비한 '리 부인'은 결코 그녀에게 어떤 큰 도리에 대해 말하지도 않았다. 단지 솔직하고 성실한 마음으로써 인간적이고 또 진솔한 우정을 그녀에게 보였을 뿐이었다. '리 부인'은 낙천적이고 활달한 정신으로 질병과 싸워 이겼을 뿐만 아니라 그녀에게는 몇 년 동안 그녀를 옭아맨 병마의 질곡에서 어떻게 벗어날 수 있는지를 보여주었다. '리 부인'과의 만남은 이제 그녀의 병적인 심리상태와 비관적이고 소극적인 인생관을 바꿔버렸다. 그녀는 얼마나 이 '부인'에 대해 감격했을까! 덩잉차오는 다행히 기회가 주어져 다재다능한 여학생이 질병의 속박과 고통에서 벗어날 수 있도록 돕게 된 것을 그녀의 의무이자 즐거움이라고 생각했다.

애석한 것은 이러한 나날들이 지속될 수 없었다는 데 있었다.

7월 8일 새벽, 덩잉차오와 후싱펀은 동남쪽에서 들려오는 굉음을 들었다. 덩잉차오는 즉시 주의를 기울이며 전쟁이 시작됐음을 직감했다.

10시에 신문이 도착했다. 과연 신성한 루거우챠오(盧溝橋) 항전[98]이 폭발했다. 덩잉차오는 매우 흥분하였고 요양원의 환자들 또한 크게 격분하였다. 신문이 도착하자 모두는 다투어 신문을 보았다. 덩잉차오는 전쟁에 대한 정확한 분석과 예측을 하여 후싱펀 뿐만 아니라 병실 친구들로부터 감탄을 자아내게 했다.

덩잉차오는 베이핑을 떠나기로 마음을 먹은 뒤 후싱펀과 다른 병실 친구들에게도 그렇게 하라고 권했다. 그녀는 이번 루거우챠오사변이, 우담화처럼 나타났다 이내 사그라진 1932년 상하이의 '1·28' 쑹후(淞滬)전쟁[99]과는 다르게 오래 갈 것이며, 현재 정세 또한 그때와는 판이하다고 설명했다.

리왕펀(禮王墳)에 많은 항일 부상병이 머물고 있다는 소식이 전해졌다. 덩잉차오는 즉각 그들을 위문하자고 제안했다. 그는 남성 병동의 칭화대 학생(그 역시 지하당원이었다)과 분담하여 남녀 병실에서 100여원을 모금하였다. 그 돈으로 노동자에게 부탁하여 시내에 들러서 수건, 과자, 사탕 등을 사 부상병에게 가져다주게 하였다. 그녀는 또한 부상병의 감사 편지를 모두에게 읽어 주었고, 기증된 수건 수와 과자 상자에 대해서도 모두 보고하였다. 덩잉차오의 주도면밀한 일처리를 보며 후싱펀은 그녀가 보통사람이 아닐 것이라고 추측하였다.

며칠 후에 발생한 사건으로 그녀의 신비함은 더욱 증가되었다.

한 여성환자의 남편이 영딩먼(永定門)의 기차역장이었다. 영딩먼은 당시 가장 위급한 상황에 처해 있었다. 이 부인은 어느 날 오후 전보를 받

았는데 번역이 되어 있지 않았으며 요양원에는 전보를 대조해서 읽을 수 있는 번호책도 없었다. 시내로 사람을 보내 번역하려고 하니 거리가 50리가 넘었고 날은 이미 저물었다. 이 부인은 너무나 다급하여 울음을 터뜨리고 말았다. 덩잉차오는 이 사실을 알고 차분히 부인에게 전보지를 달라고 하더니 30분 안에 번역해 주겠다고 하였다. 후싱펀은 평소 '리 부인'의 능력을 인정하여 존경하였지만 이번 행동에 대해서는 매우 이상하게 여겼다. '리 부인' 곁에는 전보를 대조할 번호책도 없었는데 어떻게 전보를 해석할 수 있을까?

기적이 일어났다. 반시간이 되지 않아 덩잉차오는 정말 전보번호에 대한 자신의 기억에만 의지하여 전보 내용을 한 자도 빼지 않고 번역해 냈다. 후싱펀은 너무 놀라 눈이 휘둥그레졌다. 수천 자에 이르는 전보번호를 외울 수 있는 사람이 있다는 것을 그녀는 초등학교부터 대학에 다닐 때까지 전혀 들은 바가 없었다. 그녀가 '리 부인'이 7,8년 전 상하이에서 극비공작을 수행했으며, 곧이어 중국공산당중앙기밀실과장을 담당하면서 전보 암호 전체를 외울 수 있었다는 사실을 어떻게 알 수 있었겠는가?

덩잉차오는 마침내 저우언라이로부터 핑수이(平綏) 철로로 우회하여 시안으로 돌아오라는 편지를 받았다. 그녀는 또한 장샤오메이의 통지를 기다렸다.

요양원 사무실에는 약간 낡은 라디오가 있었다. 하루 종일 라디오 곁을 덩잉차오와 칭화대학 남학생 뤄칭(羅淸), 그리고 동북에서 도망 온 학생 류너(劉訥)-그들은 모두 비밀당원이었다[100]-가 독차지했다. 3명의 공산당원은 모두 자기의 신분을 노출할 수 없었다. 그러나 약속도 하지 않고 매일 함께 라디오 곁을 지키며 전쟁 소식에 주의를 기울였고 병실로 돌아가 그 소식을 전했다.

---

[100] 필자가 뤄칭을 방문했을 때 그는 덩잉차오가 시산 평민요양원에 머물렀을 때의 상황에 대해 들려주었다.

7월 29일 깊은 밤 새벽 1시. 덩잉차오는 라디오를 통해 쏭저위안(宋哲元) 장군[101]이 12시 반에 군대를 이끌고 베이핑을 떠났다는 소식을 접했다. 덩잉차오는 마음이 답답해졌고, 병실 안에는 적막이 흘렀다.

장샤오메이는 난한천(南漢宸)과 함께 덩잉차오를 급히 찾아와 조직적으로 이미 조치를 잘 취해 놓았으니 다음 날 요양원을 떠날 수 있다고 알려주었다.

이슬비가 가늘게 내리는 이른 새벽. 덩잉차오는 여장을 챙겨 막 떠나려 하였다. 후싱펀은 너무나 슬퍼했다. 덩잉차오는 그녀에게 조속히 베이핑을 떠나라고 권하면서 그녀를 위로하며 말했다.

"샤오마오(小猫), 우리는 훗날 반드시 만날 기회가 있을 거예요. 계속 서로 연락을 주고받으면 좋겠어요. 샤오마오!"

덩잉차오는 자기보다 10살이나 어리고 문학에 뛰어난 재능을 지닌 후싱펀을 정말 좋아하고 매우 사랑했다. 그녀는 후싱펀에게 시내의 싱(邢) 부인 주소와 쟝시 쥬쟝(九江)의 의사 양 씨(즉 그녀의 어머니)의 주소를 주었는데 이들은 모두 후싱펀의 편지를 받아 전달해줄 수 있었다. 후싱펀은 조용히 주소를 받아들었다. 그러면서 왜 '리 부인'이 시안 리즈판 선생의 주소를 가르쳐주지 않는지 의아해했다. 예민한 후싱펀은 '리 부인'이 그녀와 서로 직접적인 연락을 취할 의사가 없는 것이라고 생각했다. 하지만 시안엔 본래 '리즈판 선생'이 없어 '리 부인'이 그의 주소를 적을 수 없다는 사실을 그녀가 어떻게 알 수 있겠는가? 덩잉차오는 불쾌해 하는 후싱펀의 기분을 간파하였지만 그녀에게 변명할 수 없었다.

덩잉차오는 같이 있었던 모든 환자들과 일일이 악수를 하며 작별을 고했다. 또한 요양원의 모든 의사, 간호사, 그리고 잡부들과도 작별 인사를 나눴다. 후싱펀은 '리 부인'에 대한 석별의 정을 어떻게 하면 제대로

101　역주: 1885-1940. 북벌에 참가했고, 장쉐량의 지휘 하에 일본군과 자주 접전했다. 일본과 국민당정부의 교섭으로 화북 완충지대화를 도모했으며 루거우챠오 사건 이후 항일전을 전개했으나 일본군의 화북침략을 막지 못했다.

표현하는 것인지 알 수가 없어서 가볍게 '부인'의 손을 끌어당겨 두 차례 부드럽게 입맞춤하였다. 덩잉차오도 가볍게 후싱펀의 뺨을 두드리며 작은 소리로 말했다.

"샤오마오! 몸 조심해요"

그녀는 올 때와 마찬가지로 짙은 남색 비단 치파오를 입고 떠났다. 요양원의 환자, 의사, 간호사, 잡부들은 모두 문 앞에 모여 그녀를 전송했다. 그녀는 저 멀리 굽어드는 길목에서 다시 모두를 향해 손을 흔들었다.

3개월의 요양생활은 덩잉차오의 긴 혁명 생애로 보면 비록 짧은 시간이었지만, 그녀의 인생에서는 매우 의미 있는 시간이었다. 그녀는 새롭게 많은 친구들을 사귀었다. 그녀가 가장 안심할 수 없는 사람은 후싱펀이었고, 이후 기회가 되면 다시 꼭 만나보고 싶었다. 그녀는 후싱펀이 재능 있고 사려 깊은 젊은이라서 잘만 인도하면 큰일을 감당할 수 있을 것이라 믿었다.

그녀는 항일전쟁이 시작되었으니 바로 긴장된 새 전투에 투입될 것과, 항상 걱정하던 언라이와 3년 넘게 보지 못했던 어머니를 만나게 될 생각에 흥분을 주체할 수 없었다.

(1937-1945)

39. 진정한 국공합작의 신국면이 전개되다

1937년 7월 29일 일본군은 베이핑을 침략한 뒤 톈진도 함락시켰다. 덩잉차오는 전쟁의 혼란 속에서 안전하게 돌아가는 것이 쉽지 않다는 것을 알았다. 저우언라이는 편지로 핑수이(平綏)선을 택하라고 권하였다. 그녀는 쉬빙, 장샤오메이와 상의하여 남쪽 선로를 따라 가기로 했다. 쉬빙은 그래도 안심할 수가 없어 미국의 진보적인 기자 에드가 스노우[1]에게 특별히 부탁하여 덩잉차오와 함께 베이핑을 떠나도록 부탁하였다.

---

1 역주: Edagr Parks Snow(1905-1972). 미국의 기자 겸 작가. 1928년 중국에 입국. '9·18 사변' 이후 직접 전선에서 취재하며 중일전쟁에 관한 영향력 있는 보도를 하였다. 또한 정치적 편견에 치우치지 않고 마오쩌동을 묘사한 『중국의 붉은 별(Red Star Over China)』의 저자로 유명하다.

덩잉차오는 어떤 교수 집에 머무르고 있었다. 1936년에 에드가 스노우는 산시(陝西) 북부로 취재차 왔다가 바오안(保安)에서 덩잉차오를 만난 적이 있었다. 당시 그녀는 수척하고 창백하였으며, 헝겊을 덧대 깁은 회색 군복에, 군모 아래로 단정하게 자른 단발머리를 하고 나무 침상 위에 누워 햇빛을 쐬고 있었다. 그런데 지금은 남색 치파오에 남색 비단 리본으로 긴 머리를 묶고 검은 선그라스를 썼는데, 몇 개월 동안 요양을 한 덕분에 살이 약간 올라 있었다. 스노우는 그녀를 바로 알아보지 못했다. 덩잉차오는 웃으며 스노우와 악수를 하였다.

"스노우 선생님, 안녕하세요, 절 알아보시겠어요?"

스노우는 그래도 몰라보았다. 덩잉차오는 검은 선그라스를 벗으며 말했다.

"제가 누군지 다시 한 번 자세히 봐주세요!"

스노우는 그제야 비로소 알아보고 크게 놀랐다. 이 사람이 바로 바오안에서 만난 저우언라이의 부인이며, 중공여성지도자 덩잉차오였구나! 스노우는 자신이 만나본 중국여성 가운데 덩잉차오가 가장 명민한 정치적 감각을 지닌 걸출한 여성이라고 생각하고 있었다. 그는 덩잉차오의 손을 꽉 잡고 어떻게 베이핑에 오게 됐냐고 물었다. 덩잉차오는 5월에 은밀히 베이핑 시산 요양원에 왔었고, 이제 급히 시안으로 돌아가게 되었다고 말했다. 그러자 스노우는 말했다.

"저 역시 베이핑을 떠나야 합니다. 당신은 제가 베이핑에서 회견한 마지막 중국인이며, 또한 일본인이 체포하려는 중국인이기도 합니다."

쉬빙은 스노우에게 덩잉차오와 같은 열차를 타고 톈진으로 가 달라고 요청하였다. 가는 도중이나 혹은 톈진에 도착하여 일본인이 성가시게 할 경우 나서서 도와달라는 것이었다. 일본군이 미국인에게는 함부로 하지 못할 것이라고 예상하였기 때문이었다.

덩잉차오는 여전히 '리즈판 부인'이라는 신분으로 기차에 올랐다. 2등 열차에서 스노우를 만났다. 다행히 가는 도중에는 별 문제가 없어 그들은 안전하게 톈진에 도착하였다. 그녀는 또한 중국혁명에 동정적인 이스라엘 엡스타인[2]도 만났다.

덩잉차오는 톈진에서 배를 타고 옌타이(烟臺)로 가서, 옌타이에서 다시 차로 지난(濟南)으로, 다시 거기에서 기차로 쉬저우(徐州), 쉬저우에서 기차로 시안에 도착했다. 시안에서 그녀는 저우언라이를 만났다.

저우언라이는 잉차오의 몸이 예전에 비해 많이 좋아졌음을 확인하고는 매우 기뻐했다.

저우언라이는 주더, 예졘잉과 함께 난징 국방회의에 참가할 예정이었다. 예졘잉은 잉차오에게 함께 가자고 제안하였다. 국민당통치구의 여성계 인사와 함께 여성항일통일전선공작을 수행할 수 있다는 것이었다. 주더 역시 찬성하였으며, 저우언라이도 동의하였다. 덩잉차오도 즉시 항일공작에 참가할 수 있게 되어 더욱 기뻐하였다.

저우언라이는 난징에서 쟝졔스를 비롯한 많은 국민당 당·정·군 인사들과 만났으며, 펑위샹, 바이총시(白崇禧), 류샹(劉湘), 룽윈(龍雲) 등 지방의 실력파 장성들과 회견도 하였다. 덩잉차오는 펑위샹의 부인 리더취안(李德全)을 만났다. 그녀는 진보적 사상의 소유자로서 난징에서 수도여성학술연구회를 운영하고 있었다. 그녀는 덩잉차오에게 수도여성학술연구회 이사회에서 강연을 해 달라고 부탁하였다. 덩잉차오는 흔쾌히 동의하였다. 그녀 역시 국민당의 상층여성들과 교류하여 항일통일전선공작을 전개할 수 있는 기회를 갖게 되어 기뻐했다.[3]

덩잉차오는 중공비밀당원 차오멍쥔(曹孟君)과 국민당여성입법위원 탄티우(譚惕吾)와도 회견을 하였다. 차오멍쥔은 난징, 상하이, 베이핑, 톈진 등에 여성구국회가 건립되어 있음을 알려 주었다. 이야기를 들은 덩잉차

---

2   역주 : Israel Epstein(1915-). 네덜란드 출생. 어려서 부모를 따라 중국에 거주. 서방 신문기자 역임. 1939년 쏭칭링(宋慶齡)이 조직한 중국보위동맹에 가입하여 선전공작을 담당하였다. 1957년에 중국국적을 취득하였다.
3   필자가 탄티우(譚惕吾), 푸쉐원(傅學文)을 방문했을 때 그녀들은 덩잉차오가 1937년 난징에서 전개했던 여성항일통일전선 공작 상황에 대해 소개하였다.

오는 매우 흥분하였다. 탄티우는 국민당좌파였다. 1933년 그녀는 차오밍쥔과 함께 난징에서 중국여성문화촉진회를 조직하였다. 그녀들은 탁아소를 개설하여 일부 직업여성들의 육아문제를 해결하였다. 그녀들은 또한 여성노동자를 위한 문맹퇴치반을 개설하여 야간에 많은 여성노동자에 글을 가르쳤다. 그런데 이 일은 국민당사회부여성과 책임자 탕궈전(唐國楨), 천이윈(陳逸雲)의 적대적인 감정을 야기하였다. 그러나 탄티우는 입법위원이었고, 차오밍쥔의 남편 왕쿤룬(王昆侖, 비밀당원) 역시 입법위원이었을 뿐만 아니라 그들은 또한 국민당 원로 위유런(于右任), 쑨원의 아들 쑨커(孫科)와 교분이 깊었기 때문에 탕궈전, 천이윈이 감히 그녀들을 해칠 수는 없었다. 그러나 계속 그녀들을 곤란하게 만들었다.

탄티우는 덩잉차오를 만난 후 오사운동 시기 청년·여성운동을 지도한 걸출한 여성 영웅에 대해 비상한 존경심을 보이며, 자신들을 배제하고 궁지에 몰아넣은 탕궈전, 천이윈에 대한 불만을 참지 못하고 그녀에게 토로했다. 성격이 직설적인 리더취안 또한 마찬가지였다.

"흥, 탕궈전, 천이윈 이들 무리는 국민당의 권세를 믿고 함부로 사람들에게 횡포를 부립니다. 그들이 주관하는 난징여성회라는 것도 매우 가소로운 것입니다. 부인들이나 '화병(花甁)'[4]들을 끌어다 차나 간식을 먹으며 잡담만 하지, 여성들을 위한 어떤 일도 하지 않습니다."

덩잉차오는 이야기를 듣고 난 후 조용히 웃으며 어떤 의사 표현도 하지 않았다. 그녀는 십 수 년 전 광동에서 이미 국민당우파 여성조직 지도자의 행태에 대해 체험한 바 있었으며, 또한 천이윈, 탕궈전의 사람 됨됨이에 대해 알고 있던 터였다. 그러나 지금은 국공합작이라는 새로운 국면에 처해 있기 때문에 각 방면 인사들과 반드시 광범하게 단결해야 했다. 그래서 리더취안이 펑위샹의 공관에서 있을 회의에 초대했을 때, 그녀는 특별히 천이윈과 탕궈전의 참석을 제안하였다. 리더취안은 듣고

---

4   진정한 재능과 견실한 학식도 없이 인맥을 이용해 조직에 들어와 '장식품' 작용만 하는 여직원을 가리킨다.

매우 의아하게 생각했다. 덩잉차오는 웃으며 말했다.

"지금은 항일전이 시작된 제2차 국공합작의 시기입니다. 우리 공산당의 대표 저우언라이, 주더, 예젠잉 등이 쟝 위원장과 회견하고 있는데, 우리 여성계의 작은 모임에 국민당계열의 천이위, 탕궈전 여사를 참가시키지 않을 수 있겠어요? 더 많은 여성이 항일공작에 참여하면 할수록 그만큼 항일의 역량이 커지게 될 것입니다."

리더취안은 동의했다. 탄티우는 마음속에 약간의 불만이 일었다. 그녀는 평소 탕궈전의 부녀회 활동을 무시하던 터였지만, 모두 소리 높여 항일을 외치니 겉으로는 호의적인 태도를 취할 수밖에 없었다.

리더취안이 주재하는 수도여성학술연구회 이사회가 펑위샹의 공관에서 열렸다. 회의에는 리더취안, 탄티우, 차오멍쥔, 푸쉐원(傅學文)을 비롯하여 천이원, 탕궈전 등 20여 명의 여성계 유명인사가 참석했다. 덩잉차오는 회의에서 열정적인 연설을 통해 항일전쟁이 시작됐으며, 모든 사람은 민족의 이익을 핵심으로 삼아야 하며, 전국의 여성이 당파나 단체를 따지지 말고 정치적 견해와 차이를 뛰어넘어 일치단결로 민족의 위기를 극복해야 한다고 강조하였다.

덩잉차오의 연설은 명쾌하고 진지했으며 이치에 꼭 들어맞았기 때문에 천이원과 탕궈전조차 감탄하여 리더취안, 탄티우, 차오멍쥔 등과 함께 박수를 치며 호응하였다.

천이원, 탕궈전이 회의장을 떠났다. 방에는 단지 리더취안, 탄티우, 차오멍쥔만이 남았다. 덩잉차오는 그녀들이 아직 제대로 이해하지 못할 것 같아 웃으며 말했다.

"항일은 사람들이 지향하는 대세이며 대국입니다. 쟝 위원장도 동의한 것입니다. 그녀들은 반대할 능력도 없고 감히 반대하지도 못할 것입니다. 우리는 그녀들을 끌어안고 함께 항일공작에 참가해야 합니다. 가짜도 진짜가 될 수 있답니다!" 이렇게 마지막으로 그녀는 의미심장한 말한 마디를 덧붙였다. 성격이 활달한 리더취안과 우아한 차오멍쥔은 둘다 크게 웃었다. 강한 성격의 소유자인 독신주의자 탄티우는 큰 깨달음을 얻은 듯 웃으며 말했다.

"덩 동지의 말씀이 정말 옳습니다. 그들을 항일로 이끌어야 합니다. 가짜 항일도 진실된 항일로 변화시킬 수 있으니까요."

"관건은 우리들의 공작입니다." 덩잉차오는 다시 엄숙하게 한 마디를 덧붙였다. 이 중량감 있는 말을 리더취안, 탄티우, 차오멍진은 모두 마음 깊이 새겼다.

8월 13일, 일본침략군은 상하이에 대한 대규모 진공을 시작했다. 8월 22일, 국민정부군위원회는 홍군주력부대를 국민혁명군 제팔로군(第八路軍)으로 개편한다고 선포했다. 이로써 국공합작은 마침내 공개적 사실로서 확립되었다.

8월 21일 저우언라이는 덩잉차오와 함께 난징을 떠나 시안으로 돌아왔다. 그들은 여전히 치셴좡(七賢莊) 1호(號)에 거주하였는데, 그곳은 이미 정식 팔로군 시안사무소가 되었다. 그곳에서 덩잉차오는 에드가 스노우의 부인 님 웨일즈[5]를 만나 오랜 대화를 나누었다.

홍군은 정식으로 팔로군으로 개편되었고, 군장비는 국민당에서 공급받았다. 홍군의 모자 위에 있던 5각의 붉은 별은 청천백일(靑天白日) 모양의 모표로 바뀌었다. 많은 홍군병사들은 이러한 상황을 제대로 이해하지 못했다. 저우언라이의 경호원 랴오치캉(廖其康)은 팔로군사령부 대위 부관에 임명되었으며, 반듯하게 다림질이 된 군복이 지급되었다. 그는 매우 불만스러워 청천백일 군표를 보며 화를 냈다. 그는 일부러 어물거리면서 군복을 바꿔 입지 않고 있다가 급기야 머리를 감싸 쥐고 통곡하기 시작했다. 국민당에 더 할 수 없는 원한을 품고 있던 그가 어떻게 청천백일 군표를 받아들일 수 있었겠는가?

---

5   역주 : Nym Wales(1907-1997). 남편 에드가 스노우와 함께 1930년대 격동기의 중국 혁명가를 취재하여 저서를 남겼으며, 특히 옌안에서 조선인 독립운동가 김산(본명 : 장지락)을 취재하여 남긴 『아리랑』은 유명하다.

19세의 랴오치캉은 푸젠 팅저우 사람으로 1932년 홍군 제5군단에 참가하여 4차례의 소비에트 포위공격 반대 전쟁에도 참가하였다가 부상을 당하였다. 이후 장정에서 다시 머리와 허벅지에 부상을 입었다. 그와 함께 쟝시를 출발한 전우 가운데 절반 이상이 목숨을 잃고 말았다. 이 홍군병사는 희생당한 수많은 전우가 생각나 더더욱 국민당정부의 새 군장을 받아들일 수가 없었다.

랴오치캉은 땅바닥에 웅크리고 앉아 통곡했다. 덩잉차오가 이를 듣고 부드럽게 말했다.

"랴오 동지, 군복을 갈아입도록 하세요 당신은 혁명전사가 아닌가요? 홍군은 팔로군으로 개편되었지만 여전히 공산당과 마오 주석이 지도하는 군대입니다. 군복을 바꿔 입는 것은 항일을 하기 위해 필요하기 때문입니다. 보세요. 저우언라이 총사령 동지까지도 갈아입었잖아요? 무엇이 아직 이해가 되지 않는 건가요? 그렇다면 한 가지 물어 볼게요. '3대 기율 8항 주의'[6] 가운데 첫 번째가 뭐죠?"

"일체의 행동은 지휘에 복종한다."입니다. 랴오치캉은 재빨리 서서 대답하였다.

"좋아요. 현재 조직이 당신에게 팔로군 복장으로 갈아입으라고 명령했으니 빨리 복종토록 하세요 우리는 빨리 옌안으로 돌아가야 합니다." 덩잉차오는 웃으며 그의 어깨를 두들겼다.

랴오치캉은 눈물을 거두고 매우 빠르게 옷을 갈아입었다.

덩잉차오는 이를 보고 웃으며 말했다.

"정말 좋습니다. 활력과 위엄이 넘쳐 보입니다. 당신은 현재 저우언라이 동지의 부관입니다. 그러니 말을 할 때나 일을 처리할 때 남들에게

6　　역주: 3대 규율은 ① 모든 행동은 지휘에 복종할 것, ② 인민의 바늘 하나, 실 한오라기도 가지지 말 것, ③ 모든 노획물은 조직에 바칠 것, 8항 주의는 ① 말은 친절하게 할 것, ② 매매는 공평하게 할 것, ③ 빌려온 물건은 돌려줄 것, ④ 파손한 물건은 배상할 것, ⑤ 사람을 때리거나 욕하지 말 것, ⑥ 농작물은 해치지 말 것, ⑦ 여자를 희롱하지 말 것, ⑧ 포로를 학대하지 말 것 등이다.

미치는 영향에 대해 특히 주의해야 합니다."

랴오치캉은 즉시 기립하여 경례하였다.

"잉차오 동지, 반드시 주의하도록 하겠습니다."[7]

덩잉차오는 바쁜 시간을 쪼개 치셴좡 후원에서 시안여성노동운동을 전개하는 청년 공산당원 차오관쥔(曹冠群)을 만났다. 그녀는 차오관쥔의 이름을 묻고 상냥하게 그녀를 작은 방으로 데리고 들어가 웃으며 자신이 덩잉차오라고 소개하였다.

차오관쥔은 그녀의 이름을 듣자 긴장되기 시작했다. 그녀는 팔로군시안사무소로 가 그곳의 지도자에게 여성위로회 공작에 대해 보고하라는 조직의 명령을 받았다. 그녀는 그 지도자가 평소 자신이 오랫동안 흠모해 오던 여성운동 지도자 덩잉차오라고는 생각하지 못했다.

덩잉차오는 그녀가 긴장하는 모습을 보고 친절하게 말했다.

"차오 동지, 우리 천천히 이야기 하도록 해요." 그러면서 그녀는 따뜻한 차를 따라 주었다. 이러한 자상함 때문에 차오관쥔은 눈앞의 다졔가 지닌 혁명 경험이 그녀보다 훨씬 오래지만 그녀와 완전히 평등한 관계가 되었다고 바로 느꼈으며, 그러자 마음이 여유로워지며 평정을 찾을 수 있었다. 그녀는 바로 보고했다.

그녀는 1937년 초에 입당한 후 시안에서 학생운동과 여성운동에 참여하였다. 1937년 8월 산시성에서는 중국여성위로자위항전전사(中國女性慰勞自衛抗戰戰士) 산시분회가 결성되었는데 그 총회장은 쑹메이링(宋美齡)이었고, 산시분회 회장은 서북군 38군 군장, 산시성 정부주석 쑨웨이루(孫蔚如) 부인이었다. 시안사변 후 시안에서의 중국공산당의 영향력은 날로 커져갔다. 산시성 여성위로자위항전전사 분회는 준비에서 결성까지 모두 공산당원과 진보인사가 참여하였고, 차오관쥔 역시 이 공작에 참여하였다. 그녀들은 이 합법조직을 충분히 활용하여 각계 여성과 유명인사를

---

7   필자가 총칭(重慶)에 랴오치캉을 방문했을 때 그는 덩잉차오의 사상적 지도에 대해 소개해 주었다.

광범위하게 단결시켜 많은 항일구국 공작을 전개하였다.

차오관췬은 종합보고를 하였으며 그에 대해 덩잉차오는 자세하게 물어보았다. 그녀는 어떤 유명 애국민주여성들을 조직했는지에 대해 특히 구체적으로 질문하였다. 그녀들의 정치적 태도, 활동 작용, 그리고 공산당과의 합작 상황 등에 대해 매우 자세하게 물었다. 또한 항일을 주장하는 여성 국민당원과 양후청 부대 군관 가족, 그리고 교육계의 유명여성에 대해 두루 질문하였다. 덩잉차오는 차오관췬에게 말했다.

"당신은 자신의 공개적·합법적 지위를 충분히 이용하여 광범위하게 각계의 여성을 단결시키며, 중상층 여성의 통일전선 공작을 전개해야 합니다. 유사시 그녀들과 충분히 상의하고, 그들의 의견을 존중하며, 그들을 통해 더욱 많은 사람들이 항일공작에 참가하도록 유도해야 합니다. 국민당 가운데 일부 완고파와는 적당히 투쟁을 전개해야 하지만, 그들의 동정과 지지를 얻어내야 고립되거나 지나치게 돌출적인 행동을 해서는 안 됩니다. '민주선봉대(民主先鋒隊)', 서북청년구국회 등과는 구별되게 활동해야 하지만 너무 나서지 마세요. 공작 방법을 신중히 강구하여 중상층 여성들이 두려워하여 도망가지 못하게 해야 합니다."

덩잉차오는 다시 차오관췬에게 말했다.

"당신들은 도시 여성, 가정주부 그리고 농촌여성들에 대해 어떤 활동을 전개하고 있나요?"

차오관췬은 이 말을 듣자 바로 얼굴을 붉히며 작은 목소리로 말했다.

"우리는 중등·초등교사와 여학생에 대한 공작에 치중하고 있으며 또한 상층여성 공작에도 주의를 기울이고 있습니다. 여성노동자에 대해서는 개별적 관계만을 맺고 있으며, 농촌여성에 대해서는 약간의 문맹퇴치반을 운영하고 있습니다. 노동자·농민 여성에 대한 공작이 충분치 못한데, 이것이 우리의 취약한 고리입니다. 다졔의 지적은 매우 중요하기 때문에 우리는 이후 반드시 노동여성 방면에 대한 공작을 강화해야 할 것 같습니다."

"맞습니다. 노동여성은 우리 공작의 기초이니 반드시 주의를 기울여야 합니다." 덩잉차오는 웃으며 말했다. 그녀는 다시 난징국민당 감옥에서 석방된 두 여성동지가 여성위로회 분회에서 보인 활동 상황에 대해 물으며, 그들의 정치적 진보와 생활상의 곤란함에 대해 많은 관심을 기울여야 한다고 강조하였다. 덩잉차오는 깊은 관심과 애정을 품고 차오관쥔에게 말했다.

"이 두 여성동지는 원래 당원으로 감옥에서 엄청난 고통과 시련을 겪었는데 현재 당과의 조직적 관계가 끊긴 상태입니다. 얼마 동안 살펴 본 후에 특별히 그들의 조직 문제를 해결해 주도록 하세요."

차오관쥔은 머리를 끄덕이며 묵묵히 마음속에 그 말을 담아 두었다.

대화 시간은 짧지 않았다. 차오관쥔은 섭섭한 마음으로 서서 작별을 고하며 말했다.

"덩 다제, 저는 가야 합니다. 다른 지시 사항이 없습니까?"

"지시라고 할 게 뭐 있나요." 덩잉차오는 차오관쥔의 손을 잡으며 웃으면서 말했다.

"우리들은 모두 같은 전선에서 공동 작전을 하는 동지이며 자매입니다. 나는 단지 당신보다 나이가 약간 많고 조금 더 일찍 혁명에 참가했을 뿐입니다. 항일전쟁을 수행하는 데에는 많은 간부가 절실히 필요합니다. 당신들처럼 젊은 여성동지들이 공작에 참가하니 너무도 기쁩니다. 당신들은 반드시 난국을 타개하고 국공합작과 일치단결된 항일 공작을 추진하여야 합니다.

며칠 후 덩잉차오는 저우언라이와 함께 옌안에 도착했다. 저우언라이는 뤄촨(洛川)에서 개최된 정치국회의에 참가하였다. 회의에서는 「항일구국십대강령(抗日救國十大綱領)」[8], 「현재 형세와 당의 임무에 관한 결정」을

---

[8]　역주: 1937년 8월 25일 중공정치국 확대회의에서 채택된 항일민족통일전선의 구체적 정책을 가리킨다. 1938년 3월 국민당은 이에 호응하여 「항전건국강령」을 반포하여 '일제 침략에 반대하는 모든 세력과 연합'한다고 공개적으로 표명하였고 그 결과

통과시켰다. 회의 후 저우언라이는 서둘러 산시(山西)로 돌아갔다.

항일전쟁이 발발한 지 이미 3개월이 지났다. 많은 애국, 진보 청년들이 다투어 옌안으로 달려와, 항일군정대학(抗日軍政大學, 약칭하여 항대)과 섬북공학(陝北公學, 약칭하여 섬공)에 입학하였다. 마오쩌동, 장원톈, 저우언라이, 샹잉(項英), 보구 등은 늘 항대에 와 보고를 하였다. 덩잉차오 역시 초청을 받아 여성운동에 대한 보고를 하였다.[9]

옌안 동문 밖의 한 광장에 수천 명의 청년학생들이 일사불란하게 둘러 앉아 있었다. 덩잉차오는 이때 국민당통치지구에서 입었던 치파오 대신 회색 군복에, 허리에는 가죽 혁대를 차고, 군모 아래 귀밑 짧은 단발머리를 하고 있었다. 밝고 활달해 보이는 두 눈망울은 열정과 지혜를 내뿜으며, 재빨리 광장의 청년들을 쭉 훑어본 후 강연을 시작하였다.

그녀는 체계적으로 당시 항전 형세에 대해, 그리고 중국여성운동의 발전 역사에 대해 설명하였고, 항일시기 여성운동의 방침과 임무에 대해 이야기하였다. 그녀의 생각과 판단은 민첩했고, 박학다식했으며, 풍부한 실천 경험까지 지녔다. 게다가 그녀의 말은 매우 논리적일 뿐만 아니라 유창하며, 생동감이 넘쳤고 극히 열정적이며 선동적이었다. 그래서 수천 청년학생들의 마음을 전부 끌어 들일 수 있었다. 그들은 중국여성운동의 지도자를 바라보며 매우 감탄하였고, 또 중국공산당이 걸출한 인재를 많이 양성했음을 느꼈다. 덩잉차오가 강연을 끝내고 연단에서 내려오자 청년들이 짓궂게 소리쳤다.

"잉차오 동지, 노래를 불러 줘요!"

덩잉차오는 흥겹게 웃으며 말했다.

"좋습니다. 나는 당신들과 「졸업가」를 함께 부르고 싶은데 어떤가요? 좋아요, 그럼 시작합니다. '학우들이여, 모두 일어나 천하의 흥망을 떠안

___

는 1938년 7월 한커우에서 제1차 국민참정회가 개최되었다.
9   필자가 허치쥔(河啓君)을 방문했을 때 그는 1937년 옌안으로 달려갔던 사실과 항전 초기 예안에서 보여준 덩잉차오의 활동 상황에 대해 소개하였다.

자! 들어 보라 귀에 가득 들려오는 대중의 고통어린 신음소리를! 보라, 일 년 내내 소멸되어 가는 국토의 모습을! 우리는 전쟁을 선택할 것인가 아니면 항복할 것인가? 우리는 주인이 되어 죽음을 무릅쓰고 전선에 나갈 것이지 노예가 되어 출세 길에 오르려 하지 않으리' ……."

덩잉차오는 두 손을 흔들며 박자를 맞추면서 수천 청년과 함께 사람의 마음을 격동시키는 노래를 소리 높여 불렀다. 그녀의 얼굴은 흥분하여 붉게 상기되었고, 이마에는 송글송글 땀방울이 맺혔다. 한 곡이 끝나자 청년학생들은 일제히 소리쳤다. "한 곡 더!"

덩잉차오는 이마에 흐르는 땀을 닦고, 웃으며 시원스럽게 말했다.

"좋습니다. 그러면 「노동자·농민·병사·학생·상인 모두 함께 나라를 구하자」라는 노래를 부르는 것이 어떻습니까? 그럼 시작합시다. '노동자·농민·병사·학생·상인 모두 함께 나라를 구하자, 우리의 쇠망치, 칼, 창을 들고 공장, 농장, 학교를 뛰쳐나와 전선으로 달려가자, 민족해방의 전장으로 달려가자!' ……."

덩잉차오는 손을 힘 있게 흔들어 수천 명의 대합창을 지휘하였다. 노래 소리는 우렁차게 옌안의 상공을 진동하며 바오타(寶塔)산을 휘감아 아래로 내려갔다. 덩잉차오의 눈에 눈물이 맺혔다. 그녀의 온몸에서 피가 끓어올랐다. 수천 명의 청년들과 똑같이 그녀의 마음은 이미 항일전선으로 날아가고 있었다.

전선의 소식은 신나는 것도 있었지만 반면 불안하게 만드는 것도 있었다. 국민당군대는 계속 패퇴하였다. 팔로군은 핑싱관(平型關)에서 큰 승리를 거둬 중국인민의 투쟁 의지를 높이고, 일본의 위세를 꺾어버렸다. 코민테른주재 중공대표단 단장 왕밍도 소련에서 옌안으로 돌아왔다.

당중앙은, 샹잉, 저우언라이, 보구, 동비우 등이 중심이 되어 중공중앙 창장(長江)국을 조직하여 남부중국공산당을 지도하라는 결정을 내렸다. 저우언라이, 왕밍, 보구, 예졘잉은 중공대표단을 조직하여 국민당과 담판을 벌였다. 덩잉차오는 창장국의 여성공작에 참가하기 위해 저우언라이, 왕밍, 보구와 함께 우한으로 떠났다.

파란만장한 한 시대가 열렸다. 33세의 덩잉차오는 이미 성숙한 프롤레타리아트혁명가이자 여성운동의 지도자 겸 조직가로 성장해 있었다. 그녀는 항일전쟁의 수많은 무대에서 걸출한 재능과 고상한 품격을 드러내 보였으며, 뛰어난 공헌을 하였다.

40. 「현 단계 여성운동에 관한 의견」

1937년 말 우한. 난징이 함락되자 국민당정부의 당·정·군기관은 모두 우한으로 옮겨 갔으며, 전국의 많은 구국단체 및 애국민주인사 또한 우한으로 몰려들었다. 거리엔 표어와 깃발로 가득 찼고, 항일 구국의 노래가 흘러 넘쳤다. 팔로군 우한주재사무소는 한커우 중계(中街) 85호 다스양항(大石洋行) 옛터에 자리를 잡았다. 회색빛의 서구식 4층 건물인 팔로군 사무소에는 하루 종일 사람들의 발길이 끊이지 않아 매우 혼잡했다.

12월 18일 덩잉차오는 저우언라이, 왕밍, 보구 등과 함께 우한에 도착하자마자 바로 긴박한 공작에 들어갔다.

우한의 12월 밤은 매우 추웠다. 덩잉차오는 사무소 2층의 한 방에서 바삐 글을 쓰고 있었다. 내용은 그 당시 여성운동에 대한 그녀의 견해였다.

덩잉차오는 「현 단계 여성운동에 관한 의견」을 원고지에 빠르게 써내려갔다. 그녀는 중국여성운동사라는 큰 시각에서 항전시기 여성운동의 새로운 진용에 대해 엄밀하게 분석하였는데, 거기에는 항일을 주장하는 전국 각 계급, 각 계층 및 각계의 수많은 여성들이 포함되어 있었다.

덩잉차오는 당시의 환경이 여성운동을 전개하기에 유리하다고 분석한 후, 다시 당중앙이 제출한 항일 구국 총방침에 근거하여, 당시 여성운동의 방침이 "항일통일전선적 여성운동 건립"임을 천명하였다. 그녀는 다음과 같이 썼다.

"중국의 항전은 현재 매우 곤란한 전환점에 도달했다. 우리는 역량을 집중하여 현재의 곤란을 극복하고 항전을 끝까지 지속해야 한다. 먼저 국내의 단결을 공고히 하고 국공합작을 기초로, 각당, 각파, 각계를 아우르는 항일통일전선을 공고히 하고 또 확대하여 최후 승리의 기본적 중심 요소를 쟁취해야 한다. 여성운동 또한 항일통일전선이라는 전체적 구도 속에서 각계 여성을 항일구국운동 속으로 조직하고 동원해야 한다."

덩잉차오는 항일통일전선을 건립하기 위해선 분파적 선입견을 반드시 배제해야 한다고 생각하였다. 얼마 전 난징에서의 경험이 눈앞에 선명하게 떠올랐다. 그녀는 빠르게 써 내려갔다.

"항일 이익과 민족 이익이 그 어떤 것보다 우선인 상황 하에서 과거 여성운동 속에 존재했던 파벌의식과 폐쇄주의는 자연스럽게 해소될 것이다. 따라서 적극적 방면에서 여성의 정치 수준, 정치 소양을 제고하여 생활의 정치화, 사회화를 시도한다면 여성의 단결을 강화하여 점차 약점과 결점을 감소시킬 수 있을 것이다."

그녀는 글을 통해 당면한 여성운동의 주요 임무와 시급히 전개해야 할 주요 공작에 대해 기술하였다. 즉 정부를 도와 징병운동을 추진함으로써 항일 군대를 확충해야 하며, 항일군인 가족에 대한 공작을 통해 전선의 장병들이 후방 가족에 대해 걱정을 덜하도록 하고, 결연하고 용맹스럽게 적과 상대할 수 있도록 해야 한다. 여성을 조직, 동원하여 매국노 숙청과 중국인민의 공공의 적인 일본 침략주의자의 정탐원에 대한 반대 투쟁에 참가시켜야 한다. 경제전선으로 대규모의 인민을 동원하여 정부의 구국공채 판매를 돕고 헌금운동을 지속적으로 전개하며 군 위문 사업을 계속 확대해야 한다. 전쟁지역에 대한 지원조직을 확대 발전시키며, 부상병에 대한 위로 구호사업을 확대하고 국제여성에 대한 선전활동을 확대해야 한다…….

밤이 이미 깊었고 방안의 한기는 더욱 심해졌다. 덩잉차오는 면으로 된 군복을 입고 있었지만 두 손은 빨갛게 얼었다. 한 번에 수천 자의 글을 손으로 쓰다 보니 손도 약간 욱신거리기까지 하였다. 그녀는 일어나 보온병에서 뜨거운 물을 한 잔 따라 마셨다. 따뜻한 기운이 온몸에 퍼졌다. 그는 먹을 간 후 붓을 잡고 다시 계속 써내려갔다.

"이상의 공작을 완성하기 위해 반드시 현재의 여성단체 조직을 확충함으로써 이 영광스런 사업을 담당케 하며, 여성에 대한 여성단체의 지도를 강화하여 과감히 새로운 여성간부를 선발하여 신임하고, 실제의 공작에서 인내를 갖고 간부를 배양해야 한다……. 인민대중과의 연계 하에 성장한 많은 여성간부는 수백만 여성대중을 조직, 동원할 수 있으며, 현재의 중요 공작을 위해 노력하여 항일민족전쟁 가운데 강력한 대오를 형성함으로써 항전의 최후 승리를 조속히 쟁취할 수 있을 것이다." 여기까지 이르자 그녀는 필승의 신념을 품게 되었으며 이에 다음과 같이 썼다. "승리는 반드시 우리의 것이다. 1937년 12월 28일 한커우에서."

덩잉차오의 이 글은 잡지 『부녀생활』에 발표되어, 그 이후 항전 초기 여성운동에 대해 강령적 성격을 띤 지도적 역할을 하게 되었다.

시국의 변화에 따라 덩잉차오는 창쟝국이 우한에서 설립한 『신화일보(新華日報)』와 선쯔쥬(沈玆九)가 주편을 맡은 잡지 『부녀생활』에 많은 글을 발표하였다. 이로써 그녀는 충실하고 풍부한 내용에다가 정확한 방향성까지 유지해가면서 적절하게 여성운동을 지도하였다.

그녀는 「'3·8절' 기념과 몇 가지의 중요 공작」이라는 글에서 전쟁지역이 확대됨으로써 증가한 수많은 난민여성에 대해 공작을 전개하자고 제안했다. 또한 전선에 있는 항일군대의 급량문제를 확실히 하기 위해, 그리고 전국인민의 식량공급을 보증하기 위해 농촌여성을 조직하여 봄농사를 짓도록 동원해야 하며, 생산부문에서 노동자에 대한 공작을 전개할 뿐만 아니라 적이 점령한 지역에서는 비밀공작을 전개해야 한다고 주장하였다.

당시, 뜻있는 많은 청년과 여성들은 농촌으로 들어가 농촌의 수많은 여성들을 항전활동에 참가시켜야 한다고 이구동성으로 주장하였다. 그러나 그들은 대부분 도시의 지식여성들이어서 농촌에서의 활동 경험이 없었다. 덩잉차오는 잡지 『부녀생활』과의 약속에 따라 「어떻게 농촌여성을 조직할 것인가?」라는 장문의 글을 썼다. 그녀는 근거지 공작의 직접적 경험을 종합하여 농촌여성 조직 활동을 시작할 때 필요한 준비공작에서 농촌여성을 조직하는 방법, 농촌여성 조직 건립, 농촌여성운동 지도자 양성 등에 이르기까지 매우 상세하고도 깊이 있는 내용을 분명하게 기술하였다. 덩잉차오의 이 글을 통해 사상으로 무장된 많은 진보 청년들이 농촌의 항일이라는 대업을 수행하기 위해 농촌에 투신할 수 있었다.

덩잉차오가 매우 깊이 고려한 것은 여성운동 지도자들을 반드시 양성해야 여성항일구국운동을 더욱 효과적으로 진행시켜 여성항일통일전선을 발전시킬 수 있다는 점이었다. 그녀는 세심하게 하나하나 자신의 공작을 수행하기 시작하였다.

41. 여성운동 지도자 양성과 단결

덩잉차오는 여성계의 일부 유명인사들과 일찍부터 교유하고 있었는데, 우한에서 더 많은 여성들과 새로운 친구로 사귀게 되었다.

한 여성계 집회에서 덩잉차오는 구국회 지도자 가운데 한 명인 스량(史良)을 만났다. 그녀는 스량의 손을 꼭 잡고 정열적으로 말했다.

"스 여사, 저는 오래 전부터 당신을 존경해 왔습니다. 당신은 구국회 '7군자'[10] 가운데 유일한 여성으로 진정한 여장부이며 우리 여성계의 자랑입니다."[11]

스량도 당연히 덩잉차오라는 이름을 일찍부터 알고 있었으며, 그녀의 놀랄 만한 혁명 경력에 익히 듣고 있었다. 스량은 공손하고도 존경스러운 마음을 담아 덩잉차오에게 말했다.

"덩 여사, 당신의 말을 들으니 몸 둘 바를 모르겠군요. 당신과 비교하면 저는 아무 것도 아닙니다. 일찍이 오사시기에 당신은 이미 톈진학생계와 여성계의 영수였지요."

덩잉차오는 바로 웃으며 말했다.

"영수는 무슨, 가당치 않습니다. 그때 제 나이 15,6세의 순진한 소녀에 불과했습니다. 사람들과 함께 기세를 올렸을 뿐이죠."

그녀가 다시 자세히 보니 스량은 대략 37,8세 정도로 자기보다 3,4살이 많아 보였다. 미소를 지으며 말했다.

"그 당시 스 여사께서도 학교를 다녔을 것 같은데 역시 학생운동에 참가하셨죠?"

스량은 시원스럽게 고개를 끄덕이며 말했다.

"오사운동 때 저는 고향 창저우(常州)에서 고등학생이었습니다. 창저우 학생연합회 부회장을 맡아 시 전체의 동맹휴교를 조직하여 베이징의 학생운동을 지원했습니다."

"그 후에는요?" 흥미롭게 여긴 덩잉차오가 다시 물었다. 그녀는 스량의 개인적 경력을 매우 알고 싶어 했다. 다른 사람을 빨리 이해하고 또 존중하는 그녀의 이와 같은 친절한 태도에 스량은 그녀를 이내 좋아하고 신뢰하게 되었다.

---

10 역주: 1936년 5월 광범한 민중·지식인들은 내전정지, 홍군과의 화해, 정치범 석방, 통일적인 항일정권 수립 등을 요구하는 전국각계구국연합회(약칭하여 전구련)를 결성하여 반일·항일운동을 전개하였다. 이에 대해 국민당정부는 1936년 11월 그 지도자인 선쥔루(沈鈞儒), 저우타오펀(皺韜舊), 장나이치(章乃器), 스량, 리공푸(李公樸), 왕자오스(王造時), 사첸리(沙千里) 등을 체포하였다.
11 史良, 『史良自述』, 中國文史出版社, 1987.3.

성격이 활달한 스량은 본래 유명한 변호사로서 언변이 뛰어났다. 그녀는 덩잉차오가 이처럼 자신에게 깊은 관심을 보이자 일사천리로 말을 이어갔다.

"1923년 저는 상하이법과대학 법학과에 진학했습니다. 당시엔 여성이 법학을 전공하는 경우가 매우 드물었습니다. 저는 법률 방면에서 여성의 권익을 신장시키고자 했습니다. 1925년에는 '5·30' 애국운동에 참가하였습니다. 그리고 1927년 대학을 졸업하고, 1931년 상하이에서 변호사업을 시작했습니다."

"저는 그 당시 상하이에서 지하공작을 했습니다." 덩잉차오가 조용히 말하며 다시 한 번 스량의 손을 잡으며 말했다.

"저는 당신이 우리를 도와 체포된 공산주의자와 진보인사들을 구했던 사실을 알고 있습니다. 그리고 당신이 덩중샤 동지의 변호 업무를 맡아주신 것도 알고 있습니다."

스량은 덩잉차오가 자신의 경력을 자세히 알고 있음 깨닫고 매우 흥분하였다. 그녀 역시 덩잉차오의 손을 꼭 쥐고 무겁게 한숨을 쉬며 말했다.

"정말 애석하게도 저는 덩중샤 선생을 지키지 못했습니다. 그는 후에 난징으로 압송되어 희생당했습니다!"

덩잉차오 역시 침울하게 한숨을 내쉬었다. 그리고 다시 조용히 말했다.

"너무 괘념치 말아요. 단지 당시의 정세가 너무 험악해서 그랬을 뿐인 걸요. 1935년에 상하이여성계구국회를 설립했다고 들었습니다. 그리고 다시 1936년에는 전국각계구국연합회 집행위원을 맡아 선쥔루(沈鈞儒) 선생, 장나이치(章乃器) 선생 등과 함께 난징으로 가 내전을 중지하고 일치단결하여 항일하자는 청원을 했다고 알고 있습니다."

스량은 놀라며 가늘게 화장을 한 눈썹을 치켜 올리며 말했다.

"덩 여사, 당신은 어떻게 저에 대해 그렇게 많이 알고 있지요?"

덩잉차오는 웃으며 말했다.

"우리는 장정 후 산시 북부의 궁벽한 곳에 있었지만 외부의 신문을 볼 수 있었어요. 신문을 통해 당신을 포함한 구국회의 선쥔루, 저우다오 펀(鄒韜奮), 리공푸(李公樸), 장나이치, 사첸리(沙千里), 왕자오스(王造時) 등 7 명이 체포되어 쑤저우 감옥에 갇혔다는 소식을 알았습니다. 쑨 부인[12]은 직접 쑤저우로 가 구명활동을 적극적으로 전개하며 당신들과 함께 투옥 되겠다고 요구했다지요. 우리당이 국민당과 담판을 할 때 내건 조건 가 운데 하나가 바로 수감 중인 정치범과 애국인사에 대한 조건 없는 석방 이었습니다. 지금 당신은 결국 석방되어 자유를 얻게 되었습니다. 1년 가 까운 투옥 기간 동안 정말 많은 고생을 하셨습니다. 몸은 괜찮은가요?"

스량은 덩잉차오의 관심에 감동하여 큰 소리로 말했다.

"아아! 당신들의 25,000리의 장정에 비한다면 저의 고통이야 그리 대 단하다고 할 수 있겠습니까? 덩 여사, 우한에 오신 것은 정말 잘 된 일입 니다. 이곳의 여성운동을 잘 지도하여 크게 발전시켜 주세요. 모두들 항 일 열정은 매우 높지만 구체적 방법이나 명확한 지도 방침이 없습니다. 여성조직들 또한 교류가 별로 없어 서로 잘 맞지 않습니다. 우리를 잘 이끌어 주시기 바랍니다."

덩잉차오는 매우 간절하게 말했다.

"스 여사, 당신의 감당하기 힘든 칭찬과 큰 기대에 감사드립니다. 당 신도 아시겠지만 저는 여러 가지 사정이 있어 도시에서의 공개 활동을 10년 동안 하지 못했습니다. 이 10년 동안 당신과 같은 많은 여성들이 유익한 공작을 활발하게 펼쳐 여성운동을 발전시켰습니다. 저는 당신들 에게 배워야 하고 당신들과 함께 항일시기의 여성운동을 전개해야 합니 다. 당신은 이곳의 정황에 대해 잘 알고 또 친구들도 많으니 당신과 구 국회 동료들의 지도와 도움을 바랍니다."

스량은 덩잉차오에게 완전히 마음을 뺏겨 바로 대답하였다.

"덩 여사, 구국회 쪽에는 별 문제가 없으니 반드시 당신들과 진정한

---

12 역주: 쑨원의 부인 쑹칭링(宋慶齡)을 가리킨다.

합작을 이루도록 하겠습니다. 우리 구국회의 수재 선즈쮜는 『부녀생활』을 발간합니다. 다음에 제가 그녀를 당신에게 소개시켜 드리겠습니다. 또한 차오멍쥔, 류칭양(劉淸揚), 두쮠휘(杜君慧) 등은 모두 구국회의 능력 있는 여성전사들입니다. 그들 또한 모두 당신을 빨리 보고 싶어 합니다.”

이로써 덩잉차오가 정성을 기울여 만들고자 했던 여성 지도자들과의 첫 번째 관계망이 완성되기에 이르렀다. 이틀 후 그녀는 선즈쮜로부터 『부녀생활』사로 와 시사문제와 관련한 설명을 해 달라는 요청을 받았다.

덩잉차오가 시간에 맞춰 가보니, 류칭양, 선즈쮜, 차오멍쥔, 두쮠휘 등이 있었다. 스량도 바로 왔다.

류칭양은 덩잉차오를 보자 오사시기 때의 호칭을 사용하며 친숙하게 안부 인사를 건넸다. “동생, 이제야 만나게 되네요. 몇 년 동안 정말 보고 싶었어요. 언라이의 건강은 어때요? 그를 빨리 보고 싶어요.”

류칭양은 덩잉차오와 톈진 즈리제일여자사범 동창이었다. 오사시기 톈진여성계애국동지회 회장이며 각오사 사원이기도 했으며, 덩잉차오의 선배이자 오래된 전우이고, 오사시기의 풍운아이며 가장 먼저 입당한 인물 가운데 한 명이었다. 그녀와 남편 장선푸(張申府)는 저우언라이의 입당을 소개하였다. 국민혁명 실패 후 그들 부부는 당 조직을 떠났지만 계속 애국 활동에 참가하고 있었다. 류칭양은 베이핑여성구국회의 책임자 가운데 한 명이었다. 그녀의 사정을 익히 알고 있었던 덩잉차오는 따뜻하게 물었다.

“언니, 저와 언라이 역시 언니를 몹시 그리워했습니다.”

류칭양은 웃으며 말했다.

“동생, 내 반드시 당신들을 찾아 그동안 못다 한 이야기를 나누도록 할게요.”

덩잉차오는 즉시 고개를 끄덕이며 답하였다. 이때 작고 귀여우면서도 아름다운 선즈쮜가 다가왔다.[13]

그녀는 덩잉차오보다 6살 위로 이미 39살이었지만 훨씬 젊어 보이고 아름다웠다. 그녀는 일찍이 일본여자사범전문학교에서 수학하고 1925년 귀국한 후, 1933년에는 『신보(申報)』의 문화면 「부녀원지(婦女園地)」를 편집한 바 있다. 1935년 잡지 『부녀생활』을 편집했으며, 같은 해 상하이여성구국회 이사·부총무를 맡아, 총무 스량을 도와 공작을 전면적으로 주도하였다. 1936년 그녀는 쏭칭링, 차이위안페이 등과 함께 루쉰의 장례의식을 준비하고 집행하였다. 구국회 7군자가 투옥되자, 그녀는 다시 쏭칭링, 허샹잉 등과 함께 구국의 일념으로 감옥으로 들어가겠다는 운동을 펼치고 「구국을 위한 투옥선언」을 발표하였다. 그리고 쏭칭링과 함께 쑤저우로 달려가 법원을 향해 구국활동이 무죄임을 주장하고 만일 죄가 된다면 7군자와 함께 투옥되기 바란다고 하였다. 그녀는 외견상 수려하고 우아한 모습이지만 내심 중국공산당에 가입하기를 갈구하고 있었다. 그런 차에 그녀는 공산당의 저명한 여성운동지도자 덩잉차오를 만나게 된 것이었다. 어찌 흥분하지 않을 수 있겠는가?

덩잉차오는 『부녀생활』지 회의에서 당시 시국과 여성운동에 대한 보고를 하였다. 그 가운데 그녀는 여성항일통일전선을 확대하고 각계 여성을 폭넓게 동원·단결시켜 항전에 참가시켜야 한다고 강조하였다.

그녀의 말에 정신을 집중한 모두는 그녀의 논리가 치밀하고 조리가 있다고 감탄하였으며, 또 그녀의 혁명 경력과 매우 간절하면서도 성실한 태도에 더욱 탄복하였다. 열렬한 박수소리가 작은 회의실을 가득 메웠다. 그녀들은 덩잉차오의 주변에 둘러앉았다. 선즈쥬가 '덩 선생님'이라 부르자 덩잉차오는 재빨리 말했다.

"여기 계신 분들 중 상당수가 저보다 나이가 많습니다. 모두 분들이 저를 그저 편하게 불러주시면 좋겠어요. '잉차오'나 '샤오차오'면 충분합니다. 류칭양 언니는 제 선배입니다. 저를 동생이라고 부른답니다."

이 몇 마디 말에 모두 웃으면서 한 집안 식구처럼 편안한 친밀감을 느

---

13 『女界文化戰士沈玆九』(中國婦女出版社) 참조.

껐다.

차오멍쥔은 웃으며 말했다.

"그렇다면 우리는 당신을 '샤오차오 동지'라고 부르겠습니다. 어때요?"

스량이 이어 말했다.

"우리들끼리는 그렇게 할 수 있겠지요. 그러나 공개적인 자리에서는 '덩 선생님'이라 합시다. 그래야 다른 사람들의 불필요한 오해를 사지 않을 테니까요."

덩잉차오가 고개를 끄덕이며 스량의 주도면밀함을 높이 평가하였다.

선즈쥬가 매우 간절하게 말했다.

"이후에도 우리『부녀생활』회의 때 덩 선생님께서 꼭 참석하여 여러 방면에 걸쳐 지도해 주기를 부탁합니다."

모두는 열렬하게 박수로써 동의하였다. 덩잉차오는 웃으며 말했다.

"지도는 무슨, 당치도 않습니다. 그러나 저도 기회가 되면 항상 여러분들을 만나 시국상황에 대해 함께 토론하고 의견을 교환하고 싶습니다."

덩잉차오가 정성을 기울인 여성 지도자들과의 연결망이 점차 형성되어 갔다. 덩잉차오는 항상『부녀생활』의 토론회와 편집 회의에 참석하였다. 이런 작은 모임은 늘 스량 혹은 선즈쥬의 집에서 열렸다. 그녀의 주위엔 매우 빠르게 스량, 선즈쥬, 차오맹쥔, 뤄수장(羅叔章), 두쥔휘, 류칭양, 지홍(季洪) 등 여성운동지도자들이 결집했다. 덩잉차오는 항상 그녀들과 시국과 여성운동에 대한 의견을 교환했고, 항전시기 여성운동의 방향, 임무, 방법 등에 대해 제안하였다. 덩잉차오는 각각의 특징에 근거하여 그녀들의 공작을 지도하고 그녀들의 사상을 고양시키는 데에 능숙하였으며, 그녀들의 고민을 해결하도록 도와 주었다. 동시에 그녀는『부녀생활』의 편집도 적절하게 도와 이 잡지가 보다 잘 출판될 수 있도록 하였다.

류칭양은 덩잉차오를 찾아와 자신과 당과의 조직 관계가 회복되기를 희망하였다. 그녀는 덩잉차오에게 어려움을 토로하면서 자신이 탈당하게 된 것은 주로 장선푸의 영향 때문이었다고 하였다. 덩잉차오는 그녀에게 먼저 인내심을 갖고 당 밖에서 상층 여성들과의 공작에 충실하라고 권했다. 당적 문제는 조직에서 제반 상황을 고려하여 결정할 문제였다.[14]

두쥔휘 역시 덩잉차오를 찾아 자신의 고민에 대해 호소하였다. 국민혁명시기에 그녀는 광동 중산(中山) 대학에서 수학하였다. 천톄쥔(陳鐵軍)과는 같은 반 친구였다. 그녀는 1927년에 입당한 후 일본에서 유학하였다. 귀국 후 1934년, 1935년 그녀는 선즈쥬가 편찬한 잡지 『부녀원지』, 『부녀생활』 출판에 참가하여 여성운동 이론과 관련된 많은 글을 발표하였다. 그러나 뜻밖에도 1936년 하반기에 당과의 관계가 갑자기 정지되었다. 왜 그런 일이 발생했을까? 그것은 두쥔휘의 남편 진쿼광(金奎光)이 어떤 문제로 당의 의심을 받게 되고 두쥔휘에게도 역시 혐의가 주어지면서 당적이 정지되었기 때문이었다. 덩잉차오는 두쥔휘의 호소를 자세히 듣고 그녀에게 이렇게 말했다.

"현재는 항전이라는 중요한 시기입니다. 쥔휘 동지, 일시적인 억울함을 참고, 우선 적극적으로 공작을 전개하기 바랍니다. 당은 반드시 당신에게 사리에 맞는 합당한 결론을 내릴 것입니다. 이후 공작을 전개하다 어려움이 있으면 바로 저를 찾아 주세요." 두쥔휘는 덩잉차오의 손을 꼭 쥐고 울며 말했다.

"고맙습니다, 샤오차오 동지. 공작을 충실히 수행하여 빠른 시일 내에 결과를 만들어 조직생활을 꼭 회복하도록 하겠습니다."

선즈쥬는 팔로군우한사무소로 와 창장국여성조 책임자인 멍칭주(孟慶樹)와 덩잉차오를 만났다. 그녀는 몇 년 동안 입당 요구를 해왔다고 말하면서 너무 흥분해 울음을 터뜨렸다.[15]

덩잉차오는 선즈쥬에 대해 충분히 이해하고 있었다. 그녀는 상하이여

14　류칭양은 신중국 성립 이후인 1960년대 다시 입당하였다.
15　필자가 선즈쥬를 방문했을 때 그녀는 덩잉차오가 자신을 소개하여 입당시킨 과정에 대해 격동적으로 소개하였다.

성구국회의 주요 발기인이며 책임자로서 구국회에서 많은 공작을 담당하였다. 그녀가 편집 업무를 주관한『부녀생활』은 가장 영향력 있는 여성잡지였다. 그녀는 여성계의 유명인물이며 정의로운 진보사상가였다. 그녀의 입당 요구는 매우 진지했고, 수년간의 모색을 통해 당을 점차 알게 되었다. 이러한 대화 가운데 감정이 격해지면서 마침내 울음을 쏟아낸 것이었다. 1년 뒤인 1939년 덩잉차오는 총칭(重慶)에서 직접 그녀의 입당을 소개하였다.

1938년 덩잉차오는『부녀생활』의 조직 활동에 늘 참가하였다.

어느 날『부녀생활』은 독자 좌담회를 개최하였다. 한 중·고등학교 교실을 빌려 회의장으로 삼았다. 회의에 참석한 사람들은 2,30여 명의 여대생, 여중·고생, 그리고 혈기왕성한 여자아이들이었다. 사전에 선즈쥬는 덩잉차오에 참석을 부탁했다. 그러나 그녀는 덩잉차오가 여러 공작에 매우 분주하다는 사실을 잘 알고 있었기 때문에 이와 같이 작은 독자 좌담회에 반드시 참석해 달라고 강권하지는 않았다.

일군의 여학생들이『부녀생활』에 막 발표된 덩잉차오의「어떻게 농촌여성을 조직할 것인가?」라는 글에 대해 열렬히 토론하고 있을 때, 남색 치파오를 입은 덩잉차오가 갑자기 교실에 나타났다. 젊은이들 모두는 매우 흥분하여 바로 일어섰다.

덩잉차오는 친절하게 모든 이들과 일일이 악수를 하며 인사를 나눴다. 그녀는 이들과 함께 교실 의자에 함께 앉아 서로 대화를 나누었는데, 마치 동년배들끼리 대화하는 것처럼 매우 자연스러웠다. 순간 그녀는 마치 오사시기로 다시 돌아간 것 같았다. 당시, 그녀는 눈앞의 여학생들과 마찬가지로 끓어오르는 애국심을 품고 혁명의 길로 나갔었다! 그녀는 열정적으로 여학생들과 대화를 나누었다. 비록 긴 강연은 아니었지만 젊은이들의 마음을 더 높은 목표로 끌어 올렸고 민족생존, 사회해방, 남녀평등을 위한 그녀들의 높은 투쟁 열정을 촉발시켰다.

회의가 끝난 후 젊은 여학생들은 덩잉차오를 둘러싸고 돌아가지 않았다. 마치 다하지 못한 말이 남은 것 같았다. 덩잉차오는 막 창사(長沙)에서 우한으로 온 젊은 여성 뤄츙(羅琼)이 자신을 뚫어져라 쳐다보고 있음을 알아챘다.[16] 덩잉차오는 선즈쥬를 통해 그녀가 상하이에서 『부녀생활』이 창간됐을 때 원고 선별을 책임졌다는 것과 상하이여성구국회의 발기인이자 이사 겸 선전부주임이라는 사실을 알았다. 덩잉차오는 적극적으로 그녀에게 가 대화를 나누었다. 뤄츙은 마음속에 하고 싶은 말이 수없이 많았지만 너무나 흥분 되어 어디에서부터 이야기를 시작해야 할지 몰랐다. 그 여학생들은 덩잉차오를 둘러싸고 기념 서명을 부탁하였다.

덩잉차오는 웃으며 뤄츙에게 말했다.

"오늘은 대화가 부족한 듯합니다. 다음에 기회가 있을 때 당신을 찾도록 하겠습니다."

뤄츙은 웃으며 고개를 끄덕였다. 그녀는 현재 덩잉차오가 중요한 임무 때문에 아주 바쁘다는 사실을 잘 알고 있었고, 이후 다시 만날 시간이 많을 터이니 그때 기회를 잡아 보다 여유 있게 이야기를 나눌 수 있을 것으로 기대했다.

무더운 어느 날 오후, 덩잉차오는 정말 뤄츙과 그 남편 쉐무챠오(薛暮橋)가 거주하는 우한의 초라한 집으로 찾아 갔다.

뤄츙은 막 외출한 상태였다. 쉐무챠오는 탁자에 엎드려 농촌활동가를 파견하여 농민의 단결항쟁을 추진해야 한다는 내용의 글을 쓰고 있던 중이었다. 덩잉차오가 방문하리라고는 전혀 생각하지 못했다. 그는 재빨리 일어나 황급히 의자에 앉도록 권했다. 날은 매우 더웠지만 그는 다시 뜨거운 차를 끓여 두 손으로 덩잉차오에게 건넸다. 덩잉차오는 더워서 그의 이마에서 땀이 줄줄 흐르는 것을 보고 침상에 놓여 있던 부채를 그에게 주면서 웃으며 말했다.

"무챠오 동지, 저는 오늘 특별히 당신과 뤄츙 동지를 만나 편하게 이

---

16 1987년 뤄츙은 필자에게 1937년 덩잉차오와의 관계 상황에 대해 소개하였다.

야기나 하려고 왔어요. 너무 예의를 갖출 것 없습니다. 뤄춍 동지가 없으니 우리 그저 한담이나 나누도록 하죠."

쉬무챠오는 원래 내성적이고 말주변이 없는 서생이었다. 그러나 이처럼 친절한 덩잉차오의 모습을 보고 그는 마음속 깊은 데서 밀려오는 격동을 주체하지 못하고 오랫동안 담아 두었던 당에 대한 깊고 응축적인 감정을 모두 쏟아냈다.

덩잉차오는 그저 웃음을 머금은 채 조용히 그의 말을 듣고 있을 뿐이었다. 그녀는 상대방의 말을 아주 잘 들어주었다. 그리고 상대방의 감정을 충분히 이해할 수 있었고, 함부로 그의 말을 중간에 끊지 않았다. 그녀는 1930년대 당 조직이 심각하게 파괴되었을 때 쉬무챠오와 같은 당내의 지식분자들이 백색공포 하에서 공작을 견지한다는 것이 얼마나 곤란한 일이었던가에 대해 잘 알고 있었다. 그는 당내의 지도자 동지들에게 자신의 마음을 털어놓을 기회를 찾기 힘들었다.

쉬무챠오는 또한 그가 주재하는 농촌경제연구회를 향촌교육, 향촌합작사업[17]에 종사하는 옌양추(晏陽初)[18], 량수밍(梁漱溟)[19] 등과 합작하려고 한다는 의향을 덩잉차오에게 보고하였다. 덩잉차오는 고개를 끄덕이며

---

17   역주: 지역 협동조합. 국민당 정권 때에 시작하여 중화인민공화국 성립 이후까지 발전하여 개인 경제를 사회주의 경제로 전환하는 과도적인 역할을 담당하였다. 신용, 구매, 판매, 소비, 생산 따위의 부분으로 나누어 운영하였으며 1958년 인민공사에 흡수되었다.

18   역주: 1890-1990. 저명한 교육가이자 사회학자. 주로 평민교육과 사회개조운동에 참여하였다. 미국 유학 이후 귀국하여 중화평민교육촉진회를 촉진하여 향촌운동에 적극적으로 참가하였고 1940년에는 총칭향촌건설학원의 원장을 담당하였다. 1926년 허베이 딩(定)현을 실험구로 향촌건설운동의 모범을 삼고자 노력했으며 중국농촌 빈곤의 원인을 '우(愚), 궁(窮), 약(弱), 사(私)'로 진단, 그 대책으로 '문예, 생계, 위생, 공민' 등의 '4대 교육'을 주창하였다. 하지만 계급문제와 민족문제 등 사회의 근본문제를 등한시한 개량적 운동가라는 평가를 받기도 하였다.

19   역주: 1893-1988. 중국의 근본문제를 유교와 관련시켜 극복하려 한 중국 '최후의 유자'로 칭해진다. 사상과 행동의 일치를 신봉했으며 향촌건설운동을 주도해 농민들을 조직화하는 데에 힘썼다. 공산당과 쟝졔스의 국민당 사이에서 중간노선 소위 '제3노선'을 걸으려고 노력하며 민주동맹파의 활동에 참여하였다.

매우 좋다고 흔쾌히 동의하였다.

이때, 외출했던 뤄충이 돌아왔다. 덩잉차오가 와 있는 것을 보고 그녀는 깜짝 놀라 이름을 부르며 그녀에게 달려와 손을 꽉 쥐고는 놓지 않았다. 뤄충은 바로 얼마 전 지훙(季洪)에게 입당신청서를 제출했는데 혹 잉차오 다제가 그 일로 온 것이 아닐까 생각하였다. 그러나 마음속으로만 그리 생각할 뿐이었고, 그녀가 이 문제에 대해 아무 말도 하지 않는 것을 보고, 물어볼 용기를 내지 못한 채 그저 입당 조건을 충족시키지 못했을 것이라고만 스스로 생각했다.

덩잉차오는 부드럽게 뤄충에게 우한여성계에 대한 인상을 물었다. 뤄충은 잉차오 다제 앞에서 솔직하게 대답했다.

"우한에 온 지 얼마 되지 않았고 기본적으로는 상하이의 옛 친구들과 사귀었기 때문에 우한여성계 인사와는 거의 접촉이 없습니다. 그녀들 가운데 일부는 우리를 '샤쟝라오(下江佬)'라 부르는데 서로 접촉하기가 쉽지 않습니다."

덩잉차오는 뤄충의 말 가운데에 감정이 있음을 바로 알고는 시간을 내서 그녀의 사상 변화를 위해 도움을 주어야겠다고 생각하면서 웃으며 말했다.

"당신은 그렇게 보지 마세요. 혁명청년들은 마땅히 마음을 크게 열고 친구와 쉽게 사귀어야 할 뿐만 아니라 항일전을 주장하는 모든 이와 합작할 뜻을 가지고 있어야 하며, 우리들의 대중적 대오를 확대시켜야 혁명과 항전이 비로소 승리를 거둘 수 있습니다. 우한 여성과 상하이 여성 모두 중국의 여성이며, 똑같이 애국하고 일치단결하여 항일해야 합니다. 전에 『부녀생활』에서 개최한 독자좌담회에 참석한 대부분의 여학생들은 우한 혹은 후베이성 사람들이었습니다. 그녀들의 애국적인 열정은 사람들을 매우 감동시켰습니다. 그녀들은 열정적으로 토론하였으며, 어려운 농촌으로 들어가 농촌여성을 조직 동원하여 함께 항일을 지원하기 위해 노력하고 있습니다. 그녀들의 사상은 정말 진보적으로 보입니다."

여기까지 말을 마친 덩잉차오는 막 식은 차를 한 모금 마시고 다시 말을 이어갔다.

"『부녀생활』지는 매우 큰 영향력을 가지고 있습니다. 당신들은 상하이여성구국회공작 경험을 우한여성계에 확대·전개시킬 수 있으며, 우한여성군중을 보다 잘 조직하여 동원할 수 있습니다. 수많은 남녀대중을 동원하고 또 그들에게 의지해야만 항전은 비로소 승리를 거둘 수 있고, 혁명 또한 발전할 수 있습니다." 덩잉차오가 뤄츙을 힐끗 보니, 그녀는 덩잉차오의 말에 집중하고 있었고, 쉐무챠오 역시 곁에서 심각하게 듣고 있었다.

"여러분은 아직 젊어서 인민대중의 역량에 의지해야만 비로소 우리 당이 겪는 수많은 곤란을 해결하고 적에게 승리할 수 있다는 사실을 충분히 이해하지 못합니다. 혁명전쟁시기에 우리의 혁명근거지에서 군중들은 생명을 걸고 우리를 보호했습니다. 과거 많은 혁명동지들은 대중을 새로운 친부모로 삼았고, 많은 여성 동지들은 나이든 아주머니를 수양어머니로 여겼으며, 일반 여성들과는 자매관계를 맺었습니다. 쟝시 중앙소비에트에서 나는 홍군 의원 원장 푸롄장(傅連璋) 동지의 집에서 요양한 적이 있는데 그 어머니를 수양어머니로 여겼고 그 부인을 시누이라 불렀습니다. 그들은 나를 한 가족처럼 대해 주었습니다. 장정시기에 내 어머니 역시 그 집에서 지냈습니다. 뤄츙 동지, 당은 인민대중에 의지하여 성장하며 단지 군중에 긴밀히 의지해야만 승리를 거둘 수 있습니다. 대중에는 지역의 구분이란 없습니다. 공작이 뒤떨어질 수는 있어도 대중이 뒤떨어질 수는 없습니다. 대중노선은 우리 당의 기본노선이고 대중관점은 역사유물주의의 기본관점입니다. 대중에 대해서는 절대 추호의 우월감을 지녀서는 안 됩니다."

뤄츙은 1938년 당시 26,7의 젊은 혁명가였다. 그녀는 공산당만이 인민대중의 구원자이며 인도자로서 항전을 승리로 이끌고 사회를 진보시킬 수 있는 희망이라고 믿고 있었다. 그런데 이제 잉차오 다졔는 다른 방면에서 당과 인민의 관계에 대해 설명하면서 그녀에게 당이 혁명의 승리를 쟁취하려면 반드시 대중과 밀접한 관계를 유지해야 하고 대중의 보호와 지지를 얻어야 한다는 사실을 이해하도록 요구하였다. 그러나 이때 그녀는 이러한 근본적인 이치를 확실하게 이해하지는 못했다.

덩잉차오는 뤄층의 눈빛에서 그녀가 아직 제대로 이해하지 못했다는 사실을 알고 화제를 구체적인 공작으로 돌렸다. 그녀는 뤄층에게 말했다.

"나는 상하이에서 온 진보여성들이 우한의 여성들과 서로 사귀며 그들을 믿고, 이해하고, 존중하며, 마음을 비우고 그들의 의견에 귀를 기울여 주기를 바랍니다. 그녀들 역시 당신들을 신뢰하고 존중할 것입니다. 모두 좋은 친구가 된다면 항전의 대오는 더욱 확대되는 것입니다."

이제 뤄층은 조금 이해하는 것 같았다.

말하는 사이에 어느 덧 몇 시간이 흘러갔다.

덩잉차오는 일어서며 작별을 고했다.

그녀는 다시 관심어린 말로 뤄층에게 생활이 어떤지, 아이는 어떻게 잘 조치했는지 등을 물었다. 하나하나 뤄층의 대답을 들은 덩잉차오는 안심하였다. 그녀가 문을 나서자 뤄층은 큰길까지 배웅을 나왔고, 그녀가 버스를 타고 가는 것을 바라보았다.

덩잉차오가 간 후 뤄층은 잉차오 다제와의 대화를 깊이 생각해봤다. 깊은 밤, 천문을 보기 좋아하는 쉐무챠오가 창가에 기대 밝게 빛나는 북두칠성을 바라보며 조용히 인터내셔날가를 불렀다. 그는 뤄층에게 말했다.

"잉차오 동지의 말은 실제적으로는 '인민대중이 역사를 창조하는 주인이다'라는 마르크스이론입니다. 그녀는 이 이론을 당과 대중의 관계를 이용해 설명한 것이지요 혁명사업은 반드시 당의 지도에 의지해야 하고 항전승리의 희망도 당에 달려 있다는 것은 분명히 정확한 사실입니다. 하지만 당이 혁명을 지도하고 현재의 항전을 포함한 승리를 쟁취하려면 반드시 대중과 밀접한 관련을 맺어야만 합니다. 인민대중에 의지하여 단결할 수 있는 모든 사람과 단결하는 것, 이것은 곧 마르크스주의의 진리이며 우리 공작의 출발점입니다."

뤼충은 고개를 끄덕였다. 그녀는 잉차오 다졔가 자기에게 마르크스 유물론에 대한 생동감 넘치는 교훈을 줬다는 사실에 매우 감격하였다.

며칠이 지나 지홍은 뤼충에게 팔로군사무소로 갈 것을 통고하였다. 여성공작위원회 멍칭주는 뤼충을 보구(창쟝국조직부장)에게 데려갔고 보구는 그녀에게 당 조직이 그녀의 입당 요구를 논의한 끝에 허가했음을 알려주었다. 뤼충은 뛸 듯이 기뻐했다. 그녀는 토론 과정에서 잉차오 다졔의 도움이 반드시 크게 작용했을 것이라 생각했다.

덩잉차오는 이렇게 평상시의 대화 가운데 여러 사람을 상대로 사상공작을 전개하였다. 이슬비는 소리 없이 세상을 적시는 법이었다. 그녀는 자연스럽게 여성간부의 사상이론 수준을 높였다.

또 다른 상하이 여성구국회이사 루휘녠(陸慧年)은 1937년 우한에 도착하였다. 중공후베이성위원회는 10월 그녀의 입당을 받아 들였다. 그녀는 한 사립여자중고등학교에서 교편을 잡고 있었다. 당 조직은 그녀를 우한 기독교여청년회에 파견하였고, 그녀는 거기서 여성노동자 야학을 개설하였다. 1938년 돌연 당과 그녀의 조직관계가 중단되었다. 아무도 그녀에게 당 소조회에 참석토록 조치하지 않았고 아무도 그녀에게 당 문건을 제공하지 않았다. 영문을 모르는 그녀는 평소 존경해 오던 잉차오 다졔를 찾아와 이 어려운 상황을 호소할 수밖에 없었다.[20]

덩잉차오는 이야기를 듣고 역시 이상하게 생각하였다. 그녀는 원래 정치적으로 매우 신중하였다. 한참 생각하더니 루휘녠에게 한 번 조사해 보겠다고 대답하였다.

덩잉차오는 중국창쟝국조직부를 통해 조사하였다. 원래 루휘녠의 여동생은 옌안의 한 여자대학교에서 공부하였다. 그녀는 자서전 가운데 자신의 남자 친구가 일찍이 국민당의 어떤 기관에서 일을 했고, 또 자기

---

[20] 필자가 베이징으로 루휘녠을 방문했을 때, 그녀는 1937년 우한에서 보여준 덩잉차오의 활동과 자신에 대한 그녀의 관심, 그리고 도움에 대해 소개하였다.

언니 루휘녠이 상하이여성구국회에 참가했으며, 우한에서 다시 기독교
여청년회 공작을 하고 있다고 썼다. 간부를 심사하는 여대심사부 동지는
좌편향의 관점에서 루휘녠 동생에게 문제가 있다고 의심하였고, 루휘녠
에게도 문제가 있다고 의심하였다. 그 결과 후베이성위에 대해 그녀와의
조직 관계를 단절하도록 통지하였던 것이었다.

덩잉차오는 다년간 국민당통치구에서 공작을 전개하였기 때문에 이
러한 의심은 아무런 근거가 없음을 분명히 알았다. 그녀는 루휘녠에게
말했다.

"국민당통치구에서 공작하는 동지의 일반적 상황은 비교적 복잡합니
다. 당신에게 약간의 문제가 있다고 해서 조직이 조사했으나 제대로 하
지 못한 것 같습니다. 너무 힘들어 하지 마세요. 당신과의 공작 관계는
창장국으로 전환되었으니 이후 내가 직접 당신과 연락을 취할 것입니다."

루휘녠은 이제 안심을 하였고 무거웠던 마음도 풀렸다. 그녀는 덩잉
차오를 바라보며 눈물을 뚝뚝 흘렸다.

덩잉차오는 손수건을 꺼내 그녀의 눈물을 닦아주며 웃으며 말했다.

"휘녠, 아직 어린 소녀인가요, 눈물을 흘리다니! 내가 가장 싫어하는
것은 여성이 눈물을 흘리는 것입니다. 이것은 매우 허약하다는 표현입니
다. 당신은 굳세게 당의 시험을 버텨야 합니다. 당의 공작을 위해, 혁명
공작을 위해, 우리는 생명도 버려야 하는데 일시적인 억울함을 참지 못
하겠어요? 조직은 조만간 당신에 대한 합리적인 결론을 내릴 것입니다."

루휘녠은 멍하게 덩잉차오를 바라보며 말했다.

"샤오차오 다제, 당신이 오해한 것입니다. 제가 흘리는 것은 당신에
대한 감격의 눈물이고, 당신이 나를 신뢰하고 이해하는 것에 대한 감격
의 눈물입니다."

덩잉차오는 가볍게 루휘녠의 어깨를 두드리고는 다시 웃으며 말했다.

"뭐 나에 대해 감격까지 하나요. 당과 자기 자신을 믿고 더욱 열심히
공작에 매진하세요. 그것이야말로 진정 감격적인 일입니다."

루휘녠은 고개를 끄덕이며 신이 나 밖으로 뛰어 나갔다.

42. 중국전시아동보육회의 조직 추진[21]

1937년 11월 12일 상하이가 일본에 함락된 후, 12월 13일 난징 역시 함락되었다. 일본 침략군은 화북·화동의 대규모 지역을 유린하였다. 인민은 학살당했고, 부녀자들은 폭행당했다. 또한 가족을 잃은 수많은 아이들이 죽음의 위협에 직면했다. 우한의 거리에서도 재난을 당한 많은 아이들이 구걸하며 추위와 굶주림에 떨었으며, 심지어 어떤 아이들은 담벼락 밑에서 죽어 쓰러져 있었다.

이를 본 덩잉차오는 가슴 깊이 고통스러워했다. 아이들은 조국의 미래이다! 그녀는 어떻게 하면 어려움에 처한 이 아이들을 구해낼 수 있을지 초조해 하면서 고민했다. 상하이, 난징, 베이핑에서 우한으로 온 중공 비밀당원과 진보인사 차오멍쥔, 쉬징핑(徐鏡平), 두쥔휘, 안어(安娥), 천보얼(陳波兒) 등도 역시 이 재난 아동들의 구제 방법에 대해 토의하였다.

덩잉차오는 차오멍쥔, 쉬징핑의 의견을 듣고 단호하게 말했다.

"역량을 집중시켜 각계 인사를 조직하여 함께 재난아동들을 구제해야 합니다."

덩잉차오는 전투지역에서 재난당한 아이들이 매우 많아 그들을 구제하는 데에 많은 경비와 공간, 그리고 공작인원이 필요하기 때문에 사회적으로 영향력이 있고 적극적이며 주체적으로 일을 처리할 수 있는 인물이 이 공작을 주재해야 한다고 생각했다. 그녀는 펑위샹의 부인 리더

---

[21] 귀젠(郭建)이 주편한 중국전시아동보육회 관련 장편회고록 참고.

취안을 떠올렸다. 그녀는 리더취안의 경력을 알고 있었다.

리더취안은 덩잉차오에 비해 8살이 많았고, 셰허(協和)여자대학을 졸업하였으며, 일찍이 베이징기독교여청년회 총무간사를 역임하였다. 1924년 펑위샹과 결혼하였다. 1926년 펑위샹을 따라 소련으로 갔다. 펑위샹이 정치 일선에서 물러난 후 1932년 그녀는 펑위샹을 도와 산동 타이산(泰山) 기슭에 15개의 학교를 건립하였다. 1936년 그녀는 난징에서 수도여성학술연구회를 구성하여 여성운동을 전개하였다. 덩잉차오는 리더취안의 사상이 진보적이며 사회적으로 광범한 영향력을 지니고 있음을 잘 알고 있었다. 그녀는 저우언라이와 상의하였고, 저우언라이 역시 매우 찬성하였다. 저우언라이는 직접 펑위샹의 집으로 가 상의하여, 그녀에게 전시 아동보육공작을 맡아달라고 요청하였다. 리더취안은 흔쾌히 동의하였다.

1938년 1월 24일 덩잉차오는 리더취안, 선쥔루(沈鈞儒), 궈모뤄(郭沫若), 차이위안페이(蔡元培) 등과 함께 발기인회의를 소집하였다. 183명이 참가한 회의에서 전시아동보육회 주비위원회가 성립되었다.

전시아동보육회의 정식 성립을 위해서는 국민당사회부의 비준을 얻어야 했다. 국민당 보수파는 일관되게 공산당과 진보인사들을 적대시하였기 때문에 전시아동보육회의 성립을 저지하고 또 그것을 파괴하고자 하였다. 덩잉차오는 불량배와 특무조직원들이 보육회성립대회장에서 소란을 피우려고 준비한다는 소식을 들었다. 덩잉차오는 리더취안보다 더 높은 지위에 있는 사람에게 요청하여 대회를 주재하도록 해야만 이번 구제 사업이 무리 없이 진행될 수 있을 것이라 판단하였다.

그녀는 리더취안을 찾아 상의하고 그녀에게 쑹메이링(宋美齡)에게 부탁하여 전시아동보육회의 성립대회를 주재해 달라고 요청하자고 건의하였다. 그러면서 보육회는 쑹메이링이 회장을 맡고 있는 중국여성자위항전장병위로위원회의 직속 부서로 활동할 수 있다고 그녀에게 설명하라고 말했다.

리더취안과 선즈쥬는 함께 쏭메이링을 찾아가 부탁했다. 쏭메이링은 선뜻 성립대회에 참석하겠다고 대답했다. 그녀가 전면에 나선다면 특무 조직이나 불량배들도 감히 방해하지 못할 것이고 국민당 사회부도 전시아동보육회라는 단체를 순순히 허락할 것이었다.

1938년 3월 10일, 한커우 성(聖) 뤄이(羅易) 여자중고등학교에서 중국전시아동보육회 성립대회가 개최되었다. 덩잉차오는 여기에 적극 참가하였다. 그녀는 회의에 참석한 170여 명에 달하는 각계 인사가 회의장을 가득 메우자 항일통일전선의 위력이 충분히 체현된 것으로 생각하여 흡족해 했다.

검정 벨벳 치파오를 입은 쏭메이링이 회의를 주재하였다. 그녀는 매우 예의바르게 덩잉차오와 악수를 하면서 그녀에게 "이미 오래 전부터 동경해왔다"고 인사를 건네며 "참된 합작을 통해 재난아동들을 힘껏 구제해 나가야 한다"고 하였다. 쏭메이링의 말은 진정 상투적인 말이 아니었다. 일찍이 오사운동에 참가했고 다년간의 혁명경험을 지닌 덩잉차오와 같은 걸출한 여성에 대해 그녀는 분명히 일찍부터 들은 바 있었고, 충분히 존중하였기 때문이었다. 덩잉차오 역시 예의를 갖춰 "쟝 부인"이라 부르며 항전정신으로써 아이들을 구제할 뿐만 아니라 그들을 중국 건설의 인재로 배양해야 한다고 함축적으로 말했다.

전시아동보육회 성립 후 286명의 명예이사가 선임되었다. 국민당 쪽에서는 쟝졔스, 린썬(林森), 펑위샹, 콩샹시(孔祥熙), 쑨커(孫科), 쏭쯔원(宋子文), 리쫑런(李宗仁) 등이 있었다. 공산당 측에서는 마오쩌둥, 저우언라이, 주더, 펑더화이(彭德懷), 예팅(葉挺), 예졘잉, 보구, 덩잉차오, 캉커칭(康克淸) 등이 있었다. 그 외 각계의 유명인사인 차이위안페이, 궈모뤄, 선쥔루, 후스(胡適), 마오둔(茅盾), 라오서(老舍), 저우타오펀(鄒韜奮), 옌양추(晏陽初) 그리고 화교계의 천쟈칭(陳嘉慶), 후원후(胡文虎), 외국인 스노우, 스메들리, 스트롱[22], 鹿地亘[23], 스튜어트[24] 등이 있었다. 진정 매우 광범한 진용이었다. 덩잉차오가 전력을 다해 지지하고 추진, 성립시킨 중국전시아동보육회는 제2차 국공합작 개시 이후 가장 빨리 성립된 항일통일전선 단체였다고 할 수 있다.

덩잉차오는 중국전시아동보육회의 상무이사에 선임되었다. 쑹메이링은 이사장, 리더취안은 부이사장에 각각 선임되었다.

이사회 구성 및 각 조직에 대한 인선 토론을 할 때 조직위원회 주임 후보는 원래 덩잉차오였고, 부주임은 국민당사회부 여성과 책임자 천이원(陳逸雲)이었다. 천이원은 회의석상에서 국민당원이 조직, 선전, 보육 등 3개 위원회의 주임 자리를 모두 독점해야 한다고 강력하게 주장하면서 자신이 "수십 년 동안의 조직 활동 경험이 있음"을 강조하고 덩잉차오와 진보인사를 적극적으로 배제하려 하였다.

덩잉차오는 천이위의 수작을 보면서 국민당 보수파가 이제 막 성립된 항일통일전선 단체를 농단하려 한다는 사실을 간파했다. 그녀는 태연하게 말했다.

"우리는 항일구국을 위해, 그리고 아동보호를 위해 함께 달려가야 합니다. 저는 그 어떤 형식적 지위도 필요 없습니다. 단지 필요한 공작이라면 반드시 그를 완수하기 위해 노력할 것입니다."

쑹메이링는 약간의 서구민주사상을 지니고 있었다. 그녀는 천이원이 회의석상에서 공공연히 자리다툼을 하면서 자신을 과시하는 것을 보고 자신도 모르게 눈살을 찌푸렸다. 덩잉차오가 천이원의 도발적인 자리다툼에 대해 침착하고 호기롭게 대꾸하는 것을 듣고는 천이원이 너무 노

---

22   역주 : Anna Louis Strong(1885-1970). 미국인. 아동 복지에 노력하고 제1차세계대전에 적극적으로 반대하였다. 1921년 소련으로 가 소련의 혁명사업을 널리 선전하고 1925년 중국을 방문하여 홍콩파업을 지지하고 1927년 후난 농촌을 방문하여 농민운동에 찬성하였다. 이후에도 중국공산당 혁명 활동에 적극적으로 호응하였다.

23   역주 : 1903-1982. 일본의 반전 소설가. 도쿄 제국대학 졸업. 학생 때 프롤레타리아트 문학운동에 참가하였다. 9·18사변 이후 중국에서 일본제국주의 침략 활동에 반대하는 활동을 전개하였다.

24   역주 : John Leighton Stuart(1876-1962). 중국 항저우(杭州)에서 태어난 미국 기독교 선교사이며 교육가. 옌징(燕京)대학 총장과 미국 주중국대사를 역임하였다.

골적이라고 느꼈다.

그녀는 웃으며 말했다.

"덩 여사께서 지금의 지위를 문제 삼지 않고 재난아동들을 힘써 구제해야 한다는 그 정신은 정말 감탄스럽습니다. 여러분은 하고 싶은 말을 기탄없이 하시어 충분히 토론하도록 합시다."

리더취안, 스량, 선즈쥬, 류칭양 등이 잇달아 발언하였다. 마지막으로 회의는 설계위원회 주임 스량, 선전위원회 주임 선즈쥬, 보육위원회 주임 차오멍쥔, 경제위원회 주임 리더추안, 비서처 주임 장아이전(張藹眞)으로 결정했고, 천이위는 조직위원회 주임, 황줘쥔(黃卓郡)은 수송위원회 주임을 맡았다. 덩잉차오는 설계위원회 위원을 맡았다. 그녀는 공산당원으로서 사심 없이 행동함으로써 진보세력이 위원회 지도급 인사의 다수를 점할 수 있도록 만들었다. 반면 천이원 등이 보육회의 주요 지도적 지위를 장악하려는 계획은 수포로 돌아갔다.

보육회는 성립 이후 즉시 각지의 유명 여성에게 바로 전시아동보육분회를 건립할 것을 요청하였다. 몇 개월밖에 안 되는 짧은 기간 동안에 광동, 쟝시, 안휘, 저쟝, 광시, 귀저우, 후난, 청두(成都), 산시(陝西), 간쑤(甘肅), 닝샤(寧夏) 등지에 분회가 설립되었다. 홍콩과 남태평양 군도에도 분회가 만들어졌다.

1938년 4월 4일 덩잉차오는 『신화일보』에 보육회에 대한 격려사를 발표하였다. "아동보육은 위대한 사업으로, 재난에 빠진 아이를 구제하고 교육할 뿐만 아니라 특히 강인한 정신을 소유하도록 아동을 교육시켜 새로운 중국을 건설하는 주인으로 만들어야 한다." 이것은 사회적으로 이 아이들에 대한 교육을 경시하거나 이 아이들에 대한 보육을 단순히 자선사업 정도로 이해하는 경향에 대해 그녀가 제출한 아동보육공작에 대한 중국공산당의 정확한 방침이었다. 이후 중공지하당원 차오멍쥔, 뤄수장, 자오쥔타오(趙君陶), 두쥔휘 등이 일부 진보인사들과 함께 보육원장을 맡아 공작을 진행할 때 정확한 이 방침을 관철시킬 수 있도록 노력하였다.

　아동보육에는 많은 경비가 소요되었는데 주로 모금에 의존하였다. 경제위원회 주임 리더추안은 솔선하여 511명이 되는 아동의 생활비(매 아동의 1년 생활비는 100원)를 부담하였다. 부주임인 황치상(黃琪翔) 부인 궈슈이(郭秀儀)는 442명의 아동 생활비를 부담했다. 쟝졔스, 쏭메이링은 각각 200명의 아동 생활비를 부담했다. 덩잉차오와 저우언라이는 각각 1개월치의 월급을 기부했다. 문화, 교육, 금융, 화교 등 각계 인사, 외국인, 가정주부, 초등학생 등도 적극적으로 모금운동에 참여하였다. ‘부상당한 병사의 어머니’ 쟝지옌(蔣鑑) 여사는 재산 전부를 보육원에 기부하였다.

　재난아동에 대한 구제활동이 시작되었다. 덩잉차오는 우한초등학교교사전장봉사단의 중공당지부 서기 자오훠펀(趙獲芬)을 지도하여 많은 교사, 학생을 조직 동원하여 우한의 재난아동수용소에서 우한 최초의 임시보육원을 만들어 수천 명의 재난아동을 수용하였다.

　덩잉차오가 직접 관련된 보육위원회 주임이며 중공비밀당원 차오밍쥔과 쉬징핑은 남녀 교사 십여 명을 이끌고 정저우(鄭州), 카이펑(開封), 쉬저우(徐州), 타이얼쫭(台兒莊) 전선으로 달려가 적의 포화를 무릅쓰고 수백 명의 재난아동을 구제하였다. 6월 차오밍쥔은 다시 일군의 교사와 의무원 등을 이끌고 허베이 샤오간(孝感)으로 달려가 적기의 폭격 아래에서 재난아동 구제 활동을 벌였다. 각지의 분회 역시 잇달아 재난아동 구제 활동을 전개하였다.

　덩잉차오는 이 구제 활동에 심혈을 기울였다. 우한이 전쟁 위협의 긴박한 상황에 처해있을 때 덩잉차오는 공산당원과 진보인사를 조직하고 지도하여 수천 명의 재난아동을 구출하여 쓰촨으로 나눠 이동시켰다. 덩잉차오는 직접 뤄수장(羅叔章)을 허베이, 허난 접경지역의 쥔(均)현에 배치하여 5,6백 명의 재난아동을 구출하기로 하고 그녀에게 쏭메이링의 친필 위임장과 소개장을 주었다. 뤄수장은 서둘러 쥔현으로 가 6백여 명의 남녀아동을 데리고 그곳에서 한수(漢水)를 거슬러 올라 산시 남쪽의 한중(漢

中)에 도착한 후, 다시 쟈링(嘉陵)강을 따라 총칭에 도착하였다. 그 거리가 2천여 리에 달했고 도중에 많은 곤란을 겪었다. 덩잉차오는 이들 재난아동들에 대해 매우 걱정하며 3통의 전보를 연이어 연도의 중공 당조직에 보내어 그들이 뤄수장의 아동 운송공작을 돕도록 요청하였다.

중국전시아동보육총회는 각지에 53개의 분회를 차례로 건립하여 3만 명의 재난아동을 구제·교육하였으며, 이러한 보육회의 공작은 항전이 끝날 때까지 지속되었다. 덩잉차오는 상무이사를 맡아 이 사업에 지속적인 관심과 지원을 보여 신중국을 위한 대규모의 인재를 배양하였다.

50년 후인 1988년 3월 10일 베이징의 웅장한 인민대회당에서 중국전시아동보육회 성립 50주년 기념대회가 열렸다. 수백 명의 당시 어린 재난아동은 이제 신중국의 작가, 화가, 음악가, 극작가, 감독, 교사, 과학기술자, 당정군기관의 간부 등이 되었다. 그들과 당시의 보육공작자는 함께 대회에 참석하였다. 그들 가운데는 유명한 화가 우비두안(伍必端), 저명한 작곡가 두밍신(杜鳴心), 저명한 지휘자 천타이신(陳台鑫), 중앙악단 부단장 양빙쑨(楊秉蓀), 중국음악학원 부원장 리화잉(李華瑛), 중국발레단 부단장 쟝주휘(蔣祖慧) 등이 있었다. 국무원 총리 리펑(李鵬) 역시 당시 그의 어머니 자오쥔타오(趙君陶)를 따라 보육원에서 몇 년 동안 생활한 적이 있었다. 그들은 보육원의 존경할 만한 원장과 스승들에 대해 몹시 그리워하면서 당시 이 공작을 조직·지도했던 '덩 어머니'에 깊이 감사하였다.

덩잉차오 역시 이 기념대회에 축하메시지를 보냈다. 그녀는 메시지 가운데 항일전쟁 속에서 아동을 구제하기 위해 보육회가 보여주었던 공헌을 높이 평가하면서 전시아동보육사업을 위해 공헌한 보육공작자에 대해 숭고한 경의와 함께 절실한 그리움을 표시하였다. 그녀는 메시지에서 그들이 항일전쟁 가운데 건국인재를 배양하기 위해 결연히 투쟁했던 영광된 전통을 계승, 발양하여 지금, 그리고 향후의 아동보육공작을 위해 더욱 영광된 업적을 창조해야 한다고 강조했다.

당시 제3보육원 원장을 6년 9개월 동안 담당했던 자오쥔타오는 활동

과정에서 덩잉차오와 밀접한 관계를 계속 유지하였으며, 덩잉차오로부터 많은 도움을 받았다. 1986년 12월 자오쥔타오 사망 1주기 때에 덩잉차오는 친필로 그녀를 위한 기념사를 썼다. "항일전쟁 가운데 위대하고 자애로운 어머니, 사랑으로 다음 세대를 배양하다. 쥔타오 사망 1주기를 기념하며."

사실, 덩잉차오가 자오쥔타오를 위해 쓴 기념사는 똑같이 자신에게도 적용될 수 있었다. 그녀의 몸에는 공산당원의 높은 당성이 응축되어 있었으며, 위대하고 자애로운 어머니의 마음이 흘러넘쳤다.

43. 사랑스런 아동극단에 대한 관심과 애호[25]

1938년 1월 덩잉차오는 살을 에는 듯한 찬바람을 무릅쓰고 저우언라이의 경호원 '샤오팔로(小八路)[26]' 우지젠(吳志堅)을 대동하고 페이신(培心) 초등학교로 갔다. 거기에서 그녀는 고통스런 먼 길을 걸어 막 우한에 도착한 아동극단을 찾았다.

아동극단은 1937년 '8·13사변'[27] 이후 상하이 지하당이 난민수용소 내에 건립한 것이었다. 22명의 어린 단원 가운데 가장 어린 단원은 8살이고 많아 봐야 14,5세밖에 되지 않았다. 그들은 대부분 상하이 동부 노

---

25 필자가 우신쟈(吳新稼)와 페이리(裴黎)를 방문하고 또 좌담회를 열었다. 당시의 아동극단 단원 쉬한루(許瀚如), 천무(陳模), 뤄리윈(羅立韻), 뤄졘(羅堅) 등 동지는 회의에서 덩잉차오가 아동극단에 보여준 관심과 애호에 대한 많은 정보를 소개하였다.

26 역주: 제2차국공합작시기 국민당에 편제된 공산당 군대 팔로군에 대한 애칭으로 보인다.

27 역주: 1937년 8월 13일 일본제국주의가 중국에 대한 침략을 확대하기 위해 일으킨 제2차 상하이사변을 가리킨다.

동자의 아이들이었고 또한 부모가 이미 항일전선으로 달려간 지하당원의 아이들이었다. 단장 우신쟈(吳新稼)는 겨우 19살이었으며, 어린 단원들은 모두 친숙하게 그를 '우 큰형' 혹은 '우 형'이라 불렀다. 아이들은 적의 포화에 굴하지 않고 상하이에서 쟝쑤 북부로, 거기에서 다시 정저우, 그리고 우한까지 계속 연극하고 노래하며 수많은 대중을 상대로 항일선전 활동을 하였다. 그들의 여정은 수천 리 길이었고 도중에 수많은 곤란을 겪어야 했다. 국민당 우한시당부는 그들을 재편하려 하였다. 아이들은 놀라 불안해 하였고 덩잉차오가 그때 이들을 찾아간 것이었다.

그녀가 한 교실에 도착해 보니 아이들은 교탁을 붙이고 그 위에서 잠들어 있었다. 22명의 아이들은 단지 11개 탁자에 얇은 솜이불만을 덮고 있었다. 엄동인 12월에 아이들은 홑옷을 껴입고, 그 위에 고작 난민수용소에서 준 솜 조끼를 입고 있을 뿐이었다. 많은 아이들의 몸과 머리에는 옴과 이가 자라고 있었다. 이러한 상황을 지켜보고 있자니 덩잉차오의 마음은 너무 아팠다. 이 아이들은 정상적인 상황이라면 모두 부모에게 애교를 부릴 나이였다. 그러나 현재 그들은 부모와 고향을 멀리 떠나 포화 속에서 수천 리 길을 나섰고 도중에 항일선전을 해가면서 낯선 우한에 도착하였다. 덩잉차오에게 그들은 얼마나 귀엽고 사랑스러웠겠는가?

그녀는 자상하고 또 친절하게 아이들에게 말했다.

"애들아, 안녕! 나는 덩잉차오라고 합니다. 저우언라이 동지가 자신과 팔로군사무소 동지를 대신해 나에게 여러분을 환영해주라고 했어요. 여러분은 어리지만 아주 높은 애국적 열정으로 적의 포화를 무릅쓰고 수천 리 길을 달려 일반인과 군인들을 향해 항일선전을 했지요. 이처럼 많은 고생을 했으니 우리는 당연히 여러분을 도와야지요."

아이들은 매우 기뻐하며 바로 덩잉차오의 주위를 감싸며 열정적으로 외쳤다. "덩 어머니, 덩 어머니!"

덩잉차오는 아이들 중간에 앉아 그들의 머리를 쓰다듬고 그들의 손을 잡아당기며 상하이에서 우한에 이르는 여정에 대해 자세하게 물었다. 그녀는 아이들이 오는 동안 한 번도 목욕을 하지 못했을 뿐만 아니라 옷도 제대로 갈아입지 못했으며, 옴이 많이 옮았고, 옷에는 이가 그득하다는 얘기를 듣고 다급히 말했다. "여러분은 빨리 속옷을 벗어 큰 솥에 넣고 삶아 이를 없애야 해요. 그리고 다시 맹산갑(錳酸鉀)[28]을 사 뜨거운 물에 타서 그 물로 몇 차례 씻은 후 유황고약을 바르면 옴은 빨리 치료될 겁니다."

아이들은 덩 어머니의 말을 듣고 마음이 편안해지고 따뜻해짐을 느꼈다. 마치 자애로운 어머니 곁에 돌아온 것만 같았다.

몇몇 어린 환자가 이웃한 교실에 누워있었다. 덩잉차오는 그들 곁으로 가 무슨 병에 걸렸고, 어떤 약을 복용했는지 물었다. 그리고 집에 가고 싶은지 물었다. 8살의 페이리(裴黎)는 작은 소리로 말했다.

"일본 놈을 타도하기 위해 집을 떠났으니 가고 싶어도 어쩔 수 없습니다."

덩잉차오는 이 꾸밈없는 말을 듣고 웃으며 그의 머리를 쓰다듬고 칭찬하며 말했다. "나이는 어리지만 기백이 넘치는 훌륭한 아이구나."

다른 어린 단원 우커챵(吳可强)이 울며 소리쳤다.

"몸이 너무 아파요. 덩 어머니, 아파요!"

덩잉차오는 그의 침상에 앉아 그의 손을 끌어당기며 부드러운 목소리로 위로하며 말했다.

"착한 아이니까 잘 참아야지. 내가 너희 단장에게 빨리 의사를 불러 너희 병을 치료하라고 시킬게요. 병이 나으면 너는 다시 무대에 올라 노래를 부르고 춤을 추며 항일선전을 하여 저 악랄한 일본 놈들을 빨리 중국에서 몰아낼 수 있을 거예요. 좋지요?" 이야기를 듣고 우커챵은 울음을 그치고 웃기 시작했다. 그녀는 한 어른 소년단원의 옷에서 단추가 떨어진 것을 보고 바늘과 실을 달라고 하여 직접 꿰매주었다. 마치 어머니

---

28   역주: Potassium manganate 3f342tfr. 분자식은 K2Mn04로 가죽이나 유지의 표백과 소
      독에 사용되는 화학물질이다.

가 자기 아이에게 하는 것과 같은 모습이었다.

그녀는 단장 우신쟈가 어린 나이에 20여 명의 아이들을 이끌고 수천 리 길을 걸어 항일 선전을 하는 것이 매우 어려운 일이라는 사실을 잘 알고 있었다. 그녀는 아이들을 따라 재미있게 그를 불렀다.

"우 형, 당신의 짐이 무겁군요. 좋습니다. 이제 우한에 도착했으니 우리가 반드시 방법을 찾아 당신들을 도와야죠"

그녀는 우신쟈에게 국민당 우한시당부가 다시 그들을 시당부로 옮기려고 할 것이라 알려주면서 많은 아이들이 병에 걸려 이동하기 힘들 것이라 하였다. 그녀는 또한 그에게 빨리 의사를 청해 병든 아이들을 치료해주라고 부탁하였다.

아이들은 큰 교실에 모여 덩 어머니의 말을 들었다. 덩잉차오는 항전의 형세와 홍군 장정에 대해 이야기하면서, 학생들에게 열심히 학습하고 항일선전 활동을 충실히 수행하라고 격려하였다.

그녀의 말은 아이들의 마음속에서 밝게 타오르는 성화와 같이 그들의 앞길을 환하게 밝혀 주었다.

며칠 후 덩잉차오는 아이들을 다시 찾았다. 그녀는 큰 소리로 외쳤다.

"팔로군사무소 동지들이 여러분들의 곤란한 사정을 듣고 자신들 용돈 가운데에서 76위안을 모았으며, 그 밖의 모금을 합쳐 182위안을 모았습니다. 이것으로 여러분들의 치료, 의복, 솜이불 등을 보충하고 생활 개선 등을 위해 쓰기 바랍니다."

아이들은 너무도 신이 났고 또 감격했다. 그들은 팔로군사무소 동지들의 생활 또한 매우 힘들며, 그렇기 때문에 그들이 입을 것, 먹을 것을 줄여 자신들을 위해 모금했다는 사실을 잘 알고 있었다.

이후 덩잉차오는 다시 그들을 몇 차례 더 방문하여 아이들의 생활, 학습 그리고 활동이 제대로 이루어지는지에 대해 관심을 갖고 도움을 주었다.

1938년 2월 9일 오후 팔로군우한주재사무소는 흥겹게 특별환영회를 개최하였다. 그들은 일본에서 귀국하여 항전에 참가한 저명작가 궈모뤄와 아동극단을 환영하였다. 저우언라이, 덩잉차오는 우즈젠(吳志堅)에게 트럭을 타고 가 아동극단의 어린 단원들을 사무소로 데려오게 하였다.

사무소 2층에는 눈에 띄는 다음과 같은 큰 표어가 붙여 있었다. "민족해방을 위해 투쟁하는 아동극단 환영!" "어린이, 어른 연합하여 일본제국주의 타도하자!" 주변의 벽에는 팔로군 전투생활을 담은 사진과 그림이 붙어 있었다.

왕밍, 저우언라이, 보구, 예팅, 예젠잉, 덩잉차오, 곽모뤄, 멍칭주(孟慶澍) 등은 모두 환영회에 참석하였다.

덩잉차오는 탁자 위의 사탕, 땅콩, 호박씨 등을 한 줌씩 아이들의 손에 쥐여 주고 다시 그들에게 노래를 청했다.

아이들은 단장 우신쟈가 작사한 단가를 선창했다.

> "하하! 보아라, 우리는 한 무리 어린 건달들,
> 하하! 보아라, 우리는 한 무리 어린 주인들.
> 우리는 고통 속에서 성장했고 우리는 포화 아래에서 성장했네.
> 선생님이 없다고 두려워하지 않고 부모를 그리워하지 않으며
> 우리 자신만을 의지해 학습하고 활동하려 애쓴다네!
> 아이들아 일어나라, 아이들아 일어나라!
> 이 항전의 위대한 시대, 우리들의 신세계를 창조하자!"

덩잉차오는 얼굴에 온화한 미소를 띠며 아이들의 꾸밈없는 합창을 집중해 들었다. 저우언라이는 들으면서 박자를 맞췄고 모두는 열렬히 박수를 쳤다.

아이들은 다시 '유랑'이라는 노래를 불렀다.

"우리는 모두 돌아갈 집이 없는 유랑자, 유랑자라네. 길거리에 눈물을 뿌려도 먹을 것은 없네 먹을 것 없어. 아버지, 어머니 모두 죽임을 당하

였네 죽음을 당해. 우리는 포화 속에서 자라 아버지, 어머니를 대신해 복수하리라 복수하리라……." 노래가 여기에 이르자 장내는 모두 숙연해졌다.

예팅, 왕밍, 보구 등이 모두 한 마디씩 하였다. 귀모뤄는 열정적으로 오늘이 귀국 이후 가장 유쾌한 하루였다고 말했다. 그는 아이들이 어렵고 힘든 환경 속에서 단련되어 성장하였다고 격려하면서 중국이 그들과 함께 같은 방향으로 성장해야 한다고 했다.

저우언라이 역시 열정에 넘쳐 많은 격려의 말을 쏟아냈고 ,간절한 희망을 담아 아이들에게 다음과 같이 말했다.

"나는 여러분께 구국, 혁명, 창조의 3가지 정신을 증정하려는데 어떤가요?"

아이들은 일제히 대답했다. "좋습니다! 저우 큰아버지 감사합니다."

저우언라이는 힘 있게 두 손을 휘두르며 그들에게 말했다.

"여러분은 반드시 한 손으로는 강도 일본을 타도하고, 다른 한 손으로는 신중국을 건설해야 합니다." 아이들은 이 말을 듣고 마음속으로 크게 격동되었다.

아동극단은 학교, 공장, 기관, 거리 등지에 항일 가곡, 연극 등을 공연하면서 모두에게서 환영을 받았다.

국민당우한시당부는 '최후통첩'을 보냈다. 다음 날 오전 8시 시당부는 트럭을 보내 아이들을 시당부 선전대대로 데려가겠다는 것이었다. 아이들은 너무도 다급하여, 이리저리 고민한 끝에 '저우 큰아버지'와 '덩 어머니'를 찾을 수밖에 없었다.

날은 이미 저물어 어두워졌다. 우신쟈는 급히 사무소로 달려왔다.

저우언라이는 마침 자리에 없었다. 덩잉차오는 소식을 듣고 상황이 긴박하다고 판단하여 바삐 보구, 예팅에게 청하여 함께 상의하였다. 그녀는 화를 내며 말했다.

"현재 아이들의 활동은 매우 좋으며 생활면에서도 아주 잘 관리되고 있는데 도대체 무슨 이유로 그들을 시당부로 옮기려 하는 겁니까? 옮긴 후에 아이들이 어떤 고통을 겪게 될 지 모르겠습니다."

예팅은 도망치는 것이 제일 좋은 방법이라 주장했다. 보구는 도망간 이후 국민당이 다시 찾아내면 어떻게 할 것이냐고 말했다. 상의한 끝에 저우언라이가 돌아온 뒤 다시 논의하기로 하였다. 보구, 예팅은 나갔다.

덩잉차오는 우신쟈와 함께 낮은 걸상에 앉아 기다렸다. 세심한 덩잉차오는 우신쟈에게 물었다.

"아직 저녁을 먹지 않았지요?"

하루 종일 분주했던 우신쟈는 정말 배가 고파 솔직하게 대답했다.

"먹지 않았습니다." 덩잉차오는 식당으로 가 만두 몇 개를 가져와 우신쟈의 허기를 채워주었다.

밤 12시 즈음이 되어서 저우언라이는 비로소 돌아왔다. 덩잉차오는 다시 보구, 예팅을 불렀다. 우신쟈는 국민당이 강제로 자신들을 재편시키려 한다는 사정에 대해 다시 한 번 이야기하였다.

저우언라이는 선 채로 자세히 들었다. 그는 잠시 생각하더니 결연하게 말했다.

"단호히 개편을 거부합시다. 내일 새벽 여러분은 첫 번째 배를 타고 석탄광산 구역으로 가도록 하세요 거기에는 연극 1대, 2대가 있으니 당신들을 돌봐줄 수 있습니다. 국민당 시당부가 문제를 제기하면 노동자에게 서둘러 공연을 보여줘야 했기 때문에 제 때에 작별을 고하지 못했다고 하세요

덩잉차오는 우신쟈를 데리고 사무소를 나와 그를 저우언라이의 작은 차에 태워 배웅했다. 때는 새벽 1시의 한밤중이었다.

헤어질 때 덩잉차오는 우신쟈의 손을 꽉 쥐며 낮은 목소리로 말했다.

"신쟈 동지, 앞으로 더욱 조심하도록 하세요!"

우신쟈는 고개를 끄덕이며 정중하게 약속했다.

"잉차오 동지, 반드시 아이들을 안전하게 광산지구까지 데리고 가겠

습니다.”

우신쟈는 바삐 극단으로 돌아와 바로 어린 단원들을 깨워 집합시켰다. 새벽 5시 그들은 기선에 올라 석탄광산지역으로 향했다.

8시, 국민당우한시당부의 큰 트럭이 도착했다. 그들은 아동극단 아이들이 어디로 갔는지 몰랐다. 그들은 우신쟈를 ‘뺀질이’라고 욕하며 공산당 사무소가 틀림없이 그를 도왔을 것이라 생각했다.

덩잉차오는 아동극단이 안전하게 우한을 빠져나간 것을 알고 비로소 마음을 놓을 수 있었다.

오래지 않아 귀모뤄는 저우언라이의 권유에 따라 국민정부군사위원회 정치부 제3청 청장을 맡게 되었다. 아동극단은 제3청에 직속되었다. 제3청은 많은 진보적 문화인사를 집결시켜 아동극단이 더욱 효과적으로 학습하고 활동할 수 있도록 돕게 하였다. 이제야 덩잉차오는 더욱 안심이 되었다.

일본에 의해 우한이 함락 당한 후 아동극단은 충칭으로 퇴각하였다. 덩잉차오와 저우언라이는 항상 그들을 찾았다. 덩잉차오는 이들 어린 배우를 자신의 아이와 똑같이 여기며 관심을 기울이고 또 사랑하였다. 아이들 역시 ‘덩 어머니’를 자신의 자애로운 어머니와 똑같이 여겼다. “친혈육은 아니지만 혈육보다 낫다”라는 말은 사실 덩잉차오와 아동극단원 사이의 친밀한 관계를 잘 대변해 주는 말이다. 덩잉차오는 그들 각자의 이름과 아명을 기억하고 있었으며, 항상 진보애국인사들과 함께 와 그들의 공연을 보았다. 말할 때마다 항상 “우리 아동극단”, “우리 아동극단”이라 하였다. 세심한 감정의 소유자인 덩잉차오는 이 아이들이 비록 지금 조직의 관심을 받고 있지만 그들의 마음을 따뜻하게 감싸줄 자애로운 어머니의 감정이 보다 절실하다는 사실을 그들의 입장에서 이해할 수 있었다.

44. 어머니의 마음

덩잉차오는 아동극단의 아이들을 분주히 돌보면서 때때로 3년 여 동안 만나보지 못한 어머니를 그리워하였다.[29]

어느 날, 그녀는 외부 회의에서 돌아와 막 사무소 대문을 들어서는데 연락실의 동지가 황급하게 그녀를 찾았다.

"잉차오 동지, 당신 어머니께서 오셨습니다. 이층 방에서 기다리고 계십니다."

덩잉차오는 그 말을 듣고 기뻐 어쩔 줄 몰라 하며 단숨에 이층으로 뛰어 올라갔다. 방에 들어서니 어머니는 사무실 탁자 앞의 의자에 조용히, 그리고 단정하게 앉아 계셨다.

덩잉차오는 어머니를 꽉 껴안고 자세하게 그녀를 살펴보았다. 63세의 어머니는 3년 전에 비해 더 많이 늙어 보였다. 원래 수척했던 얼굴은 더욱 파리해 보였고, 머리는 완전히 백발이었다. 그녀는 어머니께서 국민당 반성원에서 모진 고생 속에서도 강인한 용기를 보여주셨다고 들어 알고 있었다. 양전더는 쥬장(九江)에서 저우언라이를 만났을 때 사랑하는 딸이 병든 몸을 이끌고 25,000리의 장정에 참가했다는 사실을 알았다. 두 모녀는 3년이 넘는 이별 기간 동안 겪었던 고통을 이루 다 말로 할 수 없어 환희와 감격의 눈물만 눈가에 맺혔다. 덩잉차오는 어머니의 두 손을 꼭 쥐고 어린 아이처럼 뛰어올랐다. 어머니도 그에 감염된 듯이 흥이나 일어섰다.

덩잉차오는 빨리 어머니를 앉히고 차를 끓여와 어머니의 손에 쥐여주었다. 그녀는 어머니 곁에 의지해 앉아 조용히 말했다.

"어머니, 최근 몇 년간 고생이 참 많았지요!"

---

29   어머니에 대한 덩잉차오의 말과, 趙煒, 金瑞英, 『一位平凡而偉大的女性』 참조.

어머니는 자세하고도 사랑스럽게 사랑하는 자신의 무남독녀를 뚫어
져라 바라보았다. 그리고 가볍게 한숨을 쉬며 말했다.

"샤오차오야, 난 네 몸이 성한 지 늘 걱정했단다. 먼 거리의 행군을 네
가 참아낼 수 있을지 걱정을 하지 않을 수 없었다. 또한 도중에 의사나
약도 제대로 구할 수 없을 텐데 어떻게 했을까? 쟝시에서 언라이를 만났
을 때 네가 낙관적이고 강인한 성격으로 장정을 잘 버텨냈다고 들었다.
그리고 베이핑으로 가 요양하여 몸이 거의 회복되었다고 들었다. 하지만
나는 아직 믿기지 않으니 자세히 한 번 보여주렴."

덩잉차오는 빨리 일어나 장난스럽게 방 안에서 한 바퀴 돌고 난 뒤 웃
으며 말했다.

"어머니 보세요. 제 몸이 이제 정말 건강해 보이지 않나요?"

"좋구나, 좋아." 모처럼 어머니는 흥겹게 웃었다.

덩잉차오는 어머니에게 어떻게 우한에 오게 됐는지 물었다.

어머니는 일본이 우후(蕪湖)를 점령한 뒤 쥬쟝을 압박하자 사람들은
잇달아 피난을 떠났으며, 쟝시당조직이 자신의 피난을 도와 우한으로 보
내주었다고 말했다.

덩잉차오는 어렸을 때처럼 어머니를 껴안고 부드럽게 말했다.

"어머니, 이제 저희와 함께 살면서 다시는 떨어지지 말아요. 언라이도
어머니가 오신 것을 알면 아주 기뻐할 것입니다. 그의 아버지께서도 며
칠 전에 우한에 오셨어요. 그분은 원래 지난(濟南)의 한 고등학교의 직원
이었는데, 언라이는 몇 년 동안 그분을 뵙지 못했지요. 어머니, 언라이는
아버지를 지극한 효성으로 모시고 있으며, 아버지에 대해 매우 깊은 정
을 가지고 있답니다."

원래 엄숙하고 경솔하지 않던 어머니가 조용히 웃으며 말했다.

"언라이는 내게도 매우 효순하단다. 나는 진작부터 그가 매우 사려 깊
은 사람일 줄 알고 있었어. 한 마디 더 한다면 그러한 그의 성격이 아주 일
관됐다고 할 수 있지. 샤오차오, 그런 그를 만난 것은 정말 너의 복이야!"

“어머니, 무슨 말씀인 줄 알겠어요” 덩잉차오는 얼굴에 약간의 홍조를 띠며 재빨리 대답했다.

“어머니, 좀 쉬고 계세요. 머물 곳을 제가 좀 알아볼게요.”

“샤오차오, 갈 필요 없다, 첸즈광(錢之光) 동지(사무소 주임)가 이미 조치해 주었다.” 말하는 도중에 저우언라이가 서둘러 방안으로 들어왔다. 그는 아주 흥분하여 어머니를 찾았고 우한에 오시게 된 경위와 도중에 특별한 문제는 없었는지에 대해 자세히 물었다. 양전더는 침착하게 저우언라이에게 대답하였다. 몇 마디 말을 건네다가 그녀는 바로 저우언라이의 공작이 매우 바쁘기 때문에 오랜 시간 동안 그의 시간을 빼앗을 수 없다고 생각하였다. 그녀는 서둘러 일어나며 말했다.

“샤오차오, 내가 거처할 곳으로 데려다 주렴. 자네들은 자네들의 공작에 열중해야지.”

감동을 받은 덩잉차오는 어머니를 한 번 바라보았다. 어머니는 정말 그들을 잘 이해하여 자상하게 살필 뿐만 아니라 어떤 사심도 없이 그들의 혁명사업을 영원히 지지할 분이었다. 아니, 어머니 역시 일찍부터 혁명사업에 동참한 일원이라 말해야 할 것이다. 그녀는 일찍이 딸과 사위에 대한 사랑과 혁명에 대한 애정을 하나로 융합시켰던 것이었다.

세심하며 주도면밀한 저우언라이는 가겠다는 양전더를 보고 바삐 말했다.

“어머니, 그렇게 빨리 가시지 마세요. 몇 년 동안 보지 못했는데, 샤오차오와 저는 어머니와 더 많은 얘기를 나누고 싶습니다.”

“언라이, 난 자네가 아주 바쁜 사람이라는 것을 잘 알고 있어요. 이후 얘기를 나눌 기회가 또 있겠지요.” 양전더는 한 편으로 이렇게 말하고는 결연히 밖으로 나갔다.

덩잉차오는 서둘러 어머니를 부축해 밖으로 나갔다. 저우언라이는 쾌활하게 웃었다. 그는 진정 마음속 깊이 흥분을 느꼈다. 서로 의기투합하며, 자신을 충분히 이해해줄 뿐만 아니라 여러 가지로 도움을 주는 샤오차오를 자신이 만난 데다가, 거기에 더해 훌륭한 장모를 만났다는 생각이 들었기 때문이었다. 이것은 정말로 실현되기 어려운 일이었다.

며칠 후 저우언라이가 밖에서 돌아오다 사무소 문 앞에서 16,7세의 소녀를 만났다. 그녀는 상심한 듯이 서럽게 울고 있었고, 한 20세 남짓의 청년이 그녀를 위로하고 있었다.[30]

저우언라이는 그들이 약간 낯이 익은 듯 했지만 누군지 생각나지 않았다. 그는 재빨리 다가가 부드럽게 소녀에게 왜 우느냐고 물었다.

"저들이 참가시켜주지 않습니다. 저들이 들여보내주지 않아요." 소녀는 한편으로 울면서 한편으로는 발을 동동 굴렀다.

"당신들 이름이 어떻게 되지요?" 저우언라이는 물었다.

청년은 한눈에 저우언라이의 기개가 당당함을 알고 책임자 동지일 것이라 생각하며 공손하게 대답하였다.

"저는 쑨양(孫泱)이고, 저 아이는 제 여동생 쑨웨이스(孫維世)입니다."

"쑨양, 쑨웨이세." 저우언라이는 한참 생각하더니 갑자기 생각이 떠올라 다급히 물었다.

"당신들은 쑨빙원(孫炳文) 동지의 자제들이 아니신가?"

쑨웨이스는 눈물을 닦고 오빠와 함께 고개를 끄덕였다.

저우언라이는 그들 오누이의 손을 잡고 그들을 사무소 안으로 끌고 들어가며 말했다.

"나는 저우언라이라고, 당신 아버님의 친한 친구입니다."

쑨양과 쑨웨이스는 갑자기 놀라 말을 제대로 하지 못했다. 그래도 총명한 쑨웨이스는 바로 '큰아버님'이라 불렀다.

"아니예요. 작은 아버지라 해요. 나는 당신 아버님보다 어립니다." 저우언라이는 바로 고쳐 주었다.

30　필자가 베이징으로 쑨웨스(孫維世)의 여동생 쑨신서(孫新世)를 방문했을 때 그녀는 저우언라이, 덩잉차오가 그녀의 집안과 밀접히 왕래했음을 보여주는 많은 이야기를 소개하였다.

원래 쑨빙원은 오래전 동맹회원으로 동맹회 기관지『민보(民報)』주필을 맡았었다. 주더는 그의 영향을 받았고 둘은 함께 유럽으로 가 혁명이론과 실천에 대해 탐구했었다. 저우언라이는 독일에서 그와 주더를 소개하여 공산당에 가입시켰다. 1927년 쑨빙원은 광저우에서 북벌군 유수처(留守處) 주임을 맡았다. 덩옌다(鄧演達)는 그와의 관계가 매우 좋았기 때문에 그에게 우한에서 공작하도록 요청하였다. 그는 광저우를 출발하여 상하이를 거쳐 돌아오다 우연히 '4·12쿠데타'를 만나게 되었다. 기선에서 주민이(褚民誼)는 그를 발견하였고, 프랑스 순포(巡捕)가 배에 올라 그를 체포하였다. 결국 그는 국민당 반동파에 의해 룽화(龍華)에서 살해되었다.

1925년 쑨빙원이 광저우에서 공작할 때 쑨양은 6,7세 정도였고, 웨이스는 네댓 살 정도였다. 그때 그들은 모두 저우언라이 삼촌과 덩잉차오 숙모를 만난 적이 있었다.

저우언라이와 덩잉차오는 쑨빙원이 장렬하게 희생당하였음을 알고 매우 괴로워했고 또 분노했다. 그런데 이제 그 아이들을 보게 되니 저우언라이는 흥분을 주체할 수가 없었다.

"샤오차오, 샤오차오, 누가 왔는지 한 번 봐요!" 저우언라이는 방에 들어서며 소리쳤다.

덩잉차오는 책상에 엎드려 일을 하고 있었다. 앞에 선 젊은 남녀를 보자 누군지 잘 알 수 없었다.

"얘들이 쑨잉과 웨이스입니다. 쑨빙원 동지의 아이들이요. 광저우에서 당신도 애들을 본 적이 있지요."

"작은어머님!" 쑨잉과 웨스는 동시에 불렀다.

"아! 너희가 쑨양이고 웨이스구나." 덩잉차오는 이들을 기억해내고는 쑨웨이스를 잡아 끌어당기며 말했다.

"너는 노래도 아주 잘하고 춤도 잘 췄던 어린애였던 것으로 기억하는데 이제 다 큰 처녀가 되었구나."

저우언라이는 쑨웨스에게 왜 사무소 앞에서 울고 있었냐고 물었다.

쑨웨이스는 고개를 떨구며 쑥스러워했다. 쑨양이 대신 대답하였다.

"사무소 동지는 제가 옌안에 가는 것은 허락했지만 웨이스가 가는 것은 허락하지 않아 그렇게 훌쩍거린 것입니다."

저우언라이는 이 말을 듣더니 큰 소리로 웃었고, 덩잉차오 역시 웃었다.

"웨이스는 이미 16-7세의 다 큰 아가씨인데 아직도 훌쩍거리느냐? 옌안에 가고 싶다면 작은아버지에게 도와달라고 해봐. 그가 허락해주면 안되겠니?"

쑨웨이스는 바로 저우언라이에게 몸을 돌렸다. 저우언라이는 흔쾌히 동의하였다. 그는 다시 그들의 어머니 런루이(任銳)는 어디에 계시냐고 물었다.

저우언라이는 희생당한 옛 전우인 쑨빙원을 매우 그리워했다. 이제 그의 두 아들, 딸을 보게 되자 마치 자신의 아들, 딸을 보는 것 마냥 흥분되었다. 덩잉차오는 저우언라이의 마음을 이해 하였고 그녀 역시 매력적인 큰 눈동자를 지닌 순진하고 열정적이며 활달하고 총명한 웨이스를 매우 좋아하였다. 그녀의 손을 잡아 끄며 웃으며 말했다.

"웨이스야, 우리 딸이 되어 주렴."

총명한 쑨웨이스는 바로 친밀하게 "아버지, 어머니!"라고 부르며 공손하게 절을 하였다. 쑨양은 약간 어색하게 "아버지, 어머니!"라 불렀다. 저우언라이는 다시 한 번 크게 웃었다. 그는 바로 런루이에게 편지를 써 쑨양과 쑨웨스를 만났으며, 잘 조치하여 쑨양은 타이항(太行)산의 주더 총사령부로 보내기로 했고, 웨이쓰는 옌안에서 학습하기로 했다고 알렸다. 그는 편지에서 빙원 동지와 친형제같이 두터운 정을 지녔는데 불행하게도 장렬한 희생을 맞이하였음에 대해 글로 써서 특별한 관심을 보였다. 그리고 이제 그의 두 아들, 딸을 보니 샤오차오와 함께 모두 그들을 좋아하고 자신들의 아이처럼 그들을 대한다고 썼다.

며칠 사이에, 덩잉차오는 헤어진 지 3년이나 된 사랑하는 어머니를 만났으며, 다시 사랑스런 두 아들, 딸을 얻었다. 이것은 오랜 기간에 걸친

그녀의 어려운 혁명생활 속에서 향유하기 힘든 따뜻하고 향기로운 순간
이었다.

45. 여성계의 대단결—루산(廬山) 간담회

1938년 우한은 국민당 통치구의 항전 중심지로 조국의 멸망 위기를
구하려는 각종 단체와 출판물들이 우후죽순처럼 등장하였다. 여성항일
단체로는 후베이여성전시봉사단, 초등학교교사전시봉사단, 한커우여성
항전후원회, 중국전시아동보육회 등이 있었고, 그밖에 쏭메이링이 주재
하는 중국여성항전자위장병위로회, 중화기독교여청년회전국협회 등등이
있었다. 많은 중공당원과 진보인사가 이들 여성단체에 참가하였다. 여성
잡지로는 선즈쥬가 주편을 맡은『부녀생활』, 왕루치(王汝琪) 주편의『전시
부녀(戰時婦女)』, 펑쯔강(彭子剛) 주편의『부녀전초(婦女前哨)』등이 있었다.
덩잉차오는 항일여성조직과 여성 출판물에 대해 관심을 기울이고 열
정적으로 지지했다. 그녀는 이들 여성출판물에 글을 발표하고 출판 조직
의 여러 활동에 참가하였다. 그녀는 이들 여성조직이 여성문맹퇴치반,
여성노동자 야학, 재난아동학교, 합창대 등을 설치하여 모금 활동, 구조
훈련, 전선 위문 등 항일 활동을 전개하는 것을 지지하였다. 그녀는 각계
의 여성을 광범위하게 단결시켰는데 거기에는 애국종교계 여성들도 포
함되었다.
중화기독교여성청년회 전국협회 노동자부 주임 덩위즈(鄧裕志)와 한커
우여성청년회 총간사 천지이(陳紀彝)는 열심히 사회 활동을 하면서 항일
운동을 지지하였다. 덩잉차오는 적극적으로 나서 그녀들과 식사 약속을
잡고 특별히 저우언라이의 출석을 요청하였다.[31] 참석했을 때 저우언라

이는 덩위즈에게 웃으며 말했다.

"청년회의 활동은 매우 훌륭합니다. 제가 젊어서 톈진에서 공부할 때 청년회의 종소리가 울리면 군중들이 모두 모였던 것으로 기억합니다. 당신들의 활동이 매우 효과적이고 힘 있게 전개되었기 때문에 이후 중국인 스스로 이들 조직을 만들어 운영할 수 있는 것입니다."

저우언라이의 이 말을 들은 덩위즈, 천지이 등은 매우 감동을 받고, 그들의 활동을 더욱 힘차게 전개하였다. 여성청년회는 여성들을 조직하여 무명옷과 솜조끼를 만들어 전선의 병사들을 위로하였다. 덩잉차오는 저우언라이와 함께 가 그녀들의 군중 활동이 매우 훌륭하며 실제적인 항일을 추진한다고 칭찬하면서, 전선 지원에 주의하여야 할 뿐만 아니라 후방을 공고히 해야 한다고 하였다. 덩잉차오는 몇 차례 여성청년회가 조직한 항전여성좌담회에 참석하여 열정적인 연설을 하였다. 몇몇 비밀 중공당원과 진보인사는 여성청년회가 개설한 노동자 야학에 참가하여 수천 명의 여성노동자를 교육·훈련시켰다.

덩잉차오는 각종 통로를 이용하고 여러 방식을 운용하여 각당, 각파, 각계 여성과 접촉하여 관련을 맺고 항일여성통일전선의 진용을 충실히 하며 또 그것을 확대하는 데에 뛰어난 능력을 보였다.

1937년 12월 28일 한밤중, 그녀는 「현 단계 여성운동에 대한 의견」이라는 글을 써서 전국적 성격의 여성단체 건립을 제안하였다. 이것은 또한 전국 여성들의 오래된 숙원이기도 했다. 스량은 이 글을 보고 찬성하였다. 그녀는 몇몇 친구를 자신의 집으로 초대하여 의견을 나누었다. 덩잉차오도 초대를 받아 회의석상에서 이 의견을 다시 한 번 제시하였다. 모두는 열렬하게 찬성하였다. 단지 문제는 어떻게 일을 실천하느냐에 달려 있었다. 덩잉차오가 말했다.

"현재 국공합작이 진행되고 있으니 우리 여성조직 역시 더욱 확대해

---

31 필자가 덩위즈를 방문했을 때, 그녀는 우한에서 덩잉차아오가 종교인사를 단결시켰던 상황에 대해 소개하였다.

야 합니다. 전국 규모의 여성단체를 만들되 쑹메이링, 리더취안을 참가시켜야 비로소 현 단계의 광범한 여성계항일통일전선을 실천할 수 있습니다.”

이 문제에 대해 일부 친구들은 다른 입장을 가지고 있었다. 덩잉차오는 인내심을 갖고 이치를 따져 설명하면서 자신의 의견을 남에게 강요하지 않았다.

그녀는 잡지 『부녀생활』의 발간을 도우면서 각 당파와 각계의 영향력 있는 여성대표를 초대해 여성항일운동에 대해 토론하였다. 회의에서 그녀는 여러 상대에 대해 중국공산당의 항일민족통일전선에 관한 다양한 주장을 교묘하게 선전하고 또 관철시켜 나갔다.

1938년 1월 12일과 2월 22일 『부녀생활』 편집장 선즈쥬는 두 차례의 좌담회를 개최하였다. 참석자는 산시·간수·닝샤 소비에트 여성연합회 대표 덩잉차오, 멍칭주(孟慶澍), 구국회와 진보문화계를 대표하는 스량, 류칭양, 차아멍쥔, 리원이(李文宜), 두쥔휘, 루휘녠(陸慧年), 안어(安娥), 펑쯔강(彭子岡), 쉬징핑(徐鏡平), 그리고 기독교여성청년회의 덩위즈, 천지이였으며 국민당 쪽에서는 천이윈(陳逸雲), 탕궈전(唐國禎) 등 총 30여 명에 이르렀다.

좌담회에서 덩잉차오는 모두가 “실제적인 절차를 따라 수많은 여성을 조직하여 항일투쟁에 참가시키기”를 희망하였다. 모두는 항전 이후 처음 맞는 ‘3·8절’을 어떻게 기념할 것인가에 대해 이야기하였다. 많은 사람들은 전국적인 여성조직을 건립해야 전국여성의 항전활동을 보다 잘 지도할 수 있을 것이라 건의하였다. 사전에 덩잉차오는 스량, 선즈쥬, 차오멍쥔 등과 의견을 교환하였었다. 언변이 좋은 스량은 이번 일의 경우 쟝제스의 부인 쑹메이링과 펑위샹의 부인 리더취안의 의견을 구할 필요가 있으니 그들의 참가를 요청해야 한다고 제안하였다. 이에 대해 천이위, 탕궈전을 포함한 참가 인원 전체가 열렬하게 박수로 찬성하였다.

회의에서 모두는 ‘3·8절’ 기념 대회를 어떻게 준비하여 개최할 것인지에 대해 상의하였다. 천이윈, 탕궈전은 겉으로는 찬성했지만 뒤로는 다시 일부 특무조직원, 건달들에게 지시하여 이 기념 대회를 파괴할 것이라 떠들고 다니게 하였다.

덩잉차오는 이 소식을 접하고 바로 스량의 집에서 회의를 개최하였다. 스량은 단호하게 자기가 쑹메이링의 참가를 요청하겠다고 대답하였다. 항전 초기 항일을 지지하던 쑹메이링은 정말로 '3·8절' 기념대회에 참가하였다고 하였다.

1938년 3월 8일 '3·8절' 기념대회가 국민당 후베이(湖北)성 당부에서 개최되었다. 쑹메이링과 덩잉차오도 모두 참가하였다. 가는 비가 내렸지만 1천여 명의 여성들이 집회에 참가하였고, 대회가 끝난 뒤 비를 무릅쓰고 행진하여 초보적이나마 여성계의 단결 항전 역량을 과시하였다.

3월 10일 중국항전아동보육회가 우한에서 만들어졌다. 쑹메이링이 이사장을 맡았다. 당시 전 국민의 열렬한 항전 분위기에 밀려, 장졔스는 루산에서 간담회를 개최하여 중국공산당과 기타 당파 인사를 초청하여 국시문제에 대해 공동으로 논의토록 하였다. 쑹메이링 역시 루산에서 각계의 유명여성을 불러 모아 간담회를 개최하여 여성계의 항일문제를 토론하기로 하였다. 그녀는 먼저 교육계의 우이팡(吳貽芳), 위칭탕(俞慶棠), 레이지층(雷洁琼), 기독교여성청년회전국협회 총간사 차이쿠이(蔡葵, 천왕다오(陳望道)의 부인), 장아이전(張藹眞), 천지이 등을 불러 그들과 함께 누구를 초청할지에 대해 상의하였다. 그녀는 간담회가 너무 정치적 색채를 띠여서는 안 된다고 하면서 국민당 쪽 사람이 너무 많아서는 안 되며, 공산당 쪽 인사 둘을 반드시 초대하고 학술계나 문화계 인사가 다수가 되는 것이 가장 좋다고 하였다.[32] 덩잉차오, 멍칭주는 쑹메이링로부터 5월 루산에서 개최되는 각계유명여성간담회에 참석해 달라는 요청서를 받았다. 덩잉차오, 멍칭주와 창장국여성공작위원회 동지들은 두 가지의 보고서

---

32 필자가 선즈쥬, 레이지층을 방문했을 때 그녀들은 루산여성간담회의 상황에 대해 소개하였다.

를 열심히 준비하였다.

선즈쮜는 다시 자기 집으로 친한 친구 몇 명을 불러 모아 의견을 교환했다. 덩잉차오도 초대를 받아 참가했다. 정치 경험이 풍부한 그녀가 이렇게 말했다. "쏭메이링이 개최하는 루산간담회는 항전 대국에 유리하게 작용을 할 것입니다. 회의 주제는 항전시기 여성공작 방침 및 임무와 관련된 공동강령을 확정하여 통일적인 여성조직을 건립하는 것으로써 매우 중요합니다. 저는 모두가 준비를 잘 하여 이 공동강령의 초안을 만듦으로써 여성을 동원하여 항전 승리를 쟁취해야 한다는 우리의 주장이 이 강령에 포함될 수 있도록 해야 합니다. 즈쮜 언니께서는 이 부분에 대해 충분히 고려해야 할 것입니다." 선즈쮜는 말했다. "내 개인의 능력으로는 한계가 있으니 잉차오를 비롯한 모두가 힘껏 지도해주어야 잘 할 수 있을 거예요." 덩잉차오는 겸허하게 말했다.

"지도는 무슨, 당치도 않습니다. 우리 모두 함께 의논해야죠. 통일적인 여성조직의 경우는 전국 각지에서 여성대표를 선발하여 파견한 후 민주적인 선거를 통해 결성하는 것이 가장 좋을 것입니다. 단지 현재 시국 상황이 긴박하여 이렇게 하는 것이 과연 현실성이 있을지 그것이 걱정입니다. 제 생각으로는 쏭메이링이 회의에서 자신이 책임지고 있는 신생활운동총회 여성지도위원회를 전국적인 여성조직으로 전환시키겠다는 제안을 할 가능성이 있습니다."

모두는 각자 자신의 의견을 제시한 뒤 한 차례 토론을 하였다. 어떤 이는 국민당이 지도하는 신생활운동총회 여성지도위원회가 전국적인 여성단체가 되는 것에 반대하였다. 덩잉차오는 자신의 속마음을 감춘 채 천천히 이야기 하였다.

"우리들의 일은 반드시 실제 상황에 맞춰 시작해야 합니다. 모든 일은 실질적인 내용이 중요한 것이지 형식적인 데에 구속될 필요가 없습니다. 현재, 우한의 여성조직이 많이 있지만 대부분 지역적 틀을 벗어나지 못한 반면 여성지도위원회는 전국적 성격의 조직입니다. 형세의 변화에 따라 방침과 임무도 바뀝니다. 국공 양당까지도 합작할 수 있으며, 저우언라이는 국민정부군사위원회 정치부 부부장을 맡았고, 궈모뤄 선생께서는 제3청 청장을 맡고 계십니다. 그는 원래 결연하게 맡지 않겠다고 했으나 언라이 동지가 그에게 이 지위를 운용하여 더 많은 문화계 인사를 단결시켜 항일운동을 전개할 수 있다고 권하는 바람에 동의했습니다. 우리가 이 여성조직에 참가하는 것도 그 작용면에서 유사합니다. 이 조직을 통하여 더 많은 여성을 항전이라는 대업에 단결, 참여시킬 수 있습니다. 여러분 모두 다시 한 번 생각해 주시면 어떻겠습니까? 나랏일은 정말 중요하지요."

원대한 안목을 지닌 덩잉차오의 이 말을 듣고 모두는 확연히 이치를 깨달은 듯 했고 공산당원의 마음이 넓을 뿐만 아니라 덩잉차오가 진정 항일통일전선의 방침과 책략을 실천에 옮기려 한다는 사실을 알게 되었다.

1938년 5월 중순 덩잉차오, 멍칭주는 스량, 선즈쥬, 류칭양과 함께 우한에서 증기선을 함께 타고 쥬장(九江)에 도착하여 경치가 아름다운 루산에 올랐다. 루산은 창장 옆에 우뚝 솟은 유명한 피서지였다. 산에는 수목이 울창하고 졸졸 계곡물이 흐르며 풍광이 수려하고 그윽하여 세속과는 동떨어진 세계였다. 하지만 이 당시 덩잉차오는 아름다운 산속의 경치를 감상할 여유가 없었다. 단지 어떻게 간담회를 통해 각계의 여성을 단결시켜 항일통일전선 공작을 추진할 수 있을 것인가에 온통 정신이 가있었다.

1938년 5월 20일 쑹메이링이 개인 명의로 초청한 각계 유명 여성 간담회가 시작되었다. 그녀는 세심하게 고민하여 각 당파, 각지, 각계 유명 여성 52명을 초대하였다. 그 가운데 중공 측에서는 덩잉차오, 멍칭주, 국민당 측에서는 선휘롄(沈慧蓮), 천이위, 탕궈전, 좡징(莊靜), 우지메이(伍濟美), 류헝징(劉衡靜), 구국회 측에서는 스량, 선즈쥬, 류칭양, 기독교여성청년회에서는 장아이전, 덩위지, 진지이, 류위샤(劉玉霞)가 있었으며, 그 외에 사회 저명인사이자 학자인 리더취안, 우이팡(吳貽芳), 위칭탕(兪慶棠),

레이지충(雷洁琼), 정위슈(鄭毓琇), 쩡바오쑨(曾葆蓀), 장쑤워(張素我), 라오쥔잔(勞君展, 쉬더헝(許德珩)의 부인), 쉬하이리(許海莉, 옌양추(晏陽初) 부인), 마지막으로 성정부 주석 부인과 딸 몇 명이 있었다. 이로써 국공양당과 각계 여성대표가 한 곳에 모여 항전 건국의 중대한 계획을 함께 토론할 수 있게 되었으며, 여성계항일통일전선의 확대와 발전을 상징하는 모임으로 자리매김 할 수 있었다.[33]

쏭메이링은 개막사에서 이번 회의의 주요 목표는 전국적인 여성공작 강령을 제정하고 전국적인 여성기구를 만드는 것이라 하면서 먼저 다음과 같이 제안하였다. "저 개인은 우리가 신생활운동 여성조직을 통하여 우리의 임무를 신속하게 달성하고 우리의 목적에 도달할 수 있을 것이라고 생각합니다." 그녀는 모호하게 말했지만 그 의미는 분명했다. 즉 '신생활운동총회여성지도위원회'(이하 '신운부지회(新運婦指會)'로 약칭)를 전국적 여성조직으로 만들겠다는 것이었다. 그녀는 "신생활운동[34]이 세상 사람들로부터 약간의 오해를 불러일으켰음"에 대해 인정하면서 중공과 진보여성의 반대를 걱정하며 마지막으로 완곡하게 말했다.

"저 개인은 우리나라에서 가장 시급히 시행해야 할 것이 각당, 각파와 사회 각 부분의 단결 합작이라고 생각합니다. 여러분께서 다른 의견이 있으시다면 기탄없이 말씀하여 모두가 함께 토론함으로써 가장 좋은 방침을 충분히 결정할 수 있기 바랍니다."

덩잉차오와 멍칭주는 회의에서 함께 작성한 두 개의 보고를 하였다. 「산시·간쑤·닝샤소비에트여성운동 개황」이라는 보고에서 그녀들은 산시·간쑤·닝샤소비에트에 이미 각계여성연합회가 성립되어 회원이

여성 총수의 2/3를 점한다고 소개하였다. 그에 따르면 소비에트에서는 50%에 달하는 여성들이 농업생산에 조직적으로 참가하고 있으며 또한 많은 여성이 남편의 전선 참가를 열렬하게 지원하고 있었다. 또한 소비에트의 여성은 이미 정치·경제상 평등한 지위와 자유혼인의 권리를 획득하였으며, 소비에트 정부는 여성노동자에게 노동 보호 및 산전 산후 휴가와 생활비를 제공하고 있으며, 농촌여성에 대해 종자, 가축, 양식 배급과 구제를 실시하는 한편 여성의 문화수준을 높이기 위해 문맹퇴치반과 각종 학교를 널리 설립하였다. 그들의 보고에 묘사된 산시·간쑤·닝샤소비에트 여성의 신생활과 항전 열기는 각계 유명여성인사들의 매우 큰 관심을 이끌어냈다.

덩잉차오, 멍칭주가 연명으로 발표한 「전시 여성공작에 관한 의견」은 강령성의 발언으로써 전시 여성운동의 기본 방향과 중심 임무라는 관점에서 전시여성의 구체적 공작에 대해 많이 언급하였다. 전국적이며 통일적인 여성조직이라는 문제에 대해 그녀들은 그것이 각 당파, 각계, 각성, 각구 여성대표를 포괄하는 항일민족통일전선적 여성조직이어야 하며, 민주적인 방식을 통해 그 조직이 이루어져야 한다고 강조하였다. 그러나 전쟁이 치열하게 진행되고 있는 상황에서 전국여성대표대회를 개최하는 것은 매우 곤란하며 여성계의 항일공작 또한 한시도 늦출 수 없다는 사정을 고려하여 '신운부지회'를 전국적인 여성기구로 전환하는 데에 찬성한다고 하였다. 그러나 적절하게 개조하고 확대하며 민주성과 협상의 융통성을 더욱 강화하고 각 방면의 애국여성을 단결시켜 이 기구에 참가시켜야 한다고 했다. 덩잉차오는 국민당이 이 기구를 이용하여 다른 여성조직을 농단하거나, 없애버리거나, 흡수해버릴 가능성이 있다고 생각하였다. 따라서 그녀는 보고 가운데에서 전국적이며 통일적인 조직 건립이 원래 있던 여성단체를 없앤다는 의미가 아니며, 통일적인 공작 강령과 공작 계획이 있을 뿐만 아니라 정기적인 집단 토론을 통해 각계 여성단체의 의견과 경험이 교환될 수 있고 통일적인 활동 보조 등이 존재한다는 것을 의미한다고 특별히 지적하였다. 또한 그것이 유일한 전국적 여성단체를 의미하는 것도 아니었다. 활동 성질의 차이 때문에 여러 다른 전국적 여성단체가 동시에 존재할 수 있었다. 예컨대, 중화기독교여성청년회 전국협회, 중국여성위로총회 등등이 그러했다. 그녀들의 발언은 전체 항전이라는 대국적 견지에 입각하면서도 동시에 각계 여성과 각계 여성단체의 이익도 충분히 고려한 것이었기 때문에 회의 참석자들의 열렬한 박수를 받았다.

쏭메이링도 기뻐하며 미소를 지었다. 왜냐하면 그녀는 원래 중공 측에서 강력하게 반대할 것으로 생각하였지 그녀들이 이렇게 분별력 있는 사리로 처신하리라고는 미처 생각하지 못했기 때문이었다.

회의의 중심의제는 「여성 동원, 항전 건국 참가 공작 대강」의 제정이었다. 선즈쥬는 대강의 기초자로 선출되었다. 그녀는 회의 전에 이미 생각을 정리해두었으며, 회의석상에서 모든 의견을 청취하고 토론을 통해 초고를 수정하였으며, 이것은 마지막으로 회의에서 만장일치로 통과되었다.

대강은 항일건국 과정에서의 여성 임무를 규정했다. 그것은 선전, 구호, 징집, 구제, 아동보호, 전장봉사, 한간(漢奸)[35] 정찰, 농업생산 및 합작사업 종사 등을 포함하였다. 또한 대강은 여성 동원의 선결조건을 논술하며 "활동을 중심으로 삼아 여성을 조직, 훈련시켜야 하며" "여성의 생활수요를 만족시키는 데에서 착수해야 한다"는 것을 활동 방법의 원칙으로 삼았다. 이 대강을 통해 여성계 항일연합의 공동정치 기초가 확보되었으며, 또 그것은 '신운부지회'의 개조와 확대 후의 공작 기준이 되었다.

덩잉차오는 루산 간담회에서 각계 여성을 공동항일로 단결시키는 정치가의 풍모를 지녔으며, 겸허하고 친근한 태도로써 다른 사람들을 윽박지르지 않고 주위 언니, 동생들과 하나가 되었다. 그녀는 솔직담백하게

---

³⁵ 역주: 항일전시기 일본에 부역한 중국인 민족반역자를 가리킨다.

정치적으로 원칙을 견지하면서도 융통성을 잃지 않았다. 회의 막간에 그녀는 각계 여성들과 함께 루산의 수려한 경관을 마음껏 감상하며 「의용군행진곡」, 「대도(大刀)행진곡」, 「유망삼부곡(流亡三部曲)」 등 애국, 구망(救亡)의 노래를 모두 함께 불렀다.

루산 간담회에 참가한 레이지충(雷洁瓊)은 당시 그녀를 비롯하여 우이팡, 위칭탕 등과 같은 많은 여성계 유명인사들이 처음으로 중국공산당원과 접촉하였다고 회고한 바 있다. 그녀는 과거에 많은 반공선전을 들어서 모든 공산당원은 매우 드세며 다른 사람을 위협할 것으로 생각하였음을 인정하였다. 당시 선전에 따르면 그들은 검푸른 얼굴에 툭 튀어나온 긴 이를 가진 매우 흉악한 모습의, 믿을 수 없는 사람들이어야 했다. 또한 대체로 매우 엄숙하여 얼굴 전체에 혁명만이 가득하다고 했다! 그러나 덩잉차오를 접촉해 보니 그녀들의 예상은 완전히 빗나갔다. 25,000리 장정에 참가했던 공산당 노간부는 이렇게 열정적이며 활달하고 또 친근한 큰 언니였다. 그녀는 또한 소박하고 진솔하면서도 정치성이 강한 공산당원의 본색을 지니고 있었다. 이러한 모습은 그녀의 인상을 주위 사람들에게 매우 강하게 남겼다.

46. 여성항일통일전선의 중요 진지를 개척하려 노력하다

루산 간담회 이후 모두는 또한 여성지도위원회의 새로운 조직기구와 각 부분 인선에 대해 함께 협상하였다.

개조, 확대 이후의 여성지도위원회는 어느 정도 각당, 각파 여성대표를 포괄하고 사회유명여성이 참가하는 여성계 항일통일전선조직이 될 수 있었다. 루산 간담회 이후 그 활동이 시작되었고 1938년 7월 1일 한커우 싼쟈오졔(三敎街)의 한 건물에서 정식 업무를 시작하였다. 쏭메이링이 지도 책임을 맡았고, 리더취안, 우이팡 등이 상임위원을 맡았으며, 원래 7명이었던 위원은 36명으로 확대되었다. 덩잉차오, 멍칭주, 캉커칭(康克淸), 스량, 차오멍쥔, 선즈쥬, 류칭양 등은 모두 위원으로 선출되었다. 기독교여성청년회의 장아이전, 천지이는 정·부총간사를 맡았다. 총간사 아래에 8개조와 1개 위원회가 설치되었다. 국민당 측의 위원으로는 셰란위(謝蘭郁), 탕궈전, 천이원, 황페이란(黃佩蘭)이 총무, 위로, 전장(戰場) 봉사, 생활지도조 조장을 각각 맡았다. 구국회 측에서는 스량이 연락위원회 주임을, 류칭양이 훈련조 조장을, 선즈쥬가 문화사업조 조장을 각각 맡았다. 무당파 인사인 위칭탕은 생산사업조 조장을, 천주교도 뉴민화(鈕珉華)는 아동보육조 조장을 맡았다.

당시 조장에게는 어느 정도의 인사권이 주어졌다. 스량, 류칭양, 선즈쥬는 모두 덩잉차오를 존중하였기 때문에 그녀와 적극적으로 상의하여 뤄수장(羅叔章), 궈졘(郭建), 뤄츙(羅琼), 루휘녠, 쉬징핑, 왕루치(王汝琪), 줘용펀(左涌芬), 펑광관(馮光灌) 등 구국회의 핵심과 애국여성청년들을 연락위원회, 훈련조, 문화사업조 등에 배치하여 활동케 하였다. 진보적 인사들이 이들 조직에서 주도적 지위를 차지하였고, 그녀들은 루산 여성간담회가 통과한 「여성동원, 항전건국 공작대강」의 실현을 위해 노력하였다. 아동보육조 직속의 십 수개의 보육원과 문화사업조가 운영하는 노동자 야학, 그리고 훈련조가 운영하는 여성간부 훈련반, 전시봉사조 소속의 향촌봉사대, 생산사업조에 소속된 공장봉사대 등에는 모두 중공비밀당원과 애국여성청년들이 배치되어 활발하게 공작을 전개하였다.

1938년 7월부터 1940년까지 여성지도위원회는 광동, 후난, 광시, 쓰촨, 귀저우, 허난 등에 분회를 설립했다. 국민당 당·정·군의 일부도 공작대를 설치하였다. 이들 분회와 공작대 속에는 진보적인 인사들이 있었다. 예컨대, 군정부 여성공작대 책임자 정잉(鄭英)과 총칭시정부 여성공작대 대장 니페이쥔(倪斐君)은 모두 애국적 진보여성으로서, 덩잉차오와 친밀한 관계를 유지하고 있었다.

덩잉차오는 '신운부지회'라는 공개적이고 합법적인 조직을 이용하여 여성의 항전공작을 매우 효과적으로 진행하였다. 이 조직의 새로운 개편이 완성됐을 때 '7·7' 항전 1주년 기념일을 맞이하게 되었다. 덩잉차오의 적극적인 지도 아래 문화사업조는 우한에서 전민항전을 견지하는 대규모 선전활동을 전개하였다. 그녀들의 선전 대강은 각 신문의 중요 위치를 차지하였다. 또한 그녀들은 선전 수첩과 벽보를 발행하였고 대규모의 선전대를 조직하여 공장, 농촌, 시가지 등으로 깊숙이 들어가 선전, 강연활동을 전개하였다. 그녀들은 20여 곳의 여성노동자 야학을 개설하고 덩잉차오는 직접 야학에서 여성노동자를 상대로 항전구국의 당위성에 대해 강연하였다. 문화사업조는 월간 『부녀신운(婦女新運)』, 반월간 『부녀신운통신(婦女新運通訊)』, 주간 『부녀신운』 등 비교적 영향력 있는 여성 출판물을 발행하였다. 또한 정기적으로 봉사대 등이 벽보를 쓸 때 이용할 수 있도록 『벽보자료』를 발행하였으며, 부정기적으로 각종 기념일의 선전 자료를 편집하여 대중에게 전민항일을 선전하고 선전 핵심인자를 배양하는 데 매우 큰 영향을 끼쳤다.

1938년 여름부터 1940년까지 훈련조는 5차례 여성간부 단기훈련반을 운용하여 거의 천여 명에 가까운 여성간부를 훈련시켰다. 저우언라이, 덩잉차오, 장아이핑(張愛萍), 타오싱즈, 옌바오항(閻寶航), 첸쥔두안(錢俊端), 장유위(張友漁) 등이 훈련반에서 강의를 진행하였다. 훈련반 학생은 졸업 후 항촌봉사대를 구성하여 후베이의 4개 현, 후난의 10개 현, 쓰촨의 56개 현으로 가 수많은 농촌여성들을 향해 항일을 선전하고, 주둔군을 위로하며, 부상자를 지원하고, 재난아동을 구제하도록 그녀들을 조직, 동원하였다. 또한 농촌에서 문맹퇴치, 노래, 연극 등의 문화활동을 전개하여 그 동안 계속 적막했었던 향촌에서, 차이는 있지만 항일운동의 열기를 고양시켰다. 일부 학생들은 혁명의 길로 나가기도 하였다. 덩잉차오는 이 훈련조의 활동에 대해 매우 높이 평가하면서, 적절하게 지도하였다.

아동보육조와 항전아동보육회는 함께 전쟁 지역에서 근 3만 명의 재난아동을 구제하고 그들을 수십 개소의 보육원에 수용하였다. 위로조와 위로총회는 함께 장병을 위로하고 부상병을 간호하며 항일전쟁에 참가한 군인가족을 지원하고 헌금을 모금하는 등의 활동을 적극적으로 전개하였다. 생산사업조는 수만 명의 여성에게 일자리를 마련해 주었다. 생활지도조는 여성 생활 개선을 위한 봉사기구를 만들었고 공장봉사대를 조직하여 여성노동자의 생활 개선을 지원하였다. 전장봉사조는 14개의 향촌봉사대를 나누어 후베이, 후난, 쓰촨 등의 현에 파견, 선전교육 활동을 진행하는 한편 문화 활동을 전개하였으며, 농촌여성을 동원하여 항일전에 투입시키기도 하였다.

스량이 주임을 맡은 연락위원회는 종적으로는 각성 분회, 각 기관 공작대와 해외공작위원회를, 횡적으로는 각 항일여성단체를 연결시켰다. 연락위원회는 정기적으로 여성단체연석회의를 개최하여 여성운동에 대해 토론하였다. 덩잉차오, 장샤오메이, 랴오쓰광, 루징루(盧竟如) 등은 산시·간쑤·닝샤소비에트여성대표단의 대표 신분으로 연석회의에 참석하여 각계 여성과 광범하게 접촉하고 중국공산당 통일전선의 방침, 정책과 여성운동에 대한 의견 등을 소개하였다. 진보인사들은 그들의 발언을 공산당의 그것으로 간주하여 각각 관계하는 대중 속으로 그것을 다시 전파하였다. 덩잉차오가 루산 간담회에서 건의하여 성립된 여성단체연석회의는 여성계를 단결시켜 항일로 나서게 하는 원동력이 되었고, '신운부지회'의 한계를 뛰어넘어 폭넓은 범위로 확대시켰다. 여성계의 수많은 중요 활동은 모두 여성단체연석회의를 통해 조직·발동되었다.

이들 모든 공작은 진일보하기 전에 번번이 '마찰전문가' 측의 방해를 받았다. 덩잉차오에게서 직접 가르침을 받아 그곳에서 활동하던 중공비밀당원과 진보인사들은 모두 단결 투쟁의 정신에 입각하여 이치에 맞고, 이익이 되며, 절도가 있는 투쟁을 하면서 방해를 견디면 힘든 활동을 계속해나갔다. 따라서 이 시기의 여성운동은 덩잉차오가 「2기 항전 중의 여성운동」이라는 글에서 밝힌 바와 같다. "여성지도위원회는 각 방면 여성들의 참가를 인정하였는데, 이 때문에 항일통일전선 가운데 여성운동은 새로운 움직임과 발전을 보일 수밖에 없었다."

덩잉차오는 또한 '신운부지회'에서 활동하는 당원의 사상 수준과 업무 처리 능력을 발전시키는 데에 주의하였다. 지하당원 리빙지(李氷洁)는 본래 쓰촨의 한 현성의 중등학교에서 활동하고 있었는데 특무대가 미행을 하여 총칭으로 거처를 옮겼다. 덩잉차오는 그녀를 '신운부지회' 생활지도조에 소개하여 활동하도록 조치하였다. 생활지도조 조장은 국민당 3청년단 중앙위원 황페이란이었다. 생활지도조는 약간의 공장봉사대를 조직하였는데, 리빙지는 공장봉사대 지도원을 담당하였다.[36]

그녀는 쩡쟈얀(曾家巖) 50호로 와 덩잉차오에게 활동을 정리해 보고하면서 먼저 이렇게 말했다.

"샤오차오 다졔, 당신의 활동이 너무 바쁘니 제 보고는 아주 간단하게 하겠습니다."

매사에 진지한 덩잉차오는 바로 대답했다.

"아닙니다. 좀 상세하게 하세요. 전 상세한 정황을 이해해야만 합니다."

그리고는 공장봉사대의 인원은 몇 명인지, 그들의 정치적인 입장은 어떠한지, 봉사대 공작 대상은 몇 명인지, 어떻게 그들을 위해 봉사하는지 등에 대해 상세하게 물었다. 리빙지는 그에 대해 하나하나 정리해 보고하였다.

덩잉차오는 보고를 듣고 열정적으로 말했다.

"당신의 활동은 매우 중요합니다. 당신에게는 직접 노동자 자매 속으로 들어가 그들을 위해 봉사할 수 있는 기회가 있습니다. 이러한 기회는 정말 얻기 힘듭니다. 당신들 봉사대 가운데 열성적이고 능력 있는 십여 명의 젊은 여성들은 당신과 한마음으로 일치단결하여 일을 하고 있으며,

---

36 리빙지, 「나에 대한 잉차오 다졔의 가르침을 회고하며」, 『鄧穎超,一代偉大的女性』, 山西人民出版社, 1989.4, 393-395쪽.

또 '신우부지회'라는 간판을 내걸 수 있어 조건도 아주 좋습니다. 현재, 당신들은 공장에서 여성노동자 문맹퇴치반을 만들었는데 공장 측에서 방과 경비를 제공해 주고 있습니다. 과거에 우리가 비밀스럽게 활동을 하지 않으면 안 되었던 상황이 있었는데, 공장에 문맹퇴치반을 개설할 때 인력이나 물자난은 물론이고, 시도 때도 없는 적의 방해공작 때문에 문맹퇴치반이 3-5개월 동안 운영되지 못해 결국 어쩔 수 없이 종종 문을 닫아야만 했습니다. 하지만 그러한 어려운 조건 속에서도 우리는 모든 수단을 강구해 문맹퇴치반을 개설, 노동자의 문화 수준과 사상적 각오를 드높인 바 있습니다. 우리 당의 적지 않은 간부들이 문맹퇴치반을 운영한 적이 있고, 그들도 문화적 기초를 문맹퇴치반에서 닦았으니 문맹퇴치반의 영향을 절대 가벼이 여겨서는 안 됩니다."

덩잉차오는 한 걸음 더 나아가 리빙지를 일깨웠다.

"당신들의 조건이 이제 이렇게 좋아졌으니, 단지 문맹퇴치반을 개설하여 노동자 자매에게 글자 몇 자를 가르쳐 몇 개의 구망(救亡) 구호를 외치게 하는 데에 만족하지 말고, 활동을 더욱 착실하고 튼튼하게 심화시켜야 합니다. 당신들은 노동자 자매들과 교류하며, 차와 숙소로 달려가 그들의 생산과 생활환경에 대해 이해해야 합니다. 노동자의 노동시간은 길 경우 하루 12시간에 달하며 음식은 형편없습니다. 당신은 직접 관찰한 후 노사 양측 모두에게 유리하다는 전제 하에서 공장 측에 노동자의 처우 개선을 요구할 수 있습니다. 당신들은 '신운부지회'라는 간판을 갖고 있기 때문에 공장 측도 당신들의 의견을 고려할 것입니다."

리빙지는 샤오차오 다졔의 말을 듣고 활동을 더욱 심화시켰다. 그녀는 공장 측에 여성노동자의 주거 조건과 노동자의 음식 개선에 대한 의견을 제출하였고, 공장 측은 이것을 받아들였다. 여성노동자 기숙사의 통풍 조건이 개선되었고, 공장 측은 노동자에게 모기장을 제공했으며 음식도 이전과 비교해 다소 개선되었다. 이제 여성노동자들은 리빙지에 대해 더욱 신임하게 되었다. 원래 문맹퇴치반에는 결석자가 매우 많았다.

하지만 리빙지가 노동자를 위해 좋은 일을 하게 되니 수업에 참여하는 사람들이 크게 증가하였다. 그녀들은 한 무리의 노동자 핵심인자를 양성하였으며, 그 가운데 일부는 옌안으로 달려가 혁명에 참가하였다.

덩잉차오는 리빙지에게 국민당통치구에서 폭넓게 교류하고 통일전선공작을 잘 할 수 있는 방법들을 배울 수 있도록 도와주었다. 리빙지가 소속된 생활지도조 조장은 국민당원이었고, 두 명의 조원은 구국회원이며 나머지 몇 명은 중간인사였다. 생활지도조와 스량이 책임을 맡은 연락위원회는 같은 사무실에 있었다. 연락위원회의 대부분은 진보인사로 구성되었고, 그밖에 몇 명의 공산당원도 있었다. 리빙지와 그녀들은 서로 생각이 통하여 관계가 좋았다. 생활지도조 내의 중간인사와는 서로 냉랭한 관계였으며, 조장과는 경원하는 사이였다.

한번은 그녀가 덩잉차오에게 뜻이 통하는 사람들과 함께 활동을 할 경우에는 마음이 편안해지고 매우 자유스럽지만 중간인사, 특히 국민당원과 함께 일할 때에는 정말 마음에 들지 않는다고 고백했다.

덩잉차오는 이 말을 듣고 바로 그녀에게 반문하였다.

"모두 좌파만 함께 한다면 무슨 공작을 할 필요가 있겠어요?"

덩잉차오는 인내심을 갖고 그녀를 일깨워주었다.

"공산당원은 항상 각계 여성에 대한 공작에 주의해야 하며 당의 항일주장을 선전해야 합니다. 모두가 좌파라면 당신이 공작할 필요가 뭐가 있겠어요? 만약 국민당원이라면 공작 과정에서 서로 존중하고 폭넓게 교우관계를 맺어야 하며, 특별히 정치상 중립적인 동료와는 더욱 많이 왕래해야 합니다. 이렇게 하는 것이 공작에 유리합니다."

리빙지는 샤오차오 다제의 도움에 매우 감격했고, 그를 통해 공작 과정에서 보이는 유치병을 극복할 수 있었다. 그녀는 덩잉차오에게서 지적받은 것을 주의하며 일을 진행하였다. 그녀의 직속상관인 국민당원 황페이란은 일종의 공명심이 있어서 항상 생활지도조의 공작이 큰 성과를 이뤄낼 수 있기를 바랐다. 리빙지는 활동 과정에서 그녀를 존중했고 항상 그녀에게 정리·보고하고 지시를 청했을 뿐만 아니라 자신의 가정과 개인생활에 대해 항상 그녀와 이야기하였다. 따라서 황페이란은 그녀에 대해 호감을 갖게 되었다. 공장봉사대의 조직단위가 증가되자 지도원과 봉사대원도 증원해야 했다. 리빙지가 두 명의 당원을 지도원으로, 친한 사람 6,7명을 봉사대원으로 소개하였는데 황페이란은 이를 받아들여 주었고 또한 리빙지를 베이베이(北碚)여성실험구 대리주임으로 파견하였다.

1938년 여름부터 1940년 말 국민당의 제2차 반공고조기 전까지 덩잉차오는 교묘하게 '신운부지회'라는 공개적이고 합법적인 여성조직을 이용하여 국민당통치구 내의 여성운동을 발전시켜 항일에 유익한 많은 공작을 수행하였다. '신운부지회'는 중국공산당이 국민당통치구역 내에서 전개한 여성항일통일전선 공작의 중요한 진지였던 셈이다.

47. 걸출한 여성참정원

1938년 여름, 마오쩌둥, 천샤오위(陳紹禹, 즉 왕밍), 친방시옌(秦邦憲, 즉 보구), 린쭈한(林祖涵, 즉 린바이취(林伯渠)), 우위장(吳玉章), 동비우, 덩잉차오는 국민참정회 중공 측 참정원으로 선발되었다.

1937년 8월 중국공산당중앙은 「항일구국십대강령」을 공포하여 국민당정부가 정치기구를 개조하고, 진정으로 인민을 대표하는 국민대회를 소집하여 참된 민주적 헌법을 통과시킴으로써 항일구국의 방침을 정하고, 국방정부를 선거하여 전국의 항전건국의 대업을 영도해야 한다고 분명하게 요구하였다.

쟝졔스는 이러한 정치주장을 받아들일 수 없었다. 그러나 항전의 형세와 각계의 압력 에 밀려 우선 겨우 24명만이 참가하는 국방참의회를 조직하였으며, 이후에 다시 압력에 의해 1938년 7월 국민참정회를 개회하기로 결정하고 각당, 각파, 각계 대표의 참가를 요청하여 항전이란 대업을 공동 토론하고, 당시 국민당이 단독으로 장악하고 있던 국민정부에 대해 어느 정도 민의를 대변하는 자문 역할을 하도록 하였다. 국민당 보수파의 입장에서 본다면 그들은 겉을 치장하기 위한 장식에 불과한 것이었다. 하지만 공산당 측은 참된 합작에 대한 희망에 입각하여 공개적이고 합법적인 강단을 통해 자신들의 항일 주장을 발표하고, 더 많은 인사를 참여시켜 단결함으로써 끝까지 항전을 견지하려 하였다.[37]

국민참정원은 모두 200명이었는데, 그 가운데 여성참정원은 10명으로 고작 5%에 불과하였다. 덩잉차오는 이 정치 강단을 통하여 항일통일전선 방침, 정책과 전국 여성의 항전건국 참가 및 여성과 아동의 권리 옹호 등등에 관한 중국공산당의 주장을 전면적이고도 분명하게 능숙히 주장하였다.

7월 2일, 덩잉차오는 『신화일보』에 「여성참정원의 책임을 논한다」라는 자신의 글을 발표하였다. 그녀는 이 글에서 매우 선명하게 다음과 같이 기술했다. "우리는 전국 인민의 의견을 대표하여 정부에 전달할 뿐만 아니라 가장 많은 압박과 고통을 받는 각계 여성대중을 대변하는 데에 특히 주의하여야 한다. 또한 참정회와 전국적인 유명인사들의 전면에 다음을 드러내야 한다. 지극히 악랄하고 폭악스런 일본 도적들에게서 여성대중들이 받은 유린·학대·오욕·압박·이산 등의 참상과 애국심을 지녔지만 봉건의 압박과 속박 아래 그 뜻을 펼치지 못한 것에 대한 고민, 그리고 일 년 간의 항전기간 동안에 보여준 그녀들의 용맹·분투, 장렬한 희생, 공작에 대한 헌신 및 민족국가에 대한 관심과 애호·열정 등등이 그것이다."

덩잉차오의 이 말은 항전기간 중 엄청난 고통 속에서 위대한 공헌을

37　重慶市政協編,『國民參政會資料』참조.

한 전국 여성의 마음속 말을 진정으로 표현한 것이었다.

그녀는 또한 다음과 같이 썼다. "이번 참정회는 회기가 매우 짧아 단지 '중요하고' 또 '긴급한' 문제만을 토론, 제출할 수 있다. 제출하게 될 각종 안건에서 여성 분야에 마땅히 주의하고 관계해야 하며 …… 그 방안을 제출할 때 결코 협소하게 남녀 양성 대립이라는 관점에서 출발해서는 안 되며 민중 전체를 동원하여 항전건국에 참가시키는 위대한 사업 가운데 일부분이라는 관점에서 출발해야 한다. 이것은 절대로 여성동원의 임무가 단순한 여성의 책임이 아니라 민중 총동원의 일부분이며 또한 중요한 일부분이라는 사실을 의미한다." 이는 원칙적으로 당시 아직 유행하고 있던 협애한 여권주의 사상과 명확한 경계를 이루며 여성해방 사업에 관한 마르크스주의의 정확한 입장을 견지한 것이었다.

그녀는 여성 참정원의 책임과 공작 태도에 대해서도 다음과 같이 서술하였다. "여성참정원은 항상 여성대중 문제에 관심을 가져야 하고, 여성대중과 일상적인 관계를 긴밀하게 건립해야 하며, 각계 여성대중의 의견을 겸허하고 진지하며 또 자세하게 경청해야 한다. 참정회 개회 이전이나 개회 기간에 각종 기회를 충분히 활용하여 여성동포에 다가가 그들의 의견을 청취해야 할 뿐만 아니라, 폐회 이후에도 회의에서 토론하여 결의한 안건들을 각 여성단체와 여성대중에게 보고하고 설명해 주어야 한다. 회의와 회의 사이의 막간에는 더욱 수많은 여성대중들과 일상적인 관계를 건립해야 한다."

글 가운데서 그녀는 특별히 이렇게 쓰기도 했다. "우리가 처해 있는 위치는 절대 관리의 자리가 아니라 전국 인민의 공복의 자리다. 따라서 전국 인민과 각계 여성동포의 의견을 존중해야 한다. 전국의 남녀 주인공이 우리에게 많이 훈시해 주기를 바란다!" 이 '훈시'라는 표현은 전국 인민에게 공산당원 참정원이 인민의 공복임을 자임한다는 빛나는 모습을 선명하게 각인시켰다.

마지막으로는 그녀는 다음을 희망하였다. "각 당파, 각계 그리고 각지에서 당선된 여성참정원들은 항전과 민족의 최고 이익이라는 전제 하에 참정회에서 일치단결해야 하며, 단결의 역량과 작용을 효과적으로 제고하기 위해 신중하고 조화롭게, 그리고 진실로 사사로운 감정을 없애고 대의에 충실하여 전체 참정원과 나랏일에 대해 함께 토의해야 한다. 이로써 여성 참정의 모범을 수립하고 여성 참정의 정의로운 대도를 개척해야 한다."

이 글이 발표된 이후 각계 여성의 반응은 뜨거웠으며 또 좋았다.

7월 4일 덩잉차오는 스량, 타오쉬안(陶玄), 류왕리밍(劉王立明) 등 5명의 여성참정원과 함께 각계 여성간담회를 거행하여 각계 여성의 의견을 진지하게 청취하였다.

7월 5일 『신화일보(新華日報)』는 마오쩌둥, 천샤오위(陳紹禹), 친방셴(秦邦憲), 리쭈한(林祖涵), 우바오장(吳寶章), 동비우, 덩잉차오 등 7명의 참정원이 갖고 있는 국민참정회에 관한 의견을 발표하여, 장기 항전의 견지에서 중국공산당의 기본방침과 기대를 체계적으로 밝혔다.

7월 6일 덩잉차오는 천샤오위, 친방셴, 리쭈한, 동비우와 함께 한커우 양이루(兩儀路) 상하이 대극장에서 개최된 국민참정회 제1기 제1차 회의에 출석하였다.

국민당은 표면적으로 참정회를 매우 중시하였다. 참정회 의장 왕징웨이의 개막사 이후 장제스는 항전을 견지하고 참정원 대표의 민의를 충분히 청취하겠다고 발표했다. 국민당의 각 중요 부문 책임자들 역시 회의석상에서 활동 보고를 하였으며, 참정원들의 질문을 받았다. 1백여 명의 참정원은 항전 추진과 관련된 수백 건의 안건을 제출하였다.

덩잉차오는 여성참정원 가운데 가장 주목받는 인물 중 하나였다. 그녀는 일어나 연설을 할 때 분명하고 자연스런 베이징 표준말을 청산유수처럼 구사하였다. 그 소리는 명확하고 날카롭고 정확했기 때문에 가까이 혹은 멀리 앉아 있어도 모두에게 한 마디 한 마디 분명하게 들렸다. 그녀는 일본 도적들이 여성 동포에게 행한 여러 폭행 사실에 대해 분노로 폭로하면서 여성을 동원하여 항전건국에 참가시켜야 한다고 주장하였다. 열정적인 감정에 더해 조리가 분명하고 논리정연하며 풍부하고 충실한 내용을 지닌 그녀의 연설은 사람들의 심금을 울렸다. 많은 참정원들은 공산당 내의 뛰어난 인재라며 그녀에게 이구동성으로 찬사를 보냈다.

덩잉차오는 스량, 류왕리밍(劉王立明) 등 여성참정원과 함께 회의에서 여성의 항전 참가 및 여성노동자의 대우 개선에 관한 안건을 제출하였다. 그녀는 또한 우이팡(吳貽芳), 스량 등 여성참정원과 함께 대회에 '7·7' 항전 일주년을 기념하기 위해 각 참정원이 일률적으로 헌금하자는 임시동의를 제출하였다. 회의에서 이 제안은 만장일치로 통과되었다. 회의 후 그녀는 즉시 천샤오위, 친방셴, 리쭈한, 동비우와 함께 항일헌금대에 그녀의 참정원 1개월치 월급 350원을 헌금하였다.

우한은 창장 연안의 유명한 '화로'로서 여름에는 매우 더웠다. 기온이 최고 38도까지 올라갔다. 국민정부는 군사위원회 정치부 부부장 저우언라이와 참정원 덩잉차오를 배려하여 우창(武昌) 뤄쟈(珞珈)산 우한대학 교수 기숙사의 작은 방에 숙소를 마련해 주었다. 부근에 궈모뤄와 다른 정치부 부부장 황치샹(黃琪翔), 궈슈이(郭秀儀) 부부가 거주했다.[38] 긴장된 공작 틈틈이 그들은 서로 교류하였다. 이곳은 한커우에 비해 훨씬 시원하였다. 바람이 솔솔 불어 서늘해지는 밤이면 그들 3가족은 함께 베란다에 모여 앉아 항전 형세와 애국적 합작 및 협상 업무 등에 대해 이야기를 나누었다. 궈슈이는 덩잉차오를 매우 공경하며 높이 평가하였다. 덩잉차오의 영향 아래 궈슈이는 항전기간 내내 전선 지원 공작을 계속했고 항전 승리 후에 훈장을 받기도 하였다.

저우언라이와 덩잉차오는 뤄쟈산에서 미국의 저명한 기자이며 작가인 에드가 스노우와 회견하였다. 1년 전에 스노우가 한 때 변장을 한 덩잉차오를 몰라 봤다는 이야기를 하자 저우언라이는 큰 소리로 웃지 않

---

[38] 필자가 궈슈이를 방문했을 때 그녀는 1938년 우한에서 덩잉차오와 교류했던 상황에 대해 소개해 주었다.

을 수 없었다. 그는 덩잉차오를 가리키며 스노우에게 익살스럽게 말했다.

"스노우 선생, 당신은 저 여성이 연극에 매우 뛰어나다는 사실을 아직 모르고 계시죠. 그녀는 연극에서 전문적으로 남자역을 담당한답니다. 그녀가 연기한 역에는 중국고대사 가운데 남장여인역인 애국영웅 화무란(花木蘭)이 있고, 일본 수상 이토 히로부미를 암살한 조선애국지사 안중근이 있습니다. 또한 당신과 같은 신문기자 연기도 한 적이 있습니다."

스노우가 매우 놀라자 덩잉차오가 곁에서 웃으며 말했다.

"당시에는 남성과 여성이 같이 한 무대에 설 수가 없어 제가 전문적으로 여학교의 남자배역을 맡았습니다. 스노우 선생, 당신은 언라이가 청년시절 난카이 학교의 연극에서 전문적인 여성배우였다는 사실도 모르고 계시지요. 그의 연기는 매우 훌륭합니다. 저의 스승이기도 하고요. 저희의 연극을 도와주었습니다."

"훌륭합니다!" 스노우는 경탄에 마지않았다.

"정말 신기하고 정말 재미있습니다. 저는 당신들이 서로 뜻과 생각이 일치하는 정치적 동지이며 동시에 연극을 함께 했을 것이라고는 전혀 생각하지 못했습니다. 변장한 당신을 제가 알아볼 수 없었던 것이 이상한 일이 아니군요. 또한 한 명은 여장남자이고 다른 한 명은 남장여인이니, 당신들은 진정 불가사의한 천생연분의 짝이라 할 수 있겠습니다. 당신들이 한 무대에서 펼치는 멋진 연극을 볼 기회가 없다는 것이 정말 아쉽군요." 잠시 후 그는 기지가 넘치게 한 마디 덧붙였다.

"현재, 저는 정치무대에서 펼치는 당신들의 걸출한 연기를 감상하고 있습니다."

48. 화남(華南) 여성항일운동의 단결과 발전을 추진하다

1938년 8월 초, 중공 창장국은 덩잉차오를 홍콩에 파견하여 쑹칭링, 허샹닝(何香凝) 그리고 홍콩의 각계 여성과 회담하도록 하였다.

덩잉차오는 쑹칭링, 허샹닝과 1927년 우한에서 헤어진 이후 이미 11년 동안 만나지 못했다. 헤어진 이후 다시 만나게 되니 그녀들은 너무도 기쁘고 서로 위안이 되었다. 이 걸출한 3명의 중국여성은 지난 11년 동안 서로 다른 위치에서 중화민족과 여성의 해방을 위해 강인한 투쟁을 견지해왔다. 이제 민족 위기의 절박한 순간에 그녀들은 다시 모여 항전건국의 중요한 계획을 함께 상의하게 되었다.[39]

덩잉차오는 쑹칭링, 허샹닝에게 중국공산당의 항일통일전선 방침과 정책 및 팔로군의 영웅적인 항일전 전적에 대해 소개하고 우한의 형세에 대해 설명하였다. 쑹칭링 역시 덩잉차오에게 1938년 6월 그녀가 창립한 중국보위동맹 공작 내용과, 전국인민에게서 물자와 의료인을 모집하여 용맹스럽게 분투하고 있는 팔로군 등 항일전사들을 지원하고 있다는 이야기를 하였다. 그녀들은 모두 잘 알고 있는 진보적인 미국인 친구 스노우, 스메들리, 스트롱 등에 대해서도 말하였다.

덩잉차오는 우한에서 자신이 그들을 만났고 그와 저우언라이가 스노우와 함께 사진을 찍었다고 했다. 쑹칭링은 카나다의 저명한 외과의사 노먼 베쑨[40]이 이미 중국에 도착하여 팔로군의 치열한 항일전선에서 봉사하겠다고 지원했다는 점을 특별히 지적하면서 그를 본 적이 있느냐고 물었다. 덩잉차오는 우한에서의 업무가 너무 많아 유감스럽게도 보지 못

---

39 덩잉차오, 「쑹칭링 동지에 대한 숭고한 경례」, 『中國革命先驅,傑出的女革命家何香凝』 참조.

40 역주 : 2890-1939. Henru Norman Bethune. 캐나다 출신의 외과의사이자 의료개혁가. 스페인 및 중국의전장을 누비며 인도주의적인 의료활동을 펼쳤다. 중국에서는 그를 '바이츄언 다이푸(白求恩大夫)'로 칭송하며 중국인민의 영원한 친구로 기념한다.

했다고 대답하였다. 그러나 언라이가 그를 만나 이미 옌안에 소개했음을 알고 있었다. 베쑨은 옌안에서 산시·차아르·허베이(晉察冀)소비에트로 갔고 2년 후에 불행하게도 순직하고 말았다.

3명의 절친한 친구들은 다년 간 서로 만나지 못했는데 이제 이별 후에 다시 만나게 되었으니 당연히 서로 이것저것 할 말이 너무도 많았다. 만남은 쏭칭링의 집에서 이루어졌다. 홍콩의 정세가 복잡하여 쏭칭링은 헤어질 때 덩잉차오의 안전을 걱정하여 특별히 믿을 만한 친구를 보내 그녀를 집까지 호송하도록 하였다.

허샹닝은 홍콩에서 홍콩여성전선지원 항일전사위로회를 조직하였다. 그녀는 덩잉차오를 데리고 홍콩의 각계 여성과 회견하였고 그녀들의 자선 바자회에 참가하였다. 덩잉차오는 그녀들에게 중공의 항전 주장과 팔로군의 전적을 소개하고 홍콩에서 여성항일통일전선의 진용을 확대하였다.

덩잉차오는 중공홍콩노동자위원회 서기 랴오청즈(廖承志)와 만나 그에게 홍콩 및 화남공작에 대한 중공창쟝국의 지시를 전달하였다.

덩잉차오는 쏭칭링과 약속하여 함께 광저우로 가 광동 및 화남 여성 애국활동을 추진할 것을 요청하였다. 쏭칭링은 흔쾌히 동의하였다. 그녀들은 은밀히 홍콩을 떠났다.

9월 14일 덩잉차오는 11년이라는 오랜 시간 동안 떠나있었던 광저우에 돌아왔다. 가을의 양청(羊城) 거리에는 꽃이 비단같이 만발하였고 남국 특유의 봉황나무에는 불꽃같은 선홍색 꽃이 여전했다. 덩잉차오는 마음속에서 우러나는 흥분과 고통의 감정을 주체할 수 없었다.

11년 전 그녀는 광저우에서 황급히 도주하다 사랑하는 아이를 잃었다. 현재 그녀는 국민정부 군사위원회 정치부 설계위원 및 국민참정회 여성참정원의 신분으로 광저우에 도착하여 국민당광동성의 당정군당국 및 여성단체책임자들과 회견하고 광동항일구국운동과 여성운동을 살피고 또 그것을 추진해야 했다.

9월 15일 덩잉차오는 광동성 각 여성단체가 주최하는 성대한 쑨 부인 쏭칭링 환영 만찬회의에 참석하였다. 회의에서 그녀는 열정적이고 논리적이며 또한 생동감이 넘치는 연설을 하여 광동 각계 여성들의 열렬한 환영을 받았다.[41]

그녀는 광동의 각계 대표와 광범위하게 회견하였고 그들을 통해 광동의 항일구국 형세에 대해 살피며, 또한 그들에게 최후까지 항전을 견지하겠다는 중국공산당의 결연한 항일통일전선 주장을 소개하였다. 그녀는 쏭칭링과 함께 전선의 부상병을 위문하고 그들에게 숭고한 경의를 표했다.

그녀는 중공광동성위 책임자를 만나 광동 및 화남공작에 대한 중공창장국의 지시를 전달했다.

그녀는 국민당광동성정부 주석 리한훈(李漢魂)의 부인 우쥐팡(吳菊芳)을 만나 그녀에게 국민혁명시기 입당한 중공당원 취바이쏭(區白霜, 즉 취멍줴(區夢覺))를 소개하였다. 그녀는 우쥐팡을 도와 광동 신운여성공작위원회와 전시아동보육회 광동분회를 건립하여 광동의 여성항일운동을 보다 효과적으로 추진하였다.

『구망일보(救亡日報)』는 광저우에서 발행되는 진보적 신문이었다. 궈모뤄가 사장을, 샤옌(夏衍)이 총편집장을 맡았다. 『구망일보』의 젊은 여기자 가오하오(高灝)는 쏭칭링과 덩잉차오의 광저우 활동을 취재하였다. 가오하오는 광동여성의 쏭칭링, 덩잉차오 환영 만찬에 대해 매우 현장감 있게 특필하였다.

덩잉차오는 바쁜 와중에 가오하오의 단독 인터뷰에 응했다. 이전의 특별보도에 적절치 못한 표현이 있었기 때문에 가오하오는 덩잉차오가 반드시 자기를 책망할 것이라 생각하여 덩잉차오를 만날 때 매우 긴장되고 불안하였다. 그러나 뜻밖에도 덩잉차오는 기사 내용에 대해서는 아무런 이의를 제기하지 않고 아주 열정적으로 다음과 같이 말했다.

---

41   『救亡日報』, 1938.9.16.

"『구망일보』는 제가 아주 좋아하는 신문입니다. 저는 당신 같은 젊은 사람들과 대화하는 것을 매우 좋아합니다. 시간만 허락된다면 누구라도 저와 대화할 수 있으며 저 역시 사양하지 않습니다."

덩잉차오의 여유롭고 관대한 태도에 가오하오는 매우 감동을 받았다.

덩잉차오는 가오하오에게 화남여성운동에 대한 자신의 의견을 전면적으로 설명하였다. 첫째, 먼저 화남여성운동의 통일기구를 건립하여 단결 문제를 해결해야 한다. 둘째, 여성운동공작은 상층에만 머물러 있으면 안 되고 하층으로 깊게 파고 들어가야 한다. 각 계층의 여성을 움직여 항일투쟁의 큰 흐름에 투입시켜야 여성운동은 비로소 깊고 넓은 군중의 기초를 얻을 수 있으며 거대한 작용을 발휘할 수 있다. 셋째, 여성을 동원할 때 사상 동원을 중시해야 하고, 공작방식에 주의하여 수준이 다른 여성들에게는 서로 다른 방식으로 대응하여야 하며 여성운동 지도자들을 양성하는 데에 큰 힘을 기울여야 한다. 덩잉차오는 감정에 충만하여 말했다.

"광저우는 국민혁명의 발원지이며, 화남여성은 우수한 혁명전통을 지녀 소질이 훌륭하며 투쟁 또한 강합니다. 우리의 공작이 제대로 이루어지기만 한다면 화남여성은 반드시 항전의 유력한 지주가 될 수 있을 것입니다."

쑹칭링, 덩잉차오의 추진으로 9월 19일 밤 광동여성단체지도자대표대회가 광저우 영빈관에서 거행되었다. 회의에서 광동여성단체항적공작협회가 정식으로 결성되었는데 이는 화남여성운동이 분산 상황에서 단결 단계로 진입했음을 의미하였다.

이날 밤, 마침 적기의 습격이 있었고 회의장은 정전이 되었다. 회의는 흔들리는 촛불 아래에서 진행되었으며, 이러한 상황은 적에 대한 모두의 적개심을 더욱 증가시켰다. 협회는 장정과 이사 인선을 통과시켰고 쑨 부인 쑹칭링은 협회의 명예회장을 맡았다.

주석과 내빈들의 발언이 있은 후 단발머리에 인단트렌 염료로 물을 들인 치파오를 입은 덩잉차오가 만면에 웃음을 띠고 등장하여 광동성여성통일기구의 결성을 축하였다. 그녀는 친절하게 말하였다.

"자매 여러분, 저는 별 볼일 없는 자격의 소유자이지만 여러분들이 쑨 총리의 '한마음 한뜻으로 끝까지 관철시킨다.'는 유훈(遺訓)과 쑨 부인의 '역량을 집중하여 함께 공작한다.'는 희망을 준수하는 것에 대해 경하하고 또 축하드립니다. 항전이라는 이 엄중하고 결정적인 시점에 우리의 단결을 확대하고 우리의 단결을 공고히 하여야 비로소 하늘에 계신 총리의 혼령을 위로할 수 있고, 쑨 부인의 희망을 저버리지 않을 수 있으며 항전의 최후 승리를 쟁취하여 일본제국주의 강도를 중국에서 몰아낼 수 있습니다."

덩잉차오의 열정적이고도 진지한 연설은 열렬한 박수를 받았고 결연하게 항전을 위해 단결 분투하려는 각 애국여성의 마음속에 깊이 새겨졌다. 밝게 타오르는 촛불은 마치 항전의 앞날을 비추는 광명과도 같았다.

회의가 끝났을 때는 이미 밤 12시가 되었다. 피로에 아랑곳하지 않는 덩잉차오는 싫증내지 않는 쑨 부인과 함께 몇몇 여성대표들과 함께 작은 모임을 개최하여 다음 단계의 진일보한 공작에 대해 작은 소리로 상의하였다.

뜻밖에 덩잉차오는 광저우에서 톈진시기 각오사 사원 천샤오천(諶小岑)을 만났다. 그들은 1925년 톈진에서 서로 헤어진 이후 벌써 십 수 년 동안 만나지 못했다. 천샤오천의 부인 리즈산(李峙山)은 덩잉차오와 즈리여자사범 동창이었고 일찍이 덩잉차오와 함께 여성사(女星社)를 조직한 바 있었는데 병으로 이미 세상을 떠났다. 천샤오천은 당시 국민당광동성당부 서기장이었다. 덩잉차오는 그와 정치적으로는 비록 서로 다른 입장이었지만, 1936년 그가 화북에서 공작할 때 국민당을 대표하여 중공 측과 관련을 맺어 국공합작 추진을 위해 유익한 공작을 수행한 사실에 대해 그녀는 이미 알고 있었다.[42]

덩잉차오는 과거의 우정을 지속적으로 마음에 품어 왔다. 그녀는 천샤오천에게 1928년 베이핑에서 영웅적으로 희생당한 각오사 사원 마쥔(馬駿)에 대해 이야기하였고, 1930년 지난(濟南)에서 장렬하게 희생당한 각오사 사원 궈룽전(郭隆眞)에 대해 이야기하였으며, 제2차국공합작의 항전 형세에 대해 이야기하였다. 천샤오천은 눈앞의 덩잉차오가 이미 오사운동시기의 열정이고 활달했던 여동생이 아니라 가혹한 혁명 경험을 겪고 25,000리의 장정에 참가한 혁명가라는 사실을 알았다.

9월 24일 덩잉차오는 몰래 광저우를 떠나 우한으로 돌아왔다. 그녀는 광저우에서 단지 10일이라는 짧은 기간 동안 활동했지만 광동 및 화남 여성항일운동의 단결과 발전을 효과적으로 견인하였다.

덩잉차오가 홍콩과 광저우로 파견되었을 때, 저우언라이는 천샤오위(陳紹禹), 친방셴(秦邦憲)과 함께 옌안으로 돌아가 중공6기6중대회에 참석하였다. 회의에서는 우한공작에서 보여준 천샤오위의 우경기회주의 착오에 대한 비판이 있었고, 전당의 인식을 통일시키기 위해 중공중앙창쟝국을 폐지하고 중공중앙남방국 결성을 준비하기로 결정하였다.

10월 초, 저우언라이는 우한으로 돌아왔다. 우한의 전황은 이미 매우 불리하게 되었다. 국민당의 당정군기관과 팔로군사무소의 일부 공작원이 이미 속속 우한을 떠나 쓰촨 총칭으로 갔다.

10월 중순 덩잉차오는 『대공보』 사장 장지롼(張季鸞) 등 참정원들과 함께 수상비행기를 타고 총칭으로 날아가, 총칭에서 개회될 국민참정회 1기2차회의 참가를 준비하였다. 저우언라이는 장사로 가 귀린(桂林)을 경유, 총칭에 도착하였다. 덩잉차오의 어머니는 이미 사무소 공작원을 따라 이동하였다.

비행기에서 덩잉차오는 이별을 아쉬워하며 도도히 흐르는 창쟝을 바라보았다. 또 창쟝 중류에 자리 잡아, 9개 성의 요충지를 장악하고 있는 우한 3진[43]을 바라보았다. 그녀는 이곳에서 근 1년 동안 긴장된 투쟁을

---

42 필자가 천샤오천을 방문했을 때, 그는 1938년 광저우에서 덩잉차오를 만났던 상황에 대해 소개하였다.

계속하였고 당의 항일전선 방침을 견지하였으며 여성의 단결항일을 위한 새로운 국면을 타개하였다. 항전은 이미 1년 넘게 견지되었다. 정저우(鄭州)가 함락되고 일본군은 대거 남하하였다. 항전은 더욱 고통스런 상호 대치 단계에 진입하였다. 그녀는 더욱 고통스럽게 싸워나갈 준비를 해야만 했다.

49. 왕징웨이에 분노하여 통렬히 비난하다

수상비행기가 산성(山城)의 상공을 선회하다 천천히 충칭에 착륙하였다. 덩잉차오는 비행기에서 내려 팔로군 충칭사무소로 갔고, 그곳에서 이후 5년 동안의 평범하지 않은 전투생활을 계속해나가기 시작했다.

10월 25일에서 27일 사이, 우한 삼진은 차례로 함락되었고 바로 이어 광저우 역시 함락되었다. 일본침략군은 이미 중국의 화북, 화중, 화남의 큰 영토를 점령하였다. 중국공산당이 지도하는 항일무장세력은 1년여 동안 적 후방에서 결연한 항전을 계속하였다. 팔로군은 이미 15,6만의 규모로 확대되었고, 항일근거지와 유격구도 이미 10여 곳으로 발전하여 만리장성 내외와 황하 남북에 이르는 5천만 명의 인구를 소유했으며, 일본군이 점령한 도시와 중요 교통선을 곳곳에서 분할하였다. 일본침략군의 "속전속결" 계획은 무산되었고 소위 "전쟁으로서 전쟁을 키운다"라는 방침을 실행하여 투항유도 공세를 더욱 강화하였다. 국민당군대의 일부 애국장군과 대규모 사병들은 비록 전력을 다해 대적했지만 쟝졔스가 제대로 지휘를 하지 못해 군대는 계속 후퇴하였으며 넓은 영토를 잃어

---

43   역주: 우창(武昌), 한커우(漢口), 한양(漢陽) 등 3진을 가리킨다. 본래는 각각 분리되었으나 1950년 중국정부는 세 도시를 우한으로 통합하였다.

갈 뿐이었다. 그는 항일에 대해서는 소극적 태도를 취한 반면 반공에 대해서는 적극적인 방침을 취하기 시작했다. 결국 항전의 형세는 매우 중요한 전환점에 도달하였다.

덩잉차오는 당중앙의 항전 견지·투항 반대, 진보 견지·퇴보 반대, 단결 견지·분열 반대라는 방침을 진지하게 집행하였고, 참정원의 공개적 신분을 이용하여 공작을 긴장 속에서 계속 추진해 갔다.

충칭에 도착하자마자 그녀는 『부녀생활』지에 「국민참정회와 여성」이라는 글을 발표하여, 한 발 더 전진하여 여성을 각급 참의회에 참가시킬 것과 지구전의 항전과 전면적 항전을 제의하였다.

10월 26일 덩잉차오는 스량, 류헝징(劉蘅靜) 등 여성참정원과 함께 중국여성항전자위장병위로회 충칭분회조직의 환영회에 출석하였다. 스량, 류헝징의 강연 후 덩잉차오가 열렬한 박수를 받으며 무대에 올라 연설하였다. 환영회에 도착한 500여 명의 충칭 여성은 그녀들이 일찍부터 흠모했던 중공여성참정원을 처음으로 보았고 모두 깊은 관심을 기울이며 그녀의 강연을 집중해 들었다.[44]

그녀는 항전 15개월 이후 중국 각 방면에 걸친 진보세력과 적의 곤경 등에 대해 분석하며 항전의 앞날이 매우 밝다는 사실에 대해 증명하였다.

그녀는 적의 투항 유도를 위한 여러 음모에 대해 전국의 동포와 각 당파는 강철같이 긴밀하게 단결하여 이 음모를 분쇄하고 항전의 마지막 승리를 쟁취해야 한다고 요구하였다. 그녀의 명쾌하고 결연한 연설은 청중들에게 자신감과 용기를 심어 주었고 그녀들은 그녀의 연설에 호응하여 계속해서 열렬한 환호와 박수를 보냈다.

10월 28일 덩잉차오는 친방셴, 둥비우와 함께 국민참정회 1기2차회의에 참석하였다. 그들은 민족단결 강화, 지구전 견지, 최후 승리 쟁취 등과 관련된 제안을 제출하였다. 이들 제안을 통해 그들은 어떤 사람이라

---

44   重慶婦聯編, 『重慶婦女運動資料』.

도 만약 투항 음모에 타협한다면 그는 민족의 변절자이며 반역자와 동
일하며 전 민족이 모두 일어나 그를 공격해야 한다고 명확히 밝혔다. 그
들은 한간괴뢰, 민족반역자를 엄격히 징벌하며 일본의 중국 이간책을 분
쇄하고 항전 승리를 촉진하는 제안을 또한 제출하였다.[45]

항전을 견지할 것인가 아니면 무릎 꿇고 투항할 것인가는 당시 정치
상황에서의 초점이었고 동시에 이번 참정회의 중심의제였다. 국민참정
회 의장이며 국민당 부총재인 왕징웨이는 당시 일본 투항공작의 주요
대상이었다. 그는 그를 따르는 일부 무리와 함께 총칭에서 음으로 혹은
양으로 '화평연막'을 크게 쳤다. 덩잉차오 등 중공참정원이 제출한 제안
은 바로 그를 향한 것으로 왕징웨이를 통렬하게 공격하였다. 애국적이고
정직한 많은 참정원 역시 유사한 제안을 하였다.

그 가운데 유명한 애국화교 지도자 천쟈경(陳嘉庚, 그 역시 참정원이었는
데 사정 때문에 회의에 참석하지 못했다.)은 싱가포르에서 전보를 보내 "화평
을 말하는 관리는 한간의 죄로 처벌하자!"라는 제안을 하였는데 이는 덩
잉차오와 이번 참정회에 참가한 참정원들을 가장 통쾌하게 만들었다.

몇 마디 되지 않는 짧은 이 말은 큰 폭탄처럼 회의장을 폭격했다. 회
의 규칙에 따르면 제안은 12명 참정원의 연명이 있어야 대회에서 토론
할 수 있었다. 천쟈경의 이 전보 제안이 회의장에 도달하자 단 몇 분 만
에 서명한 참정원이 20명을 넘어섰다. 이는 곧 인심의 향방을 충분히 보
여주는 것이었다.

관례에 따라 의장이 제안에 대한 토론을 할 때 제안의 제목을 쭉 읽었
다. 덩잉차오는 왕징웨이가 천쟈경의 전보 제안을 큰 소리로 "화평을 말
하는 관리는 한간의 죄로 처벌하자!"라고 읽을 때 안색이 일순간 아주
창백하게 변하는 것을 보았다. 제안 토론 때에 몇몇 왕징웨이파 무리들
이 염치도 없이 천쟈경의 이 애국적인 제안에 반대하였다.

45　重慶婦聯編, 『重慶婦女運動資料』.

덩잉차오는 분연하게 일어나 크고 낭랑한 목소리로 그들의 잘못된 반대에 대해 날카롭고 엄중하게 반박하면서 당시는 항전의 매우 중요한 시점으로 적들이 투항공세를 가속화하는데 국민정부의 관리가 되어 '화평'을 주장하는 자는 반드시 한간의 죄로 처벌하는 것이 정확하고 또 그럴 필요가 있다고 엄밀하게 논증하였다. 그녀의 말은, 겉으로는 화평을 가장하면서도 실제로는 투항하려는 왕징웨이의 잘못된 주장을 통박하는 것이었는데, 회의장 전체 참석자의 열렬한 환영을 받았다. 천쟈경의 제안은 천둥소리와 같이 큰 박수 속에서 순조롭게 통과되었다. 덩잉차오는 애써 가식적 표정을 짓고 있던 왕징웨이의 얼굴에 땀방울이 줄줄 맺히는 것을 분명히 보았다.

3개월 후 왕징웨이는 몰래 총칭을 빠져 나가 홍콩에서 매우 악명 높은 '염전(艷電)'[46]을 발표하여 공개적으로 일본에 투항하였다. 덩잉차오는 신문에서 이 '염전'을 보고 너무도 화가 나 탁자를 치며 쟝샤오메이에게 말했다.

"왕징웨이는 정말 염치도 없는 한간이며 민족의 배신자이군요! 그때 참정회에서 저는 정말 더 많이 꾸직었어야 했어요!"

국민참정회가 폐막된 후 덩잉차오는 총칭시여성위로분회가 거행한 간담회, 총칭기독교여청년회가 주관한 강연회 및 총칭여자사범 강연회 등에 참석하여 각계 여성에게 항전 상황을 보고하고 여성을 성·시임시 참의회에 적극 참가시키도록 독려하며 더욱 효과적으로 여성항전공작을 전개하였다.

덩잉차오는 또한 저우언라이와 어머니의 안전도 걱정하였다. 저우언라이는 10월 25일 새벽 한커우가 함락되기 몇 시간 전에 겨우 우한을 떠났기 때문에 창사 대화재를 겪었지만 재난을 당하지는 않아 바로 난웨(南岳)에서의 군사회의에 참가하였다. 그는 다시 길을 바꿔 귀린으로 갔

46　역주: 이 '염전'이란 1938년 12월 29일 쟝졔스에게 보낸 왕징웨이의 대일타협 지지 성명을 가리킨다. 전보에서 29일을 '艷'으로 대신하기 때문에 '염전'이라 칭한다.

다가 12월 중순 비로소 총칭에 도착하였다. 양전더는 사무소 동지들과 함께 여러 어려움을 극복하고 총칭에 도착하였다. 이제 비로소 덩잉차오는 걱정스런 마음을 털어버릴 수 있었다.

1939년 1월 5일 중공중앙서기처 회의는 중공중앙남방국 설치를 결정하였다. 남방국은 서남, 화남 각성과 후난, 쟝시 등지의 당조직 공작을 포괄하였다. 저우언라이는 남방국 서기가 되었고, 덩잉차오는 남방국 위원이 되었다. 남방국은 회의를 개최하여 업무를 분담했는데, 덩잉차오는 여성공작을 담당했고 동시에 산시·간쑤·닝샤(陝甘寧)소비에트 각계여성국구연합회 총칭주재대표단 단장을 겸임하였다.

국공합작이 이루어진 지 2년이 안 되는 1939년 1월, 국민당은 5기5중전회를 개최하여 "공산당을 용해하고[溶共]", "공산당을 막아내며[防共]", "공산당을 제한하는[限共]" 반동방침을 결정하고 이어 「이당(異黨) 활동 방지 방법」 등 반공문건을 발표하였다. 이것은 국민당정책의 전환점으로, 항전시기에 제1차 반공 분위기를 고조시켜 화북·서북·산동·화동 등지에서 일련의 마찰사건을 야기하며, 용감하게 항일전을 전개하던 팔로군과 신사군(新四軍)에게 총구를 돌렸다. 국민당 통치구에서는 중공조직 파괴에 박차를 가해 공산당원과 진보인사를 수색, 체포하였으며 공산당 총칭, 귀린, 귀양(貴陽), 청두(成都) 주재 공개기관을 제한하였다. 남방국 및 국민당통치구의 수많은 당원들은 더욱 복잡하고 곤란한 지경에 빠지게 되었다.

덩잉차오는 공개적이며 합법적인 신분을 적극 이용하여 투쟁을 전개하였다.

2월 8일 그녀는 총칭시각계여성단체연석회의에 출석하여 여성해방과 민족해방의 관계 및 여성참정의 중요의의에 대해 발언하였다.

2월 12일부터 21일까지 그녀는 국민참정회 1기3차회의에 출석하였다. 회의에서 그녀는 항전 견지·투항 반대, 단결 견지·분열 반대, 진보 견지·퇴보 반대 등에 관한 중국공산당의 방침을 분명히 밝히고 국민당이 만든 반공 중상모략을 반박하였다.

1년에 한 번 있는 여성전투 기념일인 '3·8절'이 다가왔다. 국민당이 각지에서 만들어낸 반공, 한공(限共)활동이 계속 이어지는 상황에 대처하기 위해 덩잉차오는 '신운부지회'연락위원회가 소집한 여성단체연석회의에서 긴 연설을 하였다. 그는 항전 20개월 동안의 여성공작의 성과에 대해 총결산하면서 여성공작의 부족한 부분에 대해 솔직하게 이야기하였다. 즉 대다수 여성단체는 여전히 도시지식여성과 상층가정여성의 동원에 국한되었고, 인구의 80%를 차지하는 노동여성 및 중하층 가정여성에 대한 공작에는 저속하게 무시하거나 방기, 거절하는 태도를 보였다. 그녀는 여성운동의 진용을 소수의 좁은 범주에서 각 계층의 여성 속으로 확실하게 파고 들어가야 하며, 동시에 현재의 각 여성단체를 충실하게 하는 데 반드시 노력을 기울여야 한다고 거듭 강조하였다. 그녀는 '3·8절'기념 운동 가운데 1주 혹은 1개월의 회원 모집 활동을 벌여 여성들에게 여성단체 참가를 호소하여 '3·8절'을 기념하도록 하며 대규모의 여성간부를 발굴, 배양해야 한다고 건의하였다.

국민당의 분열 활동에 대하여 덩잉차오는 다음과 같이 호소하였다. 민족국가가 전에 없는 위기에 빠져 있는 상황에서 모두는 공동활동의 기초에서 마찰분자를 만들어 단결을 파괴하지 말고 현재 존재하는 여성단체의 모든 역량을 연합하여 공동으로 적에 대항해야 한다.

덩잉차오가 한 강연의 주요 정신은 군중운동에 대한 국민당보수파의 분열과 제한 책동을 분쇄하고 항전 동원을 각 계층 여성 가운데로 확대, 침투시키는 것이었다. 덩잉차오의 의견에 대해 비록 천이윈(陳逸雲), 탕궈전(唐國禎) 등 소수의 반대가 있었지만 연석회의에 출석한 대다수 여성대표들은 모두 열렬하게 찬성하였고, 그녀의 연설정신에 근거하여 제정한 '3·8절' 기념제요를 통과시켰으며, 이 제요를 국민당통치구 각성 '신운부지휘'로 보내 '3·8절' 기념의 지도방침으로 삼았다. 이것은 덩잉차오가 공개적이고 합법적인 신분을 이용하여 국민당의 반공, 한공 음모를 분쇄하고 얻어낸 하나의 승리였다고 할 수 있다.

3월 8일 총칭의 각 기관, 공장, 학교 여성들은 모두 한나절 휴가를 내서 서쟈오(社交)교회당에서 5천 여성군중이 참가하는 '3·8절' 기념대회를 거행하였다. 쏭메이링도 참가하였다. 덩잉차오는 회의 연설을 통해 여성의 위대한 역량을 항전 가운데로 결집할 때에만 항전의 승리와 민족의 해방을 얻을 수 있으며 동시에 여성해방을 얻을 수 있다고 설명하였다. 회의 후에 성대한 거리 행진이 거행되었다.[47]

국민당통치구의 40여 개 도시에서 '3·8절' 기념집회가 거행되었다. 어떤 농촌의 시장, 상하이, 홍콩, 마카오 등지에서도 규모의 차이는 있지만 기념대회가 개최되었다. 쏭칭링은 홍콩의 '3·8절' 기념대회에 참석하여 열정적인 연설을 하였다.

덩잉차오는 『신화일보』에 연속으로 「'3·8절'을 기념하며 여성운동을 전개하자」, 「'3·8절' 공작을 검토함으로써 여성운동을 촉진시키고 더욱 발전시키자」, 「정신총동원을 실시하고 철저한 항전을 견지하자」 등의 글을 발표하여, 국민당통치구 여성운동의 올바른 발전을 지도하였다.

중공대표단은 원래 총칭 지팡제(機房街)에 머물고 있었는데 일본 비행기의 몇 차례 폭격을 받아 계속 머물 수 없게 되었다.

1939년 5월 초 남방국과 팔로군 총칭주재사무소는 화룽챠오(化龍橋) 롱인루(龍隱路) 홍옌(紅巖) 끝으로 옮겨졌다. 이 산지에는 과수원과 농장이 있고 꽃과 나무가 무성하며 주위에 민가가 적어 혁명공작에 유리했고 또 방공에도 좋았다. 농장 여주인 라오궈모(饒國模)는 사상이 진보적이며 혁명에 동정적이었다. 그녀의 자녀 3명은 모두 공산당원이었다. 그녀는 대범하게 자신의 손으로 만든 다유(大有)농장을 공산당의 활동을 위한 중요 근거지로 제공하였다. 국민당은 즉시 홍옌 부근에 방을 수리하여 특무조직원으로 하여금 감시토록 하였다.

---

47   重慶 『新華日報』, 1938.3.9.

그러나 홍옌은 시가지에서 멀리 떨어져 있었기 때문에 덩잉차오는 교우관계를 이용하여 시내 쩡쟈옌(曾家巖) 50호에 1층과 3층에 방을 세내어 저우언라이와 중공대표단의 대외활동을 위한 거점으로 삼았다. 쩡쟈옌 50호(통칭 '저우(周) 공관(公館)')은 진흙이 가득한 어롼스(鵝卵石) 작은 거리 끝에 자리하고 있었다. 작은 거리의 점포와 잡화점은 모두 국민당 특무기관의 초소였다. 유명한 국민당정부 군사위원회 조사통계국 우두머리 다이리(戴笠)는 쩡쟈옌 50호에서 100미터도 안 되는 곳에 거주하였다. 국민당 군경특무조직이 긴밀하게 감시하는 위험한 환경에서, 저우언라이, 덩잉차오 그리고 남방국의 100여 공작인원들은 용맹스럽고 기지 넘치며 사적인 욕심이나 두려움 없이 전투를 계속하였다.

50. 청두로 가 여성운동을 지도하다

1939년 6월 덩잉차오는 남방국의 위탁을 받아 청두에 도착하였다. 청두에는 자오스옌(趙世炎)과 그 누나 자오스란(趙世蘭), 동생 자오쥔타오(趙君陶) 등 모두 공산당원으로 이루어진 혁명가정이 있었다. 20년대 초 자오스옌은 프랑스로 근공검학운동을 떠나 저우언라이와 교우관계를 맺었다. 자오스옌은 저우언라이와 함께 중국소년공산당을 조직하여 자오스옌은 지부서기, 저우언라이는 선전위원이 되었다. 자오스옌은 후에 소련으로 유학을 떠났고, 중국소년공산당은 중국사회주의청년단 유럽지부로 바뀌었으며 저우언라이는 지부서기에 임명되었다. 1925년 봄 자오스옌은 중공북방구위 서기에 임명되었고 국민회의촉성회 전국대표대회에서 중공 당단(黨團)[48] 서기에 임명되었다. 덩잉차오는 회의에서 그와 만났고 이후 가오쥔위(高君宇) 추도회에서 다시 그와 만났다. 1927년 '4·12'쿠데타가 발생한 지 얼마 되지 않아 자오스옌은 상하이에서 영웅적인 희생을 당하였다.

이제, 덩잉차오는 자오스옌의 누나 자오스란의 집에서 스촨·칭하이(靑海)특위여성위원회 확대회의를 개최하였다. 회의에 참석한 사람은 자오스란, 간루(甘露), 후이짜이(胡一哉), 왕스메이(王石梅), 간페이원(甘佩文), 두징원(杜景文), 웡허신(翁和新), 성궈치(成國起), 위안광중(袁廣仲), 천서우인(陳受蔭) 등 10여 명이었다. 덩잉차오는 모두에게 당의 6기6중전회 정신을 전달하고 항일전쟁시기 당의 기본정책과 방침에 대해 천명했으며, 국민당통치구에서 어떻게 여성항일통일전선공작을 전개할 것인가라는 문제에 대해 상세히 설명하였다.

회의에 참가한 간루는 당시 20세 정도의 젊은 여성이었다. 그녀는 원래 청두 화메이(華美) 여중 학생이었는데 항일구국운동에 참가했다는 이유로 학교에서 제적당했다. 1937년 2월 그녀는 민족해방선봉대에 참가하였고 그해 9월 입당하였다.

그녀는 매우 흥분된 감정 상태에서 서둘러 자오스란 큰언니 집으로 가 회의에 참가하였다. 그녀는 덩잉차오 다졔가 충칭에서 청두로 온다는 소식을 듣고 마음이 극도로 격동되었다. 그녀는 이번에 처음으로 당의 지도자를 보게 되는 것이었다. 그녀가 상상하기에, 오랜 기간 동안 단련되고 25,000리의 장정에 참가했던 덩잉차오는 반드시 엄숙하고 심지어 무서운 노간부임에 틀림없다고 여겼다. 그녀가 자오스란의 집에 갔을 때 그녀 앞에 등장한 사람은 가늘고 옅은 남색의 마사(麻絲) 치파오와 그 위에 하늘색 조끼를 입은, 온화하며 우아한 30여 세의 단정한 여성이었는데 만면에 미소를 짓고 있었다. 그녀는 뜨겁게 간루의 손을 잡아끌며 이것저것 자세히 물었는데 오랫동안 떨어져 있다 다시 만난 큰언니 같았다. 간루는 당황하여 말을 제대로 하지 못했다. 자오스란이 그녀를 곤경

48 　역주: 중국공산당과 중국사회주의청년단을 줄여 함께 칭할 때 사용하는 용어이다.

에서 벗어나게 하였다. 그녀에게 차를 따라 주고 자리에 앉혀 한시름 덜게 하였다. 그녀는 오는 내내 급히 달려온 모양이었다.

20세의 간루는 혁명에 참가하려면 혁명적 모습을 닮아야 한다고 생각하여 옷차림에 대해서는 전혀 고려하지 않았다. 그날 그녀는 짙은 남색 무명 치파오를 입고 맨발에 헝겊신을 신고 있었다. 덩잉차오는 그녀를 힐끗 보고는 웃으며 말했다.

"동생, 공산당원은 하늘에서 떨어진 것도 아니며 군중에서 유리될 수도 없습니다. 당신들은 현재 중상층 여성 가운데에서 통일전선공작을 전개하고 있습니다. 그런데 당신의 옷차림은 특무조직원의 주의를 유발시키지 않을까요?"

이 몇 마디의 말에 얼굴이 온통 벌겋게 상기된 간루가 작은 목소리로 말했다.

"덩 다졔, 제가 틀렸습니다. 이후 반드시 주의하여 고치도록 하겠습니다."

덩잉차오는 웃으며 말했다.

"공산당원은 모든 일을 할 때 반드시 실제에 근거하여 시작하여야 합니다. 쟝시 중앙소비에트와 옌안에서 저는 자연스럽게 여러분들과 똑같이 무명으로 된 군복을 착용했습니다. 총칭에 와 하루 종일 상층인사들과 교류하려다 보니 어쩔 수 없이 치파오를 입어야 했습니다. 옷차림은 비록 작은 일에 불과하지만 이것 때문에 불필요하게 우리의 실제 신분을 폭로할 필요가 없으며 또 쓸데없이 번거로운 일을 만들 필요가 없습니다."

화제를 바꿔 덩잉차오는 엄숙하게 항전의 형세를 분석하고 6기6중전회 정신에 근거하여 왕밍의 "일체 모든 것은 통일전선을 통한다"라는 우경적 착오 노선을 비판하였으며, 국민당에 대한 일면 단결·일면 투쟁의 책략에 대해 전면적으로 논증했다. 그녀는 일부 동지들이 국민당통치지구 공작의 특징인 사상적 마비 현상에 주의하지 않는다고 비평하면서 국민당의 반공, 한공(限共), 용공(溶共) 방침을 지적하고 현재의 정세가 자신들에게 불리하다고 하였다. 반공의 역류 앞에서 그녀는 동지들에게 복잡한 형세 속의 투쟁책략을 연구하고 더욱 많은 사람들을 당 주위에 단결시키며 동시에 정당한 사회 직업을 얻어 자신을 엄호하도록 노력해야 한다고 독려하였다. 또한 그녀는 장기간에 걸친 고난의 투쟁을 견지해나가고 항전의 전면적 승리를 쟁취하며 민족해방투쟁 속에서 여성해방을 쟁취해나가야 한다고 격려하였다.

이번 회의를 통해 쓰촨·칭하이특위여성위원회 동지들은 투쟁의 신념을 증진시키고 또한 투쟁의 책략에 대해 주의하고 연구할 수 있게 되었다.

덩잉차오는 또한 쓰촨 지하당에서 군사공작을 책임 맡고 있던 처야오셴(車耀先)의 집에서 그에게 중공남방국군사조의 지시를 전달하였다.

처야오셴은 청두에서 '누리찬(努力餐)'이라는 식당을 열어 신분을 위장하였는데 식당 뒤편에 거주하고 있었다. 덩잉차오는 거기에서 처야오셴과 밀담을 나누었다. 15살인 처야오셴의 큰딸 처총잉(車崇英)은 문밖에서 망을 보았다. 그녀는 비록 어렸지만 이미 입당하였다.[49]

마침 밤이 되어 하늘이 캄캄해졌다. 덩잉차오가 처야오셴과 이야기를 마쳤을 때 처야오셴은 딸을 불러 들어오게 한 후 그녀에게 말했다.

"이 분이 덩잉차오 여사이시다."

처총잉은 그녀의 이름을 듣자 온몸이 떨렸다. 그녀는 아버지와 '누리찬' 식당을 찾아 식사를 한 여러 진보인사들로부터 저우언라이, 덩잉차오 등의 이름을 여러 번 들어왔다. 그녀는 그들을 전설적인 영웅처럼 동경과 숭배의 대상으로 삼았다. 그런 덩잉차오가 이제 자신의 집으로 직접 찾아올 줄 상상도 하지 못했다. 그녀는 덩잉차오에게 깊숙이 허리를 숙여 인사를 하고 조용한 목소리로 덩잉차오의 이름을 부르더니 진장되

---

49 필자가 청두로 처야오셴의 딸 처이잉(車毅英)을 방문했을 때 그녀는 덩잉차오가
    1939년 처야오셴과 언니 처총잉을 만났던 정황에 대해 이야기하였다.

어 더 이상 말을 하지 못했다. 덩잉차오는 15살의 소녀를 바라보며 웃으며 말했다.

"당신도 항일활동에 참가했어요?"

처총잉은 힘들게 고개를 끄덕였다. 그녀는 어찌할 줄 몰라 자신이 입당한 사실을 그녀가 숭배하고 존경해오던 이 혁명 선배 앞에 알려야 할지 말아야 할지 몰랐다. 그녀는 지하당은 당원 신분 폭로를 엄격히 금지하고 있음을 잘 알고 있었다. 그러나 그녀는 속으로는 또한 자신이 꿈속에서 그리던 여성영웅에게 정말 자신이 이미 입당하였고, 그 때문에 당신과 서로 동지관계라고 알리고 싶었다.

덩잉차오는 그녀가 어찌할 바를 몰라 하는 것을 보고 웃으며 말했다. "나는 당신들이 모두 혁명가정을 이루고 있음을 알고 있습니다." 이렇게 말하고 그녀는 따뜻하고 부드러운 손으로 처총잉의 작은 손을 꽉 잡았는데 마치 그녀에게 이렇게 말하는 것 같았다. "나는 우리들이 이미 동지라는 사실을 잘 압니다. 공동의 이상을 위해 함께 분투합시다."

덩잉차오는 조용히 떠났다. 그녀의 흐릿한 그림자가 짙은 야경 속으로 사라져갔다. 처야오셴은 딸에게 덩잉차오가 왔다는 사실을 절대로 외부에 누설해서는 안 된다고 단단히 타일렀다. 처총잉은 힘 있게 고개를 끄덕였다.

덩잉차오는 이것이 처야오셴을 만난 처음이자 마지막이 될 것이라고는 상상도 하지 못했다. 1년 후 처야오셴은 체포되었고 1946년 총칭 중메이(中美)합작소에서 영웅적인 희생을 맞이하였다.

자오스란의 집에서 덩잉차오는 자오스란의 여동생 자오쥔타오와 리쉬쉰(李碩勛) 열사의 아들인 당시 11살의 리펑(李鵬)을 보았다. 리쉬쉰과 자오쥔타오는 국민혁명시기 입당하였다. 1930년 리쉬쉰은 하이난다오(海南島)에서 희생당했는데 당시 리펑은 막 2살이었고, 여동생은 어머니 배 속에 있었다. 1938년 자오쥔타오가 중국전시아동보육회 직속 제3보육원 원장이 되었지만 리펑은 보육원에서 공부할 수 없었다. 자오쥔타오는 그를 언니 집에 보내 청두에서 공부할 수 있도록 준비시켰다.

덩잉차오는 리펑을 보자 희생당한 자오스옌과 리쉬쉰 동지를 떠올렸다. 그녀는 리펑을 끌어 곁에 두고 물었다.

"내 생각엔 너를 타오싱즈 선생이 충칭에 개설한 위차이(育才)학교에 보냈으면 하는데 어떠냐?"

리펑은 아무런 주저 없이 대답했다.

"어머니, 저는 어머니와 함께 충칭으로 가 학교를 다니겠습니다. 저도 어머니가 말씀하시는 타오싱즈 선생님이 진보적인 교육가라고 알고 있습니다. 그 분이 세운 위차이 학교는 진보적인 학교입니다."

덩잉차오는 웃으며 리펑의 머리를 쓰다듬으며 칭찬하였다.

"나이는 어리지만 아는 게 많구나. 단지 네가 충칭으로 간다면 네 어머니와 큰이모와는 떨어져야 하는데 참을 수 있겠느냐?"

리펑은 작은 눈을 깜박이며 한 번 생각해보더니 결연히 대답하였다.

"어머니, 저는 정말 옌안으로 가 공부하고 싶습니다. 제 친어머니도 이후 옌안으로 갈 수 있겠지요? 그러면 그때 제 친어머니와 같이 있을 수 있지요."

덩잉차오는 웃기 시작하였다.

"리펑, 너는 정말 주도면밀하게 생각하는구나. 이렇게 하자. 내가 먼저 너를 충칭으로 데리고 가 저우 큰아버지를 만나게 해줄 테니 그분의 의견을 듣도록 하자. 그분이 만약 네가 옌안에 가서 공부하는 것에 동의한다면 너를 보내주도록 하마. 네 어머니의 현재 공작위치는 보육원이란다. 그녀가 언제 옌안으로 가게 될지는 혁명의 필요에 달려 있다. 한 혁명가가 어디에서 공작하고 학습할 지는 먼저 혁명적 필요에 따라야 한다. 리펑, 너는 이것을 이해할 수 있느냐?"

리펑은 알아들은 듯 고개를 끄덕였다.

"어머니! 알겠습니다. 저는 혁명의 필요에 복종할 것을 보증합니다. 저에게 어디로 가라고 하건 저는 그곳으로 가겠습니다. 제 친어머니는 줄곧 이렇게 하라고 저를 가르치셨습니다."

덩잉차오는 신이 나 웃었고 다시 한 번 철이 든 아이를 칭찬하였다.

며칠 후 그녀는 리펑을 데리고 충칭으로 돌아왔다. 저우언라이는 마침 옌안에 가서 충칭에는 없었다. 덩잉차오는 먼저 리펑을 위차이 학교에 보내 공부하게 하였다.

반년 후 한 동지가 옌안으로 가게 되었는데 그 편에 리펑을 옌안으로 데리고 가 학습하도록 조치하였다.

옌안으로 가 학습한 이 어린 남자아이가 훗날 커서 사회주의 중국의 제4대 총리가 된 리펑이었다. 외부로는 저우언라이와 덩잉차오의 수양 아들이라고 널리 알려졌다. 그는 한 기자회견에서 정중하고 분명하게 사실관계에 대해 밝혔다. 그에 따르면 리펑의 실제 아버지는 비록 일찍 희생당했지만 그의 어머니 자오쥔타오는 1980년대에 비로소 세상을 떠났다. 저우언라이와 덩잉차오는 많은 열사의 아이들에게 특별한 관심과 사랑을 보였고, 리펑 역시 이러한 아이들 가운데 한 명이었다. 그는 학습과 성장의 과정에서 당연히 저우언라이와 덩잉차오의 친절한 가르침과 관심을 받았다. 그는 덩잉차오가 자신을 충칭으로 데리고 갔던 그 경험을 당연히 잊을 수 없었다.

51. 저우언라이를 수행하여 소련으로 가 치료하다

1939년 6월 덩잉차오가 청두로 갔을 때 저우언라이는 옌안으로 돌아가 공작에 대해 정리, 보고하고 정치국회의에 참가하였다.

7월 초 의외의 사건이 발생하였다. 그날, 저우언라이는 마오쩌둥의 토굴집으로 가 공작에 대해 상의하였다. 이때 중앙당교(中央黨校)가 마오쩌동에게 강연을 청하였다. 마오쩌동은 공작이 너무 바빠 갈 수가 없어 저우언라이에게 대신 가줄 것을 청했다. 마오쩌동과 막 결혼한 쟝칭(江青)[50]은 같이 가 저우언라이의 강연을 반드시 듣겠다고 하였다. 옌허(延河)의 물이 불어 차를 이용할 수 없었기 때문에 그들은 말을 타고 가기로 하였다. 쟝칭이 말을 몰아 앞으로 나갔다. 그녀는 큰 길이 아닌 작은 길로 말을 몰았는데 그 길이 좁아 말 한 필만 지나갈 수 있었다. 그녀는 자신의 재능을 과시하려고 말에게 세차게 채찍질을 하여 빨리 달리게 하다 갑자기 말고삐를 조였다. 저우언라이가 탄 말이 순간 놀라 뒷발로 바로 서서 절벽 아래의 나무와 부딪혔다. 저우언라이는 바로 말에서 굴러 떨어졌다. 그의 오른팔은 절벽에 부딪혀 오른쪽 팔꿈치 하단의 뼈가 골절되고 부러졌다.[51]

경호원이 즉각 쫓아가 보니 그는 이미 자기 힘으로 일어나 왼손으로 골절된 오른팔을 잡고 있었는데 심한 통증으로 얼굴이 하얗게 변해 있었다. 하지만 그들을 책망하는 그 어떤 말도 하지 않았다. 경호원이 그를 부축해 걸어 중앙당교 접견실에 도착하였다. 그는 거기에 누워 식은땀을 흘렸고 피가 그의 옷을 적셨다. 옌안의 최고 의사들이 서둘러 왔다. 상처 부위에 대해 긴급처방을 했고 X선 촬영을 실시하였다.

저우언라이의 오른손은 두 개의 보호대로 꽉 조여졌다. 그는 매일 왼손으로 글쓰기를 연습했다.

덩잉차오가 총칭에 돌아왔을 때 옌안으로부터 저우언라이가 말에서 떨어져 부상당했고 현재 치료를 받고 있다는 내용의 전보를 받았다.

덩잉차오는 정말 마음이 조급해졌다. 그녀는 즉시 옌안으로 돌아가 언라이의 부상에 대한 상세한 정보를 안 뒤 그 옆에서 간호해 주고 싶었

---

50   역주 : 1914(?)-1991. 마오쩌동의 3번 째 부인이며 마오가 죽은 1976년까지 강력한 영향력을 행사하였다. 4인방의 한 사람으로 1981년 반혁명죄로 유죄판결을 받고 투옥되었다.

51   필자가 베이징에 방문하여 당시 저우언라이의 경호원이었던 류쥬저우(劉九洲)를 만났을 때, 그는 저우언라이가 낙마하여 부상을 입게 된 상황을 상세하게 소개하였다.

다. 한편 그녀는 언라이가 어떻게 하다 말에서 떨어져 부상을 당하게 됐는지 정말 이상하다고 여겼다. 그녀는 그가 반평생 군마를 타고 다녀 말을 다루는 솜씨가 매우 뛰어나다는 사실을 알고 있었다. 장정 때 통상 밤새 잠을 자지 못해 그 다음날 말 위에서 졸면서도 쉽게 말에서 떨어지지 않았던 그였다. 그런 그가 이번에 어떻게 말에서 떨어져 부상을 당하게 되었을까?

오래지 않아 그녀는 놀라고 기쁜 마음으로 저우언라이가 왼손으로 써서 보낸, 정이 듬뿍 담긴 편지 한 통을 받았다. 숙련되지 않은 필적을 보고 덩잉차오는 언라이의 오른손 부상이 매우 심하다는 사실을 확실히 알았다. 그렇지 않다면 그가 왼손으로 편지를 썼겠는가? 그녀의 마음은 무겁게 내려앉았다.

결혼한 지 14,5년 동안, 그녀는 몇 번이나 언라이를 위해 생명의 위협을 무릅썼고 또 얼마나 많은 걱정을 하였던가! 저우언라이의 편지에 따르면 이번의 예상치 못한 사고는 단지 자신이 신중하지 못해 낙마하여 부상당한 것일 뿐이었다. 오히려 편지를 통해 그는 그녀의 공작과 생활에 대해서 뿐만 아니라 사무소 동지들의 공작과 생활에 대해서도 관심 있게 물었다. 편지 말미에 그는 자신이 소련에 가서 치료할 것과 덩잉차오가 수행할 것을 당중앙이 비준했다고 말했다.

덩잉차오는 한 애국화교가 팔로군사무소에 보낸 구급차를 타고 총칭을 출발하였다. 운전사 주화(祝華)는 우한에서 공작에 참가한 경험 많은 노련한 기사였다.[52] 그는 샤오차오 다제가 매우 조급하다는 사실을 알고서 총칭에서 청두까지 450킬로미터의 길을 하루에 서둘러 갔다. 차가 쓰촨, 산시 접경지역에 도달했을 때 그들은 장량먀오(張良廟)에서 하루 밤을 머물렀다. 셴양(咸陽)에서 시안까지 가는 길에는 마침 비가 와 도로가 진흙탕이 되었기 때문에 차를 몰고 갈 수 없었기 때문에 일반 민가를 빌어

---

52 필자가 베이징으로 주화를 찾았을 때 그는 1939년 덩잉차오를 태워 옌안으로 보낸 상황에 대해 소개하였다.

다시 하루를 머물렀다. 4일 째 되는 날 시안에 도착했을 때 차가 고장이 났다. 주화는 다시 시안사무소에서 차를 빌려 바로 덩잉차오를 옌안까지 태워 갔다.

덩잉차오는 조심스럽게 동굴집으로 들어가 보니 저우언라이가 오른손은 두 개의 보호대로 꽉 조은 상태에서 왼손으로 문건을 수정하고 있었다. 그녀는 소리 없이 두 걸음 앞으로 나아갔다. 저우언라이가 고개를 들어보니 샤오차오가 눈앞에 있었다. 흥분하여 일어서지 않을 수 없었다.

"와, 샤오차오, 당신 정말 빨리도 왔네요. 오는 길은 편안했나요!"

덩잉차오는 달려가 손으로 부드럽게 저우언라이의 오른팔을 어루만지며 조용히 물었다.

"얼마나 부상을 당한 거예요? 많이 아픈가요? 의사의 진찰 결과는 어때요? 당신 도대체 어떻게 하다 말에서 떨어졌나요?"

"오오! 샤오차오, 당신은 며칠을 달려왔잖아요. 어서 좀 앉아 물 한 잔 하며 좀 쉬어요."

저우언라이는 왼손으로 그녀에게 물을 따라 주었다. 덩잉차오는 바삐 그를 의자에 앉히고는 자신이 뜨거운 물 두 잔을 따라 저우언라이에게 한 잔을 건넸다. 그녀는 몇 모금의 물을 다 마시고나서야 비로소 심한 갈증과 온몸이 욱신욱신 쑤시고 아픈 것을 깨닫게 되었다. 그녀는 참으며 저우언라이를 바라볼 뿐이었다. 그의 수염은 이미 아주 길게 자랐고 안색이 초췌했으며 두 눈이 쑥 들어가 그의 부상이 매우 심하다는 것을 알 수 있었다.

저우언라이는 간단하게 자신이 부상당하게 된 경위에 대해 설명하면서 자신이 부주의하여 말 위에서 굴러 떨어졌다고 했다. 덩잉차오는 경호원 류쥬저우로부터 장칭이 말을 쏜살 같이 몰다 갑자기 말고삐를 잡아 세웠기 때문에 저우언라이의 말이 놀라 그가 떨어졌다는 사고 경위를 듣고서야 비로소 상황을 알게 되었다.

그러나 덩잉차오 역시 무슨 말을 더 할 수 있겠는가? 그녀는 단지 저우언라이와 함께 뜻밖에 찾아온 고통을 묵묵히 받아들일 수밖에 없었다.

8월 하순 셔츠와 남색 작업바지를 입은 덩잉차오가 옌안중국여자대학의 여학생 수백 명 앞에 등장했다. 그녀는 그녀들에게 「항일민족통일전선 속에서의 여성운동」이라는 긴 보고를 하였다. 그녀는 맑고 힘 있는 목소리로 마르크주의의 여성관을 매우 자세하게 설명하고, 중국여성운동의 환경에 대해 분석하는 한편 항전 이후 여성운동의 개황에 대해 보고하고, 이후 노력 방향에 대해 지적하였다. 그녀는 여성운동이 인류해방운동의 일부분이고, 지금은 민족해방운동의 일부분이라 하였다. 또한 항전 환경 가운데 여성운동은 갑자기 비약적인 발전을 하였고, 이후 통일전선의 원칙 아래 더욱 광범하게 대규모 여성을 조직하여 항전건국공작에 참가시켜야 한다고 했다. 그녀는 사범대 여학생들이 열광적이며 위대한, 그러나 매우 힘든 여성해방 임무를 부담하여 전국의 여성동포를 일으켜 세우고 조직하는데 노력해 주기를 희망하였다. 마지막으로 그녀는 뜨거운 열정으로 충만하여 여대생들에게 말했다.

"당신들은 새벽의 경종이며, 당신들은 여명의 태양입니다! 암흑 속에 가라앉아 있는 전중국의 자매들은 당신들이 가져올 광명을 기다리고 있습니다!"

덩잉차오의 힘 있는 이 보고는 분명히 경종처럼 수백 명 여대생의 마음속에서 메아리쳤다. 그녀들의 뜨거운 피는 들끓었고, 진정 샤오차오 다제와 함께 항전의 제1선으로 바로 달려 나가 광대한 여성을 동원하여 항전공작에 참여시키고 싶은 마음이었다.

국민정부군사위원회는 저우언라이가 소련으로 가 부상을 치료할 수 있도록 특별히 전용기를 보냈다. 저우언라이, 덩잉차오는 옌안의 간이 비행장에 도착하였다. 비행기가 막 이륙하려 할 참이었다. 마르크스·레닌학원에서 어머니 런뤼(任銳)와 함께 학습하던 쑨웨이스(孫維世)가 말을 타고 달려와 덩잉차오를 붙잡고는 자신을 소련으로 데려가 연극이론과 연출전공을 학습할 수 있게 해 달라고 요구하였다. 덩잉차오는 이 천진난만한 수양딸을 매우 좋아하였고 또한 외국에 나가 더욱 깊이 있는 공부를 하겠다는 그의 희망에 대해 동정하였다.

"가고자 한다면 조직의 승인을 얻어야만 해요" 저우언라이는 미간을 약간 찌푸렸다.

쑨웨스는 이 말을 듣자 바로 쏜살같이 말을 달려 자오위안(枣園)[53]으로 가 마오쩌둥의 비준을 요청했다. 마오쩌둥은 웃으며 서명하였다. 쑨웨이스는 신이 나서 마오쩌둥의 지시서를 손에 들고 다시 말을 달려 비행장으로 돌아와, 짚신을 신고 저우언라이와 덩잉차오를 따라 비행기에 올랐다.[54]

비행기는 황토고원을 지나 바로 난저우(蘭州)로 날아갔다.

11년 전 당은 엄중한 좌절을 겪었다. 덩잉차오는 저우언라이와 함께 변장하여 비밀리에 소련으로 가 중공 '6대'에 참석해야만 했다. 그러나 현재 당은 다시 새롭게 일어났다. 당원과 무장군인은 이미 수십만으로 발전하였다. 비록 강한 적이 바로 앞까지 쳐들어왔지만 중국인민은 반드시 민족해방의 위대한 승리를 쟁취할 수 있었다. 이제 그녀는 저우언라이와 옌안에서 난저우를 경유하여 신장(新疆)에 도착하였다. 그들은 신장에 도착한 후 다시 소련에서 보낸 전용기로 바꿔 타고 모스크바에 도착하였다.

시간은 전진하며 혁명사업 역시 전진한다. 저우언라이는 불행하게 팔에 부상을 당했지만 소련에서 매우 좋은 치료를 받았다. 덩잉차오 역시 이번 기회를 이용하여 다시 한 번 모스크바를 볼 수 있어 즐거워하였다.

---

53 역주: 옌안의 자오위안. 중공중앙서기처의 소재지로 옌난성에서 서북 8킬로미터 떨어진 자오위안 촌에 위치한다.
54 필자가 쑨웨이스의 동생 쑨신스(孫新世)를 방문했을 때, 그녀는 쑨웨스가 소련 유학을 요구했던 정황에 대해 이야기하였다. 류쥬저우 역시 이 일에 대해 말해 주었다.

52. 모스크바에 대한 인상

9월의 모스크바는 아름다웠다. 가을 하늘은 높았고 날씨는 시원하여 상쾌했으며 녹색으로 무성한 나무 그늘은 짙었다. 길가엔 온통 활짝 핀 꽃들의 세상이었다. 비행기에서 내린 덩잉차오의 눈에는 이내 11년 전보다 확장된 모스크바의 대로며, 길가에 새로이 건축된 많은 상점들이 들어왔다. 이전에 비해 모스크바는 훨씬 아름다웠다.

저우언라이와 덩잉차오를 맞이하기 위해 공항에는 중국공산당 코민테른 대표 런비스(任弼時)가 나와 있었다. 저우언라이는 곧바로 크레믈린 궁 병원으로 가 검사와 치료를 받았다. 덩잉차오는 중공 코민테른 대표단이 거주하는 룩스 호텔에 머물렀다. 모스크바에서 그녀는 차이창, 양즈화, 허쯔전(賀子貞)[55]과 반갑게 만났고, 린비스의 부인 천총잉(陳琮英)도 만났다.

덩잉차오는 양즈화를 보자마자 우울해지면서 힘이 빠졌다. 그녀들은 몇 년 전 푸젠에서 영웅적인 죽음을 맞이한 취츄바이(瞿秋白)를 자연스럽게 떠올렸다. 덩잉차오가 무슨 말로 즈화를 위로할 수 있었겠는가? 그저 국민당 반동파의 잔학함을 비난하거나 당시 당 중앙업무를 주재하며 왕밍(王明)[56]노선을 추진했던 사람에게 책임을 묻는 길 이외에 달리 방법이

---

[55] 역주 : 1909-1984. 마오쩌둥이 어렸을 때 부모의 강제에 의해 했던 형식적 결혼을 제외하면 두 번째 부인. 1937년 하쯔전은 옌안에서 통역을 담당했던 우광웨이(吳光偉)와 마오쩌둥이 애정관계에 있다고 공적으로 고발, 이혼을 청구해 중공 중앙위로부터 허락을 받았다. 이후 옌안에서 추방당해 딸과 함께 소련에 거주하고 있었다.

[56] 역주 : 1904-1974. 본명은 천사오위(陳紹禹). 모스크바 중산(中山) 대학을 졸업. 1931년 상종파(向忠發)가 체포된 후 그 뒤를 이어 '코민테른 노선 옹호', '리리싼(李立三) 노선 반대'의 기치를 내걸고 당중앙 총서기로 선출되었다. 1931-1934년 보구(博古) 등과 함께 당중앙을 장악하고 정치와 군사에 있어 교조주의와 좌경모험주의의 우를 범하여 공산당에 심각한 타격을 주었다. 1935년 1월 쭌이(遵義)회의에서 비판받기 시작하다 1942년 옌안 정풍운동에서 혹독하게 비판받았다.

없었다. 양즈화는 전보다 많이 수척해져 있었다. 이렇듯 섬약하고 창백한 그녀의 모습을 본 덩잉차오는 진심으로 가슴이 아팠다. 그러나 즈화는 매우 활기찼다. 그녀의 사랑스런 딸 두이(獨伊)는 이미 많이 자라 국제아동학교에 다니고 있었다. 덩잉차오는 특별히 국제아동학교로 찾아가 중국의 아이들을 보았다. 그들 대부분은 열사의 자녀들이었는데 그 가운데에는 쑤자오정의 딸 쑤리양(蘇麗揚), 차이허싼과 샹징위의 아들 차이보(蔡博), 마오쩌동과 양카이휘(楊開慧)[57]의 아들 마오안잉(毛岸英)[58], 마오안칭(毛岸青), 주더의 딸 주민(朱敏), 리푸춘과 차이창의 딸 리터터(李特特) 등이 있었다. 아이들은 덩잉차오가 오는 것을 보고 일제히 달려 나갔다. 그녀는 옌안에서 가져온 말린 붉은 대추를 아이들에게 나눠주었다. 그리고 그들에게 항전 상황에 대해 설명해주면서 열심히 공부한 후 귀국하여 조국의 건설 사업에 참가하도록 격려하였다.

덩잉차오는 매일 병원으로 가 저우언라이를 간호하며 함께 지내는 한편 가끔 짬을 내어 소련 동지의 안내를 받아 모스크바 일대를 둘러보았다.[59]

특히 그녀는 소련 여성의 사회적 공헌과 지위에 대해 관심이 많았다. 그녀는 최고 소비에트에서 기층 조직에 이르기까지 소련의 전여성이 남성과 마찬가지로 활발하게 활동하면서 동등한 대우를 누리고 있음을 눈으로 확인했다. 또한 어떤 부분, 예컨대 의료, 상업, 경공업, 집체농장 같은 데에서 활동하는 여성의 수가 모두 남성을 능가하고 있음을 알았다. 그녀는 몇몇 공장을 참관하면서 재능 있는 여성엔지니어와 기계관리자가 설계도를 작성하거나 생산을 지휘 감독하고 있다는 사실도 직접 확

---

57 역주 : 1901-1930. 마오쩌동의 스승 양창지(楊昌濟)의 딸로 그의 첫 번째 부인. 1930년 후난성정부 주석 허젠(何鍵)의 부하에 의해 체포되어 마오와의 관계를 단절하라는 요구를 받았으나 끝까지 거부하다 처형당했다.

58 역주 : 1922-1950. 마오쩌동과 양카이휘 사이의 첫 아들. 소련 유학 후 1948년 귀국하여 당간부학교에서 수학하였다. 1950년 한국전쟁 때 중공군의 한 사람으로 참전하여 전사하였다.

59 덩잉차오, 「모스크바 인상」 · 「소련『여공』잡지사를 방문하다」, 총칭(重慶) 『신화일보(新華日報)』, 1940.4.17 · 5.30.

인하였다. 집체농장에서 그녀는 또한 유능한 여성농업기술자와 여성농업박사를 보았다. 첫 번째 좌담회에서 그녀는 매우 유능하고 풍부한 경험을 지닌 여성공장장 몇 명을 만났다. 그녀들은 모두 자가용을 소유하고 있었으며, 또한 직접 운전을 하였다. 덩잉차오는 소련여성의 지위와 그들이 이룬 업적을 매우 부러워하였다. 그녀는 일본제국주의를 타도하고 새로운 중국을 건설하여 중국여성도 반드시 소련여성의 지위에 도달할 수 있기를 희망하였다.

11월 7일 덩잉차오는 초대를 받아 모스크바의 붉은 광장에서 거행된 10월혁명 22주년 기념대회에 참석하였다. 그녀는 용맹하면서 위엄 있고, 질서 정연하게 사열대를 행진하는 소련 홍군을 보았는데, 그 대오 가운데 군복을 입고 총을 든 위풍당당한 수많은 홍군 여전사를 보며 몹시 흥분하였다. 멋진 가죽 재킷을 입고 비행모를 쓴 여비행사가 붉은 광장을 지나갈 때에 그녀는 흥분을 억누를 수 없어서 관중들과 함께 오랫동안 열렬하게 박수를 치며 환호했다. 언젠가 중국도 여비행사를 보유하게 될지도 모를 일이었다.

덩잉차오는 중국인민에 대한 소련인민의 우호적 감정에 큰 감동을 받았다. 그녀가 소련농업전시관을 참관했을 때에는 십 수 명의 소련친구들이 그녀를 둘러싼 채 다투어 중국 항전 상황에 대해 묻기도 했다. 한번은 그녀가 큰 길을 걷다가 붉은 스카프를 목에 두른 몇 명의 소련대원과 마주친 적이 있었다. 그들은 그녀가 중국인임을 알아채고 연달아 그녀에게 물었다. "당신은 전장에서 일본놈들을 죽인 적이 있나요? 우리들은 언제쯤 당신들을 도와 중국에서 싸울 수 있겠습니까?" 이 순진한 물음 때문에 그녀는 진정으로 큰 감동을 받았다.

소련여성들도 중국여성들의 상황에 대해 깊은 관심을 가져주었다. 그녀들은 중국에 여성참정원이 있음을 알고 있었다. 한 좌담회에서 그녀들은 덩잉차오가 열 명의 여성참정원 가운데 한 명임을 알자, 한 여공장장은 흥분하여 덩잉차오의 손을 잡아끌며 큰 소리로 말하였다.

"이전에 당신에 대해 이야기를 들은 적이 있었는데 오늘에야 정말 직접 만나보게 되었군요. 돌아가시거든 중국여성자매들에게 우리들이 해줄 수 있는 최고의 축하와 기원을 전해주시기 바랍니다."

저우언라이는 크레믈린궁 병원에 2,3개월 동안 입원하였다가 1940년 새해가 되기 며칠 전에 퇴원하였다. 치료를 받긴 했지만 급하게 퇴원하느라 팔에 후유증이 남았고 몸을 자유자재로 굽혔다 펼 수 없었다. 그는 코민테른에 중국공산당의 활동에 관한 상세한 보고를 하였다.

1940년 2월 말 저우언라이는 소련정부가 제공한 전용기를 타고 중국 난저우로 직행하였다. 덩잉차오도 그와 함께 귀국하였는데 런비스, 차이창, 천위(陳郁), 천총잉(陳琮英), 스저(師哲) 등이 동행하였다.

3월 25일 저우언라이와 덩잉차오는 옌안으로 돌아왔다.

이튿날 중국여자대학 문밖 잔디밭에서 성대한 환영대회가 열렸고, 저우언라이는 그 자리서 장문의 보고를 하였다.

4월 4일 덩잉차오는 친방셴(秦邦憲), 린바이취(林伯渠)와 함께 비행기로 시안에서 총칭으로 가 국민참정회 1기 5차회의에 참가하였다. 그녀는 잡지 『부녀생활』에 연달아 몇 편의 글을 게재하여 모스크바에 대한 인상을 소개하고 소련의 성과와 소련여성, 아동의 생활에 대하여 선전하였다. 그녀는 이를 통해 항전 중에 있는 중국여성의 투지를 진작시켰으며, 그녀들에게 항전을 끝까지 견지하여 여성의 철저한 해방을 쟁취하고 말겠다는 결심과 믿음을 증강시켰다.

53. 새로운 진지의 구축―중·소문화협회여성위원회

덩잉차오는 총칭으로 돌아오자마자 바로 남방국 여성공작위원회를 소집하여 여성운동 상황에 대해 살펴보았다.

장샤오메이(張曉梅), 랴오쓰광(廖似光) 등 여성위원회 위원들은 그녀에게 국민당 반동책동이 더욱 심해지고 정치정세가 험악해졌음에도 불구하고 최근 몇 개월 동안 총칭의 여성운동은 꾸준히 크게 발전하였다고 정리 보고하였다. '신운부지회' 연락위원회 주임 스량은 총칭의 여성단체를 조직하여 격주에 한 차례씩 연석회의를 개최하였는데, 이미 26-7차례나 회의가 열렸었다. 총칭 여성단체는 또한 7차 헌정좌담회(憲政座談會)를 거행하여 헌정운동에 대한 여성의 적극적 참가를 호소하여, 헌정을 촉진하고 민주를 쟁취하며 국민당 반공독재에 대항하도록 하였다. 1940년 3월 8일 총칭 각계 여성 1만여 명은 촨동(川東)사범 광장에서 웅장하면서도 열기 넘치는 '3·8'절 기념대회를 거행하였다. 회의 후 만여 명은 성대한 거리행진을 벌여 왕징웨이, 천비쥔(陳璧君) 부부의 매국 죄상[60]을 성토하고 최후의 승리까지 항전을 계속하자고 소리 높여 호소하였다. 청두, 귀린, 귀양(貴陽), 쿤밍 등지에서도 '3·8'절 집회와 거리행진이 거행되었다.

덩잉차오는 이러한 상황에 대해 듣고서는 기쁘면서 안심이 되어 웃었다. 그녀는 중공중앙의 정신에 근거하여 여성공작은 헌정운동을 중심으로 삼아야 하고 민주참정의 기치를 높이 들고 단결할 수 있는 모든 사람들과 단결하여 국민당 반공파시즘의 역류를 물리쳐야 한다고 모두에게 강변하였다.

그녀는 즉시 활동을 시작하였다.

그녀는 스량, 우이팡(吳貽芳), 류헝징(劉蘅靜), 우즈메이(伍智梅), 타오쉬엔(陶玄), 뤄헝(羅衡), 장샤오메이(張肯梅) 등 여성참정원과 함께 총칭 여성단체가 소집한 제8차 헌정좌담회에 출석하였다. 회의석상에서 중공비밀당

---

60   역주 : 1937년 중일전쟁이 일어나자 난징정부에서 쟝졔스와 협력하고 있던 왕징웨이는 1938년말 하노이로 도망가 중국정부가 일본과 평화협정을 맺어야 한다는 성명을 발표했고, 1940년 3월 30일 일본의 협조를 얻어 난징에 괴뢰정권을 세우고 그 정부에 주석이 되었다. 따라서 그는 중국인들 사이에 대표적인 매국노 즉 '한간(漢奸)'으로 칭해졌다.

원이자 법학자인 한유통(韓幽桐, 저명한 법학자 장유위(張友漁)의 부인)은 헌정 및 참정회에 대한 총칭여성계의 의견 및 요구에 대해 보고하였다. 류칭 양, 덩지싱(滕癸惺)은 발언을 통해 여성참정원의 정원에 대한 구체적 규정을 요구하였다. 류헝징은 여성대표가 적어도 전체에서 5% 이상이 되어야 한다고 제안하였다.

막 소련에서 돌아온 덩잉차오는 회의에서 소련여성의 지위, 성과 그리고 중국항전에 대한 소련인민의 동정과 관심에 대해 소개하면서 이번 참정회에는 다음과 같은 세 가지 중요임무가 있음을 강조하였다. 첫째 한간(漢奸) 왕징웨이 토벌, 둘째 최후까지의 단결항전 강화, 셋째 헌정의 추진 등이었다. 그녀는 여성 자매들이 더욱 단결하여 분열과 후퇴를 반대하고 헌정의 실시를 추진해야 한다고 요구하였다.

4월 초 쑨 부인 쏭칭링이 총칭에 도착하였다. 덩잉차오는 총칭 각계 여성이 쟈링(嘉陵)호텔에서 거행한 성대한 환영 집회에 참석하였다.

광저우에서 헤어진 이후 덩잉차오는 일 년 이상이나 그녀를 다시 만나지 못했다. 덩잉차오는 쏭칭링이 홍콩에서 많은 항전 지원활동을 전개하여 대규모의 의연금을 모으고, 십 수개의 의료대를 조직하였으며, 중국공산당의 항일근거지에 다량의 의료기기를 보냈다는 사실을 알고 있었다. 쏭칭링은 여전히 단정하고 우아해 보였다. 그녀는 덩잉차오를 보자 매우 흥분하였다. 그러나 그녀들은 공개 석상에서 지나치게 친밀한 관계임을 드러내지 않으려고 애써 주의하였다.

환영회를 주재하던 쏭메이링은 언니 쏭칭링의 공개적인 발언을 원하지 않았다.

그러나 환영회에 참석한 여성들은 열렬한 박수로써 쏭칭링의 연설을 희망하였다. 고상한 풍모의 쏭칭링은 일어나 즉석에서 연설하였다. 그녀는 현재 중국이 고난의 항전을 진행 중에 있으며 가난한 자가 너무 많다고 하면서 쑨원의 주장에 따라 민생문제를 해결해야 한다고 주장하였다. 그녀는 전국의 여성자매들이 피상적인 계획에만 신경 쓰지 말고 실제적인 사업에 더 많이 주력하기를 희망하였다. 그리고 헌정운동 가운데 여성의 민주권리를 쟁취하고 항전을 견지하며 최후의 승리까지 곧장 나아가자고 하였다.

회의가 끝난 후 덩잉차오는 쏭칭링 앞으로 달려 나가 두 손으로 그녀의 손을 꽉 잡고, 열정적으로 말했다.

"쑨 부인, 당신의 연설은 정말 좋았습니다. 중국여성의 마음속에 있는 말을 표현해준 것에 대해 감사드립니다."

쏭칭링 역시 덩잉차오의 손을 꽉 잡고 웃으며 고개를 끄덕였다. 이때 중국의 두 위대한 여성은 맑고 깨끗한 서로의 두 눈동자를 보는 것만으로도 서로를 이해하는 깊은 정을 주고받을 수 있었다.

상황은 갈수록 험악해졌다. 쏭메이링이 주도하는 '신운부지회'는 점점 더 진보인사를 배제하였고 여성운동의 발전을 제한하였다.

정치 경험이 풍부한 덩잉차오는 '신운부지회'를 통해 항일통일전선적 여성운동을 효과적으로 전개할 수 없는 상황에 도달했음을 감지했다. 별도의 공개적이고 합법적인 조직형식을 통해 항일여성운동의 새로운 진지를 구축해야 했다.

항일전쟁이 시작되자 소련은 중국에 대해 대규모의 원조를 단행하였다. 중·소문화협회가 성립되었다. 협회의 회장 쑨커(孫科)[61]는 쟝졔스와 갈등관계에 있었다. 부회장 샤오리쯔(邵力子)[62]는 일찍이 공산당에 참가한 경험이 있어 진보적 성향을 띄고 있었다. 궈모뤄가 정치부 제3청장의 지위에서 강제로 물러난 뒤 일군의 진보적인 문화 학술계 인사들은 중·소문화협회로 이동하여 활동을 전개하였다.

5월 초 덩잉차오는 리더취옌, 류칭양, 선쯔쥬, 차오멍쥔, 장샤오메이,

---

61   역주 : 1895-1973. 쑨원의 아들. 국민당 우파의 중진으로 광저우 시장, 입법원장, 국민
      정부 행정원장 등의 요직을 역임했다.
62   역주 : 1882-1967. 국민당원이었으나 일본의 진주만 기습 이후 국민당-공산당 연합정
      부를 지지. 정치협상회의의 조직화를 도왔다. 신중국 성립 이후에도 비공산주의자
      를 대표하는 기관인 신정치협상회의의 일원으로 남았다.

탕궈전 등과 함께 중·소문화협회가 개최한 여성친목회에 참가하여 주중 소련대사 샤오리쯔와 그 부인 푸쉐원(傅學文)을 환송했다. 그녀는 회의 석상에서 참석자 모두와 의견을 교환하였다.

오래지 않아 중·소문화협회 여성위원회가 정식으로 성립되었다. 리더취옌이 주임위원을 맡고 부주임위원은 푸쉐원, 차오멍쥔이 맡았다. 덩잉차오는 위원이 되었는데, 그밖의 위원으로는 탄티우, 라오쥔잔(勞君展), 장샤오메이, 루징칭(陸晶清), 위리췬(于立群), 니페이췬(倪裵群), 정잉(鄭英), 왕펑(王楓), 루휘녠(陸慧年), 펑쯔강(彭子岡), 푸시슈(浦熙修), 덩지싱(鄧季惺)[63] 등 각계 저명인사가 망라되어 있었다. 덩잉차오의 위엄과 명망은 새로이 성립된 이 공개적 여성조직의 영혼으로 사람들의 마음속에 자리 잡았다.

중·소문화협회여성위원회는 차오멍쥔이 편집을 맡은 『현대부녀(現代婦女)』를 출판하였다. 새롭게 만들어진 이 여성단체는 강연회와 좌담회를 항상 개최하여 시국과 여성활동에 대한 의견을 교환하였다. 그녀들은 아동열람실을 설치하여 아이들에게 진보적이면서 유익한 서적들을 제공하였다. 덩잉차오는 늘 협회에 와 위원들과 의견을 교환하였다. 1941년 환난(皖南)사변[64] 이후 정세는 더욱 험악해졌다. 여성계의 많은 활동들은 중·소문화협회 여성위원회라는 이 공개적이고 합법적인 조직을 통해 만들어지고 동원되었다. 그것은 총칭여성들이 민주 쟁취, 독재 반대, 단결 쟁취, 분열 반대, 진보 쟁취, 퇴보 반대, 철저한 항전 견지 등의 투쟁을 수행하는 데에 적극적인 작용을 하였다.

---

63 필자가 왕펑을 방문했을 때 그녀는 덩잉차오의 중소문화협회여성위원회 활동 상황에 대해 소개해 주었다.

64 역주: 화중 화남에서 유격전으로 벌이던 홍군이 제2차 국공합작 이후인 1937년 10월 새롭게 국민혁명군 신편 제4군 즉 신사군으로 재편되었다. 1941년 1월 강남 주둔 신사군이 강북으로 이주하자 그것을 항명으로 간주, 국민당군이 공격을 가해 군장 예팅은 체포되고 부군장 샹잉은 전사하였다.

54. 여성해방문제에 대한 논전

국민당 보수파가 진보세력을 압박하고 타격을 가하기 위해 시도한 퇴행적 조치에 대해 덩잉차오는 용감하고 적절하게 투쟁하였다. 그녀가 새롭게 조직한 여성단체는 여성운동의 진지로 확대되었다. 그녀는 여성해방에 반대하는 여러 그릇된 이론에 대하여 사상적, 이론적으로 배척·비판하는 데에 더욱 주의함으로써 여성운동에 대하여 명확한 방향을 제시하였다.

1940년 7월 6일 국민당 통치구에서 큰 영향력을 지니고 있던 『대공보(大公報)』에 여성문제를 다룬 돤무루시(端木露西)[65]의 「쪽빛 가운데의 암담함」이라는 글이 발표되었다. 이 글은 여성에게 가정으로 돌아가 조용히 현모양처로서의 역할을 다하라고 권하였다.

덩잉차오는 즉각 문제가 있다고 느꼈다. 그녀는 돤무루시의 글을 자세하게 검토한 후 그 제목이 추상적이고 난해한 것 같지만 내용은 강렬한 정치적 색채를 띠고 있어 국민당의 반공 역류에 부합하며 오사운동 이후 항전시기까지의 여성운동 이론과 실제를 왜곡시키고 있다고 판단하였다. 즉 이 글은 황당무계하게 여성에게 정치에 대해 관심을 갖지 말고 안심하고 가정으로 돌아가 현모양처가 되라고 주장하고 있는데, 이는 사실 시비를 뒤섞어 비관적인 논조를 퍼뜨리는 것이라 판단하였다. 항전과 여성운동의 미래를 위해 그녀는 이 글이 지닌 잘못된 관점에 대해 반드시 반박할 필요를 느꼈다.

산성(山城)[66] 총칭은 쓰촨 분지에 위치하여 난징, 우한과 함께 창강 연안의 3대 '화로(火爐)' 가운데 하나로 칭해졌다. 방안의 사람들은 찜통에

---

[65] 역주: 쟝쑤 우(吳)현 인. 추안핑(儲安平)의 첫 번 째 부인이으로 돤무신민(端木新民)이라고도 불렸다.

[66] 역주: 산간도시라는 의미이며 또 그러한 특징을 지닌 총칭의 다른 이름이기도 하다.

간힌 듯이 온몸이 땀에 젖었다. 덩잉차오는 무더운 날씨에도 아랑곳하지 않고 흥옌춘(紅巖村) 2층 작은 방에서 홀로 땀을 훔치며 빠르게 글을 써 내려가 단번에 7,8천 자의 장문 「「쪽빛 가운데의 암담함」에 대한 비판」을 완성하였다. 이글은 8월 12일 『신화일보』 부간(附刊) 「여성의 길」에 발표되었다.

덩잉차오는 마르크스주의의 관점에서 출발하여 유물사관과 유심사관을 명확히 구분하면서 중국여성운동과 중국여성해방운동에 대해 관찰 토론할 때, 다음과 같아야 한다고 주장하였다. "그것은 마땅히 전제 중국사회제도 문제 가운데 일부분이며, 민족 문과 사회 문 가운데에서 상호 보완작용을 해야 할 뿐만 아니라 유기적으로 결합되어야 하고, 현 단계의 전민족항전과 민족독립해방운동이라는 현실 가운데서 생동적인 일부분이어야 한다. 따라서 우리들은 현실적 국가, 사회제도와 생동하는 눈앞의 용맹스런 전민족항전이라는 객관적 환경에서 출발해야지 현존제도와 객관적인 현실에서 이탈하거나 유심적인 관점이나 단순한 여성의 관점에서 출발해서는 안 된다."

유물사관에 기초한 덩잉차오는 돤무루시의 잘못된 관점이, 반봉건·반식민지 중국이라는 현실에서 이탈하여 현존 사회제도에 대한 개혁이 이루어지기 이전에 "한 여성이 자신의 행복을 위해 행복한 한 가정을 요구할 권리도 지닐 수 있다"고 주장하는 데에 있다고 비판하였다. 그리고 덩잉차오는 이렇게 지적하였다. "현재 전중국의 인민이 반봉건·반식민지 상태의 국가에 살면서 남녀를 불문하고 노예나 우마처럼 비참한 삶을 살고 있는데 어떻게 독립적 인격을 누리고 행복한 가정을 향유할 수 있으며 진정한 '인격체'를 말할 수 있겠는가?"

덩잉차오는 글을 통해 정면으로 논술하였다. "여성의 교육문제, 직업문제, 여성해방운동 및 모든 사회문제의 해결 등을 막론하고 우리는 반드시 그 모두를 항전 견지, 진보 추구, 퇴보 저지, 역공 실행, 일본강도와 한간 타도, 반식민지국가 해방 등의 임무와 연결시킬 뿐만 아니라 반드시 헌정 실시, 민주공화국 건립, 반봉건사회제도 해방 등의 임무와 결합시켜야 한다. 그래야 비로소 순리적으로 문제를 해결할 수 있다……딴무 선생이 바라는 바와 같이 여성해방을 우리의 작은 가정문제로 바꾸어 협소한 현모형처의 문제로 만들 수만은 없는 것이다.”

덩잉차오는 “심리나 지식으로서의 해방을 추구하고 지혜 속에서 더 아름답고 더욱 용감함을 획득하려는 인생관이란 공전의 민족위기와 중국인민의 고통에서 완전히 이탈하는 허망한 환상”이라고 딴무루시의 주장을 비판하였다.

그녀는 한 걸음 더 나아가 딴무루시의 소위 ‘여성해방운동관’을 ‘새로운 현모양처주의’라고 분석하면서 이는 국가와 사회를 위해 여성이 해방을 쟁취하여 하나의 독립적 인간이 되어야 한다는 관점과 완전히 상반된다고 하였다.

덩잉차오는 글 속에서 1935년 이미 딴무루시가 ‘새로운’ 현모양처 구호를 제출했다고 지적하였다. 그때 독일, 이탈리아 파시스트 국가에서는 여성들에게 “가정으로 돌아가라!”, “주방으로 돌아가라!”고 호소하고 있었다. “이후 5년이 지나 전에 없는 항전의 곤경과 투항의 위기 순간에 이르러 또다시 낡은 곡조를 되풀이하는 것인데……이는 지난 일 년 간 지속되어 온 복고적 퇴행이 여성문제에 반영된 결과였다”고 하였다.

마지막으로 덩잉차오는 중국여성해방운동의 임무와 중국민족해방운동의 임무가 서로 밀접한 관계를 지니며 매우 어렵고도 방대한 것임을 논술하였다. 그녀는 전국여성에게 전진의 방향에 대해 다음과 같이 지적하였다. “우리는 반드시 혁명정당의 지도와 적극적 지원에 의지해야 하며, 반드시 중국의 수많은 선진적인 각성여성과 여성해방운동가에 의지하여 혁명이론을 학습하도록 노력하며 객관적 사태의 발전을 파악해야 한다. 꺾이지 않는 강인한 결심과 용기를 갖고 앞에서 넘어지면 뒤에서 그를 이으며, 불굴의 의지로 개개인의 성패를 따지지 않고 비방과 영예 그리고 희생을 따지지 않으며, 결연히 분투해 나가야 한다. 수천 년간 지속되어온 구제도와 투쟁을 하며 일본침략자들과의 전쟁을 죽을 때까지 그리고 승리할 때까지 계속해야 한다……."

덩잉차오의 글은 여성해방운동의 이론, 방법, 실천, 역사를 엄중한 항전시국 및 당시 등장한 퇴행적 타협 풍조와 역류의 출현에 연결시키면서 중국여성운동의 앞길과 투쟁방향을 분명하게 제시했다. 예리한 문장력, 정연한 논리 그리고 정론의 전투성과 현실성으로 인해 그녀의 글은 길게 경종이 울려 퍼지고 나팔소리가 울려 퍼지며 기나긴 밤 번개가 작렬하듯이 총칭여성계에 매우 커다란 반향을 일으켰다. 이보다 앞서 선쯔쥐가 편집을 맡은『부녀생활』과 차오멍쥔의『현대부녀』역시 여성해방문제에 대한 토론을 전개하였다. 덩잉차오가 쓴 장문의 이 글은 당시 여성해방문제 논쟁에 대한 총결인 셈이었다.

스량, 차오멍쥔은 둘 다 쩡쟈옌(曾家巖) 50호에 위치한 '저우(周)공관'에 찾아와 덩잉차오의 손을 꽉 쥐고 격동적으로 말했다.

"샤오 차오 다제! 당신의 글은 너무 좋았고, 정말 시의적절했습니다."

많은 여학생과 직장여성들은 덩잉차오에게 편지를 보내 자신들의 사상적 미몽을 깨고 결연히 전진해 나갈 수 있다는 용기와 자신감을 심어준 것에 대해 감사했다.

여성해방운동의 장래와 방향에 대한 한바탕의 논전은 덩잉차오의 분명하면서 힘이 있고 기개가 넘치는 뛰어난 문장이 발표된 이후 공산당측의 승리로 마무리되었다.

55. 묘비 하나도 세워져 있지 않다[67]

총칭의 무더운 여름이 지나가고 가을이 왔다. 스산한 가을바람이 빛바랜 낙엽을 쓸고 다녔고 나뭇가지에서 나뭇잎은 줄지어 떨어지고 있었다.

홍옌춘 2층에서 덩잉차오는 창밖의 낙엽을 바라보며 문건을 읽고 있던 저우언라이에게 말했다.

"샤오 마오(후싱펀을 가리킨다)[68]가 병이 났다고 하는군요. 언제 문병을 가봐야 할 것 같아요."

저우언라이는 고개를 들며 관심 있게 말했다.

"후싱펀이 아프다고요? 좋아요, 당신이 날을 정해요. 함께 가도록 합시다. 그녀는 매우 뛰어난 재주를 지녔지만 애석하게도 성격이 너무 유약해요."

"당신은 그녀를 잘 이해하지 못합니다." 덩잉차오가 반박하였다. "그녀는 나에게 자신의 일기를 전부 보여준 적이 있어요. 그녀의 내면세계는 풍부하고 우아하며 아름다운 인생을 열렬하게 추구하고 있답니다. 게다가 최근 몇 년 동안 사상적으로도 큰 진보를 이뤄냈고요. 단지 감정이 너무 여려 일을 자신 있게 확실히 하지 못할 때가 있을 뿐이지요."

'7·7'사변 때 덩잉차오는 후싱펀과 황급히 헤어졌다. 그녀는 후싱펀에게 연락처를 주었지만 아마도 후싱펀이 지나치게 고고하고 자존심이 강했기 때문인지 그녀에게 편지를 보내지 않았다.

1939년 7월 덩잉차오는 총칭의 조직사무실에서 우연히 베이핑 시산(西山) 핑민(平民) 요양원에서 함께 입원했던 뤄칭(羅淸)을 만났다. 뤄칭은 그

67　필자가 홍지췬(洪濟群)을 방문했을 때 그녀는 이모 후싱펀(胡杏芬)의 상황에 대해 소개하였다. 홍지췬이 덩잉차오를 찾았을 때, 덩잉차오도 그녀에게 후싱펀 사망 전후의 사정에 대해 이야기하였다.

68　역주: '샤오 마오'는 1937년 덩잉차오가 베이징 근처에서 요양할 때 만났던 여인을 가리킨다. 이에 대해서는 제5장 38절. 「신비한 '리즈판(李知凡) 부인」 참조.

녀에게 후싱편 역시 충칭에 있다고 알려 주었다. '7·7'사변 후 후싱편은 뤼칭 등의 일행과 함께 베이핑에서 여러 곳을 전전하다가 마침내 충칭에 도착하였던 것이었다. 이후 후싱편은 은행간부인 형부의 집에 거주하고 있었다.

덩잉차오는 이 이야기를 듣고 너무도 기뻐하며 즉시 뤼칭에게 후싱편을 데려와 달라고 부탁하였다.

며칠 후 뤼칭은 과연 후싱편을 데리고 왔다. 그날 덩잉차오는 하늘 색 인단트렌 염색천의 치파오를 입은 후싱편이 두 갈래로 땋은 검은 머리카락에 예전과 같이 창백한 얼굴을 한, 그러면서 여전히 매우 부드럽고 얌전했던 그녀의 모습을 아주 분명하게 기억하였다. 후싱편은 이미 덩잉차오의 신분을 알고 있었기 때문에 시산 요양원에서처럼 천진난만한 태도 대신 어색하고 긴장한 그리고 불안한 모습을 보였다.

덩잉차오는 예전처럼 그녀를 '샤오 마오'라 부르며 오랜 시간 담소를 나누기도 하고, 같이 식사도 하였는데, 이때 특별히 자차이차오러우쓰(榨菜炒肉絲) 요리를 추가하였다.

이후부터 그녀들은 수시로 왕래를 하였다. 호싱편은 자신의 모든 일을 그녀에게 말했고 심지어 일기까지 그녀에게 보여주었다. 저우언라이 역시 호싱편의 문학적인 재능을 매우 높이 평가하였다. 그들의 영향 아래 후싱편의 사상은 나날이 진보해갔다.

어느 날 후싱편은 약간 부끄러운 듯이 그녀에게 자신의 글을 보여주었다. 그녀는 척 보면 아는 그런 '리즈판(李知凡) 부인'이었다. 그녀는 단숨에 글을 다 읽었는데 문장력이 뛰어날 뿐만 아니라 감정 표현도 진솔하며 묘사 또한 현실감이 있다고 느꼈다. 그녀는 그 글을 상하이의 여성 잡지에 발표하였다. 그리고 후싱편에게 더 많을 글을 쓰도록 격려하였다.

그러나 덩잉차오는 후싱편이 발병하여 매우 위독하게 되리라고는 전혀 예상하지 못했다. 그녀는 저우언라이에게 말했다.

"언라이, 내일은 일요일이니 같이 샤오 마오에게 문병을 가도록 해요 그녀의 형부 집은 사핑바(沙坪壩)에 있답니다. 그녀를 문병한 뒤 다시 난카이(南開) 학교 기숙사에 들러 장보링(張伯苓)[69] 선생도 만나도록 하죠"

저우언라이는 동의하였다. 다음날, 그들은 차로 사핑바에 있는 후싱펀의 형부 집으로 갔다. 이때 후싱펀의 병세는 이미 위중한 상태였다. 그녀는 침대에 누워있었다. 덩잉차오와 저우언라이가 같이 온 것을 알고 바로 일어나 머리를 빗고 옷을 갈아입고는 마음속으로 가장 존경하는 두 혁명가이자 친구를 즐겁게 맞이하였다.

덩잉차오는 후싱펀의 허약한 몸과 창백하고 수척한 얼굴을 보고는 바로 그녀를 부축하며 부드러운 목소리로 말했다.

"샤오 마오, 당신의 병이 이렇게까지 위중할 줄은 전혀 예상 못했어요. 그런데 왜 이렇게 침상에서 일어나려고 애를 쓰나요? 우리는 서로 친하니 굳이 예를 갖출 필요가 없는데. 그저 당신을 한 번 보러 왔을 뿐이에요."

후싱펀은 처량하게 웃었다.

"두 분이 오셔서 정말 감사합니다. 병 때문에 저는 아마도 금년 가을을 넘기지 못할 것 같습니다."

덩잉차오는 이 말을 듣고 황급히 말했다.

"샤오 마오, 무슨 그런 말을 해요? 당신의 병은 1,2년 된 것이 아니라 이미 오랫동안 앓아온 것이잖아요? 나도 병이 비교적 깊어 피를 많이 토한 적이 있지만 지금은 좋아져서 계속 활동하고 있잖아요? 샤오 마오! 내 말을 믿고 요양이나 잘 하시고 쓸 데 없는 생각은 하지 마세요"

저우언라이 역시 간절하게 말했다.

"미쓰 후, 큰 언니 말을 듣고 안심하고 요양토록 해요. 몸은 천천히 좋아지게 될 것입니다. 근심은 몸을 상하게 할 수 있으니 걱정스런 일들은

---

69 역주: 1876-1951. 저명한 교육가. 평생 교육구국운동에 종사하였다. 1937년 중일전쟁 이후 난카이 대학을 쿤밍으로 옮기고 베이징대학과 칭화대학과 함께 서남연합대학을 성립시켰다. 1938년 국민당에 가입하여 1945년 중앙감찰위원에 선출되었다.

이미 지난 것이니 다시 마음속에 담아두지 말도록 해요. 당신은 계속하여 진보를 추구해 왔으며 힘써 옌안으로 가고자 하지 않았나요? 옌안은 정말 힘든 곳이니 건강한 몸이 아니면 그곳에서 활동을 계속할 수 없답니다.”

후싱편은 그들이 진정으로 자신에게 관심을 쏟아주는 말을 들으며 한 줄기 눈물을 처량히 흘렸다. 그녀는 흐느껴 울며 말했다.

“이 세상에는 제 마음을 알아주는 친구가 없습니다. 두 분은 제 마음을 아는 친구입니다. 저는 두 분의 도움에 대해 무척 감사하고 있습니다. 저 또한 매우 분발하고 싶습니다. 하지만 저의 환경이나 제 몸이 …….”

그녀는 격렬하게 기침을 하면서 숨을 헐떡거렸다. 덩잉차오는 재빨리 뜨거운 물 한 잔을 건네주며 그녀를 부축해 마시게 하고 가볍게 그녀의 등을 두들겨 점차 안정시켰다.

후싱편의 창백한 얼굴에 돌연 이상한 홍조가 떠올랐다. 그녀는 광채를 띤 맑고 투명한 두 눈동자로 덩잉차오와 저우언라이를 뚫어져라 바라보았고, 마음속에 하고 싶은 매우 중요한 말이 있는 듯한 모습을 띠었으나 바로 입을 열지는 않았다. 세심한 덩잉차오는 이를 알아차리고 부드럽게 그녀에게 말했다.

“샤오 마오, 무슨 할 말이 있나요? 있다면 무엇이든 주저하지 말고 나와 언라이에게 말해보세요.”

후싱편은 눈을 크게 뜨고 덩잉차오의 손을 꼭 쥐며 말했다.

“저는 일찍부터 당신에게 하고픈 말이 있었습니다. 하지만 계속 주저하고 갈등하였기 때문에 감히 쉽게 말을 꺼내지 못했습니다. 저의 상황이 너무 좋지 않다는 사실을 잘 알고 있기 때문에 감히 요구하지 못했습니다. 그러나 오늘 두 분이 여기에 오셨습니다. 제가 보기에 오늘이 마지막 기회인 것 같습니다. 만약 오늘도 말을 못한다면 죽어서도 제대로 눈을 감지 못할 것 같습니다.”

“샤오 마오, 지금 무슨 말을 하는 거예요?” 덩잉차오는 사랑과 연민의 정을 주체하지 못하여 바로 후싱펀의 입을 막았다.

내내 곁에 앉아 있던 저우언라이가 곧장 일어나 후싱펀 앞으로 나아가 온화하게 말하였다.

"미쓰 후, 무슨 말이든 모두 얘기해 보세요 샤오 차오와 나는 줄곧 당신을 이해하고 또 존중해왔으며, 당신의 사상이 순결하고 진보를 추구하며 애국적인 훌륭한 젊은이임을 잘 알고 있습니다."

후싱펀은 더욱 크게 눈을 뜨며 한 자 한 자 정중하게 말했다.

"저는 공산당에 가입하고 싶습니다. 가능할지 모르겠습니다."

덩잉차오와 저우언라이는 순간 서로를 한 번 쳐다보더니 가볍게 한숨을 내쉬었다. 원래 덩잉차오는 후싱펀이 그녀 마음속 깊은 곳에 숨겨 놓은 사랑과 관련된 비밀을 자신들에게 알려 줄 것이라 생각했었다. 국민당 군경과 특무대가 빈틈없이 배치되어 있는 총칭의 살벌한 상황에서 후싱펀이 입당 요구를 감히 할 것이라고는 상상하지 못했고 또 실제로 매우 어려운 일이었다.

덩잉차오는 후싱펀의 손을 꽉 쥐고 엄숙하게 말했다.

"샤오 마오, 공산당에 가입하는 것은 목숨을 걸어야 하는 위험스런 일입니다."

"저는 두렵지 않아요, 두 분은 이미 가장 훌륭한 저의 모범입니다." 후싱펀은 차분하게 말했다.

저우언라이는 천천히 말했다.

"미쓰 후, 당신의 입당 요구에 대해서 샤오 차오와 내가 정중하게 처리토록 할 것입니다. 그러나 입당에는 일정한 수속이 필요합니다. 나와 다제 둘이 동의한다고 다 되는 것은 아닙니다. 안심하고 요양토록 해요 반드시 우리가 방법을 잘 강구하여 처리하도록 할 것입니다. 한 가지 덧붙이고 싶은 것은 국민당의 반공 정책이 고조되는 이 시점에 당신이 입당 요구를 했다는 사실입니다. 나와 다제 모두는 당에 대한 당신의 신뢰와 감정에 대해 감사하고 있습니다."

후싱펀은 덩잉차오의 손을 꽉 쥐고 격정적으로 말했다.

"감사합니다. 제 마음을 이해해 주시니 감사드립니다. 오늘 저는 두 분 앞에서 제 마지막 요구와 소원을 말할 수 있어서 너무 만족스럽습니다. 다제, 저에 대한 이 몇 년 동안의 관심과 도움이 결코 헛된 일이 아니었음을 아셔야 합니다. 지난 날 세상 물정 모르던 샤오 마오가 진정한 혁명가가 되려고 요구하고 있는 것입니다."

이야기가 여기에 이르자, 그녀는 다시 심하게 기침을 하기 시작하였다.

덩잉차오는 가볍게 그녀의 등을 두들기더니 방으로 돌아가 침상에 누우라고 재촉하였다.

덩잉차오와 저우언라이는 작별 인사를 하였다. 후싱펀은 억지로 몸을 일으켜 문밖까지 그들을 배웅하였다.

헤어질 때, 지독히도 문학을 사랑했던 후싱펀은 참지 못하고 덩잉차오의 귓가에 조용히 이렇게 말했다.

"다제, 『차화녀(茶花女)』[70]에서 마르그리트(Marguerite)가 아르망 뒤발(Armand duval)을 마지막으로 보는 장면 같지 않나요?"

이 말을 들은 덩잉차오는 마음이 찡하면서도 이 비유가 매우 부적절하다고 느껴 바로 반박하고 싶었지만 저우언라이의 눈을 바라보며 참았다. 저우언라이 역시 이 말을 듣고 동정의 눈빛을 가득 머금은 채 덩잉차오에게 더 이상 그녀의 말을 반박하거나 바로 잡으려 하지 말고 그 마음을 이해해줘야 한다는 뜻을 전했다.

덩잉차오는 다시 한 번 후싱펀을 껴안은 후 저우언라이와 함께 천천히 차에 올랐다. 그녀는 고개를 돌려 차창 밖을 바라보니 중병을 앓고

---

[70] 역주: 알렉상드르 뒤마의 소설로서 영문으로는 『The Lady of the Camellias』인데 우리에게는 『춘희(椿姬)』로 알려져 있다. 1848년 발표. 원 제목은 '동백꽃을 들고 있는 부인'이며 춘희는 여주인공 마르그리트 고티에의 별명이다. 사교계의 꽃이었던 그녀와 아르망 뒤발과의 사랑을 다룬 소설로서 1853년 베르디 작곡에 의해 『라트라비아타』로 개작되어 세계적으로 선풍을 일으켰다.

있는 후싱펀이 멍하니 문에 기대서서 그들에게 계속해서 손을 흔들고
있었다.

이 이별이 그들의 마지막 이별이 될 줄 누가 알았겠는가?

저우언라이와 덩잉차오는 매우 긴장되고 바쁜 공작을 진행하여야 했
다. 또한 당시 시국 상황이 엄중하였기 때문에 당원 수를 늘릴 수가 없
었고, 후싱펀의 입당 요구 건에 대해서도 제 때 방법을 강구할 수 없었
으며, 시간을 내어 그녀를 다시 찾을 수도 없었다.

며칠 후 그들은 후싱펀이 죽었다는 소식을 들었다. 그녀의 나이 겨우
26세였다. 그들의 마음은 찢어지게 아팠다.

그녀는 저우언라이와 함께 차를 몰아 후싱펀의 묘를 찾았다. 한 무더
기의 황토 아래 하늘보다 더 높은 마음을 지니고 몹시도 어그러진 운명
을 타고난, 그러나 뛰어난 재능을 지낸 채 찬란하고 아름다운 인생을 향
해 전진하던 여자 대학생이 묻혀 있었다.

그들은 묘 앞에서 묵묵히 절을 했고 아주 오랫동안 서 있었다. 그리고
는 침통한 심정으로 함께 차에 올랐다.

둘은 차에서 상의하여 후싱펀의 묘에 비석을 세워주기로 하였다.

며칠 후 소박한 비석이 홍옌춘에 도착하였다. 거기에는 단정하게 "후
싱펀 여사의 묘 리즈판(李知凡), 리양이(李楊逸)[71]가 함께 세우다"라는 비
문이 새겨져 있었다.

이 비석은 보통 지식인에 대한 저우언라이와 덩잉차오의 애도의 뜻과
사랑의 마음을 잘 보여주고 있다.

그러나 애석하게도 곧 이어 환난(晥南)사변이 발생하였다. 그들은 비석
을 후싱펀의 묘 앞에 세울 시간과 여력이 없었다.

이는 덩잉차오의 일생 가운데 가장 유감스러운 일이었다.

---

[71] 역주: 리양이는 저우언라이의 가명이다.

56. "사랑하는 어머니, 편히 잠드소서!"[72]

가을이 가고 겨울이 왔다. 북풍은 살을 에듯 매서웠고 찬 기운이 세차게 몰아쳤다. 충칭의 겨울은 어떤 날 기온이 섭씨 0도까지 내려가기도 했다. 그러나 방 안에는 난방 설비가 갖춰져 있지 않았다. 하루 종일 긴장된 작업을 수행한 덩잉차오는 차가운 방안에서 마음 역시 얼음처럼 차갑게 얼어붙었다. 게다가 그녀가 지극히 사랑하는 어머니가 병에 걸렸으니 어찌 마음을 졸이며 애타게 근심하지 않을 수 있겠는가?

덩잉차오는 어머니의 일생이 정말로 고통스러웠다고 느꼈다. 1938년 어머니는 우한에 도착하였다. 그녀는 예전부터 저우언라이와 덩잉차오의 활동에 영향을 주고 싶어 하지 않았다. 그녀는 사무실 방이 너무 비좁다고 여겨 한커우의 다른 기관으로 거처를 옮기겠다고 먼저 제안하였다.

우한에서의 덩잉차오는 활동으로 매우 바빴다. 2,3주에 겨우 한 번 정도 어렵사리 짬을 내 어머니와 만날 수 있을 정도였다. 그마저도 15분 혹은 길어야 30분 정도 어머니와 이야기를 나누다 바삐 헤어져야 했다. 딸을 충분히 이해하는 어머니는 그녀를 붙잡지도 않았고 자기를 보러 자주 오라고 요구하지도 않았다.

우한의 상황이 너무 나빠 사무소는 가족들을 후난 닝샹(寧鄕), 샹샹(湘鄕) 일대의 농촌으로 분산시키기로 결정하였다. 어머니는 샹샹으로 거처를 옮기게 되었다. 그 해 9월 덩잉차오는 홍콩과 광저우로 갔다가 우한으로 돌아올 때 샹샹에 들러 어머니와 하루 밤을 같이 보냈다. 그녀는 어머니에게 물었다. "생활하기에 곤란하거나 불편한 점은 없나요?" 어머니는 예의 "너무 좋다, 너무 좋아"라고 대답하였다. 당시 어머니와 함께 샹샹으로 거처를 옮긴 장위엔(張元)은 해방 후 덩잉차오의 비서가 되었

---

[72] 어머니에 대한 덩잉차오의 발언과 趙煒, 金瑞英, 『一位平凡而偉大的女性』 참조.

다. 그때서야 그녀는 덩잉차오에게 자신이 어머니와 나누었던 대화 속에서 "자애로운 어머니가 된다는 것은 너무 어렵고 너무 고통스러운 일입니다"라는 말을 했다는 사실을 비로소 알려주었다. 덩잉차오는 이 말의 의미를 이해할 수 있었다.

창사에서 큰 불이 나자[73] 양전더는 다른 여러 가족들과 함께 샹샹을 떠나 귀닌(桂林)을 거쳐 귀양(貴陽)에 도착하였다. 일행은 도중에 뿔뿔이 흩어지고 갖은 고생을 다했으며 그녀 역시 자동차에 치여 부상을 당했다. 그러나 그녀는 자신이 당한 사고를 딸에게 알리지 않았다. 딸이 자기 때문에 조바심을 내며 걱정하기를 바라지 않았기 때문이었다.

1939년 5월 양전더는 저우언라이의 아버지 저우이닝(周貽能)[74]과 함께 귀양을 떠나 충칭에 도착하여 정쟈옌(曾家巖) 50호에서 며칠 머물렀다. 후에 라오궈모(饒國模)는 홍옌춘에 방 두 칸을 마련해 그녀와 저우이닝이 각각 편하게 지낼 수 있도록 조치하였다.

덩잉차오는 저우언라이와 매주 홍옌춘을 찾아 학습과 활동을 진행하며 함께 어머니를 찾아가 불편함이 없는지 묻곤 하였다. 그녀는 그때마다 "너무 좋다, 너무 좋아. 불편한 게 하나도 없구나" 하고 대답하였다. 일본 비행기가 미친 듯이 폭격을 가해도 그녀는 소리를 지르며 난리를 치지 않고 의연하게 대처했다.

덩잉차오는 이제껏 어머니의 생일을 알지 못했다. 양전더는 항상 "생일은 결코 중요치 않다. 자기 한 사람만 기억하면 됐지 그렇게 큰 가치가 있는 게 아니지" 하고 말했다. 하지만 덩잉차오는 우한에서 어머니와

---

73   역주 : 항일전쟁시기 국민당정부는 초토항전(焦土抗戰)의 일환으로 창사를 불태운 사건을 가리킨다. 1938년 10월 일본군이 우한을 점령하고 계속 남하자 장졔스는 방화를 명령하였다. 그 결과 창사 5만 가구가 불탔고 2만여 명이 사망했으며 국민당정부는 전국적인 비난을 받게 되었다.
74   역주 : 1874-1942년. 저우언라이의 생부. 그는 생후 4개월의 저우언라이를 숙부에게 양자로 보냈다. 부인 완동얼(萬冬兒) 사이에 언라이 외에 동생 언바오(恩溥), 은서우(恩壽)를 두었다.

대화를 나누던 중 그녀가 1876년 8월 태어났음을 알았다. 총칭에 도착한 이후 어머니 생일날 그녀는 저우언라이와 함께 어머니에게 약간의 간식을 사드리며 그녀의 생일을 축하하였다. 어머니는 "쓸데없이 낭비하지 말라"고 다시 말씀하셨다.

저우언라이가 밤샘 작업으로 병이 난 적이 있었는데 총칭에서 의사를 찾을 수가 없었다. 이때 양전더가 그를 치료해 주었다. 한 번은 저우언라이가 학질에 걸렸었는데 치료가 잘 되지 않았다. 덩잉차오는 어머니를 정자옌에 1주일 동안 머물게 하며 그의 치료를 맡겼다. 저우언라이가 학질에서 완쾌되자 어머니는 다시 홍옌으로 돌아갔다. 어머니가 가장 좋아하는 것은 독서였기 때문에 덩잉차오는 그녀에게 『노신전집(魯迅全集)』을 한 질 빌려주었는데 다 읽은 양전더는 "구사회(舊社會)에 대한 루쉰의 이해가 가장 투철하고 그 비판 역시 가장 철저하다"고 하였다.

국민당의 반공 열기는 더욱 들끓었고 공산당과 진보인사에 대한 압박 또한 더욱 심해져 갔다. 양전더는 국가의 대사에 매우 큰 관심을 가졌고 시국의 변화에 대해 세심하게 주의를 기울였다. 상황이 악화되자 그녀는 더 이상 홍옌에서 거주하기 어려울 뿐만 아니라 혹 조직에 부담을 주지 않을까 걱정하며 비구니 암자를 찾아 거처를 옮기는 것이 좋겠다고 직접 제안하였다. 저우언라이는 이에 대해 분명하게 반대하며 자신의 아버지와 함께 귀양으로 보냈다. 1940년 봄 그와 덩잉차오가 모스크바에서 병을 치료하고 함께 돌아와 옌안에서 총칭으로 가던 중, 총칭에서 어머니를 만났는데, 그녀는 여전히 류(劉) 씨 부인인 라오궈모(饒國模)의 집에 머물고 있었다.

수십 년간 피로가 쌓여 지쳐 있는 터에 항전시기에는 다시 빈번한 피난길에 고생을 하여 65세의 어머니는 마침내 큰 병에 걸리고 말았다. 고열은 떨어지지 않았으며 또 설사는 그칠 줄을 몰랐다. 그럼에도 그녀는 자기 때문에 딸이 걱정할까봐 병에 걸린 사실을 알리지도 않았다.

덩잉차오도 당시 병중이었다. 차도가 좀 있자 저우언라이와 함께 어머니를 찾아갔다. 어머니의 몸이 극도로 쇠약해지고 안색이 누렇게 뜬 것을 보고는 흐르는 눈물을 주체할 수 없었다.

어머니는 매우 강하게, 그리고 매우 평온하게 말했다.

"샤오 차오와 언라이야! 난 이제 '옛집'[75]로 가야할 것 같다. 너무 괴로워하지도, 슬퍼하지도 마라!"

어찌 덩잉차오와 저우언라이가 괴롭지 않을 수 있겠는가? 그들은 어머니의 생명이 위독함을 알고 바로 그녀를 홍옌춘 사무실로 옮기도록 하였다.

경호군인 몇 명이 등나무의자를 이용해 그녀를 들쳐 맸다. 덩잉차오는 가는 내내 그녀와 함께 하면서 걱정스럽게 물었다.

"어머니, 좀 어때요?"

"좋구나, 아주 좋아. 바깥 공기가 정말 좋구나!" 양전더는 산속의 맑고 신선한 차가운 공기를 크게 들여 마시며 매우 즐겁게 이렇게 말했다.

양전더의 얼굴에는 즐거움과 침착함이 동시에 배어 있었다. 덩잉차오는 우여곡절로 가득 찬 어머니의 일생을 떠올렸다. 처음에는 먹고 살기 위해 동분서주했고, 나중에는 혁명을 위해 딸을 따라 동가숙서가식하느라 안정된 가정생활을 할 수 없었다. 하지만 이제 전시의 어수선한 세월이긴 하지만 딸의 진실한 사랑과 혁명대가정(革命大家庭)의 관심 속에서 편안하게 세상을 떠날 수 있게 되었다. 천성이 달관적인 어머니는 진정으로 편안함을 느꼈다.

양전더는 사무소에 도착하자 덩잉차오의 손을 잡고 숨을 헐떡거리며 말했다.

"샤오 차오, 피곤하구나, 좀 쉬어야겠다."

덩잉차오는 쉴 애 없이 눈물을 흘리며 목이 메인 채 말을 이어갔다.

"어머니, 좋아질 수 있어요. 조리만 잘 하시면 몸은 회복될 수 있어요

---

[75]　역주: 원문은 '라오자(老家)'인데 저승을 가리킨다.

언라이와 저는 반드시 어머니를……"

덩잉차오는 말을 이어갈 수 없었다. 운명은 이 고난의 역경 속에 처한 혁명 모녀에게는 너무 가혹했던 것 같았다. 어머니가 마지막으로 눈을 감았을 때 딸은 그녀 곁에 없었다.

어머니는 또 설사를 했다. 사무소의 시설이 너무 열악하여 화장실도 거의 500미터나 떨어져 있었다. 덩잉차오가 아래층으로 내려가 타구를 찾아 어머니의 손을 씻겨주려 하였다.

어머니가 두리번거리며 딸을 찾다 남긴 마지막 말은 이러했다.

"저들에게 다시는 나에게 신경 쓰지 말라고 일러주세요. 나는 그렇게 소중한 사람이 아니니, 나 때문에 일부러 부산을 떨 필요 없어요."

덩잉차오가 타구를 들고 서둘러 이층으로 올라와 보니 어머니는 이미 편안하게 숨을 거둔 후였다.

덩잉차오는 어머니의 몸에 엎드려 통곡하기 시작했다.

어머니는 평생을 가난과 청렴으로 일관했다. 운명할 때에는 이미 1,2 십 년은 된 청색 면저고리를 입고 있었다. 어머니는 일생동안 전통사회에서 고통스럽게 발버둥을 쳤고, 천신만고 끝에 덩잉차오를 성인으로 성장시켰을 뿐만 아니라 그녀의 혁명을 전폭적으로 지지했으며, 직접 혁명의 길로 나아가 첨예한 계급투쟁을 힘겹게 경험했다. 또한 그녀는 민족이 백척간두의 위기에 처했을 때에 여러 번 이곳저곳을 떠돌며 이산하였기 때문에 하루도 맘 편한 생활을 한 적이 없었다.

덩잉차오는 목이 메도록 통곡하였다. 저우언라이가 서둘러 와 그녀의 곁을 묵묵히 지켰다. 그는 샤오 차오의 고통을 충분히 이해 하였지만 단 한 마디 위로의 말도 찾을 수 없었다. 평소 깊이 흠모해 오던 장모를 바라보며 저우언라이도 눈시울을 붉혔다.

그는 하염없이 눈물을 흘리고 있는 덩잉차오의 곁에 서 있었다. 어깨를 서로 기댄 둘은 마치 비통스러워 하는 두 조각상처럼 어머니의 시신을 앞에 두고 오래 오래 말없이 슬픔에 빠져들 뿐이었다. 그들은 단 한 마디 말도 하지 않았다. 그러나 찾아온 동지들을 보고는 눈물을 흘리지 않을 수 없었다.

1940년 11월 18일의 일이었다. 『신화일보』에 부고가 실렸다. 많은 친구들이 조전과 조화를 보내왔다.

사무소의 동지들은 혁명의 어머니를 매우 존경하였다. 그녀의 추도식은 매우 비장한 분위기 속에서 진행되었다. 비통에 젖은 채 어머니의 영전 앞에 선 덩잉차오는 자신이 쓴 조사를 읽어내려 갔다.

"저는 반드시 어머니의 가르침을 굳게 지키고, 중국의 혁명사업에 충실할 것이며, 민족과 계급을 위해 끝까지 투쟁할 것입니다. 당과 온 중국, 그리고 여성동포들 속에서 저는 스스로 더욱 신중하고 엄격해 질 것이며, 어머니에게 누를 끼치거나 나쁜 영향을 끼칠 일은 절대 하지 않을 것입니다. 저는 몸소 모범적인 모습을 보여 강건하고 현명한 어머니의 가르침, 덕 그리고 기품을 욕되게 하지 않을 것입니다. 봉건세력, 구사회, 구제도를 상대로 투쟁하던 현명하고 어진 어머니를 저는 영원히 기억할 것입니다. 사랑하는 어머니, 오래오래 편히 쉬세요!"

덩잉차오는 조사를 통해 자신을 낳아 기르고 일생 동안 자신의 혁명을 지지한 어질고 자애로운 어머니에 대한 뼈에 사무치는 그리움과 애도를 표현하였고, 혁명의 어머니 영전에 민족해방과 계급해방을 위해 죽는 날까지 싸우겠다는 결연한 의지를 드러내었다.

1928에서 1932년까지 상하이에서 지하공작을 할 때 양전더를 알게 된 슝진팅(熊瑾汀)은 중공사무소 동지를 대표하여 정중하게 제문을 대중 앞에서 낭독하였다.

"덩잉차오의 어머니는 고결하고 올곧았으며 사상이 진보적이고 성정이 강건하셨습니다. 일찍이 사회생활을 시작하여 온갖 고난 속에서도 스스로의 힘으로 견디며 나태하지 않으셨습니다. 혹 교편을 잡거나 치황(岐黃)[76]을 실행하면서 약간의 소득이 있으면 감히 그것을 숨기려 하지 않으셨습니다. 딸을 입학시키어 바르게 가르쳤고, 자립하도록 인도하였으며,

주도면밀하도록 계도하셨습니다. 지사(志士)를 구원하였고 힘을 다해 같이 하셨습니다. 혁명을 추구하다 감옥에 갇히기도 하셨습니다. 위협에 굴하지도 않았고 고초를 두려워하지 않았으며 법정에 소환 당해 심문을 받을 때도 기개를 꺾지 않으셨습니다. 의지가 굳건하여 홀로 쉰양(潯陽)에 거주하셨습니다. 쟝시(江西)에서 서로 재회했을 때 끝없이 기뻐하셨습니다.[77] 일제가 침략했을 때에는 비록 늙었지만 조급해하지 않으셨습니다. 국사에 관심을 기울여 하루도 잊은 날이 없었습니다. 곧 침략자가 패배할 날이 이르러 평안을 얻으실 텐데, 어찌 이리 서둘러 가실 줄 가늠이나 했겠습니까? 과거를 회상하니 비통하기 그지없습니다. 꽃 한 송이 영전에 삼가 바칩니다. 오호애재(嗚呼哀哉)라!, 상향(尙饗)[78]!"

이 호기롭고 당당한 추도사는 굳건한 의지로 분투하며 전전했던 양전더의 일생을 집약해 잘 드러냈고, 혁명적이었던 어머니에 대한 혁명동지들의 무한한 존경과 애절한 그리움이 잘 묻어 있었다.

운구가 시작되기 전, 궈모루, 양한성(陽翰笙) 등 문화계의 유명인사들이 모두 찾아왔다. 저우언라이, 예졘잉(葉劍英), 동비우(董必武)[79] 같은 동지들은 일백여 명의 추모객을 이끌고 운구행렬을 따라 총칭 샤오롱칸푸위옌(小龍坎伏園) 사(寺) 묘지를 향해 천천히 걸어갔다. 덩잉차오는 저우언라이의 곁에서 걸었다. 그녀는 어머니의 묘 앞에서 오랫동안 경건하게 서 있었다.

서북풍이 그녀의 귓가에 휙휙 소리를 내며 불어왔다. 그녀는 이내 다시 준비를 갖춰 새롭고 중요한 투쟁에 투입되었다.

---

76 역주: '치황'이란 전설상 의술의 시조인 치바이(岐伯)와 황디(黃帝)를 가리키는 것으로 중의학 또는 의술을 의미한다.

77 역주: 쟝시 소비에트에서 덩잉차오와 다시 만났을 때를 가리킨다. 이에 대해서는 5장 35절 참조.

78 역주: '신명께서 제물을 받으소서!'라는 뜻으로 제래 축문의 끝에 쓰는 말.

79 역주: 1886-1975. 중화 소비에트 중앙집행위원을 지냈고 장정에 참가하였다. 중일전쟁 때 국민참정원으로 충칭에서 국공교섭에 관여하였으며 제2차 세계대전 후 화북인민정부 주석, 최고인민법원장, 중앙정치국 위원, 국가 부주석 등을 역임하였다.

57. 난공불락의 보루

중요한 투쟁이 바로 닥쳐왔다.

세상을 놀라게 한 환난사변이 발생한 것이었다.

1941년 1월 4일 신사군(新四軍) 군부와 직속 부대 9,000여 명이 명령을 받고 북쪽으로 파견되었다. 6일 안휘 징(涇) 현의 숲을 지날 때 갑자기 8만여 명에 달하는 국민당 군대에 포위를 당해 공격을 받았다. 7일 밤낮 동안의 혈전 끝에 2천여 명만 포위망을 뚫고 탈출에 성공했지만 나머지 대부분은 장렬하게 전사했다. 군단장 예팅(葉挺)은 포로가 되었고, 부군단장 겸 정치위원 샹잉(項英), 정치부 주임 위엔궈핑(袁國平), 참모장 저우쯔쿤(周子昆) 등은 목숨을 잃었다.

이 소식을 접한 덩잉차오는 깜짝 놀랐다. 남방국은 즉시 긴급회의를 소집하여 대책을 토의하였다. 당중앙은 저우언라이와 남방국 중요인물의 안전에 깊은 우려를 표명하며 긴급 전문을 보내 "언라이, 젠잉(劍英), 비우(必武), 잉차오 등 주요간부는 가장 빠른 시간 안에 위(渝)[80]를 떠나라"고 명령하였다.

회의는 홍옌춘 2층 저우언라이와 덩잉차오의 집에서 열렸다. 저우언라이는 "총칭에 남아 최후까지 투쟁을 계속하겠다"고 분명하게 잘라 말했다. 덩잉차오 역시 결연하게 말했다. "이 중요하고 복잡한 상황에서 언라이가 어떻게 총칭을 떠날 수 있겠습니까?" "저 역시 끝까지 남아 투쟁하겠습니다." 예젠잉, 동비우 역시 같은 태도를 취하였다. 당중앙은 후에 그들이 총칭을 떠나지 않겠다는 의견에 동의하였다.

1월 17일, 국민당 중앙통신사는 군사위원회의 명령을 발표하였다. 그것은 신사군을 제멋대로 취소하고 예팅을 군사재판에 회부한다는 선포

---

80   역주: 우(渝)는 총칭의 다른 이름이다.

였다.

저우언라이는 국민당에 대해 즉시 엄중한 항의를 하였으며, 그날 밤 『신화일보』에 「강남에서 순국한 자들을 애도하며」와 「억울하게 누명을 쓰고 죽어간 강남의 병사들이여, 이 모두는 같은 집안의 형제들끼리의 갈등이고 박해일 뿐이다!(千古奇冤[81], 江南一葉[82], 同室操戈[83], 相煎何急[84]!)」를 발표하였다. 비통함이 가득 스민 이 글은 산청(山城)[85]의 짙은 안개를 헤치고 총칭 전체에 충격을 가했다.

남방국은 소수의 필수 인원만을 남기고 대부분의 동지를 분산 은폐시키거나 이전, 철수 하기로 조치를 취했다.

덩잉차오도 자신과 연결을 맺고 있던 비밀당원들을 긴급히 분산, 이전시켰다.

섣달그믐날, 그녀는 펑광관(馮光灌)을 통해 '신운부지회'에서 공작하던 궈젠(郭建)과 기타 당원에게 통지하여 즉시 '신운부지회'를 떠나도록 하였고, 조직은 그녀들이 총칭을 안전하게 떠날 수 있도록 조치하였다.[86]

'신운부지회' 훈련조의 몇몇 중공당원은 모두 떠났고, 단지 궈젠만이 남았다. '신운부지회' 부총간사이며 기독교여청년회의 천지이(陳紀彝)가 다음 날 청두(成都)로 갈 예정이었는데 이미 궈젠과 동행하기로 결정했기 때문이었다. 지금 궈젠이 떠나버리면 바로 그녀의 신분이 드러나고 또 다른 동지들도 연루될 수 있었다. 따라서 궈젠은 즉시 사람을 시켜 덩잉차오에게 이러한 상황을 설명하고 먼저 천지이를 따라 청두로 갔다 돌

---

81 역주 : '천고'는 죽은 사람을 애도하는 말로 영원한 이별을 뜻한다. '기원'은 누명 등을 써 몹시 억울함을 가리킨다.
82 역주 : 강남지방에서 몰살된 신사군을 비유한다.
83 역주 : 원래 뜻은 같은 집안에서 창을 쥐다라는 뜻으로 내부 투쟁이 일어난 상황을 가리킨다.
84 역주 : 이 역시 형제끼리 몹시 박해하는 내부 갈등 상황을 가리킨다.
85 역주 : 총칭의 다른 이름이다.
86 필자가 궈젠을 방문했을 때, 그녀는 환난사변 이후 덩잉차오가 자신을 어떻게 철수시켰는지에 대해 소개해 주었다.

아온 뒤 다시 상의하자고 건의하였다. 덩잉차오는 그녀의 의견에 동의하고, 사람을 시켜 다시 한 번 당부하였다. 즉 청두에 가서는 "천지이 곁에 꼭 붙어 있어 그녀가 다른 사람을 만나는 동안 당신을 체포하지 못하게 해야 한다"고 하였다. 결국 귀젠은 천지이와 함께 청두로 갔다가 다시 충칭으로 돌아왔다.

천지이가 먼저 귀젠에게 이렇게 말했다.

"궈 여사, 조심하세요. '부지회' 문밖으로 나가지 말아요. 밖에서 무슨 일이 발생하면 저도 어쩔 수가 없어요. '부지회' 문안에서는 내가 알아서 처리할 수 있습니다." 국가와 인민을 위해 정성을 다해 복무하는 공산당원의 정신은 이 경건한 기독교도를 감동시킬 수 있었던 것이었다. 덩잉차오는 천지이 등과 같은 인물에 대해 단결, 쟁취, 존중하는 공작을 일관되게 추진하였고, 이 위급한 순간에 그 효과가 드러났던 것이다.

덩잉차오는 위험을 무릅쓰고 귀젠과 연락을 취하여 그녀를 홍콩으로 보내 랴오청즈(廖承志)을 찾고, 다시 상하이를 거쳐 쟝쑤 북부의 신사군을 찾도록 안배하였다. 덩잉차오는 귀젠과 훈련조에서 함께 공작하던 차이 수메이(蔡淑美)의 품행이 매우 훌륭하다는 사실과 그녀가 항일근거지에 가고자 한다는 사실을 알고서 두 명이 동행하여 서로 돌봐줄 수 있도록 배려하였다. 덩잉차오는 또한 상당한 비용을 귀젠에게 지급하였는데 거기에는 둘의 이동 경비 및 귀린에서 홍콩으로 가는 비행기표가 포함되어 있어 귀젠을 크게 감동시켰다. 환난사변의 핏자국이 아직 마르지 않았지만 그녀는 곧 편안하게 떠날 수 있게 되었다. 그러나 저우언라이와 덩잉차오는 총칭에 머물러 있어야 했다. 언제 다시 만날 수 있을까? 덩잉차오와 헤어지며 악수를 나눌 때 평소 강인한 성정의 귀젠은 자신도 모르게 처연하게 눈물을 흘렸다.

덩잉차오는 결연하게 귀젠에게 말했다.

"귀젠, 안심하고 떠나세요. 가는 길 조심하시고요. 우리는 다시 꼭 만날 겁니다."

덩잉차오는 저명한 애국민주인사 선쥔루(沈鈞儒)의 사랑스런 딸 선푸(沈譜)를 찾아가, 위험에 처했으니 빨리 홍콩으로 가 그녀의 남편 판창쟝(范長江)을 찾으라고 통지하였다.[87]

선푸는 1939년 청두 진링(金陵)여자문리학원을 졸업하고 그 해 입당하였다. 졸업 후 총칭으로 와 피혁공장과 제지공장에서 기술자로 근무하였다. 1940년 여름 덩잉차오는 선푸와 비밀 연락망을 통해 직접 연락하고 있었다. 덩잉차오는 선쥔루가 60세가 넘은데다 왕성한 정치활동을 하고 있기에 누군가 일상생활에서 그를 돌봐줄 필요가 있다고 판단하여, 선푸에게 제지공장을 사직하고 집에서 부친을 도와 같이 활동하며 그의 생활을 보살펴주라고 결정하였다. 이 같은 덩잉차오의 주도면밀함 때문에 선푸는 아버지 곁에서 공작을 할 수 있었고, 중국공산당의 의견들이 선푸를 통해 선쥔루에게 전달되어 자연스럽게 구국회(救國會)[88]와 공산당의 관계가 강화될 수 있었다. 선쥔루는 사랑하는 딸이 곁에서 밤낮으로 함께 지내며 일을 도와주는 것을 보며 매우 기뻐했다.

아직 해가 떠오르지 않은 어느 날 새벽, 선푸는 인적이 드문 시간을 이용해 몰래 정쟈옌(曾家巖) 50호로 가 덩잉차오를 만나 선쥔루와 구국회에 관한 상황을 상세하게 보고하고, 덩잉차오가 전달하는 당의 방침, 정책과 의견 등을 그때그때 듣고 집으로 돌아와 아버지에게 그것들을 적절하게 선택하여 전해 주었다.

어린 시절 어머니를 여윈 선푸는 당시 덩잉차오가 자신과 가장 친한 사람이라 여겨 무슨 일이든 모두 그녀에게 알렸다. 심지어 판창쟝과의 연애 사실까지도 덩잉차오에게 말하며 샤오 차오 의견을 구할 정도였다.

판창쟝은 중국의 저명한 기자이자 사회활동가였다. 1938년 우한에서

87　필자가 선푸를 방문했을 때 그녀는 총칭에서 덩잉차오가 자신의 공작을 지도했던 상황에 대해 소개하였다.

88　역주: 1935년 12월 9일 베이핑 항일학생운동 이후 1936년 1월 28일 상하이각계구국연합회가 성립되었고, 이후 1936년 5월 31일 선쥔루, 쟝나이치(章乃器), 타오싱즈(陶行知) 등을 중심으로 전국각계구국연합회가 성립되었다.

저우언라이가 직접 그를 소개하여 입당시켰다. 우한이 일본에 함락당한 후 그는 귀린으로 가 활동하였다. 총칭에 온 후로는 항상 선쥔루를 찾았다. 언젠가 그가 병이 났을 때 선쥔루의 집에서 며칠 머문 적도 있었다.

1940년 12월 10일 선푸는 판창쟝과 결혼하였다. 덩잉차오는 당시 막 어머니를 여읜 슬픔에 빠져 있었고, 병까지 걸렸기 때문에 그들의 결혼식에 참석하지 못했다. 저우언라이는 그들에게 보내는 덩잉차오의 편지와 예물을 갖고 결혼식에 참가하였다. 축하 편지에는 이렇게 적혀 있었다.

"창쟝, 선푸 동지, 결혼을 축하드립니다! 이제 함께 생활하면서 사랑과 사업도 함께 하리니 더욱 활기차기를, 관계 또한 더 굳건하기를 바랍니다! 서로 솔직하며, 서로 돕기를 힘쓰고, 신뢰하고, 양해하고, 위로하며, 죽는 날까지 서로 사랑하기를 바랍니다! 소련 우랄산맥의 즐참나무 걸개와 2년 전 구입하였으나 사용하지 않은 꽃무늬 식탁보로 신혼방을 단장하시기 바랍니다. 덩잉차오. 12월 10일."

호의가 가득한 덩잉차오의 축하 편지와 신혼 예물을 받아 보고, 판창쟝과 선푸는 너무 기쁜 나머지 얼굴까지 붉어졌다. 그 둘은 이것이 덩잉차오와 저우언라이가 오랫동안 해온 모범적인 부부생활을 함축적으로 보여줌과 동시에 신혼생활에 대해 해줄 수 있는 그들의 가장 좋은 축원임을 잘 알고 있었다.

판창쟝과 선푸는 결혼하고 일주일이 지난 후 다시 귀린으로 가 활동을 이어갔다. 환난사변이 발생하자, 중공귀린사무소 주임 리커농(李克農)은 긴급히 판창쟝에게 통지하기를 리지천(李濟琛)에게 홍콩으로 가는 비행기표 구매를 부탁하라고 하였다.

덩잉차오는 판창쟝이 이미 안전하게 홍콩에 도착했음을 알고 선푸 역시 가능한 한 빨리 홍콩으로 가 판창쟝을 찾으라고 통지하였던 것이었다. 선쥔루 노인은 사랑하는 딸과 헤어지는 것을 몹시 아쉬워했지만 정세가 위급하였기 때문에 딸을 떠나보낼 수밖에 없었다.

덩잉차오가 깊은 관심을 갖고 육성한 아동극단은 총칭에 도착한 이후 궈모뤄와 함께 라이쟈챠오다위옌(賴家橋大院)에 거주하였다.[89] 덩잉차오는 저우언라이와 함께 그곳으로 가서 궈모뤄와 아동극단의 어린 친구들을 만났다. 아이들은 저우언라이, 덩잉차오를 둘러싸고 초조하게 물었다.

"궈 할아버지께서 떠나시고 나면 누가 우리를 돌봐주나요?"

저우언라이, 덩잉차오는 분명하게 대답하였다.

"우리가 돌봐줄 테니, 너희는 안심해라."

그들은 아동극단의 공연을 보았다. 덩잉차오는 애정을 갖고 그들에게 물었다.

"너희는 점점 커 가는구나. 헌대 너무 어려서부터 연애에 신경 쓰지 말고 학습과 일에 집중해야 한다."

이후, 아동극단의 쉬한루(許瀚如)는 정쟈옌 50호로 와 덩잉차오에게 아동극단 상황에 대해 정리해 보고하였다. 덩잉차오는 그에게 합법투쟁에 주의하고 국민당 군사위원회 정치부에 남을 수 있도록 힘쓰라고 지시하였다.

환난사변이 발생한 이후 백색공포는 더 심해져갔다. 저우언라이와 덩잉차오는 아동극단 내의 몇몇 당원의 안전이 걱정되었다. 1941년 2월 어느 깊은 밤, 저우언라이는 자신의 경호원과 소형차를 보내 아동극단의 천모(陳模), 우페이니(吳培尼)를 홍옌춘으로 데려와 옌안으로 보낼 준비를 하였다.

덩잉차오는 아동단원 우페이니가 한 겨울인데도 맨발에 짚신을 신고 있는 것을 보았다. 옌안까지는 매우 먼데 맨발로 어떻게 그 먼 길을 참아낼 수 있겠는가? 그녀는 즉시 자신이 신고 있던 양말을 벗어 우페이니에게 신겼다. 페이니가 신어보니 너무 커 거의 허벅지까지 올 정도였다.

여단원 위전(于眞)은 이전에 몇 번 덩잉차오에게 옌안에 보내달라고 요구한 적이 있었다. 그러나 덩잉차오는 항상 그녀에게 후방공작에 힘쓰

89　필자는 아동극단 단원 쉬한루(許瀚如), 천모(陳模) 등이 참가한 좌담회를 개최하였는데, 그들은 아동극단에 대한 덩잉차오의 관심에 대해 소개하였다.

라고 말했었다. 이제 상황이 긴급해졌다. 덩잉차오는 서둘러 무대 뒤로 그들을 찾아가 위전에게 자기를 따라 홍옌춘으로 가자고 하였다. 곧 이어 위전은 팔로군 가족으로 위장하여 다른 동지들과 함께 옌안에 도착하였다. 이를 전후하여 옌안에 도착한 아동극단 단원은 11명이 되었다.

선쯔쥬는 이미 앞서 충칭을 떠나 신사군에 도착하였다. 후나이츄(胡耐秋)가 그녀를 대신하여 『부녀생활』의 편집을 맡았다. 덩잉차오는 긴급히 후나이츄에게 통지하여 즉시 충칭을 떠나 홍콩으로 가라고 하였다.[90]

광동에서 출생한 여류작가 차오밍(草明)은 1940년에 충칭에 왔다. 그녀는 여러 차례 입당을 요구하였다. 어느 날 그녀는 정쟈옌 50호를 찾아 왔다. 덩잉차오는 즐겁게 광동말로 그녀에게 말했다.

"차오밍 동지, 축하합니다. 조직이 당신의 입당을 비준하였습니다."

환난사변 이후 덩잉차오는 직접 그녀에게 옌안으로 갈 것을 통지하였다.

철수, 이동시켜야 할 당원 모두에게 덩잉차오는 한 명 한 명 세심하고 주도면밀하게 안배하고 조치를 취하였는데 긴장된 사업이었지만 어떤 착오도 없었다.

여건 때문에 국민당통치구 내에서 여전히 사업을 진행해야만 했던 차오멍쿼, 뤄수장, 루휘녠, 펑광관(馮光灌) 등 일부 비밀당원에게 덩잉차오는 거듭 신신당부하면서 "장기적으로 매복하여 역량을 비축"하고, 적당한 방식으로 공작을 전개하라고 하였다.

그녀는 그들에 대한 사상교육에 더욱 주의하면서 그들에게 "남들과 같이 어울리되 오염되지 말라"고 요구하였다.

형세가 더욱 험악해지자 덩잉차오는 최악의 상황에 대한 준비를 하였다. 그녀는 저우언라이 및 남방국에 남아 있는 공작원들과 함께 체포될지도 몰랐다. 당의 문건은 모두 처리하였다. 그녀와 저우언라이는 별로

---

90 필자가 후나이츄와 차오밍(草明)을 방문했을 때, 그녀들은 그들을 철수시키는 과정에서 덩잉차오가 보여준 관심과 조치에 대해 소개하였다.

지닌 게 없었다. 저우언라이가 광동에서 공작할 때 얻은 몇몇 금은훈장과 어머니의 유물, 작고 동그란 손목시계와 한 쌍의 은 젓가락을 포함한 개인 생활 기념품만 남았는데 이것들은 포장하여 그녀가 우한에서 구매한 작은 자기함에 넣어 두었다. 만일 그녀가 체포될 경우 그녀는 이들 기념품이 적의 수중에 들어가지 않기를 바랐던 것이었다.

누군가에게 맡길 수는 없을까? 진보적인 친구들도 힘들긴 마찬가지였다. 왜냐하면 그들도 역시 매우 위험한 상황에 놓여 있었기 때문이었다. 그녀는 충칭 사핑바(沙坪壩) 난카이(南開) 중고등학교 교사 캉나이루(伉乃如)와 그 아들 캉톄췬(伉鐵儁)을 떠올렸다.[91]

캉나이루는 오래 전 톈진 난카이중고등학교에서 저우언라이를 가르친 적이 있었고, 저우언라이와 함께 신극 공연을 하여 서로 우의가 매우 깊어 평소에도 '나이루 형', '샹위(翔羽) 동생'으로 부르곤 했다. 덩잉차오 역시 캉나이루와 한 집안 식구처럼 매우 친하게 지냈다. 1940년 11월 4일 캉나이루의 아들 캉톄췬이 결혼을 할 때 덩잉차오와 저우언라이는 결혼식에도 참석하였다. 캉톄췬은 사핑바 난카이대학의 한 연구소에서 일을 하고 있었다.[92]

1941년 2월의 어느 깊은 밤, 덩잉차오는 사핑바의 캉톄췬의 집을 찾아 꽃과 새가 그려진 정교하고 아름다운 작은 자기함을 캉톄췬과 그의 처 구쥔(顧均)에게 건네주면서 심각하게 말하였다.

"이 함에는 언라이의 훈장들과 제 어머니의 두 가지 유물이 담겨져 있습니다. 만약 우리가 다시 만날 수 없게 된다면 이 물건들을 잘 보존하여 기념으로 삼으세요."

캉톄췬은 바로 대답하였다.

---

91   필자가 톈진의 캉톄췬을 방문했을 때 그는 저우언라이와 덩잉차오가 자기 집과 교
      류했던 정황에 대해 소개하였다.
92   역주 : 충칭에 난카이중학, 난카이대학 등이 있었던 것은 항전시기 일본 점령지의 대
      학들이 충칭국민정부를 따라 충칭으로 학교를 이주했기 때문이었다.

"아주머니, 안심하세요. 어떤 일이 있어도 우리가 잘 보관하도록 하겠습니다."

총칭에 몇 번이나 일본의 폭격을 있었을 때, 과연 말대로 캉테췬 부부는 이 함을 작은 옷가방에 넣어 방공호에까지 가지고 갔다.

1943년 6월 덩잉차오는 총칭을 떠나 옌안으로 돌아갔을 때 비로소 캉테췬의 집에 가 기념품을 돌려받았고 작은 함은 그들 부부에게 기념으로 주었다. 그들은 이것을 지금까지 소중하게 보관하고 있다.

덩잉차오는 이처럼 가능한 친구들을 확실하게 협력하게 만드는 데에 뛰어났고, 극단적인 위기 상황에서는 소중히 여기는 기념품을 비당원 친구에게 감히 맡겨 보존하였다. 친구들은 자신들에 대한 그녀의 신임에 감격했고 그녀의 어려운 부탁을 적극적으로 들어주었다. 이는 정말 소중한 우정이라 할 수 있겠다.

중국공산당은 국민당의 제2차 반공고조에 대해 결연하게 버텨냈고 정치적인 반격을 가했으며 또한 각계의 단결항전이라는 정확한 방침을 광범하게 쟁취하였다. 중국공산당 중앙혁명군사위원회는 『신화일보』에 환남사변의 진상을 공포하고 국민당이 날조한 각종 반공 유언비어에 대하여 반박하였다. 저우언라이, 예젠잉, 동비우, 덩잉차오 등은 총칭의 각 당파, 단체 및 중국주재 외국기자 등과 빈번하게 접촉하여 그들에게 환난사변의 진상과 공산당의 정책, 방침에 대해 상세하게 소개하였다.[93]

국민당의 보수파는 항전이라는 대국적 견지에 상관없이 공산당을 진압하는 반동조치를 취함으로써 국민당 내의 일부 지각 있는 인사를 포함한 각계 인사의 분노를 촉발시켰다. 송칭링, 허샹닝은 직접 쟝졔스에게 편지를 보내 "총리의 유훈[94]을 위배한다"고 그를 비판하였다. 펑위샹

---

[93] 환난사변 이후 공산당의 투쟁에 대해서는 『中共南方局大事記』, 『國民參政會資料』 참고. 남방국에서 공작한 콩위옌(孔源), 롱가오탕(榮高棠), 장잉(張穎), 허치췬(何啓君) 등과 총칭당사(黨史)사무소의 사무원들 역시 많은 정보를 제공해 주었다.

[94] 역주: "연공(聯共), 聯蘇(연소), 부조농공(扶助農工)" 등을 핵심으로 하는 쑨원의 유지를 가리킨다.

은 사람들에게 신사군이 항전 과정에서 큰 공을 세운 것에 대해서는 누구나 다 아는 바라고 말하였다. 이와 같이 신사군이 정부에 의해 소멸된 것에 대해 정부는 인민의 반대를 모면할 수 없었다. 중간파[95]들은 국민당에 대해 크게 실망하며 민족의 위기를 극복하고 일치단결하여 최후까지 항전할 필요를 통감하였다. 심지어 비정규군과 지방세력까지 신사군의 해산은 지방세력을 해산하기 위한 사전 작업으로 느껴 두려움에 떨며 공산당을 동정하였다. 애국적인 화교 지도자 천쟈겅(陳家庚)은 싱가포르에서 국민정부에 다음과 같은 전보를 보냈다. "적의 기세가 여전히 드높고 나라의 원수를 아직 갚지도 못했는데 다시 스스로 도요새와 조개가 되니 반드시 어부에게 이익만 줄 것인데[96] 민족의 참화를 어쩔 것인가!" 저명한 구국회 '7군자' 가운데 한 명인 쩌우타오펀(鄒韜奮)은 국민참정회[97] 위원직을 사직하고 홍콩으로 가버렸다. 국제여론도 중국의 단결 강화와 공동 항일을 분연히 호소하였다. 소련, 미국 역시 중국의 내전에 반대하였다. 일본군대는 또한 허난에서 대규모의 진공을 개시하였다. 쟝졔스는 대내외적으로 곤란한 지경에 빠져 매우 소극적으로 되었다.

제2기 국민참정회가 바로 개막되었다. 마오쩌동, 동비우, 덩잉차오 등 7명이 이전처럼 참정원으로 선발되었다. 쟝졔스는 한편으로 내전을 통해 분열을 획책하면서 다른 한편으로 공산당을 국민참정회로 끌어들여 그에 대한 국내외의 비난을 완화시키고자 하였다.

---

[95] 역주: 민주동맹 등 공산당과 국민당을 제외한 군소정당, 소위 '제3세력'을 지칭한다. 이들은 국민참정회나 정치협상회의에서 공산당을 지원하는 중요한 우군으로 기능하였고 이후 신중국 성립과 건설에서도 일정한 역할을 수행하였다.

[96] 역주: "휼방상쟁(鷸蚌相爭)"을 가리키는데 도요새와 조개가 싸우다 둘 다 어부에게 잡힌다는 고사를 가리킨다. 구체적으로 공산당과 국민당의 내분으로 일본만 이득을 보게 되는 상황을 의미한다.

[97] 역주: 국민참정회는 국민의 역량을 모아 항일전쟁에 대항하고자 중국국민당의 주도 아래 각당, 각파 대표가 모여 결성. 1938년 7월 한커우에서 제1기 1회가 열렸는데 200명 회원 중 공산당 계열은 7명뿐이고 3/4이 국민당원이었다. 3회 이후부터는 실질적인 권한은 사라지고 국민당정부의 어용기구로 전락하고 말았다. 1948년 3월 국민대회가 개최되기 직전에 해체되었다.

저우언라이는 당중앙에 대해 참정원으로 선출된 공산당원이 참정원 참가를 거부함으로써 국민당이 내전을 진행하고 있을 뿐만 아니라 분열을 조장하는 한편 항전을 방해하고 있다는 실체적 진실을 폭로하여 쟝제스가 노리는 양면작전을 무위로 돌아가게 해야 한다고 제안하였다. 당중앙도 그의 건의를 비준하였다.

저우언라이, 동비우, 덩잉차오는 빈번하게 민주당파와 중간파 인사들을 만나 그들에게 공산당이 이번 국민참정회 참가를 거부한 이유를 설명하고 그들의 양해를 구했다.

저우언라이는 또한 중공의 7명 참정원이 국민참정회에 제출한 환난사변 사후 처리와 관한 12조 방안을 담은 공개서한을 참정회로 송부하였다.

국민당은 다급해졌다. 국민당을 대표하여 공산당과 계속 접촉해온 장총(張沖)은 여러 번 저우언라이를 찾아와 공개서한을 회수해 달라고 요청하였다. 저우언라이는 이것이 개인적인 문제가 아니라 정치문제이기 때문에 절대 양보할 수 없다고 하였다.

쟝제스는 매우 초조해졌다. 공산당이 참정회에 참가하지 않을 경우 민주를 가장하고 단결을 가장하는 그의 연극이 제대로 공연될 수 없었고 또한 소련과 미국에 대해 지원을 기대할 수도 없었다. 그는 황옌페이(黃炎培), 선쥔루, 쭤순생(左舜生) 등을 앞세워 동비우, 덩잉차오에게 회의에 참석하도록 독려하였다. 황옌페이 등은 국공분열이 돌이킬 수 없는 상황에까지 이르게 될 것을 걱정하여 동비우, 덩잉차오에게 국민참정회 출석을 간청하였다.

동비우와 덩잉차오는 중국공산당이 취한 이런 조치는 이치에 매우 합당한 것으로 국민당이 신사군을 공격했기 때문에 생긴 일로, 만약 공산당이 제출한 사후 처리 방안을 국민당이 받아들인다면 참정회 출석을 보증할 수 있다고 인내심을 갖고 그들을 설득하였다.

1941년 3월 1일 국민참정회 제2기 제1차 회의가 개막되었다. 회의 첫날 밤, 모두는 공산당 참정원인 동비우와 덩잉차오의 출석 여부에 대한 소식을 기다렸다. 쟝졔스는 2월 28일 밤부터 3월 1일 새벽까지 기다리며 줄곧 참정회 비서장 왕스졔(王世杰)에게 전화를 걸어 상황을 확인하였다.

개회 바로 직전 장충은 쟝졔스의 명령을 받고 동비우와 덩잉차오를 찾아가 개막식 참석을 요청했으나 둘은 결연히 이를 거절하였다.

선쥔루, 타오싱즈, 스량, 쩌우타오펀 등 진보인사들 역시 참정회 출석을 거절하였다.

충칭에 모인 국내외 기자들은 이번 투쟁을 주시하고 있었다.

2기 1차 국민참정회가 개최된 3월 1일, 수십 명의 국내외 기자들이 회의장을 찾았으나 중공의 참정원을 위시하여 저명한 민주인사들조차 참석하지 않았음을 확인하였다. 그들은 재빨리 기사를 송고했고 이들 보도가 일시에 각 신문의 머리기사를 장식했다. 국민당 측은 이에 큰 낭패를 보게 되었다.

이번 투쟁을 지휘한 저우언라이는 투쟁의 순서는 물론 절차나 방법까지 완벽하게 장악하여 조리 있고 합리적이며 체계적으로 일을 처리하였다. 3월 2일 동비우와 덩잉차오는 또한 국민참정회에 공개서한을 보내 임시해결방안 12조를 제출하여 국민당에게 공산당에 대한 군사공격과 모든 애국민주인사에 대한 정치압박을 중지하고, 예팅을 석방하여 그의 군직을 회복시키며, 모든 포로를 석방하고 섬감녕(陝甘寧)소비에트정부와 적후방의 항일민주정권의 합법적 지위를 승인하며, 각 당파 연합위원회를 구성할 것을 요구하였다. 또한 공개서한을 통해 "만약 이 12조가 정부에 의해 받아들여지고 분명히 보증된다면, 비우와 잉차오는 바로 회의에 출석할 수 있다"라고 하였다. 많은 참정원들은 이 공개서한을 보고 중공이 제출한 주장이 매우 합리적이라고 판단하였다.

같은 날 저우언라이, 동비우, 덩잉차오는 다시 각 당파 책임자인 장란(張瀾)[98], 황옌페이, 장쥔뤼(張君勵), 량수밍, 선쥔루, 장보쥔(張伯鈞), 쮀순성,

---

[98] 역주: 1872-1955. 1941년 중국민주정단동맹(1944년 중국민주동맹으로 변화)에 가입하였고 1941년 황옌페이를 이어 중국민주정단동맹 중앙위원회 주석에 올랐다. 내전시

장선푸(張申府) 등에게 편지를 보내 중공의 임시방안 12조를 통지하고 그들의 양해와 동정을 구했다.

이리하여 국민당 측은 완전히 고립되기에 이르렀다.

3월 6일, 쟝졔스는 국민참정회에서 어쩔 수 없이 다음과 같이 발언하였다. "결코 다시는 소위 '공산당 소탕(剿共)'이라는 군사작전을 시도하지 않을 것이며 이후 다시 이러한 '공산당 소탕'이라는 상서롭지 못한 말이 중국 역사에도 남아있지 않을 것입니다." 또한 "이후 '공산당 소탕'이라는 군사작전이 없을 것이며, 이는 본인이 책임을 질 것이며 여러분 참정원에게 성명하여 보증하는 바입니다. 참정원의 여러분들이 일치단결, 공동항거의 정신에 입각하여 마오쩌둥, 동비우 등 참정원에게 간절하게 요구하오니 …… 각 참정원이 참정회에 모두 모여 일치단결함으로써 제출된 문제를 충분히 토론하여 합리적인 해결에 이르기를 바랍니다."

이것은 쟝졔스가 직접 나서서 참석을 종용한 것이었다. 3월 8일 국민참정회 비서처는 다시 마오쩌둥, 동비우, 덩잉차오 등 7명의 중공참정원에게 전보를 보내 그들의 "본회의 출석"을 "간절하게 바랐다."

3월 8일 7명의 중공 참정원은 비서처에 대한 답전을 통해 전체 참정원에게 중국공산당이 민족항전과 국내단결의 일관된 입장과 이번 참정회에 불참하게 된 원인을 설명하면서 재차 다음과 같이 성명하였다. "쩌둥 등은 정부의 초청을 받아들여 단결·항전하였다. 하지만 환난사변 이후 국공 사이의 갈등은 매우 깊어갔다. 갈등이 소멸되지 않는 한 쩌둥 등은 정부가 소집하는 어떠한 회의에도 참석하기 어렵다."

중공의 반격은 힘이 있었고 또 결연하였다. 비록 국민당과 쟝졔스는 군사적으로는 신사군의 수천 병사를 진멸시켰지만, 다시 신사군은 매우 빠르게 재건되어, 천이(陳毅)[99]가 대신 군단장을 맡고, 류샤오치(劉少奇)가

기 공산당과 협조하였고 1949년 9월 중국인민정치협상회의에 참가하고 신중국 성립 이후 정부부주석의 지위에 올랐다.

[99]　역주: 1901-1972. 진정한 군인 출신의 중국 영웅이며 1958년부터 국무원 외교부장을

정치위원을 담당했다. 신사군의 수만 항일 건아들은 예전과 다름없이 양쯔강 남북에서 활약하였다. 국민당은 정치적으로 완전하게 패배하고 만 것이었다.

중공중앙은 1941년 3월 발표한 「정치정보(政治情報)」를 통해 이번 투쟁을 높게 평가하였다. "1월 20일의 공세(구 12조)로 저들의 진격에 대항하였고, 3월 2일의 신 12조로써 참정회의 마지막 일전에서 저들을 물리쳤다. 쟝졔스는 이 투쟁에서 진정한 강적과 난공불락의 보루에 직면하였고 …… 환난사변은 전국을 넘어 전세계의 인사들에게 주목을 받았다. 중국 단결항전에서 중국공산당은 더욱 더 거멀못이 되었고 …… 쟝졔스는 이번 반공진격의 실패로 인해 이후 이와 같은 진격을 더 이상 발동하기 어렵게 되었으며, 자신의 지위와 태도를 새롭게 고려하지 않으면 안 되게 되었다."

쟝졔스는 과연 표면적으로는 자신의 태도를 변경하지 않으면 안 되었다.

3월 14일 쟝졔스는 저우언라이를 만나 일치항전에 대한 우호적인 대화를 나누었다.

3월 25일 쑹메이링은 또한 연회를 베풀어 저우언라이와 덩잉차오를 초대하였으며 쟝졔스 또한 이 자리에 참석하였다. 쑹메이링은 매우 정중하게 거듭 '저우 선생과 덩 여사의 걸출한 재능'이 매우 감탄스럽다고 칭찬하였다. 덩잉차오 역시 예의를 갖춰 단결항전을 위한 정치적 풍모를 적절히 보여주었다.

이 살벌한 나날을 덩잉차오는 저우언라이와 함께 작전을 수행하며 투쟁의 제일선에 꿋꿋하게 서서 용감하고 지혜롭게 국민당 보수파와 투쟁을 전개하였고, 각 당파 인사와 교류하여 대다수의 동료를 얻는 대신 보수파를 고립시킴으로써 자신의 비범한 정치적 재능과 침착하고 결연한

지냈고 인민해방군의 원수 10명 가운데 한 명이다. 프랑스에서 1921년 중국 사회주의 청년단에 가입하고 1923년 다시 국민당과 공산당에 입당하였다. 문화대혁명 기간 중에 신랄한 비판을 받고 1969년 이후 모든 공직을 박탈당했다.

혁명가의 품성을 여지없이 드러냈다. 또한 그녀는 당중앙, 마오쩌둥의 지도 아래 저우언라이와 함께 이 정치투쟁에서 승리를 얻어냈던 것이다.

58. '다러톈(大樂天)', '샤오러톈(小樂天)' 그리고 '사이러톈(賽樂天)'

휘몰아치던 투쟁이 잠시 지나갔지만 덩잉차오는 1941년 1월 17일의 밤을 영원히 잊을 수가 없었다.[100]

그녀와 남방국 전체 당원은 모두 홍옌춘 2층 복도에 모였다. 저우언라이는 복도 중앙에 서서 침통하게 동지들에게 신사군이 국민당에 의해 포위, 섬멸 당했다는 불행한 소식을 전했다.

저우언라이는 몇 가지 정세의 변화 가능성에 대해 총체적인 분석을 통해 어렵사리 다음과 같은 지적을 하였다. "반동파들이 악랄한 수단을 사용할 가능성이 있습니다. 우리는 사상적으로 충분히 준비해야 합니다. 반동파의 갑작스런 습격에 대비해야 하고 체포, 투옥 그리고 죽음에 대비해야 합니다. 하지만 어찌 되었든 저는 동지들과 함께 할 것입니다."

저우언라이는 형형한 눈빛으로 회의장을 쏘아 보았다. 덩잉차오는 그의 마음속에서 끓어오르는 격한 감정과 결연한 의지를 분명히 느낄 수 있었고, 그녀 역시 결연한 눈빛으로 두려움을 모르는 그의 눈을 바라보았는데 마치 다음과 같이 말하는 듯했다.

"언라이, 안심해요. 체포되거나 투옥되거나 심지어 죽임을 당하더라도

---

100 필자가 남방국 공작원 룽가오탕(榮高棠), 천순야오(陳舜瑤), 허치쥔(何啓君), 장잉(張穎), 장졘훙(張健虹) 등을 방문했을 때 그들은 환난사변 후 투쟁을 계속했던 상황에 대해 소개하였다.

저 역시 당신과 함께 할 것입니다!" 그녀는 빠르게 회의장을 훑어보았고 동지들의 눈빛 속에서 분명히 소리 없는 함성을 확인할 수 있었다.

"저우 부주석, 우리는 영원히 당신과 함께 할 것입니다!"

저우언라이는 반동파의 갑작스런 습격 가능성이 가장 높다고 하면서 주로 당의 기밀을 탈취하거나 지하당 조직을 파괴할 것이며, 공산당에 동정적인 민주애국인사를 박해하려 할 것이라고 했다. 그는 또 다음과 같이 말했다.

"우리는 공개적인 공산당의 기관 공작원으로서 반동파에게 우리가 공산당원이며 우리들 홍옌과 정쟈옌이 당지부이고, 지부위원회 위원은 저우언라이, 동비우, 덩잉차오이며, 지부서기는 저우언라이라고 말하십시오 그러나 저들이 다른 것에 대해 물을 경우 여러분은 모두 모른다고 할 것이며, 저들에게는 지부서기인 저우언라이, 즉 나에게 물어보라고 하십시오!"

이때 덩잉차오는 소리 높여 외쳤다. "나에게도 물으라 하세요! 언라이, 우리 함께 이 무거운 짐을 나눠지도록 합시다!"

동지들은 분연히 나서 말했다. "저우 부주석, 안심하세요 우리는 반드시 침착하게 대처할 것입니다!"

남방국은 동지들에 대한 자질교육과 보안교육을 강화하였다. 모든 동지들은 비밀문건을 가장 간결한 단어와 부호를 이용하여 매우 얇은 습자지에 옮겨 적었다. 그리고 모두는 성냥을 몸에 지니거나 베개 밑에 두어 유사시 적이 들이닥쳤을 때 즉시 문건을 태워 없앨 수 있도록 준비하였다.

홍옌춘의 1층, 2층, 3층에는 모두 경보장치가 갖춰져 있었다. 벨 스위치는 수위실의 고참 홍군 주유쉐(朱友學)의 책상 다리에 붙어 있었다. 적의 습격이 있을 경우 그가 허벅지로 책상 다리로 밀면 벨이 1,2,3층에서 울려 동지들이 즉시 각종 비밀문건을 없앨 수 있었다.

덩잉차오는 지하공작 경험이 풍부했고 또한 놀랄 만한 기억력을 지녔다. 일부 비밀당원의 성명, 주소 그리고 중요 문건의 내용을 매우 기민한 그녀의 머릿속에 확실하게 기억해 두었다.

국민당은 팔로군(八路軍)[101]과 총칭사무소에 대한 군사물자 지원을 중지하였고 옌안과의 관계도 이미 끊어버렸다. 덩잉차오는 동지들과 함께 고통스런 생활을 보내야 했다. 식사는 기본적으로 현미밥에 근대 그리고 약간의 붉은 고추로 때어 간신히 "목구멍에 때를 벗기는 정도였다." 그녀는 모두 함께 채소를 심고 돼지를 키워 식생활을 개선하였다. 그녀는 생기발랄하게 저우언라이와 더불어 항상 홍옌의 저녁 모임에 참가하였고 동지들이 연출한 여러 프로그램을 보면서 어려운 상황에서도 강인한 낙관주의를 잃지 않았다.

더 심한 곤경에 빠질수록 더더욱 낙관주의 정신을 유지하는 것이 덩잉차오의 성격이었다. 그녀의 이러한 낙관주의 정신은 자연스럽게 주변의 동지들에게도 전염되었다.

1941년 6월, 일찍이 칭화대학에서 '12·9' 운동[102]에 참가했었던 롱가오탕(榮高棠)이 촨캉(川康)특위에서 남방국으로 파견되어 공작을 시작하였다.[103] 그는 부인 관핑(管平)과 함께 사무소 2층에 거주했는데 그곳은 저우언라이와 덩잉차오가 살던 방 바로 맞은편에 위치하고 있었다. 당시 그들의 첫째 아들이 막 한 살이 되어 2층은 모두 이 아이 차지였다. 덩잉차오는 늘 건너와 그를 안고 어르면서 매우 사랑했다. 그 아이는 정말

---

[101] 역주 : 1937년에서 1945년 일본군과 싸운 공산당의 주력 부대 가운데 하나. 정식명칭은 '국민혁명군 제8로군'. 1927년 난창폭동 때 홍군이라 불렸으나 제2차 국공합작 후 팔로군으로 개칭하고 신사군과 함께 항일전의 최전선을 담당하였다. 1947년 인민해방군으로 다시 명칭을 바꾸었다.

[102] 역주 : 일본은 만주국 수립 이후 1935년 허베이성 동부에 괴뢰정부인 기동반공자치정부(冀東反共自治政府)를 건립하였는데 난징정부는 베이징에 기찰정무위원회를 조직하여 사태를 호도하고 항일운동을 탄압하였다. 이에 베이징의 학생들은 12월 9일 대규모 시위를 벌여 항거하였다.

[103] 필자가 롱가오탕 동지를 방문했을 때 그는 그의 집에 대해 덩잉차오가 어떻게 관심을 기울였는지에 대해 상세하게 들려주었다.

귀여웠고 울지도 않았으며, 나대지도 않아 한 번 얼러주면 바로 웃었다. 아이가 즐거워하면 어른들도 자연스럽게 따라서 즐거워졌다.

아이가 1살이 되었지만 아직 정식 이름이 없었다. 덩잉차오는 그를 '샤오러톈(小樂天)'이라 부르자고 했다. 덩잉차오는 스스로 '다러톈(大樂天)'이라 칭했다. 그것은 아이와 그녀 모두 천생이 '낙천파(樂天派)'라는 것을 의미했다.

저우언라이 역시 샤오러톈을 몹시 좋아했다. 긴장된 공작 틈틈이 늘 샤오러톈을 껴안고 희롱하며 놀았다. 아이가 좀 더 자라 걷게 되자 이리 저리 비틀거리며 저우언라이와 덩잉차오의 방으로 항상 찾아와 그들의 사랑을 독차지했다. 그들을 보지 못하는 날이면 매일 샤오러톈은 혼자서 계단 입구로 가 그들이 오기를 기다구로 가 그들이 역시 하루라도 샤오러톈을 보지 못하면 참을 수가 없을 지경이었다.

하루는 덩잉차오가 외출에서 돌아와 2층에서 자신이 오기를 기다리고 있던 샤오러톈과 마주쳤다. 덩잉차오는 바로 그를 끌어안았고 둘은 신이 나 즐겁게 웃기 시작했다. 이때 3층 기밀실에서 공작을 하던 퉁샤오펑(童小鵬)이 사진기로 이 진귀한 장면을 찍었다.

홍옌춘의 벽보 담당조는 동지들에게 원고를 모집하였는데 저우언라이와 덩잉차오에게도 마찬가지였다. 덩잉차오는 웃으며 이 사진을 꺼냈고 저우언라이는 사진 위에 종이를 붙인 뒤 거기에 재미있게 몇 줄의 해학시[104]를 지어 제출하였는데 그것이 벽보에 실렸다. 그 시는 이러했다.

"쌍낙천도(雙樂天圖)

다러톈과 샤오러톈

히히하하 하루 종일 즐겁네.

---

104 역주: 원문은 '타유시(打油詩)'이다. 이는 평측(平仄)과 운(韻)에 구애받지 않는 통속적인 해학시를 가리킨다. 당대 장다유(張打油)의 시에서 유래하였다고 해서 붙여진 이름이다.

샤오러톈을 하루만 못 봐도

보고파 안달이 난 다러톈.

─사이러톈(賽樂天)[105]이 쓰다"

이 우스꽝스러운 시와 사진이 벽보에 나붙자 이를 본 동지들은 모두 크게 웃었다. 모두들 살벌하고 힘든 생활 속에서도 큰 활력과 즐거움을 얻을 수 있었다. 체포, 투옥, 처형이라는 매우 위험한 순간에도 저우언라이와 덩잉차오는 이 사진과 해학시를 통해 용맹스럽고 호탕한 혁명적 낙관주의 정신을 전파하며 동지들 저마다의 마음을 크게 감동시켰다. 그들은 또한 굳건하면서도 낙관적인 전망 속에서 전투를 지속해야 했다.

샤오러톈은 옹아리를 하며 말을 배웠고 이제 분명하게 덩잉차오를 '다러마(大樂媽)'라, 저우언라이를 '다러바(大樂爸)'라 불러 그들에게 커다란 웃음을 선사했다. 덩잉차오는 웃으며 룽가오탕 부부에게 말했다.

"언라이와 제가 다러바, 다러마이고 당신들이 러첸바(樂天爸)가 되니 우리는 하나의 러(樂)씨 가족이 되는 셈입니다."

1941년 말 룽가오탕과 관핑은 다시 딸을 낳았다. 덩잉차오는 러 씨 가족에게 어린 성원이 하나 더 늘어 샤오러톈에게도 동생이 생겼으니 그녀를 '러톈메이(樂天妹)', 줄여서 '러메이(樂妹)'라 부르자고 하였다. 러메이가 태어나 홍옌춘에는 그 만큼의 즐거움이 늘었고 2층은 더욱 왁자지껄하였다.

그러나 당시의 경제적인 생활 조건은 매우 나빴다. 영양부족으로 러메이의 어머니 관핑은 수유를 할 수 없었으며 또한 우유를 살 돈도 없었다. 어쩔 수 없이 러메이를 일반 가정으로 보내 젖동냥을 할 수밖에 없었다. 1년이 되지 않아 러메이는 중병에 걸리고 말았다. 룽가오탕과 관

---

[105] 역주: '사이러톈'의 '사이(賽)'는 '경쟁한다, 필적한다, 뛰어넘다'는 의미로 '다러톈'과 '샤오러톈'의 낙천주의에 대해 그에 필적하며 또 뛰어넘는다는 뜻으로 저우언라이를 지칭한다.

핑은 아이를 다시 데려왔다. 아이는 구토와 연이은 설사로 피골이 상접해 몰골이 말이 아니었다. 그들은 괴로워하며 작은 나무상자를 만들어 방 '구망실(救亡室)'에 두었다. 아이가 죽게 되면 그를 이 작은 상자에 넣어 밖으로 내보낼 생각이었다.

덩잉차오는 이를 보고 몹시 괴로워했다. 그녀는 눈물을 흘리고 있는 롱가오탕과 관핑에게 말했다.

"어서 아이를 병원으로 데려가 응급조치를 받도록 하세요. 아이에게 단 한 숨의 생명이라도 남아 있는 한 치료를 포기해서는 안 됩니다."

롱가오탕은 재빨리 아이를 껴안고 다시 병원으로 향했다. 며칠 동안의 응급처치 끝에 샤오러메이는 기적적으로 살아났다. 원래 극심한 영양실조에 걸렸지만 조리를 잘 하여 살아날 수 있었다.

관핑은 샤오러메이를 껴안고 너무도 감격스러워 하며 덩잉차오에게 말했다.

"샤오러메이가 살 수 있었던 것은 다 다졔의 말씀 덕분입니다!"

덩잉차오는 웃으며 말했다.

"생활의 경험을 통해 보면 모든 일에는 100%의 노력을 기울여야 하며 절대 1%의 희망도 가볍게 여겨 포기해서는 안 됩니다. 우리들의 혁명사업도 이처럼 한 걸음씩 전진해 나가야 하는 것입니다."

59. 마르크스주의적 연애, 결혼, 이성관

남방국에는 백여 명의 공작원이 있었다. 홍군간부는 소수였고 대부분 항전 초기에 혁명에 참가한 남녀 젊은 청년들이었다. 여성동지가 전체의 1/3을 차지하고 있었다.

초기에 결혼한 사람은 단지 저우언라이, 덩잉차오, 예졘잉, 친방셴(秦邦憲), 동비우 등 지도자들과 쑹핑(宋平), 천순야오(陳舜瑤) 부부, 룽가오탕, 관핑 부부 등 소수의 동지들뿐이었다. 점차 이들 청년 남녀들 가운데 많은 동지들은 남방국 기관에서 함께 일하고 학습하다 우정이 애정으로 바뀌어 결혼에 이르게 되었다.

당시 살벌한 환경에서 이는 적지 않은 즐거움과 행복한 생활을 가져다주었다. 그러나 즐거움이 있다면 또 괴로움도 있었다. 어떤 청년 동지들은 연애나 혼인 및 남녀관계에 정확히 어떻게 대처해야 할지 몰랐고 잘못하다 어려움에 봉착하여 크게 상심하며 눈물을 흘리기도 하였다. 게다가 경제적인 상황도 좋지 않아 어떻게 혁명사업과 가정을 함께 꾸릴지, 어떻게 행복한 가정을 꾸려야 하는지 등의 문제가 많은 청년동지들에게 현실적인 문제로 다가왔다.

덩잉차오는 많은 관심과 사랑을 갖고 이들 청년동지들을 대했다. 청년동지 또한 샤오 차오 다제를 매우 존경했고 그녀와 저우언라이의 공인된 모범적 부부상을 흠모했으며 그녀의 조언을 희망하였다.

훙옌춘 사무소 2층의 '구망실'에서 덩잉차오는 남방국의 남녀 청년에게 친절하게 연애와 결혼 문제에 대해 정확히 어떻게 대처해야 하는지에 대해 친절하게 설명했고 남녀문제에 대해, 그리고 아이와 어머니에 대해 어떻게 대해야 하는지에 대해 이야기 하였다. 청년들은 매우 큰 흥미를 갖고 그녀의 말을 들었다.[106]

그녀는 온화한 미소를 머금고 단도직입적으로[107] 요점을 말했다.

"우리들은 왜 연애를 해야 합니까? 첫째, 결혼이라는 아름다운 결과물과 사업상의 도움 그리고 생활상의 편안함과 위안을 얻기 위해서입니다.

---

[106] 덩잉차오, 「연애과 결혼」·「남녀문제를 말하다」 참조. 원문은 충칭(重慶) 『신화일보(新華日報)』, 1940.5.11·1942.3.2에 실려 있다. 천순야오, 허치쿤, 장잉(張穎), 장졘홍(張健虹) 등도 이 상황에 대해 소개하였다.

[107] 역주: 원문에는 '개종명의(開宗明義)'로 되어 있다. 이는 『효경(孝經)』 제1장의 편명으로 말 또는 글에서 첫머리에 요지를 밝히는 것을 의미한다.

둘째, 상호 격려와 상호 진보를 이루기 위해서입니다." 덩잉차오는 먼저 혁명가의 시각에서 출발하여 연애, 결혼문제에 대해 이야기를 시작했다. 이어 다음과 같이 말했다.

"어떻게 연애를 합니까? 자유연애를 해야 하고 반드시 교제를 공개하여 남녀 사이의 장벽을 없애야 합니다. 그러나 어떤 사람들은 그렇게 생각하지 않습니다. 그들은 항상 어떤 남녀가 함께 놀다가 사라지거나 함께 앉아 자유롭게 이야기하는 것만을 보고는 연애를 하고 있는 중이라고 말합니다. 이것은 옳지 않습니다. 이렇다면 남녀 청년 사이에 자기들 스스로 벽을 만드는 것입니다."

여기까지 듣자 일부 젊은 여성들이 자기도 모르게 고개를 끄덕이며 공감을 표시하였다. 샤오 차오 다제는 사리가 매우 밝고 분명하게 이야기하였다. 그녀들이 고민하고 괴로워하는 것은 모든 남성동지와 자유롭고 편하게 접촉할 수 없다는 것이었다. 일단 한 남성과 만나기만 하면 연애하는 것으로 인식되어 그녀들에게 변명할 여지를 없게 만들고 말았다. 덩잉차오는 계속했다.

"남녀 사이에 많은 접촉이 있어야 비로소 많은 친구들 사이에서 합당한 짝을 선택할 수 있을 것이며 이렇게 하여 도달한 결혼이야말로 견고하게 안정될 수 있다고 우리는 주장하는 것입니다." 덩잉차오 스스로도 바로 이런 방식으로 결혼하였다.

오사운동시기에 그녀는 많은 젊은 남성들과 만났다. 비록 이제 15살(혹은 16살[108])밖에 되지 않았지만 당시 사회풍속에 따르면 바로 '16살 묘령의 꽃다운 나이'였다. 게다가 그녀는 특출하게 똑똑했고 언변이 출중했기 때문에 많은 젊은 남성들이 그녀에게 흠모의 정을 표시했다. 그러나 그녀는 학습과 일을 중시했으며, 더 중요하게는 연애, 결혼에 대해 극히 신중한 태도를 보였다. 결국 그녀는 "매우 많은 친구들 사이에서 합

108　역주: 원문은 '허세(虛歲)'. 이는 만으로 계산하지 않고 집에서 세는 나이. 태어나자마자 한 살로 헤아린다.

당한 짝을 찾았고” 최종적으로 가장 훌륭한 선택인 저우언라이라는 이상적인 평생의 반려자를 찾아 아름답고 원만한 혼인을 하게 되었다.

그녀는 확실히 연애와 결혼에 대해 하고 싶은 말이 있었다. 그녀는 말했다.

“우리는 남녀가 혼인에 대해 신중하지 못한 태도를 취하는 것에 반대해야 합니다. 단지 함께 놀고, 산보하고, 대화하고, 짧게 교제하여 서로 제대로 이해하지도 못했는데 경솔하게 결혼한다면, 이는 과거의 맹목적인 결혼과 별 차이가 없는 것으로 앞날에 좋은 결과를 얻기가 힘듭니다.”

이때 더 많은 젊은이들이 그녀의 이야기를 듣고 옳다고 여기며 고개를 끄덕였다. 한 용감한 젊은 남성이 참지 못하고 질문을 던졌다.

“샤오 차오 다제, 연애시간이 어느 정도면 적합하다고 생각합니까?”

많은 사람들이 시끄럽게 웃기 시작하였다. 어떤 이가 소리쳤다.

“너는 샤오 차오 다제에게 너의 연애시간표를 배정해 달라는 거냐?”

덩잉차오가 조용히 웃으며 대답했다.

“연애시간의 길이는 미리 결정할 수 없습니다. 어느 정도가 좋은지는 남녀 자신들의 상황에 달려 있는 거지요. 두 사람이 서로 충분히 이해하고, 결혼 전후의 많은 문제가 모두 해결되며, 두 남녀 사이의 상식에 대해 서로 모두 알게 되면 결혼에 이를 수 있습니다. 그러나 제 생각으로는 연애에서 결혼에 이르기까지는 상당 정도의 시간이 필요할 것 같습니다. 왜냐하면 남녀의 혼인문제는 정말 옛사람이 말하듯 ‘일생의 중요한 일’이며 평생의 행복과 관계있기 때문입니다.”

덩잉차오가 이렇게 말하는 데에는 충분한 근거가 있었다. 그녀는 저우언라이와 1919년 서로 알게 되었고 1923년 순수한 우정이 순결한 애정으로 발전하였지만 서로 멀리 떨어져 있었기 때문에 1925년에 비로소 결혼에 이르렀다. 그들이 서로 알고서 결혼에 이르기까지 모두 6년의 시간이 소요되었다. 그들은 서로 속속들이 매우 잘 이해 하였고, 서로에 대해 지극히 잘 알고 사랑했으며, 그렇기 때문에 그들의 결혼생활은 정말

로 행복으로 가득 찼던 것이다. 당연히 덩잉차오는 저우언라이와의 연애
에서 결혼에 이르기까지 2,3년이나 더 걸리게 된 것이 주로 혁명사업 때
문이었다는 사실을 잘 알고 있었다. 따라서 그녀는 젊은이들이 서로 알
고 연애하며 결혼에 이르기까지 자신들처럼 그렇게 오랜 시간을 소요하
라고 요구할 수 없었다.

젊은이 특히 젊은 여성들이 괜히 결혼을 두려워하는 부적절한 생각에
대해 덩잉차오는 말을 이어갔다.

"어떤 사람은 '결혼이 정치적 낙후를 가져올 수 있다'고 생각하고, 또
어떤 이는 '결혼은 연애의 무덤이다'라고 생각합니다. 특히 일부 여성동
지들은 결혼을 하게 되면 평생의 사업을 완성하는데 방해가 된다거나
적어도 자신의 발전에 방해가 될 것으로 판단합니다. 나는 그렇지 않다
고 생각합니다. 우리는 결혼이 연애의 최고 발전단계이며 동시에 혁명사
업상의 발전이어야 한다고 생각합니다. 이것은 결혼 당사자들의 노력과
분투로 결정될 것입니다."

결혼 후 어떻게 애정생활을 유지할 것인가에 대하여 덩잉차오는 자신
의 경험에 근거하여 흥미진진하게 말했다.

"우리는 결혼이 행복의 시작이며 애정 역시 새롭게 만들어 가야 하는
것이라고 생각합니다. 단지 지속적으로 애정을 만들어감으로써 서로가
생활의 향상과 신선함을 느낄 수 있게 되고, 감정상의 여러 충돌과 변화
를 극복할 수 있으며, 아름다움이 충만하며 오래 지속될 수 있는 애정
생활에 도달할 수 있는 것입니다. 어떻게 애정을 새롭게 만들어갈 수 있
을까요? 일, 학습 그리고 생활 속에서 더욱 힘써 서로 돕고, 사업 추진
과정에서 더욱 노력 발전하며 새로운 지식을 추구함에 있어 서로 도와
진보하고, 서로에게 솔직하고 진실하게 대해야 합니다. 특히 주의해야
할 문제는 업무를 수행할 때나 정치적인 사안에서 상대방에게 좋지 않
은 경향을 발견하거나 혹 원칙상의 문제에서 벗어나는 경우에는 마땅히
상대방에게 선의의 비판과 투쟁을 해야 하며 이를 누구도 양보해서는

안 됩니다. 하지만 생활에서 발생하는 사소한 문제에 대해서는 남성동지가 자상하게 여성동지를 돕고 더 많이 양보해야 합니다."

이 말을 듣더니 어떤 여성동지가 옆에 있는 남성동지를 손으로 쿡쿡 찌르며 조용히 말했다.

"들었죠? 샤오 차오 다제가 당신들 남성동지들이 더욱 자상하게 여성동지들을 도와야 한다고 하잖아요. 그러니 좀 더 우리에게 많이 양보하세요."

남성동지가 바로 대답했다. "양보는 해야겠지요. 하지만 샤오 차오 다제의 말을 더 들어봅시다. 그녀는 당신들 여성동지에 대해서도 반드시 얘기할 것입니다." 그리고는 이어지는 덩잉차오의 말을 들어보니 과연 여성동지에 대해 말하였다.

"이곳에서 우리는 항상 다음과 같은 현상을 보게 됩니다. 일부의 여성동지는 결혼 이후 평생 의지할 사람이 생겼다고 생각하여 더 이상 앞으로 나아가려 하지 않습니다. 또한 일부 남성동지도 이제 결혼했으니 여성은 자신의 소유물이라 생각하여 아내의 발전을 도우려 하지 않으며 심지어 서로 감시하여 이성과의 접촉을 금지함으로써 생활을 답답하고 권태롭게 만들고 맙니다. 이러한 모습들은 단지 애정을 말살시키고 생활을 고통스럽게 할 뿐이니 완전히 잘못된 것입니다."

청년들은 덩잉차오의 이 의미심장한 말을 흥미진진하게 들었고 덩잉차오가 자신들에게 매우 유익한 교훈을 준 것에 대해 감사하였다.

시간이 좀 흐른 뒤 훙옌춘의 청년동지들은 다시 '구망실'에 모여 넓은 시각에서 덩잉차오가 바라본 양성 문제에 대해 들었다.

덩잉차오는 역사유물주의와 변증유물주의 시점에서 출발하였다. "남녀 양성문제는 사회문제 가운데 하나이며 교육문제이기도 합니다. 우리는 연애지상주의적 관점에서 이 문제를 지나치게 확대, 강조하여 그것이 인생의 유일한 주요문제로 파악하는 것에 반대합니다. 그러나 동시에 냉담, 경시, 방임의 태도를 지니는 것에도 반대합니다. 우리는 남녀문제가 단순히 개인생활의 합리성 여부, 행복 여부의 문제일 뿐만 아니라 집단 생활, 사회진보와 혁명 활동의 전개에 있어 매우 중요한 의의를 지닌다고 생각합니다." 그녀는 계속했다.

"우리는 유물주의적 관점에서 출발하여 남녀문제가 사회, 연애, 혼인, 가정 등의 문제를 포괄하며 그 하나하나의 역정이 모두 인생의 일부분으로 매우 복잡하고 또 예술성을 지닌 것이라 생각합니다."

덩잉차오는 유물주의적 양성관을 폄하하는 것에 대해 반박하였다.

"이전에 어떤 이는 유물주의자가 연애를 간단한 성적 문제로 파악한다고 말한 적이 있습니다. 이러한 견해는 단순한 무지의 소치가 아니라 유물주의에 대한 공격이며 곡해이며 심지어 모독이기까지 합니다. 맞습니다. 유물주의자는 성생활이 연애와 결혼의 물질적 기초임을 부정하지 않습니다. 하지만 절대 그것이 유일한 기초가 아니며 단순히 그것이 결정적인 문제로 보지 않습니다. 오히려 반대로 우리는 연애와 결혼을 대할 때 마땅히 합리적인 성생활이 있어야 한다고 생각할 뿐만 아니라, 동시에 선택에 신중하고 스스로 원해야 하며 서로 감정이 통하고 의견이 일치해야 하며 나아가 고상한 감정, 공동의 지향, 공동의 사업이 더 요구된다고 봅니다. 이러한 기초 위에 남녀 쌍방이 양성 생활 속의 진보와 행복을 얻고 또 그것이 공고해지도록 부단히 노력하여 배양하고 창조하며 성취해 나가야 합니다."

덩잉차오는 실제 문제에 근거하여 말하였다. "현재 중국의 남녀 청년은 과도적 시기에 놓여 있습니다. 사회의 구도덕은 이미 점차 붕괴 중에 있으며 새로운 도덕은 아직 완전히 정립되지 않았습니다. 따라서 아주 순조롭게 연애와 결혼에 성공하기 힘들며 또한 절대적으로 이상에 합치된 연애와 혼인을 실현할 수 없습니다. 반대로 연애, 혼인문제에서 있어 실제 생활에서 많은 방해, 곤란, 고통, 비참함, 고뇌, 불행 등을 겪게 되고 과도기의 희생자가 될 수도 있습니다. 특히 우리는 전쟁동란과 사회 개혁의 시대에 살고 있으니 모두는 비교적 합리적인 양성 생활과 진보적이며 정확한 연예를 가능한 힘써 건립할 수 있어야 하고 좋은 반려자를 구해 양성간의 새로운 도덕을 수립할 수 있도록 노력해야 합니다."

그렇다면 어떻게 노력해나가야 하는가? 이에 대해 덩잉차오는 매우 상세하게 해석하였다.

"첫째, 양성문제를 용감하게 정확히 바라보고 마땅한 관심을 기울이며 양성문제, 양성교육에 대해 적절하게 제기해야 합니다. 젊은 남녀의 연령, 생리, 문화, 환경의 차이 등에 근거하여 양성의 위생, 교우, 연애, 결혼, 결혼 후 생활 등으로 나누어 적절한 교육을 시행해야 합니다. 특별히 진보적인 남녀 청년의 머릿속에 남아 있는 진부한 의식과 봉건적 의식 잔재를 먼저 씻어 버리고 스스로의 사상을 먼저 해방해야 합니다 ……."

"둘째, 남녀 간의 교제를 공개해야 하고, 젊은 남녀의 자유로운 교제를 보장하며 그들에게 이성 간의 접근이나 교제의 기회를 제공함으로써 아름답고 원만한 연애와 혼인을 위한 필요한 전제를 얻을 수 있도록 해야 합니다. 그러나 남녀의 교제가 반드시 연애결혼의 결과로 귀결되어야 한다고 할 수는 없습니다. 단지 어떤 전제나 조건을 달지 않는 순수한 교제 속에서 비로소 순수한 우정을 얻을 수 있고 점차 더 높고 더 진지한 애정으로 발전하여 공고한 결혼 및 결혼 생활의 기초를 수립할 수 있는 것입니다."

덩잉차오는 특별히 강조하였다. "어떤 사람들은 너무 마음이 좁아 자기중심주의와 독점력의 지배를 받은 나머지 자신의 이성친구가 주변의 다른 사람과 교제하는 것을 좋아하지 않을 뿐만 아니라 심지어 간섭도 하는데 이 또한 교제를 방해할 수 있습니다. 특히 이미 결혼한 남녀는 자신의 처 혹은 남편의 애정이 다른 사람에게 옮겨 갈 것을 걱정하여 부부 이외에는 친구도 없고, 부부 이외의 이성간 교제에 대해 반대합니다. 이들은 부부 이외에도 친구가 있을 수 있고, 애정 이외에 우정이 있으며 그것이 부부생활을 더욱 윤택하게 만들 수 있다는 사실에 대해 알지 못합니다. 만약 부부 둘이 온종일 서로에만 의지하며 지극히 폐쇄적인 생활을 하게 된다면 시간이 지날수록 지겹고 단조로워져 애정 역시 공고해질 수 없을 뿐만 아니라 오히려 반대로 악화될 수도 있습니다. 또한 이미 혼인한 부부와 교제하는 사람은 당연히 진실한 우정으로써 상호 존중해야 하며 자기 멋대로 행동하여 다른 부부 사이의 갈등과 불화를 조장해서는 안 됩니다. 이렇게 되면 상대방 부부 사이는 더욱 가까워지고 화목해질 수 있을 것입니다."

"셋째, 항전 건국사업은 물론 학습과 공작, 나아가 신체적 발육과 건강을 방해하지 않는 조건에서, 젊은 남녀는 교제의 자유를 향유할 수 있고 자유로운 연애를 통해 결혼할 수 있습니다. 그러나 우리는 오히려 소부르주아 계급의 열광증에 반대합니다. 그들은 연애와 결혼을 지나치게 높게 평가하여 연애를 하지 않으면 결혼할 수 없으며 전체적으로 생활도 불가능할 것이라 생각합니다. 또한 우리는 실연이나 이혼을 할 경우 너무 고통스러워 삶의 의욕을 잃는 비겁하고 유약한 태도에 대해서도 반대합니다. 그리고 '자유'를 오해하여 '자유연애', '연애자유'를 임의대로 그리고 본능이 하자는 대로 무책임하게 행동하는 것으로 이해하는 데에 더욱 반대합니다. 특히 공산주의 도덕에 위배되는 '배수주의(杯水主義)'[109]에 반대합니다. 혁명가이고 진보적인 사람이라면 절대 연애 혹은 감정 때문에 자신의 정치적 입장이 동요되거나 심지어 상실되어서는 안 되며 혁명적 사업을 포기해서도 안 됩니다."

덩잉차오는 마지막으로 말했다.

"우리들은 남녀의 우정이 도덕과 신의를 바탕으로 해야 하고, 이성간의 연애 역시 충실하며 지조 굳고 곧아야 한다고 생각합니다. 애정은 소

---

[109]　역주: 일명 '일배수주의(一杯水主義)'라고 하는데 러시아에서 생겨난 성도덕 관념에 관한 말이다. 그에 따르면 공산주의사회에서 성적 요구를 만족시키는 것은 한잔 물을 마시는 것과 같이 간단과 일상적인 것이 된다. 이것이 젊은이의 사상적 혼란과 성생활의 방종을 가져오자 레닌 역시 이것이 마르크스주의에 반하며 심지어 반사회적이라고 비평하였다.

유가 아니라 쌍방이 서로 믿고 지켜주는 '한결같음'이어야 합니다. 오직 '한결같은' 애정만이 비로소 결혼생활을 공고하게 할 수 있을 뿐만 아니라 즐겁고 행복한 생활을 보장할 수 있습니다."

이상의 것들은 모두 그녀가 저우언라이와의 생활을 묘사한 것이었다. 그 둘의 애정과 결혼생활은 너무도 한결같고 충실하며 그리고 서로 간의 지조가 굳고 곧았다.

연애, 혼인, 이성과의 생활에 대한 덩잉차오의 이야기는 나중에 글로 정리되어 『신화일보』에 발표되는데, 사회적으로 광범위하게 좋은 반향을 불러일으켰다.

60. "팔호(八互)" 원칙 가운데 "호양(互諒)", "호양(互讓)"이 가장 어렵다

총칭 남방국에서 공작하는 미혼 남녀들이 한 쌍 한 쌍 속속 결혼하였다. 그들 가운데 쉬디신(許滌新)과 팡줘펀(方卓芬), 퉁샤오펑(童小鵬)과 쯔페이(紫菲), 챠오관화(喬冠華)와 공펑(龔彭) 등이 있었다.

매번 결혼 소식이 있을 때마다 사무소 동지들은 '구망실'(클럽)에 모였다. '구망실' 주임 룽가오탕은 큰 소리로 선포하였다. "결혼식이 열립니다!" 남녀 각각은 주례, 소개인, 결혼증인에게 한 번, 두 번, 세 번 허리 굽혀 절하였다. 그리고는 서로를 향하여 한 번, 두 번, 세 번 허리 굽혀 절하였다. 이어 각자 연애 과정에 대해 보고하고 서로 예물을 교환해야 했다.

저우언라이와 덩잉차오는 중요한 약속이 없을 때에는 늘 결혼식에 기꺼이 참석하였다. 혼례에서 그들은 중요한 순서를 맡았는데 그것은 다년 간에 걸쳐 깊은 애정을 간직해온 자신들의 소중한 경험을 신혼부부에게 보고하고 소개하는 것으로, 그들에게는 가장 소중한 예물이 되었다.[110]

어떤 때는 덩잉차오가 주로 이야기하고 저우언라이가 보충하였고, 또 어떤 때는 저우언라이가 이야기하고 덩잉차오가 보충하였다. 그들은 부부 사이의 "팔호(八互)" 원칙에 대해 다음과 같이 정리하였다 :

첫째, 호애(互愛), 서로 사랑하는 것이다. 호애는 혁명부부가 되기 위한 기본이다. 결혼은 애정의 무덤이 아니라 애정단계의 새로운 시작이다. 애정은 한결같아야 한다. 결혼 후 두 사람은 서로간의 사랑을 소중히 여겨야 할 뿐만 아니라 하루도 쉼 없이 새로운 애정을 끊임없이 만들어야 한다.

둘째, 호경(互敬), 서로 공경하는 것이다. 옛말에 "상경여빈(相敬如賓)"[111] 이라 했다. 반드시 손님을 대하듯 할 필요는 없지만 서로 존중해야 한다. 일반적으로 결혼할 당시에는 이렇게 할 수 있다. 시간이 흐를수록 더욱 주의하여야 하며 절대로 상대방의 결점을 하나하나 찾으려 해서는 안 된다. 그리고 특히 다른 사람들 앞에서 서로 공경하고 존중하는 데에 주 의해야 한다.

셋째, 호면(互勉), 서로 힘쓰는 것이다. 일, 학습, 생활 속에서 서로 힘 쓰고 노력하여 함께 더불어 전진해야 한다.

넷째, 호위(互慰), 서로 위로하는 것이다. 생활 속에서 항상 불쾌한 경 우를 접하게 될 것이며 사람의 정서 역시 희로애락의 변화를 피할 수 없 다. 즐겁지 못한 일을 맞이했을 때 두 사람은 서로 자상하게 돌보고, 정

---

110 남방국 공작원 류양(劉昻), 퉁샤오펑, 쯔페이, 허치쥔, 장잉, 장젠훙(張鍵虹) 등은 필 자에게 부부 사이에 있어야 할 '팔호(八互)' 원칙에 대한 저우언라이, 덩잉차오의 정 리한 상황에 대해 소개하였다.

111 역주: 부부가 서로 손님을 대하듯이 존경한다는 의미이다.

성껏 위로하며 위안을 주어야 하지 결코 서로 질책하고 원망하며 감정을 상하게 해서는 안 된다.

다섯째, 호양(互讓), 서로 양보하는 것이다. 가정생활 중에 서로 다른 의견이나 다툼이 있게 마련이다. 이때 양보하는 법을 알아야 한다. 원칙의 문제가 아닌 경우 서로 양보해야 한다. 말다툼 역시 면하기 어려운데 이는 요리할 때 고추를 더 넣거나 양념을 추가하는 것과 같다. 언쟁은 지나가면 그만인 것이다. 신속하게 끝내야지 계속해서 집착할 경우 필시 서로간의 감정을 상하게 될 것이다.

여섯째, 호량(互諒), 서로 양해하는 것이다. 부부 사이에 반드시 서로 양해해야 한다. 사람은 누구나 완전할 수 없다. 만약 내가 잘못이 있을 경우 대범하게 양해해 주지 않는다면 다음 날 너에게 문제가 있을 경우 역으로 나 또한 너를 용인할 수 없게 될 것이다. 그리 되면 서로 원수같이 반목하게 될 것이니 이는 절대 용납할 수 없는 일이다.

일곱째, 호조(互助), 서로 돕는 것이다. 생활, 일, 학습 등을 할 때 서로 보살피고 관심을 가져야 한다. 곤란한 지경에 빠졌을 때 무관심하게 대할 것이 아니라 온힘을 다해 진심으로 서로 도와야 한다.

여덟째, 호학(互學), 서로 배우는 것이다. 사람에게는 모두 결점이 있고 또 장점도 있다. 상대방의 우수한 점과 장점을 많이 보고 그를 열심히 배우며, 피차 서로 단점과 장점을 보완하면 서로에 대한 감정 역시 더욱 좋아질 수 있을 것이다.

이 "8호" 원칙은 덩잉차오와 저우언라이가 하나하나 이야기한 것이었다. 먼저 "4호"를, 그에 더하여 "6호"가 되었고, 마지막으로 "8호"가 되어 다년간에 걸친 그들 부부생활의 귀중한 경험을 점점 더 온전하게 개괄하였다.

이것은 그들 부부의 모범적인 아름다운 생활의 총결이며 동시에 화목한 그들의 생활에 대한 묘사이기도 했다. 덩잉차오는 경험적으로 "8호"

가운데 "호양(互諒)"과 "호양(互讓)"이 가장 어렵다는 사실을 깨달았다.

덩잉차오가 말한 바와 같이 신구 교체의 시대에 사람들은 연애, 혼인의 과정에서 좌절과 불행한 순간들을 접하게 되며, 이 경우 여성이 종종 피해를 보게 된다. 덩잉차오는 정성껏 그녀들을 위로하고 도왔다.

남방국 여성조직원 루징루(盧競如)의 남편은 부인에 대한 애정이 식어 이혼을 제기하였다. 루징루는 너무 화가 나 큰 병에 걸렸다.[112] 덩잉차오는 백방으로 그녀를 위로하고 그녀가 꿋꿋하게 스스로 일어설 수 있도록 격려하였다. 덩잉차오는 일부로 복도에서 큰 소리로 말하였다.

"징루, 당신은 스스로를 사랑해야 합니다. 스스로를 사랑하여 병을 치료해야지 다른 누구도 의지해서는 안 됩니다!" 덩잉차오의 이 말은 다른 여성 동지들도 역시 들으라고 한 말이었다.

남방국의 한 젊은 부부가 갈등이 깊어 이혼하려 한 적이 있었다. 남편은 남성숙소로, 부인은 여성숙소로 거처를 옮겼다. 덩잉차오는 그들을 불러 함께 연극을 보게 하였다. 연극 가운데에는 한 부부가 이혼하려 했으나 어머니가 급히 달려 와 그들을 설득함으로써 다시 잘 지내게 됐다는 내용이 들어 있었다. 연극을 모두 본 뒤, 덩잉차오는 웃으며 그들 부부에게 말했다.

"젊었을 때 나는 연극을 한 적이 있습니다. 대부분 남자 주인공 역이었죠. 오늘 내가 어머니 역을 맡아 당신들이 새롭게 잘 지낼 수 있도록 해야 할 것 같은데 어때요?" 이 말에 두 동지는 모두 웃음을 터뜨렸고, 웃고 난 뒤 둘의 사이는 좋아지게 되었다.

덩잉차오는 항상 이렇게 서로 다른 사람들의 각기 다른 상황을 맞이하여 가정을 비롯한 일상생활 속에서 일어나는 그들의 모순, 번뇌, 불행, 고통 등을 해결함으로써 꿋꿋하게 다시 일어서 혁명사업을 추진할 수 있도록 도와주었다.

---

[112] 필자 요양원으로 루징루를 방문했을 때 그녀는 덩잉차오의 도움에 대해 소개하였다.

61. 아이들에 대한 관심은 바로 미래에 대한 관심이다

덩잉차오와 저우언라이는 아이들을 매우 좋아하였다. 그들 자신은 혁명사업 때문에 영원히 아이를 가질 수 없었지만 공산주의를 가슴에 품고 모든 아이들을 열렬히 사랑하였다.

남방국의 청년동지들이 한 쌍씩 결혼을 하여 아이를 낳았고, 이는 같이 사는 이들에게 즐거움을 더했지만 동시에 적지 않은 불편함도 제공하였다. 젊은 아빠나 엄마들은 일과 학습을 진행하면서 아이들을 돌봐야 했기 때문에 매우 힘들어 했다. 어떤 때는 아이들이 시끄럽게 울어 일에 지장을 주었다. 아이들을 건물 밖 작은 방에 함께 두었는데 제대로 돌봐주지 않을 경우 엎어지거나 서로 부딪히기 일쑤였다. 부모 노릇한다는 것이 몹시 소중한 일이지만 동시에 번거롭고 짜증나는 일이기도 했다. 아이와 관련되어 싸우는 빈번하였다.

덩잉차오는 이들 문제를 직시하였고, 많은 여성동지들 역시 샤오 차오 다졔를 찾아와 고통을 호소하였다.

홍옌춘의 '구망실'에서 젊은 아빠 엄마들은 덩잉차오 주위에 빙 둘러 앉았다. 아이의 양육과정에서 접하는 여러 가지 곤란과 어려움에 대한 그들의 호소를 덩잉차오는 인내심을 갖고 들었다. 그 후 그녀는 말하였다. 그녀는 구체적 사안에 대해 논하기보다는 한 명의 공산주의자가 어떻게 어머니와 아이를 대해야 하는지 설명하여 사상적으로 그들이 계발될 수 있도록 도움을 주었다.[113]

"우리들은 아이와 어머니에 대해 어떤 태도를 취해야 하는가?"

덩잉차오는 단도직입적으로 사람들이 절박하게 알고 싶어 하는 문제의 핵심을 거론하였다.

---

[113] 덩잉차오, 「아이와 어머니에 대한 우리들의 태도」, 총칭(重慶) 『신화일보(新華日報)』, 1943.4.4 참조.

"우리는 인류가 끊임없이 이어지며 사회 역시 부단히 진보할 수 있다고 인식합니다. 우리는 항전건국의 위대한 시대에 자유로운 신중국을 건설하고 인류가 해방되어 행복한 생활을 영위할 수 있도록 해야 합니다. 그리고 이렇게 어렵고도 방대한 임무를 실행하기 위해서는 우리 민족 가운데 한 세대 한 세대 지날수록 더 강하고 더 나은 아들딸들이 계속이 책임을 이어가야만 비로소 가능한 것입니다. 따라서 아이들에 대해서 아버지로서의 책임을 다해야 하고 어머니에 대해서 더욱 관심과 사랑을 기울여야 합니다."

덩잉차오는 공산주의와 공산당원의 입장에서 말하였다. "우리는 조건 없이 모든 아이를 사랑하고 보호해야 합니다. 아이들 부모의 출신이나 사회정치적 지위, 사상, 신앙 등을 막론하고, 또한 알거나 모르거나, 아들이거나 딸이거나 따지지 말고 자신의 아이인지 남의 아이인지, 혹 사생아이거나 심지어 적의 아이일지라도 우리는 모두 공평무사하게 누구나 차별 없이 대하여 그들을 장래 국가사회의 성원이며 새로운 주인공으로 바라봐야 합니다. 현대사회는 종종 사생아를 멸시합니다. 그러나 소비에트정부의 법률에 따르면 사생아는 일반 아이들과 동등한 법률적 보호를 받습니다. 매우 많은 사람들이 종종 여자아이를 경시하고 심지어 영아를 물에 빠뜨려 죽이는 잔혹한 행위[114]를 하기도 하는데 이에 대해 우리는 결연하게 반대합니다. 우리는 또한 계모가 전처의 아이를 학대하거나 계부가 이전 아버지의 아이를 멸시하는 공정하지 못한 행위에 반대합니다. 다른 사람의 아이를 내 아이와 똑같이 대해야 합니다. 이른바 '내 아이를 사랑하듯이 남의 아이를 사랑해야 합니다.' 현대 부모는 아이를 점유하려 하거나 사유하려는 생각을 가져서는 안 되며, 자신의 노년 생활을 향유하거나 그에 대비하기 위해 아이들을 양육한다는 편협한 생각을 지녀서도 안 되며, 자녀를 국가사회를 위한 인재로 길러 국가사회

---

114   역주: 전통 중국에 남아 있는 악습으로 가난한 집에 계집아기 태어나면 물어 던져 죽이던 풍습 '익녀(溺女)'를 가리킨다.

에 공헌하게 해야 합니다.”

이러한 말을 통해 덩잉차오는 젊은이들이 부모로서 지녀야 할 자세를 정신적으로 계발시켰고, 그들은 흥미를 갖고 샤오 차오 다계를 주목하면서 그녀의 말에 집중하였다.

“어떻게 부모의 책임을 다할 수 있을까요?” 덩잉차오는 말했다.

“우리는 부모가 위대한 사랑을 널리 보여주는 것에 찬성하지만 무원칙적인 박애에는 반대합니다. 우리는 아이들이 질서 있는 생활과 좋은 습관을 양성하도록 해야 하고, 그들의 신체와 정신의 발육에 주의하며 적당한 영양과 교육을 제공해야 합니다. 자녀에 대해 현명한 태도를 지녀야 하고, 엄할 때는 엄격해야 하며 사랑을 베풀어야 할 때는 자애로워야 하며, 아이의 심신발육에 장애가 될 수 있는 구타나 욕은 금해야 합니다.”

덩잉차오는 다시 엄숙하게 말했다.

“부모는 한편으로 부모로서의 책임을 다해야 하고, 다른 한편으로는 혁명가와 국민으로서의 책임을 다해야 합니다. 스스로 독립적인 사람이 되기 위해 적극 노력해야 하며, 민족의 해방을 위한 혁명사업 속에서 스스로의 의무를 다하도록 해야 합니다. 이중의 책임과 이중의 분투, 그 속에서 괴롭고 힘든 고통은 부모가 되어 보지 않은 사람은 체험할 수 없습니다. 따라서 이처럼 크고 힘든 임무를 충분히 감당 수 있는 부모, 특히 어머니는 가장 존중되고 존경받을 만합니다. 우리는 일부 동지들이 아이가 아버지나 어머니의 공작을 방해한다는 이유 때문에 아이를 성가시게 여기고 심지어는 적대시 하는 것에 반대합니다. 또한 어떤 동지가 아이가 있다는 이유로 모든 것을 아이 탓으로 돌리고 스스로를 퇴보시키거나, 육아를 핑계로 모든 일과 학습에 참가하지 않는 것에도 반대합니다. 사실 부모끼리 서로 도울 수 있고 동지들 사이에 서로 도울 수 있다면, 공작에 참가하지 못할 정도로 곤란에 빠지지는 않을 것입니다.”

덩잉차오는 공산주의자가 인류, 국가, 민족, 사회 그리고 혁명사업의 앞날에 대해 어떻게 대처해야 하는지 아이와 자기 공작에 대한 정확한 태도를 언급했고 이것은 젊은 엄마, 아빠들을 진심으로 감동시켰다.

그녀는 "육아는 부모 공동의 책임이므로 부모가 마땅히 그 책임을 분담해야 한다"고 하였다. 그녀는 룽가오탕 등 남성동지가 자발적으로 기저귀를 빨고, 아이를 돌보는 등 집안일을 분담함으로써 부인이 적당한 휴식을 취할 수 있도록 배려한 행위를 높이 평가하였으며, 그들이 '현부양부(賢夫良夫)'의 책임을 다하고 있다고 칭찬하였다.

남성동지들은 그 이야기를 들으며 크게 기뻐하였고, 샤오 차오 다졔의 칭찬 덕분에 그들의 책임감을 더욱 무겁고 영광스럽게 느꼈다.

덩잉차오는 엄격한 사범교육을 받은 적이 있었고, 5년 동안 초등학교 교사와 학급 담임을 맡은 적이 있어서 아동심리를 꿰뚫고 있었다. 그녀는 가정교육에 대해 매우 높은 수준의 요구를 하였다.

"아이들의 모방을 잘 합니다. 부모는 응당히 자녀들의 모범이 되어야 합니다. 부모가 서로 협력하여 일을 나눠 하고, 서로 사랑하며 사이좋게 지내고, 생활 또한 질서가 있고 자상한 태도를 보이게 된다면 아이들은 좋은 인상을 받게 될 것입니다. 특히 우리 공산당원은 아이들의 모범이 되어야 할 뿐만 아니라 당외 인사들에게도 부모 된 자의 모범이 되어야 합니다. 장차 우리 공산당원의 아이들은 매우 좋은 품성을 지니고 사회로 진출하여 집단 전체의 이익을 고려하며 공공사업에 열중하고, 최대한의 동정심을 갖고 다른 사람들을 도와야 합니다. 또한 부모에게 효순할 뿐만 아니라 사회나 국가를 위하여 봉사하도록 노력해야 합니다. 아이들의 품성을 더욱 좋게 하기 위해서 부모는 일관된 방침을 지녀야 하며 절대 아이에게 화풀이를 해서 그들의 앳된 마음을 상하게 해서는 안 됩니다."

이처럼 샤오 차오 다졔의 진지한 가르침은 앉아 있던 젊은 아빠와 엄마들의 마음속으로 곧바로 전해졌다. 샤오 차오 다졔는 그들의 구체적인 어려움에 대한 해결 방안도 그들을 위해 찾아 주었다.

덩잉차오는 그들이 충분하지 못한 조건을 활용하여 일을 처리해 나가기 위해 상호 협력의 방식으로 아이들을 한 자리에 모아 탁아호조조(托兒互助組)를 만들고 어머니들이 돌아가며 아이를 돌봐주기를 희망하였다.[115]

샤오 차오 다제의 건의는 매우 탁월했다. 아이를 가진 부모들은 즉각 일에 착수하여 류(劉) 부인의 작업장을 빌려 탁아조를 만들었다. 매일 한 명이 당번을 맡았으며 나머지 어머니들은 안심하고 일에 전념할 수 있었다. 나중에는 아이들이 30여 명까지 증가하였다. 그녀들은 다시 건물 밖에 작은 방 몇 칸을 빌려 탁아소를 열었고, 사무소에서는 6,7명의 공작원을 배치하여 탁아소 일을 담당하도록 하였다.

덩잉차오는 탁아소에 매우 큰 관심을 기울였다. 그녀는 어머니들을 소집하여 매주 하루나 이틀 반나절 동안 탁아소 일을 담당하도록 하였다. 탁아소의 완구가 부족했기 때문에 그녀는 사무소의 동지를 시켜 완구를 직접 만들도록 하였다.

그리하여 남성동지들은 나무와 딱딱한 판지 등을 이용하여 장난감 권총, 자동 소총, 트럭, 자동차, 불도저 등등을 만들었고, 여성동지들은 인형, 실로 만든 공, 제기와 각종 종이접기를 만들었다. 또한 모든 사람들이 많은 민요나 순구류(順口溜)[116], 고사를 수집하여 탁아소로 보내 교재로 삼았다.

덩잉차오는 일에 매우 분망했지만 가능한 한 시간을 내어 탁아소 회의에 참가하였다. 탁아소의 담당자는 조직기관에서부터 차출되었기 때문에 유아교육을 받아본 적이 없었다. 덩잉차오는 그녀들에게 아동의 심리를 연구하고 이해하며 성인과 다른 아동의 나이, 성격 그리고 특징에 근거하여 그들에 대해 교육을 진행해야 한다고 하였고, 그녀들에게 아동심리와 아동교육에 관한 책을 보내 읽고 학습하도록 하였다.

---

115 張德碧, 「홍옌(紅巖)탁아소 회고」, 『鄧穎超, 一代偉大的女性』, 274-279쪽 참조.
116 역주: 즉흥적인 문구에 가락을 붙여서 노래하는 민간 예술의 한 가지. 구의 장단은 일정하지 않고 순수하게 구어만을 사용한다.

덩잉차오는 아이들의 영양에도 관심을 기울였다. 그녀는 외국의 친구들이 저우언라이와 자신에게 보내온 영양제를 모두 탁아소의 병약한 아이들에게 보냈다. 그녀는 또한 탁아소에 영양학 책 한 권을 보내, 근무자로 하여금 식사를 담당한 톈(田) 부인에게 그 내용을 설명하게 하여 매주의 식단을 구체적으로 정하도록 하였다.

당시 훙옌춘의 부모들은 아이들의 교육에 대해 두 가지의 경향을 띠고 있었다. 하나는 방임하여 관여하지 않는 것이고, 다른 하나는 지나치게 사랑하여 과도한 관심을 기울이는 것이었다. 탁아소에서 매우 잘 지내던 아이가 일단 집으로 돌아가면 어리광만 부리는 허약한 아이가 되어 월요일 탁아소로 데려오기가 매우 힘든 경우가 있었다.

덩잉차오가 좌담회에서 부모들에게 미리 이러한 사정에 대해 주의를 주어 예방조치를 취했음에도 실제 생활에서는 이러한 현상들이 그래도 발생했다.

덩잉차오는 탁아소 근무자들과 함께 가장좌담회를 개최하여 가장에 대한 교육을 계속하였다.

"어린 아이들의 위장은 약해 간식을 너무 많이 먹으면 병이 날 수 있습니다. 아이들의 응석을 받아주어 제멋대로 행동하게 두면 어려서 제대로 통제하고 교도하지 못할 뿐만 아니라 커서도 그들의 발전에 영향을 주게 됩니다. 이렇게 하는 것은 아이를 사랑하는 것이 아니라 아이를 해치는 것입니다. 부모는 아이의 첫 번째 스승입니다. 어려서부터 아이들을 사리를 알고 분별력 있게 교육시켜 그들에게 해야 할 일과 해서는 안 되는 일을 깨닫게 해야 하며, 집에서 보내는 되는 일요일 동안의 생활이 이전 6일 동안 탁아소에서 이루어진 교육을 희석시켜서는 안 됩니다. 우리는 혁명을 위해서 온실 속의 꽃을 배양해서는 안 됩니다. 당연히 아이들을 지나치도록 성가시게 하는 것에도 반대합니다. 부모가 아이들이 좋아하지 않는 모습을 보면 아이들은 감히 말을 하거나 뭔가를 하려 들지도 않습니다. 하려다가는 바로 책망을 받기 십상이고 잘못하게 되면 얻어맞습니다. 이렇게 되면 아이는 단지 밖으로 '자유'를 찾아 나서게 될 뿐입니다. 아이는 말을 잘 듣지 않아 다루기 어렵게 될 뿐만 아니라 부모와의 관계도 서먹서먹하게 되며 성격도 괴팍하게 됩니다. 이런 두 종류의 경향성 모두를 방지해야 합니다."

그녀는 계속 이야기를 이어갔다.

"결혼하는 것과 아이를 갖는 것, 이것은 객관적 존재이며 사물 발전의 규칙으로써 우리는 이러한 현실을 바로 보고 그 규율에 적응해야 합니다. 아이를 이해해야 비로소 아이를 교육시킬 수 있습니다. 아이들은 움직이기 좋아하고, 놀기 좋아하며, 신기한 것을 좋아하고, 새로운 지식을 추구합니다. 부모는 아무리 바빠도 시간을 쪼개 아이와 함께 놀아야 합니다. 아이들의 인성을 수양시킬 수 있다면, 그 속에서 자신도 역시 휴식을 얻을 수 있습니다. 한 명의 공산당원은 임무를 잘 수행해야 할 뿐만 아니라 가정생활에서도 훌륭한 남편, 부인 그리고 훌륭한 부모가 되어야 합니다."

아이와 어머니에 대한 덩잉차오의 관심은 진실로 매우 세밀하였다. 젊은 진타오(金濤)가 처음 임신했을 때, 덩잉차오는 그녀를 보러 오면서 레닌의 4살 때 초상화를 가져와 직접 그녀의 침대 맡에 걸어주었다. 진타오가 잘 이해하지 못하자 덩잉차오는 웃으며 그녀에게 설명하였다.

"여성동지가 임신을 하였으니 마음을 즐겁고 유쾌하게 유지해야 하며, 항상 귀여운 아이나 아름다운 사람을 그린 그림을 보는 것이 좋습니다. 이것을 태교라고 하지요. 지금 당신에게 4살 때의 레닌 초상화를 침대 곁에 걸어줄 테니, 당신은 그것을 보면서 얼마나 사랑스럽고 아름다운 그림인지를 감상해보기 바랍니다. 당신이 매일 그것을 보면 훗날 반드시 그와 같이 총명하고 아름다운 아이를 낳게 될 것입니다."

진타오는 이야기를 듣고 매우 감동하여 덩잉차오의 두 손을 꼭 쥐고 말했다.

"감사합니다! 감사합니다, 샤오 차오 다제! 당신은 참으로 섬세한 분

이군요. 훗날 아이가 태어나 성장하면 그 아이에게 보여준 당신의 호의
와 기대를 제가 꼭 전해주겠습니다."

덩잉차오는 웃으며 말했다.

"감사는 뭘요? 아이에 대한 관심은 곧 미래에 대한 관심이지요! 우리
들의 사업은 반드시 아이들이 대를 이어 계승해 나가야 하는 것입니다!"

62. 특수한 형식의 전투[117]

환난사변 이후 충칭에 검은 구름이 가득 찼고, 공포 분위기가 충만했
다. 홍옌과 정쟈옌은 모두 국민당 특무대의 엄중한 감시 아래에 놓여 있
었다. 남방국 공작원들이 문밖으로 나서면 특무대원이 바로 미행하였다.

이 열악한 정치 상황 아래에서 덩잉차오는 그녀의 공개적인 신분을
적극적으로 이용하여 특수한 형식의 투쟁들을 진행하였다.

그녀는 국민참정회 제2, 제3, 제4기 참정원으로 계속 선출되었다. 그
녀는 여전히 '신운부지회'의 위원이었고 동시에 '중국전시아동보육회'의
상무이사였다. 그녀는 이들 합법기구의 회의에 항상 참가하였다. 우선은
적극적인 회의 발언을 통해 공개적으로 중공의 항전주장을 선전하고 여
성과 아동을 위해 힘쓰며 그들의 복지 후생을 도모했다. 둘째는 이들 기
관의 당원 및 진보인사들과 계속 접촉하며 연락을 취했다. 그녀들은 단
지 그녀가 오는 것을 보는 것만으로도 특별한 상황 변화가 없는 것으로
이해 하면서 마음가짐을 안정시킬 수 있었다. 동시에 일부 국민당원을
적극적으로 끌어들여 그들에게 국공합작이 아직 전면적으로 깨지지 않

117　重慶市婦聯編寫, 『鄧穎超在重慶的活動』.

았고 끝까지 항전을 견지할 수 있다는 희망을 갖도록 하였다.

1941년 7월 2일 그녀는 '신운부지회' 성립 3주년 대회에 요청을 받고 참가하였다. 비록 대부분의 공산당원과 진보인사들이 이미 이 기구에서 배제되었지만, 그녀는 리더취옌, 스량, 류칭양, 차오멍쥔 등과 함께 여전히 이 대회에 참석하였다. 쟝졔스, 쏭메이링 또한 참석하여 그녀를 매우 정중하게 대했다. 이것은 적어도 공산당과 국민당이 아직까지는 표면적으로 합작을 유지하고 있음을 보여주는 것이었다.

덩잉차오는 '신운부지회' 연락위원회가 소집한 총칭 각계여성단체연석회의를 통해 계속적으로 그녀의 영향력을 발휘하였다. 정치적 상황이 매우 암울한 총칭의 1942년 3월 8일, 총칭 각계 여성 1만여 명이 '3·8'절 기념대회를 개최하였다. 당시 이 대회를 개최하기에는 매우 힘든 상황이었다. 덩잉차오는 스량, 류왕리밍(劉王立明), 천지이(陳紀彝) 등과 함께 대회에 출석하여 항전 군인가족들이 얼마나 고통스럽게 살았는지에 대해 설명하는 것을 들었다.

6월 22일, 그녀는 중·소문화협회 소련반파시트전쟁 1주년 경축기념 대회에 참석하였다. 쑨 부인 쏭칭링이 회의에 출석하여 발언하였다. 쏭칭링은 1941년 12월 홍콩이 함락되기 직전 마지막 비행기를 타고 총칭에 도착하였다. 쟝졔스는 특별히 그녀에게 방을 마련해 주었으나 그녀는 입주를 거절하였다. 그녀는 먼저 쏭아이링(宋藹齡)[118]의 집에 가 머물다 후에 매우 검소한 방으로 옮겨 거주했다. 특무대가 그 사방을 감시하였기에 그녀는 실제적으로는 행동의 자유가 없었다. 덩잉차오는 그녀를 만나지 못했고 단지 그녀의 비서이자 중공비밀당원인 랴오멍싱(廖夢醒 : 허샹닝의 딸)을 통해 쑨 부인과 관계를 유지하였다.

---

[118] 역주 : 1890-1973. 쏭 자매의 세 자매 가운데 맏이이다. 남편 쿵샹시(孔祥熙)는 은행가 출신으로 20세기 초 중국에서 가장 부유한 사람 중 하나로 기록되기 때문에 그녀의 별칭은 "돈을 사랑한" 여인이었다. 미국 유학 후 귀국하여 1911년부터 쑨원의 비서로 일하기도 했다.

이번 공개집회에서 덩잉차오는 매우 기쁘게 쏭칭링과 만날 수 있었다. 두 사람은 손을 꼭 잡고 두 눈을 서로 바라보았는데 이때는 서로 말이 필요 없었다. 덩잉차오는 "쑨 부인, 더욱 몸조심하시기 바랍니다"라고 했고, 쏭칭링 역시 "덩 여사도 몸조심하세요"라고 대답했다. 그녀들은 정말로 영욕을 함께 했고 서로 진심을 터놓는 사이였다.

1942년 10월 22일 덩잉차오는 국민참정회 제3기 제1차회의에 출석하였다. 4일이 경과한 후 그녀는 쏭메이링이 여성참정원을 개인적으로 초대해 개최한 연회에 참석하였다. 쏭메이링은 덩잉차오가 가장 걸출한 여성참정원이라고 분명히 생각하고 있었다. 그녀는 또한 확실하게 덩잉차오의 재능, 담력, 식견에 탄복하였다. 덩잉차오 역시 이 '퍼스트레이디'를 존중하였다. 그녀는 쏭메이링과 어떻게 항전시기 여성운동과 여성사업을 전개해야 하는가에 대해 의견을 교환하였고, 섬감녕변구 아동보육분회에 지급되어야 할 전시아동보육회의 적절한 경비를 확보하였다. 이 경비는 총칭사무소를 통해 전달되었다.

11월 16일 덩잉차오는 다시 리더취옌, 스량, 장샤오메이와 함께 쏭메이링이 주최한 중국 방문 미국의원단 간담회에 참석하여 함께 보육원 어린이들의 공연을 관람하였다.

덩잉차오는 『신화일보』에 연속으로 「'3·8'절의 헌사」, 「태평양 각국 여성을 동원하여 각 민족의 항일민족통일전선에 적극적으로 참가시키자」, 「최근 여성운동의 방향」 등을 발표하여 여성운동과 여성사업의 발전을 지도하였다.

당시, 공개적으로 진보적인 집회를 거행하는 것은 매우 곤란하였다. 저우언라이, 덩잉차오는 정치적 영향을 확대하기 위한 새로운 투쟁방식을 찾았는데 그것은 일부 유명인사들의 생일축하 모임을 거행하는 것으로 국민당 당국도 이를 금지하기 힘들었다.

일찍이 국민정부 입법위원, 중국은행 고문, 총칭대학 상학원(商學院) 원장을 역임한 마인추(馬寅初)[119]는 국민당의 관료자본을 통렬히 비판하였기 때문에 쟝졔스에 의해 감금되었다. 1941년 3월 30일, 그의 60세 생일에 저우언라이, 동비우, 덩잉차오는 연명으로 마인추에게 다음과 같은 생일 축하 대련(對聯)[120]을 보냈다. "복숭아꽃과 오얏나무꽃이 더욱 화려한데, 좌장(坐帳)엔 백학(白鶴)이 날아들지 않지만, 거문고와 책을 벗 삼으니 지상(支床)엔 도리어 거북이 천년을 살고 있네.[121]" 이로 인해 마인추는 크게 감동을 받았고 사회적 영향력을 확대할 수 있었으며 더 많은 동료들을 확보할 수 있었다.

1941년 11월 14일은 유명한 애국 장군 펑위샹(馮玉祥)[122]의 60세 환갑날이었다. 덩잉차오는 『신화일보』에 펑 장군에게 보내는 축사를 발표하였다. "시를 쓸 때나 문장을 쓰면 장중하고 또 잘 어우러져 입에서 나오는 듯 하고, 반제반봉건 투쟁 때에는 불굴의 의지로 그 포부를 다 보이신다." 펑위샹은 이 대련을 아주 마음에 들어 하면서 특별히 부인 리더취옌을 시켜 덩잉차오에게 감사 인사를 전하도록 하였다.

저우언라이의 조직적인 활동 아래 1941년 11월 16일 중·소문화협회는 저명한 문학가이자 역사가인 궈모뤄의 50세 생일과 창작 생활 25주년 축하대회를 거행하였다. 총칭의 문화계, 학술계, 언론계, 각 민주당파,

---

119 역주 : 1882-1982. 경제학자로 중앙은행 고문. 중양(中央)대학 및 베이징대학 교수, 국민정부 입법위원 및 재정위원회 위원장을 지냈다. 주요 저서로 『중국은행론』, 『중국경제개조』 등이 있다. 신중국 성립 이후 인구 통제를 둘러싸고 마오쩌둥과 대립한 것으로 유명하다.

120 역주 : 대자(對子)라고 함. 여러 글귀를 빨간 종이나 판자에 써서 붙인다. 오대(五代) 맹창(孟昶)에서 비롯된다고 한다. 처음에는 지식인이 애호한 것이었으나 민간으로 퍼지고 근대 이후에는 정치운동의 슬로건으로 사용되었다. 문에 붙이는 문련(門聯), 집기등에 붙이는 영련(楹聯), 신년 축하 때에는 춘련(春聯), 경사 때에는 희련(喜聯), 조문 때에는 만련(輓聯), 장수축하 때에는 수련(壽聯)이라 했다.

121 역주 : 원문은 "桃李增華, 坐帳無鶴, 琴書作伴, 支床有龜"이다. 이 가운데 "坐帳無鶴, 支床有龜"는 유신(庾信)의 시 「소원부(小園賦)」에서 따온 것이다.

122 역주 : 1882-1948. 중국의 군인, 정치가. 민주화를 지향했고 제1,2차 봉직(奉直)전쟁에 참가했다. 중국국민당에 입당하고 서북국민연합군 총사령관으로 북벌에 협력했으며 반장(反蔣)운동을 펴다 실패했다. 항일전쟁 중 국공합작 이후 국방최고위원이 되었다. 1948년 미국에서 돌아오는 배에서 일어난 화재로 딸과 함께 죽었다.

군중단체 등의 대표 2천여 명이 대회장을 가득 메워 국민당의 제2차 반공고조 이래 총칭의 하늘에 가득 드리워졌던 침울한 분위기를 일소했다.

저우언라이는 경축대회에서 정열적인 연설을 했다. 덩잉차오도 『신화일보』의 축수 특별호에 축하 글을 발표하여 궈모뤄를 높이 평가하였다. "문학혁명가일 뿐만 아니라 동시에 실제 혁명의 선두 전사이며 …… 그는 중국의 피압박여성을 계몽하여 연약한 새끼양이 되지 말고, 길들여진 노예도 되지 말며, 운명에 순종하지 말고, 더구나 다른 사람에게 농락당하여 영원히 타락하지 않도록 하였다." 그러면서 그는 여성들이 "결연하게 강하고 용감하게 앞을 향해 나아가 옛 사회의 울타리를 깨부수고 봉건적 족쇄를 파괴하여 반역의 여성이 되고 혁명의 여인이 되어야 한다"고 요구하였다. 덩잉차오는 글을 통해 열렬하게 "혁명의 밝은 횃불로써 선생의 생일을 축하하며 찬양"하였다.

덩잉차오는 비밀당원 뤄수장(羅叔章)과 진보인사 후쯔잉(胡子嬰)이 약품생산합작사와 작은 공장을 운영하는 것을 지지하였고, 그녀들이 총칭공상계인사의 '금요회식회'에 참가하는 것을 지지하였다. 덩잉차오는 어떤 때는 회식회에 참가하여 시국에 대한 자신의 의견을 개진하였다. 그녀는 이러한 방식을 통해 총칭의 상공계 인사를 단결시켰다.

또한 덩잉차오는 교묘하게 중공당원 캉다이사(康袋沙)를 통해 그녀의 집안사람들에 대한 공작을 진행하였다.[123] 캉다이사의 가정은 쓰촨의 유명한 민족자본가 집안이었다. 그녀의 본적은 산시(陝西)였다. 그녀의 첫째 큰아버지 캉신푸(康心孚)는 일찍이 동맹회 회원으로 국민당째 로 위유런(于右任)과는 절친한 동향친구였고 베이징대학 교수를 역임하며 리다자오(李大釗)와도 좋은 관계를 유지했었다. 캉 씨 집안은 쓰촨으로 이사하여 상공업을 운영하였다. 그녀의 둘째 큰아버지 캉신루(康心如)는 쓰촨 메이펑(美豊)은행 이사장 겸 사장이었다. 그녀의 아버지 캉신즈(康心之)는 공장,

---

123 필자가 베이징으로 캉다이사를 방문했을 때 그녀는 집안사람들에 대한 그녀의 공작에 대해 덩잉차오가 어떻게 돕고 가르쳐주었는지 소개하였다.

광산, 부동산, 금융업 등을 경영했으며 또한 『국민공보(國民公報)』를 운영하였다. 그녀의 넷째 작은 아버지 캉신위엔(康心遠)은 바오펑(寶豊)회사 사장이었다. 강 씨 집안은 국민당의 많은 당정 요인이나 지방 실력가, 민주 인사들과 빈번히 왕래하였다. 위유런, 사오리쯔(邵力子)는 일 년 내내 캉 씨 집안에 거주하기도 하였다.

깡 씨 4형제의 집에는 남자아이는 매우 많았지만 여자아이는 드물었다. 다이사는 그 가운데 첫째로 모든 집안사람들이 보배 같이 사랑하였다.

캉다이사는 1938년 고등학교를 졸업할 때 중국공산당에 가입하였다. 그녀의 아버지는 그녀를 미국으로 유학을 보내려 하였으나 그녀는 응하지 않았다. 그녀의 아버지는 양보하여 그녀를 소련으로 유학을 보내려 하였다. 그러나 이번에도 그녀는 따르지 않았다. 그녀는 몰래 집을 나와 예안으로 가 항다(抗大)[124]와 여자대학에서 공부하였다. 그녀의 본래 이름은 캉징(康彭)이었으나 집에서 찾을 것을 걱정해 다이사로 바꾸었다.

1939년 여름 덩잉차오는 총칭에서 예안으로 돌아와 팔에 부상을 당한 저우언라이와 함께 소련으로 치료를 받으러 가려고 준비하고 있었다. 덩잉차오가 총칭에 있을 때 캉 씨 집안사람들은 저우언라이와 린보취(林伯渠)를 계속 찾아와 딸을 찾는데 도와주기를 바랐다. 저우언라이와 덩잉차오는 캉 씨 집안이 쓰촨성에서 영향력이 큰 민족부르주아계급의 대표이므로 캉다이사를 반드시 집으로 돌려보내 집안사람들에 대한 공작을 잘 하는 것이 통일전선사업 전개에 유리하다고 판단하였다.

여름의 옌허(延河)는 매우 아름다웠다. 석양이 옌허를 비추니 마치 금빛 모래에 햇볕이 쪼이는 것 같았다. 덩잉차오는 캉다이사와 옌허 주변을 천천히 거닐면서 조용히 담소를 나누었다.

---

[124] 역주 : 본래 이름은 중국인민항일군사정치대학. 1936년 6월 산시(陝西) 와야오바오(瓦窯堡)에서 건립되었다. 건립 당시에는 중국인민항일홍군대학이라 불렀다. 홍대 교장은 린바오(林彪), 부교장은 류보청(劉伯承)이었고 항대 교장은 린바오, 부교장은 뤄뤼칭(羅瑞卿), 허장공(何長工)이 담당했다.

덩잉차오는 먼저 캉다이사에게 어떻게 옌안에 오게 됐는지, 생활에 익숙해졌는지, 집과는 연락을 취하고 있는지에 대해 물었다.

캉다사는 덩잉차오가 자신의 혁명성이 부족하다고 여기는 줄로 알고 결연하게 대답하였다.

"저는 일본에 대항해야 하기에 집과는 이미 결별하여 아무런 연락을 취하고 있지 않습니다."

덩잉차오는 웃으며 말했다.

"당신의 아버지는 언라이 동지와 린보취 동지를 거듭 찾아와 당신이 집을 떠난 후 당신을 가장 사랑했던 할머니가 돌아가셨고, 어머니 역시 밤낮으로 당신을 보고 싶어 하다 병상에 누워 계신다고 전해 달라면서 우리에게 당신을 집으로 돌려보내 달라고 부탁했습니다. 어떻게 할래요?"

젊은 캉다이사는 의연하고 또 결연하게 대답했다.

"저는 전방으로 가 일본에 대항하기를 바라지, 쓰촨의 집으로 돌아가고 싶지 않습니다. 저는 집에서와 같은 그러한 생활방식은 싫어합니다."

덩잉차오는 온화하게 말하였다.

"다이사, 혁명에 대한 당신의 결심은 매우 훌륭합니다. 누구도 당신을 막을 순 없지요. 이 말은 언라이 동지가 한 말인데, 출신은 어쩔 수 없지만 가는 길은 스스로 선택할 수 있는 겁니다. 단지 한 가지 묻겠는데, 혁명을 하는데 사람이 많으면 좋을까요, 아니면 적으면 좋을까요? 남의 도움을 받지 않고 혼자 해내는 것이 좋을까요, 아니면 기세가 드높은 조직화된 대군이 좋을까요?"

순진한 캉다이사는 순간 덩잉차오 말 속에 담긴 깊은 뜻을 제대로 파악하지 못하고 별 생각 없이 대답하였다.

"당연히 사람이 많은 게 좋지요. 옌안에는 혁명가들이 매우 많습니다."

이 말을 들은 덩잉차오는 웃기 시작했다.

"옌안에는 얼마나 되나요? 우리는 전중국 사람들을 모두 동원해야 비로소 일본제국주의를 타도할 수 있습니다. 한 번 봐요, 언라이 동지, 린보취 동지, 동비우 동지가 국민당통치구로 뛰어들어 민족항일통일전선 공작 수행을 위해 더 많은 항일 역량을 쟁취하고 있지 않습니까? 거기에 는 많은 사업을 위해 사람들을 필요로 하고 있습니다. 다이사, 한 번 생 각해봐요. 당신이 혁명에 참가하게 된 것은 학교 선생님과 학교 친구들 로부터 영향을 받았기 때문 아닌가요? 그들은 모두 국민당통치구에서 공작을 전개하는 동지들입니다. 다시 한 번 생각해봐요. 당신 집안사람 들이나 그들이 관계를 맺은 사람들 가운데 설마 항일의 대의를 받아들 일 수 있는 사람이 없겠어요? 그들이 항일을 위해 많은 공헌을 하고 많 은 노력을 제공할 수 있다면 좋지 않을까요?"

덩잉차오는 캉다이사가 바로 이해하지 못하는 것으로 보고 또 웃으며 말했다.

"당신이 옌안에 남아 공부를 하거나 공작을 하거나 혹은 전선으로 가 거나 그 모두 매우 좋은 일입니다. 그러나 다신 한 번 생각해 봐요. 쓰촨 으로 돌아가 공작하는 편이 조건상 더 유리하지 않을까요?" 덩잉차오는 큰언니같이 캉다이사에게 관심을 기울였고, 헤어질 때 재삼 신신당부를 했다.

"다이사, 쓰촨으로 돌아가 공작을 할지 말지 다시 곰곰이 생각해봐요. 그리고 지금 집으로 돌아가지 않더라도 반드시 집에 아무 어려움 없이 평안하다고 연락을 하여 집안사람들을 안심시키도록 해요."

캉다이사는 덩잉차오의 말을 듣고 집에 편지를 쓰기 시작했다. 지도 원은 그녀에게 군복을 벗기고 셔츠를 입힌 후 사진을 찍어 집으로 보냈 다. 그녀의 아버지는 즉시 답장을 하면서 1천 원을 캉다와 여자대학에 기부하였다.

1940년 봄, 덩잉차오는 저우언라이와 함께 소련에서 옌안으로 돌아왔 다. 조직의 결정에 따라 캉다이사는 저우언라이와 덩잉차오를 따라 총칭 으로 갔다. 캉다이사는 덩잉차오와 대화를 나누었고 사상적으로 서로 통 했다. 그녀가 총칭에 도착하자 사무소의 동지는 그녀에게 화장을 시키고 군복을 벗기고 치파오를 입혔다. 저우언라이는 그녀에게 통일전선 정책을 설명하고 집으로 돌아가 집안사람들과 좋은 관계를 유지해야 한다고 했다.

덩잉차오 역시 캉다이사에게 많은 이야기를 하였다.

"당신은 돌아가 친척들에게 관심을 기울이고 부모와 어른들을 존중해야 합니다. 정치에 관한 이야기를 너무 많이 하여 사람들이 당신이 옌안에 간 2년 사이에 '적화'되었다고 여기지 못하게 해야 합니다. 행동거지를 현재의 신분에 적합하도록 해야 하며 가정 내에서 좋은 관계를 유지하여 집안사람들이 당신은 여전히 2년 전의 캉징(康靑+彡)이라 느끼게 하세요."

저우언라이와 덩잉차오는 캉다이사와 함께 그녀의 집으로 갔다. 문을 들어서자 저우언라이는 웃으며 그녀의 아버지 캉신즈에게 말했다.

"당신네 큰딸을 집에 데려왔습니다." 모든 가족은 매우 기뻐하며 공산당이 좋은 일을 했다고 했다.

캉다이사는 집으로 돌아온 후 광화(光華)대학에 입학했다. 그녀가 싫어하는 집안에서의 생활방식이란 온종일 마작을 하거나 영화를 보는 것이었다. 덩잉차오는 웃으며 그녀에게 말했다.

"집안에서 수십 년 동안 계속된 생활방식이니 그대로 내버려 둬요. 그들이 마작을 좋아하는 것에 대해 비판할 필요는 없습니다. 옌안의 방식을 총칭으로 가져다 놓아서는 안 됩니다. 폭넓게 친구를 사귀고 그들과 잘 지내는 것이 당신의 공작입니다."

다이사의 넷째 숙모 왕이화(王棣華)와 그녀의 여동생 왕통화(王同華)는 덩잉차오와 오래 전에 톈진즈리여자사범 동창이었다. 덩잉차오와 저우언라이는 다이사의 넷째 작은 아버지 캉신위옌과 숙모 왕이화에게 식사를 대접하였다. 식사 중에 덩잉차오는 한편으로 왕이화와 옛이야기를 하면서 동시에 몇몇 권고를 통해 캉신위옌의 애국심을 각성시켜 그가 항전에 도움이 되는 사업가가 되기를 희망하였다.

이후, 총칭 링스샹(領事巷) 10호 소재의 캉 씨 거주 주택은 통일전선공작의 거점이 되었다. 민주인사들은 항상 이곳에서 모임을 가졌다. 1941년 여름, 중국민주정단동맹성립회(中國民主政團同盟成立會)[125] 역시 이곳에서 개최되었다. 캉 씨 4형제는 적지 않은 항전지원 공작을 수행하였다.

덩잉차오와 남방국 동지들은 매우 어려운 조건 아래에서 이렇게 조금씩 조금 씩 혁명 역량을 결집시켜 항일통일전선 공작의 발전을 도모하였다.

63. 홍옌의 정풍(整風)운동은 부드러운 바람과 보슬비 같았다[126]

1942년 옌안의 중국공산당 중앙은 역사적 의의를 지닌 정풍운동을 전개하였다. 정풍이란 당내에 존재하는 학풍 상의 교조주의, 당풍(黨風) 상의 종파주의, 문풍(文風) 상의 당팔고(黨八股)[127]를 정돈하는 것이었다. 부정확한 이들 경향성은 왕밍(王明)의 잘못된 좌경노선에 사상적 근원을 둔

---

125 역주: 황옌페이 등 국민참정회 참정원 가운데 항일민주인사가 민주쟁취를 위해 통일건국동지회를 결정했는데 이것이 1941년 중국민주정단동맹으로, 1944년 중국민주동맹으로 발전하였다.

126 역주: 원문은 '和風細雨'로 온건하고 부드러운 태도나 방식을 가리킨다.

127 역주: 팔고문이란 명청시대 과거시험에 채택된 문체이다. 마오쩌둥은 팔고문에 빗대어 당내의 선전사업자와 작가 지식인의 문체가 팔고문처럼 틀에 박히고 형식주의적인 것을 비판하였다. 그에 따르면 구체적으로 당팔고의 폐단은 다음과 같다. ① 끊임없이 빈말을 늘여놓고 글에 내용이 없다, ② 실속 없이 뽐내는 허장성세로 사람들을 윽박지른다, ③ '과녁없이 화살을 쏘는 것', 즉 대상을 보지 않는다, ④ 언어가 무미건조하고 메말라 있다, ⑤ 한약방에서 그렇듯이 이것저것 복잡하게 현상만 나열한다, ⑥ 책임을 지지 않고 도처에서 남에게 해를 끼친다, ⑦ 당 전체에 해독을 끼쳐 혁명을 방해한다, ⑧ 그것을 전파시켜 나라를 망치고 인민을 해친다.

것이고 또 그 구체적 표현이기도 했다.

총칭의 중공중앙남방국 역시 정풍운동을 전개하였다.[128]

덩잉차오는 남방국 고급학습조의 정풍학습에 엄숙하고 진지하게 참가하였다. 그녀는 동지들과 함께 당중앙의 정풍문건을 학습하고 문건의 정신과 그 본질을 이해하려고 노력하였다. 그 후 자신의 사상과 실제 공작 경험을 결합하여 소조회의에서 타인에 대한 비평과 자기비판을 하였고 사상적인 측면이나 공작 수행 과정에서 자신의 부족한 부분에 대해 진지하게 검토하고 개선 의견을 제출하였다.

그녀는 스스로가 소부르주아 출신이며 본질적으로 열정적이며 진보를 추구하지만 어떤 때에는 급한 성격으로 쉽게 감정의 충동을 일으켜 문제를 가끔 단편적으로 판단하였으며 학습 역시 열심히 할 때도 있지만 소홀하기도 하여 공작이 바쁠 때에는 학습에 크게 신경 쓰지 않았다고 말했다.

그녀는 엄숙하게 제출하였다; 이후 정치 원칙에 대해 더욱 단련하고 학습을 더욱 꾸준히 하며 더욱 깊이 있게 연구할 것이다. 더욱 이성적으로 대처하여 감정에 치우쳐 일을 처리하지 않을 것이며 작은 파벌과 폐쇄성을 타파하여 광범하고 원만한 교우관계를 갖도록 적극 노력할 것이다. 자중자애하지 자포자기하지 않을 것이며, 남에게 의존하는 풍조를 철저하게 파괴하며, 겸허하고 소박하여 오만스럽거나 허영에 빠지지 않을 것이다. 상호 단결하고 도우며 동지에게 관심을 갖고 부단히 교양과 지식을 풍성하게 하도록 한다. 발전을 향한 욕망과 진취적 기상을 영원히 유지하며 유쾌한 정신과 건강한 신체를 갖도록 한다. 여성공작의 책무를 끝까지 다하며 여성해방을 위해 분투할 것이다…….[129]

---

128 남방국 공작원 하치쥔은 필자에게 남방국 정풍운동의 상황에 대해 이야기하였다.
129 총칭 훙옌기념관에는 정잉(鄭英)의 노트가 진열되어 있는데 거기에는 덩잉차오의 자아비판 요점이 기재되어 있다.

동지들은 그녀의 발언을 들으며 샤오 차오 동지의 요구가 스스로에게 매우 엄격하다고 말했다. 그녀는 저우언라이와 함께 장기적인 혁명의 엄격하고 혹독한 시험을 겪었고, 당성에 대한 수양과 사상적 성향에 있어 모든 동지들의 귀감이 될 만하였다. 하지만 그녀는 진정으로 솔직하고 철저하게 자기 자신을 분석하여 자신에게 엄격하게 요구했고 또 노력의 방향을 제시하였던 것이다.

덩잉차오는 정풍운동 과정에서 자기 자신에 대해서는 매우 극단적으로 엄격하게 요구했지만 다른 동지들에 대해서는 오히려 매우 관대하여 필요 없이 남을 괴롭히지 않았다.

홍옌 정풍은 진정 부드러운 바람이나 보슬비와 같아서 조금 씩 조금 씩 사람들의 마음에 스며들었다. 동지들은 진지한 학습의 기초 위에서 저우언라이, 동비우, 덩잉차오의 학습 지도 보고를 들었다. 모두 진지하게 사색했고, 학습 내용을 소화했으며 충분히 이해하고 깨달은 바에 대해 적었다. 이후 다시 서로 대화하여 동지들로 하여금 자신을 돕고, 사상을 근원적으로 파고들어 개선된 의견을 제출토록 하였다. 그리고 마지막으로 소조회에서 자기비판을 통해 다시 한 번 동지들의 도움을 구하고 개선된 조치를 청하였다.

저우언라이, 동비우, 덩잉차오, 쉬디신(許滌新)[130] 등으로 구성된 고급학습조는 또한 정풍학습 과정에서 모범적인 역할을 수행하였다. 그들은 솔선수범하여 회의석상에서 학습을 통해 깨달은 바에 대하여 이야기하였으며, 대회의에서는 자아비판도 하였을 뿐만 아니라 자아수양(自我修養)의 요점을 제출하여 동지들에게 자신들을 "공격하도록" 북돋웠다.

저우언라이는 대회의에서 공개적으로 다음과 같이 자아수양 요점에

---

130 역주: 1906-1988. 1929년 중국사회과학가연맹에 가입하여 『사회현상』 편집을 맡음. 1933년에 중국공산당에 가입. 1935년 상하이에서 국민당에 체포되었으나 마르크스 경제이론 학습을 계속하였고 항일전쟁 발발 이후 정치범 석방 조치에 따라 석방되었으며 항전기간 중 『신화일보』 편집위원, 중공중앙남방국선전부비서, 통전위원회 위원경제조조장 등을 역임하였다.

대해 발언하였다; 학습에 열중하여 요점을 파악해야 한다. 정치하되 복
잡하지 않고, 깊이 있되 번잡하지 않다. 열심히 공작함에 있어 계획이 있
고 중점과 조리가 있어야 한다. 합일(合一)에 대해 이야기할 때는 시간,
공간, 조건에 대해 주의하여 그것들을 적당하게 배합해야 한다. 검사, 정
리, 총괄에 대해 주의하고 발견과 창조가 있어야 한다. 영원히 대중과 분
리되어서는 안 되며, 건강한 신체를 유지하고 합리적이고 규칙적인 생활
을 유지해야 한다.[131]

회의장에는 적막이 흘렀다. 동지들이 저우언라이의 활동과 그의 인품
에 대해 어떻게 감히 의견을 제출할 수 있겠는가?
저우언라이는 미소를 지으며 회의장을 둘러보다 큰 소리로 말했다.
"동지들께서 소중한 의견을 많이 제기해주시기 바랍니다."
회의장은 여전히 조용했다. 동지들은 저우언라이가 최근 몇 년 동안
우한과 총칭에서 특히 환난사변 이래 밤을 새워가며 일에 열중했고 진
지를 굳게 지켰으며 국민당통치구에서 항일통일전선공작을 추진해 온
것을 보았다. 그리고 그가 국민당이 발동한 반공고조를 격퇴시키고 대규
모의 당외 인사를 힘껏 단결시켰으며…… 그의 얼굴은 수척했으나 여전
히 정력적으로 매진하고 자신에 대해서는 매우 엄격하게 요구하며 동지
들에게 깊은 관심을 기울였다는 사실에 대해 알고 있었다. 그러니 동지
들은 그에 대해 무슨 의견을 제시할 수 있겠는가? 회의장에는 여전히 침
묵만 흘렀다.
덩잉차오가 일어나 큰 소리로 말했다.
"언라이 동지, 제가 당신에게 의견을 제시하도록 하겠습니다!"
"당신의 수양원칙 가운데 마지막 부분은 '건강한 신체를 유지하고 합
리적이고 규칙적인 생활을 유지한다.'인데, 이것을 지켰습니까? 당신은

---

[131] 총칭 홍옌기념관에는 저우언라이가 손으로 쓴 「나의 수양원칙」이 진열되어 있다.

언제나 밤을 새지 않나요? 당신이 언제 합리적이고 규칙적인 생활을 했습니까? 당신은 항상 하루에 밥 세끼 먹는 것도 잊지 않았나요? 당신은 늘 밤을 새고 또 새지 않았나요? 당신은 항상 며칠에 고작 몇 시간밖에 수면을 취하지 않잖아요? 내가 건강을 챙기고 팔단금(八段錦)[132]을 하라고 했지만 당신은 한 번이라도 해보았나요?"

덩잉차오의 속사포 같은 발언을 듣고 동지들은 한편으로 감동하면서 또 다른 한편으로는 탄식하며 이 말이 정말 옳다고 생각하였다. 그들 역시 저우 부주석의 건강을 걱정하고 있었는데, 단지 샤오 차오 다졔만이 이렇게 철저하고 확실하게 이야기할 수 있었을 뿐이었다. 회의장에서는 열렬한 박수소리가 터져 나왔다. 이는 모두가 덩잉차오의 의견에 동의하고 또 지지하고 있음을 표시하였다.

저우언라이는 약간 곤경에 빠졌다. 손으로 그의 짙은 검은 머리를 쓸어내린 뒤 다시 오늘 면도한 턱을 문지르며 천천히 말했다.

"샤오 차오 동지의 의견을 접수합니다. 앞으로 힘껏 시정 쟁취(爭取)하겠습니다."

"'쟁취'로는 안 됩니다." 덩잉차오의 낭랑한 목소리가 다시 울려 퍼졌다.

"'보증'해야 합니다, 언라이 동지. 당신의 마지막 구절은 오늘 다른 동지들이 당신에게 제안한 의견이 아닙니다. 한 번 심각하게 고려해보세요. 우리 모두는 당신이 남방국 서기이기 때문에 두려워 감히 의견을 제시하지 못하는 것입니다. 또한 우리 모두는 당신이 밤낮 일에 열중하는 모습 보고 당신의 고통을 이해하기 때문에, 단지 당신의 장점만을 보고 당신의 부족한 점에 대해서는 의견을 제출하고자 하지 않는 것입니다. 만약에 당신이 두려워 의견을 제시하지 못한다면 그것은 당내의 비정상적 상황으로서 받아들일 수 없습니다. 또한 만약 당신을 이해하여 의견을 제시하지 못한다면 그것도 잘못된 것입니다. 아무리 장점이 많아도

132 　역주: 중국 고유의 건강증진을 위한 운동법.

결점을 가릴 수는 없는 법입니다.[133] 하나라도 부족한 점이 있다면 응당 문제를 제기해야 합니다. 동지들, 어떻습니까? 흠집 없는 금은 없고 완전한 인간도 없습니다. 언라이 동지라고 어디 결점이 없겠습니까?"

다시 열렬한 박수소리가 터져 나왔다. 덩잉차오는 박수소리를 들으며 조용히 앉았다. 그리고는 회의장에서 들려오는 의견들을 듣기만 하였다.

"저우 부주석, 당신은 반드시 하루에 세끼 식사를 하도록 하세요. 당신에게 우유를 드릴 테니 반드시 드셔야 합니다!"

"저우 부주석, 당신은 매일 밤 12시를 넘어 밤새워 일하실 수 없습니다!"

"저우 부주석, 당신은 우리와 함께 반드시 공놀이를 해야 합니다."

"저우 부주석, 당신의 생활은 반드시 샤오 차오 동지의 의견에 따라 계획적으로 해야 합니다."

동지들의 의견에는 저우언라이에 대한 모두의 매우 깊은 애정과 관심이 담겨 있었다. 저우언라이의 눈에는 눈물이 맺혔다. 그러나 덩잉차오는 기쁘게 웃었다.

64. 옌안정풍과 '7대(大)' 참가

7월의 뙤약볕이 내리쬐는 넓은 황토고원에는 농작물들이 푸르고 싱싱했다. 흰 구름 감도는 푸른 하늘 아래로 황토빛 토굴이 하나 둘 나타났고 어디에선가 우아하고 아름다운 신천유(信天游)[134] 산가(山歌)가 들려왔

---

133 역주: 원래는 '하불엄유(瑕不掩瑜)'라는 4자성어인데 본문에서는 '유불엄하(瑜不掩瑕)'로 변형해 사용하였다.
134 역주: 중국 산시(陝西) 북부 민중노래의 일종. 일반적으로 2구(句)를 1단(段)으로 하는데 짧은 것은 1단뿐이고 긴 것은 수십 단으로 이어진다.

다. 옌안에 우뚝 솟은 보탑(寶塔)은 저 멀리에서 어른거렸다.

덩잉차오와 동행한 많은 동지들이 함께 "집에 돌아왔다, 옌안에 돌아왔다!"라며 환호하였다.

환난사변 이후 저우언라이, 덩잉차오, 중공남방국 동지들은 사실 국민당에 의해 총칭에 연금된 셈이었다. 그들은 총칭 밖으로 한 발짝도 나갈 수 없었다.

1943년 5월 코민테른 집행위원회는 코민테른의 해산 결의를 발표하였다. 국민당은 이틈을 이용하여 코민테른이 해산했으니 중국공산당도 마땅히 해산해야 한다고 목소리를 높였다.

중공중앙은 저우언라이에게 전보를 보내 그와 중공대표단의 중요인물 및 대부분의 공작원에게 옌안으로 돌아오라고 했다. 저우언라이는 장제스와 회담하여 옌안으로 돌아가겠다는 제안을 하면서 중요한 문제에 대해 협의하였다. 장제스는 그들이 총칭을 떠나는 것에 동의하였다.

1943년 6월, 저우언라이, 덩잉차오 그리고 1942년 총칭 회의[135]에 참가한 린뱌오(林彪), 중공대표단, 공작원 등 100여 명은 트럭으로 총칭을 떠났다.

그들은 산시(陝西)에 도착했다. 저우언라이는 대부분의 공작원을 바오지(寶鷄)에 머물게 하였다. 그는 덩잉차오, 린뱌오와 함께 기차로 시안으로 갔다.

총칭을 떠나기 전 저우언라이는 도중에 방해받을 것을 걱정하여 특별히 장제스에게 친필 편지를 써달라고 하였다. 그들이 시안에 도착했을 때 국민당 군대가 앞을 가로막고 그들을 자세하게 조사하였다. 하지만 저우언라이가 장제스의 친필 편지를 제출하자 그들은 고분고분해졌다.

일행은 치셴좡(七賢莊) 사무소에 임시로 거주하였다. 산시성 국민당 군대 최고지휘관 후쭝난(胡宗南)은 황푸군관학교 졸업생으로 일찍부터 저우언라이를 '선생님', 덩잉차오를 '사모님'이라 불렀다. 당시 그는 특별히

‘선생님’과 ‘사모님’을 연회에 초대했다. 저우언라이와 덩잉차오는 서로 상의한 결과, 혹 ‘홍문연(鴻門宴)’[136]이 될지도 모른다고 걱정하면서 덩잉차오는 병을 핑계로 남고 저우언라이만 가기로 하였다. 만일 불행한 사태가 발생할 경우 한 사람이 남아 적절하게 대처하기 위함이었다. 그러나 후쫑난이 다시 직접 사무소로 와 ‘사모님’을 연회에 초대했으므로 덩잉차오도 가지 않을 수 없었다.

후쫑난은 황푸군관학교를 졸업한 많은 고위군관과 그들의 부인을 연회에 초대하여, 연회에서 저우언라이를 억지로 술에 취하게 하여 그가 옌안으로 돌아온 진정한 동기가 무엇인지 알아내려 하였다. 하지만 저우언라이는 침착하게 대응하여 그저 약간의 술만 마시고 자연스럽게 치셴쫭으로 돌아왔다.

결국 그들은 무사히 시안을 떠나 옌안으로 돌아온 뒤 옌안의 정풍학습과 중국공산당 제7차대표대회 준비 작업에 참가하였다.

덩잉차오는 중앙당교 1부(고급간부학습반)의 제3지부에서 정풍학습에 참가했다. 그녀와 같은 지부에서 학습한 고급간부에는 샤오스핑(邵式平), 옌홍옌(閻紅彥), 천겅(陳賡), 천시리옌(陳錫聯), 첸잉(錢瑛), 류닝이(劉寧一) 등의 동지들이 있었다.

덩잉차오는 열정적으로 옌안의 정풍학습에 참가하였다.

정풍운동은 커다란 성과를 올렸다. 수많은 공산당원, 특히 옌안의 각 항일 근거지에 집결한 공산당원과 국민당통치구로부터 ‘7대’ 참가를 준비하기 위해 온 대표단 및 옌안과 섬감녕변구(陝甘寧邊區)의 고급간부들은 진지하게 정풍문건을 학습하고 인식 수준을 제고했으며, 학습한 내용에 비추어 자신을 검토하고 마르크스사상의 수준을 높이며, 당내 단결을 증가시키고 대대적으로 당의 전투력을 향상시켰다. 그러나 총학습위원회

---

[136] 역주 : B.C. 206년 항우(項羽)가 유방(劉邦)을 모해하려고 홍문, 즉 지금의 산시(陝西) 성 린통(臨潼)현에서 주연을 벌였던 고사에서 유래한 것으로 초청객을 모해할 목적으로 차린 주연을 가리킨다.

부주임, 중공중앙사회부 부장 캉성(康生)[137]은 오히려 정풍운동을 분열의 길로 몰고 갔다.[138] 1942년 11월 캉성은 핍(逼)·공(供)·신(信)의 수단[139]을 사용하여 간쑤(甘肅) 지하당이 국민당특무대의 조정을 받았다는 소위 '홍기당(紅旗黨)'이라는 조작사건을 만들었다.

12월 16일, 캉성은 중공서북국 고급간부회의 보고에서 적의 정세를 과대평가한 결과 적과의 투쟁에서 보여주는 간부의 '자유주의'를 비판하고 간부 내에서 '반첩자투쟁'을 전개하자고 제안하였다.

1943년 4월 1일 캉성은 명단을 작성하고 섬감녕변구정부 보위처에 명령을 내려, 변구정부의 간부 수십 명을 소위 '특무', '반도(叛徒)', '반혁명 혐의분자'라는 이유로 심야에 체포하였다.

4월 3일 당중앙은 「정풍운동을 계속 전개한다는 결정에 관하여」를 발표하여 다음과 같이 지적하였다. "정풍의 주요 투쟁 목표는 간부 가운데 비(非)프롤레타리아사상, 봉건계급사상, 부르주아계급사상, 소부르주아계급사상 등을 규정하고 당내에 숨어 있는 반혁명분자를 숙청하는 것이다."

7월 15일 캉성은 당중앙 강당에서 "큰 과오를 저지른 자를 급히 구조하다[搶救失足者]"라는 내용의 보고를 하였다. 그는 지난 3개월 동안의 "긴급 구조"를 통해 옌안에는 이미 4,5백 명이 당에 대해 "솔직하게 과거를 사죄했다"고 했다. 그는 대회에서 "아직 솔직하게 자백하지 않은 사람들은 빨리 자백하여 시간을 낭비하지 말라고 호소하면서", "지금 여기에서 결심해야 하고, 여기서 혹은 돌아가 즉시 솔직하게 고백해야 한다"라고 하였다.

---

137 역주 : 1899-1975. 1935-37년 모스크바에서 왕밍과 함께 활동하다 1942년 정풍운동 때 비판을 받았다. 그러나 자기개조를 한 후 린뱌오와 밀접한 관련을 맺었다. 1942년 중공중앙정치국은 중앙총학습위원회를 만들어 마오쩌둥이 주임, 캉성이 부임을 맡았다. 이때 그는 "정풍-심간(審干)-숙반(肅反)"이란 공식을 제출하여 소위 "창구실족자(搶救失足者)" 운동을 전개하였다. 신중국 성립 이후 반우파투쟁과 문화대혁명의 중심인물로 등장하였다.

138 李維漢, 『回憶與硏究』(上), 中共黨史資料出版社, 1986.

139 역주 : 법률 용어로 자백을 강요하여 자백을 믿는 것.

캉성이 "긴급 구조" 보고를 한 바로 다음 날, 덩잉차오와 저우언라이는 옌안으로 돌아왔다.

덩잉차오는 어떤 사람이 간쑤, 쓰촨, 후베이, 윈난, 귀저우, 저쟝, 산시, 광동 등 10여 개 성의 지하당이 모두 국민당특무대에 의해 조정되는 '홍기당'이며, 쓰촨지하당성위원회 서기 쩌우펑핑(鄒封平)이 그로 몰려 자살했고, 지하당원인 아칭스(阿慶施)의 처도 역시 자살했으며 타오주(陶鑄)의 처 쩡즈(曾志)는 수감되었다는 말을 들었다.

덩잉차오는 이러한 소식들을 접하고 너무도 놀랐다.

저우언라이 역시 이러한 정황에 대해 듣고 몹시 분노하였다. 이들 성의 지하당원 중 거의 대부분을 그가 지도하였다. 지하당 동지는 생명의 위험을 무릅쓰고 국민당통치지구에서 공작을 전개하면서 매일매일 국민당특무대와 필사적인 투쟁을 전개하였었는데, 어떻게 그들을 국민당특무대가 통제하는 '홍기당'이라 할 수 있겠는가? 이것은 완전히 시비가 뒤섞이고 전도되어 그들을 적대시하는 것이었다. 7월 30일 마오쩌동은 '창구실족자운동(搶救失足者運動)'의 중지를 지시하였다. 마오쩌동의 지시에 의거하여 1943년 8월 15일 당중앙은 「간부조사에 관한 결정」을 선포하여 "한 사람도 죽이지 말고 대부분 체포하지 말아야 한다"는 방침을 명확히 제출하여 캉성의 핍·공·신의 잘못된 방식을 비판하였다. 이후 당중앙은 다시 일련의 심사선별에 관한 지시를 내렸다.

1943년 12월부터 1944년 5월까지 섬감녕변구에서는 심사 선별작업이 전면적으로 전개되었다. "긴급 구조"된 간부 대부분이 억울한 누명을 벗었다.[140]

마오쩌동은 섬감녕변구행정학원에서 공개적으로 "창구운동이 잘못되었다"고 승인하였다. 그는 주요 책임을 인정하고 자아비판을 하면서 "한 명이 방 구석을 향해 눈물을 흘려, 그 때문에 동석한 모든 사람이 즐겁

---

140 역주: 원문은 평반(平反). 이는 계급 구분을 잘못하여 혹은 반혁명 분자로 낙인찍힌 사람의 명예를 회복시켜 주는 것을 칭한다.

지 않게 되었으니"[141] 반드시 "철저하게 억울한 누명을 벗게 해야 한다"
고 하였다.

1945년 '7대' 개최 직전, 마오쩌둥은 중앙강당에서 열린 간부대회의에
서 다시 한 번 "긴급 구조"를 당한 동지들에게 사과하고 "각 단위는 어
떤 경우에도 '긴급 구조'를 당하거나 혹은 죄명이 잘못 붙여진 사람들을
반드시 본래대로 회복시켜야 한다"고 지시하였다.

"긴급 구조"운동은 단지 정풍운동 가운데 한 에피소드나 지류에 불과
하였고, 정풍운동의 거대한 물줄기나 성과에 어떤 영향도 주지 못했다.

덩잉차오는 당중앙이 제때에 적절한 조치를 취하여 정풍운동 가운데
오류를 교정하는 것을 보고 긴장했던 마음을 놓을 수 있었다.

그녀는 체계적으로 당의 역사문헌과 정풍 관련문건에 대해 학습하였
고, 마르크스·레닌의 저작들을 읽고 실제문제와 관련지어 시비를 분명
하게 가렸다. 그녀는 입당한 지 18년 만에 비로소 처음으로 체계적인 학
습을 할 기회를 얻게 되어 마음속으로 매우 기뻤다. 그녀는 정반(正反) 두
방면의 자료를 거울로 삼아 그것으로 자기 자신을 비춰보았다. 이때 그
녀는 자신이 입당한 지 이미 18년이나 되었지만 적지 않은 주관주의와
비(非)프롤레타리아트 사상이 여전히 남아 있음을 깨달았다. 그녀는 비록
장기간의 혁명공작을 수행하고 엄격하게 당의 기율을 지키며 또한 충실
하게 임무를 완성하면서 이제까지 감히 자만하지 않았지만, 생각 저 깊
은 곳에는 교만의 정서가 여전히 잠복해 있었고, 개인의 역할에 대해 아
직 명확하게 인식하지 못하였다. 주관주의 때문에 공작에 일부 손해를
끼치기도 하였다.[142]

생각이 여기에 미치자 그녀는 내심 매우 불안해졌다. 그리하여 그녀

---

[141] 역주: 출전은 『漢書·刑法志』 가운데 "古人有言 : 滿堂而飮酒, 有一人向隅而悲泣, 則
       一堂皆爲誌不樂."
[142] 덩잉차오의 「경축과 회고」 가운데 옌안 정풍 관련 부분 참고. 원문은 『인민일보(人
       民日報)』 1981년 6월 24일자에 게재되어 있다.

는 자신을 개조하겠다는 결심을 더욱 강하게 하고, 더 열심히 마르크스·레닌주의를 학습하여 이론의 수준을 제고하겠다고 스스로를 채찍질하였으며, 공작 속에서 동기와 효과의 통일을 힘껏 추구하고 주관주의의 착오를 가능한 한 적게 범하거나 전혀 범하지 않도록 스스로에게 엄격히 요구하였다.

덩잉차오는 옌안으로 돌아와 근거지의 여성사업에 대해 집중적으로 검토하였다. 1943년 2월 26일, 중공중앙은 「각 항일 근거지 당면 여성사업 방침에 관한 결정」을 발표하였다. 이 결정은 각 항일 근거지 여성사업의 경험과 교훈을 총결하면서, "농촌여성을 조직하고 동원하여 생산노동에 참가시키는 것이 여성사업의 가장 중요한 임무이며, 여성의 절실한 이익을 보호하는 중심적 부분"이라고 지적하였다. 또한 결정은 이렇게 호소하였다. "여성간부는 사상 풍격을 바꾸어 농촌 경제지식을 학습하고 여성생산의 내용을 이해하며 농촌으로 깊이 들어가 여성의 생산을 조직하고 그녀들의 생산 곤란을 해결하며 그녀들의 경제이익을 증가시켜야 한다. 그녀들의 생활을 개선하고 그녀들의 정치나 경제적인 지위와 문화 수준을 제고하여 여성해방의 길에 도달해야 한다." 이것은 항일 근거지 여성사업의 새로운 방향이었다.

덩잉차오와 중앙여성위원회 동지는 중공중앙의 결정이 관철되도록 노력하였다. 많은 여성간부들이 잇달아 농촌 깊숙이 들어가 여성을 조직해 농업, 부업, 수공업 생산에 참가시켜 수입을 증가시켰고 가정의 경제 상황을 개선시켰다. 가정 내에서 여성이 지위를 지녀야 사회에서도 지위를 지닐 수 있는 것이었다. 섬감녕변구에는 수많은 여성 노동의 모범적인 사례가 등장하였다. 덩잉차오는 중앙여성위원회 동지와 함께 조사, 연구하여 근거지 여성사업의 새로운 경험을 정리하였다.

1945년 4월 23일부터 6월 11일에 걸쳐 덩잉차오는 중국공산당 제7차 대표대회에 참가하였다. 마오쩌둥은 회의석상에서 「연합정부론」[143]의 정치보고를 하였고, 류샤오치는 「당장(黨章) 수정에 관한 보고」, 주더는 「해방구전쟁론」이라는 군사 보고를 하였으며, 저우언라이는 「통일전선론」에 대한 중요 발언을 하였다. 이 대회는 중국공산당이 중국민주혁명을 지도하는 과정에서 보여준 파란만장한 발전의 역사적 경험을 총결하고 일본침략자를 타도하고 신중국을 건립하기 위한 정확한 강령과 책략을 제정하였다는 측면에서 당 역사상 매우 중요한 회의였다. 회의는 민주적 절차를 충분히 밟았고 새로운 중앙위원회를 선출하였다. 차이창(蔡暢)이 중앙위원에, 덩잉차오는 후보중앙위원에 선출되었다. 그녀는 차이창과 함께 중국여성운동의 걸출한 지도자로서 첫 번째로 당의 중앙위원회에 진입한 것이었다. 6월에 그녀는 해방구여성연합회준비회 창립대회에 출석하여 해방구여성연합위원회 부주임에 선출되었다.

1945년 8월 15일, 무선전파를 통해 일본이 무조건 항복했다는 소식이 전해졌다. 옌안은 끓어올랐다! 많은 동지들이 거리로 쏟아져 나와 경축 행진을 거행하였다. 날이 저물자 사람들은 다시 횃불행진을 거행하였다. 8년 동안의 어려웠던 항전을 거치면서 중국인민은 2천만이 희생되는 엄청난 대가를 치러야 했다. 이 승리는 정말 쉽게 얻을 수 없는 것이었다! 덩잉차오 역시 동지들과 함께 부둥켜안고 앙가(秧歌)[144]를 불렀다.

하지만 쟝졔스는 쓱쓱 칼을 갈고 산에서 내려와 "복숭아를 따먹으려 하였다."[145]

덩잉차오는 중국의 운명을 결정짓는 위대한 전투에 다시 긴박하게 투입되어야 했다.

---

[143] 역주: 이 정치보고를 통해 마오쩌동은 일본침략자를 타도하고 새로운 중국을 건설하기 위해 신민주주의적 연합정부를 구성하자는 구상을 제기하였다. 그는 이 보고에서 당 정책항목 중에서 신민주주의적 정치, 경제, 군사, 문화 등에 관한 정책을 그의 「신민주주의론」에서 보다 구체적으로 제시하였다. 즉 그는 국민당의 일당독대를 즉시 폐지하고 각당각파, 무당무파의 대표적 인물들을 결집시킨 임시적인 민주적 연합정부를 수립하자고 하였다.

[144] 역주: 북부 중국 농촌에서 많이 부르는 노래와 춤. 북과 징으로 반주한다.

[145] 이것은 마오쩌동의 글에서 인용한 생생한 비유이다. 그것은 쟝졔스가 8년항전 동안 인민이 피와 땀을 흘리며 얻은 승리의 과실을 탈취하려는 것을 의미한다.